国内首部探秘典当行业与古玩市场的小说

网络原名《黄金瞳》

典当⑤

打 眼◎著

典当行业：质押借贷，不乏尔虞我诈
古玩市场：珍宝赝品，不乏鱼目混珠

台海出版社

图书在版编目（CIP）数据

典当.5／打眼著.－北京:台海出版社,2012.7

ISBN 978－7－5168－0008－9

Ⅰ.①典… Ⅱ.①打… Ⅲ.①长篇小说—中国—当代

Ⅳ.①I247.5

中国版本图书馆 CIP 数据核字（2012）第 142394 号

典当.5

著　　者：打　眼

责任编辑：王　品　　　　　装帧设计：天下书装
版式设计：刘　栓　　　　　责任印制：蔡　旭

出版发行：台海出版社
地　　址：北京市景山东街 20 号　邮政编码：100009
电　　话：010－64041652（发行,邮购）
传　　真：010－84045799（总编室）
网　　址：www. taimeng. org. cn/thcbs/default. htm
E－mail：thcbs@126. com

经　　销：全国各地新华书店
印　　刷：北京高岭印刷有限公司
本书如有破损、缺页、装订错误,请与本社联系调换

开　　本：787×1092　　　1/16
字　　数：400 千字　　　　印　张：24
版　　次：2012 年 8 月第 1 版　印　次：2012 年 8 月第 2 次印刷
书　　号：ISBN 978－7－5168－0008－9

定　　价：39.80 元

目 录
CONTENTS

第一章 | 藏宝图

庄睿和宋军、马胖子到缅甸赌石，在赌石大会还没开始之前，庄睿顺便游览一番久负盛名的仰光，还参观了让人叹为观止的大金塔。在返程的路上偶遇一个异国老乡摆地摊卖牙雕，本着帮衬华人生意的想法，庄睿出手买下了对方手中一个大型象牙制品，却没想到牙雕腹内竟然暗藏乾坤。

"庄哥，您开玩笑的吧……"

彭飞可不相信什么古代人喜欢在供奉的佛像里藏宝贝的说法，也不知道庄睿是从哪儿听说的这么稀奇古怪的事情。

"玩笑？我说的都是真的……"

"庄哥，您说的是真的啊？不过这个佛像里面，应该藏不了什么宝贝吧……"

彭飞对庄睿讲的故事，听得是津津有味，不过他比划了一下那修复过的地方，却不相信这里面藏有东西。

"谁知道有没有啊，要把填补进去的那块象牙取出来，才能知道……"

庄睿顺着彭飞的话头说了下去，只是想不损坏这佛雕，取出里面的东西，却是不易，因为那修补所用的硅胶，已经完全和象牙融为一体了，想将其抠出来，难度很大，当然这些都是庄睿那双与众不同的眼睛看出来的。

彭飞看到庄睿愁眉苦脸的样子，不禁笑了起来，说道："庄哥，您真想把这修补过的象牙给取出来？"

"当然了，你想想，这好好的佛雕，谁会闲着没事从这里开个洞啊，说不定里面有什么好东西呢，抠出来看看咱们也不吃亏。到时我找人重新修补一下，做工绝对要比这个好……"

庄睿说的是实话，这东西用硅胶修复，的确是糟蹋了这尊牙雕佛像，现代有许多材料，可以将其修复得让人一点都看不出。

"庄哥,您等我一会儿,马上就回来。"

彭飞比划了一下那修复的地方,和庄睿说了一声之后,就走出了房间。

"这小子……"

庄睿摇了摇头,有些苦恼地看着这玩意儿,先前东西不是自己的,还不是特别性急,现在东西放到眼前了,但是却没法把里面的东西给取出来,这给庄睿的感觉就像是秦萱冰脱光了衣服,自己那玩意儿却不举了,一点辙都没有。

"老板,我回来了……"

大约过了二十多分钟,庄睿依然一筹莫展时,彭飞走进了房间,庄睿看到他右手拿着一个酒精炉,顿时眼睛一亮。

"彭飞,你是不是想把针给烧热,将那些作为填充物的硅胶烫化掉啊?可是咱们也不知道,这块被抠出来的象牙有多深呀……"

庄睿本来觉得这是个好主意,但是回头一想,这块填充进去的象牙块,足有六七厘米长,一般的针,根本就无法穿透,而那种很长的针,却又太粗了,没办法插进去,这个方法还是不可取。

"这个总够长了吧?"

彭飞扬了扬左手,庄睿这才发现,彭飞的左手两根手指,捏着一条极细的钢丝,长度有二三十厘米,庄睿用手弹了下那钢丝,发现韧度极佳,不由心中大喜,这下所有的问题都解决了。

庄睿起身走到房间门口,把外面的牌子翻成"请勿打扰",然后走了回去,对着彭飞跷起了大拇指,说道:"好小子,里面要是有宝贝,算你一份……"

庄睿从口袋里摸出打火机,点燃了酒精炉,而彭飞则是把细钢丝的一端,放到那火芯上炙烤了起来,这东西本身就导热,不过十几秒钟,一段钢丝已然被烧得通红了。

庄睿看了下彭飞手上的钢丝,提醒他道:"长度估计不够,再多烧红一点……"

彭飞手中的钢丝开始在火苗上游动起来,没多大会儿,钢丝前端三五厘米长的一段,都被烧红了。

"给我……"

庄睿将那尊牙雕横着摆放到地上,伸手从彭飞手上接过钢丝,向那修补处的硅胶缝隙里插了进去,烧红的钢丝,像刀切豆腐一般,根本不需要用力,就将里面的硅胶给烧熔化了。

随着一股难闻的硅胶烧焦的味道,一缕青烟从庄睿下手处冒了出来,庄睿将钢丝顺着那缝隙,向一边划去,直到手感生涩,钢丝热度不够了的时候,庄睿才将钢丝拔出来,此时的钢丝上，附了一层胶状物质。

"继续烧……"

庄睿把钢丝递给彭飞，自己站起身来将酒店房间的窗户都打开，也顾不得屋里还开着空调，这股子烧硅胶的味道，实在是太难闻了。

这钢丝导热快，散热也快，基本上烧红一次，只能熔化两三厘米的硅胶，庄睿和彭飞足足忙了两个多小时，才算是将那块与象牙融合在一起的硅胶，全部熔化开了。

"方阿姨？吃饭？实在是对不起，方阿姨，我这里有点急事，暂时走不开，您看我晚一点过去好吗？"

刚刚搞定这牙雕上的硅胶，方怡的电话就打了过来，只是庄睿此时也顾不上丈母娘的想法了，马上就可以拿到手的那两枚蜡丸，已经占据了全部心思。

听庄睿说有急事，方怡也没说什么就挂掉了电话，只是转过头来，立即发挥了女人的想象力，对着老公说道："这孩子，不会是背着咱们萱冰，干什么坏事去了吧？"

庄睿要是知道方怡此时的想法，那绝对会大呼自己比窦娥还冤，所以说，女人的邀请，最好别拒绝，不管是年轻女人还是更年期女人。

"谁还能没点事情啊，小庄不是那样的孩子，你别乱想啊……"秦浩然不满地看了自己老婆一眼，这话要是传到庄睿耳朵里，会产生矛盾的。

庄睿这会儿也顾不上丈母娘在想什么了，因为彭飞正拿着他那把如狼牙一般的小刀，撬动那块作为填充物塞进去的象牙块呢。

那柄小刀的刀刃极薄，可以插进去一厘米左右，随着彭飞手腕翻动，那块象牙一点点地往外凸起着，最终在刀刃与象牙壁之间的杠杆作用下，"啪"的一声清响，那块小象牙被挑了出来，在牙雕的腋下，露出了一个三四平方厘米大小的圆形洞口。

"庄哥，这里面没有东西啊？"

手自然是伸不进去的，彭飞把那牙雕反着抱了起来，将那小洞口朝下晃了晃，里面却没有东西掉出来。

庄睿没有答话，而是拿着那根被烧的黢黑的钢丝，走到洗手间清洗了一下，擦干后将钢丝的一端扭成个钩子状，然后对彭飞说道："你把它抬高一点，洞口向下，我用这东西掏一下看看……"

里面有没有东西，庄睿自然是知道的，而且他也知道，那蜡丸之所以没有被彭飞倒出来，是因为刚才熔解那些硅胶的时候，有一些硅胶滴落到了蜡丸上，虽然没把蜡丸熔化，却将其黏在了腹壁里面。

硅胶的冷却，是需要一段时间的，庄睿用那细钢丝在孔洞里搅和了一番之后，两粒眼球大小圆球状的蜡丸,从里面滚了出来。

"还真有东西啊?!"

彭飞一直侧着脑袋盯着那里的,看到庄睿真从里面鼓捣出东西来了,吃惊得差点没把手中的牙雕佛像给扔出去。

"庄哥,这是什么东西啊?"

小心地把牙雕放到地上,彭飞凑到庄睿面前,仔细看着被庄睿托在手心里的两粒蜡丸,一脸不解。

这蜡丸制的并不是很好,白色的蜡皮上,到处都是裂纹,看起来有点像是用家里普通的蜡烛烧化后,揉搓成团,然后风干的,从那裂纹处,隐隐可以看到里面的纸团。

"我也不知道是什么,捏开看看就知道了。"

谜底就在自己的手上,庄睿心里有些激动,深深地吸了口气,用右手拇指和食指,捏住一颗蜡丸,稍微一使力,那蜡丸就破碎开了,白色的干蜡纷纷掉落在地上,而留在庄睿手中的,却是一个对折了好几道之后,颜色有些发黄,卷起来的纸团。

庄睿没有急着打开这个纸团,而是把另外一个蜡丸也给捏碎了,然后从自己带来的行李箱中拿出一副白手套戴在了手上,又翻出一个放大镜。庄睿心中有种感觉,这两个纸团里面,似乎隐藏着一个天大的秘密。

准备妥当之后,庄睿在彭飞那双充满好奇的眼睛的关注下,小心地将一个纸团给展开来,这纸质似乎并不是很好,因为时间长久,而显得有些脆弱,稍不小心,就会破掉。

虽然折成团后很小,但是庄睿将之摊开在桌子上之后,却足足有一本杂志页面那么大,并不需要手中的放大镜,庄睿也认出来了,这是一张地图,山川地形还有铁路公路,上面绘制得都十分详细,只是在某些标注处,使用的是日文。

庄睿虽然不懂得日语,但是日文本身就是汉字演化而来的,除了一些被改得不伦不类的文字之外,其余的庄睿都能看出来,那些标注的文字,似乎都是缅甸的地名。

彭飞看了一会儿之后,说道:"庄哥,这是一张图纸……"

"你也说点有建设性的话,我当然知道这是一张图纸了……"

庄睿被彭飞的话弄得哭笑不得,这图纸画得如此详细,是个人都能看出来。

"不是,我是说这是一张军用图纸,是日本人绘制的,时间应该在上世纪的四十年代……"

彭飞被庄睿说得有些不好意思,连忙补充了一句,他现在虽然对普通人的生活还是有点不适应,但是牵扯到军事方面的事情,彭飞自信自己是不会看错的。

"这个先不管,咱们看看另外一个是什么……"

庄睿将那张地图平摊在桌子一边,然后将另外一个纸团给打开了,不过这次庄睿就有些挠头了,这张纸要小一点,有点像是从日记本上撕下来的,上面用日文密密麻麻地写了很多字,并且字迹也很潦草。

简单的日文,庄睿能看懂,但是这张纸上的那些字体,庄睿就有些抓瞎了,除了上面的一些时间和常用字之外,庄睿连猜带蒙,都没搞明白第一句话写的是什么。

"庄哥,给我看下……"这张纸上的字迹比较乱,正面又对着庄睿,彭飞在旁边看得不是很真切。

人可以说是地球上最好奇的生物了,彭飞虽然在部队里受到过严格的训练,但是此时他还是表现出一丝兴奋,对这张纸上的内容,充满了好奇心。

"你懂日语?"

庄睿随口问了一句,他心里想着要是认不出来的话,就等回国之后,买本词典翻译,总之这东西除了自己和彭飞,不能让外人知道。

"懂一些,听说和写,都没有问题……"

彭飞点了点头,基本的日文对话还有书写,是他在部队里必修的课程,不仅是日语,还有英语、阿拉伯语和泰缅语等几种语言,彭飞虽说不上精通,但是对话绝对没有问题。

庄睿闻言看向彭飞,过了一会儿才说道:"这东西可能尘封着一段历史,我不想让除了你我之外的第三个人知道,你能做到吗?"

说老实话,如果现在在庄睿面前的人是周瑞,庄睿会毫不犹豫地将那张写满了日文的纸交给对方,但是他和彭飞接触的时间太短,还没有建立起那种默契与信任。

听到庄睿的话后,彭飞脸上略带兴奋的神色消失了,代之以庄重的表情,很认真地说道:"庄哥,您放心,我用丫丫的名义保证,从我嘴里不会说出一个字……"

从妹妹到了庄睿家里,恢复了笑容和开心之后,彭飞就暗下决心要守护好现在所拥有的一切,因为彭飞知道,家庭对于一个孩子的健康成长是多么的重要,那不是用钱能买到的。

庄睿点了点头,把面前那张纸挪了个位置,放到彭飞面前。

彭飞低下头去,仔细地看了起来,随着目光的移动,他的脸色,也逐渐变得凝重起来,眼中露出一丝不可思议的神情,很显然,这纸上的内容,让他很震惊。

过了四五分钟之后,彭飞长吁了一口气,眼光终于从纸上移开了。

庄睿也没说话,静静地看着彭飞,等待他出言解释上面的内容。

彭飞没有先说那张纸上记载的事情,而是指着旁边的地图说道:"庄哥,这……这张地图，真的是……是一张藏宝图！"

"说详细点，到底是怎么回事？"

庄睿其实已经猜到了几分，把一份这么详尽的地图，如此隐秘地藏在牙雕佛像里面，肯定是埋藏着什么东西的。

"这张纸是一个叫山木一郎的人留下来的……"

随着彭飞的讲述，一段尘封了近六十年的历史，在庄睿面前揭开了神秘的面纱。

1941 年，日军在偷袭珍珠港的同时，分兵进犯东南亚各国，并占领了缅甸最南端的城镇高东等地和三个机场，到了 1942 年年初，十万日军分三路入侵缅甸，迅速击溃英军，攻占了仰光，占领了缅甸全境。

当时日军攻占缅甸，是因为军事上的需要，掐断滇缅公路，但是同样也是为了掠夺缅甸以及泰国等地的物资，在进行军事侵略的同时，大肆搜刮财物，将之运回日本。

这个叫做山木一郎的大佐军官，就是专门负责将攻占地搜刮到的财物，运回日本的主要负责人之一，而这张纸上记载的，就是当时日军从缅甸撤离时，最后一批没来得及运出缅甸的财物的下落。

1945 年，日军已经是日落西山，中美盟军以伤亡五千多人的惨重代价，夺取密支那，形成了三面包围日军的有利态势。

山木一郎眼看带着这些东西，是逃不出盟军的包围圈的，就将这批金银珠宝，全部都埋藏在缅甸一处隐秘的地方，并且绘制了地图，藏在这尊牙雕佛像之内，以期日后反击时，回来挖出这批宝藏。

为了不让消息走漏出去，当时那些挖掘山洞埋藏宝藏的缅甸民工，都被山木一郎杀死了，负责监督的日本人，也全部当场自杀，只有山木一郎带着这尊隐藏着秘密的牙雕，随着大部队突围。

那张纸上的记载，到此就结束了，只是这牙雕如何落到李云山爷爷的手上，就不得而知了，而山木一郎是否在世，也成了谜团，可能只有李云山那死去的爷爷，才能解答得清楚。

其实事情并不复杂，作为第一次远征军失败的士兵，李云山的爷爷和一批老兵留在了缅甸，而当第二次远征军进入缅甸之后，他们这批老兵又拿起了武器，参与对日军残余部队的清剿，而那位山木一郎，就死在李云山爷爷的手上，这件牙雕，也成了他的战利品。

当时缅甸远征结束之后，同盟军留了一些人驻守在缅甸，李云山的爷爷就在其中。后来国民党兵败台湾，李云山的爷爷和一批老兵们，也就没有了回国的机会，这件牙雕，就一直留在了缅甸。

"庄哥,这批财物,一共有十吨黄金,还有三十箱珠宝……"

彭飞指着纸张上那些阿拉伯数字,说出了一个让庄睿目瞪口呆的数字,十吨黄金的价值,已经在十亿人民币以上了,更遑论那些难以估价的珠宝了。

庄睿从口袋里掏出香烟,递给彭飞一根后,给自己打着了火,两人抽着烟,沉默不语,他们都不知道,如何对待这笔财富,即使是庄睿,现在也是心乱如麻。

现在已经可以确定,这张纸上所记载的,就是当年日本人从泰、缅等地搜刮的物资金银。

"彭飞,这事情你怎么看?"

一根烟抽完,庄睿出言打破了屋子里的沉寂。

"庄哥,我听您的……"此时彭飞的眼中,已经恢复了平静,就像庄睿初见他时那般,没有一丝波动。

要说彭飞不为这笔飞来横财动心,那绝对是扯淡,只是一来虽然彭飞年龄不大,却见惯了生死,对这些身外物,抵抗力要强一些,在他执行任务的时候,连自己的生死都不放在心上,又怎会在意这些不能吃喝的东西呢。

二来在彭飞心中最重要的人,是自己的妹妹,现在妹妹生活得很开心,彭飞也不愿意因为这笔钱,让她的生活轨迹有所改变。

所以在庄睿询问他的意见时,彭飞回答得很平静,无论庄睿怎么样处置这些东西,他都能够接受,再者在彭飞心里,这东西本来就是庄睿发现的,自己只不过是凑巧碰上了而已。

"这地图和这件事情,肯定是真的,不过那批被藏匿起来的东西,是否还在,就不一定了,因为这个牙雕虽然遗失了,但是山木一郎如果还活着,他肯定知道东西藏匿的位置,说不定早已经给取走了……"

庄睿顿了一下,接着说道:"先把这事放下来吧,咱们是来参加翡翠公盘的,等到公盘结束后,再看看有没有时间去地图标明的地方找寻一下……"

虽然说财帛动人心,但是庄睿还没忘记此行的目的,为了一张藏宝图,就去寻找那不知道是否还存在的东西,这样的事情庄睿是不会去做的。

还有一点就是,即使找到了这批黄金,如何将其搬运回国,却是个更大的问题,虽然说中缅友好,但这消息要是被缅甸方面知道的话,那决计不会善罢甘休的。

"庄哥,这地方……"彭飞看着那地图,欲言又止。

"怎么了? 你知道这里?"庄睿问道。

"是,这地方靠近缅甸东北密支那地区,那里有条山脉,沿途都是热带雨林,地形很复杂,不熟悉的人进去,很有可能迷失在里面的。对了,很多翡翠矿坑都在那里的……"

彭飞的眉头皱了起来,他还有一点没说,由于缅甸翡翠矿洞大部分集中在那里,所以各地势力都有进驻,情况比较复杂,有点像以前中国的军阀割据时期,各占一块山头,并且都是武装势力,彭飞以前解救的国内毛料商人,就是被这些人给绑架的。

"去那地方需要什么装备,你这几天准备一下,等翡翠公盘结束之后,咱们或许会去看看……"

男人天生都对寻宝探奇有着浓厚的兴趣,庄睿也想知道那里埋藏的黄金,究竟还在不在,如果还在的话,即使现在带不走,以后也是有机会的。

激发了体内冒险因子的庄睿,却是忘了自己安全第一的行事准则了。

"庄哥,这地方可不怎么好走啊,而且很容易染上疾病,我看还是以后有机会再去吧……"

如果彭飞自己前往,那根本就没有任何可担心的地方,他到了那种地方,就像是鱼入大海,但是带上庄睿就难说了,有自己跟着,虽然不会被那些地方势力绑架,但是单在丛林中行走,彭飞怕庄睿都撑不住。

"没事,我的身体好得很,咱们去看看,如果环境很险恶,再回来就是了……"

庄睿不以为意地答道,有灵气傍身,就算是比耐力,庄睿自信也不比彭飞差。

"那好吧,庄哥,如果一定要去,进入丛林之后,你可要听我的……"

见庄睿决心已定,彭飞也没再多说什么,脑子已经在思考需要携带什么装备了,他准备的越是充分,丛林之行的危险性就会越小。

下了决心,庄睿就轻松了起来,从包里拿出数码相机,把桌子上两页纸从各个角度,调整焦距拍了下来,然后将储存卡取出来递给彭飞,笑着说道:"这东西价值十吨黄金啊,你贴身保存好,咱们这寻宝之旅,可是全指望它了……"

彭飞对庄睿的举动有些不明所以,接过那小小的储存卡之后,见庄睿拿起火机,点燃了那两张已经泛黄的纸片,这才明白庄睿的意思,从此以后,牙雕中的秘密就完全消失了,而寻找那批黄金的线索,就在自己手里的这张储存卡之中了。

这东西的确如庄睿所说,价值连城,庄睿将其交给自己保管,让彭飞在感动之余,也感觉到了一丝压力。

想了一下之后,彭飞手腕一翻,那不知藏在身上何处的小刀,出现在手心里,那刀柄是可以拧开的,彭飞将那储存卡塞到刀柄里,然后拧上螺丝,彭飞自信,只要自己还活着,绝对没有人能将东西从他手里抢走。

"行了,吃饭去吧,外面天都黑了……"

见彭飞把东西藏在他的小刀里,庄睿也安心了,事情忙活完了,肚子也"咕咕"直叫了,看了下时间,庄睿吓了一跳,都快晚上八点了,连忙拉着彭飞下到二楼的餐厅去吃饭。

明天翡翠公盘就要正式开幕,吃完饭后,庄睿就回房间休息了,只是这觉睡得并不沉稳,脑海中总会浮现出满地黄金的景象,在床上翻腾了半夜之后,才算是沉沉睡去。

第二章 缅甸公盘

　　虽然昨天睡得不好，但是第二天庄睿还是很早就爬起来了，洗漱之后约了秦浩然夫妇一起吃早饭，昨天可是把丈母娘给怠慢了，庄睿这也是要补偿一下。

　　吃完早餐后，庄睿干脆带着彭飞，就跟着秦浩然两口子以及他们公司的赌石师傅们，一起往酒店门口走去，缅甸组织方有专车，负责接送这些来自世界各地的毛料商人们，顾客就是上帝这句话，并非是中国专有的。

　　一行人来到酒店门口的时候，那里已经是人满为患，似乎整个酒店的客人，全都集中到了这里，庄睿一眼望去，熟人还真不少，居然还看到了许氏珠宝的那位掌舵人。

　　许振东自然也看到了庄睿，不过他却立刻把脸扭向了一边，并且在心里发誓，绝对不买这小子看中的石头，自己病情还没稳定，他并不想再受一次刺激，而且许氏珠宝也经不起折腾了，上次在庄睿手上栽了跟头，让公司元气大伤。

　　"庄睿，你小子真不够意思，哥几个一起来的，要去公盘也一起去啊……"

　　宋军隔着好远就看见了庄睿，连忙和马胖子一起挤了过来，走到近前才看见秦浩然夫妇，几人昨天都认识了，很自然地凑在一起，准备等车到了，一起前往公盘。

　　庄睿现在在赌石圈子里，绝对是明星级的人物，不少知道他在国内平洲赌石战绩的人都纷纷围了过来，以期能沾染上一点好运气。

　　过了二十分钟左右，组委会的大巴车终于开了过来，只是这所谓的专车，武寒碜了一点，就是那种老旧的公共汽车，而且窗户上的玻璃，也大多都没有了，更不用提空调了，这让现场这些亿万富翁们的脸色都不怎么好看。

　　缅甸方面虽然有服务意识，只是这硬件设施，实在是太差了点。

　　不过形势比人强，这缅甸翡翠公盘，可是世界翡翠饰品价格的风向标，并且全世界也只有缅甸出产翡翠，您要是不上车，那旁人是求之不得呢，这不就少了个开价竞争的对手了嘛。

一共是八辆大巴车，此时车门口都围满了人，虽然心里不爽，但是车还是要上的，难道来缅甸这地方，还是为了旅游不成？

每个车门口都有一个肩背武器的缅甸军人，另外还有两人检查上车人员的邀请函，按照缅甸组委会的规定，想要参加翡翠公盘，必须要有邀请函，否则连车都上不去。

前面也说过邀请函的由来，一是由缅甸各级政府邀请来的客人，二是由缅甸各级珠宝协会出面邀请的，三是缅甸珠宝贸易公司邀请的。在缅甸，所谓的珠宝贸易公司，实际上也是归政府所有的。

只不过后面两种邀请方式，必须由邀请方以担保的方式上报组委会审核同意才行，竞买翡翠毛料的商人们，就像上车买票一般，凭着手中的邀请函，才有登车的机会。

当然，要是没有邀请函，也不是不能进入公盘，但是必须要由缅甸珠宝公司担保，并向组委会缴纳一千万元缅币的保证金（差不多相当于一百万人民币）后，也能进入公盘，并且在公盘结束后，如数退还给抵押人。

每张邀请函，可以带两人入场，像庄睿和宋军的邀请函，就是由缅甸珠宝协会颁发的，秦浩然夫妻却是受缅甸珠宝贸易公司的邀请，至于马胖子是从哪个渠道得来的，他们就不知道了。

在这几辆大巴车后面，还停有一些车辆，这都是缅甸当地的翡翠贸易公司的车，来带他们的客户进场的。

"庄睿，宋先生，咱们坐这辆车去吧……"

也有人来迎接秦浩然等人，对方开来的是一辆小中巴，秦浩然招呼着宋军等人，都上了这辆中巴，虽然里面的空调制冷效果很是一般，但是比起那四面通着热风的大巴而言，却是好多了。

中巴车等众人上车之后，就开动了，并没有和前面的大巴同行，此次公盘的举办地点，位于仰光市五十多公里以外，和庄睿等人住的酒店方向刚好相反，要穿过仰光市区才能到达。

昨天庄睿等人去的大金塔，同样在仰光市区边缘，坐在中巴车上，庄睿第一次如此近距离地观察仰光的异域风光。

仰光看起来像一个巨大的公园，在城里面，到处都是植物、花草和佛塔，裸露左肩、穿着红色袈裟的僧人赤脚走在街上，在他们的腋下，都夹着一把棕红色的油纸伞，不时双手合十和街边的人打着招呼。

而仰光市内的建筑，明显有着殖民地时代留下的痕迹，那暗红色的屋顶，就是典型的英国建筑。

所有在街上行驶着的汽车，都像是从废品收购站开出来的，大多锈迹斑斑，由于西方的封锁,缅甸很难进口汽车,许多汽车都是奈温时代的,老爷车、吉普和老式的英国设计印度生产的公共汽车比比皆是。

与之相比,庄睿他们昨天来时乘坐的出租车,真算得上是新车了。

而最让庄睿感到稀奇的是,在马路的两边,居然有许多露天的浴室,只用一堵墙与街道隔开,一群妇女裹着裙子在里面洗澡。庄睿坐在车上,可以清晰地看到,从墙头露出了一些丰满的肩臂。

车子开出仰光市之后,就开始加速了,只不过这车也有些年头,时速并不快,按照司机的说法,到翡翠公盘那里,还需要一个小时的时间。

"马哥,这交易翡翠的地方,为什么叫公盘啊?"

庄睿有些无聊,在车上和马胖子等人聊起天来,见天地听说这个词,但是庄睿还真不知道公盘的意思。

"你小子,连这都不知道,就跑来赌石啊,这公盘就是……就是……"

"得了吧马哥,您这是猪鼻子上插大葱——装象吧……"

马胖子闻言先奚落了庄睿一句,只是轮到他解释了,这哥们也挠起头来,支支吾吾地说不出来了,敢情也是个半吊子。

"呵呵,公盘就是指卖方把准备交易的物品,在市场上进行公示,让业内人士根据物品的质料,评议出市场上公认的最低交易价格,再由买家在该价格基础上竞买。

"不过当地人把翡翠公盘称为'MCC',而在内地平洲那边,却叫做'翡翠标场'……"

前面坐着的秦浩然笑了起来,出言给庄睿等人上了一课,他将缅甸翡翠公盘的由来和发展,都详细地给众人讲解了一遍。

缅甸最早举办翡翠公盘的时候,还要追溯到1962年,军方接管缅甸政权后,为堵塞税款流失,用稀缺的翡翠玉石资源为国家创造出更多的外汇收入,于1964年3月开始举办翡翠玉石毛料公盘。

秦浩然还特别补充了一点,翡翠公盘上毛料的估价,都是由业内人士或市场公议出其底价,无需对该物品进行特别的鉴定,因为有些暗标,是没办法对其作出估价的,只能由毛料主人自己标价。

缅甸的《珠宝法》规定:从矿产区开采出来的所有翡翠玉石毛料,必须全部集中到仰光进行归类、分级、编号、标底价,每年定期或不定期邀请世界范围内的珠宝商,前往仰光对这些毛料进行估价竞买,谁出的价格最高,谁就可以买走。

发展到了今天,缅甸的翡翠公盘,已经相当正规了,和平洲公盘一样,都分为明标和暗标两种方式来进行,当然平洲公盘完全抄袭了缅甸公盘的做法。

商人们在竞标单上填写好组委会核发给竞买商的编号、竞买商姓名、竞买毛料编号及投标价后，将其投入到标有毛料编号的标箱，因竞买商彼此之间不知道对方的竞买物和竞买价，故称之为"暗标"。

这一点和平洲公盘有些不同，平洲公盘的暗标全部在一起，开标时统计很麻烦，不如缅甸公盘一块毛料一个标箱，开标时方便很多。

揭标时，按毛料编号公开宣布中标人和投标价格，每次公盘的翡翠玉石毛料，暗标毛料要占 4/5 以上，可以说是毛料的主要售出方式。

明标自然就是现场拍卖了，毛料商人们全部集中在交易大厅，公盘工作人员每公布一个毛料编号，由竞买商现场进行投标，谁出示的竞买价最高，谁就中标。

"对了，庄睿，你们要是投中标了，最好当时就办好手续，组委会现场为其免费办理通关、运输手续，或准予销售、加工证明，这样能省很多事情的……"

秦浩然介绍完公盘的一些情况之后，特别交代众人中标后的事宜，中标者未当场付清毛料价款的，只与组委会签订《中标合同》，不用交付任何订金，但中标者必须在三个月内将中标竞买款项汇至组委会指定的缅甸银行账户，由组委会全权为其免费办理通关、运输等事宜。

当然，小件的毛料，也可以随身带走，组委会出具的证明可以用来通关。

组委会为中标的毛料商人们建立专门档案，为其再次参加公盘，优先办理入场手续，有点像 VIP 待遇了。

如果毛料商中标后发生逃标行为，那惩罚也是相当严厉的，组委会将给予无限期（缅甸籍）或十年（外国籍）取消其参加公盘资格的惩罚，外籍商人更会限制其五年的入境资格。

随着众人的交谈，车子也开到了缅甸此次翡翠公盘的举办地：缅甸国家珠宝玉石交易中心，庄睿等人纷纷走下车来，看着这像军营重地多于像翡翠买卖市场的地方，众人都很是无语。

在公盘入门处，不仅有荷枪实弹的军人，甚至还停放着一辆装甲车，在那用钢结构搭建起来的围墙外面，一队队的军人正在巡逻，防止有人翻墙而入。

"走吧，这会儿人少，抓紧去办入场证……"秦浩然下车就直奔公盘入口的那个窗口，庄睿有些不知所然，不是有邀请函了嘛，怎么还要办入场证？

"你小子真是什么都不懂，那叫保证金，买了东西逃标，钱是不退的，要是没买的话，就会退还到你指定的账户上……"

马胖子倒是知道这个，得意扬扬地跟庄睿吹嘘了一阵，晃着那肥胖的身躯也跑了过去，等会儿大巴要是到了，那可就有的挤了。

"靠，一万？还是欧元？你问问美元行不行？"

庄睿听到临时当翻译的彭飞的话后，有些无语，他没有欧元，那支票本办理的也是美元,这组委会不知道抽什么疯,明明美元在缅甸是硬通货,非要拿欧元来交易。

幸好美元也可以按照汇率来支付,在填写了一张个人资料表交了钱之后,庄睿和彭飞分别领到一张可以挂在脖子上的入场证,上面有一组编号,他们进场后投标时,需要写明自己入场证上的编号。

缅甸珠宝玉石交易中心的会场,比平洲赌石会场大多了,在数万平方米的空间里,全部都是用作交易的翡翠原石,此时场地内除了工作人员之外,外地来的毛料商人,就庄睿等寥寥几人,显得很是空旷。

"庄睿,这公盘的时间是上午九点到下午五点钟,时间一到,马上就会清场,咱们分开看毛料吧,别耽误了时间……"

庄睿还在四处观察的时候,秦浩然已经带着赌石顾问们,走向那些一排排堆放整齐的翡翠料子。

由于原料的匮乏,秦氏珠宝的一个加工厂,现在都已经停工了,不单是他们,很多珠宝公司在原料上,都已经难以为继,就指望在这次翡翠公盘上淘一些原料呢。

要知道,在古代和近代,都是手工开采翡翠矿洞,每年开采出的极品翡翠原石仅为个位数,现在采用高新设备,一座山半年就能夷为平地。

全世界只有缅甸出产翡翠,且主要集中在缅甸东北密支那地区长约一百五十公里,宽约三十公里范围内,每一块翡翠的形成,需要极度苛刻的自然条件和至少两亿年的时间。所以翡翠只能越来越贵。

曾经有人统计过,现在一年开采出来的翡翠数量,就顶得上过去的三百年,按照这种速度发展下去,恐怕在未来十五年之内,翡翠矿将在缅甸枯竭甚至绝迹。

如果真是这样的话,那对中国的珠宝商人而言,就是一场灾难了,因为国内购买翡翠奢侈品作为收藏的人群正在与日俱增。

庄睿曾经看过一份玉石协会提供的资料,上面表明,翡翠虽然产自缅甸,但市场却在中国,每年缅甸开采出来的翡翠原石,有90%都被中国内地买家买走,80%的原材料在中国内地加工销售,中国已经成为全球最主要的高档翡翠消费市场。

从上世纪八十年代初期到现在,中国的珠宝首饰业得到前所未有的发展,产值从一亿发展至近一千亿,而翡翠的价格,翻了三百倍之多,成为珠宝市场的主力,这块巨大的蛋糕,让所有人都垂涎欲滴。

香港的珠宝公司看到了国内的市场需求,加之缅甸矿区的资源渐渐枯竭,包括秦氏珠宝在内的著名珠宝公司,都拿出了数十年前收藏的中高档翡翠,销往内地,以应对内地市场的火爆局面。

只是这种行为无异于饮鸩止渴,秦氏珠宝虽然凭借积累了几十年的原料存货,在内地抢占了不少市场,只是库存的原料也已经所剩无几了,导致在广东的一家加工厂停产,如果此次再无法购得翡翠原料,恐怕原先占领的市场份额都会失去。

现在的产品销售,讲究的是渠道为王,如果开在内地的数十家珠宝店因此而失去顾客群的话,对于秦氏珠宝而言,那将是致命的打击。

秦家老爷子也将宝押在了此次缅甸翡翠公盘上,调集了家族所有的现金,一共是近一亿欧元,由秦浩然带到了缅甸。可以说是孤注一掷了,所以秦浩然一进入赌石会场,就急匆匆带着赌石顾问们看毛料去了。

站在会场的入口处放眼望去,那数以十万计的毛料旁边,都摆放着一个小小的红色标箱,在标箱一侧,还有个玻璃拉盒,里面是投标单,如果你看中了某块料子,直接就可以取投标单,填写好毛料价格和自己入场证上的编号,扔进标箱里就可以了。

不过有一点是要注意的,那就是在填写标单的时候,一定要核算好欧元与人民币之间的汇率,要不然就会吃大亏,刚才秦浩然就说过,很多内地来赌石的人,就是在填写标单的时候,把欧元写成了心里算出来的人民币数字,最后不得不洒泪离场,并且十年都不能再进入这里了。

去年有一个人看好一块毛料,那块毛料的底价是十万欧元,那人觉得三十万欧元左右,应该就能拿下来,在心里一算,大概是三百万人民币,就随手写了个三百万上去。

一个星期之后开标,他那三百万自然是将毛料拍到了手,只是在支付时,却是欧元,那人是欲哭无泪啊,最后只能自认倒霉,黯然离开了,并且入场时付的一万欧元的押金,也打了水漂了。

"庄老弟,一起去逛逛?"

马胖子和宋军来到这里,也是有点抓瞎了,偌大的场地里,满是翡翠原料,半赌和全赌的料子数不胜数,在炙热的阳光照射下,那些表面带绿的翡翠,发出诱人的光彩。

"两位老哥,随便看吧,这么多料子,别说十天了,就是一个月,都看不完,碰运气吧……"

庄睿不想和二人一起,这俩人都对他熟悉无比,尤其马胖子,那双眼睛可够毒的,自己观察毛料的速度放到他眼里,说不定就会被他看出什么端倪来。

"随便,不过庄老弟,要是有感觉不错,而你又吃不下的料子,可是要跟我们哥俩打个招呼啊……"

马胖子也没勉强,他和宋军都不缺钱,来这里更多的是为了寻找刺激,这赌石之所以吸引人,全在一个赌字上,那解石时一刀天堂一刀地狱所带来快感,足以让这两位闲得蛋疼的大佬,血脉贲张心跳加速了。

第三章 | 翡翠明标

等到马胖子和宋军带着保镖们离开之后,庄睿没有急着去看毛料,而是翻看了一下手中的会场指南,这是进入会场时免费领取的,上面有中缅英三种文字注释。

从这份指南上庄睿得知,整个会场分成了两个区域,有95%的场地是用于暗标毛料的摆放,只有5%的地方,是明标投注区,可见两者之间的比例是多么悬殊了。

根据指南上所说,明料的开标,或者说是现场拍卖,每天都会举行一次,不像暗标必须等到一个星期之后,庄睿就打算去明标区域看看,如果有合适的料子就记下来,开标的时候看看能否拍上一块。

"庄哥,咱们这是去哪里?"

彭飞见庄睿翻看了手中的指南之后,抬脚就往一个方向走去,连忙跟了上去,他对赌石一窍不通,这会儿都在后悔了,早知道不如去准备前往密支那地区的装备去了。

庄睿笑着回答道:"去看明标,彭飞,下午就有好戏看了……"

两人走了有七八分钟,才穿过暗标区,来到会场的一个角落,这里地上的毛料旁边,就没有那些标箱了,而且除了站在远处的持枪军人之外,整个场地就庄睿和彭飞二人。

"彭飞,那边有椅子,你去休息吧,到中午喊我一声……"

庄睿跟彭飞打了个招呼,拿着笔和本子,背着那个装有放大镜、小刷子等物的背包走进了明标区。

虽说明标数量不多,但那也是相对而言,比起平洲市场来,恐怕也不比那里的暗标数量少,足足上万块毛料,整齐地堆放在地上,在每块翡翠毛料显眼的地方,都写有编号。

趁着这会儿人少,没有人注意到自己,庄睿走进明标区之后,连腰都没弯,直接释放出灵气,一块块探视起来,他根本就不去察看毛料中的细微处,只是单纯地去感应里面有没有灵气的存在,如果没有,他连脚步都不会停。

短短几分钟的时间,庄睿就走进去了十多米,由于毛料的摆放,是在道路两边各有一排,所以庄睿看起来也是左右摆头,他这举动要是被别人看到,肯定会以为这是哪个有钱的观光客,混进来看热闹的。

"妈的,难道这里的翡翠原石,都是从平洲运来的?"

庄睿几分钟就看了上百块毛料,却发现这些明标毛料里面基本上都没有翡翠,即使切面带绿,里面的质地一般,让庄睿无比失望。

缅甸公盘其实和平洲一样,都是把表现不好的料子,扔到明标区来,说得不好听一点,有些翡翠矿主干脆就将全无翡翠表现的大块山石给扔进来,架不住渴求翡翠原料的人多,说不定就能卖出去呢。

庄睿又看了半个多小时,已经走进这块明标区三十多米远了,倒是让他看中了两块料子,虽然说质地一般,不过里面出绿了,制作一些低档饰品还是可以的,庄睿将那两块毛料的编号,都记在了本子上。

"咦?"当庄睿的眼睛无意中扫过一块毛料的时候,站住了脚步,因为他感觉到,脚下这块椭圆形的毛料中,蕴含着极其浓郁的灵气。

"庄大哥,您也在这里啊?"

当庄睿想蹲下身子仔细察看的时候,耳边突然想起了招呼声,抬头一看,却是杨浩和几位中年人,也走进了明标区。

"庄大哥,刚才下车的时候还在找你呢,你跑的倒是真够快的,对了,这是我叔叔。"

杨浩见到庄睿之后,有些兴奋,兴冲冲地跑了过来,后面那两位中年人听到庄睿的名字后,也是眼睛一亮,跟在后面走了过来。

"庄先生可真是大手笔啊,在平洲赌石市场赌涨的那块标王,可是无人不知无人不晓,有机会还要向庄先生请教一下心得……"

杨浩的叔叔上来就握住了庄睿的手,那热情的模样让庄睿有些哭笑不得,自己有屁的心得啊,全靠了这双眼睛,只是就算跟您说了,您也不能给挖了去吧?

"杨先生过奖了,运气,全凭运气而已,您几位怎么也到明标区来了?"

庄睿有些不解,缅甸公盘上的毛料,数以十万计,而明标只有万把块,按道理这些人应该盯着暗标去投注的呀。

"呵呵,我们前面几天先看明标,试试能不能投中几块料子,暗标竞争太激烈了,万一不中标,那就得空手而归了……"

对方的话让庄睿明白了过来,敢情对方觉得资本不够去竞逐暗标,所以来明标捡点便宜货。

庄睿想得没错,像杨浩这些潮州的毛料商人们,算得上是翡翠公盘里的游资,亲朋好友们凑份子来赌石的,他们是不会将鸡蛋都放在一个篮子里的,而是四处撒网,什么料子都会买上一些。

由于机械大肆开采，缅甸翡翠矿脉资源的枯竭，已经是不可避免的了，再过十多年，恐怕就没有新的翡翠原料出产了，所以以后每年的翡翠公盘，竞争都会异常激烈，而那些财力不济的公司或者个人，也会被逐渐淘汰出去。

"那杨先生你们先忙，我就是随便看看，来凑个热闹的……"

庄睿和杨浩等人聊了几句之后，就准备继续看刚才那块料子了，半天才瞅到一块灵气浓郁的毛料，庄睿是不会放过的。

"庄先生看中这块料子了？让咱们也长长见识……"

杨浩叔叔的话让庄睿本来准备蹲下去的身体，又挺直了，哥们看中了还能跟您说啊？这不是给自己找难受嘛。

"随便看看，呵呵，随便看看……"

庄睿干笑了两声，走到前面一块料子旁边，装模作样地看了起来，手里那支笔还在本子上写写画画的。

"庄睿，你先看着，我们去那边……"

杨浩有些不好意思地跟庄睿打了个招呼，拉着自己叔叔走向另外一排摊位察看毛料去了，国内市场原料紧缺这是大家都知道的事情，别人不可能将自己看中的料子告诉你，杨浩叔叔刚才那话，问的有点不合适。

庄睿等杨浩几人走远了之后，也没回身，直接蹲下了身子，眼睛却是看向刚才那块蕴含灵气的翡翠原石。

这块原石个头不小，呈椭圆形横着摆放在地上的，庄睿估摸了一下，应该有三四百斤，是块全赌料子，没有擦边和开窗，而且并没有外皮，看上去和石头无异，庄睿知道，这应该是新厂玉。

所谓的老坑种和新厂玉，区别就在于老坑种的料子，一定是带有外皮的，并且一般块头不大，而新厂玉，就是用机械挖掘，沿着翡翠玉脉开采出来的原石，这种原石不切开很难分辨里面是否有玉的。

赌新厂玉，比赌老坑种的料子，风险要大上许多，虽然这些料子的标价可能会低一点，但是里面什么都没有的可能性也更大。

庄睿没急着看原石里面的情形，而是把目光放在那毛料旁边的告示牌上，果不其然，这块料子是出自缅甸马萨新厂的。

此时的庄睿，早已不是两眼一抹黑的新手了，他对这个矿场也有所了解，马萨场的料子，种水有好有坏，曾经出过玻璃种的料子，但是狗屎地也不少，属于赌性很大的品种，唯一的特点就是出绿比较淡，这也是一般新厂原石最常见的特征。

"高冰种,可惜了,颜色太浅……"

庄睿看完外在表现之后,直接观察起内部来,种水是真的不错,灵气刚渗入石头七八公分,就出翡翠了,犹如冬天冻起来的冰一般,透明度很高,只是颜色有些淡,估计这料子取出来,也只能做一些中低档的镯子。

不过原石里的翡翠,块头却是不小,大约一米二左右的长度里,有两段都出了绿,庄睿在心中估量了一下,掏出七八十斤的玉肉,应该问题不大。

按照现在翡翠原料市场的价格,这冰种料子的价格比半年之前,已经翻了五倍之多了,这七八十斤翡翠玉肉要是投入市场,保守估价也要在两千万以上。

当然,如果庄睿能拍下来的话,是不会将之卖出去的,这块料子雕琢出来的物件,正好能填补北京秦瑞麟的中低档翡翠饰品,如果不考虑品色单一的话,仅是这块玉料,就能让秦瑞麟的中档饰品,维持两年都绰绰有余了。

"这么便宜?才两万?"

看了下那块原石的底价,庄睿心中吃了一惊,这么大块料子,即使是新厂玉,也应该在七八万左右吧,才标两万,估计在评估的时候,大会组织方也不是很看好。

缅甸公盘和平洲公盘不同,这里的毛料摊位,均是没有人看守的,只有那些当兵的,盯着这些前来购买原石的商人们,只要你不拿锤子去搞破坏,任你怎么观察,都没有人管。

"129号……"

没人看好才是捡漏的机会呢,庄睿心中一喜,赶紧拿笔把那块毛料编号抄了下来,然后在旁边做了个不是很明显的小记号,脑子里已经开始在想,等会儿出什么价位了。

"出到五十万应该差不多了吧,毕竟标价才两万……"

庄睿一边顺着这排摊位往下走着,一边在心里给那块料子订着价,但总感觉有那么一丝不对劲,又说不上来是为了什么。

"靠,两万是欧元,奶奶的,差点忘了这茬了……"

在庄睿眼睛扫过一个价位牌上的符号时,他猛然想了起来,缅甸翡翠公盘的结算,可不是用人民币,这两万元可是欧元,算下来足有十几万人民币了。

想清楚了之后,庄睿不由在心里暗骂那价位定得离谱,一点表现都没有的料子,居然就标出十几万人民币的价格来。

不过庄睿也有些庆幸,幸亏这里是明标区,所有的料子都是拍卖的,如果是暗标的话,自己要是填个两百万上去,那可就亏大了,这块料子里的翡翠,也不过值两千万人民币左右。

随着时间的推移,明标区的人逐渐多了起来,和杨浩等人一样想法的人实在不少,趁着翡翠价格上涨,国内想浑水摸鱼捞上一笔的游资商人们,此时都汇集在缅甸,他们的资金不足以去争抢暗标,所以明标就成为了最好的选择。

上万块翡翠原石,即使围着转上一圈,都要花费不少时间,庄睿标注好那块料子之后,又开始寻觅了起来,只不过这明标区的原石,都是别人不看好的料子,在看到标号为381号的毛料时,庄睿依然没什么收获。

并不是说这三百多块原石都没有翡翠,恰恰相反,足有两百块以上,都是带点绿的,只是那种水颜色实在太差,用它雕琢出来的挂件手镯,只能摆到地摊上卖,三五十块钱一个。

庄睿手上可就罗江一位琢玉师傅,罗江的年薪可是不低,他才不会拿这些劣等的玉料给罗江雕琢呢,那纯粹是浪费时间、金钱和精力的事。

"小睿,你也在这边呀?"

庄睿正顺着摊位看似漫无目的地瞎逛时,丈母娘的声音忽然响了起来,抬起头来,庄睿发现自己刚拐过一个拐角,走到了距离明标区入口处不远的地方。

"方阿姨,您不是去看暗标了吗?"

在方怡所站的那块毛料旁边,还有七八个人,让庄睿愕然的是,许氏珠宝的那位掌舵人许振东,居然也在观看那块料子,这真是不是冤家不聚头啊。

庄睿不知道的是,许振东上次从他手上花了三千万买了个垫屁股都嫌硬的破石头之后,许氏珠宝的流动资金就已经很窘迫了,这次是将国内各个珠宝分店的营业额全都归入到总公司之后,才筹措了五千万人民币,用于采购原料。

不过说老实话,五千万人民币在普通人眼里,算得上是一个天文数字了,只是放在缅甸翡翠公盘上,那是连个水滴都溅不起来的。

去年三月份的缅甸翡翠公盘上,最后的成交额,达到了三十亿人民币之多,与此相比,五千万还真是不够看的。

"你秦叔叔在看暗标,我和李师傅来看明标,咱们公司现在除了还有几块高档玉料,中低档的都快断货了,就指望这次公盘买点原料回去……"

方怡已经把庄睿当女婿看待了,从人群里退出来之后,皱着眉头把秦氏珠宝的现状跟庄睿说了一下。

秦氏珠宝看上去带来不少资金,但是这次缅甸公盘,注定会让所有人都疯狂起来,因为去年三十亿人民币的成交额,还是在缅甸政府没有颁布那条消息的情况下。

"方阿姨,别着急,翡翠市场缺原料,也不是咱们一家,说不定这次就能淘到一些好料子回去呢……"

庄睿看到丈母娘愁眉苦脸的样子,出言安慰了一下,心里想着,是不是能给他们些指点? 毕竟秦老爷子给的嫁妆可是够丰厚的,北京秦瑞麟连店面带货物,那可是上亿了啊。

"对了，小睿，我都忘了你也是懂翡翠的，来看看这块料子怎么样？"

方怡忽然想起来，去年平洲翡翠公盘的标王，可是自己这位准女婿，水平应该不会比公司里请的赌石顾问差吧。

"好，我先看看……"

庄睿也没矫情，从方怡身边走了过去，而本来围在那块毛料旁边的人，也纷纷让出道来，庄睿在赌石圈子里的地位，那可是真刀实枪切石头切出来的，比什么都有说服力。

"嗯？是块红翡料子？"

走到那块毛料旁边，庄睿皱起了眉头，这块毛料体积不小，应该有五六百斤重，算得上块大型翡翠原石了，并且外皮有壳，也就是说，是老坑种的料子，在毛料的一侧有擦边，没有出翡，但是却擦出了红雾，里面出红翡的几率相当大。

庄睿有些不明白了，按道理说，这块料子的表现，比自己解出血玉红翡的那块料子要好出许多倍，为什么会摆在明标区呢，而且看周围这些人的神色，似乎都对这块红翡巨无霸有兴趣。

庄睿不知道，要说这事儿，还得怪他，自从他拿出那些冰种红翡在北京秦瑞麟销售之后，就带动了翡翠的多色市场，不但是红翡饰品，就连黄翡、蓝翡以及紫翡翠，也都受到了消费者的欢迎，包括一向价格走低的无色翡翠饰品，在售价上都翻了两番。

"庄老板，这块料子您怎么看？"庄睿耳边响起了一个熟悉的声音。

"哎哟，韩老板，您是老前辈了，这话应当我问您啊，看这料子的表现，似乎不错啊，怎么会摆到明标区来？"

庄睿还真是不解，索性问了出来，他可没有电影里那"高人"风范，庄睿自己心里感觉自己就是个菜鸟而已。

"呵呵，庄老板，您转一圈再看看……"

庄睿闻言走到了那块毛料的背后，眼睛不禁眯了起来，他算是明白这块原石为何摆在这里了。

在这块巨无霸毛料的背面，从顶端处往下，裂开了一条足有一百多公分的裂缝，几乎就是从头裂到了脚，贯穿了整块原石。

翡翠最忌讳的就是裂缝，裂缝太多，就会大大地影响翡翠的价值，没有裂缝的原石比较少，但是这裂缝，也分为好几种，并不是说有裂缝，里面的翡翠就一定会废掉。

最常见的是夹皮绺，就是在翡翠原石上即可看到很深的裂痕，开口处有明显的铁锈或其他杂色的物质，这样的裂缝，只需用锤子轻轻地敲几下，即可震开，这种裂缝一般不会影响到翡翠的内部结构。

在绿色或其他色的边缘，按照色的走向有序生长的裂缝叫跟花绺，还有在原石上只看到一条水线或没有一点痕迹,解开后却十分明显,这种绺叫做隐形绺,对翡翠危害比较大,常说的赌裂,赌的一般就是这两种。

上面所说的几种带裂翡翠,都是可赌的,但是如果遇到了恶绺,那就人人避之不及了,所谓恶绺,就是在原石表面,可看到明显的裂痕,且大面积伸展,某些恶绺,还可见到浸润进去的各色杂质。

这块红翡就是如此,那条弯曲的像一条溪流似的恶绺,延伸处用肉眼都可以看到,褐红色和黑色还有白色的晶体,混杂在一起,即使拿强光手电照射,也无法看清里面的情形。

这种表现的原石,看在老赌玉人的眼里,那就是赌一输九,也就是说,只有一成的赢面,却是有九成会赌垮掉。

俗话说耳听为虚眼见为实,庄睿赌石也经历了不少了,被人说成是废料的原石,他都曾经解出过玻璃种来,自然要用灵气察看一番,才会安心。

顺着这裂绺,庄睿的灵气不住地向内延伸,进去几乎有三十公分了,裂绺依然存在,在石头内部,满是粉红色的晶体颗粒,却不见红翡的踪迹。

正当庄睿想收起灵气的时候,眼睛亮了一下,在石头另一面擦口十公分处,终于出现了一抹红光,"玻璃种!"庄睿心中激荡了起来,这是他第二次看打坎木场的料子,没想到又见玻璃种。

只是在庄睿继续查看下去的时候,心里不禁有些失望,那块应该有三十多公斤重的红翡,颜色稍淡了一些,和鸡血红不一样,那是一种花瓣红,虽然种水不错,但是在价值上,却是要比血玉手镯差出许多倍。

并且这块料子没有冰种和其他质地的衍生翡翠,就孤零零这么一块,庄睿在心里估算了一下,这翡翠虽然做不出血玉手镯,但是仅凭它那玻璃种的质地,一副镯子卖出个一两百万不成问题。

三十多公斤,还全部凑成了一团,掏出七八十副镯子应该是没有问题的,加上其余的掏空的碎料,其价值绝对要超出一亿五千万以上。

有了这块毛料,再加上刚才所看的那块冰种料子,如果都能拿下的话,自己的秦瑞麟,在未来几年都不缺中高档翡翠饰品了,到时候只要再赌上几块油青地之类的低档翡翠,交给秦氏珠宝代为加工一下,就能完全解决货源的问题了。

"唉,十裂九垮,这料子不是赌性大,是根本就没有可赌性……"

虽然心中狂喜,但是当庄睿绕回到人前的时候,却是一脸的沉重,开口就判了这块毛料的死刑。

"方阿姨,我刚才看到一块料子不错,咱们过去看看吧……"

庄睿在回身的时候,脑子里已经牢牢地记住了一组数字,编号5220,他已经下定了决心,拼光这次带来的所有钱,也要将这块毛料拿下,只是这编号有些靠后,估计今明两天是轮不到它的,看来以后每天的明标拍卖,自己都要来转上一圈了,否则被别人抢走,那可就赔大了。

众人听到庄睿这么一说,也轰然散开了,当然,也有不死心的,许振东就拿着把小强光手电,在毛料背后琢磨了半天,最后也是摇摇头,一脸失望地离开了。

"庄睿,那块料子真没可赌性?"

方怡懂翡翠,但是不懂赌石,她不明白庄睿为何如此肯定。

"秦太太,那是恶绺,里面即使有翡翠,也都被破坏了,不值几个钱的……"

没等庄睿回话,身边的李师傅就出言解答了,方怡似懂非懂地点了点头,看看表已经中午十二点多了,连忙联系上秦浩然,约在一起吃饭去了。

有那位李师傅在旁边,庄睿也没出言解释。

第四章 缅甸翡翠王

下午各人又分开了，这会场里的毛料太多，挤在一起看，不如划分区域，将有价值的毛料都统计出来，然后回去慢慢分析了，毕竟每天观察毛料的时间，只有从上午九点到下午五点短短八个小时。

到了下午，会场的人更多了，按照秦浩然的说法，这次公盘，估计有三千人进场，而前几年的翡翠公盘，能有一千多人都了不得了。

庄睿已经看到明标区编号在 5000 之后的料子了，由于那块巨无霸红翡料子距离明标区入口比较近，也吸引了不少人，只是在察看之后，都留下了一声叹息。

明标区人数最多的地方，就是编号在前 2000 的原石区域了，这也是今天要进行拍卖的 2000 块原石，拍卖在下午三点开始，随着时间的推移，所有人都憋足了劲，等着拍卖时拿下自己看中的料子。

拍卖并不是在赌石现场进行，而是在玉石交易中心的一个礼堂里，这个占地面积不小的礼堂，被分隔成了十个拍卖厅，每个拍卖厅的墙壁上，都挂着一个巨大的显示屏，不停地滚动着下面所要拍出的玉石编号。

每两百块原石，为一个拍卖区，庄睿看中的那块冰种料子是 129 号，自然被划分在一号拍卖场地内，在出示了自己的入场证并进行登记之后，庄睿领到一个标号牌，坐到了排在中间的椅子上。

"哎，那位先生，请按您的标号牌入座……"

庄睿刚坐下，就被人给招呼起来了，一位操着熟练汉语的工作人员走了过来。

"不是随便坐的？"

庄睿愣了下，在平洲那会儿可是去早了有位置，去晚了就只能站着的，所以庄睿一直都在这边等着，却没想到还要对号入座。

"当然不能随便坐，我们这里每个拍卖厅，只能容纳一百人参加拍卖，来晚了没有申请到标号牌,就不能参加了……"

工作人员看了一下庄睿的标号牌,然后将他领到了第一排椅子前面,庄睿的标号牌是8,算是最早一批进入到拍卖厅的人了。

"靠,还有这种说法啊?"

庄睿心里郁闷了,看来明后天到三点的时候,一定要计算好那块巨无霸红翡的拍卖场地,再去申领标号牌,否则连拍卖资格都没有的话,那可就亏死掉了。

其实要说这缅甸玉石交易中心,算是缅甸比较奢华的建筑了,偌大的场地,足以容纳上千人的大型礼堂,并且冷气开得很充足,完全没有外面那种燥热的感觉。

"嗯,这是什么?"

庄睿在前排坐下之后,发现在椅子的把柄处,放有一个类似刷卡机一样的物品,有个电子屏,并且面板上还有1-10的按键,身边的椅子把柄也是特制的,有一个卡扣,可以固定住这个物件。

"嘿嘿,庄大哥,您连这个都不知道,就来拍卖场啦?"

庄睿身后突然响起杨浩的笑声,回头一看,杨浩和他叔叔正好坐在自己后面一排,把卡在把柄上的那个东西拿在手里把玩着,庄睿四处看了一下,这才发现,原来在每个座椅处,都有一个这个东西。

"杨老弟,这东西是干吗的啊? 有什么用?"

庄睿连忙问道,万一等会儿开拍了,自己还稀里糊涂的,那块冰种料子要是被人抢走了,那可就冤枉死了。

杨浩嘿嘿笑了一下,扬了扬手里的一个小册子,说道:"庄大哥,刚才您领标号牌的时候,给了一个这样的小册子吧,您看下就明白了……"

"嗯? 还真是……"

庄睿刚才以为塞给自己的又是什么宣传资料之类的东西,就随手把那小册子装进手包里去了,这会儿翻找出来,看到那册子封面上,写着几种语言的《拍卖须知》四个字。

"还真是挺先进的呀……"

庄睿看完那只有两张纸的册子之后,不禁感叹了一句,敢情发给自己的标号牌,就是用于对号入座的,并非是像电影上演的或者是自己以前所参加过的拍卖,举手叫价的。

而庄睿没搞明白的那个东西,叫做投标器,明标拍卖的进程,全指望手边的这个投标器了,这是缅甸方面,特意针对明标拍卖,在国外开发设计出来的一套电子程序。

明标开始之后,在拍卖厅的那个电子大屏幕上,会出现1到2000的毛料标号,是的,是1至2000,而不是庄睿所想的,每个拍卖厅只能拍卖那200块毛料,只要身处任何一个拍卖厅里,都可以拍所有的开拍的毛料。

也就是说，庄睿并不一定非要坐在一号拍卖厅里，即使来晚了，只要申请拍卖的人没满一千人，就有机会参加拍卖，而往年来缅甸参加公盘的人，也就是一千多人，基本上不会出现位置不够这种问题的。

拍卖开始之后，在大屏幕上出现的每个编号下面，都会出现那块毛料的底价。

你看中了哪块原石，就可以先在手中的投标器上输入标号，然后按下空格键，再输入你所要投出的金额，大屏幕上的数字，马上就会随着你的操作而变化，在大屏幕上所显示出来的金额，始终都是最高报价。

如此一来，根本就不需要拍卖师废什么话了，在座的众人都能看到投注的变化，可以根据自己的需要，决定是否加价。

在这本拍卖须知的小册子上，还重点提及了一点，那就是所有的原石毛料，拍卖时间都是两个小时整，就是从下午三点到五点，如果这个时间内毛料没有人报价，那就等于流拍，要是有人报价，中标者就是时间截止时，报价最高的那个人。

需要提及的是，所有流拍的毛料，在一个星期之后，还会进行一次拍卖，有些没来得及出手，或者开始不看好，后来又想买的人，还有一次机会。

所有的投标器，都是和电脑连接的，如果你中标了，电脑马上就会统计出来，等拍卖全部结束时，你可以凭借自己那个号牌，去付款并领取毛料，也可以办理现场托运。

当然，如果您想现场解石的话，组委会也是很欢迎的，同时会给你提供全套的解石工具，毕竟现场解石会带动人们购买的欲望，尤其是在赌涨的情况下。

看完了小册子，庄睿心中才恍然大悟，刚才他就在想，这每个拍卖厅里都有200块毛料，如果是人工拍卖的话，就算是三分钟拍出一块来，那么也要六百分钟，整整十个小时。

而大会所定的明标拍卖时间，是每天的下午三点至五点，唯有用这种拍卖方式，才有可能将所有的毛料都拍出去。

本来庄睿想着这分隔成十个拍卖厅，是为了加快拍卖的速度，现在看来，却是为了方便投标着想的，毕竟一千多人都坐在一起，估计后面的连屏幕上的标价都看不清了。

"这方法不错……"

看完册子之后，庄睿点了点头，等会儿自己盯紧129号标就行了，而且这还有个取巧的地方，就是开始并不需要投注加价，只要等投标时间快要结束的时候，输入的价格比旁人高就行。

当然，有这想法的并不是庄睿一个人，所有在座的毛料商人们，打的都是这个主意，这就要看到时候谁的手快，谁出的价最高了，估计那些被人看好的毛料，在最后一刻，说不定同时会有几百人报价。

如果你想同时拍几块毛料，都在最后关头吃下的话，只能多申请几个号牌，让别人帮忙了,不过来缅甸的人都不会是一个人,像秦浩然他们,在之前,都有着明确分工的,这个问题也很好解决。

就在庄睿刚刚看完《拍卖须知》,一个个头不高,长得有些瘦弱的中年人,在现场工作人员的引导下,来到了一号厅,径直走到那屏幕下方的主席台上坐了下来,开口说道:"我叫胡荣,本届玉石投标会明标拍卖,由我来做监督,现在拍卖开始,请大家留意拍卖价格及自己的出价,谢谢……"

那个叫胡荣的人,先用缅甸语将上面的话说了一遍,然后又分别用汉语和英语讲了一次,话说得很是干净利索,通过扩音器,胡荣的声音传遍了整个拍卖大厅。

在他话音落下的时候,头顶上面的大屏幕,迅速闪动了起来,1 至 2000 的白色数字密密麻麻地出现在上面,对应在数字下面的,则是一个个很显眼的红色底价,庄睿一眼就看到了 129 号标,底价是两万欧元。

"没想到是胡大师来做监督,这大会的面子还真不小……"

庄睿正准备看看其他几个自己留意的标价时,身后响起了杨浩的嘀咕声。

"杨浩,谁是胡大师?那个坐在前面的人?"

庄睿听得莫名其妙,那中年男人长得很不起眼,大约四十岁左右的年纪,面相有些显老,穿着一身中国古代传统的薄丝绸褐色短褂,总之庄睿是看不出那人哪里有大师的风范。

拍卖刚开始,所有人都十分轻松,对于这场拍卖会,最后的几分钟才是刺刀见红的时刻,所以众人即使看好了毛料,也不会贸然出手,那样只会引来别人的关注,得不偿失,所以庄睿回过头去,问了杨浩一句。

"庄哥,那个人可不简单,他是在缅华人,在世界翡翠珠宝圈里,都是大鳄级别的人物,我见过他的照片,没想到会在这里见到他……"

杨浩说起那人的时候,神色很是尊重,庄睿知道,对于潮州人而言,他们所尊敬的人大致有两种,一种是比自己有钱的,另外一种就是有很大成就并且很刻苦的人,因为潮州人能被外国人称之为中国的犹太人,凭借的就是坚韧和能吃苦耐劳。

随着杨浩的讲述,庄睿的面色也渐渐凝重了起来,这位叫胡荣的缅籍华人,还真是不简单。

胡荣不但是缅甸最有钱的华人富翁,本身还是一位著名的翡翠设计家,是设计家而不是设计师,这也是杨浩称他为大师的原因。

另外胡荣还有一个不同凡响的身份,让庄睿听到后都咋舌不已,那就是,他本身是缅甸 18 个翡翠矿坑的主人。

翡翠和软玉,虽然都是玉石类的一种,而且产自国内的软玉如和田玉等品种,应该算得上是老大哥,在中国历朝历代都备受重视,甚至连皇帝玉玺,都是软玉雕琢出来的。

但是到了近代,尤其是改革开放以来,翡翠价格突飞猛涨,以让人炫目的速度,在短短的二十年中,价格翻了数百倍,现在翡翠饰品的市场价格,已经远超软玉饰品了。

庄睿不过是拥有一个和田玉矿,不动产就超过了五亿,而那位胡荣,坐拥18个翡翠矿坑,这是一笔多么大的财富啊,即使全部是新矿坑,那价值也是无法衡量的。

胡荣在翡翠玉矿逐渐枯竭的今天,他能拥有18个矿坑,其本身的财富,用富可敌国来形容,一点都不为过。

当然,这些财富并非是胡荣一人创造出来的,他生于缅甸最大翡翠矿区帕敢的华侨家庭,从曾祖父那一辈起,他的家族即开始从事翡翠开采与原石买卖,在缅甸北方经营了上百年的胡家,最后拥有了这18座翡翠矿坑。

像很多缅甸孩子一样,胡荣的教育是从寺庙开始的,九岁那年,他就被送进寺庙出家,到十五岁还俗回家,他随即前往缅甸瓦城"金色宫殿僧院"潜修静坐,学习佛法。

1983年,胡荣进入瓦城大学读书,主修矿物学和哲学。从1985年起,成年的胡荣开始承继家业,往来缅甸和泰国之间,从事翡翠,红、蓝宝石的原石买卖,同时也开始学习宝石切割技术和珠宝设计。

胡荣之所以在翡翠行有举足轻重的地位,不单是因为他拥有18座翡翠矿坑,也因其本人是一位杰出的玉石设计雕刻家。

在知道了胡荣的身份之后,庄睿的目光也不由停留在他身上,两人坐的位置不过相隔了几米,似乎感觉到庄睿的目光,胡荣向庄睿看来,微微笑着点了下头,那张看似平常的脸露出笑容之后,给人一种十分亲近的感觉。

庄睿回了个微笑之后,开始关注起大屏幕上的标价来,毕竟这胡荣再有钱,也和他没什么关系,只是同为华人,庄睿对留在缅甸的胡氏家族,心中还是很钦佩的。

大屏幕上所有的标底,在开始的时候均为红色,但是只要有人投标,颜色马上就变成了蓝色,在黑底红白相间的数字里,极为显眼,现在上面的数字已经有了变化,有些耐不住性子的人,开始投标了。

不过这些人还是少数,大屏幕上只有稀稀拉拉的数十个数字起了变化,想来是投石问路的,庄睿仔细地观察了一下,自己所看中的那块冰种料子,并没有人投标。

庄睿还是有把握拿下那块毛料的,因为从外观上来看,那块全赌原石,和一块废石头没有什么区别,唯一能吸引人的地方,并不在石头本身,而是石头旁边出自马萨新厂的注解,说明了石头的来历,或许会让一些四处撒网的人,碰碰运气,不过这些人出的价格,想必不会太高。

和庄睿在国内见识的那些剑拔弩张的拍卖会不同,缅甸公盘的明标拍卖,显得十分平静,会场里到处都是"嗡嗡"的声音,这是那些等待最后时刻到来的商人们,扎堆聊天的声音。

并且电话声也是不少,庄睿刚刚就接到了秦浩然的电话,问了他几句拍卖的事情,秦浩然并没有参加明标拍卖,现在还在外面挑选暗标毛料呢。而庄睿身后的杨浩,也低声和自己叔叔说着话,内容和这拍卖完全无关。

随着时间的推移,大屏幕上的数字,逐渐开始发生了变化,并不是所有人,都留到最后才出价的,他们也想看看,自己选中的毛料,究竟有多少人看中了,到后面自己也好调整价格将之拿下。

虽然说赌石也疯狂,但是毕竟谁的钱都不是大风吹来的,不会平白无故地扔在这些石头上,在座的这些人,都想以最接近标底的价格将其拍下来,所以开出稍稍高于标底的价格探下路,是十分有必要的。

一般的拍卖,进程都是相当火爆刺激的,但是这种拍卖,却是十分的沉闷,紧张于无声之处,让人的心头有些压抑,就像是在心口堵了一块大石,只有拍卖结束,才能顺畅地呼吸。

聊天是缓解这种压抑气氛的最好办法,所以在等待最后时刻到来之前,庄睿也时不时侧过脸,和身后的杨浩叔侄闲聊着,时间过得倒也很快,不知不觉间,已经过去了一个多小时。

"嗯?!"

庄睿的眼睛忽然死死盯在了大屏幕上,因为此时,标价为两万欧元的第 129 号标,下面的数字,突然跳了一下,变成了蓝色的两万五千欧元,有人出价了。

这使庄睿突然紧张起来,他没经历过这种拍卖,也不知道这是游资在撒网碰运气,还是真的有人看好这块原石,一时间,庄睿的面色变得凝重起来。

"庄哥,看中的料子有人出价了?"

杨浩见庄睿突然停止了说话,知道肯定是他看中的料子,有人投标了。

"嗯……"

庄睿点了点头,心里有些烦躁,这块冰种料子的市场价值,最少在两千万人民币,如果加工成饰品,不会低于五千万。

所以庄睿无论如何都要将之拍下来,但是这价格要是出高了,那心里肯定是不爽啊,如果没人争,庄睿肯定只加个一万欧元将之拿下,但是现在有人探路,庄睿心里就没底了。

"小庄,没事,不用紧张,这种明标投标,很多人故意撒网胡乱拍一些底价比较低的原石,目的是混淆别人的视线,从而拿下自己想要的毛料……"

杨浩的叔叔见到庄睿有些紧张,出言给他解释了一下,自己的眼睛也顺着庄睿的目光向大屏幕看去，他是想看看这好运小子，究竟是投的哪块标。

不过杨浩叔叔注定是要失望的，因为那大屏幕上密密麻麻的数字，让他根本就无法得知庄睿心中的毛料编号，最后只能悻悻地收回了眼神，注意起自己看好的毛料来。

"混淆别人的视线？"

庄睿被杨浩叔叔的话说得心中一亮，这些标底的价格都不是很高，即使买下来，也不过花个几十万，并且也不是所有的毛料里面都没有翡翠，只是翡翠质量一般而已。

想到这里，庄睿翻出了自己记录的本子来，把外观表现比较好，但是翡翠品质一般的原石编号，都看了一遍，心中有了主意。

"318 号标，没人投？投个三万一千欧元，420 号标，也投五万一千欧元，769 号，靠，六万欧元的标底，已经被炒到二十八万了，哥们不凑这热闹了，换个来投……"

庄睿开始不停地忙活了起来，他把那些外皮表现不错的毛料，都加了一两千欧元投了上去，庄睿不怕那些标没人加价，就凭现在翡翠市场的火爆程度，那些毛料，一定是备受关注的。

庄睿这么一搅局不要紧，却让大厅里所有的人，都坐不住了。

第五章 来搅局的

庄睿所投的那些毛料，都是里面出了翡翠的，虽然品质不算太好，但是也能做一些低档饰品，即使没有人加价，自己买下来也不至于亏本，话说一个珠宝店，可不单单是靠那些数十万上百万的珠宝支撑起来的。

只是庄睿这么一搅和，整个拍卖大厅算是乱了套了，原本有些嘈杂的大厅，像是看电视被人按了静音键一般，猛然寂静了下来，静得落针可闻，人们脸上均是一副愕然的神色。

只是这寂静还没维持十秒钟，就"轰"的一声炸响开来，有的人在往外拨电话，估计是被老板派来报价的马仔；有的在喃喃自语，这是在计算自己需要花费多少钱，定个什么样的标位；更有人在左张右望，看能不能找出那个投标的人来。

拍卖厅里的这些人，虽然憋足了劲磨刀霍霍地准备拿下几块毛料，但都还比较克制，除了几块表现特别好的原石毛料之外，剩下的原石并没有出现恶意抬价的现象，现在有人横插一脚，接连在 60 多块毛料上报出了投标价，顿时引起了轩然大波。

或许有些朋友不理解，这要拍卖的毛料，一共有 2000 多份，只投出了 60 多份，不会那么显眼吧？

如果这样想，那就错了，虽然这开拍的原石不少，但是有所表现的或者说表现不错的，也就那么一两百块，这些毛料都被有心人死死地盯着的，就像庄睿一般，刚才看到有人投 129 号标毛料，那心立马就提溜起来了。

"小睿，你在拍卖厅吧？别紧张，按照自己预先定下来的方案去做，不要乱改投标金额，有什么事给阿姨打电话……"

方怡怕庄睿年轻沉不住气，连忙打了个电话过来，她虽然赌石不行，但是对于商业运作，却是非常娴熟，方怡一眼就看出来了，这批量投标加价的行为，不过是有人在搅局而已。

别看现在最高的一块标价不过是六十万欧元，等到开标以后，估计那些表现好的料子，没一块会低于六十万欧元，也就是六百多万人民币，那投标的人如果想将这些毛料都吃下来，恐怕没个五六亿的人民币，想都不用想。

"谢谢阿姨，我知道的……"

庄睿礼貌地回了一句，挂上电话后，暗地里笑得差点肚子疼，哥们需要担个哪门子的心啊，看着乱哄哄的拍卖厅，庄睿心中很有股子恶作剧成功之后的快感。

"庄哥，刚才那事不会是你干的吧？"

杨浩把脑袋伸到庄睿耳边，小声地问了一句，他刚才看庄睿转过头后，就不停地在投标器上操作着什么，心中估计这事十有八九是庄睿干出来的。

"杨老弟，绝对不是我，你可别乱说啊……"

庄睿做贼心虚地往四周看了一眼，这要是承认了，那可就成了全民公敌了，这会儿庄睿耳边没少听到骂骂咧咧的声音，真被众人知道是他干的，说不定就有那冲动点的，来找他练练拳脚。

"嘿嘿，是你干的也没关系……"

杨浩看到庄睿的举动，哪里还会猜不出来，不过知道是庄睿后，心里也有底了，又和他叔叔聊起天来，不时地观察一下他们看中的毛料情况。

"哇，一百万欧元！"

忽然，一号厅里响起了一个声音，紧接着与之相邻的几个拍卖厅，都传出了惊叹声。明标的料子，品相再好，那都是相对而言，比暗标的要差出很多，一百万欧元那就是一千多万人民币了，这在明标里，算是比较高的价格了。

庄睿看了一下，那块毛料算是这前2000块原石之中，不错的一块，里面能掏出几十公斤豆青种的料子来，不过其价值顶天就是六七百万人民币，一千万就偏高了，即使做成饰品，也赚不到几个钱的。

"妈的，老子按错了啊！"

一声惨嚎，突然从庄睿身后四五排的地方传了出来，引得众人纷纷扭头望去，就连坐在主席台上的胡荣，也露出了忍俊不禁的神色。

这种事情虽然在历届缅甸翡翠公盘上都有发生，但几率是非常小的，大多都是在暗标填错单子，明标拍卖多按个零，这事却是很少见，这人实在是够倒霉的。

"刚才是谁乱投标的呀？有种站出来……"

在哭丧着脸呆坐了几分钟之后，那位倒霉先生大声地喊了起来，一脸不忿的神色，他刚才有点心急，就准备把七万欧元的标价，给抬到十万，却是没想到，心里一紧张，就多输入了一个零，当时他并不知道，就按了确认键，直到拍卖厅里有人喊出来，倒霉先生才大梦初醒，敢情这事是发生在自己的身上啊。

看着那人垂首顿足的模样，庄睿不由得缩了缩脖子，心里却有些不以为然，关哥们什么事啊，自己输错了金额，心理素质不过关，不要找客观理由嘛。

"这位先生，请坐下……"

现场维持秩序的工作人员走了过来，脸上也是带着笑意，这倒不是在幸灾乐祸，只是这样的事情发生的实在有点少，这一进一出，那价格就整整往上翻了十倍啊。

那个人摇了摇头，无奈地坐了下去，他也知道这其实怪不得别人，低头闷闷地计算了起来，去掉这一百万欧元，自己还能有多少钱，是否要放弃此次公盘，下次找别人代替自己来？

不过这人最终还是决定一百万欧元拿下这块毛料，因为按照他的预计，这块料子大涨的可能性极大，自己应该不会赌垮的，咬了咬牙，这人放弃了逃标十年不进缅甸的念头。

由于出了这么一摊子事，这块毛料最终也没有人再提价，让此人顺利地拍了下来，相对于后面几天频出高价的场面，他算得上是捡了个大便宜，不过这些都是后话。

"还有十分钟……"

随着时间的推移，庄睿看了下表，还有十分钟，就要到今天的明标截止时间了，大屏幕上第 129 号标下面的数字，依然显示的是两万五千欧元，也就是说，从有人投出这个价格后，就再也没有改变过，看起来关注的人并不是很多。

大屏幕上的蓝色数字，也逐渐地多了起来，大概有一千四五百个标号下面，都显示有人投标了，而另外那些原石，如果时间截止之后，没有人投标的话，将会流拍，当然，也不能排除有人在最后发力。

"哇，三百二十万欧元……"

一阵叹息声，引起了庄睿的注意，1888 号标，标价已经被抬高到了三百二十万欧元，这也是现在大屏幕上的最高价，换算成人民币就是三千多万。

这块原石庄睿还是有印象的，是一块半赌毛料，大约重一百多公斤的样子，切面出绿了，并且品质不错，达到了冰种，只是在毛料的另一面，出现了裂缝，不然的话，就会放到暗标区去了。

现在这个人出到这个价格，很明显是位赌缝的高手，他赌裂缝往里面渗入的不深，那样的话，出高绿玻璃种翡翠的几率，还是很大的。

不过高手一般都是被人踩的，庄睿心里明白，那块毛料的裂缝，几乎贯穿了整块料子，而切石的人才是真正的高手，那切面就是整块原石表现最好的地方，这三千多万，投标的人注定会赔得血本无归。

"别是方阿姨投的……"

庄睿心里冒出了这个念头，看看时间还有五分钟才结束，连忙拿出电话，拨给了方怡。

33

"小睿,什么事?是不是有什么不懂的地方?看不准千万不要勉强投标啊……"方怡接到庄睿的电话,有些意外,马上就要开标了,她实在是没时间多讲。

"不是的,方阿姨,我是想跟您说一声,那块编号1888的毛料,您千万别投标啊,我不看好,那块裂绺,很有可能会将整块原石都破坏掉的……"

庄睿的声音有些急切,也有些自责,自己看了半天的热闹,就没想起来提醒下丈母娘,怎么说也快成为一家人了呀。

"哦?小睿,你确定?"

方怡那正在输入数字的手指,停在了按键的上面,脸色凝重地问道,她的赌石顾问非常看好这块料子,只是方怡很沉得住气,准备在最后关头输入四百万欧元将之一举拿下。

"我有80%的把握,这块料子会赌垮掉……"

庄睿的话,让方怡彻底把手指拿开了,20%赌涨的几率,她是不会去赌的,再怎么说庄睿都是自己人,不会信口开河的,而且论起在赌石圈里的名气和战绩,自己请来的赌石顾问,还不如庄睿呢。

方怡迟疑了一会儿,最终还是决定放弃1888号标,此次拍卖,只有她一个人进入了拍卖厅,不过投标方案却是在之前就制定好的,庄睿的这个电话,也算是打乱了她的部署吧。

其实庄睿何止打乱了方怡一个人的投标方案,这场内一共坐着八百多人,恐怕最少有七百多都受到了他的影响,庄睿刚才的那番遍地撒网的举动,也不排除是国内的资本大鳄干出来的,所以在最后的投标金额上,所有人都慎重地把心理价位又提高了不少。

"还有三分钟……"

看了下大屏幕上那正在倒计时跳动着的数字,庄睿也变得紧张起来,129号毛料,可以缓解京城秦瑞麟店一两年的中高档翡翠饰品的压力,庄睿势在必得。

整个大厅现在都变得静悄悄的,没有一个人说话,只有一种奇怪的声音在大厅里响起,"呼呼"的像是拉风箱的声音,这是众人大声喘气的声音。

"两分钟……"

庄睿看到大屏幕上129号标的价位,依然是两万五千欧元,心里松了一口气,左手端着投标器,右手在按键上操作了起来。

"二十万欧元,应该稳稳将其拿下了吧……"

看着投标器液晶显示屏上的一个2和5个0,庄睿长吁了一口气,把手指放到了输入键上。

按照庄睿的想法,那块毛料外在丝毫都没有原石的表现,如果不是下面的注释说明,肯定很多人会将之当成一块废弃的破石头,这也是新厂翡翠卖不上价格的原因之一,它们外皮的表现,没有老坑种的那样出彩。

"妈的,不行,再加十万……"

看着时间已经到了最后一分钟,庄睿心里突地跳了一下,感觉二十万欧元还是不怎么保险,于是取消了投标器上的价格,重新输入三十万欧元,情急之下差点输成三百万。

庄睿看中的那块料子只不过有人抬高了五千欧元,就让他紧张至极,他刚才捣鬼的行为不知道让此次组委会多赚了多少欧元呢,很多人都怕拍不下自己看中的原石,全都在原先的心理价位上又加了不少钱。

要是缅甸方面知道了这件事情,不知道会不会给庄睿颁发一个最受欢迎顾客奖,但是如果被那些商人们知道了,庄睿肯定就会变成过街老鼠人人喊打。

"十秒……九秒……七秒……五秒……"

当大屏幕上的数字跳到五秒的时候,庄睿右手的食指,重重地按在投标器上的确定键上,顿时大屏幕上的 129 号标下面的数字,变成了三十万欧元,取代了原先的两万五千欧元。

庄睿之所以选在最后五秒投标,那是因为五秒钟的时间,已经无法改动投标金额了,就算别人也看上了这块料子,估计也来不及重新输入数字了。

就在庄睿按下确定键后,整个大屏幕上的数字,都疯狂地跳动了起来,在那一瞬间,没有人知道发生了什么,也没有人能够看清屏幕上任何一个数字,因为所有人都集中在这个时间去投标,屏幕闪动得令人眼花目眩。

整整十余秒钟,拍卖厅里众人的眼睛,都被那些闪动的数字搞花了,没有人知道自己所投的标是否中标。

庄睿在心中鄙视了一下缅甸组委会,说好五点截止投标,但是时间过去了近二十秒,那上面的数字才停止闪动,看来自己下次还要再晚点投标,说不定有机会改动标价呢。

"中了,我中了!"

"妈的,怎么这么高啊……"

"钱是大风吹来的吗?这破石头还有人出一百万?"

当大屏幕上的数字停止跳动之后,所有人都在寻找自己所投原石的最终价格,一时间,整个拍卖厅都喧闹了起来,有庆幸欢舞的中标者,有垂头丧气低声咒骂的落标者,欢笑与失落的神色,遍布在每一个人的脸上,整个就是一缩影了的社会众生相。

"中了!"

庄睿终于找到了 129 号标,下面那显眼的三十万欧元,让庄睿兴奋地站起身来,狠狠地挥舞了下拳头。

虽然庄睿能看透原石,能找到翡翠,但是这种投标方式,不确定性实在是太大了,在开标之前,没有任何一个人,敢说自己能稳稳中标,所以此时的庄睿兴奋莫名,他感觉这比赌石还要刺激。

赌石所经历的一刀天堂一刀地狱,那一刀下去,还需要个几分钟半小时呢,但是这明标拍卖,在短短的几十秒钟,就让人经历了一番天堂地狱,那感觉实在是刺激得很。

"庄哥,你中标了?"

庄睿身后响起了杨浩的声音。

"对,中了一块,你们怎么样?"

庄睿问出话后,就感觉有些不对,因为杨浩这叔侄俩,脸上挂满了失落,不用问,肯定是没中。

"没中,我们投了六块标,一块都没中,看来今年的缅甸公盘,又要创出一个记录来了。"

杨浩的叔叔满脸苦涩地答道,他已经在自己的保守价格上,又往上加了不少钱,原本以为能中上一两块的,却没有想到居然全军覆没,一块都没到手。

听到杨浩叔叔的话后,庄睿抬头看向大屏幕,心中也是吃了一惊,原先那块三百二十万欧元的毛料,最终的成交价,居然达到了五百八十万欧元,这可是将近六千万人民币了。

第一天的拍卖就出现如此高价,已经打破了历年来缅甸翡翠公盘的记录了,不仅是庄睿,所有在场的人心里都沉甸甸的,看来后面的竞争还将更加激烈。

现在屏幕上的数字,只有一百多块没有变色,那数量极少的红色数字,在一屏幕蓝色中,显得极为显眼,2000块原石,流拍的只有100多块,这拍出的1000多块毛料之中,不知道有多少人是花了巨款,买下一块毫无表现的破石头。

"庄大哥,我们先走了,咱们明天再见……"

杨浩等人没有中标,他也没心思喊庄睿出去游览仰光了,打了个招呼之后,走出了拍卖厅,而此时拍卖还没有结束,拍卖厅里依次响起了三种语言,提示中标的人,拿自己的标号牌,前去办理手续。

"小睿,你中标没有?"

方怡和庄睿约好了在一号厅门口见面,一见到庄睿,方怡就问了出来,脸上有几分得意的神色,庄睿估计丈母娘应该是投中了几块石头。

庄睿笑了笑,说道:"中了一块,方阿姨,您是不是也中标了? 中的哪几个标号啊?"

"中了三块,价格还可以,总共加起来两百三十万欧元……"

方怡把手中的本子递给了庄睿,这些可是一个公司的最高机密,不过方怡显然是不防备庄睿的。

"两百三十万欧元……"

庄睿看了下那几个标号,这原石那么多,就算是出绿的料子,庄睿也不可能都记住,连忙在自己本子上找了下,还好,都是自己有记载的,说明这几块料子不是废料,并且那块788号料子,庄睿还有点印象,里面有金丝种的翡翠,做出成品后,能值一千两三百万人民币,三块加起来,秦氏珠宝应该不会赔钱。

此时方怡也知道了庄睿拍中的是129号标,不过她对那块石头就没有什么印象了,两人坐在一号厅里,等着去办理中标手续,这办理手续的顺序,是按照每个人的中标价格来安排的,中标金额高的原石,优先办理,然后依次按照中标价往下排。

庄睿的那三十万欧元,应该在数百名之后了,不过很多人都投中了好几块,加上组委会一共开设了十几个窗口办理,估计等上个半小时,就能轮到庄睿了。

"嗯?方阿姨,这是怎么回事?"

庄睿发现原本在一个窗口排队办理手续的人,呼啦啦都涌进自己所坐的一号厅来,不由有些莫名其妙。

"可能是中标金额相同吧,那样还需要二次拍卖……"

庄睿一听有热闹看,连忙站起身来,和方怡一起跟上去,反正轮到他办理手续还要等上一会儿呢。

果然,是两个人对一块毛料的出价完全相同,而让人感到好笑的是,这两人都想到一起去了,对这块毛料标出了八万一千欧元的价格,原本是指望那一千欧元杀敌制胜呢,结果却等来了二次拍卖。

按照大会的规定,如果有出价相同的情况,双方又都不愿意退让的话,那将由大会监督人进行二次拍卖,同时中标的双方或者是多方,都可以在中标价格上继续加价,最后自然是价高者得。

"请问,二位都不愿意放弃这个标,是不是?"

作为此次拍卖监督人的胡荣,已经开始询问两个当事人,是否有人愿意放弃了。

刚才二人都看到了,此次原石拍卖出来的价位大多都高得离谱,这两人虽然对那块毛料是否能出翡翠,并没有多大的把握,但是也不愿意放弃,一场两人之间的拍卖开始了。

"每次出价不得低于一千欧元,二位可以开始出价了……"

胡荣的神色很淡然,这么点金额的拍卖,很难引起他的兴趣,这段时间他正在台湾做一家珠宝公司,如果不是关系到自己那些翡翠矿的实际利益,他才懒得来这里呢。

"十万欧元……"站在左边那人想先声夺人,直接就加了一万九千欧元。

"十万五千欧元……"右边的人明显地迟疑了一下,但是并没有放弃,还是往上加了五千欧元。

"十一万……"最先开价的那人,毫不犹豫地叫出了价格。

"我放弃了……"

众人来缅甸是发财来的而不是来置气的,十一万欧元的价格,已经相当于一百多万人民币了,对于表现一般的明标料子而言,有点偏高了,另外一人很明智地选择了退让。

"小睿,走,我带你去认识个人……"

看到拍卖这么快就结束了,一群看热闹的人,顿时一哄而散,方怡拉了庄睿一把,正准备上前和胡荣打招呼的时候,突然大厅里响起了让方怡前去办理拍卖手续的声音。

正在桌前收拾东西,准备离开的胡荣,听到声音后抬起了头,正好看到方怡,向她笑了笑,摆手示意方怡先去办理手续,并做了个电话联系的手势,看在庄睿眼里,自己这丈母娘和对方似乎很熟悉啊。

不过这也让庄睿失去了认识这位传奇人物的机会,在方怡办理完手续之后,胡荣已经离开了拍卖场,庄睿又等了十几分钟,听到广播里叫出自己的名字,也去办理拍卖手续了。

款项的支付分为好几种,买家可以现场签订《中标合同》,但是不一定要马上付款,只要在三个月内将钱打入缅甸指定的账户里,就可以要求对方免费托送原石。

另外也可以让其在缅甸的担保公司来支付,当然,这钱肯定是双方结算好的。

最后一种就是现场支付全款,如果原石金额在三十万欧元以上,可以成为缅甸公盘的尊贵客人,在下次进行公盘时,可以获得优先邀请,并且有许多的优惠政策。

庄睿那块原石的价格,正好就是三十万欧元,他支付的是全款,并且要求对方代为托运,托运的地址是他在彭城的别墅,那里地方偏僻,没有人打扰,并且有一套完善的切石工具,是庄睿心中解石的最佳场所。

在签署了合同支付完钱款之后,庄睿又在工作人员的提示下,填写了一张表格,留下了自己的电话,这样以后即使不用国内玉石协会的名义,庄睿也有资格来参加缅甸翡翠公盘了,而且还是由政府邀请的最为尊贵的那种客人。

在这些手续完成之后,庄睿离开时,却是被两位实枪核弹的缅甸军人给"送"出来的,搞得庄睿心脏怦怦地跳个不停,参加拍卖被军人护送于他而言还是第一次。

第六章 富有的亲戚

从拍卖场走到缅甸国家玉石交易中心门口,需要经过那片原石区域,庄睿发现,本来热闹熙攘的地方,现在除了一队队巡逻的军人之外,再也看不到一个毛料商人了,已经清场了。

"庄哥,您出来啦……"

走出玉石交易中心的大门,彭飞迎了上来,而秦浩然夫妇则站在不远处,身边停着早上送他们过来的那辆小巴车。

秦浩然见到庄睿出来,摆了摆手,说道:"走吧,回酒店,晚上一起吃饭……"

由于庄睿没在,宋军和马胖子没好意思蹭车,已经先坐组委会提供的大巴车回酒店了,车上就庄睿、彭飞、秦浩然夫妇和那四位赌石师傅。

"秦叔叔,这才刚六点十分,人怎么走得这么干净啊?"

庄睿问出了心中的疑问,虽然说是每天六点钟结束看标,但是这效率也忒高了点吧。

"能不干净吗,那些当兵的可是拿着枪来赶人的。"

秦浩然笑着给庄睿解答了一下,秦氏珠宝今天拍下三块毛料,秦浩然心里十分高兴,正常来说,三块里面只要有一块切涨了,那就不会赔钱了,毕竟现在的翡翠饰品市场也是水涨船高,价格升得很快。

"对了,小睿,你怎么那么不看好那块 1888 号标啊?"

车子开动之后,方怡突然想起了这件事,那块料子最后的中标价为五百多万,换算成人民币就是五千多万,说明别人还是很看好的。

方怡问出这件事情后,几位赌石师傅也看向庄睿,那块毛料是他们一致认为有赌涨的机会后,推荐给方怡的,他们也想听听庄睿的理由,究竟为何不让去赌这块料子。

"那块毛料我看了,裂绺处虽然比较细,但却有向里延伸的趋势,并且看表面的蟒纹颜色,即使里面的翡翠不被裂绺破坏,品质也不会很高,切垮的可能性很大,不值得赌……"

庄睿说得中规中矩，那几位赌石顾问虽然心有不忿，但是也讲不出反驳的话来，毕竟那块石头没切开，谁都不敢打包票说是涨是垮。

"喂，真的？那好，明天早去一会儿，占个好位置……"

秦浩然的电话突然响了起来，在说了几句挂断电话之后，秦浩然看着庄睿笑了起来："有没有翡翠明天就知道了，那块料子是内地一家珠宝公司买下来的，缅甸方面决定给他们一些优惠，条件就是要在此次公盘中现场解石，明天咱们去早点，占个好点的位置看看。"

缅甸组委会为了扩大翡翠公盘的影响，吸引更多的资金流入缅甸，经常会鼓动一些拍下高价原石的人现场解石，如果能赌涨解出高品质翡翠来，那势必会在本次公盘上掀起一阵抢购之风。

当然，如果现场赌垮掉了，自然也会有反作用，所以在现场要解的原石的挑选上，组委会也是精挑细选的，这次就是选中了编号为 1888 号的原石，也不知道他们给了那买家什么好处，让其同意明天就进行解石。

几位赌石师傅听到秦浩然的话后，脸上也露出了兴奋的神色，他们对庄睿刚才所说的理由十分不以为然，苦于没法反驳，听说明天就能解石，他们心里存了要看庄睿热闹的心思，你说那块会赌垮掉，这要是赌涨了，看你面子往哪里放。

庄睿笑了笑，点头同意明天早点去，脸上神色如常，开什么玩笑，那块破石头要是能赌涨，庄睿愿意把那石头磨成粉，全他娘吞到肚子里去。

回到酒店之前，庄睿接到了宋军和马胖子的电话，喊他一起吃饭，不过自然被推掉了，昨儿就拒了丈母娘的面子，今天怎么着都要好好表现一下，并且在吃完饭后，还有事情要和他们谈。

晚上吃的是典型的缅甸大餐，菜有缅甸大虾、煎蛋、各色海鲜，主食是米饭和蒸出来的糯米糕，庄睿倒是吃得津津有味。

"彭飞，你先回房间吧，我晚一点回去……"

庄睿和秦浩然夫妇坐在一桌上吃的饭，而彭飞则是和几位赌石顾问一桌。吃完饭后，庄睿向彭飞打了个招呼，然后和秦浩然夫妇一起，乘坐电梯到了他们所住的房间。

"小睿，什么事？不能在吃饭的时候说吗？"

刚才庄睿在餐桌上，神神秘秘地说有事要商量，搞得秦浩然两口子一顿饭吃得都没什么胃口，不知道庄睿究竟想要说什么事情。

"那里人有点杂，而且秦叔叔、方阿姨，您二位要是信得过我，我再说，要是信不过我，那这件事情就不用提了……"

庄睿是想告诉他们那块巨无霸红翡原石能赌涨,但是庄睿信不过那几个赌石顾问,在之前庄睿问过秦浩然,这几个赌石顾问都是老油子,谁给钱就跟谁干,常年混迹在缅甸和国内各个翡翠公盘。

庄睿是怕自己告诉秦浩然夫妻后,他们要是带着几个赌石顾问再去看那块石头,说不定就会节外生枝,引出许多不必要的麻烦来,如果是那样的话,庄睿宁愿吃独食,也不会说出来的。

其实要不是之前丈母娘喊自己去看了那块原石,而自己当时表现得不屑一顾的话,庄睿根本就不会说出这事来,直接闷声发大财偷偷将其拍下来了。

但是庄睿已经放言说那块毛料必垮,这要是偷偷地拍下那毛料,方怡日后肯定会知道,他等于是明目张胆地欺骗丈母娘,庄睿考虑再三,还是决定跟他们透露一点,当然,眼睛的秘密,那是打死都不说的。

再说庄睿的京城秦瑞麟店和秦氏珠宝是一荣俱荣一损俱损的,要是秦氏珠宝经营不善,货源不足,自己那店肯定也会受到很大的影响,这也是庄睿决定和秦氏珠宝共享资源的主要原因。

看到庄睿如此郑重地说话,秦浩然夫妻一时有些惊疑,对望了一眼之后,方怡开口说道:"小睿,你这孩子,咱们都是一家人,有什么事情就直说,阿姨和叔叔当然信得过你了。"

庄睿脸上露出一丝苦笑,说道:"阿姨,我要是说出来,您二位可不能带着那几位师傅回头去看呀,这事要是传出去,那块毛料的价格必然要大涨的……"

秦浩然闻言眼睛一亮,道:"哪块料子?明标还是暗标?"

"你急什么呀,听小睿把话说完……"方怡没好气地白了老公一眼,若有所思地看着庄睿,似乎想到了什么。

庄睿笑了笑,说道:"是明标,方阿姨,您还记得那块背后有裂绺的红翡原石吧?"

"记得,就是你看了之后,说切开必垮的那块料子吧?"

方怡愈发肯定了自己的想法,她当时就感觉庄睿有些做作,以她对庄睿的了解,自己这未来女婿虽然年轻,做事情却是很沉稳,但是今天上午在明标区的那番言论,却是不符合他的性格。

"那块毛料上的裂绺,虽然是个恶绺,但是对面的擦面,却出现了红雾,并且那红雾的颜色,微微有些泛黄,秦叔叔方阿姨都知道我曾经解出血玉翡翠的事情吧?"

"知道,知道,你接着说……"庄睿送出的那副镯子,就在方怡手上,哪里会忘了这件事情。

"出红雾未必一定有红翡,但是根据我的经验,红雾中带有那泛黄的晶体,石头里绝对会有极品翡翠，我在解石的过程中，仔细观察过，这一点绝对不会错的……"

赌石这门道，基本上还是三分眼力七分运气，本事再大的赌石师傅，看走眼赌垮毛料也是经常事，所谓的经验，不过是长期解石、切石之后一点点积累起来的，这东西没有个定论，谁都不敢打包票。

是以庄睿如此一说，就连对赌石颇为精通的秦浩然，眼睛都亮了起来，他虽然没听过这种说法，但这是庄睿经验之谈，比那些众口相传的事情，更加可信，也就是说，那块料子出极品翡翠的可能性极大。

"小庄，按你的估计，你所说的那块料子，能出多少玉肉？"

秦浩然恨不得现在就插上翅膀飞到赌石会场里去，好好地察看一下那块原石，只是他知道，非但现在去不了，就是明天，自己也要对那块料子避而远之，或者看的时候，不能表现出什么来。

"那块原石方阿姨见过，有一吨多重，但是恶绺肯定会影响到料子里面的玉肉，我估摸着，应该能出三五十斤玉肉来，并且这些翡翠的品质，最低也能达到冰种，说不准就能解出玻璃种的料子来……"

庄睿不怕说实话，有了玉石协会理事的头衔，那自然是要有几分真材实料的，以前偷偷摸摸地不敢承认，那是资历太浅。

但是现在就不同了，有了专家的头衔，再赌涨一块石头，正好可以奠定自己在赌石圈的地位，也能让玉石协会里的那些老家伙们知道，古老爷子推荐自己进入玉石协会担任理事这个职务，并非是任人唯亲的。

"三五十斤，冰种以上的品质，现在无色翡翠和红黄翡翠饰品，很受市场的欢迎，品质相同的首饰，价格甚至比绿色的还要贵一些，如果能达到玻璃种的话，那三五十斤的料子，就价值两亿左右了，如果打制成首饰，最少能卖到四亿以上……"

秦浩然初时只是在小声地分析着庄睿所说毛料的价格，但是越说越激动，越说声音越大，最后居然站起身来，在酒店房间里不停地走动起来，心里激动无比。

秦氏珠宝面临着翡翠原料匮乏，产品后继跟不上的局面，此次调动了近数亿的资金，本意是想广撒网、多捞鱼，宁愿亏上一些钱，也不能让珠宝店的翡翠产品断货，这次来缅甸，是存着亏本赚吆喝的心思。

其实不单秦氏珠宝如此，别的珠宝公司，也大多都有这种想法，先搞一批原料在手上，然后相对提高翡翠首饰的市场价格，慢慢形成收支平衡，但是在初期，一定要赔上一点钱的，当然，走了逆天运气，赌得大涨，那又是另说了。

但是有了庄睿所看的这块料子，那秦氏珠宝的处境就立马变得不同了，他们只要能拿下这块红翡，在未来几年里，高档翡翠饰品的原料就不用发愁了，而此次缅甸公盘的重心,就可以放在中低档毛料上面了,那些毛料却是比较容易买到手的。

当然,秦氏珠宝能纵横香江近百年不倒,也是有其底蕴的,不过不到万不得已,那杀手锏最好还是不要用出来。

"小睿,那块料子明天不会拍到吧?"

"不会,按照标号,应该排在后天拍卖……"

"那好,明天我自己一个人去看下那块料子,咱们明天晚上,再合计一下后面的投标方案,一定要确保万无一失,我先接个电话……"

俗话说商场如战场,秦浩然此时就像一个指挥若定的将军一般,三言两语就把这件牵扯上亿元资金流向的事情给定了下来,不过正当秦浩然说得唾沫星子飞扬的时候,桌子上的手机响了起来。

"阿荣? 你要来,欢迎,欢迎啊,我在房间里,恩,房间号你知道的,我就不接你了呀。"

秦浩然接完电话之后,脸上的神情很愉悦,老朋友到访,加上庄睿给他解决了这么大件事情,不能不让秦浩然兴奋。

"秦叔叔,您有客人那我就先告辞了……"

庄睿也不怕秦氏珠宝吃独食,反正那块料子,自己最少占一半,极品翡翠饰品的销售,是有一个周期的,一两年之后,说不定自己又淘弄到好货色了呢,话说缅甸公盘一年有两三次呢。

"小睿,不用走,正好介绍你认识下,来的这位可是缅甸玉石界的翘首级人物……"秦浩然一介绍,庄睿听到来的居然是那位胡荣,当下也想认识一下这人。

问了秦浩然之后,庄睿才知道,香港秦家和缅甸的胡家是几辈子的至交了,并且还有着相当近的亲戚关系,秦老爷子的亲妹妹,就是胡荣的亲奶奶,秦浩然的亲姑姑,两家之间来往走动得很频繁。

"秦叔叔,方阿姨,今天轮到我做大会的监督,没办法去拜访您和婶子,真是不好意思啊……"

那位翡翠大亨一进房间,就给秦浩然和方怡行了晚辈的礼,胡荣比秦浩然夫妻小了十多岁,从年龄、辈分上讲都是小辈。

"没事,阿荣,我来给你介绍一下,这是你萱冰妹妹的男朋友,他可是国内玉石协会的新任理事,你们日后多走动……"

秦浩然拉过庄睿,给胡荣介绍了一下,胡荣听了秦浩然的话,看到庄睿如此年轻,不由愣了一下,他三十五岁才进入缅甸玉石协会,在几年前已经算是最年轻的一个了,没想到庄睿比自己还要年轻许多,看面相不过就是二十六七岁的样子。

胡荣是知道祖国的人事关系的,像玉石协会这样的部门,想担任理事,只有三种途径，一来就是手上经营着规模不小的珠宝公司，二来就是对玉石极有研究，能称得上是权威的人士，第三就是背景深厚。

无论庄睿是这三类人中的哪一种，都是不可小觑的，胡荣当下拿出名片，和庄睿交换了起来，他和秦浩然夫妻时有来往，当下众人坐下聊起天来。

秦氏珠宝所谓的杀手锏，其实就是缅甸的胡氏家族。只是近年来，缅甸军方势力对翡翠原石出口的限制比较严格，所以虽然胡氏家族在缅甸是百年望族，但是秦老爷子也不愿意轻易动用这个关系，让胡家担上风险。

"秦叔叔，在我来之前，家父交代了，让您和婶子有空去一下密支那帕敢，我前段时间准备了一批毛料，路线我都安排好了，从泰国运出去，然后再送到香港……"

胡荣此次来的目的，就是要办成这件事情，他们也知道，现在除了缅甸之外，珠宝公司的翡翠原料，都面临着货源紧缺的窘境，以两家的关系，缅甸胡氏自然不可能坐视，而他刚才所说的，其实就是走私翡翠原石。

只是亲戚归亲戚，胡氏家族的立家之本那是不能改变的，他们世代都是做原石买卖的，规矩就是绝对不参与赌石，只是在表现好的料子上擦一下，开出窗口往外卖，所以即使是卖给香港秦家，那也是原石而不是玉肉。

胡荣对这规矩其实是有点排斥的，因为他近年来也在东南亚及台湾等地做珠宝公司，无奈家里老爷子还在，他也不敢破坏这规矩，所以只能用走私这种方式卖给秦浩然原石。

从缅甸进入泰国，基本上都是热带丛林和山脉，带着那些原石穿山越岭，这活可是不轻松，但这也是没办法的事情，因为从缅甸进入中国境内，对原石走私查得相当紧，稍有差错，胡家都要吃不了兜着走。

当然，这种事情自然不需要他们去办，下面都养有这样的人手。

"阿荣，姑父的这番心意，我心领了，不过现在缅甸局势很紧张，咱们别在这个风口上出什么问题，等我们那边真的支撑不下去了，再向你们求援吧……"

要是在庄睿说出那块毛料之前，即使担着风险，秦浩然也要去帕敢走上一圈，不过现在情况不一样了，至少秦氏珠宝不需要那么着急地囤积高档翡翠原料，中低档的直接从公盘上拍就行了。

在此次公盘的暗标区里，有许多已经切开，赌性不大的料子，最多就是多花一点钱而已。

"秦叔叔，这事不怕的，我们都已经安排好了的……"胡荣以为秦浩然担心被查到，连忙又解释了一番。

秦浩然笑了笑，摆摆手说道："阿荣，暂时真的不缺原料，咱们两家的关系，我还会客气吗?"

"嗯,秦叔叔说得对,以后要是遇到难处了,一定要告诉我们啊,对了,奶奶也挺想你们的,不说毛料的事情,等公盘结束后,叔叔婶子跟我回家去看看吧?"

见秦浩然态度坚决,胡荣就没再继续说走私的事情了,他爷爷已经过世,不过奶奶还在,出于礼貌,他也要邀请秦浩然到家里去做客的。

"这次可能是没时间了,下次我再去看望姑姑吧,要不这样,让小睿跟你去玩玩,他还没见识过翡翠开采现场呢,长长见识也不错……"

秦浩然想着要是拍下那块红翡,家族的一些商业策略都要随之进行改变,要在第一时间将这批红翡解出来打制成首饰投入市场抢占先机。

这个时间很紧迫,作为秦氏珠宝现在的掌舵人,秦浩然是没有时间去胡家做客了,不过却将庄睿推了出去,年轻人多见识点东西没坏处的,当然,秦浩然是不会考虑庄睿忙不忙的。

"胡大哥,帕敢是在密支那地区吗?"

庄睿刚才从胡荣口中听到密支那三个字,就留心上了,自己那张储存卡上的地图,不就是在那里嘛!

"是啊,帕敢是在密支那地区,那里也是缅甸翡翠矿坑最为集中的地方,几乎所有的翡翠原石,都是从那里开采出来的……"

胡荣笑了笑,他把庄睿的问题归类为年轻人对翡翠矿的好奇,接着说道:"其实翡翠矿和别的资源矿都差不多,庄小弟要是有时间的话,等这次公盘结束以后,我带你去看看……"

"那好啊,先谢谢胡大哥了,我在新疆有一座玉矿,不知道这两者有什么区别,正想着去见识一下呢……"庄睿连忙点头答应了下来,有胡荣带着前去密支那地区,总比自己和彭飞贸然闯入方便许多。

庄睿在之前曾经打听过,缅甸的私人矿主,对于翡翠矿坑的管理,是极其严格的。

由于缅甸常年战乱,并且靠近金三角,所以这些矿主们,在申请到开采矿石许可证之后,会将矿坑周围十多公里都划归为自己的势力范围,并且武装护矿,宛若一个小王国。

所有的缅甸矿主都不欢迎外人进入自己的矿区范围。他们有权警告外来者退出,并且进行武力驱逐,打死打伤都不承担任何法律责任。

庄睿和彭飞的计划,本意是要避开这些矿坑的,但是他们没去到现场,也不知道那地图标着红色太阳的地方,是否是宝藏的所在,万一紧靠着翡翠矿坑的话,他们也唯有冒险进入了。

现在得到胡荣的邀请,这次寻宝之旅就会变得容易很多,如果那里真有翡翠矿,就算不是胡荣的矿坑，庄睿凭借着胡荣的面子，在周围转转，问题应该不是很大。

胡荣对庄睿所说的新疆玉矿也非常感兴趣，他本身就是一位珠宝设计师，不单设计翡翠首饰，对于钻石、软玉以及其他宝石类都有所涉猎，当下和庄睿讨论了起来。

当然，所谓的讨论，基本上都是胡荣说，庄睿听，对于玉石的认知，庄睿和胡荣还是有很大差距的，但是庄睿偶尔几句话，还是能说到点子上的，让胡荣大有遇到知己的感觉。

几人一直聊到十点多钟，胡荣才起身告辞，临走居然有些依依不舍，告诉庄睿等大会结束，他就派车过来接庄睿一起前往帕敢地区。

庄睿回去和彭飞一说，彭飞也很高兴，他本来就有些顾虑，以自己的身手，进入密支那丛林可以神不知鬼不觉，但是要带上庄睿，那危险性就大了很多，现在可以跟随别人进入那里，只要寻找机会前往地图标明的地方就可以了。

第七章 一刀地狱

"庄睿,快点,就等你了,咦,你那助理呢?他今天不去?"

马胖子从酒店门口的中巴车窗户里伸出头,不住地催促刚从酒店里冲出来的庄睿上车。

缅甸公盘的时间是从早上九点开始,为了不耽误毛料商们选购毛料,组委会决定将解石的时间提前两个小时进行,所以这才早上六点半,组委会的大巴车和秦浩然找来的中巴就停在了酒店门口。

"彭飞不懂赌石,今天就不去了……"

庄睿一边说话,一边钻进了中巴车,彭飞今天要去准备一些东西,两人总不能到时候用手去挖洞吧。

马胖子点了点头,说道:"嗯,我的人也让他们留在酒店了,早知道缅甸治安这么好,我就不带那两人来了……"

中巴车很快开到了缅甸国家玉石交易中心,已经有两辆大巴车停在那里,由于组委会的规定是不到时间,不能进入赌石会场,他们临时把解石的设备搬到了门口一块能容纳上千人的空地上,并连上了电源拉上了警戒线,外围还有背着枪的士兵们维持秩序。

拉着警戒线的空地上,已经站了两百多人,庄睿他们算是第二批来的,还能占个好位置,挤到了最前面一排,看到那件标号为1888的毛料,已经被放置在解石机的旁边。

站定之后,秦浩然指着里面站在解石机旁边的一个人,对庄睿说道:"小睿,那人就是国内上海吉祥珠宝的老板,吉祥珠宝也是百年的老字号,他们的根底很深厚……"

"哦,不知道组委会给了他们什么好处,让他们愿意现场解石……"

庄睿点了点头,心里却有些不以为然,这块石头必定会赌垮掉的,恐怕到时候不但组委会脸面难看,就是这吉祥珠宝也会元气大伤,这赌垮不仅代表着金钱上的损失,对于他们的公司形象,也会有极大的影响。

"哎哟,马总,宋老板,您二位也来了?"

庄睿这群人刚挤进来,就有人打起了招呼,中国虽然地方不小,但是这圈子却不大,来到缅甸的这些人,不说全认识吧,但是看到十个人,最起码有四五个是脸熟的。

"呵呵,刘总,您这玩儿金属的,也凑这热闹来啦?"马胖子一见到那人,笑嘻嘻地迎了过去。

"那人是上海一家有色金属公司的老板,生意做得很大,身家不下几十个亿,没想到也来赌石了……"

宋军在国内算得上是半官半商,身上还留有一些太子党的傲气,只和那人点头打了个招呼,然后低声给庄睿介绍了起来。

庄睿微微摇了摇头,看这样子,不光是珠宝公司在抢购原石,就连国内的那些资本大鳄们,也插了一脚进来,如此一来,国内的翡翠市场价格还要走高。

只是这样苦的却是那些消费者,俗话说羊毛出在羊身上,珠宝公司一时可以赔本赚吆喝,但是总归要将这笔钱从消费者身上赚回来。

"马总,宋老板,您二位看,这块料子是涨是垮啊?"

由于大家都熟识,那位刘总带着身边的一个年龄不大的年轻人,挤到了庄睿这群人里面。

马胖子摇了摇头,道:"难说啊,神仙难断寸玉,没解开谁都不知道,不过依我看,赌垮的可能性很大,因为我这老弟不看好……"

庄睿苦笑了一下,自己刚才在车上多什么嘴啊,又被马胖子拿来说事了。

那位刘总看了庄睿一眼,有些不以为然地说道:"马总,这可不见得,缅甸方面鼓动吉祥公司的人来切石,一定是有把握的……"

庄睿笑了笑,没有答话,他懒得和这些人扯淡,回头原石一切开,不就什么都知道了啊。

只是庄睿脾气好,马胖子却为自己的小兄弟打起了抱不平,说道:"刘总,我这兄弟赌石,十赌九中,您还别不信……"

"行了,马哥,您再说下去,我就成赌王了……"庄睿笑着打断了马胖子的话,自己买的翡翠毛料一共还没有十块呢,不知道马胖子十赌九中是怎么计算出来的。

站在刘总旁边的那个年轻人,忽然开口说道:"马总,要不然咱们赌一下?"

"大D,你小子的赌性还是这么大啊? 刘总,您就不怕他把您公司仓库里的那些贵重金属,都给赌输了呀?"马胖子听到那人的话后,哈哈大笑了起来。

"大D,别玩你那一套,想赌的话,回头找人打扑克去……"

刘总虽然是在训斥身边的人,不过脸上全是笑意,并没有生气。

"嘿嘿,小赌可以怡情嘛,马总说这块料子会赌垮,我开盘坐庄,赌垮一赔二,赌涨一赔一,有没有人下注啊?"

那年轻人似乎并不怕自己的老板,笑嘻嘻地接着说道:"不过我没那么多钱,一人下注的金额,限定一万,有要投注的来找我啊……"

要说这男人,骨子里就有种赌性,生意做得越大,赌性也越大,在他们一个决策决定千万资金流向的时候,何尝不是在赌啊。

所以这个叫大D的人一吆喝,还真有人凑热闹,旁边有几个人拿出笔记本,撕下张纸当起投注单来,一时间,十来个人把大D给围了起来,倒是抢了那边准备解石的风头。

"马哥,这人是干吗的啊?"

庄睿看得是目瞪口呆,今儿是来看解石的呀,居然有人坐庄开起赌来,更让人无语的是,还有那么多捧场的,看马胖子的意思,也想上去玩一把。

"呵呵,那小子叫戴君,家里在上海很有势力,也是那金属公司的股东,他从国外留学回来之后,就被安排到老刘公司里管人力资源和后勤这一块,这家伙天生嗜赌,不过赌的都不大,而且也很节制,所以老刘也不管他,走,咱们也去押一注,我赌你赢……"

马胖子给庄睿解释完之后,也挪动那重量级的身子挤了过去,嘴里还嚷嚷着:"哎哎,大D,我赌这块毛料切垮,算我一注!"

看着这一群千万乃至亿万富翁们,为了一万块钱的赌注,玩得不亦乐乎,庄睿不由得笑了起来,要是不知道的人看到这场面,还以为是那些在菜市场买菜的人,中午聚到一起打扑克赌博呢。

"呵呵,在哪有这小子在,都热闹得很,庄老弟,你也去投上一注,大D那家伙虽然是逢赌必输,不过赌品很好的,绝对不会赖账……"

宋军自持年龄身份,并没有去凑热闹,而是让庄睿过去玩玩。

要说戴君这人,也是个很搞怪的角色,家里给他起个名字为君,是取正人君子的意思,不过这小子长大后,虽然不能说罪大恶极,但是和正人君子却是一点干系都没有,尤其嗜赌,不管在什么场合,都挑动众人来下注赌博,不过他赌的并不大,再加上这小子从来没赌赢过,等于是给人送钱的,所以也不惹人反感,时间长了之后,别人给他取了个外号,叫做DJ。

DJ是Disc Jockey的缩写,代表一种最新、最劲、最毒、最HIGH的音乐,而戴君的赌瘾,就和那迪厅里领舞的DJ一般,很是疯狂,为了叫着方便,戴君的名字就成了别人口中的大D了。

一万元人民币,不过十来张百元美刀而已,在场的人,谁缺这俩钱啊,包里的美刀都是成沓的,当下大D身围的人越来越多,那小子手里一手抓着一把美金,另外一只手却是一沓投注单,都是各人手写的,回头根据这个来兑换赌注。

在这解石现场里,分成了两堆儿,一边是年龄稍大一点的人,虽然有心参与,但是抹不开面子的,另一边却是一帮子三十来岁的年轻人,围成一圈抢着投注。

大会组委会看到那里挤了一圈子人,也上去查问过,听到有人在开盘赌博,他们也懒得问了,赌石本来也是赌博,自家事都忙不过来呢,管那些外国人干吗啊。

"妈呦,累死我了,好了,投注截止啦,回头切石完了,赢的人都过来找我啊,我大D开盘,童叟无欺,愿赌服输,保证不会赖账啊……"

随着另外三辆大巴车的到来,手表上的时针也指到了早上七点钟,大D那边也完成了投注工作,这小子一头大汗地从人群里挤了出来,脸上满是兴奋的神色。

大D一把拉住了马胖子,满脸哀求地说道:"马哥,您帮我分一下,把赌涨和赌垮的单子分成两份,回头我给您分成……"

马胖子笑着骂道:"滚一边去,你小子逢赌必输,还给我分成?"不过说归说,这会儿也没什么事,马胖子把庄睿也拉过来帮忙,将那些写着"涨"和"垮"字样的各种纸张分类了一下。

最后一数,居然有198张投注单,也就是说,在场的这一千多人里面,每五个人中就有一人参与了,庄睿不禁哑然失笑,要是让大D去郑华的赌船上工作,绝对比在那金属公司里管后勤有前途。

"怎么还有那么多人选择赌垮啊?"

大D把那个他刚才死皮赖脸从组委会方要来的装着二十多万美元的麻袋,坐在了屁股下面,将手中分好类的投注单仔细一查,这198张投注单里,居然有65个人都选择了毛料切垮,那些人都是不在乎这几个钱,想博个一赔二玩玩的。

只是如此一来,大D这庄家就要坐蜡了,如果那块毛料切涨的话,他就要赔出去二百六十六万人民币,如果赌垮,他也不过赚八万块钱而已,这庄家承担的风险,未免太大了点,大D此时脸上也没了刚才的兴奋,一脸沮丧地坐在那里。

"各位来宾,各位朋友,马上要解的这块翡翠原石,是昨天明标拍卖中的编号为1888号的标王毛料,在此要感谢中国上海吉祥珠宝公司,预祝他们能新年大吉,开门迎喜……"

缅甸组委会,居然为了此次切石还派出一个精通汉语的司仪来,在解石之前说了一大通话,其意不外乎鼓励在场的这些毛料商人们,多多投入资金罢了。

解石的师傅,是吉祥公司自己人,他们之所以花了五千多万人民币拍下这块料子,那也是经过了反复的察看和论证的,这块标王毛料虽然重量不过一百多公斤,但难能可贵的是,它是一块老坑种的料子。

大家都知道，老坑种毛料外面带皮层，最为常见的就是那种拳头大小的料子，有个七八十斤的，就能称得上是大块毛料了，这块重一百多公斤，虽然不能与那块重达一吨的巨无霸红翡毛料相比，但是其种水和外面的表现，却要比那块有恶绺的红翡原石强多了。

这块毛料的擦面上，就出了绿，并且还是品质不错的冰种高绿翡翠，颜色非常纯正，仅凭那擦面，也能值个一两百万人民币了，只要这绿往里渗入两三公分，在价格上就要翻出一倍，如果能渗入五六公分的话，那他们的本钱就可以赚回来了。

而且一般擦面就见高品质翡翠的原石，里面出玻璃种的几率是相当大的，如果能得一点玻璃种的料子，再将其加工成翡翠饰品推向市场，吉祥公司就是稳赚不赔的，这也是他们敢出到五百多万欧元将其拍下的主要原因。

站在解石机旁的几个吉祥公司的人，也在低声商量着，这块毛料赌涨，那不但能解决公司货源紧张的问题，也能在同行面前露下脸，起到个震慑作用，在抢占市场份额上，也是大有好处的。

几人商议了一番之后，还是决定先擦石，并且从背后开了裂绺的地方擦起，如果裂绺深入进去，那么再沿着裂绺切，这样可以在最大程度上保持原石中玉肉的完整性。

随着打磨机上砂轮"呲呲"的旋转声响起，原本有些喧闹的场地，瞬间安静了下来，上千平方米的空地上，只留下了那砂轮和原石接触后摩擦发出的"咔咔"声，破碎的小石屑，纷纷散落到地上。

二十分钟之后，已经换了三片砂轮，擦面已经深入裂绺足足五六厘米了，但是裂绺依然存在，并且越来越深，像个婴儿嘴一般裂开耻笑着擦石的人。

"有点不妙啊，这裂得也太深了……"

"是啊，从外面看那裂绺还不怎么明显，但是现在看，却有点像恶绺了……"

"十有八九要垮，吉祥公司这次赔大了……"

"看看后面切一刀会怎么样吧？"

原本寂静的切石场，议论的声音纷纷响起，众人都是赌石的行家，而擦石与切石，是分辨原石里面是否有玉肉最为关键的手段，看到现在的擦面，本来信誓旦旦说这块原石必涨的人，也换了口风，毕竟事实胜于雄辩嘛。

看到这擦出来的裂绺，在场众人心里也是各有不同，唯有大 D 是满脸的兴奋，话说逢赌必输的他，这次极有可能赢上那么一回了，虽然他的高兴是建立在吉祥公司痛苦的基础上的，不过那又不关他什么事，大 D 和吉祥公司可是没有一毛钱的关系。

此时吉祥公司那位解石师傅的脸色也是极为难看，这块料子一共不过四十多公分的厚度，现在已经进去了五六公分，裂绺依然没有消失的痕迹，并且也没有出现翡翠，说明这裂很深，没有再擦下去的必要了。

"吴师傅，别擦了，沿着裂绺切一刀吧，注意点别伤到了里面的玉肉……"

站在解石机旁边的一位中年人出言说道，他心里还抱着几分希望，如果这块料子里能出几公斤玻璃种的话，那还能把本钱赚回来。

"好的……"

那位吴师傅答应了一声，招呼两人将原石搬到了切石机上，在出翡翠的那个擦面下，垫了厚厚的毯子，这是怕切石的时候破坏了已经出现的玉肉。

吴师傅很仔细地又观察了一会儿，在毛料裂绺的旁边，用白色粉笔画出了一道斜斜的切线，将整块毛料分成了两半，按照这个切线将毛料解开，基本上是涨是垮，就一目了然了。

握着切石机那冰凉的手柄，吴师傅心里也是七上八下的，这块毛料是在他的力荐下拍的，如果真赌垮的话，那他也没脸在吉祥公司混下去了，并且当着这么多同行的面，以后在赌石圈子里都不好混了。

按下电源开关后，巨大的合金齿轮飞快地旋转了起来，清晨的阳光照射在上面，映出一道道白色的光芒，闪烁着众人的眼睛。

"咔……咔咔……"

吴师傅那出着汗的手心，终于向下压了下去，一块块巴掌大小的石头，随之从原石上脱落了下来。

巨大的合金齿轮，闪烁着寒光，狠狠地切进了加固在切石机上的原石之中，吴师傅虽然心中紧张，但是那双手却非常稳健，顺着画好的白线，没有一丝偏斜地将这块一百多公斤的原石分成了两半。

"唉……"

只听这满场的叹息声，也可以知道结果了，虽然擦面出绿的半边毛料，还有十多公分的厚度，如果全是玉肉的话，那么还能掏出三十多斤，基本上不会赔钱。

但是站得比较近的人，都可以清晰地用肉眼看到，在那光滑的切面上有一道明显的裂绺，稍微懂得赌石的人心里都明白，这块原石，赌垮了。

呆呆地站在切石机旁边的吴师傅，此刻是面色如土，嘴唇抖动着想说点什么出来，却没有人能听清楚他在讲什么，光滑的原石切面在阳光的照射下，显得那么刺眼，那几乎贯穿着整块毛料的裂绺，像一张笑着的大嘴，在耻笑着场内的众人。

"吴师傅，接着解，能掏出多少翡翠，就掏出来多少……"

那位吉祥珠宝的掌门人，虽然脸色也是十分难看，但是输人不能输了阵势，在上千位同行面前，还是保持了风度，坚持将这次解石进行完。

不过在他心里，却是恨透了缅甸组委会，花了五千万赌垮，这本来没有什么，以吉祥珠宝的实力而言,还伤不到筋骨,但是当着这么多位珠宝公司的同行赌垮掉,那问题就大了,不能排除这些人会落井下石,抢占吉祥珠宝的市场份额。

俗话说同行是冤家,这话用在珠宝行业里,更是恰当。在各个城市里,一家珠宝公司旁边,往往都集中着另外好几家珠宝店打对台。

虽然这样集中在一起,可以吸引更多的消费者的眼球,但是竞争也变得更激烈了,一旦某家公司货源紧张,另外的珠宝店马上就会降价销售,等到将那家公司的份额抢到手之后,再进行价格调整,这都是商家经常使用的手段。

吉祥珠宝赌垮了这块毛料后,很有可能在翡翠原料上有所不济,在场的也有不少吉祥珠宝的竞争对手,这会儿已经在心里思量,是否要降低翡翠饰品的售价,把吉祥珠宝拖入到价格战,等消耗光他们的存货之后,将其踢出翡翠市场了。

商场如战场,虽然没有硝烟,但是刀光剑影之下,丝毫不比真枪实炮来得虚假,没见到股灾之后,那么多哭着喊着费力吧唧爬到高楼上往下跳的人嘛。

实情也是如此,在吉祥珠宝此次兵败缅甸之后,开在上海的几家珠宝公司,像是联合好了一般,搞起了翡翠饰品的促销销售,引起上海翡翠市场大战,虽然吉祥珠宝靠着往年积累下来的原料,支撑了几个月,但是后力不济,最终还是被抢走了一部分市场份额,当然,这些都是后话了。

“来啦,来啦,刚才买涨的人,就不用过来啦,买垮的都过来,赔钱了……”

一个不合时宜的声音,突然在场内响了起来,要不怎么说戴君这人不够君子呢,别人刚刚赌垮了五千多万,他这一吆喝,就是在别人伤口上撒盐啊,吉祥珠宝那位掌门人的眼神直往外冒火,恨不得上前去掐死这小子。

只是这不是在国内,缅甸警察也不管这帮外国人赌钱,那位只能干看着,大D可是满脸兴奋,这石头里有没有翡翠和他屁的关系都没有,但是原石解出来后,其价值达不到购买所花费的五百多万欧元,大D开的盘口,却已经可以兑现了。

赌垮是一赔二,一共65个人买中,大D将钱全部赔出去之后,居然还赚了八万块,这会儿正笑得屁颠屁颠的,不住向身边的人吹嘘着:以后谁再喊哥们逢赌必输,我跟他急眼。

不过这会儿已经没有多少人会听他的话了,因为在他兑现赌注的时候,吴师傅又切了一刀,这一刀下去,整块毛料算是彻底垮掉了,沿着最初的那个擦口,吴师傅用了将近一个小时的时间,才掏出了十多公斤的冰种料子。

好在这些冰种料子的种水还算不错,颜色也很纯正,可以打磨一些中高档的镯子出来,但是其价值不会超过五百万,相比他们所花费的五千多万,算是赔到姥姥家了。

第八章 | 看石头也很累

谜底揭晓之后，众人也没有了看热闹的心情，纷纷摇头离去，虽然赌垮的不是自己，但众人心里也是沉甸甸的，除了吉祥珠宝的几个竞争对手之外，并没有太多人幸灾乐祸，原因很简单，他们怕自己拍到的毛料，也会出现这种情况。

缅甸公盘组委会，为了减轻这次赌石失败的影响，特意提前开放了赌石会场，让来自世界各地的买家们提前进场。

本来观察暗标的时间就不怎么充裕，组委会的这个决定，让解石现场的人群很快就散掉了，都集中到会场门口，等待检验入场证后进入会场。

这块被缅甸众多赌石专家分析过，给出了十有八九能赌涨评价的标王原石，最终还是赌垮了，又一次验证了那句"神仙难断寸玉"的话。

"庄睿，走了，你还看什么？"

马胖子从大D手里拿回自己赢的钱后，见庄睿还在看着吉祥公司的人解石，不由拉了他一把。

"等一会儿也没事，这会进场的人多，不凑那热闹……"

庄睿看了一眼集中在缅甸国家玉石交易中心排队进场的人群，漫不经心地回答道，其实他是想等这些人解完石头之后，看看能不能把切废掉的那半块石头给买下来。

这块毛料虽然赌垮了，但那也是相对而言，相对于五千多万将其买下来的价格，自然是垮了，但是这块料子里所蕴藏的翡翠，却不仅仅是那十多公斤，在另外半边毛料里面，还有两三公斤的高冰种料子，不过比拳头略大一点儿，蜷缩在废料的裂绺边缘处，刚才吴师傅的刀口，要是能往右偏上一点，就能把那块料子给切出来。

虽然说两三公斤的料子，不过几十万块钱，但是蚊子再小，它也是肉啊，与其留在这里当垃圾处理，不如等会儿自己花点钱买下来，庄睿这是憋着劲捡漏呢。

"好小子，你这眼光，真的厉害，秦叔叔我是服了你了……"

此时站在庄睿身边的众人，脸色也是各有不同，几位秦氏珠宝请来的赌石师傅，脸色都不怎么好看，他们是一致主张拍下这块毛料的，但是结果却被狠狠地扇了一巴掌，方怡要是花钱将其拍下的话，现在就会如同吉祥珠宝这几个人一般如丧考妣。

不过秦浩然激动的模样，却让众人有些莫名其妙，这吉祥珠宝和香港的秦氏珠宝并没有直接冲突，看到别人赌垮，没必要那么兴奋吧，只有庄睿和方怡明白，秦浩然高兴的不是别人赌垮，而是庄睿的眼光。

本来昨天听了庄睿那番话后，秦浩然心中也是有点疑虑的，毕竟仅凭庄睿一句话，就要往那块巨无霸红翡毛料上砸数千万甚至上亿的钱，秦浩然还是有点摇摆不定，但是看到今天这一幕，立马对庄睿信心倍增，他同时也决定自己不去看那块恶绺毛料了，省得被人惦记上。

"哎，哥们解石啦，有没有人来看的……"

庄睿正和秦浩然聊着天，突然从解石机旁传来一阵嚣张的喊声，庄睿循声望去，不禁脸色一变，心里懊悔不已："妈的，哥们说个话打个愣，怎么那块毛料就到了大 D 这小子的手上了呀？"

"马哥，那是怎么回事？他不是开赌的吗？怎么又去切石头了？"庄睿问向身边的马胖子。

"嘿，那小子搞怪，赢了八万块钱有点过于兴奋了，说自己什么赌都玩过，就没赌过石头，所以想买块废料切着玩，被别人用话给挤兑了，所以就用那八万块钱买了那半块破石头……"

马胖子边说边笑，那身肥肉随着笑声不住地颤抖着，一脸幸灾乐祸的表情，大 D 这小子还是摆脱不了那逢赌必输的命，刚赢回来八万，这下又送出去了。

"奶奶的，这小子还真是好命……"

庄睿看着那连切石机都不会操作的大 D，一时无语了起来，这吉祥珠宝的人也不傻，他们又把那半块废料，从中间切开了三段，都没出绿，这才八万块钱卖给大 D，只是他们却不知道，自己又送出去了几十万，不过就算知道，吉祥珠宝的人也不在乎了，五千多万都泡了汤，还在乎这一点嘛。

"咦，这玩意是什么？怎么有点黑乎乎的？"

耀武扬威的一刀将切石机上的那块毛料切成两半之后，大 D 傻乎乎地看着切面，在阳光的照射下，那绿色变得有点深，乍看上去，倒是有点像黑色。

"操，你这小子，还真他娘的好运气……"

马胖子听到大 D 的话后，凑上去看了一眼，他虽然赌石也是外行，但是见识要比大 D 强多了，一眼就看出来，这切出来的翡翠品质还不错，应该远不止八万块钱。

刚刚离开，还没走远的吉祥珠宝的那几个人，听到马胖子的话后，齐齐地打了个踉跄，不过却没有一个回头看的，自己都准备扔的废料，居然又被人解出了翡翠，这又在吴师傅脸上狠狠地扇了一记，现在吴师傅那脸色是煞白煞白的，一丁点儿的血色都没了。

这次的缅甸翡翠公盘，对于吉祥珠宝而言，就像一场彻头彻尾的噩梦，不但输了钱，也输了面子，虽然缅甸翡翠公盘还没有结束，但是上海珠宝界已经风起云涌，大战在即了。

"走吧，咱们进场吧……"

自己准备抢下的东西，被那小子给截胡了，庄睿也懒得再看下去了，话说明标区还有数万块毛料等着他看呢，现在翡翠价格飞涨，庄睿是不会嫌手上毛料多的，按照这种价格上扬趋势，投资翡翠原石，比投资房地产还要划算。

进入赌石会场之后，庄睿直奔明标区而去，他此次来缅甸的策略就是，先花三天时间，把明标区里那几万块毛料全部看过一遍，然后再慢慢甄选暗标区里的原石，毕竟明标见效快，把毛料掌握到自己手上才能安心。

庄睿也没存着将此次公盘中高档翡翠一网打尽的念头，因为那不现实，就凭他手上那一亿多人民币，根本就不够看的，能抓住几块最好的料子，庄睿就心满意足了。

当然，庄睿消化不了的原石，也不会便宜了别人，秦浩然－宋军－马胖子，按照这个顺序，庄睿到后面会给他们透露一点信息，毕竟肥水不流外人田嘛。

今天明标区里的人，明显要比昨天少很多，毕竟刚才的现场解石，让很大一部分买家认为，明标区里的料子，都是挑剩下的，出绿的可能性不大，所以今天全部转战暗标区去了。

不过这样的结果是庄睿最喜欢的，他看毛料的速度太快，人多了难免会有人怀疑点什么，现在人少，注意力又都是放在地上的毛料上，根本没人关注似乎在瞎逛的庄睿。

昨天庄睿已经看到编号4000以上的料子了，今天进入明标区后，他直接从4000以后的毛料看了起来。

由于料子实在太多，庄睿在每块毛料上面，只大致地用灵气透视一下，感觉一下里面是否有那种冰凉的灵气存在，看了这么多的原石，庄睿已经能根据料子里面灵气的强弱，判断翡翠的品质了。

遇到品质稍差一点的料子，庄睿根本就不停留，连记都不记，只有油青种以上，并且灵气充裕的毛料，才会让庄睿停下脚步，仔细探查，将里面玉肉的含量以及自己大致估算出来的价值，记到笔记本上，当然，他所记的那些东西，拿给别人看，别人也看不懂。

一上午的时间，庄睿看到了编号17000多的原石，这会儿他的脑子里，已经像糨糊一般了，如果不看笔记本，他一点都想不起来，究竟有多少块毛料值得投标，究竟哪些毛料的价值最高了。

庄睿本来以为明标只有一万多块，但是没想到旁边圈起来的地方也是属于明标的范围，这可要了他的小命了，整整有两万块之多啊。

"小睿，你怎么了？脸色怎么那么难看？"

中午坐在缅甸玉石交易中心的饭堂里，方怡关心地看着庄睿，这才几个小时不见，原本面色红润的庄睿脸色煞白，比早上那几个赌垮了毛料的人的脸色还要难看。

"没事，方阿姨，看的毛料太多，有点头晕眼花了……"

庄睿摆了摆手，看着面前的饭菜，一口都吃不下了，这工作量未免太大了一点，一早上整整看了1万多块原石，就是查数从1查到1万，那都需要很长的时间，更何况他还要甄选出里面有价值的料子来。

虽然说灵气看死物，是不消耗的，但是这精神上的巨大损耗，也让庄睿精疲力竭了，此时他就想找个地方躺下来好好睡上一觉。

"对了，秦叔叔，我记下了几块料子，您记好，过几天拍到的时候，您注意一下……"庄睿有气无力地翻开自己的笔记本，上面密密麻麻全都是数字，不过别人想要从中看出什么规律来，却是不可能的。

庄睿这会儿实在是没胃口，把盒饭拨到一边，只是看到笔记本上的数字后，脑袋又大了起来，闭上眼睛休息了一会儿，才重新将目光放到笔记本上。

"4179，5367，5580，8751，对了，还有5426，行了，我只看到这里，开明标的时候，秦叔叔你们注意一点吧，价格我都写在上面了，这几块料子给我的感觉都不错，5426那块稍微差点，价格不用给太高，其余的料子，能拍下尽量全拍下来……"

庄睿拿过秦浩然的笔记本，将上面那几个数字写了上去，他所写的这几块原石，最差的都能解出金丝种来，四块加起来，其价值绝对要超出两亿。

至于后来写上去的5426，却是庄睿随手乱写的，这给出的毛料也不能块块都出绿啊，如果真是那样的话，自己这专家的头衔，估计也挡不住别人的怀疑了，所以他胡乱写了块料子上去。

单凭庄睿给出的这些料子，就能让秦氏珠宝赚翻掉，所以花点冤枉钱，在庄睿心里也不算什么，哥们这已经是高风亮节了啊。

不是庄睿自己不想吃下来，实在是毛料太多了，而中档翡翠又占了大多数，庄睿自己根本消化不了，本来庄睿还想多给秦浩然几个号码的，只是自己一上午看那么多的毛料实在过于惊世骇俗了，他是怕吓到俩人。

"这……这，小睿，你看到8000多块毛料了？"

饶是庄睿很收敛了，还是将秦浩然夫妇吓了一大跳，话说秦浩然早上一直都在看暗标，不过才看了200多块，这还是表现不好全都跳过去看的，他没有想到，庄睿不声不响的居然看到了8000多块。

"秦叔叔，明标区的料子，有很多都算不上翡翠原石的，纯粹就是破石头，那样的我全都跳过去了，专门捡有所表现的毛料才看，可真是累死我了……"

庄睿这才知道自己给出的几个编号，吓到秦浩然夫妻俩了，连忙出言解释了一下，他这一解释，秦浩然心里倒是释然了，只是在拍这些原石的时候，将庄睿标的价格又往上提高了一些，花了不少冤枉钱，这都是庄睿那句"表现不错"所导致的。

中午吃过饭后，庄睿并没有直接去会场看毛料，而是在这有空调的饭堂里，找了个人少的角落小憩了一会儿，直到下午一点多钟，才重新出现在明标区。

脑子稍微清明了一点的庄睿，一鼓作气将剩下的3000多块毛料全部都看完了，在他的笔记本上，又多出了十几个数字，今天的明标拍卖，庄睿没有参加，因为编号从2000至4000的原石，没有庄睿能看得上眼的。

到晚上中巴车一到，庄睿就直接坐了上去，一直到酒店都一言不发，秦浩然夫妻知道庄睿今天累了，也没有打扰他。

回到酒店之后，去餐厅里吃了碗面条，庄睿进到房间就一头栽到了床上呼呼大睡起来，搞得秦浩然本来想找庄睿商量一下如何给那块巨无霸红翡定价，都找不到庄睿，累极了的庄睿根本就没有听到手机铃声。

到第二天早上八点，庄睿才从床上爬了起来，整整睡了十二个小时，不过经过深度睡眠，庄睿的精神算是完全恢复了。

"小睿，你看下午那块红翡毛料，定在什么价位比较好？"

在中巴车上有马胖子和几位赌石顾问，秦浩然不好和庄睿商量这事，到了会场，他顾不得去看毛料，一把拉住庄睿，走到没人的角落询问了起来。

"那块料子虽然背后有恶绺，不过体积太大，相信肯定有不少人会赌裂，价格不能定得太低，否则恐怕拿不下来……"

庄睿思考了一下，说道："我觉得价位最少要定在六百万欧元以上，才能稳稳地将其拿下，这样吧，秦叔叔，下午开拍的时候，咱们一起入场……"

赌石的人，各自的选择不一样，有人赌种水，有人赌色，自然还有人赌裂了，而且这类人为数众多，是赌石圈里的主力军。

因为裂分深浅，有裂虽然意味着里面的翡翠结构被破坏，但是同样意味着里面能出极品翡翠，有可能大涨，风险与机遇并在，所以虽然那块毛料上的裂绺是恶绺，但他们仍然不敢掉以轻心。

"实在不行，就定在八百万欧元……"

秦浩然要比庄睿有魄力多了,直接把价格往上提了两百万欧元,也就是两千万人民币,秦氏珠宝现在所面对的问题不是没钱,而是没有翡翠原料,别说那块毛料价值两亿,就算是只值八百万欧元,秦浩然都会毫不犹豫地将其拍下来。

"晚上咱们现场看看情况再说吧……"庄睿不愿现在就下结论,拍卖现场瞬息千变,谁也不敢保证有没有其他人也盯上了那块料子,等到时候就知道了。

和秦浩然夫妻分开后,庄睿去了暗标区,明标区所有有价值的原石编号,都记在了他的笔记本上,只需要每天下午准时参加拍卖就行了。

在明标区里,庄睿一共看中了近100块料子,必须拿下的重中之重的毛料,也有10块,这10块毛料,其中有三块是玻璃种的,不过都没有达到帝王绿,但是这种料子雕琢出来的翡翠饰品,已经可以称得上是极品了。

另外7块的种水虽然稍差,但是在于量大,每块都能解出数十公斤的玉肉来,正好填补中高档翡翠饰品的空缺,别的不说,只要能将这10块毛料拍下来,北京秦瑞麟珠宝店,在未来的五年之内,就不需要再为翡翠原料发愁了。

"奶奶的,果然好玉都在暗标区啊……"

庄睿进入暗标区后,只看了不到100块料子,心里就开始骂娘,这也忒欺负人了吧,把好料子全都集中到暗标区里了,在他刚看的100块毛料中,居然就有两块出了玻璃种。

其实并没有庄睿想得那么夸张,前面的暗标翡翠,都是组委会精挑细选的料子,并且是清一色的半赌毛料,都是经过切面或者擦窗的,其中有一块玻璃种毛料,直接将其种水给擦了出来。

只是对那块毛料,庄睿绝对是敬而远之的,根本就不想,到开标的时候,那块料子肯定会被拍出天价,庄睿保守估计,价格要在一亿元人民币以上,他掺和不起,也不愿意凑那热闹。

暗标区的毛料,是明标毛料数量的十倍以上,也就是说,有近20万块的毛料供庄睿挑选,所以庄睿也不急,凭借眼中的灵气,他完全可以挑一些外皮表现差,但是里面有好货的原石投标,这样既可以中标,又能省不少钱,这才是庄睿心里打得如意算盘。

"怎么都是半赌料子?"

看到第500份标的时候,庄睿有些不耐烦了,干脆走出了暗标区,绕路走到了明标区与暗标区连接的地方,从这里开始看了起来。

果然,这里毛料的表现比开始看的那些差出不知多少了,甚至有一些料子还不如明标区里的,只是把一些新厂原石,切开之后摆在了那里,当然,里面也是出了一点翡翠的。

"嗯?冰种?"

在暗标区看了一个多小时之后,庄睿在一块外表丑陋的毛料前站住了脚,之所以说它外皮丑陋,是因为这块料子有点像寿星公的额头,在一块椭圆形的石头上面,还高高凸起来一块,整块毛料上布满了黑癣,有点像农村垫茅坑的石头。

庄睿把这块重三十多斤的毛料翻来覆去地看了一下,没发现切开或者是擦窗,是一块全赌料子,心中不由高兴起来,他这会儿找的就是这样没有表现的全赌毛料。

"靠,真黑啊……"

看了一下投标箱旁边的标价,庄睿不由在心里暗骂了起来,这样的一块石头,底价居然定到了三万欧元,划成人民币那可就是三十多万啊。

有点愤愤不平地盯着那标价牌看了一会儿,又看向了那投标箱,庄睿忽然脑子一亮,对着自己骂道:"庄睿啊,你真是个白痴!",骂完之后,还狠狠地往自己脑袋瓜上拍了一下,发出"啪"的一声脆响。

"你,干什么的?"

一句生硬的汉语,突然在庄睿耳边响起,转头一看,差点把庄睿吓得跳起来,一个长得黝黑瘦小的缅甸士兵,正平端着把老 AK - 47 步枪,而枪口,正对着自己。

"哎哎,我说,你拿枪对着我干吗? 快点拿开……"

庄睿大声喊叫了起来,站在标区外面的一个工作人员听到后,马上快步走了过来,和士兵交流了一下,只是他们是用缅语交谈的,庄睿听不懂在说什么,不过在工作人员来了之后,士兵的枪口倒是垂了下来。

"这位先生,不好意思,刚才他怀疑您有破坏投标箱的举动,所以前来制止您的,对不起,是我们误会了……"

工作人员的汉语就要流利得多了,并且还知道"您"是敬语,说话很是客气,因为事实很明显,摆在毛料旁边的那个投标箱,连位置都没有挪动一下。

"他刚才打自己,打自己……"

那个士兵对庄睿刚才的举动很是不解,又操着半生不熟的汉语说道,并且一边说一边比划着拍脑袋的动作。

"哎,我打自己关您什么事情啊,我又没打您,您犯得着操这闲心吗?"

庄睿没好气地冲那士兵回了一句,哥们儿刚才那是高兴,又不是闲得蛋疼,没事拍自己脑袋玩。

那位工作人员听到庄睿的话后,笑着和士兵交流了几句,然后说道:"对不起,先生,打扰您选购毛料,请继续……"

士兵听到工作人员的话后,摇着头离开了,不过站的地方,距离庄睿还是不远,并且看向庄睿的眼神也有点古怪,可能是把庄睿归类到神经病那一类人里面去了吧。

庄睿却没在意那个士兵对自己的看法,此时他心里已经被狂喜所占据了,因为他刚才想到一件事情,现在只要庄睿手上有足够的资金,他就能拍下场内所有的暗标毛料!

很多朋友可能已经猜到了,所谓的足够的资金,并不是说拿钱往上面砸,而是可以在投注箱里辨别出里面的最高标价,然后只需要比那个标价高出一欧元,就能将其拿下了。

这几天庄睿心里就感觉有些不对劲,现在终于明白过来了,自己眼中的灵气不仅能透视金属石头,看穿合金打制的投标箱,也是一点问题都没有的,至于那些投标单上的数字,更是逃不过他的眼睛。

"嘿嘿,居然没有一个人投标,哥们给你破个处……"

庄睿看过这个投标箱之后,发现里面空空如也,没有一个标单,恶作剧般地拉开标箱下面的玻璃抽屉,从里面拿出一张投标单来。

所谓的投标单,其实就是一张卡片,和名片的大小完全相同,在上面用缅中英三种文字标明了填写自己编号和投标价格的地方。

而投标编号并不是入场证上面的标号,而是入场证后面的四位数字,加上庄睿护照的后四位数字,合起来一共是 8 位数字的编号,如果是缅甸人,就是入场证后面的四位数字和其本人身份证上的后四位数字。

在办理入场证的时候,必须要填写自己的护照号码,所以每办理好一张入场证,电脑就会自动生成一个投标编号,这样做的目的,是为了确保毛料商不会被人恶意投标。

编号太简单就很容易被别人所掌握,如果有人用庄睿的投标编号在投标单上写下个十亿欧元,那么庄睿是肯定支付不出这笔钱来的,最终的结果就是逃标,那样的话,他之前拍到的毛料,也将全部作废。

俗话说同行是冤家,不能排除一些心理阴暗的人在知道对方的投标编号之后,用这种方式恶意高价投标,将对手排挤出此次公盘。

所以组委会才会采用这种投标编号,并且在办理入场证的时候,都会特别提醒各个买家,不要泄露自己的投标编号,如果还有人因此被算计的话,那就只能怪自己太不小心了。

"嗯,投个三万一千欧元!"

庄睿在投标单上写下自己的投标编号之后,恶作剧般地写了一个数字,他现在纯粹就是在玩,暗标对于庄睿而言,完全一目了然,没有一点赌性可言。

将那张投标单丢入标箱里,庄睿看了一眼,正准备像看明标一样去挑选毛料的时候,兜里的电话响了起来。

第九章 | 巨无霸红翡

"小睿,你在干吗呢？这都快到三点了,怎么还不来拍卖厅这里?"

秦浩然的声音从电话里传出来,庄睿抬起左腕看了下手表,不禁吐了吐舌头,还差五分钟就要三点了,这时已经可以进场了。

"秦叔叔,我马上就到……"

庄睿挂断电话之后,扭头就往拍卖厅的方向跑,害得那个士兵差点没追上去,走到标箱旁边,看看好像没少什么东西之后,这才继续去站他的岗去了,不过在士兵心里,愈发认定了庄睿"神经病"的身份。

"快点,申请号牌咱们进场……"

秦浩然见到庄睿气喘吁吁地跑过来,也顾不上和他客套,直接让庄睿排到了他的前面,虽然这种插队行为让后面的人很不爽,但是又没插在他们前面,这些人嘴上埋怨了几句,秦浩然等人自是当做没听到。

由于来晚了,这次庄睿等人就没能坐在一号厅,按照手里的标号牌,找到了三号厅,座位还算靠前,在第二排。

最重要的是,秦浩然、庄睿还有方怡三个人,是挨在一起坐着的,在这两个小时的开标时间内,几人有大把时间来商量并且制定投标价格,足以应付一切突发状况了。

到了三点,明标监督的声音在会场里响了起来,不过这次说话的人用的是缅语,后面又有人用中英文翻译了一遍,前天见到胡荣的时候庄睿才知道,这大会明标监督,每天换一个人,担任监督的人,都是在缅甸上层社会很有名望的人。

"开始了……"

在监督人话音落下的时候,庄睿等人面前的大屏幕,马上闪烁了起来,编号为4000至6000的数字,清晰地出现在大屏幕上,而下面的红字底价,也显得极为抢眼。

庄睿往四周看了看,他发现,今天还有心情闲聊的人,却是不多了,因为在出现那标王价格之后,昨天自己没有参加的明标拍卖,也出现了两块达到四千万的毛料,很显然,那块解垮了的标王,并没有影响这些人抢购翡翠原石的决心,反而愈加疯狂起来。

"小睿,你盯紧 5220 号标,我和你阿姨先看另外几个标号,有什么变化,马上通知我们。"

秦浩然打开自己的笔记本,在上面看了一下,马上做出了分工,今天他们的投标任务很重,不但要拿下 5220 号巨无霸红翡毛料,另外庄睿给他的 4179、5367、5580 几个编号原石,也都在今天开拍。

由于怕那几个赌石师傅走漏风声,秦浩然没让他们进入拍卖厅,三个人要拍下四块毛料,从时间上来讲,没有只拍一块那么从容,并且这些数字还不是靠在一起的,单是在大屏幕上寻找,就要花费一会儿工夫。

投石问路的招数在今天的明标拍卖上玩得更多了,大屏幕上的底价刚刚刷新,就有人开始投标了,一时间,整个屏幕变成了红蓝白三种色彩。

"奶奶的,怎么都学起我来了。"

庄睿不由得小声地嘀咕了一声,话说这种方式还真让人心里紧张,顾不得去给其他人捣乱了,都死死地盯着自己所关注的毛料,是否起了变化。

"小睿,你刚才说什么?"坐在庄睿身边的方怡听到庄睿的话后,侧过脸问了一句。

"没什么,没什么,这无聊的人太多,自己不投标,捣什么乱啊……"

庄睿连忙做出一副深恶痛绝的神情,话说自己那天捣乱的行为可不能传出去,否则那位花了一百万欧元的中国老乡,说不定就会来找自己谈心。

"你这孩子,那天率先投了 60 多注标的人,就是你吧?我把萱冰交给你,也放心了……"

庄睿刚才的话,让丈母娘立刻猜出了事实,不过方怡倒是没生气,现在这世道,男人太过忠厚会吃亏的,庄睿本性很好,又不乏机智,对自己的女儿更是爱护有加,找到这样的女婿,方怡还有什么不放心的。

"嘿嘿,我那不是不懂嘛……"

庄睿挠着头笑了起来,不过笑容马上就僵硬在了脸上,因为他看到,自己一直关注的 5220 号红翡毛料,有人投标了,并且直接将那块原石从二十万欧元的底价上提高到五十万。

"秦叔叔,有人投红翡了,价格五十万……"

庄睿连忙将情况通报给了秦浩然,要说临机应变,庄睿自问不如身边这两位商界精英。

"没事,别着急,还有一个小时五十分钟呢……"

秦浩然看了下表，一脸镇定地说道，他本来就没指望能便宜拿下那块毛料，这几天，他听到好多人议论5220号原石，关注的人多了，人气自然就旺了起来，而来缅甸赌石的这些人里面，不乏赌裂高手。

风险大，收益同样大，一吨多重的打坎木场老坑种毛料，在赌石历史上，是比较罕见的，虽然背后有一米多长的恶绺，但是这块毛料块头够大，说不定恶绺到中间的时候，就会消失掉呢。

所以别看庄睿那天对这块毛料表现出了不屑一顾的样子，包括后来很多看过那块毛料的人，同样给出了极低的评价，但是说不定现在投标的，就是当初评价极低的那些人，庄睿不就是如此嘛。

"不对劲，这块毛料的价格一直在长……"

短短的十分钟，5220号原石的价格从五十万直接飙升到八十万，几乎每隔三分钟，就有人加十万，这和庄睿那天所见到的情形不同，根本就没热身，上来就拼起了刺刀。

"嗯？小睿，你来看4179和5367这两块标的价格，我盯一会儿5220……"

秦浩然的眉头也皱了起来，他昨天还是偷偷地去看了一眼那块毛料，虽然块头大，但是其他地方的表现并不好，擦面也没出翡，被人抬到这个价格，似乎有些不正常。

"爸，这块原石似乎不值那么多钱吧？八十万欧元已经是八百多万人民币了，咱们在暗标上，还是要投标的呀，如果这块中标了，那暗标的钱就不够了……"

"不怕，姓庄的小兔崽子，很会表演，把老头子我都套进去过，他前天的表现很不正常，说不定这块毛料里面真有货……"

在庄睿等人隔壁的四号拍卖厅里，正进行着这样一场对话，其中说话的一个人，正是庄睿的冤家老对头，许氏珠宝的掌舵人——许振东，而另外一个人是他的儿子许奇。

至于和庄睿挑起争端的许伟，现在已经被打落冷宫了，被剥夺了在许氏珠宝的所有职务之后，许伟和那些整天混吃等死的家族纨绔子弟一样，每个月去公司领取一份例子钱，而来缅甸赌石这样重要的事情，就没许伟什么事了。

见到父亲连续三次出价，许奇有些着急了，说道："爸，咱们不能把鸡蛋都放到一个篮子里去啊，您这每十分钟加一次价，万一没人跟了，被咱们买下来怎么办？"

"哼，怕什么，这不过才八十万欧元而已，你还怕没人跟？"

许振东从鼻子里发出一声冷哼，他观察这块毛料好几天了，发现有好几个当时将这块毛料评价得一文不值的人，后来都偷偷地跑回来仔细地看了好几次，这也让许振东对这块毛料信心大增，如果八十万能买下来，他求之不得呢。

果然，许振东话声刚落，白色的5220数字下面，那八十万欧元的价格猛地一跳，变成了一百万欧元,许振东握紧了拳头,随之松开,马上拿过投标器,在上面输入一百一十万欧元,重重地按下确定键。

许振东现在想得很简单,他这次来缅甸,一共只带来了五百万欧元,而给这块毛料的定价,许振东在心里定到了四百万欧元,即使拿不下这块原石,他也要把水给搅浑,让别人也不能轻易得手。

"秦叔叔,刚才是您加的价吗?"

庄睿抽空看了一眼 5220 号标,发现上面的数字,已经变成了一百五十万欧元,心里一跳,看向秦浩然。

"不是,目前来看,这块标最少有三拨人盯上了,看来八百万欧元的价格,还需要调整……"

秦浩然说话的时候,眉头不自然地往上挑了一下,因为他发现,5220 号标已经从一百五十万欧元的价格,跳到了一百八十万欧元,有人直接往上加了三十万。

"你继续看那两块标,这块红翡我来负责……"

秦浩然的面色变得严峻了起来,大屏幕上的标价,显示出三方人都不肯退让,并且都想用气势压倒对方。

"两百万欧元了,扑街呀……"

看着前方的大屏幕,儒雅如秦浩然这样的人物,也是忍不住爆了句粗口,现在距离开标时间,还有整整一个半小时,如果按这种趋势涨下去,鬼知道这块毛料,会拍出什么样的天价来?

倒是庄睿和方怡两人所盯着的几块毛料,在有人出过一次价格后,就一直没什么变化了,这让秦浩然安心不少,能全神贯注地盯着 5220 号标。

"三百万了,好像有一方退出了……"

秦浩然向庄睿和方怡通报着情况,眼睛盯着大屏幕一眨不眨,但是他一直都在忍耐,自始至终,都没有要出手的迹象,此时的秦浩然,就像是猎食的猛兽一般,只有在最后时刻,才会露出自己的獠牙。

"爸,这可是咱们 3/5 的资金了呀,那块恶绺毛料,真的值那么多吗?"

在另外一个展厅里,许奇可比秦浩然着急多了,在这开着冷气的大厅里,额头上居然紧张地出了汗,他知道自家公司的现状,如果这五千万再打了水漂,那可真要万劫不复了。

"看你那没出息的样子,给我老实坐那儿……"

许振东在心里暗叹一声,原本是想培养培养儿子,但是自己这儿子,终究是扶不起的阿斗啊,日后许氏珠宝不能交给他。

许奇并不知道,自己这番话说出来之后,使他从缅甸回去没多久,又享受了以前的待遇,每月领上一笔钱混吃等死。

许振东没再看儿子一眼,因为他发现屏幕上的数字又变了,变成了三百六十万欧元,这下许振东的心提了起来,距离四百万的心理底线,只差了四十万欧元了。

咬了咬牙,许振东在投标器的显示屏上,输入了四百万欧元,然后狠狠地按下了确认键,在这一刻,许振东那张犹如橘子皮一般布满了皱纹的老脸上,显得有些狰狞。

"老马,你小子确定不确定啊?这他娘的已经四千多万人民币了啊,要是赌垮掉怎么办?我说你小子是不是想找个垫背的呀?"

在一号拍卖厅里,宋军正一脸不爽地看着马胖子,他不知道自己犯的什么病,被马胖子拉来投这块5220的毛料,他带来的赌石师傅可是说了,这块毛料的表现很差,比昨儿解垮的那块料子,还要差上许多。

只是马胖子像中了邪似的,这两天一直守着那块毛料不说,今天还拉自己前来凑份子投标,此时宋军心里憋了一肚子的火。

"嘿,我说宋哥,这点小钱您不会在意吧?我马胖子虽然不会看石头,但是看人从来都没走过眼,您别看这两天瞅这毛料的人,走的时候都是骂骂咧咧的,估计心里都亮堂着呢,刚才那几个往上抬价的,都是看中这块毛料的人……"

马胖子这会儿已经进入了状态,四五千万人民币的投标,也稍微能让他热血沸腾一下,因为现在除了赌石之外,马胖子就算是在女人身上,都感受不到多少激情了。

"那你现在干吗还不加价?"

宋军有些不解地问道,钱他是不怎么在乎的,但是面子重要啊,自己来之前,可是对着北京那帮子人信誓旦旦地说了,哥们这是去缅甸发财的,万一要是赌垮了,传到那帮子耳朵里,可是没面子得很。

"我估摸着四百万欧元的价位,差不多也是对方的心理价位了,咱们等,等到投标时间快要结束的时候,直接投上六百万,我就不信那人能反应过来……"

马胖子说话的声音虽然很低,但是脸上的肥肉却颤动着,显示出他这会儿的心情,绝对也是不平静的,不能不说马胖子揣摩人性的本事高明,居然在不知道对手是谁的情况下,把对方的心理摸得是丝毫不差。

但是马胖子却忘了螳螂捕蝉黄雀在后这句老话,刚才他和许振东拼得是刺刀见红,却绝对没想到,还有位一直没出手的人,在死死地盯着这块毛料呢。

"四百万欧元,还真是大手笔啊……"

秦浩然此时居然完全放松了下来,反正他已经决定拿下这块毛料了,拼资金,秦氏珠宝此次带来了近一亿欧元,他谁都不怕,话再说回来,这块毛料,也不值那么多钱,谁要是拼了老命往上砸,那真是脑袋被驴踢了。

庄睿也有些无语,这块毛料要是放到暗标区,他绝对能用最实惠的价格,将之拍下来,但是对于明标,庄睿是心有余而力不足,他眼中的灵气再厉害,那也看不透别人心中的想法。

"小睿,你来操作 5220 号标吧,剩下那几个给我……"

秦浩然的话让庄睿愣了一下,说道:"秦叔叔,怎么让我来操作? 我可是没经验的呀?"

"多了不就有经验了嘛,这块料子是你先看中的,到时候解出来翡翠,按照市场价格卖给秦氏珠宝一半就成啦……"

敢情秦浩然不愿意占女婿的便宜,如果这块毛料真的如庄睿所说,那价值将在两亿以上,再打制成翡翠饰品销售出去之后,还要翻上一番,自己出手去拍,未免有点抢女婿生意的意思了。

"秦叔叔,这……"

庄睿被秦浩然的话给说愣了,不过心里对自己这位未来的泰山大人,也是钦佩不已,送到嘴边的肥肉,他居然不吃,还要按照市场价格来购买解出来的翡翠,这种心胸,不是一般人能做得到的。

"行了,还有半个小时,你多注意点,如果在这半个小时之内,没有人再出价的话,最后八百万欧元,一定可以将之拍到手,如果再有人出价,你告诉我……"

秦浩然摆了摆手,关注起另外几块毛料来,他知道庄睿此次也是倾囊而来,拿下这块红翡是没有什么问题。

"还有十分钟,秦叔叔,还是没有变化……"

庄睿的手心里布满了汗水,这拍卖厅里的气氛,压抑得让人喘不过来气,尤其是随着时间的推移,距离投标结束的时间越近,那种压力越像是大山压顶一般,越来越沉重。

"别紧张,八百万一定可以的……"

秦浩然这会儿要操作三个标号的投标,已经分不过心来了,在他手里的投标器上,已经输入二百八十万欧元的字样,只等剩三分钟的时候投出,然后还要马上操作另外两个,实在是顾不上庄睿了。

"难道自己判断错误? 没有人再争抢这块原石了吗?"

而此时在另外一个拍卖厅里的许振东心里,也变得七上八下起来,这四百万欧元可以说是许氏珠宝所有的流动资金了,他把下个月的员工工资,都收缴了上来,也就是说,此次缅甸公盘,许氏珠宝要不然咸鱼翻身,要不然万劫不复。

　　"三分钟,我说马胖子,你准备好没有啊?哥哥我要拍的这块料子,都已经输好价了。"

　　马胖子和宋军那里,这两位超级富豪也是一脸的紧张,赌石的乐趣其实也就在于此,不管是明标暗标的投标,还是现场解石,不到最后一刻,谁都不知道谁是最后的赢家。

　　"六百万欧元,这块毛料肯定是咱们的了……"

　　马胖子一脸轻松地说道,从大屏幕上的价格变成四百万欧元开始,就没有人再往上加价了,这加上去两百万欧元,那就是一千多万人民币,马胖子最后将价格提到六百万欧元,感觉已经是十拿九稳了。

　　"胖子,你说要不要跟庄睿打个招呼啊?"宋军这会儿突然想到了庄睿,说老实话,这次来缅甸,他对庄睿很是不满,这小子居然独来独往,也不给自己和马胖子这两个老哥们透露点信息。

　　"他不用咱们照顾,说不定这块毛料,就被他给盯上了呢,不过这几天都没见他来看这块料子,很难说……"

　　马胖子摇了摇大脑袋,眼睛紧盯着大屏幕上倒计时的数字,还有六十秒钟,就能见分晓了,不过马胖子心中有种不妙的感觉,连忙拿起投标器,清除了上面的数字,重新输入七百万欧元这个新价格。

　　当马胖子操作完毕之后,时间也跳到了最后的五秒,在这一刻,数百根手指,同时按上了投标器上的确定键,大屏幕上的数字,瞬间跳动了起来,任何人都看不清楚最终的结果。

　　在倒计时归零的时候,拍卖厅里的所有人,都长吁了一口气,不管结果如何,今天的明标拍卖,终于结束了,这短短的两个小时,在众人心里,像过了一个世纪那么长久。

第十章 拍卖是场心理战

"怎么？怎么可能？不可能！"

在大屏幕终于停止了闪动的时候，拍卖厅里喊出最多的一句话，就是"不可能"，看着大屏幕上已经静止了的数字，正应了那句老歌，有人欢喜有人忧，更有人为了大屏幕上的那些数字付出了所有。

"老马，我的中标了，你那边怎么样啊？我靠，怎么这副表情？"

宋军看到屏幕上的数字之后，高兴地笑了起来，只是看向马胖子的时候，顿时皱起了眉头，这胖老弟眼睛瞪得快要凸出眼眶了，再加上那肥胖的两腮，整个就他娘的一癞蛤蟆形象。

"没……没中……"

在被宋军踹了一脚之后，马胖子才回过神来，一脸沮丧的表情，他花费了巨大的心思揣摩出来的价格，居然被人以五十万欧元的差距，将那块毛料给抢走了。

"你小子办事，还没庄睿靠谱呢，得，没中就没中，等明儿看哥哥解石……"宋军对中不中那块毛料，并没怎么放在心上，他自己挑选的一块原石中标了，这会儿正得意呢。

"妈的，回头要去找找看，到底是谁截了胖爷的胡？"

马胖子愤愤不平地骂了句，但他也无可奈何，中标之后的毛料都办理了托运手续，一般没有人会在缅甸解石，因为携带翡翠出境，在缅甸同样是违法的，即使你的翡翠是从属于你的原石里解出来的。

"唉，不知道是谁中标了……"

同样在另外一个拍卖厅里，许振东长吁了一口气，说话的时候看不出是失落，还是高兴，他身上的压力很大，中标解垮，那对于许氏珠宝而言，将是一场灾难，现在没有中标，许振东整个人突然像泄了气的皮球，瘫软在椅子上。

"爸，咱们留着钱，去拍些暗标多好啊……"

许奇倒是满脸欣喜，在他看来，所有专家都不看好的毛料，想必是解不出翡翠来的，被别人中标，正好给公司省了不少钱。

"你懂个屁！"许振东瞪了儿子一眼，不过他心里也的确轻松了很多。

"嘿，中了两个，小睿，你说的那个不确定的标，没中……"

秦浩然夫妻自然是欢喜的，庄睿给他的四个标号，秦浩然投中了三个，总共花了四百多万欧元，这对秦氏珠宝而言，只是九牛一毛而已。

"咦？怎么是七百五十万一千欧元？你忘记投标了？"

当秦浩然看向 5220 的标价之后，脸色顿时变得难看起来，因为他发现，那个标号下面的红色投标数字，最终是确定在七百五十万一千欧元，和他交代庄睿的八百万欧元，少了整整四十九万九千欧元。

所以秦浩然的第一反应，就是庄睿没有投标，这让他大为沮丧，说老实话，他心中最看重的毛料，还是这块红翡料子，早知道就自己来操作了，年轻人，还是经受不住压力。

"不是，秦叔叔，现在的这个标底，就是我投的……"

庄睿的话，让秦浩然夫妻张大了嘴巴，半天都没能合拢，原来庄睿不是经受不住压力，而是那颗心脏过于强大了一些，居然在别人往上加价的时候向下压价，并且最终还被他投中了。

"好小子，真有你的，看来秦叔叔真的是老啦……"

秦浩然欣慰地在庄睿肩膀上捶了一拳，刚才那变故可是把他吓得不轻，想到自己在未来女婿面前失态，秦浩然脸色不禁有些赧然。

"秦叔叔，您才不老呢，是不是啊，方阿姨？"

庄睿冲着岳母大人挤了挤眼睛，让方怡不满地瞪了他一眼。

"好了，你这块标应该就是今天的标王了，你要是不想被别人知道的话，趁着广播还没有通告，咱们抓紧时间去办理中标手续……"

秦浩然对缅甸公盘的流程非常熟悉，看到庄睿点头之后，站起身率先向办理中标手续的窗口走去。

"先生，麻烦您往右走十米，去那个办公室办理中标手续……"

庄睿将自己的标号牌递进窗口，不过让他惊讶的是，里面的人居然叫他进入拍卖厅的办公室去办手续，不知道上次的标王，是不是也享受了这个待遇，不过庄睿知道的是，那位隶属于上海吉祥公司的标王，下场却是非常的凄惨。

"走吧，我和你一起去……"

秦浩然也不知道发生了什么事情，转身向方怡交代了几句之后，和庄睿一起去了办公室里。

"您好，是庄先生吧？恭喜您获得此次翡翠公盘至今为止的标王称号……"

进入办公室后，一位长得瘦小的中年男人迎了上来，从他嘴里说出来的话，却是极为流利的汉语，要不是在异国他乡，庄睿会认为这人是云贵等地的少数民族。

"嗯，这似乎不需要恭喜吧？不知道让我来这里，究竟有什么事情？"

庄睿开门见山地问道，他知道缅甸是军管国家，说不定这中年人就在军队里担任着什么职位呢，俗话说秀才遇到兵有理说不清，庄睿可不想和这个国家的武装机关打交道。

"呵呵，庄先生真是快人快语，是这样的，我们想请庄先生配合一下，您能否在明天早上，现场解这块毛料呢？当然，您放心，如果解出翡翠的话，我们可以免费出具发票证书帮您通关，不用怕翡翠带不出我们国家……"

中年人也没和庄睿拐弯抹角，直接说出了自己的意思，庄睿闻言笑了起来，恐怕那几位吉祥珠宝公司的人，也曾经享受过这个待遇吧？

"我能不能问一下，贵方为什么要选择这块毛料来解呢？"

不过庄睿心中也有些奇怪，自己这块毛料的表现并不好，缅甸组委会方面要是想挽回影响的话，应该去找一块十有八九能切出翡翠的原石呀，怎么会找到自己头上呢？

"咳咳……这个……我们在中国有许多朋友，他们都说庄先生您曾经受过活佛赐福，运气……那个……运气是相当地好……"

那位组委会的官员有些不好意思，一段话说得磕磕绊绊的，不过意思总算是表达了出来，说得直白一点就是，我们知道你运气好，所以才决定挑你这块毛料来解石。

"靠！"

听到对方说出来的居然是这个理由，庄睿不由得翻了白眼，这也太草率了吧？如果自己的运气不如对方想象的那么好，再次解垮的话，那对此次缅甸翡翠公盘的冲击可就大了。

庄睿虽然知道缅甸是个佛国，但是对他这个没有信仰的人而言，他并不理解缅甸人对于自己宗教信仰的狂热程度，庄睿的资料本来就是他们极为关注的，所以在他中标之后，马上就有组委会的高层下达了指示，要解庄睿拍中的毛料。

"可是……我并没打算在缅甸解石……"

庄睿想了一下，还是出言拒绝了，不过心中有些忐忑，他怕对方软的不行来硬的，现在是在别人的地盘上，自己可一点儿办法都没有。

"庄先生，您可以再考虑一下，并且我们会对此向您做出一些补偿，具体一点说，如果您同意在缅甸解石的话，我们可以将您的中标价，下调百分之十，也就是说，七百五十万一千欧元,您只要支付六百七十五万就可以了。"

并且您也将成为缅甸翡翠公盘的终身荣誉贵宾,以后参加公盘的话,不用邀请函,就可以进入赌石会场……"

那位组委会官员见庄睿不愿意在缅甸解石,终于拿出了自己的杀手锏来,这种优惠不可谓不丰厚,七十五万欧元可相当于七百多万人民币,缅甸方面确实是手笔不小。

"好,我们同意了,明天可以现场解石……"

庄睿还在犹豫的时候,秦浩然出人意料地代他答应了下来。

在那位组委会官员千恩万谢的以最快速度和庄睿签署了《中标合同》,庄睿支付了所有款项之后和秦浩然离开了那间办公室。

"秦叔叔,为什么一定要在缅甸解石啊?会不会树大招风啊?"走出办公室的大门后,庄睿有些不解地向秦浩然问道。

"优惠七十五万欧元,等于近八百万人民币了,这优惠不少啦,话再说回来,那人应该是缅甸矿产部的,和他们交好并不吃亏,说不定你以后还能在缅甸搞个翡翠矿玩玩呢……"

秦浩然笑着和庄睿开起了玩笑,其实他主要是看中了那相当于七百多万人民币的优惠,秦浩然是个商人,在商言商,能用最小的代价拿下这块原石,他当然愿意了。

另外现场解石,如果赌涨了的话,那秦氏珠宝也会在业界出一次大大的风头,做珠宝行业,向来是不怕树大招风这四个字,那是越拉风越好,省得花巨资请明星做广告了。

等庄睿和秦浩然从组委会的办公室出来以后,方怡已经办理好了另外三块毛料的中标手续,由于办公室和中标窗口隔了一个拐角,所以也没被别人发现,在电话联系之后,三人坐上了返回酒店的中巴车。

"来,小睿,秦叔叔敬你一杯,预祝你明天解石,马到功成!"

中巴车上还有几位赌石顾问,所以秦浩然夫妻虽然很兴奋,但是并没有多说什么,不过回到酒店之后,几人在餐厅里简单的吃了点东西,秦浩然马上就把庄睿拉到了自己所住的房间,并且让人送来了一瓶红酒,开始庆祝。

"秦叔叔,这我可不敢当,全靠您运筹帷幄,这才能拍下那块料子……"

虽然庄睿不是那种油嘴滑舌的人,但是面对秦浩然,那还是能拍则拍,至少以后丈母娘万一刁难自己,这泰山大人也不会坐视不是?

"关他什么事,是你的功劳就是你的,小睿,陪方阿姨喝一杯……"

方怡心中也是兴奋异常,虽然还没有解出任何一块原石,但是根据庄睿以往在赌石圈中的战绩,想必那几块毛料,也会表现不俗的。

"方阿姨,秦叔叔,今天不早了,明天还要解石,我先回去休息了……"

庄睿见丈母娘一杯红酒下肚之后,就开始醉眼迷离了,连忙出言告辞,至于那两口子会在房间里发生什么事情,就不是自己这小辈能去猜想的了。

"哎,我说你小子跑哪去啦? 刚在餐厅里还看见你,一转眼怎么就没影了? 打电话你也不接,我还以为你被绑架了呢……"

庄睿刚到自己的房间门口,就看到那里站了两个胖子,只是一人欢喜一人愁,欢喜的自然是宋军,虽然嘴上骂着庄睿,脸上却全都是笑意,至于马胖子,则是愁眉苦脸的,就好像去嫖娼被缅甸公安抓到一般。

"去和丈母娘、老丈人谈点儿事情,马哥,您这是怎么啦? 钱包掉了?"庄睿一边说着话,一边打开房门,将二人给让了进去。

"嘿,别提了,胖哥我今儿倒霉,看中的一块料子,就因为少投五十万欧元,愣是被人给截胡了,妈的,要是让胖爷知道是谁,我饶不了他……"马胖子这会儿还是有点愤愤不平,一脸恶相地说道。

毛料没拍到,这其实是小事,关键在于这件事情让他对自己的判断力产生了怀疑,难道这世上还有人比他更会揣摩人意? 如果有的话,马胖子更要将那人给找出来,互相交流一下心得体会了。

"马哥,您拍的是哪一块毛料呀?"

庄睿有点心虚地问道,马胖子刚才说只差五十万,那他投标的料子肯定便宜不了,说不定那个一直挂在大屏幕上的四百万,就是马胖子投的标呢。

"5220,妈的,气死胖哥我了,七百万我都出了,早知道再加五十万欧元上去了……"

马胖子的话让庄睿的脸色,瞬间变得很精彩,有点想笑,又使劲地憋着,眼睛眉毛都快挤到一起去了。

"哎,不对啊,你小子怎么这表情,我说,那块料子,是你被你拍去了吧?"

马胖子一抬头,正好看到庄睿的脸,以他那颗七窍玲珑心,立马就明白了过来,站起身就开始卷袖子,那架势似乎要和庄睿练上一练。

"马哥,您就是再加上五十万,那料子也不是您的啊,要是那样的话,您可不要更加生气啦……"

庄睿笑嘻嘻地躲开了马胖子的熊抱,出言调侃道,他当时在投标的时候,忽然想起第一天两人同时中标的情形,所以故意投多了一千欧元,防的就是这个。

"嘿,你小子说的也对,输了五十万,不算亏,要是输了一千欧元,那我老马就要去跳河了……"

马胖子听庄睿这么一说,倒是点头表示同意,知道这毛料是庄睿拍到的,马胖子心里的怨气也就没有了,怎么说庄睿都是自己和宋军的小兄弟,肥水总算是没有流到外人田里。

一直在旁边没有说话的宋军,眼睛一转,一把拉住了庄睿,说道:"不行,我和老马选中的毛料被你抢走了,小子,你说怎么办吧?"

"得,我这还看中了几块料子,明天你们去拍吧……"庄睿把自己的那个笔记本拿了出来,还没打开,就被宋军一把抢了过去。

"你这记得都是什么玩意啊?我告诉你,最少要五块料子啊,不然哥哥和你没完……"

宋军皱着眉头翻了一下庄睿记的本子,又把笔记本扔还给了庄睿,那些数字毫无规律,他根本看不出什么来。

"行,五块就五块,不过咱们丑话说在前面,赌涨是你们运气好,赌垮了那也怪不着我,两位哥哥不能找后账呀……"

庄睿本来就给这两人留了十几块料子,这次来缅甸都是宋军安排的,他也不能让宋军和马胖子白跑一趟不是,再说了,庄睿看中的毛料实在太多,他一人也拍不过来,正像马胖子所想的那样,肥水不流外人田嘛。

庄睿选出了六七块比较不错的毛料,又一一给他们讲了这些毛料大致能解出什么样的翡翠来,价格定在多少合适,当然,前提是不打包票,您哥俩爱信不信。

在纠缠了庄睿一个多小时之后,马胖子和宋军才心满意足地离开了,今儿的那场拍卖,让庄睿累死了不少脑细胞,敲了下彭飞的房门,见里面没人,庄睿冲了个凉,就睡下了。

"彭飞,昨天干吗去了?九点多还没回酒店?"

第二天庄睿同样起得很早,六点钟就爬了起来,因为今天他解石的时间,也是早上七点到九点,再过半小时,就要坐车前往赌石会场了。

"庄哥,昨天去准备了点东西,回头用上您就知道了……"

"嗯,今天没事跟我去会场吧,我今天要切石,让你见识一下……"

庄睿见到彭飞不愿意多说,也就没问,虽然他和彭飞相处的时间不长,但这是周瑞打了包票的人,再加上彭飞的妹妹还住在自己家里,将心比心,庄睿也不相信他会对自己起什么歹念。

来到酒店门口之后,庄睿意外地接到一个电话,是昨天的那位组委会官员打来的,说是有专车接他前往会场,这样的待遇庄睿自然不会拒绝,在给宋军和秦浩然等人打了电话之后,庄睿和彭飞坐上了组委会那辆带空调的所谓专车。

"庄哥,这块石头就是您花了七千多万人民币买下来的?"

来到缅甸玉石交易中心门口的那块空地上，彭飞一脸不可置信地看着那块巨无霸毛料，对于几个星期之前，还在北京西站货场扛大包的彭飞而言，这简直就是一件难以想象的事情。

"呵呵，如果它能给我创造数倍于七千万人民币的效益，你说我该不该买呢?"庄睿用最通俗易懂的话，解答了彭飞心中的疑惑。

"那倒是挺值的……"彭飞挠了挠头，看得庄睿笑了起来，庄睿感觉和彭飞处久了之后，他的性格还是很开朗的，自己初见他时的那种冷漠，已经完全消失不见了。

其实彭飞本来在部队里，就是一个性格开朗的人，只是后来家庭发生了那么大的变故，加上妹妹有一段时间又得了自闭症，使得彭飞的心情压抑，现在所有的问题都解决了，他自然回复了本性。

"行了，我先看看这块毛料如何下刀……"

庄睿除了第一天看过这块巨无霸红翡料子之后，一直都忍着没再过去，这会儿都忘了里面翡翠所在的位置了，趁着酒店里的那些人还没到，庄睿走到原石旁边，仔细地观察了起来。

这块料子长约在两米左右，宽度也差不多有两米，近乎一个四方形，在一边开有擦窗，不过并没有出现红翡绿翠，只有一些淡淡的红色结晶颗粒，经验再丰富的赌石师傅，也无法从中看出端倪。

在擦面的正对面，就是那条让所有精通赌石的人，都为之心寒的恶绺了，整条恶绺的长度，几乎贯穿了整块毛料，如果不是这块毛料的厚度近两米，旁人赌这恶绺裂不了那么深的话，恐怕没有人敢给它开价。

而玉肉所在的地方，其实距离擦面已经很近了，只有十多公分的距离，庄睿仔细看过之后，就在心里思量开了，他是在想，等会儿是先沿着恶绺切，还是直接从擦窗处来一刀，给个开门见山。

"小睿，怎么样? 有把握吧?"

就在庄睿低头思考的时候，秦浩然等人坐中巴车也赶到了解石现场，跟在中巴车后面的，就是那五辆大巴车队了。

"还行，应该不会赌垮掉……"

庄睿自信地点了点头，而那些从大巴车上下来的人，在看到站在毛料旁边的庄睿等人后，脸上露出了不尽相同的表情。

第十一章 四刀切垮一刀涨

　　这赌石讲的也是成王败寇，任您名气再大，赌垮一块毛料，肯定就会声名大跌，但是同理，您要是能在众目睽睽之下赌得大涨，那也会一朝成名声名鹊起。

　　庄睿现在在国内的赌石圈子里，可谓是风云人物，认识他的人可是不少，眼见庄睿此时站在了那块毛料旁边，许多人心里那叫一纠结啊，哥们怎么就没想起来把钱砸到这块毛料上呢？

　　从第二辆大巴车上首先下来的人就是许振东，虽然前几个月刚被庄睿气得差点脑出血，不过这老头眼神不错，刚下大巴车，一眼就望见了庄睿，脚下不禁打了个趔趄，要不是身边的儿子扶住，恐怕就要一头栽倒在地上。

　　"爸，您没事吧？"许奇虽然不成器，但还是比较孝顺的。

　　"没事，那……那人……就是庄睿！"

　　看着穿了一身白色丝绸对开马褂的庄睿，许振东心里充满了无奈，此时的庄睿，已经完全成长了起来，再不是平洲公盘上那个小人物了，自己以后……不……或许现在就需要仰视他了。

　　虽然许振东也看中了这块红翡毛料，但是无奈财力不如别人，只能眼巴巴地站在这里观看庄睿解石，赌石玩的不仅是眼力运气，金钱才是决定成败的主要因素。

　　今天来观看庄睿解石的人，比前天还要多，因为这块毛料的价值远远高出了前天，七百五十万欧元，那可是将近八千万人民币了，这是此次缅甸公盘目前所开出的单标最高价。

　　当然，人们心里也都清楚，大头在后面，等到暗标开标的时候，那才是刺刀见红，相信今年缅甸翡翠公盘上的标王价格，最少要超出亿元。

　　在缅甸军管政府加大了走私原石的监管力度之后，无论是中国境内的翡翠交易，还是在缅甸公盘上,价格在五千万以上的原石,已经极为常见了,但是要知道,去年缅甸翡翠公盘的标王,也不过就是三四千万而已,从这个简单的对比就能看出现在原石价格的涨幅了。

"开盘投注啦,我大D坐庄,继续开盘了,有要投注的没有?买赌涨一赔零点五,买赌垮一赔一,有要投注的来找我大D,保证童叟无欺……"

就在众人刚下车,围到解石现场的时候,昨天的那个叫戴君的家伙,又拎着个破麻袋叫嚷开了,这小子前儿运气不错,和吉祥珠宝的人赌气,花了八万块买了块废料,谁知道居然切出了翡翠,被一个毛料商人花了五十万人民币买走了,得到了甜头的大D,今儿又吆喝上了。

不过大D在回去之后检讨了一下自己的错误,认为一赔二太不划算,要是一赔一的话,自己不卖翡翠,都能赚上近百万,所以今天就改了规则。

"大D,我兄弟解石,你也敢捣乱?"

马胖子伸出蒲扇般的大手,一把将正在接受投注的戴君拉到了身边。

"哎哟,马总,我这怎么叫做捣乱啊,花钱不多,开心娱乐嘛,您要不要买一注?"

大D嬉皮笑脸的根本没把马胖子的话放在心上,遇到这样的二皮脸,马胖子也是一点脾气都没有,冷哼了一声,说道:"我买一亿赌涨,你敢接吗?"

"马总,您别逗我了,庄老板看原石的本事,那可不是吹出来的,您要是买赌垮我就接了……"大D笑嘻嘻地挣开马胖子的手,又去做他的庄家了。

"去,买五万块的赌涨……"

站在人群里的许振东,淡淡地对身边的儿子说道,大D这小子昨天尝到了甜头,今儿就把赌注的上限定为五万了。

"爸,要买也是买他赌垮啊,怎么买涨?"

许奇以为自己老子糊涂了呢,许氏珠宝在庄睿手上跌了那么大的跟头,自家老子怎么还希望他切涨?

"让你去,你就去,有钱不赚吗?"

许振东懒得和自己儿子解释,他和庄睿有仇不假,但是他和钱没有仇呀,话再说深一点儿,他倒也不是为了赚那几个钱,就是想沾沾庄睿的运气,希望在下面的赌石中,能一帆风顺。

对于身周的喧闹,庄睿如若未闻,他此时的心思,都放在了这块巨无霸毛料上面。

想解涨很容易,都不用费力吧唧地切石,直接在擦面处,往里掏个十几二十几公分,就能看到红翡了。

但是庄睿感觉那样的话,未免来得太轻易,既然今天要干出风头的事情,索性就做得惊心动魄一点吧。

"庄先生,您有什么要说的吗?"

昨天帮庄睿办理中标手续的那个缅甸组委会的官员,今天亲自来组织这次现场解石,在说了一通废话之后,把手里的话筒递到了庄睿嘴边。

"没有……"

庄睿吐出两个字,转身招呼铲车将毛料架到切石机上。

由于毛料过于巨大,需要两辆铲车同时进行,并且在架到切石机上之后,铲车还要托在下面,以免在解石的时候,毛料重心不稳,掉落在地上。

"他这是要切石吧?"

"应该是,小伙子就是有冲劲呀,也不擦石,上来就切了……"

"鲁莽,太鲁莽了,这么大的一块毛料,最少也要先找几边擦一下,看看里面的情况,再决定怎么切,这年轻人看来以前都是凭着运气……"

见到庄睿将那长长的恶绺面朝天摆着,众人都知道,庄睿这是要切裂了,这是切石最常见的,一刀下去,天堂地狱立见分晓。

一般来说,有裂绺的毛料,出翡翠的几率也大,但是裂绺深了,就会破坏毛料里面玉肉的结构,众所周知的赌裂,赌的就是裂绺渗入毛料不深,影响不到里面的翡翠。

但是所谓的恶绺,常常都是贯穿了整块毛料的,如果换一块体积稍小一点的原石,恐怕在场的这些人,连看的兴趣都不会有,那指定是必垮无疑的。

拿了粉笔,庄睿装模作样地在毛料上画了一下,然后扔掉粉笔,拍了拍手,直接启动了切石机的电源,对着那条恶绺向下切去。

由于本来就是条缝隙,虽然那缝隙不是笔直的,但是里面的结晶体都已经风化了,切下去很轻松,随着那巨大的合金砂轮与石头摩擦所发出的"咔咔"声,在庄睿周围到处弥漫着碎屑石粉。

"彭飞,打盆水来……"

在合金砂轮将下面那三四十公分大小的地方切进去一个豁口之后,庄睿停下了手,因为要挪动石头,必须两辆装货铲车同时运动才行。

在将原石上的那个缝隙加大之后,庄睿用清水清洗了一下,已经可以看到里面的情形了,结果自然是不言而喻的,并没有出绿。

两辆铲车重新固定好毛料之后,庄睿又沿着缝隙往下切去,如此进行了三次,他才把这半边给切开,由于毛料厚度较大,必须将其翻个身子,从另外一边如此再切下去三刀,才能将整块毛料给解开。

那个擦面是在恶绺背后靠近顶端的地方,将毛料从中间切开,并不会碰到擦面,庄睿拿粉笔画好线后,"咔咔"声响起,又接着切了起来。

"有可能赌垮掉啊……"

"是啊,刚才看那小伙子的脸色,半边切面没有出翡翠……"

"这恶绺很深呀,看来出绿的可能性不大了……"

旁边人群里,响起了"嗡嗡"的议论声,不能说众人见风使舵,而是事实胜于雄辩,切开了半边料子,从合金齿轮带出来的那些石头碎屑,经验丰富的赌石师傅就能看出里面是否有绿? 但是目前来看,还没有一丝出绿的迹象。

"小睿,休息一下再切吧……"

一直站在旁边的秦浩然,这会儿面色变得很凝重,他和站在外围看热闹的那些人不同,在庄睿刚才清理碎石屑的时候,他就看出来了,这块料子上的恶绺,不但长度几乎和整块毛料相同,就是厚度,也差不多贯穿了整块原石,这和庄睿的设想,已经是有了偏差。

"没事,秦叔叔,我把它切开之后再休息……"

虽然这会儿已经整整切了近一个小时了,庄睿额头上满是汗水,但是他的手依然很稳,沿着自己划好的白线,按部就班地往下切着,有近一米的地方,都已经和对面的切口相连了,只不过还有二十多公分的样子,就能将这块毛料一分为二了。

"嚓嚓……"

在铲车移动了第三次之后,庄睿抬起了切石机,那合金砂轮空转着发出的声音,犹如打鼓一般,敲打着在场众人的心脏,像庄睿这种切石方法,那就是直捣黄龙,是否有翡翠,马上就可以知晓了。

两辆铲车各自托着半块毛料,缓缓地向后开去,顿时,两个光滑的切面,呈现在众人眼前。

黑色的蟒纹,黄色的结晶体,红色雾状丝绺,白色的碎石屑,都在切面上表现了出来,唯一或缺的,就是翡翠了。

"唉,又赌垮了一块……"

"今年的公盘有点儿邪行啊……"

"是啊,这两块毛料加起来一亿多,就买了两块破石头……"

眼前发生的一切,似乎不需要多加解释了,明白什么叫做赌石的人,自然明白这一刀下去意味着什么。

这地球上什么资源都少,但是漫山遍野的石头,却是应有尽有,赌石不是赌的石头块子,而是赌石头里面的翡翠,切出绿来,还不能说是涨是垮,因为毕竟要参考购买毛料的价格。

但是这一刀切下去,什么都没有,即使是再外行的人,也能看出来,这一刀,是切垮掉了。

之所以说这"一刀"切垮，而不是说整块毛料都垮了，那是因为在赌石圈子里，第一刀不出绿，而后大涨的事情，不止发生过一次，但是从总的比例来看，还是赌垮的可能性比较大。

巨大的叹息声，从围观的人群里响起，大多数人都是忧心忡忡，两块石头接连赌垮，让他们对于此次缅甸翡翠公盘上的原石毛料，信心立马下降了几十个百分点。

虽然庄睿的这块恶绺毛料赌垮，要比前几天那块十拿九稳赌涨的毛料，从心理上更容易接受一点，但是一想到那近八千万人民币的价格，就让每个人心里都变得沉甸甸的，现在是庄睿赌垮，或许下一个，就轮到了自己。

"小兔崽子，垮你八千万，看你这次还能不能翻身……"

人群里自然也有高兴的，许振东这会儿已然忘记了，他刚才还买了五万块庄睿赌涨呢，不过相比现在所看到的情形，让许振东再扔出去五十万，他也心甘情愿，典型的损人不利己，此时许振东那是老怀大慰，身体里早就笑得骨质疏松了。

前来主持此次现场解石的那位组委会官员，这会儿站在那里也是左右都不得劲，庄睿这一刀切垮掉，他心里也是"咯噔"一下，沉到了谷底，这会儿正思量着，是不是往上面汇报一下，今天会场再提前开门算了。

一直在人群里晃荡的大 D，挤到了马胖子身边，一脸贼笑着说道："马总，您刚才说的一个亿赌涨，我现在还受理啊，您还压不压？我收您八千万就行了……"

"滚一边去，你他娘的叫戴小人算了，谁给你整了个君子的名字呀……"

马胖子虽然知道大 D 是开玩笑的，但还是气不打一处来，在马胖子看来，庄睿现在可是在帮他受过啊，因为要不是庄睿出手截胡，那现在哭丧着脸的，就变成自己了。

"小睿，这块料子，出绿的可能性不大了……"

秦浩然蹲在地上，仔细地察看了一下两半毛料的切面，不由摇了摇头，从现在的表现来看，这块八千万拍下来的标王，甚至不如前天吉祥珠宝的那块料子，不管怎么说，那块毛料还掏出了几百万的翡翠玉肉呢。

"那不一定，秦叔叔您看，这裂绺所经过的位置，都没有产生翡翠，连破坏两个字都称不上，但这又的确是块老坑种的打坎木场原石，出翡翠的几率一般在七成以上，所以，我还是很看好这块毛料……"

庄睿经历过多次赌石切石之后，不但上手经验丰富了很多，就是理论知识，他说起来也头头是道，听得秦浩然连连点头，刚才郁闷的神色一扫而空。

"那小伙子很沉得住气啊，居然是面不改色，还在喝水……"

"屁的沉住气,那是故作镇定,八千万人民币啊,装麻袋里给你,你都扛不动……"

"别吵,那小伙子又准备切石了……"

围观的这些人,看到庄睿那面无表情的样子,有心生佩服的,也有故作不屑的,但是因为这块毛料体积太大,说不定下面还有好戏看,所以并没有像上次那样,一刀下去之后,统统散场。

庄睿走到切石机旁,忽然改变了主意,伸手把彭飞召了过来,说道:"彭飞,你来解吧,让你过过手瘾,这一刀下去,可就是几千万啊,哈哈……"

"庄哥,让我来?"

彭飞用手指着自己,一脸不可置信的表情。

"得,我来就我来,您说怎么切吧?"

彭飞是北京人,性子本来就很直率,看到庄睿点头之后,他也不客气,卷起袖子就站到了解石机旁边,这机器操作起来很简单,刚才彭飞看庄睿用了一次,早就看明白了。

"用这齿轮往下切,把这块料子切成三段……"

剩下的这两块毛料,虽然只是一半,那重量也不是庄睿能搬得动的,庄睿招呼开铲车的司机,连比划带说,将里面没有翡翠的半块料子,重新放到了切石机上面。

庄睿的这番举动,让围观的人看得纷纷摇头,这小伙子做事忒不靠谱了吧,找个外行人去切石,万一里面有翡翠,那不是要伤到玉肉了。

解石其实是个力气活,压着切石机的手柄往下切,并不是那么轻松的,彭飞虽然身体强健,但是在把那半块毛料切成三段之后,也是累得一脸大汗。

结果正如众人所料,石头里面空空如也,不过倒是出了很多红雾,按说这是出翡翠的征兆,但是那分成了三块的原石切面上,并没有出现大家想看到的东西。

"走吧,没什么好看的了……"

"是啊,这块料子肯定垮了,幸亏我当时没追……"

"你是没钱追吧?哈哈,走了,今天说不定又能早进场……"

看到这个情形之后,围观的众人终于开始散了,这块毛料是从中间分开的,按常理来说,两边在地底形成的环境差不多,一边没有产生翡翠,另外一边基本上也是如此的。

"行了,你也累了,我来解下面的吧……"

庄睿看了下时间,还有半个小时,玉石交易中心就要开门了,他也不想再装下去了,从连切四刀连垮,再到大涨,想必自己今天绝对会给这些人一个难忘的记忆了。

"走的就怪您没眼福了……"

庄睿看了一眼那些转身离去的人,默默地招呼铲车司机将另外半块毛料,放到了切石机上,并且将留有擦面的石料摆在了切石机的齿轮之下。

只是庄睿的举动，在那些人看来，不过是一种不死心的垂死挣扎罢了，而大 D 已经在那边算账了，赌垮一赔一，他今儿自己还要往里面贴上不少钱。

"咔咔……"

合金齿轮与石头的摩擦声又响了起来，只是此时还关注这块料子的人，从上千人变得只有秦浩然夫妻和马胖子、宋军了，不过就连秦浩然，在看到那半边毛料里面什么都没有的时候，心里也做了最坏的打算。

这会儿几人想的是等下如何安慰庄睿，年轻人受到这么大的打击，不要想不开才好，他们都知道庄睿的身家，这近八千万的资金，足以让庄睿伤筋动骨了。

沿着那个开窗的切面，庄睿右手用力，将合金齿轮切了进去，这里的石头结构似乎有些松散，齿轮切入后的震动，让巴掌大小的石头块纷纷掉落在地上，说是在切石，倒好像把那擦窗给放大了一般。

"小睿，停下，快！快停下来……"

突然，秦浩然急促的声音响了起来，吓得庄睿浑身一哆嗦，这还没到出玉肉的地方呢，您老人家激动个什么劲儿啊？

不过在听到秦浩然的话后，庄睿右手条件反射般把合金齿轮抬高了，空转着的合金齿轮发出了与切石时完全不同的声音。

"涨了，赌涨了，大涨啊，小睿，是大涨啊！"

秦浩然用力拉扯了一下脖子上的领带，也顾不得中年男人的完美形象了，向着那块毛料冲了过去，吓得庄睿连忙将合金齿轮关掉，因为刚才秦浩然的头部，距离那旋转中的齿轮不过几公分距离，自己的手要是稍微抖一下，那可是把老丈人的脑袋开瓢了。

"嘿，还真出来了……"

庄睿低头一看才发现，原来侧面有一块巴掌大小的石头，被切石机给震落了，正好对着秦浩然的方向，所以一直是从上往下看着的庄睿，发现得还没有秦浩然早。

"赌涨了？"

已经走出了几十米远的那些人，听到秦浩然充满了欣喜的欢呼声之后，均是愕然地掉过头来，看着解石区那里站着的几个孤零零的人。

在愣了一下之后，继而像是醒悟了过来，一个个肥头大耳的老板们，以百米冲刺的速度，向庄睿等人的方向跑去。

"玻璃种红翡啊，极品红翡，涨了，大涨呀……"

在清晨八点多钟阳光的照射下，那块犹抱琵琶半遮面的红翡，羞答答地露出巴掌大小的脸面，散发出诱人的光彩。

由于光线比较强，那冰种的料子乍然看上去，就像玻璃一般透明，使得最先冲到毛料旁边的人,给出了玻璃种的判断。

"怎么回事?"

组委会的那位官员,刚刚在门口的办公室里跟领导汇报完工作,得到了提前开门的指示后,刚走出办公室,就看到原本拥挤在玉石交易中心门口的人群,居然一个都不剩了。

"不知道,那群中国人像疯了似的,都跑到那边去了……"

看门的工作人员,指了一下解石场地,其实他也猜出来估计是毛料赌涨了,要不是职责所在,他也早跑去看热闹了。

"啊?按原定时间开门,不要提前……"

组委会的官员一听,顿时喜上眉梢,快步向解石场地走去,提前开门?估计就算提前了,也没有人进去。

"庄老板,好眼光,好魄力啊……"

"庄老板,再往下擦开一点,让咱们也开开眼界……"

"是啊,玻璃种的红翡,那叫血玉翡翠,比之帝王绿都不差的,今儿真是长见识了……"

上文中所说的成王败寇,又一次完美地体现在这群人身上,此时这些人再看向庄睿的时候,眼中全是钦佩和羡慕了,甚至还有那么一丝嫉妒。

"好,大家请让让,我把这块料子给取出来……"

这会儿庄睿已经被众人团团围住了,而那块红翡毛料旁边,更是站满了人,如果不是翡翠公盘上不允许携带锤子等物进场,保不齐就有人浑水摸鱼敲下一块来,要知道,如果真是玻璃种红翡,指甲大小的一块,也能值个几十万的。

听到庄睿的话后,围在原石旁边的人,心不甘情不愿地让出了一块空地,不过他们也想看看,这块红翡毛料,究竟能掏出多少玉肉来,如果单凭这巴掌大的开面,庄睿还是赚不回那八千万人民币的。

"嚓嚓……"

庄睿拿起擦石机,打开了电源,那砂轮片飞快地旋转了起来,这块料子中的翡翠,足有六七十公斤之多,庄睿本来是想从中间切开,和老丈人一人一半的,但是现在侧面已经出翡了,再那样做就有点不合适了。

沿着那巴掌大小的窗口,庄睿对着旁边的石头打磨了起来,不时用清水冲洗一下擦面,过了足足有半个多小时,擦面已经扩大了两倍,让众人震惊的是,显露出来的地方,居然全部都是玉肉。

这么大的窗口,这片红翡只要往里面渗入两三公分,那就有十来斤重了,如果再深一点的话,最少能取出几十公斤的料子来。

天哪!这可是玻璃种呀,围观众人的眼睛,此时已经变得血红了,闪现出来的都是一种叫做贪婪的目光,要不是站在远处那些实枪核弹的士兵们,说不准就有人扑上去用石头敲下一块来了。

"好像达不到玻璃种呀?王师傅,您来看下……"

趁着庄睿休息的这会儿,众人又围在毛料边观察了起来,由于开边变得更大了,加上一群人围在那里,把阳光遮挡住了,所以看得清晰了许多,那种水的透明度,也不如先前像玻璃一样透明了。

一位头发花白的老人,戴上眼镜,拿着放大镜,仔细地查看了起来,过了半晌之后,满脸惋惜地摇了摇头,说道:"达不到玻璃种,并且这上面的半边是高冰种,而下面这一半,只能达到冰种,如果这块料子不被开采出来,再有个几百年,就能出玻璃种了……"

王师傅的话让众人齐齐翻了个白眼,再过几百年,他们都成古人了,即使是玻璃种,与他们也没一毛钱的关系了。

对于这个结果,庄睿早就心知肚明了,但是脸上还是很配合地露出一丝失望的神色来,接过彭飞递来的水,喝了起来。

第十二章 | 彭飞的情事

别看刚才解石只用了三十分钟，但是对于心神的消耗，是非常大的，即使庄睿用灵气可以看到玉肉的所在，也是不敢有一丝松懈，毕竟稍微擦伤一点儿翡翠，那损失就是以万计算的。

"小睿，你先歇歇吧，下面让小赵来解……"

方怡看到庄睿不仅满头大汗，就连那白色的丝绸衣服都湿透了，整个都贴在了庄睿身上，不由有些心疼女婿，示意公司请来的那个赌石顾问上去继续解石。

已经开出了这么大的窗口，下面从两边继续擦掉旁边的石头就可以了，只是要小心一点，不能伤到里面的翡翠，这种活对于他们这些常年混迹在赌石圈子里的人而言，不算什么，听到方怡的话后，赵师傅接过庄睿手中的砂轮机，继续打磨起来。

此时已经到了翡翠公盘的开盘时间了，不过进去察看原石的人，寥寥无几，而解石区，人却是越围越多，来晚了不知道怎么回事的，更是在人群外围打听着，没有人愿意现在离开，他们都想看看，这块毛料究竟能掏出多少翡翠来。

"马哥，现在这块毛料，究竟是赌涨了，还是赌垮了呀？"

大 D 刚刚赔付完众人的赌注，挤到了马胖子身边，小声地问道。

"废话，你没长眼睛呀，这窗口显示出来的翡翠，都不低于八百万欧元了，你说是涨是垮？"马胖子难得为一次人师，很是不客气地教训了一顿大 D。

"对了，刚才我买了五万块的赌涨，你小子还没赔给我呢，赌涨是一赔零点五，快点，一共七万五，赔给我……"马胖子突然想起了这茬，一把拉住了大 D。

"涨了？哎哟，那我可赔了啊，哎，于老板，您那钱要退给我，刘总，您别跑，十万块还回来啊……"

大 D 听到马胖子的话后，一张脸顿时苦得能挤出黄连水来，他刚才按照一赔一的赔率，把买垮的人的钱全都付清了，没想到庄睿时来运转，居然又擦涨了，让大 D 恨不得一头撞到这块红翡上，再给它增添一点红色。

众人在听到大 D 的话后，纷纷哈哈大笑了起来，有些被大 D 喊到名字的，脸上过不去就退了钱,可是更多人早就悄悄地溜到了人群外围,大D转悠了半天,还有一半人没退,而他还要赔赌涨的赌注,这账一算下来,大D亏的是连老婆本都没了。

"大D,你就是那逢赌必输的命……"

马胖子的话又引起一阵哄笑声,倒是把解石现场凝重的气氛冲淡了许多。

此时赵师傅已经忙碌了起来,从原石里面掏翡翠,也是个细致活,在四位赌石顾问外加庄睿,就连秦浩然都脱下西装卷起袖子上阵之后,足足干了三个多小时,才算把整块玉肉都给掏了出来。

这会儿已经是中午十一点钟了,大多数毛料商人已经进到会场去挑选原石了,毕竟这块红翡再好也不是自己的东西,他们的珠宝店现在也在等米下锅,没工夫耗在这里,只能是带着羡慕的心情,继续寻找毛料去了,不过走之前,还是上前摸了一把这块原石,期待能给自己带来好运气。

现在摆在地上的那些血红似火的毛料,一共有三块,其中两块略小,加起来和另外一块差不多大,这也是庄睿刚才实在不耐烦了,从中间切了三刀,把整个一块翡翠分成了三段,否则再有一天的工夫,这块翡翠估计都掏不出来。

只是庄睿这举动,也让不少人暗骂他是个败家子,要知道,这三刀下去,损耗的翡翠,最少也值上百万了,为了省工夫,居然连钱都不要了。

"恭喜庄老板啊,一共是78.65公斤,大涨,大涨呀……"

那位组委会的工作人员倒是一直都陪在这里,并且在毛料全部解出来之后,让人搬过来一个电子磅,把三块毛料放上去称了一下,最后得出的玉肉,比庄睿估计的还要多出来十几公斤。

不知道那官员从哪里搞来的大红花,居然硬要给庄睿带上,并且还让庄睿抱起稍小一点的那块毛料,照起相来,庄睿想想也同意了,不就是宣传嘛,不过庄睿也提了个条件,那就是把这些照片放到宣传栏的时候,必须注上香港秦氏珠宝的名字。

"庄老板,您这有三块料子,卖给老韩我一块怎么样啊?这家里都快揭不开锅了。"

在庄睿配合组委会照过相后,那位韩式珠宝的老板,凑到了庄睿身边。

"哎,我说老韩,去年的缅甸公盘,你可是囤积了不少好料子,别哭穷啊,庄老板,咱们也是见过的,这料子匀一块给我吧,价格随您开,咱绝对不还价……"

此时围在这解石区的,还有四五十人,他们都是在平洲公盘上,经历过庄睿那块飘花翡翠拍卖的人,留下来的目的,不外乎是想要地上的这三块冰种翡翠了。

在这些人看来,庄睿赌石自然是为了出售,虽然看他和那秦浩然关系不错,但是秦氏珠宝也不能一口气将三块毛料都吃下去吧?

"庄老板,我老韩可是很有诚意的呀,上次买了您两块料子,这次你就匀一块给我吧……"

韩皓维去年在缅甸公盘上的运气很是不错,暗标投中六块毛料,回去后切涨了四块,另外两块也出绿了,只是品质一般,最近几年他的韩氏珠宝,是不用愁原料问题了,但是看现在翡翠市场的涨势,谁也不会嫌原料多不是? 多囤积一些原料,说不定就是以后抢占市场的重要砝码。

"韩老板,您可真是不见兔子不撒鹰啊,不过……"

庄睿上次在平洲公盘上,就被这韩老板给挤兑得差点没把那块忽悠许振东用的原石给切开,而且那次韩皓维也和许振东拼到了最后,差点没上套。

"庄老板,您可不能厚此薄彼呀,您上次拍的飘花翡翠,我也买了两块啊……"

庄睿话没说完,就被另外一个珠宝店老板给打断掉了,而且生怕庄睿卖给韩皓维,接着又说道:"我也不要那块大的,两块小的随便哪个都行,庄老板,我出一千万,您看怎么样?"

"老刘,你也太小气了吧,一千万? 给你看看差不多……"

韩老板在旁边不以为意地说道,这块小的毛料,也有近20公斤重,掏出五六十副镯子不成问题,而且冰种的红翡手镯近来卖得极好,北京有家店,一副冰种红翡镯子卖到一百五十万,都已经卖断了货,让他们这些珠宝店老板们,看得极为眼红。

这小一点的毛料,仅是五六十副镯子的价值,就在八九千万左右了,而那些剩下的碎料,打制出来的饰品,最少也能卖到三千万,加起来绝对超出一亿,那位刘总给出一千万的价格来,难怪会受到韩皓维的耻笑。

"老韩,别挤兑人呀,我说的是一千万欧元,不是人民币,你要搞清楚……"

刘老板的话让韩皓维的笑声戛然而止,一千万欧元,就是一亿多人民币,这价格的确是不低了,刚才算的账,那是成品销售的价格,而刘老板出的这价,仅仅是购买玉料的钱。

玉料变成成品摆放到珠宝店里销售,这中间还有加工出售等诸多手续,盘算下来,刘老板这价格,虽然不至于赔本赚吆喝,但是也赚不到多少了。

想明白了的韩胖子,脸上一红,张口说道:"老刘,那咱们就用欧元来说,我出一千一百万欧元,这块料子我要定了……"

做生意的人都知道,别人没有的玩意你有,就能吸引到许多消费者,并且使其成为自己的忠实客户,所以韩皓维都没怎么思考,就直接加了一百万欧元,他就是存着这个心思,即使赔本赚吆喝,韩胖子也认了。

虽然说极品翡翠饰品的销售需要一个周期,但是不能否认的是,自己的珠宝店里有这些别人没有的极品翡翠,在吸引消费者的关注上,那也领先了一步。

"哎哟,老韩,叫板不是? 我出一千二百万欧元,庄老板,您看怎么样?"

这位刘总是京城人,对于从秦瑞麟店卖出的红翡首饰,知道得要比韩皓维清楚多了,不过那店庄睿接手太晚,他还以为那店还隶属于香港的秦氏珠宝呢,眼下有机会从秦氏珠宝手里分上一杯羹,刘老板算是下了血本了。

说完这话之后,刘总很是把头扬高了点,北京爷们的"范儿"尽显无疑。

"两位,听我说一句成不? 这块毛料……"一直插不上嘴的庄睿,此时才有机会说上一句话。

"你等会儿再说,老刘,我出……"

没等庄睿把话说完,韩皓维就出言打断了,不过马上反应了过来,自己这举动,似乎有那么点儿不合适,连忙说道:"庄老板对不住,您先说,您先说……"

"我说几位老板,小弟前不久接下一家店,正缺少翡翠原料,这次来缅甸,就是为了赌些原料自己用,并且这块料子是我和秦氏珠宝联合拍下的,实在是分不出去,二位海涵,真的是不能卖……"

庄睿有些哭笑不得,哥们又没说要卖这块红翡,这俩人就急赤白脸争得快要打起来了,以前卖原料,那是没有销售渠道,所以才卖掉分出去一些利润,但是现在不同了,有了销售终端,庄睿当然要把货直接卖到消费者手上去了,这中间的利润,那是相当可观的。

"那家秦瑞麟是庄老板您的?"

刘总一脸不可置信地看着庄睿,脸上的神色变幻不定,直到庄睿点头承认下来之后,才摇了摇头,说道:"打扰,打扰了,唉,庄老板真是年轻有为啊……"

韩皓维在旁边也是听傻眼了,别人自己有珠宝店,这原料肯定是不会卖的,自己在这争个什么劲呀,顿了顿脚,给庄睿等人打了个招呼,钻出人群直奔会场而去,从庄睿手里掏不到原料,那还不抓紧去会场挑选几块啊。

本来各有心思的围观群众,听到庄睿的话后,也都散开了,而庄睿进入珠宝行业的消息,很快地就传开了,让许多人心中一震,这小伙子别看年轻,眼力运气均是好得逆天,看来珠宝行业又要重新洗牌了。

而此次的缅甸公盘,也是愈加被众人看重,为了将来能在国内珠宝界有一席之地,这些珠宝大亨们购买起表现不错的原石,均是不惜血本,庄睿进入珠宝行的消息,反倒比赌涨了那块毛料更加让众人重视,在无形之中,也算是推动了此次翡翠公盘的交易量。

等到众人散去,秦浩然又仔细地查看了几块毛料一番之后,很认真地对庄睿说道:"小睿,这两块小的毛料,就给我们吧,那块大的你自己留着,两块加起来,一共两亿人民币,你看怎么样?"

两块小的加起来,比那块大的要多出十公斤左右,秦氏珠宝可不止一家珠宝店,所以秦浩然开口直接就点明要两块。

"两亿? 秦叔叔,咱们之间就不用那么见外吧,您给出拍价的一半就行了……"

秦浩然出的价格,虽然要比韩皓维和刘老板的低一些,但是相对于庄睿的心理价位而言,已经高出了很多了,庄睿在看到这块料子的时候,整个加起来才给出了两亿左右,即使做成饰品,按照庄睿的估算,也不过就是四亿,庄睿没有想到,这料子切出来,整个就翻了一番。

这也是庄睿不了解珠宝市场的缘故,在他出售那批冰种红翡镯子的时候,一只的售价在八十至一百万之间,但是断货以后,一百五十万都难求一只了,价格整整提升了30%还要多。

而且庄睿之所以跟秦浩然说这块翡翠，心里就没想着吃独食，他本来就当这块毛料是双方共同拍下来的。

"就两亿，小睿你不用多说了，秦氏珠宝又不光是姓秦的一家股东，这毛料是你挑中的，没必要给那些人省钱，回头我开瑞士银行的本票给你……"

秦浩然摆手打断了庄睿的话，自己要是仗着是庄睿未来老丈人的身份，真的用拍价的一半买下这块翡翠，秦氏珠宝肯定会被人耻笑的。

而且秦浩然也想让庄睿赚这笔钱，就如他刚才所言，这钱又不单是秦家一家的，还有另外好几位股东呢，自己能得到这两块红翡，已经沾了未来女婿的光了，让那几位股东花点钱，也是应该的嘛。

"这……合适吗？"庄睿闻言有些迟疑。

"怎么不合适？我是受董事会委托前来购买原料的，这钱我可以支配……"

现在还留在解石场地内的，就只剩下秦浩然、庄睿还有那位组委会工作人员了，另外还有几个拿着枪的士兵在外围警戒着，这也是怕出什么问题，那位官员特意叫来的。

至于方怡和几个赌石师傅，都进入会场继续挑选毛料了。

"行了，就这，秦叔叔还占你便宜了呢，走，办手续去……"

秦浩然让组委会的那人，找来几条麻袋撕开，将几块毛料包裹了起来，然后用推车拉到组委会的办公室里。

一个多小时之后，那位组委会的工作人员，帮庄睿出具了这几块翡翠的通关证明，秦浩然办事很干脆，当场就给庄睿开出了两千万欧元的瑞士银行本票。

得到这几块红翡之后，秦浩然当场决定，马上离开缅甸，亲自护送这几块翡翠回香港，他这也是没办法的事情，因为估计缅甸没有哪家物流公司愿意接这个单，因为他们赔付不起啊，万一出点纰漏，就是公司倒闭的下场。

最终秦浩然连酒店都没回，在组委会的帮助下，买到机票之后，和香港联系了一下，然后由组委会出车并派出武装士兵跟随，将秦浩然送上了飞回香港的航班。

由于这几块毛料过于贵重，体积也不算小，不能随身携带，所以属于庄睿的那块料子，也被秦浩然给带回去了，等公盘结束之后，秦浩然再给庄睿送去。

从组委会出来之后，庄睿也感觉很疲惫，下午也没有继续察看毛料，而是回到酒店休息去了，组委会在众多买家的要求下，决定将为期一周的公盘时间，延长为十二天，如此一来，庄睿还有大把的时间去选购毛料。

至于今天的明标拍卖，里面有庄睿看中的三块原石，他把标号给了彭飞，并且根据每块原石的具体情况，给了彭飞三个价格，让他根据投标现场自己决定，彭飞倒是不怯场，数千万人民币的交易，张嘴就答应了下来。

回到酒店之后，庄睿和国内联系了一下，那家4S专卖店在职业经理人的打理下，做得很不错，年前购车的人也特别多，基本上已经稳定了下来，每月都有数百万的纯利润。

赵国栋的汽修厂,更是垄断了国道附件的汽修生意,论技术论位置,都把另外的几家店给挤兑得不轻,也不是没人动坏心眼,只是有镇关西的名头,还有已经提升为辖区副局长的刘川父亲的那个老部下,那几家汽修厂正在考虑,是否学学镇关西,把厂子卖给赵国栋算了。

　　只是庄睿的那个玉器加工厂,现在要面临停工的问题了,因为庄睿的那块冰种料子,基本上都已经雕琢成了成品,不过罗江知道庄睿现在在缅甸,倒也不心急,他可是见识过庄睿的存货,对这位小老板赌石的眼光,那是深信不疑。

　　而让庄睿最高兴的消息,莫过于秦萱冰要回国了,在这个月底,也就是年前的三五天,她在英国主持的项目就可以完成,正好能回国过年,按方怡的意思,是想在年前搞一个订婚仪式,把两个孩子的事情先定下来再说。

　　庄睿对方怡的建议表示双手赞成,这事情定下来了,秦萱冰不就更有理由留在北京了嘛,某人憋了好几个月,心里早就蠢蠢欲动了,尤其是在白枫家里见过那几个俄罗斯留学中国交流团的女孩后,对秦萱冰也是愈发地想念了。

　　"庄哥,庄哥,我回来了……"

　　庄睿接连打出去几个电话后,就躺在床上睡着了,上午的解石很是耗费心力,正当他睡得迷迷糊糊的时候,彭飞敲门的声音传了进来。

　　"怎么着,天黑了啊?"

　　庄睿走到客厅里才发现,外面的天色已经暗了下来,从客厅冰箱里拿出两罐饮料,丢给彭飞一罐,庄睿笑着说道:"这么兴奋干什么? 中了几个标?"

　　"庄哥,三块都中了,而且都是用的您给的第二个标价,一共付了四百万欧元……"

　　彭飞今天算是见识了什么叫做金钱如草纸,那大屏幕下面一个个跳动的数字,加起来足足有好几亿人民币,单是经他手支付出去的,就有四千多万人民币,虽然自小就去当兵了,对钱的概念不是很深,但是彭飞还是有点激动。

　　"嗯,都不过是数字罢了,等那件事情办完了,你对这点钱都看不上了……"

　　庄睿听到彭飞的话,不禁笑了起来,事情也是在他意料之中的,那几块毛料都是冰种料子,有一块是蓝色飘花翡翠,极为少见的,不过这几块原石的表现,都不怎么好,自己每块都出了一百多万欧元,拿下来是很正常的。

　　"庄哥,我现在就妹妹一个亲人了,您看得起我,把我当兄弟,把我妹妹当妹妹看,我已经知足了,这辈子我就跟着您了,那件事不管有没有,都和我没关系……"

　　彭飞说得很认真,他知道钱是好东西,但是彭飞更知道,他自己除了在部队里学的那些东西之外,再没有别的技能了,难不成就拿着那些钱混吃等死? 相对于那样的生活,他宁愿跟在庄睿身边,这才没几天的工夫,就已经大长见识了。

　　并且妹妹在庄睿家里生活得很愉快,彭飞对自己现在的生活环境很满意,他不想因为那个虚无缥缈的宝藏,改变现在的生活。

　　"这事以后再说吧,你也要成家啊,嗯,成家之后住我那也成,反正房间够多……"这人和人就是讲缘分,没来由的庄睿就是和彭飞投缘,也愿意相信他,将心比心,彭飞现在所说的话,就是对庄睿最好的回报。

"怎么了,还有事?"庄睿看到彭飞欲言又止的样子,出言问道。

彭飞被庄睿一问,那张白皙的脸,突然变红了,期期艾艾地说道:"庄……庄哥,我……我想给国内打个电话,不知道成不成?"

"想丫丫啦?你打好了,不是给你手机开通全球通了吗?"

庄睿奇怪地反问道,他之前就跟彭飞说过,每天给丫丫打个电话,他是怕丫丫刚搬到一个新环境,哥哥又不在身边,别又犯了自闭症。

"不……不是给丫丫,是给我一个同学……"彭飞像做了坏事一般,把头低了下去。

"女同学?"

"嗯……"

"哈哈,你小子,去打好了,咱又不缺那几个电话费,笑死我了,去你房间打吧,出来告诉我是怎么回事……"庄睿闻言哈哈大笑了起来,这哥们真实诚,比自己那会儿还老实。

彭飞听到庄睿的话后,一溜烟钻进自己的房间,只是没过一分钟,彭飞就从房间里走了出来,脸色有点难看。

"怎么了?"庄睿一眼就看出,彭飞的面色有些不好看。

在庄睿的追问下,彭飞才把事情说了出来。原来,在彭飞当兵时,一年回家探亲,在一次同学聚会上,和当年初中的一位女同学谈起了朋友。

两人的感情一直都不错,只是去年出了那件事情之后,彭飞一直没从被部队清退和父母双亡这两件事情里走出来,不但是他小妹自闭,就连他都有些自闭了。

感觉自己一无所有了的彭飞,当时很粗暴地将来安慰他的女朋友给赶走了,并且在搬家做搬运工之后,更是断绝了和那个女孩的来往,他是感觉自己给不了别人幸福,还不如放手让别人去追寻幸福呢。

不过在跟随庄睿之后,彭飞心里也起了变化,所以刚才给那女孩打了个电话,结果接通之后,就被那女孩给挂断了。

"那女孩没找男朋友吧?"庄睿出言问道。

"没,上个月我遇到一同学,说她还没男朋友的……"彭飞摇了摇头。

"得,那你小子愁什么呀,别人想帮你的时候,被你拒绝了,然后招呼都不打就失踪了,你还指望别人能给你什么好脸色,别多想了,等咱们回北京,你亲自去和人道歉去。"

"真的?庄哥?"彭飞的眼睛亮了起来。

"当然是真的了,要不然你嘴巴甜一点,在电话里估计就能摆平……"庄睿笑了起来,这彭飞长得有点像小白脸,却是没有西门庆的手段呀。

"那……那还是等回去算了……"听庄睿这么一说,彭飞也放下了心事。

第十三章 珍稀黄翡

接下来的几天,庄睿都在暗标区里转悠,只是时间很充足,庄睿就没有那么拼命了每天只看5000块左右的原石,在他的那个笔记本上,密密麻麻地记下了200多份标号。

这200多份标,都是些外皮表现不佳,但是里面很有料的原石,以庄睿的资本,想去抢购那些切面表现极好的毛料,不是抢不下来,但是算上秦浩然刚给他的两千万欧元,最多也只能拍个两三块而已。

至于明标,除了彭飞拍下来的那三块,庄睿又拍到五块,一共花了一千一百万欧元,不过这几块毛料的价值,绝对在三千万欧元以上,打磨成饰品之后,价格还要翻上一倍,庄睿决定只解两块作为秦瑞麟店的原料,其余的全部留下来,过几年看看行情再说。

宋军和马胖子得到庄睿给的标号之后,这几天也是屡有斩获,接连拍下五六块毛料,马胖子这骚包还准备明天来个现场解石过过手瘾呢。

现在庄睿手上,只剩下秦浩然给他的两千万欧元了,自己带来的一千多万欧元,已经花得差不多了。接下来的明标里,并没有太好的玉料,所以庄睿就准备把精力全部投入到暗标里,争取拿下几块物美价廉的原石。

"妈的,当钱不是钱啊?"

走到最初见到的那块底价为三万欧元的冰种料子旁边,庄睿愤愤不平地在心里骂了起来,这块料子表现并不好,通体黝黑,还是块全赌毛料,没想到几天的工夫,里面就多了二十多个投标单。

庄睿一一查看之后,发现最高的一份,出价已经达到了十八万欧元,而自己的那个三万一千欧元的投标单,此刻正孤零零地垫箱底呢。

暗标和明标不同,明标是按照标号顺序,每天都可以开标,只要你看中了,当天去投标就行,是一锤子买卖,买下来签好《中标合同》之后,那就谁都抢不去了。

暗标投标的周期很长，现在已经延长到了十二天，第一次投标后，如果感觉把握不大，还可以重新填写投标单放到里面，所以很多人在第一次投标之后，感觉自己出价低了，还会多次往一块毛料上投标。

　　有时候你刚投进去一百万欧元，或许马上就有人投一百二十万欧元，虽然大家都不知道对方的底价，但是并不妨碍众人根据毛料的表现加价。可以说，暗标就是一场斗智斗勇的金钱暗战。

　　庄睿估算了一下，这块冰种料子，大约能解出十多斤玉肉来，价值在三百万人民币左右，投多了真的不值，想了一下，庄睿拿出一张投标单来，写下了十八万五千欧元的价格，然后扔到了标箱里。

　　庄睿现在手上不缺翡翠，倒是缺钱，别看他还有两千万欧元，但是那些外皮表现不错，里面也很有料的原石，里面投注单上的价格，大多在五百万欧元以上，庄睿的那点钱，根本就不够拼的。

　　当然，这样的毛料也不是很多，只有七八块而已，其中切面出玻璃种的那块，已经有人投出了一千三百万欧元，换算成人民币，那就是一亿三千多万，不知道后面还有没有人能将这个数字超越。

　　庄睿是不会去追那块毛料的，那里的玻璃种料子不过三四斤，其他的都是冰种和金丝种，价值远不值那么多，买下来铁定是要吃亏的。

　　另外几块表现好的毛料，里面翡翠的品质，也是有好有差，不过即使是最好的，其价值，也仅比现在里面的最高标价，高出那么几百万欧元而已，庄睿的钱，是不会投到这样投入大产出小的原石上的。

　　现在庄睿所看中的 100 多块外皮表现差，里面有翡翠的原石，只有三五块没有人投标，其余的最低都在十万欧元以上，加起来的总价值，已经远远超出庄睿所能承受的价格了。

　　"马哥，和宋哥在一起吗？咱们晚上碰个头……"

　　"秦叔叔，晚上一起吃饭吧，我看中不少料子，到时候给您一些可以关注的……"

　　在会场转悠了一天，庄睿分别给马胖子和秦浩然等人打了个电话。

　　虽然给他们标号，会让这几个人有所怀疑，但是庄睿也没办法，这么多出色的原石，自己吃不下来，眼看着被别人买走，庄睿绝对不甘心，与其这样，不如便宜自己人了。

　　"秦叔叔，你们手上还有多少资金？"

　　庄睿把约秦浩然和宋军二人的时间错开了，现在他正在秦浩然的酒店房间里。

　　秦浩然在返回香港的第二天，就回到了缅甸，这段时间一直都在暗标区选购毛料，他手上的资金要比庄睿充裕很多，只是手笔也大，恐怕现在所剩的钱也不多了。

"还有四千万欧元左右吧……"

去掉给庄睿的两千万欧元,秦浩然拍下庄睿给他的那些明标,也花去了近三千万欧元,现在这些钱,是准备全部投入到暗标里面的。

庄睿沉吟了一下,拿出一张纸来,参照着自己的笔记本,刷刷地写起来,庄睿写得很详细,把自己的意见简单地写在了编号的旁边,当然,他是不会准确写出那些原石里会出什么样的翡翠的。

不仅如此,庄睿还有意将很多东西写错掉,比如冰种的写成玻璃种,玻璃种的写成大概是冰种,语气很模糊,他宁愿让秦浩然多花一点钱,也不愿意秦浩然等人日后因为自己的准确判断而怀疑什么。

足足过了半个多小时,庄睿将一张纸反正面都写满了字,递给了秦浩然,说道:"秦叔叔,那些外皮表现好的,咱们就不要争了,这30多块毛料,都是我精心挑选的,虽然外皮表现一般,不过里面出翡翠的几率比较大,你们重点将心思放到这里面吧,如果都能拿下的话,秦氏珠宝在未来十年,就不需要再为了翡翠原料发愁了……"

庄睿写在纸上的这些原石,从豆种到玻璃种,几乎包含了所有品质的翡翠,如果秦氏珠宝真能都拍下来,正如庄睿所言,十年之内,秦氏珠宝在翡翠原料上,绝对可以做到自给自足。

庄睿给出的这些原石标号,除了好料子之外,另外还有三四块表现极差的毛料,有两块是狗屎地的,还有两块里面根本就没有翡翠,这些是庄睿今儿临时看的几块原石,这会场里想找出帝王绿的翡翠不大可能,但是垃圾料子,放眼之处比比皆是。

如果秦浩然能全部都拍下来的话,等到解石的时候,看到这几块毛料,想必疑心也会消了,庄睿这也是没办法的办法,毕竟自己给出的原石,全都赌涨,那也忒离谱了一点。

"小睿,你确定?"

秦浩然接过那张纸后,不禁吓了一大跳,他看了快一星期了,能确定下来的重点关注的毛料,不过十四五块,而庄睿给出的,是他的两倍。

"不很确定,对于那些表现好的毛料,我基本上是不看的,表现好价格也高,利润不大没什么意思,赌石就是赌那些表现一般,或者说表现差的料子,这样才能以最低的成本,赚取最大的利益……"

感觉自己刚才的话说的有些大,庄睿出言圆了一下,即便如此,秦浩然还是有些疑虑,如果不是庄睿之前的战绩过于抢眼,这张纸上的原石,秦浩然一块都不会考虑。

"老公,小睿说的没错,表现好的毛料,竞争肯定会很激烈,咱们不如就按小睿说的,专门去投那些表现一般的,说不定能大有斩获呢……"方怡不懂得看毛料的好坏,但是从商业角度上而言,她是赞成庄睿的说法的。

"好吧，那就按小睿说的办，从明天开始，我就重点关注这些毛料，争取把它们拍下来……"

秦浩然想到自己回香港，老爸亲自来接机时的激动模样，最终还是选择了相信庄睿，他的这个决策，也让秦氏珠宝在未来的几年里，在翡翠饰品的市场份额上全面超越了珠宝界的霸主金大福，当然，这些都是后话了。

从秦浩然那里出来之后，庄睿就去了马胖子住的房间，这哥们和宋军早就等急了，买了一些缅甸的特色小菜，正在房间里喝酒呢。

只是庄睿一问，却是哭笑不得，这哥俩有点乱来了，除了拍下庄睿给他们的那几块明标之外，这几天陆续又拍下好几块原石，花了近两千万欧元了，现在二人加起来的钱，总共只有不到一千万欧元了。

庄睿想了一下，还是写了 10 块原石的标号交给了他们，运气好的话，应该能拍下四五块，即使两人之前那两千万欧元全赌垮掉，这几块也能让他们二人保本了。

这二人不懂赌石，此次来就是指望庄睿的，连赌石师傅都没带，对庄睿自然是信任有加，他们连庄睿递过去的纸条都没多看，就拉着庄睿喝起了小酒。

"奶奶的，这人要是有分身术多好啊？"

站在暗标区那如山似海一般的原石中间，庄睿从一块毛料旁边站起身，有些无奈地想，要是能有分身术的话，他后天就可以在每个自己看中的标箱旁边放一个分身，等到暗标最后截止之前，投出大于标箱内最高标价的价格来。

距离暗标结束的时间，只剩下最后两天了，这两天庄睿的投标方案也是改了又改，重点关注的毛料是换了又换，原因无它，实在是值得购买的原石太多，让庄睿不知道选择哪一块好了。

不单是绿色翡翠，这两天他还看到不少稀有颜色的料子，包括红翡、蓝翡和紫眼睛，这让庄睿心里那叫一纠结啊，只能放弃了前面看好的料子，把重心转移到这几块上面，没办法，谁让他钱不够啊。

"嗯？这是什么料子？"

经过这一个多星期的观察，暗标区里庄睿没看过的翡翠已经不多了，走到一个角落的时候，一块毛料吸引了庄睿的眼光。

从南京第一次赌石，中间又经历了平洲之行，再到这包罗万象的缅甸翡翠公盘，可以说在这个地球上，没有任何一个人，比庄睿见到的翡翠种类更齐全了，但是此刻眼前出现的这块原石中的翡翠，却是庄睿从来没见到过的。

这是块大约一百多斤重的毛料，表明上有些褐红色，乍然看上去，有点像是打坎木场出的红翡料子。

只是当庄睿的眼神穿透这犹如锅底红锈一般的原石外皮时，入眼所看到的颜色，居然是一丝丝黄色的雾状晶体，庄睿现在所看过的毛料，少说也有十几万块了，红雾、白雾、甚至是紫雾与蓝色的雾，庄睿都见过，但是黄雾，他还是第一次得见。

这些黄色的晶体之中，还围绕掺杂着一些红色雾状，只不过红颜色比较淡，整个被黄色晶体包裹住了，不仔细查看，很难分辨出来。

穿过这些由于风化形成的黄雾结晶体，庄睿的目光看到了原石的中间部位，一种明亮的颜色映入他的眼帘，这是一种明黄色，犹如油脂一般，给人一种娇嫩、芳香诱人的感觉。

而这块原石里所包含的灵气，与别的翡翠灵气也不尽相同，没有那种冷冰冰的感觉，与之相反，那股灵气就像头上的阳光一般，让庄睿感觉暖烘烘的。

"黄翡？还是鸡油黄……"

庄睿心中猛地一颤，要说还有什么翡翠是他没见识过的，可能就只剩下黄翡了，也不能说没见过，场内的毛料里也有黄翡，但是品质太低，看上去油腻腻脏兮兮的，庄睿连第二眼都不愿多瞧。

但是这块原石中的黄翡与他之前见到的完全不同，那黄色纯正犹如刚宰杀出来的鸡油一般，翡翠质地像玻璃一样透明，无论是种水还是颜色，都是黄翡中的上上之选。

和所有带色彩的翡翠一样，黄翡的形成，在其形成的过程之中，旁边必须有次生矿物褐铁矿的存在，无数年的侵蚀与融合，形成了这种独有的色彩，与红、蓝、紫翡以及绿翠不同，极品的黄翡数量更加稀少罕见。

由于清朝的那个老太婆的厚爱，在人们的意识中，形成了"唯绿是价"的观点，同时造成了"绿的就是好的"的认识误区，爱玉者一味地追求绿翠。却忽略了绿翠也有正色与杂色之分，价值也有高有低，有的人甚至不知道还有红色和黄色的翡翠，绿色几乎成了翡翠的代名词。

不过在近年，随着人们鉴赏能力和佩饰品味的不断提高，红翡和黄翡突出的装饰性和个性化越来越受到青睐，其暖色调的特性，更与中国人的肤色相协调，因而其价值也越来越为爱玉者所认可。

虽然现在的翡翠珠宝市场上，翡的自然价值要低于翠，但那是建立在对等品质意义上的，鲜艳的翡比灰暗的翠的价值显然要高。

事实上，红色和黄色均为色彩三原色之一，其混合色也比较艳丽，而绿色和紫色本身就是间色，如混入其他色就很容易变灰变暗，也就是说，很多翠的价值其实并不比翡高。

就翡的自然价值而言，色彩纯正、种水又好的翡价值较高，金黄透亮的正黄翡就是十分珍贵的上等翡翠，如同黄玉的价值超过了养殖白玉一般，极品正黄翡在市场上极为少见，比帝王绿还要稀少。

值得一提的是，以翡翠作为装饰品，除了考量上述共性价值以外，还要考量个性价值，翠虽然贵，但更适合于肤色白皙的人佩带，而肤色较黑的人选择翡则会更加协调美观，因此，对于深肤色的人群而言，翡的个性价值要比翠高。

由于装饰性是翡的主要优势，因而色对于翡来说就显得尤为重要，一块色好种一般的翡要比色杂种好的翡更具有价值潜力，因而其自然价值也比后者高。

当然，如果翡的种太差，甚至失去了翡翠透明的基本特性，那么色再好也只是石头而不是玉，这样也就谈不上什么价值了，现在这块石头里面的黄翡，无论是种水还是颜色，都堪称极品了。

中国自宋朝以后，明黄色是皇帝专用颜色，讲究的是"以黄为贵"，所以这些年来，极品黄翡一经问世，马上就会炒出天价来，市场上根本就见不到流通的黄翡物件。

曾经有一位广东四会的琢玉名家，在缅甸很偶然地得到了一块极品黄翡，将之雕成了一个烧鸡，后来参加在北京举办的中国艺术博览会时，放在盘子里端了出来。

很多人当时都惊呆了，真以为是一只刚出炉的香喷喷的烧鸡呢，再仔细观看才发现那确实是一块玉雕时，不禁叹服作者的精妙构思和娴熟刀法，以及这块黄翡浑然天成的色彩和质地。

据传后来有人以上亿元求购那块烧鸡黄翡而不得，因为这作品的主人，将其作为传家宝，立志绝不外卖。

这块原石里面的黄翡，就最中间的那一块颜色种水最为纯正，庄睿仔细地打量了一下，块头略比足球小一点，应该也有十多斤重，可以雕成一个摆件，按这块黄翡的品质，恐怕其价值，不会比自己送给外公的那个翡翠果盘差。

"拿下，一定要买下来……"

想到这里，庄睿激动了起来，相比红翡、绿翠，正黄翡更加的稀少，这块黄翡完全可以作为京城秦瑞麟的镇店之宝。

深深地呼吸了一下，庄睿站起身来，先活动了一下蹲麻了的双脚，然后换了个角度又观察了起来，在旁人看来，庄睿这会儿似乎正从上往下瞅着这块原石，其实庄睿的那双眼睛，却盯在了标箱里面。

"这么多标单？"

灵气刚遁入标箱里，还没来得及分辨标单上的数字，庄睿就郁闷了起来，名片大小的投标单，在那个标箱里，已经密密麻麻投放了一大沓，粗略估计一下，最少有两三百张，也就是说，此次参加公盘的人，最少有十分之一，都在这块毛料上投了标。

其实这也是庄睿自找的，他赌涨了那块冰种红翡之后，不仅是中国，就连来自世界各地的其他买家，对于除了绿色之外的有色翡翠，也倍加关注了起来，外皮表现稍微好一点的，都有人投标。

像这块翡翠就是典型的红翡外皮，所以虽然身处角落，也不乏火眼金睛的人将其给发掘出来。

"二十八万欧元……三十万欧元……妈的，一百六十万欧元……"

庄睿一张张分辨着那些投标单，整整看了将近一个小时，才把里面最高的价格给找了出来，看完那标单上的数字之后，庄睿嘴里不禁爆出了粗口。

要知道，这块毛料的标底价格，才五万欧元，五十万人民币而已，现在里面的最高标价，已经将标底翻了32倍之多了。

虽然知道这原石里有好东西，庄睿还是有些愤愤不平，他不知道是该夸这投标的人有眼光，还是人傻钱多，仅凭外皮像红翡料子，就敢出这价钱。

"哎，这位兄弟，让让，我要投标……"

庄睿的上身此时将投标箱给挡住了，后面有人推了下他，示意他让一下。

"哎哟，是庄老板啊？您也看中这块毛料了？"

说话的人庄睿不认识，想必是见过他赌石的，此刻见庄睿关注这块毛料，那人手里拿着投标单，却没有放进标箱里。

"听人说这边有块表现不错的红翡料子，我过来看看……"

庄睿笑了笑，他知道自己现在说什么，眼前这人都会怀疑的，倒不如直言承认自己看过这块毛料了。

"哦，庄老板怎么看？"

"是啊，庄老板给说说吧……"

两人的对话将旁边几个观察毛料的人，也给吸引了过来，要说此次缅甸公盘风头最劲的人，当数庄睿莫属了，来缅甸赌石的这些商人们，或许十个里面有九个不知道缅甸总理是谁，但是绝对都认识来自北京的庄老板。

"早知道刚才看一眼就走了……"

庄睿心里有些郁闷，他能想象的到，回头那个拿着投标单的人，肯定会将上面的价格改过之后再扔到标箱里面去。

"那好，我就说几句自己的见解吧，这块毛料看表皮大家都能分辨出来，如果里面有翡翠的话，肯定不会是绿翠，红翡的可能性是最大的，而且整块毛料浑然一体，没有裂缝，虽然是块全赌料子，赌性还是很大的，嗯，我很看好这块料子啊……"

庄睿半真半假地说完上面这番话后，还从身旁的标箱里拿了一张投标单，接着说道："只是这价格还需要好好思量下，各位先看着，小弟就先告辞了……"

庄睿的这番举动，让围在这块毛料旁边的人都傻了眼。

第十四章 暗标心理战

他们原本没指望庄睿会说这块料子的好话，因为在这里，大家都是竞标的对手，俗话说同行是冤家，如果庄睿真的看中了这块原石，即使不说坏话，应该也不会如此推崇吧？

"难道是故意让我们往这块毛料上投标？"

一时间，围观的众人心里都打起了个问号，说不定这就是庄睿给他们下的一个套呢，而那个拿着已经写好了的投标单的人，此时脸上的神色，也有点惊疑不定，迟迟没把手中的标单投入标箱里面去。

庄睿此时已经远远地走开了，他可没心思去猜测这些人的心理，不过在庄睿笔记本上的第一页，已经记下了那块毛料的标号，并且做了一个只有他自己才能看得懂的符号。

"彭飞，有人敲门就说我不在，出去逛街了……"

庄睿交代了彭飞一声，然后把酒店客厅里茶几上的东西都给搬开，留在茶几上的东西，除了自己的笔记本之外，还有二十多张投标单。

明天就是投标的截止日期了，庄睿刚才电话通知宋军和秦浩然等人不要打扰自己之后，准备将几块重点毛料归类出来，然后根据自己的资金，决定取舍。

这几天前来拜访庄睿的人实在太多，即使酒店房间外面挂着请勿打扰的牌子，还是有人来敲门，让庄睿烦不胜烦，这让他开始思念起白狮来，那大家伙要是守在门口，想必就不会有人来打扰自己了。

"玻璃种无色翡翠一块，四十二万欧元，玻璃种阳绿翡翠一块，九十七万欧元，玻璃种紫翡一块，一百二十九万欧元，蓝翡一块，一百三十八万欧元……"

庄睿昨天用了整整一天的时间，仔细察看了自己精挑细选出来的，最为珍贵的20块毛料，把当时标箱里的最高标价，都记录了下来。

"还好，一共不到两千万欧元……"

庄睿看着计算机上那一千八百九十万欧元的数字，松了一口大气，要知道，这20块毛料是他看了很多天挑选出来的，里面的玉肉不论是种水还是颜色，都堪称极品翡翠，舍弃哪一块,庄睿都不情愿。

只是除了那块黄翡之外,像帝王绿和血玉红翡以及紫眼睛之类的最顶级翡翠,却是没有出现,不过这也很正常,在赌石圈子里,很多人混了一辈子,别说赌到帝王绿,就是连见都没有见过。

像上面所说的这几个类别的极品翡翠,五六年能出上一块,都算是运气极好的,而那些来缅甸的买家们,能赌到一块冰种料子,就已经心满意足了。

现在摆在庄睿面前的这些原石标号,都是外皮表现一般,但是里面有料的原石,庄睿本以为自己可以轻松拿下的,但是没想到经过这几天的观察,即使是这些表现不好的料子,都有人投下了重标。

基本上现在标箱里最高的标价,都要超出原石本身的十几倍,像那块黄翡料子,庄睿昨天晚上清场之前去看了一眼,里面的最高标价,已经达到了二百一十万欧元,超出了标底42倍之多。

不过让庄睿心里稍感安稳一点的是,他所看的这些原石,被人重复下单的情况不是很多,这说明买家并非重点关注这些石头,只是把网撒得大一点,想捕捉一些漏网之鱼,庄睿只要明天盯紧这些料子,然后在最后关头把投标单放到标箱里就可以了。

至于那些擦面或者是切面表现极好的料子,庄睿也故意在那里转悠了几天,让他咋舌的是,其中有一块毛料的标价,已经投到了一千八百万欧元,而且这两天看那块料子的人依然络绎不绝,恐怕最后的标价,到投标时间截止才能出来。

分析完这些原石的情况后,庄睿开始填写标单,他在这些原石已经出现的最高价上,都加了三、五、八万欧元不等,至于那块黄翡毛料,庄睿思考了半天,填上了三百一十八万的价格,比现有最高价整整高出一百零八万,对于这块料子,庄睿是势在必得。

"奶奶的,又成穷光蛋了……"

把所有的标价填好之后,庄睿用计算机将那些数字累加了一遍,一共是两千零八十六万欧元,不但将秦浩然给他的两千万欧元全部填进去,庄睿现在身上仅剩的九十万欧元,还要往里面贴进去八十六万,如此算下来,庄睿最后手里只能剩下四万欧元了。

"这点钱,也就够四合院一两个月的开销吧?"

在来缅甸之前,庄睿把自己所有能动用的资金,全都集中到了手上,京城秦瑞麟账上的资金,包括赵国栋汽修厂和4S店这几个月的盈利,还有新疆玉矿的第一笔分红,就连樊园那,庄睿都拆解出来一百万,搞得刘川紧张兮兮的,要不是刚结婚,恐怕就要和庄睿一起来缅甸了。

没钱的日子,庄睿也不是没过过,关键问题在于,月底他就要和秦萱冰订婚了,到时候的花销,仅靠这四万欧元,估计是不够的。

庄睿苦笑了一下,以前没钱的时候,似乎日子也并不怎么难过,但是现在身家数亿了,却经常感到钱不够用,养那辆车倒是花不到几个钱,只是彭城别墅和北京的四合院,一个月下来的各项支出就要十多万。

"是不是等开标的时候，留下一两块料子解开卖掉？"

庄睿脑子里动了下这个念头，不过随之就让他打消掉了，现在缅甸公盘上的情况是，别人拿着钱买不到出翡翠的原石，可想而知，在未来不久的时间内，翡翠成品的价格还会进一步走高，现在卖原料的话，未免太吃亏了。

"藏宝图？"

庄睿摇了摇头，别说那东西不一定在了，就算是在，自己和彭飞两人，也是搬不走的，自己这次去，只是想满足一下好奇心而已，庄睿还真没抱什么希望。

"算了，反正秦瑞麟这月的销售额不错，到月底应该能收回来几百万……"

手上只剩下四万欧元，虽然让庄睿心里有些没底，不过现在还没到揭不开锅的时候，到了月底几家店的营业款也能救救急的，自己和秦萱冰的订婚仪式，总不至于花费几百万吧，真要那样做的话，自己老妈也不会答应的。

庄睿现在是体会到那些收藏大家经常哭穷的原因了，面对一屋子的宝贝，兜里有时候都掏不出两百块钱来，就和自己现在的情况差不多，这么多块原石，卖哪一块庄睿都舍不得，如果不是以卖养藏，还真是玩不起这行当。

"彭飞，过来，有事跟你说，明天你这样……"

摇头把那些乱七八糟的想法排出脑外之后，庄睿喊过彭飞，将桌上的标单全部交给了他，让他明天根据标单上的编号，投入到各个标箱里去。

庄睿知道自己现在太过显眼，一进入赌石会场，就被人像明星似的给盯着，那目光恨不得扒光自己衣服，看看自己心里到底在想啥，他就搞不明白了，那些男女明星们，咋就那么喜欢让人看啊？

第二天一早，庄睿会和了宋军和秦浩然等人之后，来到了赌石会场。

缅甸的季节只有两种，一种是旱季，一种是雨季，而现在正是旱季，几乎每天都是艳阳高照，不过今儿的天气有些怪，天上的乌云压得很低，有点下暴雨的征兆。

还好那些投标箱都是做了防水处理的，即使下雨，雨水也进不到标箱里去，只是这天气让人心里感觉很压抑，那种黑云压城城欲摧的感觉，似乎和明儿的开标联系在了一起，使人心里沉甸甸的，在看到熟人之后，也不像前几天那样笑嘻嘻地打招呼了，每个人的脸都绷得很紧。

这也难怪，为期十二天的翡翠公盘，自己是否能载玉而归，就全看今天了，到了会场之后，几乎所有人都撕去了前面几天的伪装，直奔自己看中的毛料而去，他们是想根据今天投标人的情况，来决定自己是否需要调整标价。

"彭飞，去吧，不用急着投，下午三点之前，全部投到标箱里就可以了……"

庄睿给彭飞使了个眼色，自己则漫无目的地在会场里转悠了起来，不时在某块毛料旁边见到个熟人，上去聊几句，样子很是悠闲，别人也不奇怪，知道他都已经赌涨了好几亿，当然没压力了。

上午几乎是没人投标的,他们都站在自己看中的毛料旁边聊着天,不过那表情,都有点心不在焉,但是到了中午吃过饭以后,很多人就忙碌了起来。

一张张或是准备好的,或是刚刚填写的表单,投入到一个个标箱里,暗标和明标不同,没有价格给他们参考,这些人只能根据毛料的表现,投出自己心里的最高价位。

"庄哥,都投进去了……"

距离投标时间截止前两个小时,彭飞回到了庄睿身边。

庄睿抬起手腕看了下表,秒针刚刚走过三点钟,还有最后两个小时,此次缅甸翡翠公盘的投标阶段即将结束,未来的一星期将全部用作开标。

不要奇怪,就是一星期的开标时间,由于暗标的数量实在太多,为了做到公正、公平、公开,每天开标的过程都是受到专人监督的,想快都快不起来,毕竟要把那些数据统计出来输入电脑需要大量的人力精力。

每一个标箱启封,都需要专人监督,统计以及将中标价格输入电脑这个过程,也需要三个人反复验证之后,才能确认,这也保证了不会出现什么问题。

缅甸翡翠公盘的开标,也是缅甸最为盛大的一件事情,几乎所有仰光附近的国家公务人员,都会被临时调到这里帮忙,并且在开标时间内,摆放原石的会场,会被军队封闭戒严。

"彭飞,你休息会儿,我再去转一圈……"

庄睿和彭飞打了个招呼,然后走进暗标区,此时在暗标区来回走动的人,几乎已经没有了,大多数人都有自己看中的毛料,此刻都站在毛料的旁边,等待着暗标投标截止时间的到来。

见庄睿向自己走来,这些人无不紧张起来,他们生怕庄睿会往自己身边的标箱里扔张投标单,直到庄睿脚步不停步地走过去,这些人才松了一口气。

其实他们也知道,自己的这种举动是多余的,别人要投早就投了,价格要是比他们高,那自己也是干瞪眼,守在这里也是无用,这些人不过是寻求一点心理上的安慰而已。

顺着暗标与明标的结合处,庄睿看似漫无目的地闲逛着,有时候还在某块原石旁边停住脚步观察一下,在旁人看来,这是庄睿在临阵磨枪,做无用功,只有庄睿自己知道,他是在检查自己所投标的那些标箱。

"庄老板,还在挑选毛料啊……"

"呵呵,瞎转转,说不定有看入眼的,再投上一两块……"

一路上都有人和庄睿打着招呼,这暗标场地虽然不小,但是两三千人挤在里面,也是蔚为壮观,基本上是每几块毛料旁边,就站有一人,装模作样地打量着身边的毛料,其实大家心里都明白,那是在宣示主权呢,就和白狮满院子撒尿的意思差不多。

只不过暗标投标,并不是说你守在这里,就一定能中标,说不定第一个投标的人,就能笑到最后,这还是取决于各人的财力与魄力。

"嗯? 这么多人?"

第十四章 暗标心理战

连看了十二块毛料，庄睿的心慢慢安定了下来，那些毛料旁边并没有人关注，自己预想的不错，先前里面的投标单，不过是一些买家碰碰运气投到里面去的，只是当庄睿走到距离那块黄翡不远的地方，脚步不由得放缓下来。

在那块毛料的旁边，五六个人看上去正一脸轻松地聊着天，不过那笑容看在庄睿眼里，却有点皮笑肉不笑的感觉，想必也是在暗暗较劲，这其中就有前天和自己打招呼的那个人。

"庄老板，是不是看中了这块料子呀？"

那人见到庄睿走过来，连忙打了个招呼，但是眼中流露出来的，却有一丝慌乱。

"呵呵，我就乱转转的，这块料子不错，我昨儿就投过标了，您先看着，我还有几块标呢……"

庄睿也跟那人打了个哈哈，脚不停步地走了过去，眼睛很隐蔽地瞥了一眼那个标箱，还好，彭飞投下去的投标单，是在最上面，而下面的几张单上的数字，都没超过两百万欧元。

"小睿，老远就看你自己在那转悠，马上时间就到了，别转了……"

当庄睿走到暗标入口处时，秦浩然和他打了招呼，这最前方的100多块原石，是竞争最为激烈的，秦浩然虽然听庄睿的话在那几十块标上投了钱，但是依然没有放弃这表现最好的几块毛料，分别投出了他心中的标价。

"没事，秦叔叔，该投的都投了，能不能中就看运气喽……"

庄睿笑了笑，他现在也算是想通了，自己总不能在投标截止前，在那20多块毛料之间来回跑吧？话说自己走上一圈都花了半个多小时，根本就无法阻止别人在最后时刻加价投标。

想到这儿，庄睿放松了下来，和秦浩然与方怡聊起天来，随着时间的推移，手表上的指针慢慢地指向下午五点。

"秦叔叔，我去看下自己的标……"

距离投标结束还有五分钟，庄睿也有点沉不住气了，别的标他不管，但是那块极品黄翡，庄睿绝对不能让它落到旁人手里。

"庄老板，怎么又回来啦？"见庄睿又走回这块疑是红翡的毛料旁边，那位张姓珠宝商的脸上很是难看。

"张老板，这块料子我也看中了的呀，怎么？只能您投，不让我投啊？"

庄睿的话让那张老板暗中咬了咬牙，从口袋里掏出一张标单来，那张标单应该早就填好了他的编号，现在只要填写一个数字。

"本届暗标投标时间到，请各位嘉宾不要拥挤，按顺序出场，各位嘉宾请注意，本届暗标投标时间到，各位嘉宾请不要拥挤，按顺序出场……"

当分针停在12，时针停在5的时候，会场内的大喇叭里响起了工作人员的声音，不过谁都没把这话当回事，因为此时，很多人都忙活了起来。

无数双手在喇叭声音响起时候,伸向了身边的标箱,早已写好或者刚刚改动的投标单投入标箱,站在庄睿身旁的那位张老板,也是眼疾手快,把最后的标单投入里面,并且身体有意无意地挡着庄睿。

　　张老板投出标单之后,也是长吁了一口气,看向庄睿,笑道:"嘿嘿,庄老板,我反正就是最后那价了,能不能中标,就听天由命了……"

　　"是啊,我是昨天投的,今儿过来只是求个心安而已……"

　　庄睿笑了笑,其实在他裤子口袋里,也放着一张填好了自己编号的标单,没拿出来的原因,是因为他看到了张老板最后的出价是三百一十五万欧元,比自己的三百一十八万,刚好少了三万块,这样庄睿心里松了一口气。

　　"走吧,庄老板,咱们再不走,等下当兵的就要来赶人了……"

　　张老板生怕庄睿最后关头也学他那样再扔进去个标单,于是很亲热地挽住了庄睿的胳膊,向玉石交易中心的出口走去,只是他不知道,自己的举动正和了庄睿的心思,庄睿还怕他再改变主意呢。

　　"哎,哎,老李,让让啊……"

　　"我说老吴,现在标价能说了吧?"

　　"回去谈,回去谈……"

　　那个叫老吴的才不吃这一套呢,现在告诉你,十几秒钟就能填好一张标单,我这不是给自己找难受嘛。

　　在庄睿向会场大门口走去的时候,眼睛里看到的,耳朵里听到的,都是这种景象,有点像明标开标前的那一瞬间,只不过大屏幕上的数字,换成了现在一双双伸向投标箱的手而已。

　　很多人在这一刻,甚至推翻了自己几分钟之前的报价,在短短几秒钟的时间里,又重新填写了标单投入到了标箱,和平洲赌石相比,这才是真正的疯狂,因为在这不经意间所改动的数字,往往就是数百万欧元之多。

　　不过缅甸组委会留给众人疯狂的时间,并不是很长,就在广播声响起的时候,一队队身穿迷彩服,手持枪械的军人,从会场的三个入口处冲了进来,驱赶着每一个停留在原石区域的人,那态度虽然说不上粗暴,但是绝对不友好。

　　一些还想反悔修改标底的人,在士兵的驱赶下,不情不愿地走向出口,那三步一回头五步一回首的模样,很有点依依不舍的味道。

　　"来,为了此次缅甸公盘投标结束,大家来干一杯……"

　　庄睿走到外面,用手机和秦浩然等人联系上之后,回到了酒店,秦浩然特意订下一个包间,作为庆祝之用,与庄睿关系良好的宋军和马胖子,也都来凑热闹了,另外还有一个客人,却是缅甸的翡翠大亨胡荣。

对于秦氏珠宝而言,此次缅甸之行,已经得到了意料之外的收获,那块红翡毛料,足以让秦氏珠宝大放异彩。当然,现在的秦浩然,对庄睿所给他的那些原石,心中也是充满了期待。

"庄老弟鉴赏原石的功夫,胡某不及啊,前段时间我准备接手一个新矿,老弟过几天要帮我去看看啊……"

待得众人干杯坐下之后,坐在庄睿旁边的胡荣,对着庄睿竖起了大拇指,他当初是此次明标毛料的鉴定人之一,对于那块红翡毛料,胡荣是不怎么看好的,没想到被庄睿给赌涨了。

"胡大哥,别笑话小弟了,我不过是运气好罢了,这看矿脉,我是没什么经验的……"

庄睿笑了笑,自己知道自家事,新疆的那个玉矿,纯粹是运气好才发现的。

要说这事还真要讲点运气,否则的话,野牛沟那条矿脉埋藏得并不深,但是数千年来,却没有人想到在河道口处,就隐藏一条矿脉。

"呵呵,你就不用谦虚啦,国内玉王爷,对你可是推崇有加啊,说不定我那个新矿,被你看看,还真能找出问题呢……"

胡荣虽然是缅甸的翡翠大亨,但他同时也是一位珠宝设计师,对于软玉也多有接触,和新疆阿迪拉老爷子很熟悉,前几天听庄睿说他在新疆有玉矿之后,就向阿迪拉打听了庄睿的事情,胡荣没想到即将和自己拉上亲戚关系的庄睿,不仅在内地背景深厚,而且本人的确有过人的才能。

"哦? 胡大哥,你的新矿怎么了?"

庄睿有些好奇,现在缅甸矿产部对翡翠矿的申请与开采,限制得非常严格,可以说你只要能申请下来,就等于拥有了一座金山,可是看胡荣的样子,似乎对自己的新矿不是很满意。

"别提了,我先期勘探投资花了近一千万欧元了,但是开采之后,出的原石并不好,而且产量很少,极有可能是个废矿脉……"

胡荣所说的废矿,指的是在原本那条矿脉,已经初步形成了翡翠,但是由于地壳变动,使其翡翠生成的环境起了变化,原本快要形成翡翠的玉石,发生了异变,这样的矿脉,或许会存在极少数完成变化的翡翠,但是更多的就只是石头,最多石头上带点颜色而已。

这种玉石称不上翡翠,勉强算是缅甸玉的一种,其价格与翡翠相比,那是天差地远了,如果胡荣投资的新矿真是个废矿的话,那损失就大了。

"呵呵,再重新勘探一下,可能方位没选对,胡大哥也不用着急……"

庄睿对这个真没什么研究,当下只能安慰了胡荣一句,话说他对翡翠矿并不是很有兴趣,此次之所以同意去密支那地区,所为的不过是那张藏宝图而已。

第十五章 意外中标

虽然此次缅甸公盘的明标和暗标投标已经全部结束了,但是更让人紧张和透不过气来的暗标开标,今天正式开始了,相对于投标而言,开标的那一刻,更考验人心脏是否强大。

在往年的缅甸公盘上,曾经有人在烈日下挑选毛料晕厥死亡,也有人在开标时过于兴奋突发脑出血没抢救回来,种种曾经发生过的真实事例表明,没有一颗强壮的心脏,想玩赌石最好还是悠着点儿。

这投标是结束了,不过众人还是一大早就起床赶到缅甸玉石交易中心,此时的毛料区已经完全封闭起来,几乎是三步一岗五步一哨,就连玉石交易中心的工作人员进入,都要被那些士兵盘查好几遍。

原本的明标投标现场,现在已经变成了暗标开标现场,大厅也连夜进行了改造,那些将大厅分隔开来的隔板,全部都被拆掉了,椅子虽然还在,但是上面的投标器都收了起来,十个拍卖厅,变成了一个宽敞的大礼堂,足足能容纳两千人左右。

不过那十块巨大的电子屏幕,还保存在四面的墙壁上,参加此次缅甸公盘的商人们,不需要都挤到前面,就可以在这些屏幕上看到自己所投的原石是否中标,到了早上九点钟,今天所要开出的标号,以及中标价格和中标人编号,在大屏幕上滚动展现出来。

"小睿,怎么样,紧张吗?"

刚过八点,这开标现场已经是人潮涌动、熙熙攘攘了,虽然说投标结束了,但是结果没出来,所有人都不能真正放松下来,他们现在的心情,就像学生高考之后,等待考试成绩下来一般。

"没事,秦叔叔,我投的标都是外皮表现不好的,争的人不会太多……"

庄睿笑了笑,心里微微有些得意,要说此次缅甸公盘谁的收获最丰厚,绝对非他莫属,算上秦浩然买下的那两块红翡的钱,庄睿总共投入近四亿人民币,看似不少,但是如

106

果将那些毛料囤积几年再出售的话,庄睿有把握将其增值到三十亿左右。

很多朋友可能不理解,你不是自己有珠宝店嘛,为什么还要出售?其实庄睿那家京城秦瑞麟,一年翡翠饰品的销售额,不过三千万左右,占所有珠宝销售额的百分之三十,所用的翡翠原料数量并不大。

而且翡翠珠宝的销售,是有一个周期的,不是说你把原料雕琢成饰品,摆到店里马上就能卖得出去的,尤其是极品翡翠,那种价格,不是一般人可以问津的,但是一经售出,那利润就相当可观了,有点像古玩店三年不开张,开张吃三年的道理。

并且极品翡翠雕琢出来的物件,还要保证它的唯一性,物以稀为贵嘛,这样才能卖出天价,要是一次出来十几件,那就只能卖个白菜价了,所以庄睿并没打算把这批玉料全部解出来雕琢成饰品。

那 20 块毛料,随便拿出一块解出来,都够秦瑞麟用上一年半载了,如果是玻璃种的料子做出来的东西,每年最多摆出三五件卖就够了,这样不仅能保证秦瑞麟高档饰品的名头,还能将饰品的价格,提升到最大化。

庄睿之所以一口气拍了这么多块料子,就是想投资囤积翡翠,看清楚,是翡翠,不是原石,和那些毛料商人不同,庄睿即使日后出售,也是将里面的翡翠解出来出售,而不会卖个原石价格。

"到点了,开始了,要开始了……"

就在庄睿一群人闲聊的时候,时间也到了上午九点钟,那些本来坐在椅子上闭目养神的人,全都站了起来,向各个显示屏涌去,脸上紧张兴奋的表情如出一辙,毕竟没有开标之前,谁都不敢说自己能稳稳中标,当然,庄某人是例外的。

"2005 年度仰光翡翠公盘暗标开标马上就要开始了,请各位投标人注意,如果您中标了,请携带本人证件,前往窗口签署《中标合同》,请各位投标人注意……"

在开标前一分钟,大厅回响着组委会工作人员的中标提示,只是没有多少人去关注这些,他们的眼睛,都死死地盯在那些大屏幕上。

突然,大屏幕亮了一下,一串数字在上面显示出来"编号 3469 号标,中标价:三十九万欧元,中标编号:XXXXXXX",这串红色的数字,在黑色背景的大屏幕上,极为显眼,大约过了五秒钟之后,向上翻了一格,然后下面又出现一组中标数字。

"怎么不是 1 号标?"

庄睿看得愣了一下,他原以为这暗标也是从 1 号标开始往后排的,谁知道第一块出现的标号,居然是 3469 号,看不出一丝开标的规律。

"呵呵,缅甸公盘就是这样的,工作人员将最后的标价输入到电脑里,是由电脑随机分配的,并不是按照标号的顺序来的,不过每天只能开出两万份左右标号来,也就是说,你看中原石的标号,要是在两万以内,今天你就要守在这里了,说不定什么时候就会开出来的……"

秦浩然参加过很多届缅甸翡翠公盘,对于开标的方式非常了解,看到庄睿愕然的表情后,出言给他讲解了一下。

每天能开出两万份标来,这个工作量是相当大的,所有的缅甸组委会工作人员,都是连夜开标,就像现在依然有上千组委会工作人员在毛料区里忙活着,不过举行过这么多年的公盘,他们都已相当有经验,虽忙但不乱,开标流程进行得井井有条。

"那今天不是要一直守在这里了?"

庄睿有些郁闷,这大礼堂虽然面积不小,但是数千人挤在里面,有人抽烟有人打哈哈,味道实在不怎么好闻,只是庄睿所投的那块黄翡,标号也在两万之内,虽然自己已经知道肯定会中标,但是不亲眼看到,庄睿心里总是有点不落实。

"也不用,你要是嫌闷,出去转转,回酒店也行……"

听到秦浩然的话后,庄睿才知道,这暗标开标之前,是不允许查询自己是否中标的,但是每天开标之后,你可以拿着自己的入场证和护照,去窗口处查询自己所投毛料是否中标,等不等在这里都没关系。

不过在紧张了十几天之后,相信所有人都不愿意放弃在第一时间知晓标底,别说现在只是空气差了一点,就算是这开标地点放在大粪池旁边,恐怕都没有人愿意离开。

"中啦,我中啦!哈哈,第一块就是我中的……"

突然,一个近乎疯狂的声音,在大厅里响了起来,那声音里带着一股子歇斯底里的味道,即使在这数千平方米的大厅里,都清晰可闻,不比高音喇叭里面的声音低多少。

那哥们不光是在喊,同时也在跑,他原本是挤在最前面的,现在冲出人群,正往门口办理《中标合同》的地方狂奔而去。

"这人不会疯了吧?"

庄睿看他手舞足蹈的样子,真有点像书上描述的范进中举,不过人家范进那可是实实在在中了举人,您就是拍中了这毛料,能不能解出翡翠,那还是两说呢,至于那么兴奋嘛!

这人不但兴奋过了头,并且反应也有点迟钝,这都已经开出三四十块毛料了,他才反应过来是自己中的投标,有点像晚上听了笑话,第二天起床哈哈大笑的意思了。

"这都憋了十几天了,换成你小子,中标也会高兴的,别说风凉话……"

马胖子不满地看了庄睿一眼,道出了场内所有人的心声,庄睿想想也是这么回事,经过这十几天的斗智斗勇分析毛料制定标价,都快把人给折磨疯了,眼下兴奋点也正常。

话说回来,别管原石里能不能出翡翠,只有中标之后您才能去解石,如果没中标的话,您连那机会都没有。

还别说,经过这一出,场内的气氛倒是缓和了下来,众人在国内都是有身份的人,心态调节得比较快,观察着开标情况时,也开始有说有笑了。

大屏幕上的数字闪动的很快,基本上三秒钟就开出一个标号来,而那个屏幕只能保留二十多行,稍不留意,前面出来的标号就被刷下去了,所以开标场地内的人,都全神贯注地在盯着大屏幕,生怕错漏了自己所投的标号。

其实在大厅的各个角落,还摆放了十几台触屏式查询机,输入毛料的编号,就可以查询出那块毛料有没有开标以及中标金额和中标编号,不过这种机器太少,根本就不够用,更多人还是站着看向大屏幕。

这中标编号实在刷得太快,庄睿看了没一会儿,就感觉有些眼花,他虽然是学金融的,但是也没把那二十多个标号全都背下来,看了一会儿之后,庄睿就有点支撑不住了,眼睛也不再时时盯着大屏幕了。

现场不时响起一阵欢呼声,紧接着就有人从人群里钻出来,前往窗口办理合同,而旁人看向那些人的眼光,都带着羡慕的神色,有熟悉的更是连道恭喜,好像已经赌涨了一般。

相比庄睿有点漫不经心的态度,彭飞倒是拿着一个本子,眼睛一直盯在大屏幕上,目光不时在本子和大屏幕之间交替,在看到一个标号和后面的数字后,彭飞突然抓住了庄睿的肩膀,高声喊道:"庄哥,我们中了,我们也中标了……"

"中标了? 多少号?"

庄睿闻言也兴奋了起来,要知道,那块黄翡原石的编号,就是在两万以内的,虽然另外还有两块,不过庄睿显然把心思放在黄翡上更多一些。

"十八万五千欧元? 我没投过这样价格的标啊……"

庄睿看着彭飞所指的那个编号,不由疑惑起来,自己所投的那些原石,价格基本上都在三十万欧元以上,似乎没有这么便宜的。

"庄哥,你本子上写了呀,编号和价格都对,不会不是你吧?"

听到庄睿这么一说,彭飞拿着手里的本子,把几个数字又对比了一遍,很肯定地点了点头,说道:"没错,就是这个,不过这块标好像不是我投的,没有印象……"

"十八万五千,靠,还真是我投的……"

庄睿拍了下脑袋,说话的表情有些懊丧,看的身边的几个人眼神都很奇怪,装,接着装,别人中标都是欣喜的表情,就你小子会装,好像中标亏了似的。

庄睿好不容易想起了这块原石来,是他最先看暗标的时候,在明标和暗标结合的那个区域里看到的,那份标的底价是三万欧元,庄睿最开始的时候投了三万一千欧元。

后来顺路经过那里,看到里面投注单上的最高数字变成了十八万,他一时不忿,就填了个十八万五千的标价扔进去了。

庄睿还真感觉亏了,要知道,他所投的 20 块毛料,并没有把这块计算在里面,这块毛料里面虽然也是冰种翡翠,但是其价值也就在三四百万人民币之间,和自己另外的那些料子根本没法比。

"妈的,摆的那么靠后,开的却那么早……"

庄睿心里稍稍有些郁闷,这块料子可是摆在最后面的,不过庄睿也知道,暗标毛料区和明标不一样,很多是打乱了编号摆放的。

"钱要不够怎么办啊?"

庄睿抬头看了眼秦浩然,难不成问老丈人借?要知道,如果自己那挑中的 20 块毛料全部中标的话,那么自己手上最多只能剩下四万欧元了,根本就不够支付这块毛料的。

在缅甸翡翠公盘上,要么现场付款可以立刻带走毛料,要么现场解石,其他的委托托运,都要等到公盘结束之后才会进行,如果庄睿因为这块毛料逃标,那么他办理的委托托运的其他原石,也是带不走的。

当然,庄睿也可以支付清其他毛料的款额,托运出境,不过以后他在缅甸官方就要从贵宾变成黑名单上的人了。

"怎么了,小睿?串标了?"

秦浩然看到庄睿的表情,在一旁问道。所谓的串标,指的是看不准的毛料,可投可不投的,但是这样的料子一般价格都不是很高,没必要摆出这副表情吧?

"没事,秦叔叔……"

庄睿嘴上答应着,却没和别人一样去办理《中标合同》,反正有三个月的期限呢,等他回到国内,再凑集十八万欧元打到缅甸组委会的账号上,一样可以的。

缅甸暗标的开标,是从早上九点,一直到下午六点,到了中午十二点左右,庄睿除了中的那块标之外,另外三块都没有出现,不过宋军和秦浩然几人,都各中了三块料子。

"走吧,咱们吃饭去,等吃完饭回来在那上面查一下就可以了……"

秦浩然中了三块料子,虽然都是庄睿写给他的,但是心里还是很高兴,就像先前说的那样,有毛料才有翡翠,没毛料你连解石的机会都没有。

"哎,老钱,吃饭去?还吃什么饭啊,门口有人解石呢,咱们抓紧看看去,说不定能买下块好料子……"

"真的?走,那是要去看看……"

庄睿等人走出拍卖大厅的时候,听到这么一段对话,不由心中有些奇怪,看向秦浩然,问道:"秦叔叔,这拍到的原石,不是都带回去解的吗?怎么还有这么着急的?"

"呵呵，那些人不是珠宝商人，也不是毛料商人，来这里就是为了解石的……"秦浩然闻言笑了起来，给庄睿解释了一下。

原来来缅甸赌石的人，基本上可以分为三类人，第一种就是各个珠宝公司来选购翡翠原料的，这类人除了国内和东南亚的之外，还有来自欧洲以及世界各地的买家，翡翠在国外虽然不是很畅销，但也是宝石的一种，有着特定的消费群体。

第二种人基本上都是来自国内的，他们自己不解石，只把从缅甸拍到的毛料带回国内，或者囤积起来，或者挑选一些参加国内的翡翠公盘，说好听点就是毛料商人，换个叫法就是二道贩子。

这类人以潮汕人居多，不过在内地也有许多人模仿潮汕人集资赌石的办法，加入到赌石大军里来，并且有些财团也有意投资原石，资金逐渐往这个圈子里倾斜。

来参加缅甸公盘的，除了这两类人之外，还有一种人，就是纯粹为了赌石而来的，他们的目的，就是以小搏大，赌到价值高的翡翠当场就会卖出，这类人良莠不齐，有马胖子这样寻找刺激的亿万富翁，也有已经赌得倾家荡产，欠了一屁股外债来翻本的。

这类人最显著的特点，就是中标之后，基本上都在缅甸现场解石，如果赌涨了，那就现场卖出去，反正来自世界各地的珠宝商人都云集在这里，不怕卖不出好价钱；如果赌垮掉的话，那些借贷赌石的人，是上吊抹脖子还是吃安眠药，就不得而知了。

在国内流传的那句"一刀天堂一刀地狱"的话，发源地就是缅甸翡翠公盘，每年缅甸公盘的开标，都是一次赌石盛会，可以说，真正的赌石，现在才刚刚拉开帷幕。

在这翡翠公盘上，虽然那些珠宝公司的人也盯紧了原石，但是他们也留有余钱，准备购买解出来的现成翡翠，这样既不需要承担赌石的风险，又可以获得自己公司所需的原料，这些珠宝公司的态度，也使那些想一夜暴富的人，更加疯狂地投入到赌石之中。

除了秦浩然此次因为得到了庄睿的那些标号，算是孤注一掷地把钱都投入到暗标里之外，很多珠宝公司都有人盯在解石区，并且组委会也有专人在那里为现场解出来的毛料，办理通关手续，当然，只限在公盘上拍到的原石。

"小睿，中午吃过饭，我也要解一块料子，你来不来看？"秦浩然的话让庄睿愣了一下，好端端的解毛料干吗，自己解一块还差不多。

秦浩然其实也是心里没底，虽然中标的毛料不少，一上午就中了三块，但是里面是否能出翡翠，那就难说了，秦浩然是想解一块来看看，要是表现不好的话，那他还想按照以往的规矩，选购一些现场解出来的中档翡翠，虽然比原石要贵出许多，但是总比公司没有料子雕琢饰品要强吧。

"等等……"

庄睿脑子里忽然亮了一下，停住了脚步，对啊，自己钱不够，干脆就把那块价值三十多万欧元的毛料，现场解开卖掉算了，反正自己又不缺那一点冰种料子，卖掉救救急也好啊。

　　"怎么了？"

　　秦浩然见庄睿停下脚步，不由奇怪地问道。

　　"没事，我不饿，秦叔叔，您几位先去吃，我把刚才中标的料子给取出来，回头解石。"

　　庄睿是真没什么胃口，在乌烟瘴气的拍卖厅里待了一上午，头都有点大。干脆向秦浩然等人摆了摆手，回头直奔刚走过的拍卖厅窗口而去。

　　"这孩子，才中一块就要解石……"

　　秦浩然摇了摇头，和方怡等人去组委会食堂吃饭了。

第十六章 玻璃种再现

组委会开了20个窗口,用于办理中标人的手续,但是依然有些忙不过来,一上午所中的原石,去掉流标的还有数千块,虽然像秦浩然这些人,并不急着去办理中标手续,但是每个窗口之前,还是排了长长的队伍。

只是在这里的人,显然都比在大厅里焦急等待的人要轻松许多,很多熟人在一起扎堆聊天。

"庄老板,您也中标了?"

庄睿刚走过去,就有人向他打起了招呼,一看之下,却是韩氏珠宝的韩胖子,他估计也是刚来,从空调房里出来之后,那白白胖胖的脸上满是汗水。

庄睿心中一动,说道:"中了一块不值钱的,我切出来看看,手头有点紧,要是能出绿的话,就卖掉……"

在缅甸公盘上,资金紧张不是庄睿一个人的事,除了另有打算的一些人之外,几乎所有人都拿出了所有的资金抢拍暗标,所以庄睿也不怕别人知道,大大方方地说了出来,他的目的是为了等会儿解石的时候,能多些人去争抢他那块翡翠。

"哦?庄老板要解石出售?您不是还有家珠宝店吗?"

韩皓维听到庄睿的话后,眼睛果然亮了起来,除了那块被许振东买走的毛料之外,韩胖子还没见庄睿解石失过手呢。

只是韩皓维心中还有些疑虑,解石卖钱,那都是专门赌石的人干的,自家开有珠宝店的人,是不舍得卖翡翠的,毕竟他们来这里的目的,就是为了翡翠原料。

庄睿苦笑了下,说道:"没办法,最近遇到点事,钱不凑手,先周转一下吧,我不是还有块红翡料子吗……"

韩皓维一听庄睿这话,心里倒是释然了,别看各人生意做的都不小,动辄就是数百上千万的资金流动,但有时候手头紧张起来,那可是连几万块都掏不出来,韩胖子最艰难的时候,可是把车子、房子、公司都抵押给银行,贷款给员工发工资的。

庄睿先前已经赌涨了一块红翡料子,并且很坚决地回绝了他们的报价,想必是留作自用了,现在把赌到的毛料解开一两块,回笼下资金,也是很正常的行为。

"行,那先预祝庄老板解石大涨啊,回头咱哥几个都去捧场……"

韩皓维身边的几人都知道庄睿眼睛特别毒,说不定就会解出好料子,当下纷纷附和了起来。

由于办理中标手续,必须要签署《中标合同》,需要组委会帮助免费托运的,还要留下详细地址以及办理托运手续。

所以虽然这二十多个窗口只排了四五百人,庄睿还是等了一个多小时,才轮到他,在他身后,又排起了长长的队伍,甚至有很多人刚办理完手续,回去后发现自己又中标了,又第二次赶回来排队。

"呵呵,小睿,办好没有?"

庄睿的这块原石是支付的全款,并且要求现场解石,所以他需要组委会出具一张领货单,刚刚把领货单拿到手上,秦浩然等人已经吃过饭转回来了。

"秦叔叔,正好,您来办手续吧……"

庄睿才不管什么插队不插队的,他此刻还坐在窗口的椅子上,直接将位置让了出来,旁人纵然不满,但是顾及自己的身份,也都没说什么,大家在国内一个圈子里混,没必要因为这点小事得罪人。

"走了,去看庄老板解石了……"

韩胖子一声吆喝之后,马上就后悔了,因为他看到本来正在排队的人,居然也涌出来了十几个,自己这嘴贱啊,这不是喊着竞争对手和自己抢生意去嘛!

韩胖子他们一群人直接先去解石区等着了,那里现在也有不少人在解石,而庄睿则拿着提货单去原石区领毛料。

在把提货单交给原石区的一个工作人员之后,过了大约七八分钟,一辆铲车从士兵们围起来的大门处开了出来,在铲车上,放着庄睿中标的那块毛料。

"得,还要排队……"

来到解石区之后,庄睿把那块三十多公斤的毛料从铲车上抱了下来,虽然组委会提供了五台切石机,但是现在不但全被占用了,就连地上,也排着一圈毛料,都是等待解石的。

"妈的,这是石头还是翡翠原石啊,里面屁都没有,忒坑人了吧?"

一个头发乱糟糟的中年男人,在切开一块毛料后,脸色顿时变得灰白,大声骂了起来,不用问,这位老兄此次的缅甸之旅,想必是痛快不起来了。

"三十八万欧元,近四百万人民币,这一刀下去就没有了,啧啧……"

韩胖子过来的早,知道是怎么回事,给庄睿讲解了一下,敢情那位就是想来一夜暴富的,赌了块他认为是必涨的料子,没想到这四百万人民币,一刀就打了水漂。

庄睿闻言不禁摇了摇头,有四百万的身家,在国内也算是有钱人了,绝对可以有车有房,活得非常滋润,何必来凑这个热闹啊。

只是庄睿不知道,赌石比赌博更易使人上瘾,尤其是曾经在赌石中获利的人,就像是沾上了毒瘾一般摆脱不掉,到最后不但把以前赌石赚到的钱贴在里面,甚至到处借贷,搞得倾家荡产。

不管是哪种赌法,不管是赌什么,十赌九输这四个字,是适用于绝大多数赌徒的,当然,庄睿这种开着"作弊器"的人除外。

"不知道还有没有钱买机票回去啊……"

"老张,别那么刻薄,谁都有赌垮的时候……"

"是啊,老张,到你了,上去切石,抓紧时间啊,没看这么多人等着呢……"

在那个中年人脚步略显踉跄地离去之后,众人不过稍稍议论了几句,就重新开始解石。

那个叫老张的人运气倒是不错,一刀切下去,见绿了,虽然只是油青种的中低档翡翠料子,不过也被众人一番抬价,最后被国内的一家珠宝公司,以一百九十万人民币买了下来,而老张只不过花了两万八千欧元将其拍下。

这就是赌石的魅力所在,马克思曾经说过,资本如果有50%的利润,它就会铤而走险,如果有100%的利润,它就敢践踏人间一切法律,如果有300%的利润,它就敢犯下任何罪行,甚至冒着被绞死的危险。

而这块毛料,在一刀过后,就产生了700%的利润,足以让人疯狂了。

"小睿,还没到你吗?"

过了半个多小时之后,秦浩然等人也跟在一辆铲车后面来到了解石区,他准备试水的这块料子并不大,只有十多公斤重,像个保龄球一般。

"就到我了,秦叔叔,要不然您先解吧,这块料子小,擦一下就可以了……"

本来已经轮到庄睿了,庄睿抱着那块料子正准备放到切石机上,看到秦浩然等人到来,停下了手,看着那块保龄球大小的毛料,居然也用铲车搬运,不由笑了起来。

"各位老板,我这块稍后解,先让秦先生擦一下毛料,耽误不了多少时间,不行我的再排到后面去,诸位没什么意见吧?"

庄睿把抱着的原石放到地上,回头冲着身后几人说道,解石也是要排队的,在他后面,已经排了七八块毛料了。

"没事，没事，秦老板先擦石吧……"

"没关系，耽误不了多少时间……"

"庄老板，您的料子可不能往后推，都等着庄老板您解石呢……"

众人听到庄睿的话后，很给面子地吆喝起来，后面几个准备解石的人虽然心有不忿，但是也知道自己在赌石圈子里的能量，远不及面前的这个年轻人，当下也都点头表示同意。

庄睿在平洲的时候，还是个正宗的赌石小白，问出来的问题都能让人喷饭，不过时过半年，却没有人敢小看他了，从赌到那块红翡毛料之后，庄睿在赌石圈子里的名声，已宛若娱乐圈里那些天王之类的大明星了。

秦浩然闻言向四周拱了下手表示感谢，然后把他那块料子放到了切石机上。

这是块黑乌砂毛料，正宗的帕岗厂的老坑原石，整块料子皮壳乌黑似煤炭一般，拿在手里都仿佛会沾得一手黑，和麻蒙厂的料子有些相似，只不过麻蒙厂的乌砂玉外皮会有一些灰色，而这块料子却是通体黝黑，不带一丝杂色。

帕岗厂是缅甸历史最悠久的翡翠矿坑之一，不过经过数百年的开采，老坑已经全部采完停产了，这块料子应该是那些矿主们的存货。

这块帕岗厂的黑乌砂并没有擦边，是块全赌料子，如果按照正常的价格，这块料子应该在八十万人民币左右，因为这块原石体积并不算大，就算出了冰种料子，也只能出个三五斤，赌性不算太大。

秦浩然将之拍下，却花了三十二万欧元，等于三百多万人民币，在秦浩然心里，多少有点不以为然，只是庄睿写给他的那些编号里，这块标是第一个，所以他才花重金拍下来了。

"这块帕岗厂的料子我也看了，没想到被他拍下来了……"

"恩，是老坑料子，不知道留了多少年了……"

"这秦氏珠宝此次手笔很大呀，刚才我看这料子的标底是三十多万欧元，也不知道能不能赚回来……"

围观的众人看到秦浩然的这块料子后，纷纷议论起来，他们的眼睛都很毒，一眼就看出这块毛料的出处。

在缅甸，各个矿山不同坑口所产翡翠各具特色，质量好坏不同，因而识别赌石场口，对推断赌石玉质的好坏，有很大的帮助。

玉石行有一句名言，即"不识场口，不玩赌石"，所以在选购翡翠原石时，一定要懂得玉料的产地和特征，否则就别做赌石生意，眼前的这些人都是行家，从外皮辨认赌石的产地对他们而言，就像吃饭一样简单。

“小睿，怎么擦?”

秦浩然虽然也是赌石老手了，但是在摆好了毛料之后居然情不自禁地问了庄睿一句，可见在他心里，庄睿在赌石上的造诣，已经远超过自己了。

“秦叔叔，帕岗厂的老坑种，随便挑一面直接擦吧，我看好这块料子……”

帕岗厂的老坑种原石，向来都是以皮薄、玉石结晶细、种好、透明度高、色足著称，中档翡翠最为常见，不过玻璃种高绿的翡翠也时有解出，庄睿这话的意思，就是说这块料子应该也是如此，里面的玉肉很丰满。

“好，就按你说的来……”

秦浩然脱下西装交给了方怡。

他并没有动切石机，而是拿起打磨机，打开电源之后，用砂轮对着毛料的一面打磨起来，随着砂轮和石头摩擦发出“咔咔”声，那黑色的外皮随之脱落到地上，在秦浩然拿着打磨机的手上，布满了黑色的粉末。

“出绿，出绿了……”

“真是的呀，出绿了……”

在解石区，围观的比解石的还要紧张，就在秦浩然一块砂轮还没用完，刚打磨进去不到两公分的原石擦面上，一抹绿意像北方的冬天将过，那黑山白水之间青草发芽，透出春的气息一般，悄无声息地露了出来。

秦浩然连忙停住了手，关上打磨机，用庄睿刚取过来的清水，擦洗了一下那个擦面，大约两指宽的翡翠出现在眼前，清水从翡翠上流过，在日光的照射下晶莹透亮绿意盎然，闪烁着迷人的光彩。

“玻……玻璃种的?”

秦浩然此时几乎将眼睛都贴在了那个擦面上，根本就不顾白色的衬衫已经沾满了黑色的灰尘，说话的声音都有些颤抖了，这也难怪，秦浩然虽然解过不少毛料，但是玻璃种的料子却是第一次经他的手解出来。

“大涨啊，真是大涨……”

“秦氏珠宝这次公盘可是赚翻了……”

“说不定就是那庄老板给选的料子，真是目光如神……”

“是啊，等下看看庄老板自己的料子如何? 说不定又出一位翡翠王呢……”

围观的人群也变得喧闹起来，这解石区一上午开出数十块毛料，有赌涨的，也有赌垮的，但是玻璃种的料子，还是第一次得见，算上前面明标这十几天的陆续切石，玻璃种的翡翠，也是第一次被解出来。

说起翡翠王，那可是一个活生生的传奇，那人姓唐，叫唐泽南，是云南人，世代经营玉石生意,在清朝的时候,给皇宫里进贡的翡翠,多出自他家族之手。

出自翡翠世家的唐泽南自出生之后,就被身边的氛围所熏陶,历经数十年的翡翠人生,对翡翠可以说是了如指掌,任何一块没有"开刀"的毛料,他都能估算出价格,而且十拿九稳。

年已花甲的唐泽南,现在依然活跃在赌石圈子里,被人称之为"翡翠王",并且还经营有两家专营翡翠毛料的公司,如果说玉王爷是和田玉中的王爷,那么唐泽南就是翡翠行中的帝王,两人在国内玉石圈子里的知名度不相上下。

不过此次翡翠公盘,唐泽南由于有事在身没来参加,这让许多人感觉到很可惜,因为翡翠王做人很大气,有人求他看原石,他都会欣然前往,并且给出的意见,往往就是最后的结果,可能这也是他被人尊称为"翡翠王"的原因之一吧。

"小睿,赌涨了呀!"

秦浩然兴奋地看向庄睿,这两指宽的翡翠,其价值已经在一百万欧元以上了,而且看这擦面,里面的玉肉应该不少,玻璃种的料子,即使是三五公斤,那也价值数百万欧元了,三十多万赌到的,秦浩然算是占了大便宜了。

庄睿笑了笑,这种结果他早就知道了,当下说道:"秦叔叔,恭喜啊,还擦吗?"

"秦老板,接着擦下去,让咱们见识下啊……"

"是啊,第一次出玻璃种,让咱们长长见识……"

围观的人都知道秦浩然是绝对不会卖这块玉料的,不过能见识一下玻璃种高绿的料子,日后也是个吹嘘的资本。

"不了,不了,这块料子我要仔细琢磨一下,秦某人就不献丑了……"

秦浩然满脸堆笑地向着四周作了个揖,他此时心中过于激动,的确不适合继续解石了。解石是一件非常细致的活,如果在解石的过程中,手稍微颤抖一下,就可能破坏到里面的翡翠,使其价格大减。

"小睿,你来吧……"

秦浩然美滋滋地将毛料从切石机上拿下来,对着庄睿说道,这会儿他看向庄睿的目光中,满是兴奋的神色,要知道,这才是庄睿给他的第一块毛料,如果剩下的那几十块都有如此表现……天哪,秦浩然已经不敢想下去了。

对于庄睿的眼光,秦浩然已经再无一丝怀疑了,就算庄睿现在告诉秦浩然,这铺地的砖头里有翡翠,恐怕秦浩然都要将其撬开切一刀看看了。

"庄老板,该您了,话先说好,出翡翠一定要先考虑我老韩啊……"

韩皓维现在对秦浩然那是打心眼里羡慕,他也知道庄睿和秦浩然的关系,这会儿恨不得自己那刚上小学的丫头立马能长大,就算是给庄睿做二奶,他都心甘情愿,有了这样的女婿,那不等于坐拥了一座金山嘛。

"一定,一定……"

庄睿笑着将切石机下面的毛料抱到了上面,加固好之后,就打开了切石机的电源开关。

"哥们就算是先考虑你,那也要别人答应不是?"

庄睿看着身旁一圈珠宝商人,眼睛发绿地盯着自己,和在草原上见到的狼群倒有些相似,刚才那块玻璃种翡翠的确刺激到他们了,要知道,那块料子随便抠下一点给他们,打磨个戒面就是上百万啊。

这年头,别的商品都是讲渠道为王,像沃尔玛、家乐福那些大零售商,都是眼睛长在脑门上的,但是在珠宝行里,却是原料为上,不管是翡翠宝石,还是钻石玛瑙,这些短时间内不可再生的资源,无不受到消费者的追捧。

别看这些原石价格昂贵,动辄就是数十上百万欧元,但是只要中上一块好料子,雕琢成饰品之后,都能赚回来,别的不说,就是秦浩然刚刚擦涨了的玻璃种料子,虽然只是高绿,还达不到顶级帝王绿的品质,但是就那保龄球大小一块,如果雕琢好了,价值将不低于亿元人民币。

"小睿,你这块是先擦石还是直接切?"

秦浩然这会儿兴奋劲还没过去,看那样子,似乎还想帮庄睿切上一刀。

"直接切……"

庄睿的这块料子也不算很大,三十多公斤而已,就是块比足球略大一点的石头蛋子,只不过形状是椭圆形的,并且中间还有一块凸起的地方,有点像是寿星公的额头,品相十分丑陋,如果不是外壳上的黑癣,没人会认为他是块翡翠原石。

正因为这块原石的品相太差,所以庄睿在投进去十八万五千欧元的标单之后,居然把它给忘记了,要不是当时随手写在本子上,被彭飞发现的话,说不定就会发生此届翡翠公盘上第一次逃标事件呢。

"好了,干活……"

庄睿一脸轻松地用粉笔在毛料上画了一道线,将粉笔丢在地上,拍了拍手上的粉末,转身握住了切石机的把柄。

当切石机上那直径在六十公分以上的巨大齿轮旋转起来之后,场内所有人都屏住了呼吸,要知道,切石是最激动人心的,一刀生一刀死,生死就在那短短几分钟之内。

"咔……咔咔……"

合金齿轮和原石那凸起的部位稍作接触之后,完美地演示了什么叫做刀切豆腐,飞速旋转所产生的巨大切割力,使得齿轮片很轻松地陷入到原石之中。

庄睿的双手此刻都压在了切石机把柄上,稳健地向下用着力,不过一分多钟,这块椭圆形的毛料,已经从中间分开了,犹如一个葫芦被分成两半一般。

　　"出绿了?"

　　"好像是,没怎么看清楚……"

　　"快点,快点拿水来清洗一下……"

　　那如同葫芦一般的毛料从中分开之后,再也无法固定在切石机上了,分别掉落在了地上,不过不是水泥地,倒是不怕里面的翡翠被摔坏掉,人群里有眼尖的人,已经看到从空中滑落的毛料中间,似乎有一抹绿意。

第十七章 解石售卖

没等庄睿把毛料捡起来，旁边就有四五个人冲上前来，七手八脚地将两块毛料切面朝上摆在了旁边的架子上，又有人端来清水直接泼在了切面上。

原本能看到的，只不过是婴儿巴掌大小的一块绿，不过当切面上的粉末被清水冲去之后，众人清晰地看到，两个半块原石切面上的翡翠面积，已经由幼儿巴掌变成成人手掌般大小了，那些还没有被擦去的水滴，落在绿色的翡翠上面被阳光一照射，就像是清晨绿叶上的露水一般，晶莹剔透。

"赌涨，大涨啊……"

"鞭炮，鞭炮呢？"

"奶奶的，这块料子我记得也投了个散标啊，怎么就没中？"

"得了吧您，马后炮谁不会放啊，还是问问庄老板出什么价吧？"

随着石中玉的现身，人群变得喧闹起来，虽然很多人离得远，并没看清楚种水如何，但是就凭那动人的绿色，想必也不会很差，对于一块外壳表现如此难看的毛料而言，肯定赌涨了，这是毫无疑问的。

"我说韩老板，您这是干吗啊？手松松行不行呀？"

一个珠宝商人的声音，将众人的眼光吸引了过去，这一看之下，都哄笑了起来，敢情那位韩皓维韩大老板，此刻很没有风度地抱着半边毛料，并且用他那价值不菲的西装下摆，使劲将毛料给遮挡住。

"干吗要松手？我和庄老弟说了，这块料子我要了……"韩皓维此时的表现，哪像个大珠宝公司的老板啊，整个就一抢到了棒棒糖不肯撒手的孩子。

这韩老板本来肚子就不小，里面再塞进去半块毛料，那形状就像是要临盆的孕妇，还是胎位不正的那一种，看得旁人都是忍俊不禁。

旁边那人有些不甘心，接着说道："韩老板，没说不让您买啊，先给我们看看这是块什么料子,成不?"

"不成!那边还有半块料子呢,您去看呀,我保证不管,您看我这块料子算怎么回事?"

韩胖子这就是在耍无赖了,不过韩胖子不怕,反正他本来就出身市井,刚出道时没少用这些伎俩。

当然,这种行为要是用韩胖子自己的话来说,那就是能屈能伸,不要脸怕什么,有钱您抽我俩耳光都成,想当年咱的老祖宗,不还钻过人裤裆嘛,这叫大丈夫能忍胯下之辱,话说哥们也不是无赖,这可是要付钱的。

旁人拿韩胖子没法,只能摇着头去看另外半边料子了,一位头发花白的老先生,被众人拥簇在人群正中,拿着个放大镜,正在仔细观察着。

"色很正,不散,分布均匀,是高绿的翠,不过这种水就稍微差了一点,不如刚才的那块玻璃种,唉,可惜了,要是把那块的水头,配上这块的阳绿,就是极品帝王绿呀……"

老人一边看,一边懊丧地摇着头,似乎为庄睿没能解出帝王绿感到可惜,听得旁边的人直翻白眼,这都哪跟哪呀,能扯到一起去吗?

高绿的石头多的是,但是没种水的话,那就叫石头而不叫翡翠,一块高品质的翡翠,种水颜色缺一不可,尤其以水头为重。

行里人说翡翠的水,一般分为三级,就是所谓的一到三分水,但常常出现的翡翠只有半分水,简单分级不够,有些拍卖公司就将水头分为十级,玻璃种为 9~10 分水,冰种为 7~8 分水,油种为 6~7 分水,细豆种为 5~6 分水,粗豆种为 3~4 分水,干白种为 1~2 分水。

按照上面这种翡翠水头分级,大家就可以看出,即使是玻璃种的无色翡翠,比高绿的干白种翡翠,那都要贵出千万倍,两者之间根本没有任何可比性。

"齐老,您老倒是说说,这水头能达到个什么级别呀?"

这满绿的颜色,众人都是看在眼里的,根本就不用多说,但是这种水就要仔细观察分辨了,有些性急的人,马上就问了出来,这可要关系到他们出多少钱才能将其拿下的。

这老头庄睿倒是认识,听说是澳门一家典当行的坐堂师傅,此次被一珠宝店老板请来看原石,这几天在原石区里,庄睿也是碰见他好几次。

齐老闻言后,摇头晃脑地说道:"嗯,这水头明澈透亮,犹如河水冰冻一般,浑然天成,只比玻璃种稍差一筹,应该可以称得上是高冰种料子了,并且看这切面,估计半边能掏出个七八斤的样子来,只是可惜了,如果种水能达到玻璃种,那么……"

此时没有人再去关心齐老头下面的话了,这世上没那么多"如果",就是这半块七八斤重的高冰种翡翠,就足以让众人疯狂起来。

要知道,在市场上玻璃种翡翠难得一见的情况下,冰种料子就算是翡翠饰品中的上品了,更何况还是高冰种的料子,这种翡翠雕琢出来的饰品,那绝对是毫无争议的 A 货,并且就算标个玻璃种来卖,也没人跟您较真,各家珠宝店这样做的多得是。

七八公斤的整料,可以掏出五六副镯子出来,就算是七八十万人民币一副,再加上剩余玉料雕琢出来的物件,恐怕其价值要在八百万人民币以上,并且有了这些料子,自家的珠宝店,就能上一个档次了。

"庄老板,这块料子我出四百万,您看怎么样啊?"

众人在心里估算了一下之后,有人开始报价了。

"四百万? 庄老板,我出四百五十万人民币,您看怎么样啊?"

"四百八十万,这料子我要了……"

"五百五十万,庄老板,这价格可是不低了啊……"

有人率先开价,立马把围观解石的这些珠宝老板的肾上腺刺激的糖皮质激素大增,脸都显得胖了一些,面红耳赤地抬起价来,要是被不知道的人看到,还以为是上世纪八十年代过冬的时候,抢购大白菜呢。

就在众人纷纷抬价的时候,秦浩然把庄睿拉到了一边,小声对庄睿说道:"小睿,这块料子可不能卖,这种品质的原料,加工一下,留在北京秦瑞麟店里出售,要比现在卖原石划算多了……"

一般珠宝店里翡翠饰品的销售,都是有高中低三种档次的饰品,卖的最好的,是那些价格在三五百至三五万之间的,但是要谈到利润最高的,还是这些极品翡翠饰品。

秦浩然的意思是让庄睿自己留下,找人雕琢一下,放到店里去卖,这样不但可以丰富饰品的种类吸引客源,就是在利润上,也能使其最大化。

"秦叔叔,您说的这些,我都知道,只是我现在钱有点不凑手,想卖了这块料子,去买其他拍下来的毛料的……"

庄睿闻言苦笑了一下,他何尝不懂得这个道理呀,只是现在的情况是一文钱难倒英雄汉,庄睿要是把这块也留下,那不但会在最近两个月变得身无分文,恐怕还要借笔外账,才能抵消此次拍得的毛料所用的款项。

"哎,我说你这孩子,钱不够了怎么不跟秦叔叔说啊? 秦叔叔……秦叔叔……对了,你到底差多少钱啊?"

秦浩然刚想包揽下来,才想起自己此次带来的资金,也全都投入到原石之中去了,并且要是全部中标的话,他的钱还有可能不够用呢,到时候还要总公司来筹集,确实无法帮庄睿多少。

其实秦浩然想岔了,他以为庄睿最少要缺个千儿八百万欧元,要是知道只少十几万欧元,那他还是可以挤出来的,毕竟秦氏珠宝数十亿的资产,一两百万人民币这点钱还是没有问题的。

"秦叔叔,钱差的倒是不多,只是这块料子,是我并不看好的,所以就想卖出去救救急,另外还有好几块毛料,足够北京那家店用的了……"

庄睿的话让秦浩然瞪大了眼睛,这高冰种满绿的料子,居然是庄睿没看在眼里的?那他看重的毛料,都是什么品种的呀?难不成都是刚才自己解的那块玻璃种的?

"你剩下的那些料子,都……都是什么品质的翡翠啊?"

秦浩然感觉自己大脑有些不够用了,单凭这一块高冰种的料子,北京秦瑞麟店一年的高档翡翠饰品原料都不用发愁了,没想到这却是庄睿感觉最差的一块,秦浩然不禁对自己余下来的那些标底充满了期待,那可都是庄睿精挑细选出来的呀。

这接连解出了玻璃种和高冰种,显然刺激了秦浩然的大脑,让秦浩然的判断力出了点偏差,其实庄睿重点关注的那20块毛料,玻璃种的只有五六块而已,并且除了黄翡之外,再也没有如帝王绿之类的极品翡翠了,即使是蓝翡和紫翡,也没有达到那个等级。

只不过剩余的那些非玻璃种的料子,在数量上要比这块冰种多得多,每一块最少都能取出数十公斤来,里面也有两三块比冰种稍差的料子,如金丝种和芙蓉种,却是翡翠市场上最好销售的一种中等翡翠饰品,也是北京秦瑞麟店最为紧缺的,所以庄睿才决定把这块毛料给卖掉。

"咳咳,秦叔叔,您问这个我哪儿知道呀,我只是根据原石的一些特定表现,大致能估算出来里面是否有玉料,至于品质和数量,那都是碰运气的……"

庄睿闻言咳嗽了几声,自己话说得太满了,不过他也厚着脸皮承认自己鉴定石头有一套,想必以秦浩然的涵养,不会去追根究底吧。

其实庄睿大可不必多虑,这世上赌石十拿九稳的人,并非只要他一个,别的不说,就是那位"翡翠王"从抗日战争那会儿就玩翡翠,出道数十年,不管是全赌还是半赌料子,基本上就没赌垮过。

庄睿即使次次赌涨,那也有"翡翠王"的事迹在前,最多也就让人认为玉石界又出现一位传奇人物而已,至于能看穿原石知晓里面的情况,那事儿就过于玄幻了。

经历过两次解石之后,秦浩然对庄睿鉴定原石的本事,那是没有丝毫的怀疑了,听到庄睿说出了这样的话,虽然心中惊疑,但是却没有怀疑,点了点头,道:"你既然看好别的料子,那卖了这块也无妨,秦叔叔的话你做个参考就行了……"

"庄老板,庄老弟,咱们可是先前说好了的呀,你这块料子是要出售的,咱们老爷们,说话可要算数呀……"

庄睿和秦浩然走到旁边一嘀咕不要紧,可把怀抱那半块毛料的韩胖子吓得不轻,他知道这二人快要成为翁婿了,万一秦浩然再来次截胡,自己又竹篮打水一场空了,那不白瞎了自己这身好衣服了。

"呵呵,韩老板,我没说不卖啊,您别担心,这块料子是出售的……"

庄睿笑了笑,您抱这么紧也没用啊,难不成别人给价高,我还能不卖? 咱们似乎还没那交情吧?

"庄老板,这半块毛料我要了,七百八十万,谁要是出的比这价还高,我老张转脸就走。"

此时那半块原石也分出了胜负,自称老张的人,庄睿也认识,还真是巧了,就是那位和他争抢黄翡,在最后关头投标的张老板。

"庄老板,那块红翡我可没争过您,这块料子您可要卖给我啊……"

张老板生怕庄睿不卖给他,说出了那块外皮表现像是红翡的黄翡原石,他刚从开标现场出来没多久,发现那块料子的中标价比自己所投的标价高出了三万元,这让他懊悔不已,出来到解石区碰碰运气,没想到见到块好料子,当下参与到争抢的行列之中。

"红翡? 开标了? 开标价是多少?"

庄睿闻言愣了一下,他这一解石,居然把那茬给忘了,这会儿心里竟然有些紧张起来,要知道,他眼中的灵气虽然能看穿标箱,但是里面的投标单实在太多,说不定就有张遗漏的单子比他的标价高,那庄睿都找不到地方哭去。

张老板见庄睿一脸茫然的样子,不像是作假,说道:"您还不知道啊? 那块原石的中标价是三百一十八万欧元,比我出的只高出三万元,庄老板,不是您投的?"

"中了!"

庄睿心中狂喜,他也不想掩饰,反正中标之后各人的投标编号,都是可以查出来的,当下点头说道:"呵呵,不好意思啊,张老板,要是没有第二个人投三百一十八万欧元的话,那就是小弟中了……"

"唉,庄老板,您这……您这……眼力高明不说,这拿捏毛料价格的水平也高,果然是高啊……"

张老板闻言长叹一声,无奈地对着庄睿跷起了大拇指,当初自己可是在最后关头投出的三百一十五万欧元,而且在自己的阻挡下,庄睿并没有机会更改标底,也就是说,庄睿之前就投出了三百一十八万的标价,这让张老板输的是哑口无言,他算是心服口服了。

张老板的脸皮也不比韩胖子薄多少,这会儿全然把自己在原石区阻挡庄睿最后投标机会的事情忘掉,满脸堆笑地说道:"庄老板,那块红翡我让给您了,这块料子您可要卖给我呀……"

"还有没有再出价的?"

庄睿向四周看了一圈,却没人回答他的话了,七百八十万人民币的价格,的确不低了,如果在雕琢这块料子的时候,稍有不慎,恐怕最后连本钱都赚不回来,这个价位,是没人和张老板去竞逐的。

"成,张老板,这半块料子就归您了,不过现在在缅甸,您就支付欧元吧……"

庄睿是卖毛料,又不是送,当下也没什么不好意思的,直接就伸手要钱,马上就要订婚了,肯定是要花一笔钱的,哥们要不是被逼急了,连这块料子都不舍得卖。

"成,成,欧元也行,省得到国内麻烦,我给您开本票……"

张老板闻言笑了起来,他心里打的主意和别人不同,买下这块料子,他是准备囤积上两年的,到那会儿,恐怕就不止七八百万人民币的价格了,要说这张老板还真是有眼光,在三年之后,他出手这块毛料,整整赚了近一千万人民币。

"哎……哎,我说韩老板,您抱着这毛料不出价,是个什么意思呀?"

这边硝烟散尽,有些不甘心的珠宝商人,把念头打到了韩胖子身上,这原石不是说您抱着就归您了啊。

"哎,谁说我不买啦,我出八百万人民币,庄老弟,这毛料可归我了啊……"

韩胖子根本就没有把毛料从衣服里拿出来的意思,直接开了八百万人民币的价格,只是他并不傻,这半块料子他早就看过了,从这切面上看,只要能往里掏出二指厚的翡翠,自己就稳赚不赔。

"八百万人民币?"

"老韩还真舍得下本钱啊……"

"是啊,不过还是庄老板厉害,一块料子就赚了一千多万……"

众人听到韩胖子的话后,纷纷议论了起来,看韩胖子先前的表现和现在的出价,倒是没有人再和他争这块料子了,毕竟下面要解的毛料多了,死守着这一块抬价,到最后吃亏的还是自己。

两张欧元支票入袋,庄睿松了一口气,有了这一千多万,日子就不用过得那么紧巴巴的了,只要撑上几个月,等京城秦瑞麟店摆上这次赌得的翡翠饰品之后,庄睿相信,资金很快就可以回笼了。

"小子,赚翻了吧?回头看哥哥解石……"

宋军过来拍了拍庄睿的肩膀,即使以他的身家,脸上也是带了羡慕的神色,他是知道庄睿这块毛料的拍价的,十八万五千欧元,转手就卖到一千五百八十万人民币,近10倍的利润,就是抢银行贩毒,钱也没这来得快呀。

"得,宋哥,我还有几块料子,回去查查中标没有,您先解着,我一会儿就回来……"

庄睿可没什么心情看宋军等人解石,自从他听张老板说那块黄翡料子最后的中标价是三百一十八万欧元之后,这心思早就飞到拍卖大厅里去了。

"哎,哎,别跑啊,我说,我等你小子给压阵呢……"

宋军冲着庄睿的背影喊了一句,只是庄睿已经挤到了人群里看不见了。

虽然很多珠宝商都去解石区准备购买原料了,但是拍卖大厅里的人,却丝毫不见减少,来参加缅甸公盘的人,大多是几人一起来的,现在也是分工有序,有去选购解出来的玉料的,有的蹲守在这里等待开标。

庄睿在一台查询机旁排了半个多小时的队,终于轮到他查询了,输入了那块黄翡的编号之后,一排数字跳了出来:原石编号12586,中标价格:三百一十八万欧元,中标人编号:8367XXXX。

"没错,是自己!"

庄睿狠狠地握了下拳头,虽然这块料子的利润不见得是最大的,但它却是唯一性的,至少庄睿是没有见过或者听说过比这块黄翡更加出色的料子,至于传闻中的那个黄翡烧鸡,庄睿虽然没见到,但是他心里感觉,那块料子也没有自己的这块好。

"不知道古师伯见到这块料子,会不会再次出山?"

庄睿看着屏幕上的字样,傻笑起来,自己之前拿了块多色软玉给古老爷子,让他雕琢出一件国宝级的玉雕果盘,如果老爷子再看到这块黄翡,不知道会不会改变金盆洗手的念头呢。

"哎,这位老板,您查好了没有?"

庄睿对着那查询机的屏幕傻笑了半天,后面有人等得不耐烦了,催促的声音响了起来。

"稍等,稍等一下,马上就好……"

今天一共可以开出自己投标的三块原石,庄睿连忙又输入另外两个原石编号,嘿,还真出来了,两块原石不出所料地落入囊中。

这两块料子一块是冰种飘花翡翠,体积很大,重量在三百公斤左右,这是庄睿花了一百九十八万欧元拍下来的,而里面的玉料大概可以解出八十多公斤,这种飘花翡翠打制出来手镯很受市场的欢迎,庄睿粗略估算了一下,仅这一块料子,就能给自己带来两亿元以上的利润。

另外一块料子却是块玻璃种的无色翡翠,这块料子不算大,只有七八公斤重,不过原石的外壳非常薄,倒是能取出三四公斤的料子来,这种翡翠在十年之前,是无人问津的,不过在最近四五年价格大涨,受到很多人的追捧,只比玻璃种带色翡翠稍次一点,要比冰种料子高出一个档次来。

当然,庄睿只有一家珠宝店,这笔钱返还回来的周期或许很长,不过庄睿心里已经拿定了主意,到时候有针对性地解出几块毛料中的翡翠来,每种品质的翡翠,都推出几款饰品,把京城秦瑞麟打造成一个购买极品翡翠必去的地方,在行业里竖起高端翡翠饰品的牌子来。

这种想法在庄睿接手秦瑞麟店的时候就有了,只是那会儿苦于手上没有高品质的翡翠玉料,现在手上有了这批原石,计划就可以进行了,庄睿并不是异想天开,他已经具备了称霸京城高档翡翠市场的能力和条件。

从消费群体而言,高档翡翠饰品的消费群显然不是那些拿工资的普通老百姓。一个胸针耳环就要上百万,这不是普通人能消费得起的。

庄睿的目标,是那些娱乐圈的明星们,有欧阳军的文化娱乐公司和徐晴这个新扎嫂子,想必在那个圈子推一下,不会受到什么阻力。

另外一个消费群体,也要着落在欧阳军的身上,他那会所里的富豪会员们,可是大有潜力可挖的,现在这个年头,已经不时兴脖子上挂那拇指粗的金项链了,那会被人看成是暴发户,评论起来就一个字:俗。

现在的有钱人,玩的是品味,腰间盘块千年古玉,大拇指上套个乾隆爷打猎用的玉扳指,食指上再戴上一枚产自缅甸纯天然的玻璃种帝王绿的戒面,那才叫有钱,那才叫有品位。就像是上世纪九十年代初期手机刚出来的时候,用手机的人不是拿在手里就是挂在腰上,生怕别人看不见。

当然,那千年古玉是否是鸡血沁出来的,帝王绿戒面是否是有机玻璃做的,就另当别论了。

庄睿的目的就是想让这些有钱的大佬们,追求时尚的明星们,以后一见面问起对方所带的珠宝首饰,要不是出自京城秦瑞麟,那都不好意思说出来。

查询完中标情况之后,庄睿心情大好,走到拍卖大厅的门口,看着天上依然没有散去的乌云,也感觉到心里亮堂了起来,走到窗口处排队办理中标手续去了。

第十八章 翡翠标王

　　这三块料子其中的两块，庄睿让缅甸组委会托运到彭城别墅，分别保了一亿元的丢失赔偿金，而另外那块黄翡，庄睿让其托运到北京四合院的住处，他想着等回北京之后，在四合院也购置一套解石的机器，反正地方够大，放在后院里就可以了。

　　这块黄翡，庄睿没打算留给罗江，要是在彭城解出来被罗江看到，肯定会心有芥蒂，所以庄睿准备直接在北京解出来，至于要雕琢个什么物件，到时候拿给古老爷子看看再说。

　　办理完中标手续后，庄睿又回到了解石现场，正好轮到宋军解石，不出所料也是大涨，现场卖了三千多万人民币，把宋军乐得脸上像朵盛开的野菊花一般，他和马胖子来缅甸，不全是为了钱，而是为了享受原石切涨那一瞬间的快感。

　　只是让庄睿纠结的是，马胖子和宋军都挺"知恩图报"的，异口同声地说是庄睿帮他们选的毛料，使得刚来到解石区的庄睿立马成了众矢之的，被许多珠宝商人围了起来，让庄睿帮他们看下自己购得的原石。

　　庄睿虽然心有不耐，但是也不敢犯了众怒，那位"翡翠王"都七八十的高龄了，在每届缅甸公盘还热心地帮人看毛料，庄睿要是推脱的话，这些人回去不知道要说些什么呢，马上就能臭了庄睿在珠宝行里的名声。

　　要说这缅甸翡翠公盘，的确不是平洲公盘能比的，短短的十多天，根本就不够庄睿把所有的毛料都看一遍，就像现在这些人拍到手的料子，里面不乏高品质的翡翠，有几块让庄睿都看得很是眼热。

　　帮别人看原石，自然看出十分只能说三分了，一般里面有翡翠的，庄睿都会指出来，只是在玉肉重量和品质上，稍稍说错一点，

　　庄睿这边在看原石，有些被他指点过的料子在另外一边，已经开始切石了，而切出来之后的结果，和庄睿说的相差无几，这让众人更对庄睿的眼力佩服有加，赌石也需要讲天

赋的,并不是年龄越大,眼光越准,否则的话也不用赌了,直接让一帮子老头们比年龄算了。

后面的几天,庄睿除了办理自己的中标手续之外,就是帮别人看原石,这也让他赢得了许多人的尊敬,居然被人安上了诸如行业翘楚、赌石大师、翡翠名家的名头,如果不是庄睿年龄过于年轻的话,恐怕就会有人称他为"翡翠王"了。

"小睿,原石的托运手续都办理好了吧?其实你下次来缅甸看翡翠矿也可以⋯⋯"坐在缅甸国家玉石交易中心的大厅里,秦浩然跟身边的庄睿说。

今天已经是此次缅甸翡翠公盘的最后一天了,历时十九天的翡翠公盘就要落下帷幕,庄睿等仪式结束之后就要转道曼德勒,前往密支那帕敢地区。

秦浩然也不知道庄睿为什么对翡翠矿的兴趣那么大,其实翡翠矿根本就没什么好看的,当年秦浩然也好奇地去看过,但是去过一次之后,再也不想去第二次了。

按照秦浩然的想法,在年前办理庄睿和女儿的订婚仪式,时间算是比较紧张了,等庄睿从帕敢回到国内,估计要月底了,而女儿也是月底回国,等于这俩年轻人什么都不管。

昨天秦浩然还和老婆说起这事,只是方怡并不怎么在乎,她准备回香港后马上就飞北京,和亲家母谈谈订婚仪式如何举行,在方怡心里,这种事情自然是双方家长来操心,孩子们只要当天在场就行了。

"都办理好了,秦叔叔,您放心吧,我去看看就转道回北京,不会耽误多长时间的。"

庄睿本来昨天就想离开的,却被秦浩然拉住了,说今天还有最后三块暗标要开,并且缅甸组委会还会举办个仪式,说不定庄睿还能获得什么奖呢。

对于这个仪式,很多人都不怎么感兴趣,像马胖子和宋军,昨天就打道回府了。来自世界各地的珠宝商人,加上因为投那三块暗标还留在这里的人,也只剩下八九百人了,坐在礼堂倒是一点儿都不拥挤了。

对于最后三块毛料,庄睿并不怎么感兴趣,这三块毛料都是有切面的半赌料子,摆在暗标区的最前面,也是竞价最疯狂的三块毛料,在庄睿看来,往那上面砸钱的都是二货,即使最后中标了,也不见得有什么赚头,说不定还要赔上一些钱呢。

从切面上的表现来说,三块毛料都是无可挑剔的,切面出绿,无裂绺,并且其中的两块在切面处表现出来的翡翠种水都已经达到了玻璃种,里面的表现更让人期待,如果颜色正一点的话,说不定就是帝王绿的料子呢。

只是庄睿心里清楚,那三块料子都没出帝王绿,否则庄睿即使倾家荡产,也要去插上一脚。切面好看有屁用,庄睿中的那 20 块毛料,随便拿出一块来,性价比要都比那三块强出很多,闷声发大财,这才是王道。

"各位朋友,各位来宾,今天是我们此届翡翠公盘的最后一天,而此届公盘的标王,到底花落谁家,马上即将揭晓了……"

等到一众穿着军装的官员在大厅主席台就座之后,主持人上前宣布最后三块暗标开始开标。

此时大礼堂早已将另外九块大屏幕都撤了,只剩下主席台后面的一块,主持人话声刚落,大屏幕就开始变幻起来,三个标号并排列在上面,数字很大,即使坐在礼堂后面的人,也清晰可见。

在那三个标号的后面,则是无数正在变化着的数字,此时坐在主席台正中的一个人对着面前的话筒说了句缅甸话,大屏幕上的数字马上停了下来,引起礼堂内一阵骚动。

"妈的,疯了呀,都疯了!!!"

"是啊,拿那么多钱去赌,是谁这么大的手笔?"

"等着吧,看看就知道了,不过这也忒离谱了一点……"

当屏幕上的几个数字落定之后,大礼堂像是被投了炸弹一般,轰然炸响,众人的惊呼声,议论声冲天而起,仿佛要把这礼堂天穹掀开一般。

"三号标,中标价格:一千二百万欧元,中标编号……"

"八号标,中标价格:二千三百八十八万欧元,中标编号……"

"六号标,中标价格:一千六百八十八万欧元,中标编号……"

三个过亿人民币的数字,出现在大屏幕上,看着这几个数字,在场的毛料商人不是兴奋,而是恐慌了,原石价格如此涨势,翡翠饰品的售价是否能提高那么多,现在还是个未知数。

在去年的缅甸公盘上,标王不过三四千万,这还不到一年的时间,标王的价格就增长了整整十倍,此次缅甸翡翠公盘等于向世界珠宝行业打了声招呼,翡翠饰品的市场定位,要重新洗牌了。

在国际珠宝界,最受欢迎以及追捧的,当数钻石了。这一百多年来,无论在什么国家,钻石都是不可替代的最昂贵的珠宝奢侈品,像英国女王头上的皇冠,所选用的就是钻石装饰,也因此成为了世界上无可争议的最贵重的珠宝。

但是这块价值两千多万欧元的翡翠标王一出,也就代表着钻石的地位受到了挑战。国外也有一些特定人群喜爱翡翠,恐怕日后不仅是中国,就是其他国家的珠宝行业,也会受到很大的影响。

"是谁拍下来的？三块标居然是一人中的……"

"是秦氏珠宝吗？这次秦氏风头很劲呀……"

"我猜是郑氏珠宝,他们都没怎么出手的……"

拍下这三块毛料的人真是出手不凡,引起了场内人的猜测,人们更是在四处张望,看到底是谁有如此大的手笔。

因为从中标人的中标编号可以看出,三块毛料都是一人所中,也就是说,那人仅在这三块原石上,就要花四亿多人民币,这个数字几乎要比一些中型珠宝公司的总资产还要多出许多。

"啊？是郑氏珠宝的人……"

"没错,那位是郑氏珠宝的董事……"

"怪不得,也只有这样的公司,才能有这么大的手笔……"

"不愧是东南亚地区首屈一指的大珠宝公司,够气魄……"

随着标王的产生,中标人也浮出了水面,庄睿听到旁边人的议论之后才知道,原来这三块毛料都是郑华家族的珠宝公司投中的,一出手就是四亿多人民币,显示出了郑氏珠宝极其雄厚的实力。

其实郑氏珠宝的人此时也在郁闷呢,每次缅甸翡翠公盘也是各个公司展示肌肉的时候,赌涨的毛料越多,说明公司的原料储备以及实力越强,很多知名的珠宝公司也是憋足了劲要展示一把。

只是郑氏珠宝此次公盘运气不佳,在明标投了数十块毛料,只有五六块赌涨了,远不如明标上接连几块都赌涨了的秦氏珠宝。

甚至一些小公司赌到的原石,也比他们强,这让亚洲珠宝行业的老大——郑氏珠宝很是不满,所以在暗标结束之前,在这几块毛料上投出了天价,想借此挽回一些面子。

不过这面子是别人给的,郑氏珠宝的大手笔确实震住了不少人,但是他们的这种行为,也引发了更多小珠宝公司的不满,在此后的一段时间里,一些小珠宝公司联合起来给郑氏珠宝添了不少的麻烦,而秦氏珠宝却不声不响地发展了起来,当然,这些都是后话了。

最后三块原石敲定,此次缅甸翡翠公盘也算是圆满结束,这会儿在主席台发言的人,是缅甸的矿业部长,那冗长的讲演,让礼堂里的人听得昏昏欲睡,有这工夫说话,还不如整点缅甸风情的歌舞吸引人呢。

部长讲话完毕之后,就是颁奖典礼了,这次缅甸翡翠公盘的最大交易奖出人意料地没有落在郑氏珠宝身上,而是被秦氏珠宝以总交易金额九千八百七十八万欧元夺得,郑氏珠宝在随后的最高单价奖上找回了面子。

出乎意料的是,此次组委会可能念及庄睿那块红翡毛料给本届公盘涨了面子,居然授予庄睿一个杰出解石奖,庄睿拿这奖倒也是名副其实,他此次公盘所解的毛料,包括后面几天帮马胖子解的两块,都是赌涨,无一失手。

"小睿,你别小看了这东西,有了它,你就是缅甸最尊贵的客人,去矿区都不用另外办理手续了……"

上台领取了证书之后,庄睿有些哭笑不得,自己从中学毕业之后,就再没领到过什么获奖证书了,没想到来到异国他乡,倒给自己颁发了一个。

不过听到秦浩然的话后,庄睿心里有些安慰,虽然进入矿区的许可证,胡荣已经帮他办理好了,但是如果那批黄金真的存在,或许日后就能用到这折叠成两面的破纸了。

中午结束了这次大会之后,庄睿和彭飞回到酒店收拾了东西,和秦浩然等人一起直接前往机场,但秦浩然是要飞往香港的,而庄睿和彭飞,则是要乘飞机前往缅甸的第二大城市曼德勒,胡荣已经等在那里了,到时候会带他们二人驱车前往翡翠矿区。

即将离开仰光,庄睿居然有些不舍,这近二十天的仰光生活,充满了惊喜和刺激,明标的大起大落,暗标的跌宕起伏,赌涨时的惊喜若狂,赌垮时的垂头丧气,宛若是一幅幅社会众生相。

去机场时庄睿坐的是出租车,正是那辆初抵缅甸时的出租车,五美元的车费,但是在下车的时候,庄睿给了他五十美元的小费,在这半个多月里,这位司机先生拉着他和彭飞两人转遍了仰光的大街小巷,让庄睿好好领略了一番异国风光。

这位司机显然很少遇到庄睿这样出手大方的豪客,在帮着庄睿把行李拿下车之后,直到庄睿等人进入候机厅,还依依不舍地在外面挥着手,不知道是舍不得庄睿等人离开,还是舍不得彭飞兜里取之不尽的美元。

和秦浩然等人告别之后,庄睿与彭飞上了前往曼德勒的航班,上了飞机之后才发现,原来这班飞机是从国内发出的,只是在仰光中转了一下,上面的空姐和乘务人员,还有绝大多数乘客都是中国人。

"这位小兄弟,看你从仰光上的飞机,是不是刚参加完这次的缅甸翡翠公盘?"

飞机刚升空没多久,坐在庄睿前排的一个四十多岁的中年男人,扭过脸自来熟地笑着和庄睿搭讪。

"呵呵,是啊,老哥您去曼德勒出差?"

庄睿看这人穿着比较朴素,T恤衫配一条牛仔裤,不像是做生意的人。

"嗨,出哪门子差啊,这公盘完了,我们是去捡点剩汤喝的……"

中年人说话的时候,看向庄睿的眼神透出的全是羡慕的神情,这飞机上基本上都是中国人,他说话的声音很大,引得众人纷纷回头来看,就是那机舱里的漂亮空姐,也把注意力放到了庄睿身上。

"这位老板,不知道这次公盘上的标王价是多少啊?"

"小兄弟,说说这次公盘的总成交价有多少?"

"是啊,听说是今天上午才结束的,飞机上又不让打电话,真是急死我了……"

听庄睿是从仰光参加完公盘上的飞机,整个机舱里喧闹了起来,众人七嘴八舌地向庄睿询问着公盘上发生的事情。

庄睿被这些莫名其妙的问题搞得头大,连忙站起身来,说道:"诸位,这翡翠公盘不过就是交易些玉石,没什么好说的,真没什么好说的……"

"小兄弟,你就给我们说说吧,我们这一趟能不能有收获,全看这次公盘的结果呢……"

"是啊,说不定这次白跑了还要赔上机票钱呢……"

"这位先生,请您先坐下好吗?"

庄睿话声刚落,那七嘴八舌的问题又出来了,只是其中掺杂着那位漂亮空姐的声音,让庄睿坐下来,但那位空姐看向庄睿时,眼里也满是好奇。

要知道,从国内飞缅甸的航班上,乘务人员见得最多的人,就是来缅甸赌石的,长期听到这样的话,她们自然对赌石了解甚深,知道能去仰光参加翡翠公盘的人,都是一些大老板,所以对庄睿也是另眼相看。

"好……好,这就坐下,对不起啊,这位老哥,您几位是怎么回事啊?先给我说说吧?"

庄睿本来以为飞机上的这些人,都是前往曼德勒公干的,现在看来,却是自己想岔了,敢情这些人也是来缅甸倒腾原石的啊。

庄睿猜得没错,这些人的确是在中国和缅甸之间贩卖翡翠原石的,只是他们财力不够,还没有资格参加缅甸翡翠公盘,所以只能等公盘结束之后,去曼德勒收一些原石料子到国内卖。

这帮人之所以去曼德勒,是因为缅甸的原石商人基本上都集中在那里,等到公盘结束就会回去。曼德勒虽然也是受政府军控制的,但是那里的机场检查,有很多猫腻可钻,并不像仰光那么严格,这些人多少都能带出去一些原石。

用缅甸这边的话说,这飞机上的一帮子人,就是走私翡翠原石的,他们没有任何的通关证明,只是买通了曼德勒机场的工作人员,带那么一两麻袋原石上飞机,是赔是赚,就指望偷运出来的那点原石。

缅甸翡翠公盘,是整个翡翠玉石市场价格的风向标,他们这些人自然知之甚深,只是一直在飞机上，无法了解到最新行情，所以才会这么迫切地询问庄睿。

"你……你们这不是走私吗？要是被抓住了，那岂不麻烦了？"

庄睿没想到缅甸政府对原石的出口控制得如此严格，这些人居然还敢明目张胆地走私，一点都不怕似的。

"屁的走私，我们不过带几块原石上飞机而已，而且上上下下打点的钱，比买那点原石的价格还要高，真正走私的人，哪个不是汽车轮船当兵的押送啊，我们这算什么，缅甸这边的人，巴不得自己的原石能被走私出去呢……"

那个中年人听到庄睿的话后，不屑地撇了撇嘴，而另外一些人对他的话也是颇为认同，就是那位漂亮空姐，对这样的事情也习以为常了，倒显得庄睿有些大惊小怪。

虽然来缅甸的时间不短了，但是直到听完中年人的解释之后，庄睿才算真正明白了缅甸的社会形态。

别看缅甸盛产宝石和柚木等珍贵的物品，但那都掌握在极少数人手里，缅甸的大多数人都很贫穷，人穷思变，盗卖资源就发展到了一个让人难以想象的地步，并不是简单的政府下文就可以制止的，只不过稍微有所收敛而已。

在缅甸国家开始注重原石买卖，从上世纪八十年代才开始，而曼德勒许多本地人手里，还留有大量的翡翠原石，这些原石都是几十年前的老坑种料子，本地人并不想参加公盘被政府抽水，于是有买家又有卖家，就形成了这么一个特殊的走私渠道。

庄睿摇了摇头，这些人都是普通商人，赚的也都是辛苦钱，真正的有钱人不会来坐这小飞机，也不会奔波一次，仅仅只为了背那么一麻袋石头。

"两千多万欧元？那不是两亿多人民币啦？"

"是啊，这也有点忒离谱了吧……"

"老余，咱们这次带的钱，是不是有点少了？"

随着庄睿说出了标王价格，机舱里不管是前来曼德勒淘宝还是出差的，包括那几位漂亮的空姐，全都张大了嘴巴，一脸不可思议的神情。

在庄睿跟他们说了此次缅甸公盘的标王价格，以及总成交价达到八十亿人民币之后，整个机舱都寂静了，再也没有人说话了，他们都在消化着庄睿刚才所说的事情，分析着自己此次带来的钱，能从曼德勒买得多少原石。

相信最迟到明天，这个消息就会传遍整个珠宝界，到时候市场上的翡翠饰品会涨到一个什么样的价位，是所有人都没有办法预测的。

这会儿机舱里的人已经没有心思向庄睿打听细节了，而闲下来的庄睿，也把目光放到正在播放着曼德勒城市介绍的电视屏幕上。

曼德勒,是缅甸曼德勒省的省会、著名的古都、缅甸的第二大城市,人口约八十多万,是缅甸政治、经济和文化中心,曾是缅甸皇宫所在地。因缅甸历史上著名古都阿瓦在其近郊,故旅缅华侨称它为"瓦城"。

而缅甸的各大矿场,在曼德勒都有驻点,仰光公盘是最近几年才兴旺起来的,在上个世纪,公盘的举办地点经常定在曼德勒,以前的种种赌石传奇故事也大都发生在这里,可以说,曼德勒是一个有着悠久历史的地方。

从仰光飞曼德勒,时间并不是很长,一个多小时过后,飞机就抵达了曼德勒机场上空。

在飞机俯冲降落的时候,庄睿可以从窗户里看到,在这个到处都是佛塔的城市边缘,一栋栋地排列了许多豪华别墅,坐在庄睿前面的中年人给他介绍着,不过随之就被飞机降落的轰鸣声给掩盖住了。

第十九章 机场冲突

"哎？怎么抢包啊？"

从出口走出通道的时候，庄睿还打着电话，冷不防自己拉着的箱子，被人一把抢了过去，庄睿连忙叫了起来。

"嘭!"

庄睿话音未落，在庄睿身后抢箱子的那人，已经凌空飞了起来，被彭飞一脚踹在胸口处，只是那人手里居然还紧抓着庄睿的行李箱不放。

"怎么回事？"

庄睿挂上电话之后，几步跑到那个摔在地上爬不起来的人身边，先从他手里拿过了自己的箱子，再看向那人的时候，不禁有点傻眼。

那个躺在地上，正用手摸着胸口、似乎已经难受得说不出话来的人，穿的衣服却是机场工作人员的衣服，而在出口那里，围了一排人，这会儿都在争抢客人的行李，不过也有几个人看到这边发生的事情，一边用对讲机说着什么，一边走了过来。

"唉，老弟，你怎么打了他们啊？"

在飞机上坐在庄睿前面的那个中年男人，此时也出来了，看到这一摊子，不禁皱起了眉头。

"不是我打他，是他抢我行李……"

庄睿悻悻地说道，而彭飞则挡在几个机场工作人员面前，不让他们上前，并且用缅甸话和他们交流着什么。

"唉，他们这些人，都是想捞几个小费的，老弟，你不知道，在曼德勒机场，就算是帮你拿个手提包，都能问你要个十美元，填张表那也最少十美元。

你是头一次来，不知道规矩，我们每次光是给这些人小费，都要好几百美元，得，我不多说了，老弟你保重吧……"

中年人在看到远处过来的几个人之后，连忙打住了话头，钻到下飞机的人群里去了，他经常跑这条线，要是被机场这些工作人员给惦记上，那以后可没他好果子吃。

"妈的，还有这样的事情？"

庄睿听得颇为无语，这世上有强买强卖的，但这强行要小费，庄睿还是第一次听说，难不成这些人都穷疯了？

"庄哥，这些人要赔偿，说是我们打了人，要赔五千美元，这人……其实没受什么伤的……"

彭飞和那几个人说了几句之后，转回头看向庄睿，脸上有些不好意思，他刚才纯粹是下意识地踢出去的那一脚，不过彭飞还是减轻了点力度，最多让那人难受一会儿而已，五千美元就有点讹诈的意思了。

"五千美元？五美元都没有，你们机场的工作人员都是强盗啊？上来就抢旅客的包？告诉你们，我会向缅甸政府投诉的……"

庄睿一听这话，顿时火了起来，你服务态度好，给小费那是理所当然的，但是像这种强行抢包要小费的行为，庄睿是无法接受的，他知道缅甸以前是英国的殖民地，英语也是这里的通用语，当下大声嚷嚷了出来。

"先生，您的朋友伤害了我们机场的工作人员，我们只是要一点赔偿的医药费而已，这并不过分吧？"

这会儿走过来一个领导模样的人，他刚才在旁边看了半天了，直到庄睿喊着要投诉，这才走过来和庄睿交涉起来，说着一口略带缅甸口音的英语。

"你是什么人？"庄睿用英语问道。

"我叫温查，是机场地勤人员的主管，我有责任为我的员工讨回公道……"

其实工作人员收小费，是曼德勒机场的惯例，那些机场高层收孝敬都收到手软，温查带着一帮子工作人员收点小费，那也是为自己搞创收嘛，话说每一笔小费他都有提成的，这会儿当然要出头了。

不过温查也不想把事情闹大，他所为的就是钱而已，并且看庄睿二人的模样穿着，不像是偷着背几麻袋走私的那些中国商人，温查说话还算是有礼貌。

庄睿看着说话的这人，哪儿像什么主管啊，那一脸肥头大耳的模样，和庄睿认知里的长相瘦弱的缅甸人大不相同，这整个一食堂大师傅嘛。

"对不起，我不认为我的朋友有错，他只是正当防卫，是你的员工先侵犯了我的权益，我并没有让他给我拎包……"

庄睿也较起真来了，他这人一向好说话，但是对缅甸机场的这种行为，真是看不进眼，哥们钱来得容易是不假，但那也不是大风吹来的呀，凭什么给你们。

"先生,您的意思是不同意和解了,是吧?"温查这人估计是属狗的,说变就变,把脸一绷,用缅语对着手中的对讲机说了几句话。

"庄哥,他叫外面的军人了,您先出去,我没事……"

彭飞扭头对庄睿说了一句,缅甸的军人,他还真没放在眼里,彭飞不相信这些歪瓜裂枣能留得住自己?

庄睿还没回话,从机场外面呼啦啦跑进来一队士兵,将庄睿和彭飞还有那位机场主管都围在了里面。

"现在就不是赔五千美元能解决问题的了……"

温查一脸得意地看向庄睿,在心里想着要敲诈庄睿多少钱才合适,毕竟把这些大兵叫进来狐假虎威,那是要付出代价的,这些当兵的要起钱来,一点都不手软。

"哦? 那要多少钱才合适?"在这群当兵的外面,一个声音响了起来。

"最少两万……不,五万美元,我的员工受到了伤害,没有五万美元,他们就等着坐牢吧……"

温查看庄睿和彭飞穿的都不错,说到口边的两万,马上就改成了五万,一边还向外面看去,他是想看看谁这么配合,问出了自己想说出来的话。

"胡大哥……"庄睿听那口音有些熟悉,向外一看,刚好看到穿着一身中式对开衣襟大褂的胡荣。

"胡……胡先生,大……大哥?"

温查见到胡荣之后,本来没什么反应,不过耳中传来了庄睿喊的那声大哥,顿时傻了眼,他也略懂中文,当然,温查的中文水平,还停留在大哥是一个娘胎里出来的概念。

只要是缅甸人,没有人不知道胡氏家族的,虽然他们不参与政治,但是在帕敢地区,胡氏家族就是土皇帝,他们所养的护矿队,其战斗力比政府军都要强。

温查作为曼德勒机场的地勤主管,迎来送往的事情自然没少干,他对于胡荣的了解,比一般缅甸人要更加深入,知道胡荣不仅在商界,就是在军界也有很大的影响,和一些缅甸的实权将军关系不错。

以胡荣在缅甸的身份地位,只要一句话,马上就可以给温查安个什么叛国罪之类的罪名,让他人间蒸发,所以庄睿这一声大哥,顿时把温查吓得一佛升天二佛出世,此时温查的双腿,已经在瑟瑟发抖了。

温查的反应还算快,狠狠地踢了一脚还在哭天喊地的工作人员,一脸谄笑地看着庄睿说道:"误会,纯粹是误会,这位先生,我的员工虽然是出于好意,想帮您拎包,不过您既然不领情,那就算了,误会,一场误会而已……"

"既然是误会,我们可以走了吧?"

庄睿看了温查一眼，实在懒得和这种人理会，拨开身边拿着枪的军人，向胡荣迎去，两人拥抱了一下。

"对不起，庄老弟，路上耽搁了会儿，没想到出这种事情……"作为地主，胡荣也感觉有些不好意思。

"胡先生，真的是误会啊……"

温查这会儿眼泪都要流出来了，平日里想巴结胡荣都巴结不上，这次倒好，居然要敲诈胡荣的弟弟，想想胡家在缅甸的权势，万一胡荣日后在什么大人物面前歪歪嘴，自己就别想有好日子过了，温查背后那冷汗顺着脊梁骨就往下滴。

"以后我不想再看到有这样的事情发生。"

胡荣冷冷地看了温查一眼，招呼庄睿向机场外面走去，以他的身份，和这位机场地勤主管，根本就没什么话好说。

越是穷的地方，法律越是不健全，像缅甸这种军管政府统治的国家，想给人安点罪名，那太容易了，相比胡荣，温查就像只蝼蚁，一根手指就能碾死他。

所以温查对胡荣的话丝毫都不敢怠慢，在花了一笔钱送走那队拿着枪的士兵之后，温查召集了手下的地勤人员，开了一次他有生以来最为纠结的会议，那就是大讲廉风建设，不许再收取小费，曼德勒机场的风气，在短时间内得到了很大的改善。

当然，这些事情庄睿和胡荣自然是不会知晓的，此刻坐看着胡荣开来的房车，正向着酒店驶去。

"胡大哥，今天不能去矿区吗？"

看胡荣的意思，是想让自己在曼德勒住上一天，说老实话，庄睿这段时间的安排真的很紧，他实在不想再耽搁了。

胡荣笑了笑，说道："明天吧，从这里开车去矿区，路不怎么好走，再说晚上也没什么东西看，明天我让人把直升机开来，不会耽搁多少时间的……"

"那好吧，胡大哥，不知道您的矿场是在哪个地方呢？"

庄睿装着漫不经心的样子问道，心里却有些紧张，如果胡荣的矿场距离藏宝地点比较远，庄睿也只能放弃此次寻宝之旅了，毕竟他时间有限，国内还有好几件事等着他呢。

"嗯，我指给你看……"

胡荣说着从车上拿出一张图纸，手指沿着图纸找着方位，最后停在一处，说道："就是这里，这原本是个老坑，不过几十年前就被填上了，后来我找人勘探了一下，说还有矿脉，这才重新开采的，没想到居然是个废矿，这下损失大了……"

"胡大哥，这里是山脉吧，您也不用担心，说不定再挖深一点，就可以见到矿脉了呢……"

庄睿和彭飞对视了一眼,眼神中都带有一丝喜色,他们这几天一直拿着缅甸地图和数码相机上的那张地图对比,发现地图上标着日本国旗的方位,就在德冈地区,也正是刚才胡荣所指的地方。

按照彭飞的说法,那里是热带丛林和山脉横生的地方,道路很难走,并且距离中国的边境瑞丽也不远,所以这几天彭飞都在作准备,他自己背的那个一米多长的大背包里,全都是此次需要用到的装备。

"算了,不提这事了,这次就是带你来玩玩的,这样吧,下午我陪你在曼德勒转转,这里可是以前缅甸的皇宫所在,有不少古建筑的……"

无论从哪方面而言,庄睿都算是自己的贵客,胡荣自然不会轻慢他,等庄睿把东西放到酒店里之后,胡荣就带着庄睿前往以前缅甸国王的皇宫旧址,而彭飞却没有一同前往,他在胡荣等人走了之后,一个人悄悄地出了酒店。

沿着皇城护城河,胡荣的房车向曼德勒山下驶去,皇城安静地对着曼德勒山,这缅甸王朝最后的皇宫,如同北京的故宫一样。

胡荣首先带庄睿去的地方,是金色宫殿柚木寺庙,原来是缅甸敏东王的寝宫,敏东王驾崩之后,他的继任者锡袍王为避讳,将整座建筑搬到了现在这个地方,将其变成一座僧院,这座柚木建筑明显繁复于普通重檐寺庙。

缅甸不仅盛产翡翠,柚木也是缅甸的一个特产,柚木又称胭脂木、紫柚木、血树,在我国云南也有少数柚木存在,被称为紫油木,是一种落叶或半落叶大乔木,树高达 40～50 米,胸径 2～2.5 米,干通直。

柚木原产缅甸、泰国和老挝等地,是东南亚的主要造林树种,也是世界上贵重的木材之一,被誉为"万木之王",在缅甸、印尼被称为"国宝"。

柚木寺庙很是漂亮,远望幽然,建筑为方顶重檐结构,只是此建筑比一般的重檐建筑更繁复一些,内外门窗和墙壁上有很多精细木雕,整个庙宇坐落在数百个粗大的柚木支柱上,外围也有柚木支柱卫护。

曼德勒的游人,显然要比仰光少得多,除了胡荣和庄睿之外,就是司机与一个随从了,偌大的寺庙里,几乎没有游客,只有几个本地的孩子,在寺院高高的台阶上上下下地奔跑着。

孩子们在嬉闹时所发出的"咯咯"笑声,回荡在寺庙之中,清脆响亮,久久回荡不息,那种童音听在庄睿耳朵里,再加上身处这庄严肃穆的寺庙之中,犹如梵音鸣唱,让庄睿急待寻宝的心灵,居然变得平静起来。

胡荣竟然也是一位虔诚的佛教徒,在进入寺庙之后,就脱下了鞋子,对着长廊一头的佛像龛跪拜起来,在柚木寺待了一会儿,胡荣又带庄睿来到了曼德勒最负盛名的固都陶佛塔。

固都陶佛塔，被缅甸人骄傲地称为"世界上最伟大的功德佛塔"，所谓功德，是敏东王在1857年召集了中南半岛各地高僧两千四百人，在这里召开了第五次修订佛经的结集大会，最后将结集修订的经文刻在了729方云石碑上。

每一块石碑外边，都修建了一座白色佛塔，因此整个寺庙都是连绵不断的白色佛塔，按照胡荣的说法，如果一个人每天阅读8小时，要全部读完这些白塔下的石碑，至少需要四百五十天。

在固都陶佛塔的正中间，也有一座金色的佛塔，周围四个方向，一眼望去，都是洁白如雪的白塔，整个布局，四个方向基本对称，如同一个绵延的白色方阵。

这里的人就更加稀少了，庄睿等人走在这洁白如雪的塔林之中，一个游人都没碰到，钻进一个佛塔，看着那完全看不懂的经书，庄睿忽然感觉到眼中的灵气骚动起来。

说不清楚是什么感觉，但是眼中金黄色的灵气，在这白塔里，有一种暖烘烘的感觉，像被温水包围着一般，十分的舒适，让庄睿情不自禁地呻吟了起来，就连胡荣在外面的喊声，都被他刻意忽略了。

静静地坐在佛塔里的庄睿，感受这佛塔中无处不在的纯净气息，心灵仿佛被一种信念冲刷着，有一种归于虚空归于淡泊的感觉，似乎这世间的烦躁都离他而去了。

大象无形，大爱无欲，大德无言，大善无痕，此时在庄睿心里，无欲无求，眼中的灵气，似乎也发生了轻微的变化。

"庄睿，庄老弟……"

不知道过了多久，庄睿终于被胡荣的声音唤醒了，惊醒过来之后，他连忙走了出去。

回头看向这座佛塔，庄睿心中居然有点不舍，这佛塔里面的灵气虽然很淡薄，但是却让人非常舒服，庄睿抬手看了下表，不禁吓了一跳，自己刚到这里的时候，才下午两点多钟，现在已经过了四点了。

"老弟，没想到你还有佛根啊？你在佛塔里待的时间可不短呀，怎么，想不想做个在世的居士？我找高僧帮你皈依……"

胡荣看向庄睿的眼神有点奇怪，年轻人总是不耐烦待在这种地方，没想到庄睿一进去就在里面待了两个多小时，自己都快要等得不耐烦了。

"别，千万别，胡大哥，我这还没结婚呢……"

庄睿此时刚刚从那种虚无缥缈的境界里出来，就被胡荣的话吓了一大跳，这大好人生哥们还没享受呢，怎么能出家当和尚。

"呵呵，在世的居士皈依，又不要剃度，结婚生子都是允许的，只是追求心灵上的一种境界而已……"

胡荣笑了起来,他知道庄睿快要和自己的表妹订婚了,此次他也给庄睿准备了一份礼物,只是还没到拿出来的时候。

"走吧,我带你去吃缅甸的正宗小吃,晚上再带你去曼德勒的原石市场看看,那里说不定就有好东西,很多人收藏几十年的老坑种料子,经常摆在那里卖的……"

胡荣看看天色,已经不早了,招呼了庄睿一声,带头往山门处走去。

庄睿回头望了一眼那白色塔林,西落的夕阳照在这些白塔上面,呈现出金黄的色彩,使其显得更加的庄严肃穆,并且其中弥漫着一种说不出来的气息,庄睿心中也不禁对刚才所发生的事情感觉有点奇怪,难道这世上真有神灵存在?

"嗯,灵气的距离变得远了?"

就在庄睿收回目光的时候,他不经意间感觉到,原本只能释放出十多米的灵气,现在居然可以感应到三十米外的白塔上面,那微弱但是很特别的灵气,对白塔上面细微的纹线,都看得一清二楚。

第二十章 缅甸翡翠大王

"怎么会这样?"

庄睿连忙停下了脚步,重新将目光转向三十多米外的地方,细细感受起眼中的灵气来。

过了几分钟,庄睿收回了眼神,匆匆向前面的胡荣追去,心中却是兴奋异常,经过刚才的探查,他发现眼中灵气外放的距离,的确增加了一倍。

虽然除了灵气外放的距离增加之外,并没有本质上的升级,但是对庄睿而言,依然是个好消息,因为从离开大昭寺之后,灵气再也没有发生过任何变化。

"以后一定要去些名山大川转转,或许真能把眼中的灵气再提升一级……"

灵气的两次突破都和寺庙有关系,第一次在大昭寺那个放着唐卡的房间里,这次却是在数百座佛塔之中,这不能不让庄睿浮想翩翩,不过他在北京一些寺院旅游的时候,却没有发生过这种情形,让庄睿百思不得其解。

按说北京那些寺院修建的历史,应该要久于缅甸的这些佛塔,可是在那里却感受不到灵气的异动,最多只能发现在那些建筑之中,蕴含着丰富的灵气罢了,只是对于庄睿眼中的灵气,没有任何的帮助。

直到坐进胡荣的房车里,庄睿还在皱眉思考着,胡荣见他这种模样,也没出言打扰,佛家讲"顿悟"二字,胡荣还以为庄睿在佛塔之中,领悟到了什么佛法的真谛了呢?

摇了摇头,庄睿将这些乱七八糟的想法都排出了脑外,他眼中的灵气来得突然,丝毫没有规律可言,不过还好,只要能被自己所用,想那么多根本没有意义,话说庄睿也不敢将眼中的异能泄露出去。

想明白的庄睿见到胡荣正观察着自己,连忙说道:"胡大哥,对不起,一时想事情想得入迷了,这缅甸的佛塔如此多,想必信徒也很多吧……"

"那当然,缅甸有95%以上的人,都信奉佛教,这是缅甸的国教……"

胡荣的话证实了庄睿心中的想法，或许灵气的变化，真和信仰有关也说不准。

"彭飞，城西皇家酒楼你知道吗？打个摩的来吃饭吧……"

"庄哥，你们吃吧，我就不去了，正好还有点事要办……"

庄睿到吃饭的地方后，给彭飞打了个电话，只是这小子神神秘秘的不知道在干什么，说了两句话之后，就把电话挂掉了。

胡荣显然在曼德勒人头很熟，一进这酒楼，就不断有人向他打招呼，胡荣拱着手四处招呼着，带着庄睿来到二楼的包厢里。

两人都没喝酒，吃了一顿极具缅甸特色的海鲜大餐之后，胡荣没叫车，带庄睿向曼德勒的珠宝交易中心走去。

"胡大哥，就是这里？"

曼德勒的珠宝交易中心就在这酒楼不远处，走了三分钟之后，庄睿远远看着面前有如国内菜市场一般的地方，目瞪口呆地向胡荣问道。

呈现在庄睿面前的珠宝原石交易中心，连个棚子都没有，用木栅栏和铁丝围出一块空地，然后在入口的地方，有一个木头做成的大门，门口还站着两个背着枪的士兵。

相比国内平洲玉石交易中心，这地方那叫一个寒酸，根本就没法入眼。

"没错，就是这里，我们公司在里面也有个摊位，呵呵，缅甸就是这样，早些年根本就不把翡翠当回事，十几年前才注重起来，这市场已经有二三十年了，都习惯了，也就没人去改动了……"

胡荣看到庄睿的神情，笑了起来，接着说道："别看这地方不怎么样，出过的好物件可不少，玻璃种帝王绿以及紫眼睛等极品翡翠，都在这里淘弄出来过，看个人的眼力和运气了……"

庄睿闻言点了点头，包子有肉不在褶上的道理他还是懂的，缅甸的情形有点像住在河边的人们，谁都不会在意的河床上铺天盖地的沙子都可以卖钱，同样，缅甸人早期也没想到，漫山遍野的石头居然也是宝贝。

"胡大哥，这不会是区别对待吧？缅甸人不用收钱？"

走到市场的门口，庄睿见到在士兵身边，摆着一个牌子，上面有中文和英文写着"入场一美元"的字样，有几个看面相和穿着应该是中国人的买家，在进门的时候，都要往那牌子下面的箱子里，扔上一美元才可以进去。

"你自然是不用了……"

胡荣笑着和门口的两人打了个招呼，带着庄睿径直走了进去，接着说道："来这里的大部分都是中国人，虽然要交钱，但是外国人在缅甸犯了法，一般不会判刑，只要罚点钱就行了,要不然哪有那么多人敢来缅甸走私原石啊……"

进入市场之后,给庄睿的感觉倒像是到了平洲,因为过往的人说的话,大多都是广东话,国内的毛料商人,以广东和云南等地的人居多,有些散户没资金去参加翡翠公盘,一般都到这里淘弄原石。

走在市场中间,庄睿发现,每个摊位都有一个架子,而摆在架子上出售的,大多是成品翡翠,只不过做工低劣,款式也很老旧,庄睿看了几个之后,就没兴趣了,这些破玩意,要是拿到自己店里去卖,都掉了秦瑞麟的档次。

除了架子上的翡翠饰品,原石都摆在地上,庄睿仔细看了几个摊位,以全赌料子居多,开窗或者有擦面的原石极少,这样一来,赌石的风险倍增。

来自各地的买家们蹲在地上挑选着原石,不时和摊主讲价还价。

"这块料子多少钱?哦,对了,你听不懂中国话……"

庄睿蹲下身子,指着一块毛料问向那摊主,不过随即反应过来,用英语又问了一遍。

"二十万!"庄睿用英语问价还没问完,那摊主就伸出了两根手指头,很熟练地用汉语回答道。

这块不过拳头大小的料子,里面是有点绿,解出来大概能值个三五万,二十万的价格也忒离谱了点,放在平洲,这样的石头蛋子也就三五百一个,给那些没玩过赌石的人玩个新鲜用的。

庄睿也没还价,站起身继续往前走去,哥们长的就那么像傻子吗?

"呵呵,庄老弟,别生气,他们都是乱要价的,那料子你还个五百块钱,他说不定就卖了……"

胡荣看庄睿一脸不忿的样子,在旁边笑了起来,缅甸人从中国人那里别的没学到,漫天要价就地还钱,学得还是很地道的。

庄睿点了点头,连看了四五家之后,都没发现什么好料子,有些摊位干脆就把一些破石头块子和翡翠原石掺在一起卖,庄睿还发现偏偏有人买,不禁摇了摇头,这世上果然没有卖不出去的东西啊。

"庄睿,这个摊子是我的,要不要看看,看中哪块料子,胡大哥送给你解着玩……"

走到一个摊位,胡荣站住了脚步,那个摆摊的人见到胡荣之后,马上从摊位里面站了起来,双手合十和胡荣打了个招呼。

"哦?我要是挑个玻璃种的料子出来,胡大哥不是亏大发了?"

庄睿闻言也停了下来,打量起胡荣的这个摊位来,他的摊位明显要比旁边那些大很多,地上摆了一百多块毛料,基本上都是全赌料子,有几个人正在里面挑拣着。

"怎么着,看不起老哥?你就是能解出帝王绿来,我也送得起……"

胡荣故作生气地绷起了脸，接着说道："要不然这样，咱们各挑一块出来，看看谁的眼力好，怎么样？"

说老实话，带庄睿来这市场，胡荣就有点要考校庄睿的意思，他从穿开裆裤那会儿就开始玩翡翠原石了，只是经过这次缅甸公盘，胡荣发现自己鉴别原石的功夫，似乎比庄睿差了许多。

俗话说文无第一武无第二，胡荣心里也想和庄睿比较一番。

"好，胡大哥既然这么说了，小弟当然奉陪了……"

以庄睿和胡荣的关系，是不会因为赌这个而伤了和气的，听胡荣这么一说，庄睿也来了兴致。

"这东西给你……"

胡荣从摊主那里拿了两套放大镜和手电，递给了庄睿一套，然后两人就分开看起了原石。

"嗯？还真的有老坑种料子……"

庄睿此时是站在一堆拳头大小的毛料旁边，即使不动用眼中的灵气，他也能分辨出，这些应该都是麻蒙厂的乌砂玉。

缅甸麻蒙矿坑所产的原石，又叫做乌砂玉，一般块头不是很大，外皮品相黑如锅底，虽然常见满绿的翡翠，但是种水一般，品质并不是特别好。

但是黑乌砂出绿的几率相当大，所以玩原石的人，特别喜欢赌麻蒙厂的石头，因为一般来说，只要买下来的价格不是很贵，赌涨的可能性非常大，而且黑乌砂出极品的事情也不是没有。

只是庄睿蹲下身体挑拣了一会儿之后，眉头就皱了起来，这三四十块黑乌砂，的确是麻蒙厂老坑种的料子，并且大半里面都有翡翠，不过种水就差强人意了，至少没有一块是庄睿能看中的。

"怎么，胡大哥，您也要挑块黑乌砂来切？"

庄睿看了一会儿，摇摇头站起身来，这才发现胡荣也走了过来，正在自己身后挑选料子。

胡荣看原石的速度很快，无癣无蟒纹的料子他根本不看，倒是带裂绺的毛料，他会观察上一会儿。

赌色不如赌裂，翡翠原石外皮上有风化蟒纹，虽然可以大致判断出料子里面翡翠的种水，但是不确定性太高，甚至里面有没有翡翠都是两说。

但是原石上有裂的话，基本上都是有翡翠的，只是要根据裂绺的深浅来判断翡翠是否被破坏，以及翡翠品质的好坏。

胡荣显然是赌裂的高手,在观察裂绺时,都是打着强光手电看裂绺处风化结晶体的走向,而且他摇头放下的料子,也是庄睿看过的,里面没多少翡翠的原石。

　　听到庄睿的话后,胡荣笑着说道:"黑乌砂出翡翠的几率大,老哥我要是挑别的,连翡翠都解不出来的话,那丢人可就丢大了……"

　　既然起了好胜之心,那胡荣自然要全力以赴,否则自己这"缅甸翡翠大王"的头衔,就有点名不副实了,虽然只是一场玩笑式的赌博,胡荣也不想输给庄睿。

　　看庄睿似乎对这堆乌砂玉不怎么感兴趣,胡荣说道:"庄老弟,实话告诉你,我这里的料子,只有这黑乌砂是老坑种的,其余的都是新矿采出来的,是否有翡翠,我都不敢说……"

　　"呵呵,我随便看看,新坑的原石,有些也是很不错的……"

　　庄睿笑了笑,站起身走向另外一堆毛料,胡荣所说的,他早就看出来了,只是那堆黑乌砂料子实在是不怎么样,种水最好的刚刚达到豆青种,并且颜色也不正,顶多值个十来万的样子。

　　还有这么多料子没看,如果实在没什么好原石,再回头把那块豆青种料子挑出来解,总归不会输给胡荣的。

　　"奶奶的,怪不得秦叔叔他们都不来这里……"庄睿看到一大半原石的时候,眉头皱得愈发紧了起来。

　　正如胡荣刚才所言,这些新厂出产的翡翠原石,的确让人惨不忍睹,别说外皮毫无表现,就连里面也是一点翡翠都没有,就像是无瓤西瓜一般。

　　有些切过的明料也没法看,切面上连雾都没有,更不用提绿了,庄睿不知道这样的料子摆在这里,是否真能忽悠人来买。

　　胡荣坐拥 18 个翡翠矿,即使在缅甸,那也是大佬级的人物,他的摊位居然也如此寒酸,可以想象,那些小摊位是什么样子了。

　　接连看了几块明料后,庄睿也懒得费神了,开始找那些全赌的蒙头货来看了。

　　其实庄睿不知道,这种市场上很少能碰到好东西的。

　　那些经常往来中国和缅甸的翡翠原石买家,也根本不会到这种地方来,就像他在飞机上遇到的那个中年人,都认识缅甸特定的掮客,带他们去那些本地人家里看货。

　　只有一些初玩赌石,门路不多的人,才会选择这种市场,胡荣带庄睿来的意思,不过是带他来玩玩而已。

　　围着这块被绳子圈起来的摊位走了一圈之后,庄睿摇头不已,这次赌石赢的几率,实在是太小了,最起码庄睿转悠了一圈,都没发现一块里面有好翡翠的料子。

　　走到摊位的最外围时,庄睿看到那边还摆着三四块半赌的新厂毛料,隔着两三米远,就能看到切面上没出绿。

庄睿也没心情继续看下去了,转身向那堆黑乌砂原石走去,好歹那里还有个能说得过去的。转身的时候,庄睿随意用眼中灵气,对着那几块原石扫了一眼。

"嗯?什么玩意儿?"

庄睿那已经转过去的身体,硬生生地停了下来,只是大脑的指示发出的有点晚,整个身体都已经扭了过去,只有脑袋没动,还看着那几块原石。

把身体转过来之后,庄睿使劲地扭了扭脖子,还好,没闪着。

就在他刚才转身的时候,眼睛似乎感觉到这几块翡翠中,蕴含着极其浓郁的灵气,只是庄睿收回目光太快,没有辨别出究竟是哪一块原石。

做贼似的向四周望了一下,看到没人注意自己,庄睿慢步走到那几块原石旁边,释放出灵气,一块块地探察起来。

三块原石块头不小,都在三四十公斤左右,并且都是被切过的,只是切面没有出绿,这才被扔到了摊位边缘。

这么大的块头,加上表现如此之差,也不怕被人给偷了去,庄睿要不是刚才看了那一眼,这种原石白送给他都不要。

连看两块料子之后,里面都没出翡翠,庄睿把目光看向最后一块半赌料子,灵气刚渗入其中,就感觉出了不同。

"冰种的料子,绿不错,满绿了,咦,这是什么?"

就在这原石切面向内两公分左右,一抹绿色映入庄睿眼里,种水很不错,能达到高冰种了,并且绿色很正,庄睿继续往里看,居然又发现有几团拇指大小的黄色和红色翡翠。

应该说是几条更恰当一些,因为这些红黄翡体积都是极小,最大不过食指长短,与绿翠纠缠在一起,倒有点像一棵树上生长着的毛毛虫。

"靠,这切石的水平,也忒他娘的高了……"

在看清楚这块毛料的内部结构之后,庄睿心里忍不住爆了句粗口,对这位切石师傅的水平,庄睿无法不佩服得五体投地。

这块原石从左右两边,切了两刀,现在呈一个金字塔形状,但是这两刀距离里面的翡翠都差了那么两三公分,居然愣是没切出来。

这就是瞎子握住切石机的把柄,估计都能把这块翡翠给切出来,而原先的那位解石师傅,却是在两边晃悠了一番,就是没整到里面的翡翠,不过也幸亏如此,不然这块树状的翡翠,或许就要被腰斩了。

里面的翡翠生长的也挺奇怪的,有点像海里的珊瑚,分了几个叉,极不规则,而那几条像玉虫似的红黄翡,就出现在分叉的绿翠上面。

"这要是雕琢一棵树,然后在那些分叉的地方雕琢树枝或者树叶,而红黄翡则雕成虫子,岂不是一件稀世之作?"

　　看着这块原石,庄睿心里兴奋了起来,虽然种水并没有达到顶级玻璃种,但是这种形态的翡翠,却是极为罕见,更何况那三四条天生地养的玉虫,更使其锦上添花。

　　"怎么了,庄老弟,看上这块料子了? 这可是块废料啊……"

　　庄睿蹲下身体,试着抱了下这块原石,还真不轻,抱是能抱动,走起路来就有些吃力了,刚把原石放到地上,耳边就传来了胡荣的声音。

　　抬眼看去,胡荣正一脸惊讶地看着庄睿的举动,对于这块毛料胡荣倒是有点印象,当时这块新厂料子外皮居然带癣。

　　家族里有好几个人,当时都很看好这块料子,不过切了一刀之后,什么都没有,有人不死心地又切了一刀,还是没出绿,所以就扔到这里来了,如果稍稍出一点绿的话,恐怕都会送到公盘上去了。

　　"恩,胡大哥,这块料子应该是新厂原石吧,你看这底下有癣,没道理不出绿,我就赌这块了……"

　　其实底下有癣,庄睿还是刚刚放下这块原石时才看到的,不过正好给他找了个借口。

　　"好,没想到居然还有人对这块料子不死心,我也选好了,咱们去解石吧……"

　　胡荣哈哈大笑了起来,当时家里有个晚辈不死心,切了第二刀,可是被笑话了很久,他没想到庄睿比那晚辈还犟,竟然要再补上一刀才死心。

　　"胡大哥也选好料子啦?"

　　庄睿说话的时候,看到胡荣手上捧着那块黑如锅漆的黑乌砂,只比拳头略大一点,表现很是一般,没有松花也没有蟒纹。

　　看到这块料子之后,庄睿在心里暗赞了一声,胡荣这翡翠大王的头衔,果然是名不虚传。

第二十一章 亿元翡翠树

胡荣所选的这块黑乌砂毛料，外皮上既没有蟒纹也没有松花，上面没有任何翡翠风化物，只在一侧有一条极细的裂绺，胡荣就凭着这裂绺做出了判断，让庄睿心中也是暗自叹服。

胡荣手里拿着的这块毛料，就是那堆黑乌砂中最好的一块豆青种料子，满场除了庄睿脚下的这块半赌毛料，再也找不出一块比胡荣手里这个更好的原石了。

那堆原石里面，外皮表现比这块好的，还有许多，但是胡荣偏偏选了这一块，要不是庄睿找到眼前这块冰种料子，恐怕今儿的赌约，就要输给胡荣了。

"庄老弟，你就选这块了？不后悔？"

"嗨，胡大哥，咱们又不赌钱，输了最多说明我眼力不如您，那也正常，没什么好后悔的……"

庄睿笑了起来，等会儿解出来翡翠之后，您别后悔把这料子给我就行了。

"好，走，咱们去解石……"

胡荣招呼了看摊位的人一声，叫他推来个小推车，就是那种拉行李用的，庄睿把毛料放上去之后，用推车上的两根松紧带固定住原石，拉在身后跟上了胡荣。

听说胡老板要解石，整个市场都轰动了，庄睿和胡荣走在前面，后面不时跟上几个人，那些挑选毛料的商人，甚至各个摊位的摊主，都跟了上来，还没走到市场大门，后面就跟了好几十个人。

市场旁边，就有切石解石的场所，庄睿跟着胡荣走不到三分钟进了一个院子，院子里有七八个人正忙活着。

胡荣一进院子，对一个年轻人说："小王，我借你场子用下，解两块石头……"

"胡叔，您用好了，好长时间没见您解石了，今儿咱们也开开眼……"

那个姓王的年轻人应该也是华人，说汉语，一边说一边让几个正在干活的人把场地中间收拾了,走到门口拉了下灯线,把院子里那盏大灯打开了。

"胡大哥经常在这边解石?"庄睿看到胡荣和这人熟络的样子,心里有些奇怪,不是说专门做原石生意的人,一般都不赌石吗?

胡荣像是看出了庄睿疑问,笑着说道:"有些表现不错的石头,我们也会切一刀或者开窗之后再卖,如果出绿的话,那卖出去的价格,要比全赌料子贵多了。有时候逛这边的市场,我也会解几块料子来玩玩……"

解石和赌石,这是两个完全不同的概念,毛料商人们解石,是为了提高原石的价格,而赌石的人,却是在赌原石中有没有翡翠,里面的翡翠是什么品级。

赌石的人不一定懂得如何解石,但是解石的老手,一定是赌石专家,因为他们要把石头里最好的一面展现给人们,这样才能刺激商人们的购买欲望。

这些年来,胡荣亲手解过的原石,少说也有万儿八千的,其解石经验之丰富,远非庄睿可比。

"庄老弟,你先来?"胡荣侧脸看向庄睿。

"胡大哥,还是你先来吧,我正好学习一下……"庄睿连连摆手。

"你小子,赌石精得像猴似的,上亿的红翡你都敢切,还怕这个?"

胡荣被庄睿的表情逗笑了,当下也不谦让,把那块黑乌砂固定在切石机上,顺手拿过一个砂轮机,启动了电源。

"那个年轻人是谁?"

"不认识,居然赌到过上亿的翡翠,怪不得胡老板对他那么客气呢……"

"姓庄,不会是去年平洲公盘的那个年轻人吧?"

外围看热闹的人听到胡荣的话后,纷纷猜测着庄睿的来头,能参加翡翠公盘的,在他们眼里都是大人物,有心思敏捷的,居然猜到了庄睿的身份。

胡荣半蹲着身体,用砂轮机不住地打磨着那漆黑的原石表层,他不是对着一个地方擦,而是把那层黑皮擦去之后,马上就换一个角度,看那意思,是想将整块料子的外皮全都擦掉。

这块黑乌砂料子本来就不怎么大,十来分钟之后,黑色的表皮石层,已经全部被打磨掉了,露出了泛白的灰色结晶体。

"胡叔,好像出绿了哎……"

小王打了一盆水来,把这块擦去了外皮的毛料清洗了一下,透过这层不是很厚的白色结晶,隐约看到里面有一丝绿意。

"嗯,还要再擦下,小王,你让让……"

胡荣不以为意地哼了一声,出绿本来就在他意料之中,不过看这样子,似乎种水和色都一般,要是那种高绿的毛料,那绿意早就透出来了,而不会像现在这般若隐若现的。

只是在胡荣心里,即使这块毛料里面的翡翠再差,那也是稳赢庄睿,因为对庄睿挑的那块料子,胡荣看不出有任何出翡翠的迹象来。

随着那层白色晶体被逐渐剥离开来,里面的翡翠也显露出来,过了大约半个小时,一块婴儿拳头大小的翡翠出现在胡荣的掌心。

用水清洗过之后,在灯光的照射下,可以看到这块翡翠的颜色,略微有些偏蓝,种水不是很透澈,充其量只能达到豆青种。

不过以现在的翡翠市场,即使是这么大一块的豆青种料子,也能卖个十多万,于翡翠而言,是卖家市场,而非买家市场。

"胡大哥,这块黑乌砂都没什么表现的,居然也能赌出翡翠来,您真是厉害,小弟甘拜下风……"

庄睿拿过那块翡翠在手上把玩了一下之后,对着胡荣跷起了大拇指,他这不是客气话,而是从心里感到钦佩,要是自己没这双眼睛,说什么也不会选这块外表差又带裂绺的原石来赌。

"不愧是缅甸的翡翠大王啊,真是厉害……"

"唉,我要是有胡老板那眼力就好了……"

"等会儿去胡老板的摊子上转转,说不定还能淘出好东西呢……"

"说得对,回头咱们就去,胡老板怎么说都是华人,不会像缅甸老板那么黑的……"

看胡荣解出了翡翠,小加工厂里一时间喧闹起来,能亲眼得见缅甸的翡翠大王解石,回去也是个吹嘘的资本。

听到庄睿和众人的夸奖,胡荣脸上并没有什么得意的神色,于他而言,解出块豆青种的料子,实在是不算什么,如果不是和庄睿有赌约,他刚才擦出绿来,就不会继续往下解,而是摆回去卖了,这才是原石商人的为商之道呢。

"庄老弟,该你了……"

胡荣也想看看庄睿究竟为何选这块已经切过两刀的毛料,按说庄睿在赌石圈子里的名声,那也是真刀实枪赌出来的,或许这块料子有自己没看出来的地方吧。

"好,咱们看看这块两刀切的料子里面,到底有没有东西……"

庄睿早已解下了那块原石,把它抱到了切石机上,细头向内,把那个带癣的地面,对着众人,围观的人看庄睿这模样,以为他是要拦腰切上一刀呢,纷纷瞪大了眼睛。

切石要比擦石来的刺激,一刀下去,真伪立断,切着爽快,看的痛快。

只是庄睿固定好原石之后,却没遂众人的意,而是拿起了砂轮机,准备擦石。

胡荣也有点看不明白,出言道:"老弟,这块料子就不用擦了吧?"

"是啊,这位小兄弟,直接切上一刀多爽利啊……"

"对啊,反正是不要钱的料子,还是直接切吧……"

旁人也是和胡荣一个想法,纷纷鼓噪起来。

"奶奶的,料子是不要钱,但是里面的物件值钱啊……"

庄睿在心里没好气地骂了一句,把脸转向胡荣,说道:"看这癣有点往里面渗的意思,我先擦一下,要是擦不出绿来,再拦腰切……"

胡荣摇了摇头,不过没再说话,虽然说翡翠原石上的癣,很有可能是遗留在外面的翡翠风化物,但是也不能排除是另外一些岩浆或者伴生矿留下的痕迹,庄睿仅凭那块癣,就断定这里面有玉,让胡荣很不理解。

庄睿没管那些人怎么想,拿着砂轮机呼哧呼哧地对着出癣的部位往里打磨了起来。

只不过刚刚往里面擦进去有两公分左右,那块癣就被擦掉了,里面露出白色的晶体状物质,而且还带着丝丝绿意。

"停!"

一直蹲在地上紧盯着擦口的胡荣,突然叫了一声,庄睿被他吓了一跳,连忙关掉了砂轮机。

"好像有绿,看这雾,应该会出绿,这……这……老弟,好眼光啊,咱们这赌约,我输了。"

胡荣清洗了一下擦面,拿着放大镜观察了两三分钟之后,一脸不可思议的表情,雾中带绿,里面有翡翠几乎是板上钉钉的事儿了。

以胡荣的眼光,从那绿雾就可以分辨出,这里面翡翠的品质,绝对比豆青种料子好。

"这还没出绿呢,胡大哥,说不定不如您那块料子呢……"

庄睿笑了笑,却没有继续从底部擦石了,而是换了个角度,拿着擦石机对着这块毛料的中间部位擦了起来。

庄睿虽然不懂雕琢设计,但是从里面的翡翠整体考虑,似乎留着下面的结晶物质,更像一棵翡翠树,如果现在就把底下的石料给擦掉,到时候可是无法填补上去的。

前面就曾经说过,以前切这块毛料的人,是不是当天骂了佛祖,运气如此不佳,两刀都距离出绿的地方只有三五公分,庄睿对着切面打磨了大概十多分钟之后,绿色的翡翠,就呈现在了众人面前。

"这……这,怎么可能啊?"

胡荣此时已经完全惊呆了,要说从底部擦出翡翠,他还能理解,但是庄睿随便换了个地方,而且还是曾经的切面,居然也擦出绿来了。

出绿的地方距离底座大约有十多公分,也就是说,这块翡翠的块头应该不小,就算是豆青种的，那也要比胡荣刚解出来的那块料子值钱多了。

这让胡荣一张老脸有些难堪了，庄睿把这么一块公认的废料给解出了翡翠，那岂不是说，自己胡氏一族里面，都是些有眼无珠之辈嘛，竟然把这样一块毛料放到废料区里去卖。

"胡叔，这种水不错，能到冰种了，这位大哥真是厉害啊，胡叔这块料子我也见过，感觉就像块废料，没想到这位大哥能解出翡翠来，佩服，真是佩服……"

那个小王在侧面擦出绿之后，马上用清水冲洗了一下，那只显露出火柴盒般大小的翡翠，绿意盎然，顺着翡翠向下滑落的水珠，似乎都变成了绿色。

"呵呵，我这人有股子犟劲，经常自己和自己过不去，看到这癣之后，不把这料子解开，心里就不得劲，运气，全是运气，比不得胡大哥全凭眼力赌涨的……"

庄睿见胡荣的脸色忽然变得难看，还以为是自己赢了让他心里不高兴了呢，他哪知道，胡荣现在不高兴的是，自己偌大一个家族，论眼力居然没有一个能比得上庄睿的。

看这块料子的种水和颜色，粗略地估算一下，这块毛料中的翡翠，其价值最少在千万以上，胡氏家族把它当作是废料的行为，说好听点叫看走眼了，说难听点，那就是睁眼瞎。

"老弟，别往老哥脸上贴金了，这赌石一道，我是真不如你，恐怕就是云南的'翡翠王'来了，也不如你，咱们这赌约，老哥是输了……"

胡荣倒不是舍不得这钱，而是觉得自己从穿开裆裤就玩原石，几十年了居然不如庄睿，脸上有点臊得慌，不过小王和庄睿的话，给了他一个台阶下，当下奉承了庄睿几句，这几句认输的话，说得也是心服口服。

围观的人听到胡荣的话后，均是一脸惊愕地看向庄睿，他们没想到胡荣对庄睿的评价，会如此之高，在赌石圈子里，"翡翠王"的名头谁没听到过，胡荣竟然说"翡翠王"也不如庄睿，这传出去绝对是大新闻。

"胡大哥，您看这块料子？"

"当然是归你了，老哥这点东西还是输得起的……"胡荣不悦地打断了庄睿的话。

庄睿闻言哭笑不得地说道："胡大哥，我说的不是这个，我是问这块料子还继续往下解吗？"

胡荣围着原石转了一圈，说道："解开吧，这么大也不好携带……"

"好……"

庄睿答应了一声，拿起擦石机继续解了起来，不过这原石中的翡翠比较复杂，呈树状，并且在有些地方，还掺杂着品质较差的玉石，庄睿解石进行的非常慢。

"老弟，我来解会儿吧……"

一个多小时之后，胡荣接过了庄睿手里的砂轮机，他也没想到，这块毛料里的翡翠会是这般模样？一个多小时了，才擦出四五公分的绿出来，并且还一直往下延伸着。

如果出现断层的话，那还能切上一刀，但原石中的翡翠是一个整体，胡荣也不敢说下刀切的话来。

要知道，翡翠摆件的雕琢，往往都是根据翡翠本身的造型决定的，万一这料子里的翡翠造型不错，那一刀就会切垮掉，使其价值大减。

胡荣用砂轮打磨原石的时候，明显要比庄睿还小心，只要是出绿或者带有别的颜色的地方，他都略过继续往下擦。

如此一来，胡荣解石的效率比庄睿更低，又过了一个多小时，已经是晚上九点多了，那些围观的人群早已经散去，只有这加工厂的老板小王，还在旁边看着。

庄睿看到胡荣满头大汗，仍然不肯休息，不由上前说道："胡大哥，要不然明天再解吧？矿区应该也有解石的机器吧？"

"不，今天就要解出来，这块料子的形状很独特，你看，这边居然有红黄两种玉髓，配上这绿翠，能雕琢出一件翡翠盆景来，妙物天成呀……"

胡荣听到庄睿的话后，停下了手，脸上虽然有疲惫的神色，不过精神十分亢奋，就是说话的时候，依然双眼放光地看着这原石。

胡荣本身就是一个珠宝设计师，他对珠宝设计的热爱，甚至超出了打理家族生意，并且至今还兼任台湾一家珠宝公司的设计总监，此刻见到这品质上乘，造型独特的翡翠，当然是要全部解开一睹为快了。

"哎呀，忘了老弟你今天刚坐飞机来，真是不好意思，要不然我叫车先送你回酒店休息，我今儿把它给解出来……"

胡荣突然想起庄睿是今天刚从仰光赶过来的，到了曼德勒就被自己拉着四处乱转，这时候是该休息了。

庄睿摇了摇头，说道："没事，胡大哥，我陪您吧，俩人换手解，速度还能快点……"

接过胡荣手里的砂轮机，庄睿换了个砂轮片，凑到原石边摩擦起来，胡荣这一个多小时也是累得不轻，当下也没谦让，点上一根烟坐到旁边休息去了。

庄睿虽然占着眼睛能看到原石内部的便宜，但是在处理出翡翠的地方，仍然是小心翼翼的，因为有些开叉的翡翠极细，稍不留神就有可能将那些分叉擦断掉，所以他的动作也不是很快，一个多小时只不过解出来三分之一的翡翠。

其间庄睿接到了彭飞的电话，彭飞怕庄睿出什么事情，也赶到了这家工厂，看着庄睿和胡荣交替着解石，一直到近凌晨一点钟，这块料子里的翡翠，才全部露出真容。

由于是晚上解石，光线不是很好，有几处分辨不清的地方并没有擦进去，不过整块翡翠的轮廓，已经完全显现出来。

这块翡翠高约二十五公分,呈树干状,上下都是拇指粗细,在中间有四处分叉,难能可贵的是,每个分叉处,都有一只像虫子般的红黄翡。

将之置放在强光之下,远远看去,整块翡翠就像是一株环绕着彩色灯泡的盆景矮树一般,透过树干上的白色晶体,在灯光下通体散发着诱人的光彩。

"这……这,真是奇物天成呀,庄老弟,这东西要留下……"

胡荣的目光已经全被这块翡翠给吸引住了,嘴里喃喃自语着,哪里还有一丝缅甸翡翠大亨的风范。

"胡大哥,您要是喜欢,就留着好了……"

庄睿虽然有些心疼,但是胡荣张嘴要了,自己总不能拒绝吧。

胡荣听到庄睿的话后,愣了一下,连连摆手,说道:"不……不,不是那个意思,我是说,这块翡翠由我来雕琢,等到完工的时候,我给你送去,东西,还是你的……"

胡荣顿了一下,接着说道:"这东西雕琢出来,价值最少在一亿以上,老弟,你这眼力,老哥我现在算是心服口服了……"

"一亿?不会这么贵吧,这只是冰种的料子呀……"庄睿对胡荣所说的价格,有点吃惊。

"最少一亿,这种造型的翡翠,实在是太难得了,并且这几个玉虫,更是锦上添花,冰种的料子已经很不错了,老弟,有些玩奇石的人,看的就是造型,对于料子并不怎么上心的……"

胡荣围着这棵近乎天成的翡翠树不停地转着圈,眼中露出狂热。

庄睿也不想充大头,这料子本来就是自己解出来的,凭什么不要啊,当下顺水推舟地说道:"成,胡大哥,那就交给您处理了……"

见庄睿应允,胡荣打电话叫来一直等在外面的房车司机,小心地把这块翡翠放到车上,然后才把庄睿送回酒店,约好了明天中午前往矿场。

进到酒店房间之后,庄睿发现彭飞紧盯着自己看,奇怪地说道:"彭飞,去洗澡啊,看着我干吗?"

"庄哥,我今天出去搞了个东西,您收好……"

彭飞神秘地笑了笑,从腰后拿出个物件来,把庄睿吓了一跳。

第二十二章 有备无患

"彭飞,你搞把枪来干吗?"

看到彭飞从腰后拿出来一把乌黑锃亮的手枪,庄睿不禁吃了一惊,不过眼中还是闪过一丝好奇,庄睿玩过冲锋枪,不过还没打过手枪。

"庄哥,仰光和曼德勒的治安还算是好的,不过进入矿区就乱了,而且那些地方靠近中缅边境,说不定会有走私贩毒的人,拿着枪保险一点……"

彭飞边说边熟练地把手枪的弹夹取了出来,然后在把枪身往后一拉,一颗黄灿灿的子弹从滑膛里跳了出来,被彭飞一把抓在手心里,敢情他一直将子弹上膛的。

"这……是五四手枪吧?"

庄睿看得有些眼热,对彭飞所说的什么走私贩毒的话,都没听到耳朵里去,眼睛只盯着那把枪,彭飞笑了一下,把枪给庄睿递了过去。

伸手接过那把退了弹夹子弹的手枪,庄睿在大学军训最后几天的实弹打靶中,见过那位少尉教官佩戴的五四手枪,和这支一模一样,那会儿教官可是小气得紧,连摸都不让学生们摸一下。

刘川老爸以前也有把这样的枪,只是他怕儿子和庄睿淘气,从来不敢把枪带回家,庄睿还真是第一次把玩手枪。

这把枪的表面,通体都是黑色的烤漆,只在把柄和复进滑膛还有扳机处,露出明显的被人经常使用的痕迹,黑色烤漆已经被磨得脱落了,显露出银白的铁色,拿在手里沉甸甸的,大概有一斤多。

男人对枪总是有着特殊的偏好,即使一个再懦弱的人,在持枪之后,也会爆发出异于常时的勇气,庄睿虽然不喜欢使用暴力解决问题,但是把玩着这枪,也有种爱不释手的感觉。

"是五四手枪,虽然还能找到威力更大点的武器,不过携带不怎么方便,就拿这个凑合着用吧……"

见庄睿玩枪的样子,彭飞笑了起来,把庄睿手中的枪拿了过去,然后把五四枪的特点以及如何上膛击发,还有保险在什么地方,一一教给庄睿。

"彭飞,这东西还是你拿着吧,在你手里比在我手里强多了……"

庄睿把玩了一会儿之后,还是把枪递给了彭飞,他还是有自知之明的,这枪就算是给他用恐怕也只能做到一米之内弹无虚发,要是超出这距离,估计就没什么准头了。

彭飞摆了摆手,变魔术般的从身上又掏出一把枪来,说道:"庄哥,那把你放在手包里留着防身,我自己还有……"

"你小子,枪是藏在什么地方的呀?"

庄睿看彭飞也不过穿了条牛仔裤,上身一件T恤衫,这两把枪也不算小,真不知他塞在什么地方的。

"不会是塞裤裆里吧?"

庄睿脑中不由想起那些电影里演的,女间谍在大腿根部绑上一把枪的情形,不由打了个寒战,不过想想也不可能,中国男人又没有穿苏格兰裙子的习惯,总不能掏一次枪脱次裤子吧。

彭飞可不知道庄睿脑子里在想什么,他把腰后的衣服掀开,将枪口朝下插进了裤腰中,然后将衣服放下,说道:"控制腰间的肌肉向里收缩一下,外面就看不出来了……"

庄睿转到彭飞身后,一点都看不出腰后有鼓囊的感觉,掀开他的衣服一看,插着手枪的腰间肌肉,果然向里面缩进去一块,看得庄睿不由啧啧称奇。

"对了,彭飞,你这些枪是从哪里搞来的?"

庄睿看彭飞又掏出五个弹夹,里面全都压满了黄灿灿的子弹,不由好奇地问道,只不过一下午的时间,他居然就搞到两把能杀人的武器来,换做自己恐怕连曼德勒的道路都没摸清楚。

"买的,一把枪两百美元,一个装满八发子弹的弹夹二十美元,还有这个东西,一个五十美元,买了10个……"

彭飞边说边拉开他那个黑色提包,从里面拿出个黑黝黝的铁蛋子,在手上抛了抛,看得庄睿浑身的汗毛瞬间炸了起来,"乖乖,那不是手榴弹吗?"

"彭飞,咱们不是去打仗的,你至于搞这些东西吗?快点收起来,别爆炸了……"

庄睿着实被吓了一跳,有拿手榴弹当地瓜抛着玩的吗?这要是不小心引爆了,自己见了阎王爷,头上都要顶着个大大的"冤"字。

彭飞很认真地点了点头,说道:"庄哥,只是去矿区的话,自然没必要准备这些东西,但是咱们要进丛林,那最好装备得齐全一点,有备无患嘛……"

看着庄睿那副唯恐避之不及的样子,彭飞嘿嘿笑了一声,道:"这个是美国的M68式手榴弹,性能比较好,安全性也很高的,庄哥您不用怕它会自动引爆,并且这种手雷攻防两用都可以,到时候也可以用做爆破。

还买了几块塑胶炸弹,嗯,庄哥,这些东西总共花了一千三百美元,那家伙居然还有榴弹炮,才要价七千美元,要不是不方便携带,我就买下来了,真是可惜了……"

彭飞边说脸上边露出一副很惋惜的模样,他在部队整天和这些东西打交道,退伍回家一年多都没摸过了,现在重新拿起来,身上不自觉地露出一股子兴奋劲。

"得,你把东西收好,别被胡大哥发现了,不然还以为咱们去抢劫呢,行了,洗澡睡觉去吧……"

庄睿一听塑胶炸弹的名字,浑身上下就不得劲,他记得清清楚楚,去年在陕西的时候,余老大身上绑着的,可就是这些玩意,他可不想再经历一次。

庄睿虽然知道彭飞是特种兵出身,但是也没想到,这表面看上去像个邻家大男孩似的彭飞,居然对军火这么疯狂,还榴弹炮呢,真以为要去打仗?

这一夜庄睿翻来覆去地睡得不怎么踏实,能睡得好才怪呢,睡在一把枪旁边或许能产生安全感,但是睡在一堆炸药包旁边,那只能产生恐慌了。

由于昨天晚上解石解到太晚,第二天到了中午,胡荣的电话才打过来,庄睿虽然睡得不怎么安稳,但到底年轻,休息几个小时就变得精神奕奕了,反倒是过来接他的胡荣,脸上还有一丝倦容。

"庄老弟,这位是冯教授,这位是陈教授,都是我从国内请来的地质专家,这次也是帮我去看那个翡翠矿的……"

酒店大堂里,胡荣给庄睿介绍了两位五十多岁的老人,他虽然之前说是请庄睿去看矿脉,但是还是托关系花重金,从中国请了两位专家。

毕竟那座翡翠矿胡荣已经投资了近三个亿了,是不可能把希望放在庄睿这个毛头小伙子身上的,会赌石不见得会看矿脉。

庄睿也没猜想胡荣的心思,他去帕敢的目的,同样不在翡翠矿上,不过在异国他乡见到两位自己人,庄睿也很高兴。

庄睿的爷爷就是位地质专家,和两人一交谈,这两位中国矿业大学的教授,居然都曾学习过庄睿爷爷的论著,这层关系一论起来,两人当下也没了专家的傲气,加上他们也在彭城生活,一时间和庄睿聊得很是融洽。

冯、陈两位教授能来缅甸考察翡翠矿,心里也很高兴,他们两人都是研究翡翠形成原因课题的,但是由于没有到过翡翠矿,课题一直停滞不前。

要知道,缅甸政府对于翡翠矿一直都是忌讳莫深,严禁外国人出入矿区的。

包括密支那缅北地区,都被列为军事禁区,从来没对外开放过,此次能有机会进入矿区,也是缅甸军政府控制了缅北大部分势力,和胡荣在缅甸高层努力的结果,否则外人还是很难进入的。

不过随后胡荣又介绍了一下他身后的几个军人,庄睿才知道,敢情这几位明面上保护自己的,实际上是来监视自己等人在矿区的行动的。

一行人坐上胡荣的房车向郊外驶去,本来从曼德勒前往密支那,只能乘坐火车,不过这六七百公里的距离,坐火车恐怕要跑上几十个小时,因为缅甸的火车速度还停留在国内上世纪五六十年代的水平。所以胡荣动用自己的关系，从缅甸军方调用了一架军用直升机。

房车直接开到曼德勒郊外的一座军营里，四周都是拿着枪的士兵，庄睿不由紧了紧手中的包，那里还放着一把手枪呢，要是被这些当兵的检查出来，不晓得会惹出什么乱子来。

看向身旁的彭飞时，庄睿稍微镇定了一些，这小子背着那个略有磨损的背包，一脸不在乎地东张西望着，似乎包里放的不是炸弹，而是去朋友家带的糖果礼物一般。

庄睿现在算是知道什么叫做贼心虚了，以前听人说那些犯了法逃匿的人，经常是数年甚至数十年吃不香睡不着，那会儿庄睿还不相信，现在他算是体会到了，自己虽然没犯啥事，只是包里装了把枪，就开始心神不宁了。

还好，从下车后到上了那架直升机，一直都没有人提出要检查庄睿等人的包裹，这让庄睿大大地松了一口气。

跟在庄睿后面上直升机的胡荣，怀里抱着个五六十公分长的木盒，里面装的是庄睿的那块树状翡翠，他要带回家里慢慢雕琢。

"庄哥，这架是米-8型俄罗斯产的军用运输直升机，上世纪六七十年代产的，算是老古董了，不过性能还算不错，能坐二十几个人……"

彭飞打量着这架运输机，在庄睿耳边小声地介绍道，只是当那几个缅甸军人上来之后，彭飞立即停口不谈了。

庄睿知道，上个世纪前苏联解体之前，为了其全球战略地位，曾经在缅甸海港驻扎了一支舰队，只是后来俄罗斯经济紧张，把那支舰队撤回到了国内，不过在缅甸却是留下了许多带有俄罗斯印记的军用设施。

像这种米-8军用运输直升机的航速，大概是每小时三百多公里，并不算很快，但是它的优点在于载油量大，航程比一般的直升机要远，并且内部空间也很充分。

胡荣和庄睿等人加上那几个缅甸军方派来的人，一共有八个人，坐在机舱内丝毫不显拥挤，甚至有空间歪下身体睡上一觉。

只不过庄睿的心思也只能想想而已，当直升机的螺旋桨旋转起来之后，那巨大的轰鸣声，震得机舱里的几人面红耳赤，纷纷张大了嘴巴来缓解耳朵的不适，只有那几位缅甸军人和胡荣的表现还算正常，至于彭飞，庄睿估计他肯定是装出来的。

不过庄睿和那两位教授，真的是苦不堪言，耳膜仿佛都要被震破了。

庄睿不是没坐过直升机，但是这个军用直升机的隔音效果实在是差了点，并且一边有舱门，另外一边的舱门却不见踪影，看得几人心惊肉跳，连忙系好安全带，生怕这直升机一倾斜，人就会滚落下去。

本来还想着在直升机上继续聊天的两位教授，在直升机升空之后，也是面色发白，闭口不言了，这机舱外面的风呼呼地灌进机舱里，别说是讲话了，就是张下嘴，都能灌你一肚子带着热带雨林气息的空气。

还好缅甸的冬天气温都在二十多度，否则机舱里的人，都要冻成冰棍了。

驶离军营之后，过了大约半个小时，感觉适应了一些，庄睿从机舱内的玻璃向地面看去，不过入眼处全都是高大的树木和茂密的森林，无丝毫风景可言。

现在正是缅甸的旱季，那些高大的阔叶乔木，也有些枯萎，树干上的树叶十分稀少，庄睿向下面看了十多分钟，都不见一个人影，略显荒凉。

不过现在正是缅甸开采翡翠的最佳时节，因为进入到雨季之后，山间的道路就会非常难走，别说是人了，连牲口都无法通过，所以现在的矿区，是最为忙碌的时候。

缅甸的山脉并不特别险峻，但却连绵不绝，一座山峰接着一座山峰，丛林密布，庄睿相信，要是把他从这里丢下去，那估计一年半载都不见得能从里面跑出来。

看着飞机下面那些参天大树，庄睿对缅甸的贫穷感觉很不可思议，缅甸本身靠海港，地理位置十分重要，内陆又盛产宝石和珍贵的柚木，但缅甸人却是如此的贫穷，这根源不知道出自何处。

过了一个多小时后，直升机放慢了速度，缓缓地停在一个山头上，庄睿以为到了地头了，连忙解开安全带，从直升机上跳了下去，谁知道脚一软，如果不是用手撑住地面，差点一屁股坐在地上。

"这……这是什么地方？不是密支那吧？"

庄睿往四周张望了一下，到处都是茂密的森林，不由看向胡荣，这缅北即使再荒芜，也不可能连个人影都不见吧。

"这才走了一半，驾驶员要休息一下，来，老弟，喝口水……"胡荣笑了笑，给庄睿递过去一瓶饮料。

说是驾驶员要休息，不如说是直升机要休息更恰当，因为直升机停稳之后，那个驾驶员就忙碌起来，他在检查直升机的各个部件是否运作正常，要知道，这可是几十年前的老古董，无法支持连续几个小时的航程。

这要是在天上出点问题，恐怕直升机上的人降落伞还没打开，就会被摔成肉泥了，不过这前苏联生产的军事设备，质量上还是可以信得过的，最起码胡荣坐了很多次，都没有出过什么问题。

冯教授和陈教授也相扶着，从直升机上走了下来，他们的身子骨可不如庄睿，这会儿已经面色惨白，如果不是互相搀扶着，恐怕早就摔倒在地了。

"两位，没什么事吧，真是不好意思，让二位受罪了，这附近也有矿脉，不过咱们要辛苦一点，赶到帕敢去，不知道二位老师能不能再坚持一下？"

胡荣看到两位教授下了直升机，连忙迎了上去，他只想着快点抵达密支那帕敢地区，却没想到这二位的身子骨，顶不住直升机的颠簸。

其实在缅甸坐火车，估计还不如这直升机呢，从曼德勒到密支那需要三四十个小时，并且那火车也是上世纪中叶，英国人留下来的"豪华专列"，说不定遭的罪比这还要大呢。

"没事，没事，能坚持，真没想到，翡翠会生长在这种地方，耳听为虚，眼见为实啊……"

冯教授连连摆手，示意自己没问题，翡翠的美是众所周知的，但是翡翠背后的开采环境，在国际上却很少有人提及，原因就在于缅甸政府的闭关自守。

半个世纪以前，庄睿的爷爷虽然曾经深入缅甸考察过翡翠矿，但是由于特殊的历史原因，他的那些结论并没发表，至今还埋没在那个木箱子里。

翡翠形成的地质地貌，一直都是国内地质学家们探讨的话题，现在有机会看到翡翠成长的地质环境，两位教授虽然疲惫，但是脸上还是充满了兴奋的神情。

几人休息了一个多小时以后，又登上了直升机，他们只喝了点水，都没敢吃东西，否则这一颠簸，吃下去的东西也要吐出来。

这次飞行持续了近两个小时，从直升机上，已经隐约可以看到地面上有人出现，接近五点，直升机降落在密支那的一座军营里，在缅甸这地方，城外基本上都驻扎着军队。

"两位教授，庄老弟，明天再给你们接风吧，今天先好好休息一下……"

从直升机上下来以后，胡荣看着几人煞白的脸孔，知道他们晚上也是吃不下什么饭了，用自己等在这军营里的车，把几人送到了密支那最豪华的宾馆里。

庄睿从车上望去，密支那这个城市比起仰光和曼德勒来要差远了，最起码在那两个城市里，还有一些现代化建筑，但是在这儿，入眼所见全是低矮的木屋，钢筋混凝土的建筑都很少见。

而那所谓的豪华宾馆，也不过是个三层小楼，里面除了一台 21 寸的笨重彩电之外，再没有电器了，烧水的热水器都没有，还要服务员给送过来。

庄睿等人真是累得狠了，进房间里冲了一个凉之后，都上床睡下了。

胡荣虽然在密支那也有房子，不过胡氏一族在缅甸的根基是在帕敢，他今天也跟着庄睿等人住进了宾馆。

到了第二天早上，两辆进口越野车停在了宾馆的门口。

这是胡荣私人的车，要是坐军方提供的车，那恐怕要坐中国产的老北京 212 吉普了。

第二十三章 | 一路颠簸

这两辆越野车的轮胎很大,将车底盘衬托的很高,看样子是经过专门改装的。

昨天坐直升机来的时候,庄睿见过这附近的道路,基本上都是山路,要是坐胡荣之前的那辆房车,走不到两里准会趴窝。

庄睿和彭飞与胡荣坐在一辆车上,另外还有一个从曼德勒跟来的缅甸军人,另外两个军人和冯、陈二位教授坐在一辆车上。

虽然这一路上,三个缅甸军人都没怎么开口说话,一直都保持着沉默,不过庄睿还是感觉到,他们注意着自己等人的一举一动,并且在他们的腰间,可是毫不掩饰地挂着手枪套,庄睿可不怀疑那里没有真家伙。

这让庄睿有点难受,因为他此次来的目的,并非是考察翡翠矿,而是想寻找丛林中的宝藏,要是跟着这几个大兵,难不成找到了宝贝献给缅甸政府?

庄睿可没有那么高尚,小日本抢去的东西,哥们就是拿回国内建希望小学,那也比便宜了这帮子缅甸军阀强。

上车之后,庄睿所坐的车驶在前面,缓缓向城外开去,别看密支那贫穷,但是人口可不少,那狭窄的街道上,到处都是光屁股的小孩,所以汽车根本无法提速,短短的几公里,开了将近半个小时。

想想中国从上世纪七十年代末开始搞的计划生育,还是很有必要的,否则这几十年下来,恐怕到现在人口再翻上一倍也是极有可能的,想想那种情况,庄睿就不寒而栗地打了个寒战。

原本以为到了城外,车速能加快一点,不过庄睿一看那小石子铺成的道路,不由苦笑了起来,这种路根本就开不快,否则轮胎都撑不到帕敢。

密支那还是克钦邦的首府,道路状况居然如此之差,想必那些军阀只顾着抢占地盘,没人想这些事情吧。

走过一段石子路后,庄睿才知道,自己还是把前往帕敢的旅程想得太过简单了,前方的道路已经完全是土疙瘩路了,高一块低一块的,车内的人都随着汽车的颠簸,手舞足蹈地上下起伏,要不是这里的山势比较险峻,庄睿宁愿再坐上一次直升机。

这颠簸一点倒是能忍受,可是一想到彭飞包里的那些塑胶炸弹和手雷,庄睿就有点坐立不安了,这会儿庄睿更是感觉,自己像是坐在炸药包上一般。

庄睿可不是军事迷,并不知道塑胶炸弹不经过特殊的引爆,即使用火烧都不会爆炸的,这心却是白操了。

"胡……胡大哥,我看要让缅甸政府的人,到……到中国的农村去考察一下,这路也忒差了点吧……"

庄睿被汽车颠得一句话分成几段才说完。

"老弟,你这话说起来容易,谁去管呢,这里可都是各人自扫门前雪,休管他人瓦上霜的……"

胡荣听到庄睿的话后,不禁苦笑了起来,他和庄睿说的是汉语,也不怕被那当兵的听到,即使听到了也没关系,胡荣家族能在缅甸上百年屹立不倒,凭的可不仅仅是金钱。

胡荣家族在缅甸已经扎根上百年了,见证了缅甸百年风雨,可以说是最好的见证者和旁观者了。

由于缅甸民族众多,除了政府军之外,每个地方基本上都有各自的地方军,缅甸一直都是军阀割据,战乱不断。

到了上世纪八十年代后期,翡翠矿的价值逐渐凸显了出来,密支那地区就成了政府军和地方势力争夺的焦点,这种争端一直到现在都没有完全平息过。

虽然现在庄睿等人看到的都是歌舞升平,在政府的控制下皆大欢喜,但是实际上在密支那这纵横一百五十多公里的翡翠矿区内,各种关系极其复杂。

胡荣和胡荣家族里的人,就属于地方势力,他们家族所训练的护矿队,在某个时段转身一变就能成为军队,和政府军相抗衡,现在的平静,只不过是各方势力妥协的结果。

在这样的情况下,包括胡荣的家族,任何势力都不愿意把资金投入到基础建设上来,因为今儿这地盘是你的,你修建好了,说不定明天就会被别人抢去,谁愿意干这出力不讨好的事情呀。

像庄睿和彭飞身上所带的武器,就是被胡荣知道了,他也不会在乎,那些个玩意儿,与他家里的武器库相比,根本就不起眼,在他家外围巡逻的保安人员,身上都背着前苏联的 AK－47 步枪。

这个地区,没有点关系背景的人,根本就不敢深入,否则说不定就被什么人给绑了肉票,运气好,说不定拿钱能赎回去,运气不好的话,那就给丛林里的花草树木做肥料了。

车里实在颠簸得厉害，庄睿也没了说话的心情，用手紧握住门上面的把手，百无聊赖地在车内四处看了起来，倒是让他发现了一些不同之处。

　　庄睿仔细看了一下，自己所坐的这辆车，车门都是经过钢板加固的，那车窗玻璃看起来和平常的玻璃也有些不一样，说不定就是传说中的防弹玻璃。

　　在庄睿前面的车玻璃上，贴着一个十分显眼的通行证，按照彭飞的翻译，那上面写的是"国宾"，一路上行来虽然遇到的车不是很多，但是都会主动靠边，给他们的车队让路。

　　从密支那到帕敢的路上，基本上每隔二三十公里，都会有一个检查站，虽然只是用几根木头搭制的拦车工具，不过却很实用。

　　每次在距离检查站不远的地方，胡荣都会探出头，用缅语招呼几句，这些真枪实弹的士兵似乎都认识胡荣，根本连车都没瞅上一眼，就搬开木头架子让车通过了。

　　在颠簸了三个多小时之后，庄睿等人来到了孟拱，这里是密支那前往帕敢的重镇。

　　在胡荣下车办理了一些手续，并且休息了半个多小时之后，两辆车继续开往帕敢。

　　过了孟拱，道路变得愈发难走了，根本就没有什么路面可言，越野车跟随着被运原石的大卡车压出来的路基，艰难前行着。

　　按照胡荣的说法，在几十年前缺少机械的那些采玉人，就像新疆采玉人一样，全凭肩挑臂抗把翡翠从深山里运出来，只是他们的工具，由新疆的毛驴换成了缅甸产的大象而已。

　　在这杂草丛生的道路两旁，都是抬眼望不到树梢的高大树木，这些树木分布在山脉之上，看上去有些阴森森的，加上胡荣说这里面隐藏着各种危险的生物，并且每到傍晚清晨的时候，都会产生瘴气，许多误入林中的人，很少能生还。

　　胡荣的话说得庄睿毛骨悚然，他在反思自己这趟寻宝之旅是不是应该继续，这里似乎并不是自己想的那么简单，那连天上的光线都无法射入的森林，仿佛怪兽的大嘴一般，黑黝黝地吞噬着一切进入的人和生物。

　　"胡大哥，听说缅甸的黑熊不少，我们倒是想去打打猎，在国内可没有机会啊……"

　　坐在后排一直没有说话的彭飞，突然插了一句，满脸好奇的模样，庄睿不由回头看了彭飞一眼，他刚才心里可是打了退堂鼓了。

　　"黑熊倒是有，那玩意的熊胆，可是被称为液体黄金的，不过现在数量已经很少了，成，这几天看看有没有机会，我带你们两人去玩玩……"

　　胡荣可不是什么动物保护者，听到彭飞的话后，没怎么犹豫，一口就答应了下来。

　　而且在缅甸这地方打猎，是再正常不过的行为了，他自个没事都会到山里去放几枪，打点野鸡什么的改善下伙食。

在经过近八个多小时的漫长旅途之后，两辆车终于进入了缅甸翡翠的产地：帕敢地区。

在进入到帕敢境界之后，道路却是变得愈发难走了，因为好好的马路，莫名其妙的就会被炸开一条豁口，这都是各个挖掘翡翠的公司干的，使得越野车不得不经常绕道。

而被胡荣称作"怪手"的挖土机，更是四处可见，它们可不认识越野车上写有"贵宾"二字的通行证，往往堵在路边一堵就是半个多小时。

又过了两个多小时，汽车才驶入帕敢城区，庄睿看了下表，从早上八点多开始出发，到现在已经将近下午六点了，整整在路上折腾了近十个小时。

庄睿一路上不时地用灵气梳理下发麻的身体，现在情况还算好，只是精神上稍显疲惫。

而那两位教授就有点不堪了，昨儿脸色是发白，今天就变得蜡黄蜡黄的，并且在途中吐了好几次，下车的时候，都是被那两位军人搀扶下来的，不过那两位军人的面色，也不怎么好看。

胡荣看到两位教授的模样，也是有点不好意思，在把他们安顿到帕敢唯一的一家宾馆玉都宾馆之后，就跑前跑后地安排宾馆厨房给两人熬粥去了，都没顾得上招呼庄睿。

"唉，老弟，对不住你们二位了，走，回家去……"

过了将近一个小时，胡荣等到冯、陈两位教授睡下之后，这才来得及招呼庄睿，庄睿和那几个军人，都在这招待所一般的宾馆前台处坐着。

庄睿还未答话，一个缅甸军人突然站起身来，用缅语对胡荣说了几句话。

胡荣一听之下，脸上顿时显出了不悦之色，指了指上面，嘴里说出的话，透露着一股子严厉，那几个军人居然不敢正视胡荣，连连点头。

"彭飞，他们说什么？"庄睿碰了碰坐在自己身边的彭飞。

"庄哥，那个军人刚才说，咱们两个是外国人，他们要全程陪同，意思就是要监视咱们两个……"

彭飞向着面色严厉的胡荣努了努嘴，接着说道："胡大哥在训斥他们，说咱们是他的亲戚，他们的任务是负责陪同保护两位教授，而不是要陪同咱们两个，胡大哥在问，他们是不是不想干了？"

彭飞的话说得庄睿笑了起来，这不管是哪个国家，都会以势压人啊，很明显胡荣认识这三人的长官，现在在吓唬他们呢。

其实庄睿不知道，那三个被训得脊背流汗的缅甸军人，并不是怕他们的长官，而是实实在在惧怕面前的胡荣。

要说缅甸政府在曼德勒还有点控制力的话，那么到了帕敢，政府的影响力就变得几乎是零了,这里的势力错综复杂,胡荣即使派人干掉他们,政府也是毫无办法的。

在那几个军人连连解释之下,胡荣的脸色才慢慢好转了起来,又说了几句,那几个人头点得像虾米似的,再也不敢说什么陪同之类的话了。

"走吧,老弟,看你还挺精神的,晚上给你接风,咱们哥俩好好喝一杯……"

胡荣招呼了庄睿一声,三人出了宾馆上了辆越野车,而那几个当兵的紧跟着送了出来,在汽车启动的时候,还很标准地敬了个礼,显然刚才被胡荣吓到了。

胡荣的家住在帕敢城北一带,汽车开了半个多小时之后,庄睿远远望见一处建筑群。

之所以说是建筑群,是因为庄睿所看见的那处建筑,外面都有高高的围墙,宛若一座城中城,大门修建的像岗楼一般,上面和地下都有人背着枪站岗,并且在那岗楼的中间,似乎还有火力点。

在门口站岗的人看到胡荣之后,马上敬了一个礼,其姿态和动作,比刚才的几个军人还要正规。

这个城中城的占地范围可不小,中间是一条主街道,都是水泥铺就的道路,比帕敢城中的柏油路还要好。

城中房屋规划的很整齐,全部都是平房,各家的门口有孩子在嬉闹着,庄睿入耳所到的都是汉语,给他的感觉仿佛来到国内的某处小镇上一般。

"以前这里并不大,从上个世纪七十年代开始修建的,现在里面住了近 2 万华人,大多都是我们公司的员工家属……"

胡荣给庄睿介绍着自己的家,脸上满是自豪的神情。

这个城中城从胡荣的爷爷开始修建,一直到他整整三辈,到了现在,华人城已经是帕敢的第一大势力,别的不说,就是那些矿工们,拿了武器马上就能武装起一支数千人的部队来。

从门口开到胡荣的住所,整整行驶了近五分钟,在一处大宅子门口,已经有五六个人等在那里了。

"奶奶,您怎么出来啦……"胡荣一下车,就直奔一个老妇人而去。

"阿荣,我侄子的女婿要来,我当然要看看了……"

那位老太太个头不高,头发已经花白了,不过梳得很整齐,脸上的皱纹很深,看样子应该有七十多岁了,一边说话一边往胡荣身后张望着,不过那双眼睛显得很浑浊。

"奶奶,你眼睛又不好,看……"胡荣扶住了老太太,一句话没说下去。

"姑婆,我是庄睿,您老人家身体好吗?"

庄睿知道这是秦浩然的姑姑,连忙迎上前去,扶住了老太太的另外一只手。

"好……好,好孩子,你这个子可真高呀……"

老太太的话带着浓重的广东口音,把另外一只手从胡荣手里抽了出来,摸向了庄睿的脸庞,只是踮着脚有些吃力,庄睿连忙蹲下了身体。

"走,去家去……"

老太太挺干脆,挽着庄睿回头就走,害得胡荣本来想给庄睿介绍一下另外几个人,现在也只能跟在后面摇头苦笑了。

胡荣是和父母奶奶等人住在一起的,进到院子里之后,呼啦啦地围上来一大群人,有大人有小孩,他们大多没离开过缅甸,见到从国内来的亲戚,都感觉很新奇,一时间问东问西的,很是热闹。

最后还是老太太发话,一行人才散开了,胡荣这才有机会把庄睿介绍给自己的父亲胡军政。

胡军政年龄约在五十七八岁,按照胡荣的介绍,父亲的身体不太好,所以在自己二十多岁时,就把家业接了过来。

庄睿上前恭恭敬敬地问了声好,胡军政没什么架子,把老母亲扶上桌之后,就招呼庄睿和彭飞坐下来,彭飞现在的身份是庄睿的表弟,所以胡家把他们看成一家人。

这顿接风晚宴,让庄睿眼界大开,他也算是在北京钓鱼台国宾馆吃过饭的人,但是这桌子上的菜,十有八九他都叫不上名字来,正儿八经是山珍海味样样俱全。

红烧熊掌,清蒸淡水龟,还有那切成了一片片,吃在嘴里很有嚼头的菜,庄睿一问之下,居然是象鼻,另外还有红烧穿山甲肉,以及一些他连听都没听过的动物烧制出来的菜,还别说,那味道真是绝了。

"孩子,多喝点,这酒还是我年轻的时候打的一条老虎的虎鞭泡的,你也是马上就成家的人了,多喝点没关系的,等走的时候再带上几条,这东西在这里不稀罕……"

招待庄睿喝的酒,是胡家自酿的白酒,度数应该不是很高,不过里面泡的东西却是虎鞭。

胡老爷子一边给庄睿劝酒,一边还说让他带几条虎鞭回国,这不是马上就要订婚了嘛,听的庄睿是面红耳赤,不禁在心里哀鸣,哥们还年轻啊,似乎……好像现在还用不到这东西吧。

第二十四章 翡翠之王

吃过饭之后,胡荣安排庄睿和彭飞住进了客房,在缅甸基本上没什么娱乐,晚上八九点钟之后,就变得很安静了,喝了点酒劳累了一天的庄睿,冲了个凉就昏昏睡去了。

第二天醒来的时候,已经是早上九点多钟了,庄睿连忙爬起来,简单洗漱了下,就走出了房间。

胡荣刚好走进庄睿住的小院,见他出来打了个招呼,说道:"小庄,吃早饭去,上午不急着出去,让两位教授多休息一下,对了,我就不招呼你了,先去宾馆看一下……"

庄睿点了点头,他知道昨儿那两位真是折腾的不轻,半路吐那几次,连黄胆水几乎都吐出来了,就算是到了中午,都不见得能缓过劲来。

胡荣交代完庄睿就匆匆离去了,庄睿和彭飞吃过饭之后,就钻进了自己的房间,关好房门。

"怎么样?能对比出来吗?"

庄睿略微有些紧张地看着彭飞,彭飞正拿着一张帕敢地图,和数码相机显示屏上的那个太阳旗所在的地点对比着。

昨天见到帕敢这里四处都被挖掘过的样子,庄睿心中所抱的希望已经不是很大了,说不定当年的宝藏,就被采翡翠的人给挖出来了呢。

彭飞仔细地看了半天之后,一脸自信地说道:"庄哥,这地图上的地点,在进入野人山三十公里左右的地方,应该已经深入大山了,那里人迹罕至,应该不会被发现的……"

"野人山?!"

庄睿闻言愣了一下,在前来缅甸之前,看过不少相关资料的庄睿,对这个名字并不陌生。

帕敢这个城市,地处野人山的边缘,那条翡翠的发源地雾露河,从帕敢市中间流过,所谓的老坑翡翠矿,基本上都在这条雾露河的两岸。

"三十公里,这样吧,这事先放放,等看完翡翠矿之后,看看有没有机会去那里看一下。"

三十公里在庄睿想来并不是很远,以自己和彭飞的体质,即使是在大山里,有三四个小时足够来回了,他在想是不是找个打猎的借口,和彭飞去那里看看。

已经来到了帕敢,宝藏近在咫尺,虽然自己两人取不出来,但是不去看上一眼的话,庄睿心里不甘心,如果宝藏还在,日后总能想办法将之起出来。

庄睿和彭飞一直都在研究地图,到了中午,接到了胡荣的电话,他在陪同两位教授,让自己的司机来接庄睿和彭飞,并且再三强调,让他们二人就在屋子外面等,不要走出城中城。

胡荣这是为了两人的安全着想,在帕敢这地方,各大翡翠公司都是面和心不和的,并且都养有一帮子雇佣军,相互之间暗杀的事情时有发生,说不定他们昨天进城,就被哪个不怀好意的势力给盯上了。

等了半个多小时之后,昨天见过的那个司机把车开到了宅子门口,进来的时候是一辆车,不过在驶出城中城的时候,后面又跟上了三辆车。

今天要去的矿坑,不但有胡荣自己的翡翠矿,还有另外一家公司的,并且这一路要经过好几个势力的地盘,不能不防。

经过一夜的休息,虽然两位教授脸上还是难掩倦容,不过行动已经无碍了。

两位也急着想看看玉石之王的产地,缅甸特殊的地质地貌,对所有的地质学家,都有着难以抗拒的诱惑。

在玉都宾馆和胡荣等人会合后,一行七辆车的车队,浩浩荡荡地驶出了帕敢城,沿着那条清澈的雾露河,往上游开去。

虽然雾露河的两岸,早已被开采得面目全非,但是这条养育着帕敢人的河流,依然清澈见底,静静地从帕敢城中流过。

汽车沿着雾露河一直往上游开,沿途的风景非常美丽,宽大的芭蕉树,茂密的丛林,还有那潺潺河水,犹如置身画中一般。

在雾露河每隔一段距离,都会有一条铁索桥,桥上搭着木板,来往的人非常多,他们大多都是赶往帕敢集市去的。

人群有世代耕种的帕敢本地人,也有许多良莠不齐来此捞世界的人,要知道,帕敢可是曼德勒、孟拱和缅北重镇的交叉地。

除了翡翠之外,帕敢这片土地下面,还埋藏着丰富的金、银、铜矿,包括那森林里的柚木,都是可以交易的资源,吸引着各种各样怀着各种目的来帕敢的人。

除了这些以外,人们在说起帕敢的时候,总是会说,帕敢是由三条线运行起来的,分别是白线、红线和绿线。

白线指的是海洛因,这里靠近印度和中国的边境,一向都是贩毒人员活跃的地方,很多被国际刑警通缉的毒枭,就隐藏在帕敢等地。红线指的是缅甸特产的红宝石,在世界上也是很有名气,而绿线自然就是翡翠了。

在沿着雾露河上下一百五十公里的地方,以帕敢为中心,分布着龙塘、项巴、会卡、东摩、后江等大大小小数百个翡翠矿。

这其中有历史悠久的十大名矿,都是在雾露河下游,而那些新厂,大多在东摩一带,那里的矿山都是光秃秃的,大量裸露的原石直接呈现在外面,只是没有老坑的那种外皮。

车开了一个多小时后,来到一个山脚下,前面车上的人下车去交涉了一番,山脚下的卡哨把拦路的路基搬开来。

车队沿着一条不是很宽的山路,驶到了半山腰上,在一处平坡上停好了车,众人纷纷走了下来。

"胡大哥,这就是您的矿场?真壮观啊……"

对面那座山体的一半,几乎都被推平了,在庄睿等人的下方,有数百人在忙碌着,还有那种叫做"怪手"的挖掘机,发着轰鸣的声音,不停地从山壁里掏出一块块石头来。

旁边的熟练工人马上上前,把那些怪手掏出来的石头加以辨认,有用锤子敲的,有全凭眼力看的,只要感觉这石头有料,马上就装到车上,等到装满之后,再统一向外运输。

"这可不是我的矿场,这家矿场是缅甸政府的,我带你们来看看,世界上体积最大的"翡翠之王",就出在这里……"胡荣一边说话,一边招呼众人跟随他从山道往上走。

"世界上体积最大的翡翠?有三百公斤没?"

庄睿好奇地问道,翡翠虽然不像钻石那样以"克拉"计算,但也是稀有的宝石,庄睿现在经手解过的原石,也算不少了,最大的一块,也不过从里面掏出一百多公斤的玉肉来。

"三百公斤?"

胡荣停下脚步,笑道:"老弟,你也太小看这世界翡翠之王了吧,三百公斤再乘以一万,差不多就是那块翡翠的重量了……"

"多少?"

庄睿被胡荣的话说得打了个跟跄,差点被地上到处都是的石头给绊了一跤。

"三百公斤乘以一万,三百万公斤?那不是有三千吨重啊?"

庄睿对数字是很敏感的,马上把三百万公斤换算成了一个比较直观的三千吨,不过即使如此，他也无法想象这么大的一块翡翠，究竟会是什么样子的。

"这块翡翠我们听说过，这么大体积的翡翠，应该是原生矿产的，咱们快点去看看吧！"

冯教授听到胡荣的话后，一脸的兴奋，前两天的奔波劳累在这一刻似乎都没有了，拉着胡荣健步如飞地往山上走去。

庄睿知道，原生矿指的是地壳中最先存在经风化作用后，依然遗留在土壤中的一类矿物，通常这原生矿所产生的翡翠，大多都是无色的品种。

而且原生矿翡翠的质量种水往往也都很一般，远不如有铁铜之类的次生矿出产的翡翠品质好，因为翡翠色彩的形成，条件是必须有次生矿存在，所以那些颜色艳丽的翡翠生长环境的周围，一定是有伴生矿的。

五分钟之后，众人绕过了一个山道，顿时被面前的景象给镇住了。

从那半边来看，这座山还是完整的，但是绕过这个山道之后，面前却是一马平川，半边山都已经被推平了，在地下还有好几个深坑。

见到有人过来，守卫在外围的几个军人，马上围了过来，和胡荣这边的人交涉了一下之后，并没有要求搜身，但是却端着枪站在几人不远的地方，注视着他们的一举一动。

"这……这个都是翡翠？"

在一个占地足有五十多米长，四十多米宽的大坑里，庄睿攀着梯子来到了坑底，有些不敢置信地看着面前的这块石头"翡翠"。

这小山一般大的翡翠表面，到处都是白色的晶体物质，沿着这些结晶体细看，偶尔能发现一些绿色，不过种水极差，连豆种都达不到，属于低档翡翠。

庄睿顺着这长宽几十米的巨型翡翠转了一圈，发现在这块翡翠的各个部位，都有掏进去的深孔，想必是为了探查里面翡翠品质打出来的。

只是这块料子很是表里如一，庄睿用灵气观察了一下，里面的确蕴含着大量的翡翠玉肉，只不过品质和外面看到的一样，都是档次较低的翡翠品种。

这块翡翠如果解开的话，料子最多只能做一些几十块钱的小饰品，倒不如就这样摆放着好了，如果缅甸政府有办法将之搬出来的话，建个博物馆收门票对外展出，那也赚翻了。

"长36.58米，高12.6米，向内延伸8.9米，太不可思议了，这块原生矿之所以会产生颜色，应该是在翡翠形成的晚期，地壳变动，有液体侵入到里面，产生了离子作用，造成这些绿色脉状的翡翠。

这也破坏了整个翡翠的结构，不过这么大的一块翡翠，等于一个小型矿脉了，太不可思议了……"

冯教授和陈教授两人,下到矿洞底部,就拉着皮尺开始丈量了起来,忙了十几分钟,才算把这块"翡翠之王"的体积大小给量了出来,并给一起下到矿坑里的庄睿和彭飞解释着这块翡翠的形成原因。

　　"大是大了,不过这料子太差,雕琢出来的玩意,也就是十块八块一个,这要是玻璃种的,那个就值钱了……"

　　庄睿笑着说道,不过他的话引来两位教授鄙视的目光,玻璃种,开什么玩笑!

　　这要是块玻璃种的翡翠,那它都能把整个缅甸政府给买下来了,还会留在这里不取出来? 以缅甸政府穷得叮当响的样子,早就将其大卸无数块卖掉了。

　　"玩笑,玩笑……"

　　庄睿讪讪地笑了笑,他也知道这是不可能的,否则别说胡荣的面子,就是小布什来了,都不一定让他看。

　　"走了,庄睿,上来吧……"

　　过了半个多小时之后,胡荣在上面招呼了几人一声,他请冯、陈二位教授来,主要是给他寻找矿脉的,带他们来这里参观,只是顺便而已,这个老坑矿已经停产了,除了这块所谓的"翡翠之王"之外,也没有别的看头了。

　　庄睿这次是和两位专家坐在一辆车上的,刚看了那块翡翠之后,两人的兴致很高,也不感觉路途颠簸了,一直围绕那块翡翠在谈论着。

　　庄睿在旁边倒是也学到了点知识,以前只知道翡翠是从石头里采出来的,现在最起码了解到翡翠的一些形成因素和环境。

　　车队下山之后,驶离雾露河,拐入一条岔道,道路变得愈发难走,又过了近两个小时,停在了一座秃山的入口处,不过在其周围,都是枝叶茂盛的森林。

　　山脚下停着几辆大卡车,还有木头搭建的二十多个房子,十个手持武器的人,在那里来回走动着,见车队到来,纷纷围了过来。

　　"大家下车吧,咱们做缆车上去……"

　　这座山道十分陡峭,想爬上去怕是不容易。

　　胡荣所谓的缆车,是从山下一直通往山顶搭建了四道铁轨,用电闸控制缆车的上下。

　　与其叫缆车,不如叫电轨车更合适一点,轨车大概有一米五宽,车斗肚子很大,里面能并排站三四个人,胡荣陪着冯、陈两位教授,先上了一辆车,下面电闸合上,轨车缓缓向山上升去。

　　庄睿和彭飞是第二波上去的,这辆车上就他们两个人,站在里面很是宽敞,轨车的速度虽然不快,但是几分钟之后,也升到了半山腰,山下的人已经变小了。

　　"庄哥,这里过去三十公里左右,就是地图上埋藏那批黄金的地点了……"

彭飞的话让庄睿愣了一下，连忙上下看了一眼，上下两辆轨车距离自己都还有几十米远，这才顺着彭飞手指的方向看去。

"那就是野人山？"

在彭飞手指的方向，庄睿只能看到连绵不断的山脉，郁郁葱葱的森林，拔地而起的参天大树，给人一种神秘幽静的感觉。

"对，就是那个方向，不会错的……"

前后的人距离自己都远，彭飞也不怕被他们听到，指着远处的一个山头说道："如果我目测没错的话，三十公里，差不多就是从这里到那个山头的距离……"

"嘶……"

庄睿虽然早有了心理准备，不过在看向那座山头之后，嘴里还是倒吸了一口冷气，他可不会认为从这里能看见，就可以轻易地找过去，俗话说望山跑死马，这三十公里的距离，比自己想象之中的，还要难走得多。

"其实这里已经算是野人山了，从山下就可以通往那里，只是不知道有没有小路走，不然恐怕三四个小时都不足以来回的……"

彭飞也皱起了眉头，从这里过去，全部都是山道，并且到处都是丛林，彭飞倒是不怕迷路，但是丛林之中的野兽、毒蛇以及那瘴气，都是可以使人致死的，带庄睿前往，他实在没有多少把握能保护庄睿的安全，。

"看机会吧，说不定晚上就回去了……"

庄睿听到彭飞的话，心里也凉了一半，黄金虽然吸引人，但是小命更重要，庄睿也不是缺钱的人，之所以找到了这里，完全是好奇心作祟，现在看到这般情形，心里已经是打了退堂鼓了。

彭飞默默地点了点头，他只关心庄睿的安全，对那些黄金虽然好奇，但是并没有贪念，试想以前价值数以亿计的海洛因摆在眼前，他都没动心过。

这轨车上升的速度十分慢，看着不是很高的山，但是坡度很长，过了半个小时，才升到了山顶上面。

整个山顶的山头，已经被夷为平地，成为一个巨大的平台，上千人在这里忙碌地工作着，居然还是七八辆"怪手"挖掘机，真不知道胡荣是用什么办法将之运上来的。

山头上的工作分为几种，有些人跟在怪手挖掘机后面检验翡翠原石，有些人则在山体上打孔爆破，还有些人在几个深坑里上上下下，反正除了刚上来的庄睿和彭飞，就连胡荣与两位教授，都在忙碌着。

两位教授此时蹲在地上查看着那些挖掘出来的岩石，以分辨它们的生成年代以及当时的地壳状况，借此来分析此处是否为翡翠生长的环境，等一会儿，估计还要下到矿坑里去查看。

"怎么样,老弟,这就是翡翠矿,这是咱们的地盘,你随便看,没人会阻止你的,也帮老哥看看,这里究竟是否为废矿?"

胡荣见庄睿上来之后,叫过山上一个管事的人陪同两位教授,自己向庄睿走了过来。

"胡大哥,我就是跟来玩玩的,可没本事看矿脉啊……"

"没事,你随便转转吧,最多把这矿关掉……"

胡荣的脸上露出一丝苦笑,这句话说得简单,要是真关掉的话,那胡氏可就元气大伤了。

"要是投资不多,关掉也未尝不可……"庄睿信口说道。

胡荣闻言像是被踩了尾巴的猫一般,差点蹦了起来,风度全无地瞪着眼睛说道:"投资不多?老弟,我整整投资了八千万美元进去了啊,除了缴纳给政府的钱,就是这些基础设施,都花了差不多两千万美元了,要是再不能产出翡翠,这次老哥就惨了……"

庄睿是自己人,胡荣也不怕自曝其短,把压在心头许久的话都说了出来。

"八千美元?有这么多?"

庄睿闻言被吓了一跳,按照现在的市场汇率,八千万美元差不多等于六亿五千万人民币了,这个数字可真是不小,自己那新疆玉矿,总价值不过十五个亿左右,投入只几千万,没想到这翡翠矿的投资如此巨大。

"唉,老哥我这次是失策了……"

胡荣叹了口气,把这事的来龙去脉给庄睿讲了一下。

原来这处新矿,是缅甸各大翡翠公司和政府联合勘探的,当时种种勘探结果表明,这个矿蕴含了极其丰富的翡翠矿脉,能称得上是缅甸第一大矿,所以在后期招标的时候,引得各大公司疯狂投标。

由于胡荣家族原先的那些老矿坑,都已经开采的差不多了,需要新矿来扩展业务,并且勘探这座矿的时候,胡氏公司也有人参与,一致认为是个富矿,所以胡荣当时花了很大的代价,拿下了这座矿的开采权。

这个翡翠矿已经开采近三个月了,胡荣这段时间的确有点吃睡不香,因为到目前为止,所挖出来的翡翠原石,蕴含翡翠的数量相当少,虽然不排除可能还没找到矿脉,但也极有可能是个废矿。

如果这座矿真的是个废矿,胡荣就准备壮士断腕,将之交还缅甸政府,以前的投资,就当是赔掉了,总比像个无底洞一般继续往里砸钱要好。

庄睿也点了点头,说道:"胡大哥,实在不行就去香港,或者来内地也行,我还是能帮上点忙的……"

"这些以后再说吧,现在还不是全无办法……"

以胡氏的财力,想投资移民实在太简单不过了,只是他们在缅甸扎根上百年,还有诸多的跟随者,实在无法一走了之。

庄睿见两人说话这一会儿,不断有人来请示胡荣事情,于是说道:"胡大哥,我自己转转,您先忙吧……"

"好,他叫珠番珀,是泰国人,汉语说得很好,对鉴别原石很有一套,让他陪你们转转吧……"

胡荣的确很忙,伸手招过来一个工头模样,长得白净的男人,给庄睿介绍了一下。

"泰国人,叫煮饭婆?"

庄睿愣了一下,还有人叫这名字的?

"哎哟,这位老板真幽默,连我的外号都知道……"

那个叫珠番珀的男人,很"妩媚"地对庄睿笑了下,瘆的庄睿浑身汗毛直竖,头发差点立起来,鸡皮疙瘩全起来了,脑门上瞬间布满了豆大的汗珠子,这他娘的是男人还是女人啊?

"这是我表弟,收起你那一套,带他去转转,嗯,老弟,他小时候注射过激素,那啥,你懂的……"

胡荣尴尬地对庄睿笑了笑,这人虽然是泰国人,还有点儿娘娘腔,不过对自己很忠心,眼力也不错,跟了自己五六年了,现在也是个手下有百十人的主管了。

"胡哥,不……不用陪了,我和彭飞自个儿转转……"

庄睿见到那个叫珠番珀的"男"人,正一脸幽怨地看着自己,连忙拉了拉彭飞的袖子,彭飞虽然杀人不眨眼,不过此刻也有些吃不消,两人落荒而逃。

"奶奶的,还真有这样的人?"

直到那位"煮饭婆"消失在自己视线之内,庄睿才停下脚步,心有余悸地擦了擦额头上的汗,男人居然能笑得这么"妩媚",庄睿想想不由又打了个冷战。

"泰国有很多男孩,生下来就当女孩养,并且注射一种激素,不过很多人家到后面就没钱打针了,就有许多人变得不男不女的……"

彭飞以前就混迹于中缅泰边境,对这些事情倒是略有所知,不过他也是第一次得见。

庄睿摇了摇头,在心里暗暗发誓,以后绝对不去泰国。

等到心跳没那么快之后,庄睿细看起这些开采出来的原石来,他跟在一队人后面,这队人又跟在怪手挖掘机后面,用铁钎或者眼睛辨认被挖掘机铲出来的石头是否为翡翠原石。

他们辨认的方式很简单,就是用铁钎往上面戳,看留下的印记和听声音,或许这个矿真的是个废矿,庄睿跟在他们身后看了半个多小时,用眼中的灵气看过去,竟然没有一块翡翠原石。

而这些人也有些真本事,起码在这半小时之内,没往推车上放一块石头,想必是用他们独特的方法鉴定出来了。

庄睿看了一会儿之后,就觉得很是无趣,绕到了另外一个方向,背对着彭飞,用眼睛往地下看去。

庄睿的眼睛,曾经在曼德拉的那座寺庙里,莫名其妙地得到了提升,现在已经可以透视近三十米的物体了,他这是想帮帮胡荣,看看在这地下三十米的范围之内,是否有翡翠矿脉的存在。

在接连看了几个地方后,庄睿都摇头离开了,这里的岩石层,基本上全都是辉石岩,按理说应该有矿脉的存在,不过庄睿除了发现几块零星的翡翠之外,并没有看到相对集中的翡翠矿脉。

这个山头虽然不小,但是转悠了一个多小时之后,庄睿基本上把正在开采的地下都看了个遍,并没有那种让人心动的矿脉存在。

在外人看来,庄睿只是在满地捡石头看,没有多少人注意他,到了下午快六点的时候,胡荣叫珠番珀来喊庄睿,准备下山了。

看着"煮饭婆"一摇三摆的腰肢,庄睿心里禁不住恶寒起来,只是远远地跟着,来到轨道车那里。

冯、陈两位教授已经先坐车下去了,胡荣面色则不太好,等着庄睿。

"怎么了,胡大哥,两位教授不看好?"庄睿上前问道。

"今天住一晚,还要再观察几天,不过冯教授说,这些辉石在低温高压下生成的时候,很可能压力不够,导致翡翠的生长环境发生了变化,如果再往下二十米出不了矿脉,基本上就是个废矿了……"

这个消息的确让胡荣高兴不起来,他可是整整投入了八千万美元啊,如果没有矿脉的话,这些钱全都要打水漂。

庄睿也没什么话好安慰胡荣的,转身和彭飞还有胡荣三人上了轨道车,缓缓地向山下驶去,这上下一趟就将近一个小时了。

这时天色已经有些黑了,也没什么风景看,庄睿百无聊赖地把目光投向了上方的山壁。

第二十五章 | 翡翠矿脉

缅甸的冬天是旱季，通常几个月都不下雨，此时太阳西落，在天边出现了红彤彤的火烧云，半边天的云彩似乎被大火点燃一般，美丽异常。

站在轨车上的庄睿发现，身旁彭飞和胡荣的身上，都被映射成金黄色了，就连前方的山岩，也是红彤彤的一片，远方郁郁葱葱的森林，也被披上了一层金色的外衣。

火烧云持续的时间并不长，几分钟之后就消失了，轨车还向山下行驶着，没个二十分钟，很难下到山脚。

胡荣的心情不太好，庄睿和彭飞都没有说话，耳边只有山风吹过的呼呼声。

无聊之中，庄睿看向平行的四道铁轨，四道铁轨宽约四米，加上周围清理出来的地方，总共有六米多宽，而这个坡度的总长，应该有近千米左右。

沿途的树木都被砍伐掉了，铁轨下铺着一些细小的石子，能在如此陡峭的山上开出这么一条轨道来，可见胡荣前期的投资有多么大了。

"这山体内会不会有翡翠？"

庄睿心中突然冒出这么一个念头来，在山顶的时候，好像自己并没有观察轨车附近，或许真有也说不定呢。

想到这里，庄睿微微凝了下神，眼睛看向由于天色变晚而显得黑黝黝的岩石。

"一米……五米……十五米……二十米……"

庄睿摇了摇头，看了将近二十多米的深度，入眼看到的岩石内部，虽然都是辉石岩，但是并没有成块的翡翠出现，偶尔闪现的几抹绿色，颜色也很淡，都是分散的玉石。

庄睿不死心地又往里面看了十米，这已经是他现在灵气所能达到的最大距离了，不过还是没有翡翠脉的迹象，庄睿略微有些失望，目光向下稍移了一下，就准备收回灵气了。

"不是吧？"

谁知道就在庄睿目光下移的时候，一团冰冷的气息，突然被灵气感应到了，并且这股灵气十分纯正,庄睿只在冰种翡翠里面,才感受过。

"翡……彭飞……"

庄睿差点脱口喊了出来,还好见机快,顺口叫出了彭飞的名字。

"庄哥,什么事?"

站在旁边的彭飞还以为庄睿有什么事情呢。

"没事,晚上睡一觉,明天咱们就不上山了,去森林里打猎去……"

庄睿也没什么借口好找,干脆就提起了这事,虽然早先心里有些打退堂鼓,不过想想那些黄澄澄的金子,不去试可惜了一点。

只是庄睿在说话的时候,眼睛依然死死地盯着对面的岩壁,好在天色已经暗了下来,旁边的人也没发现他的表情不对。

如果是在白天,彭飞和胡荣一定可以看到,庄睿脸上的肌肉都在微微抽搐着,而抓在轨车扶手上的那双手,更是因为用力而青筋暴露,可见其心情十分紧张。

"老弟,明天要是不想上矿的话,我叫珠番珀陪你们去山里转转吧,他对这周围的环境很熟悉,不过你们别走远,这野人山虽然遍地是宝,可也步步杀机……"

胡荣明天没空陪庄睿去打猎,他要陪着两位教授继续勘探矿坑的情况,这可是关系到他日后的决策。

"嗯,好,好,我们不走远……"

庄睿心不在焉地回答道,一旁的彭飞不禁用胳膊碰了碰他,他不知道庄睿为什么答应胡荣和那娘娘腔一起进山,彭飞也吃不消那位。

"嗯,什么事?"

庄睿侧过头去,看向彭飞,他其实都没听清楚刚才胡荣在说什么。

"胡哥说让那个'煮饭婆'陪咱们去野人山打猎……"

"什么?!"

庄睿听到这名字,就浑身不自在,连忙说道:"胡哥,给我们两把枪,我们就在边缘转转就行了,不用那谁陪了吧?"

"那不行,看你们两个这样子,进山走个几百米说不定就迷路了,要是没人陪的话,我可不放心……"

胡荣一口拒绝了庄睿,虽然庄睿生的身材高大,但是对缅甸的丛林并不熟悉,而那个彭飞,更是一副小白脸的样子,想必也是个富家子弟,要是万一在野人山出点什么问题,胡荣可没法向秦浩然交代。

"那……那明天再说吧……"

庄睿一反常态地没有坚持,让身边的彭飞有些奇怪。

彭飞哪里知道，庄睿此时的心思，全都放在这座大山里面了。

刚才在庄睿感应到灵气的同时，他也看到了岩壁里面的情形，那种景象庄睿很难用语言来形容，入眼之处全都是绿色，就像身处春天的大草原里一般，除了绿色，再也看不见别的东西了。

一团团被包在石皮里面的翡翠，在庄睿眼中散发着动人的荧光，刚开始的时候，庄睿甚至怀疑是不是先前的火烧云，让自己出现了错觉，但是随着轨车的移动，那一条条的翡翠矿脉，清晰地出现在他眼中。

这条矿脉距离庄睿现在轨车所处的位置，大概要深入到岩石内二十六七米的样子，距离山顶二百米左右。

翡翠矿脉的长度，到目前为止，从庄睿最初看到的地方，已经往下延伸六十多米了，宽度他无法预测，但是最少在四米以上，因为在他灵气所能达到最远距离，依然有翡翠存在。

由于轨道车一直都在移动当中，庄睿无法停下来具体观察翡翠的品质，但是眼中所感应到的那些冰凉的气息，显示出这条矿脉的翡翠等级应该不会太差，并且他直接看到的几块翡翠，都在豆青种以上，是中档翡翠原料。

"没了？"

在轨道车向山下又驶出一百米左右，庄睿眼中的矿脉，骤然消失掉了。

"一百六七十米的翡翠矿脉，天哪……"

此刻庄睿心中那叫一个激动啊，长一百六七十米，宽度最少在四米以上，这样的翡翠矿能值多少钱，十亿？二十亿？庄睿根本就不敢想象。

上面所说的那些数据，并不是说一块翡翠有一百多米，而是指在这一百多米的长度里，翡翠生长的较为集中，每隔上一段距离，就会有翡翠存在，是为矿脉。

胡荣先前所说经过勘探得知，这是缅甸最大的一个矿的话并非虚言啊，只是他现在没有找对方位，把出矿的地方做成了运送原石的轨道，如果从这里掏进去几十米，矿脉马上就可以显现出来。

不过庄睿的想法有些简单了，这座山的坡度近一千米长，庄睿发现矿脉的地方，位于六百到八百米的地方。

由于山体全是岩石，用钻孔勘探的办法，是很难从山顶打下去数百米之深的，所以想在这么一座占地广阔的大山上准确地找到矿脉，那难度是非常大的，和大海捞针也差不多了。

虽然在国际上曾经有专家学者推断，翡翠是在低温和高压的环境里形成的，但是一直都没有定论，对于翡翠的生长环境，至今没有一个公认的说法，并且在实际开采当中，翡翠矿脉也是飘忽不定,很难捉摸。

就拿庄睿刚刚看到的这个矿脉而言,居然在半山腰里,要说低温高压,应该在山脚或者山顶这两处才比较吻合,但是偏偏出现在了半山处,不知道那些地质专家们日后了解到这个情况,又会下什么样的推断。

再往下几百米的山壁里没发现翡翠矿脉了,庄睿也恢复了冷静,他现在在思考,自己应该如何把这个消息告诉胡荣。

能看不能说,这一直都是庄睿苦恼的地方,他总不能拉着胡荣到那有矿脉的山体处,直接跟他说里面二十多米深的地方就有翡翠吧?那纯粹是找死。

而且那块山体露出体表的岩石,都很正常,没什么出翡翠的迹象,自己也不能像在新疆忽悠玉王爷那般,说从某某处看出那里面有翡翠,这里实在是一点依据都没有。

山脚下住的四五十个人,都是全副武装的护矿队,山上的工人平时是不下来的,在山上有简易的住处,也有大师傅做饭,除了夜里山风大一点之外,蚊虫倒是比山下少多了。

在庄睿后面下来的,是那个工头珠番珀和一个小伙子,本来他们不用下山的,是胡荣用对讲机特意把他们喊下来,明天陪庄睿进野人山。

山下已经点起了两处篝火堆,护矿队一些人下午进山打了一只野猪,另外还有些鸟类,早已经洗剥干净用铁叉串起来架在火上烤,在另外一堆小篝火堆上,架了一个锅,里面似乎煮着什么东西。

胡荣虽然没有心思,不过还是强打精神,招呼庄睿和两位教授坐在铺垫好的地上,面前摆着低矮的长桌,不时有人将烧烤好的食物送到桌子上来。

他们所喝的酒,是一个护矿队员拿出来的散装烈酒,放在一个大的透明玻璃容器里,只是里面那条五颜六色,婴儿手腕粗细的花斑蛇把庄睿吓了一跳。

"来,为了感谢两位教授,咱们干了这一杯……"

胡荣站起身来,向二位教授敬了一杯酒,两位老人来到这里之后的工作态度,很是值得钦佩。

"庄哥,这酒喝了没事,毒蛇泡酒,可以医治风湿关节炎,越毒的蛇,泡出来的酒效果越好,对身体没坏处的……"

彭飞见到庄睿不时瞄向那装酒的容器,哪还不知道是怎么回事,彭飞虽然不喝酒,但是蛇胆没少吃,知道这是好东西。

庄睿闻言喝了一口,除了有一丝甜甜的感觉之外,似乎也没什么不适,当下放怀大口吃喝了起来,今儿颠簸了一下午,肚子早就饿了。

上前敬酒的人很多,两位教授没一会儿就不胜酒力了,胡荣招呼人扶他们到木屋里休息了,庄睿和彭飞顿时成了众矢之的,那些护矿的汉子们,纷纷端着酒碗找上了庄睿。

这酒说是烈酒,其实就是缅甸人自家酿造的米酒,度数并不高,庄睿喝了足有小二斤,居然还没倒下,不过也有些迷糊了,彭飞见机快,早就躲得远远的了。

"庄老板,我敬你一杯,你可一定要喝呦……"

一个声音传到庄睿耳朵里,顿时让他的酒意醒了八分,抬头一看,那位泰国先生正含情脉脉地看着自己,在这二十几度的气温中,庄睿还是禁不住打了个寒战。

"喝,喝……"

回头看了一下,彭飞那没义气的小子早不知道跑哪去了,庄睿端起碗来,仰头就喝了下去,顺势倒在了桌上,哥们跑不了,总能装醉吧?

谁知道这米酒喝起来口感不错,度数也不高,但是喝多了,那后劲一点不比二锅头差,庄睿这一倒在桌子上,顿时感觉天旋地转,迷迷糊糊地睡了过去。

幸好胡荣叫护矿队的人把他抬进了木屋,否则要是被"煮饭婆"占了便宜,那庄睿可就亏大了。

喧闹了几个小时之后,山间恢复了安静,熊熊篝火也熄灭了,只是在黑暗中,不时亮起几个光点,那是护矿队守夜的人在抽烟。

胡荣对这个矿的重视,自然不用多说,仅是在进山那一公里多的通道,他就安排了七八处明暗哨,但凡有个风吹草动,这边的人马上就能赶过去。

睡到半夜的时候,庄睿醒了过来,头疼已经缓解了,不过嘴却干得要命,并且想嘘嘘的感觉十分强烈,掀开不知道谁给他盖在身上的一张毯子,庄睿坐了起来。

屋里有一股香味,是缅甸特产的驱蚊草制成的蚊香,一炷香就可以使一间屋子里没有任何蚊虫。

"谁?庄哥,您醒啦?"

木屋的一角,响起了彭飞的声音。

"嗯,我没事,你继续睡,我去解个手……"

摸索着从地上找到鞋子穿上,庄睿推开了木屋的门,沿着六七阶木头楼梯走了出来。

缅甸人所搭建的木屋,为了防止夏天的山洪,往往要高出地面一两米,用粗大的木头作为砥柱,在上面用竹子和木头混合搭建起房屋的架子,铺上顶就可以了,在屋门和地面处,会有一个木头楼梯。

等到夏天山洪流过的时候,冲击在这些作为底干的木头上,是无法摧毁这些木屋的,这样的建筑,在缅甸、老挝和泰国等地随处可见。

这些木屋基本上都不用钉子,而是用浸过油的绳子捆扎的,十分结实,木头上的树皮都没刨去,借着月色望去很是粗犷。

庄睿在木屋后面爽快地嘘嘘一番之后,正准备找点水喝,看到被木屋环绕的空地上,正坐着一个人,默默地抽着烟,仔细看去,正是胡荣。

　　"嘴干了吧,来,喝点水……"

　　胡荣见庄睿走过来,从身边拿起一个绿色的军用水壶,给庄睿递了过去。

　　"咕咚……咕咚……"

　　庄睿渴得厉害,接过水壶之后,几口就把一壶水喝完了,这壶里面装的是山间的泉水,很是甘甜。

　　"胡大哥,怎么不睡觉啊?"

　　庄睿也盘腿坐在地上,把水壶随手放在一边。

　　远处茂密高大的树林黑森森的,这个季节的缅甸,也没什么虫子鸣叫,四周很是寂静,静得让人感觉有些压抑,似乎天地间就只剩下自己一人。

　　"睡不着啊,我也想像你那样,喝醉了什么都不管,呼呼大睡,可是这还有一帮子跟了我们胡家数十年的人,放不下啊……"

　　胡荣狠狠地抽了一口烟,烟头在夜色里猛地亮了一下,然后胡荣将之捻灭在地上,脸上显出一丝愁容来。

　　"胡大哥,您也不用太着急,这座矿经过那么多人勘测,应该有矿脉存在,只要挖下去,肯定会出翡翠的……"

　　庄睿心里虽然知道翡翠矿脉的所在,但是苦于不能明言,这话说出去,听在胡荣耳朵里,却是安慰的意思多一些。

　　"再挖下去? 呵呵,两三个月还好说,时间长了,我是撑不下去的……"

　　胡荣苦笑了一下,这些苦闷压在他心里很久了,现在算是找到了宣泄的闸口,滔滔不绝地和庄睿说了下去。

　　原来胡氏家族看似风光,但是实际上,已经很难维系下去了,就是因为这座翡翠矿,几乎掏空了胡氏所有的资金,而且每天这数百个工人的支出,也是一笔不菲的数字,如果不是此次缅甸公盘上,胡荣也有所斩获,恐怕现在就支持不下去了。

　　翡翠价格暴涨,不过是从上个世纪八十年代开始的,胡氏在这二十多年里,也就积攒了相当于十多亿人民币的资金,当然,这个数字在缅甸而言,那已经是相当多了。

　　只是胡荣近几年在东南亚做了一些投资,花去了好几个亿,加上现在这座翡翠矿的支出,几乎是掏空了胡氏所有的资本,所以胡荣家族现在的资金链,几乎快要断裂了,如果再找不到矿脉的话,那后果相当的严重。

　　即使胡荣现在放弃这座翡翠矿,在资金上也不会有丝毫的好转,等到他在东南亚以及台湾的投资见效益,估计胡家已经支撑不下去了。

在这次公盘上，胡荣之所以那么想走私给秦浩然一批翡翠原石，也有想筹措资金的意思在内，虽然没有很多钱，但是多少也能缓解一下胡荣的压力，只是由于庄睿横插一脚，帮秦浩然赌到几块好料子，这件事情并没有办成。

庄睿听完之后，不解地问道："胡大哥，就算现在这座翡翠矿开出了矿脉，不是也没有办法在短时间内把这些翡翠变成现金吗？"

缅甸军政府严格控制翡翠原石出口，所以即使像胡荣这样的大翡翠商人，也只能依靠翡翠公盘来销售大量的翡翠原石。

至于走私出去的原石，价格低不说，数量也不能很多，对胡荣现在的经济情况，没有根本性的帮助，所以庄睿才有此一问。

胡荣摇了摇头，说道："不一样的，只要这个矿坑不是废矿，这种局面马上就可以扭转过来……"

庄睿不知道，在缅甸，翡翠就是钱，各大翡翠公司之间，也有生意往来，用翡翠做抵押，周转一笔资金，这是很正常的商业行为。

只是现在胡氏这座矿没有找到矿脉，很多翡翠公司都等着看笑话，不肯接受胡氏公司的翡翠，或者是将价格压得极低。

这样一来，就导致胡荣手上有翡翠，但却无法在短时间内使其变成现金，不过这座翡翠矿要是开始大批量出产翡翠原石的话，就说明胡氏走出了困境，那些公司自然会改变针对胡氏公司的策略了。

"胡大哥，您现在的资金，究竟还能支持多久？"

"节省一点，应该能到下次缅甸公盘，不过，那时候要是再没发现矿脉的话，就……就……"

胡荣没有继续说下去，不过庄睿明白了，这等于是一个无底洞，只要一天找不到矿脉，就在不停地吞噬资金，胡荣现在是想抽手不干，却又舍不得前期的投资，正是进退两难的时候。

想着那条一百多米长的矿脉，庄睿心中忽然冒出了一个想法，当下说道："胡大哥，缅甸可以接受外资的资金投资吗？"

"可以啊，缅甸的翡翠公司，有些就是外资，只是限制比较多，这几十年，也不过引进来五六亿欧元的外资而已，老弟，你不会想投资这个矿坑吧？"

胡荣说着说着忽然抬起了头，吃惊地看向庄睿。

第二十六章 投资翡翠矿

"胡大哥,我是想问问有没有这个可能性,毕竟这个矿也是众多翡翠公司一起勘探,并且很看好的,或许再坚持几个月,就会出翡翠呢?"

庄睿把思绪放到了这座矿坑上。

"投资当然是可以的,而且我可以内部股份转让,不经过缅甸政府,这样可以少花很多钱,只是……只是,庄老弟,这可不是小事啊,万一真是个废矿,那所有的钱都会打水漂的……"

胡荣早先不是没想过拉人注资,只是在缅甸,所有的矿业公司都知道这座矿坑的情况,根本就没有人愿意接手或者往里面投钱。

在那些翡翠公司看来,这矿坑就是个无底洞,已经把胡氏公司拖入了泥潭,他们可不想重蹈覆辙。

最主要的是,胡荣现在也不怎么看好这座翡翠矿,他已经平掉了近五十米的山头了,都没有发现矿脉,这对一座富矿而言,是不可想象的。

不过胡荣嘴上虽然劝着庄睿,心里还是很希望有人投入一笔资金的,有人分摊风险,他的压力就会小很多,不过这人如果是庄睿的话,他又有些犹豫。

总之胡荣现在的心情非常矛盾,既想引入资金,又不想这个人是庄睿,毕竟两家在不久之后,就会是亲戚关系了。

"我现在也没钱,不瞒胡大哥,我所有的身家,都扔进这次缅甸公盘了……"

庄睿的话让胡荣松了口气之余,脸上也情不自禁地露出了失望的神色,看来这烂摊子,还是要自己一个人收拾的。

庄睿突然话锋一转,问道:"对了,胡大哥,这座矿如果出翡翠了,这资金周转快不快?"

"当然快了,恐怕到时候缅甸所有的翡翠公司,都会求到我头上的,而且缅甸一年三次翡翠公盘,只要有足够的原石,除去政府拿的提成,一次公盘赚个上亿欧元,不算什么……"

在缅甸,各个大翡翠公司之间,平时都会互通有无,并不是说哪家矿场出的原石,就只能去那家矿购买,只要有钱,别的公司也能买到,只要不出缅甸境内,政府才不管这些事情呢。

"胡大哥,这个矿场需要多少钱,能再支撑个一年?"

"最少要四千万欧元,我这次公盘只卖出两千多万欧元的原石,加上政府收取的费用,剩下的最多只能支撑半年……"

这些事情都是公司最高机密,不过他对庄睿没什么防备,一来庄睿是外国人,二来两家的关系还颇有渊源,不怕庄睿出去乱说。

"那就是再有两千万欧元,就能支撑一年? 胡大哥,如果我出这两千万欧元,能占有多少股份?"

庄睿眉头微微皱了一下,他现在穷得叮当响,满打满算身上不过一千多万人民币,不过要是让他放弃这个机会,庄睿心有不甘,毕竟那耀眼的翡翠,真实地在他眼中出现过。

"老弟,你……你不是没钱了吗?"

胡荣被庄睿搞得云里雾里,刚才还说自己没钱,现在又问起投资股份的事情。

庄睿笑了起来,说道:"胡大哥,我没钱但不代表我搞不到钱啊,您先说说看……"

胡荣歪过头去,借着月光狐疑地看了庄睿半天,他要分辨一下,庄睿是否酒还没醒,是不是说胡话呢。

"胡大哥,您说说啊,我没事,说老实话,这些矿坑里产出的都是辉石岩,这是生成翡翠必须的条件,我就不相信了,这么大一座山,会没有翡翠矿脉,我就是想赌一把!"

庄睿目光坚定地看着胡荣,说道:"我年龄虽然不大,但是运气特别好,第一桶金就是捡漏古玩字画赚来的,然后就是赌石,赌石是赌,我赌这矿场会出矿脉,同样是在赌,生死有命,富贵在天,就看胡大哥你敢不敢接我的赌注了……"

"老弟,你……你说的是真的?"胡荣听了这番话后,知道庄睿不是在开玩笑。

庄睿斩钉截铁地说道:"当然是真的!"

胡荣从口袋里摸出一盒烟,打开烟盒递给了庄睿一根,给庄睿和自己点燃了之后,默不作声地抽着烟,庄睿也没催促,他知道,胡荣在计算得失。

"两千万欧元,20% 的股份,不能再多了,并且这些股份你不能转让,只能按照矿场出产销售拿分成,如果最终证明这是个废矿的话,那你的投资就全部泡汤,等到清算之后,能退回多少,就是多少了。合约我们可以在中国签订,和缅甸政府完全没有关系……"

一根烟抽完之后,胡荣又接上一根,一直抽到第三根香烟的时候,他把刚点燃的香烟掐灭了，说出了上面一番话来。

"胡大哥，这笔钱要什么时间到账呢？"

庄睿知道胡荣说在中国签订合同，是为了让自己安心，因为在中国签订合同并且公证之后，就算投资的地方在缅甸，也受到中国法律保护。

胡荣想了一下，伸出一个手指头，说道："一个月之内，如果一个月之内你能筹集到这笔钱，我就去中国和你签订合同，否则的话，这个矿场，我准备处理掉……"

胡荣手上的资金，虽然还可以坚持个半年，但是胡氏家族别的地方也要用钱，不可能全都扔进这无底洞里，胡荣这次请两位中国地质专家前来，就是为了坚定自己处理掉这个翡翠矿的决心。

"一个月？"

庄睿眉头皱了起来，一个月搞两千万欧元，也就是两亿人民币，这还真是有点难度，从田伯那里可以先支取五千万来，可是剩下的一亿五千万，庄睿就不知道从何而来了。

不过想想那条犹如天河玉带一般的翡翠矿脉，就此放弃的话，庄睿真的有点不甘心，自己所见的只不过是矿脉的边缘，里面还不知道能渗入多深，只要往里渗进去一公分，那价值都是数以亿计往上增长的。

就是庄睿所见到的那些翡翠，价值恐怕都在二十亿人民币以上，两亿占20%的股份，这投资的利润可是100%啊。

"好，就一个月时间，胡大哥，这座矿场我投资了，您准备好合同，等我回去之后，估计半个月之内应该就有消息了……"

庄睿咬咬牙，答应了下来，如果胡荣真的把这座矿处理给别人，那庄睿绝对会后悔莫及的。

至于资金的问题，庄睿也想了，到时候把四合院抵押给银行，看看能不能贷出一笔款子来，现在自己那院子，可是有人出价到两亿了，自己贷个一亿五千万，应该问题不大吧？

如果这条路行不通的话，庄睿准备去找宋军和马胖子拆借一笔钱，那两位都是金主，尤其是马胖子，一两亿对他来说，随时都能拿出来的，国内的资源大亨，那混得可比胡荣都强。

再不济庄睿手上还有原石啊，那二十多块原石买去，可不是当摆设的，实在没辙了的话，就开个赏石大会，把国内的珠宝商人都请去，现场解出一两块来，也能解决资金的问题，不过这是下下策，庄睿不打算动用的。

"老弟，你真的决定了？"

胡荣说不出心里是啥滋味，他很害怕自己的这个无底洞，把庄睿也拖下水，万一真是废矿，那日后见到秦浩然他都不知道该说什么了。

"决定了，胡大哥，我就当是赌石了，不……是赌矿，我赌它大涨……"

庄睿哈哈大笑起来，引得那些守卫们，纷纷向这边看来，更有几间屋子里传来呵斥声，显然是打搅了别人的美梦了。

"得了，胡大哥，各去各屋，各睡各觉，对了，明儿我去打猎，您给我准备两把好枪，还有啊，千万……千万别让那"煮饭婆"跟着我……"

庄睿站起身来，拍了拍屁股上的泥土，转身向自己睡觉的木屋走去，现在他还不打算提醒胡荣翡翠矿脉的位置。

等到合同签订之后，庄睿会建议胡荣沿着各处山体重新勘测一下，不过他不会给出具体的方位的，宁愿多花点钱，庄睿也不愿意做那活神仙。

第二天刚刚过了六点，庄睿就从床上爬了起来，走出木屋，顿时被外面的景色给吸引住了。

这会儿天边刚出现一丝亮光，在山脚下，到处都是白色的迷雾，将整座野人山笼罩在晨雾中，乳白色的浓雾在流动，在减退，透过云流的缝隙，藏青色的山峰和树木隐约可见。

过了大约十多分钟，雾渐渐散去了，天空一片蔚蓝，可以看见山峦起伏的野人山，山上云雾缭绕，显得神秘莫测。

护矿队里已经有人起来做早饭了，升起的炊烟和尚未散尽的迷雾交织在一起，很有点农家田园的生活气息。

"怎么？在看什么啊，老弟，野人山你可不能深入，在外围看看有没有什么动物打就行了……"

正在庄睿眺望野人山的时候，胡荣走到他身边，见庄睿穿了一身迷彩服，脚下蹬着一双高帮野战靴，哪里还不知道庄睿的想法。

胡荣这会儿眼睛里全是血丝，他昨天几乎一夜没睡，心情极其复杂，有了庄睿的注资，他身上的压力减轻了很多，但是同时又给他心中压了另一块大石头，万一真要是废矿，就把庄睿也害了。

"放心吧，胡大哥，我们就在外围转上一圈，过过枪瘾就行了，在国内持枪可是犯法的。"

庄睿口不对心地说道，他昨天夜里回到木屋之后，又和彭飞聊了一下，知道现在是进山的最好时机，要是雨季，根本就无法在山间行走。

并且现在是缅甸气温最低的时候，一些热带毒蛇虽然不冬眠，但是活动的时间也会大大减少，在没有遇到攻击的情况下，不会主动攻击人类。

"行了，子弹我这里有的是，保证让你打得不再想打，先吃饭去……"

胡荣拍拍庄睿的肩头，拉着他一起去吃早饭了，彭飞早已等在那里，见庄睿过来，盛了一碗稀饭递给庄睿。

下饭的菜是腌制的萝卜条，庄睿小时候经常吃这东西，那会儿到了冬天，萝卜和白菜基本上就是家里唯一的菜了，庄母会把萝卜切成条，和盐一起腌制，然后晒干，嚼在嘴里嘎嘣脆。

连喝了三大碗稀饭，又吃了两个麻团，庄睿才停下来，这也是彭飞特别交代他的，一定要吃饱喝足，因为进山后有许多不确定的因素，未必能如他们所想的那般顺利，而保持体力，是在丛林中生存的基本条件。

"老弟，你既然不让珠番珀陪同，那就让他们几个人跟着你吧……"

吃过早饭之后，胡荣就准备上山了，不过在上山之前，他要把庄睿打猎的事情安排好，让庄睿彭飞两人单独前往，他是绝对不放心的。

"庄老板，我也很久没有打猎了哦……"

"煮饭婆"一脸幽怨地看着庄睿，右手的手指摆成兰花指，向庄睿虚点了一下，吓得庄睿连忙退后几步，差点没将刚吃下肚的饭给吐出来。

"什么毛病啊……"

庄睿在心中暗骂道，他都想出钱给这人，让他回泰国切掉算了。

"他叫张国军，是咱们华人，你喊大哥吧，要多听他的话，这森林可不是闹着玩的，多少人进去了都没再出来……"

胡荣把一个穿着深绿色迷彩服，身材魁梧的男子介绍了给了庄睿，庄睿知道这人是护矿队的队长，昨天喝酒的时候和他聊过几句，是位有三个老婆的主。

"大军，我可把庄睿交给你了，一定要确保他们两人的安全，出了什么事，我可要找你算账的……"

胡荣回过头又交代了张国军一句，其实他知道在外围打点小动物，是没什么危险的，否则他也不会同意庄睿的要求。

"胡哥，你就放心吧，这野人山我进过好几次了，在外面转转没事的……"

张国军拍着胸脯答应了下来，他虽然不知道庄睿的确切身份，但是从胡荣对待庄睿和那两个教授的态度上，也能看出来，庄睿应该是自己人。

"行，带点吃的，中午要是回不来，也别饿着了，我们就先上矿了……"

胡荣这会儿可没心思陪庄睿打猎玩，他还要带两位教授继续勘探翡翠矿脉，希望能找到矿脉，脱离现在的窘境。

"庄先生，这两把枪你们拿着，还有这个子弹带，也背上，我先教你怎么使用……"

胡荣走了之后，张国军拿了两把六七成新的 AK－47 步枪，还有两个沉甸甸的军绿色

190

的子弹带,交给了庄睿和彭飞。

"张大哥,叫我庄睿就行了,咱们都是自己人,别那么生分,这枪我会使,以前玩过的。"

庄睿接过枪后,熟练地退下弹夹,拉动枪栓验了下枪,看得张国军愣了一下,他知道,国内会玩枪的人可是不多的。

"成,那我就叫你庄老弟吧,你们俩先等等,我去交代一声……"

张国军是护矿队的队长,出去一天,要把安全工作安排好,缅甸的治安虽然不错,但那是在没有利益纠纷的城市里,在这种野山沟就不好说了。

"庄哥,您成不成,不行给我两个弹夹……"

彭飞熟练地把子弹带背到身上,虽然用的是 AK – 47 步枪,不过子弹带却是国内八一枪的子弹带,一共可以插放六个子弹夹。

现在这两个子弹袋里,插了四个装满了 30 发子弹的弹夹,分量可是不轻,挂在胸前感觉沉甸甸的。

"没事,还可以……"

庄睿背上子弹带后,在原地跳了几下,感觉并不影响活动,其实要单论身体素质,他恐怕比彭飞还要强悍一些,毕竟没事的时候,庄睿经常用灵气帮自己梳理身体,全当是按摩了。

算上这冲锋枪本身携带的弹夹,一共是 5 个弹夹,150 发 7.62 毫米的子弹,胡荣出手算是很大方了,按他的想法,这些子弹足够庄睿过枪瘾了。

"庄老弟,走吧,今天要是打到个大家伙,咱们可就有口福了……"

张国军交代完工作之后,带四个人走了过来,另外的那些护矿队员们,都一脸羡慕地看着他们几个,要知道,进山打猎那可是个好差事,比在这里枯燥地站岗舒服多了。

"张大哥,这东西我来背吧……"

彭飞见张国军手里拎着个袋子,知道里面装的是食物和水,手疾眼快地上前一步,把那袋子抢在手中。

"不用,不用,你们是客人,哎,小兄弟,你行不行啊?"

张国军本待推辞,无奈彭飞已经把那袋子抢了过去,张国军不由瞪了几个手下一眼,一点眼力见都没,哪有让客人背东西的。

不过在一番推让之后,袋子还是背在了彭飞身上,一行五人顺着这矿山山脚向北面的野人山走去。

老话说望山跑死马,庄睿现在算是感觉到了,站在营地里看野人山,仿佛就在面前,但是这一过去,走了足足一个小时,才来到野人山的边缘处。

而这一个小时走的路,不过有四五里那么远,这还是没上山,众人都加快了脚步的情况下。

彭飞此时脸上也变得凝重了起来,他发现自己先前的计算,有些失误。

按照彭飞的推算,从这里到藏宝的地点,大概还有二十公里的山路,他一人绝对有把握在四五个小时之内往返一趟,但是加上庄睿,恐怕就是单趟,四五个小时都未必能到。

"庄哥,不行您就别去了,我自己偷偷摸过去看一下得了……"

彭飞给庄睿使个眼色,两人掉在了队伍最后面。

"怎么了? 咱们不是说好找个时间摆脱他们的吗?"

人都有好奇心,再加上此刻手中的突击步枪和那五个装满子弹的弹夹,庄睿那是自信心爆满,就是再来一次被草原狼群围攻的经历,他都不怕。

早上,庄睿已经和彭飞商量好了,进入丛林里之后,就找个机会摆脱跟随他们的人,庄睿心里明白,胡荣是不会让他们两人进入野人山的,这里的传说,可不是那么的美好。

"庄哥,从这里进去,来回差不多有四十公里的距离,就算是我一个人,恐怕都要大半天,您跟着的话,那……"

彭飞话没说下去,不过庄睿也听懂了他话中的意思,这是怕自己跟不上他啊,自己这是被小看了啊!

庄睿笑着摆了摆手,说道:"没事,你庄哥以前就是长跑健将,三四十公里的距离,不在话下……"

庄睿这话倒不是吹牛,他在大学的时候,五公里长跑的最好成绩是 18 分 22 秒。

那会儿他的眼睛还没有发生异变,现在有灵气在身,随时可以消除疲劳,庄睿更不把这来回四十公里的距离放在眼里了。

第二十七章 挺进野人山

"庄哥,不是那么算的,这山路很难跑起来,速度提不上去,就算是我,一小时能走五公里就不错了……"

彭飞有些挠头,他把此次的行程想得过于简单了,而且他也犯了个常识性的错误,这地图上比例尺的距离,和实际相差很大,尤其是在山地环境。

庄睿被彭飞的话说得有些愣神,他不怕体力消耗,因为用灵气完全可以补充,但是一个小时走五公里,那未免有点慢,如此一来,即使没有别的情况,这来回就要八个小时啊。

如果自己真在这野人山失踪八个小时,恐怕胡荣一定会组织人搜山了,想到这,庄睿不禁有些挠头。

"庄老弟,这就进山了,你们两个跟紧点,子弹不要上膛,枪口朝下,遇到猎物我招呼你们……"

张国军回头一看,庄睿二人已经落后了二三十米了,不由摇了摇头,这城里人的身体就是不行,才走了几公里的路,就撑不住了。

"张大哥,知道了……"庄睿远远地回了一声。

"现在赶过去的话,晚上应该就能回来,对不住胡大哥了……"

庄睿看了下手表,还不到八点,在心里下了决心,对彭飞小声说道:"咱们现在就走,争取天黑之前赶回来……"

彭飞虽然有心不带庄睿去,只是见他决心已定,也没什么办法,当下点了点头,道:"庄哥,咱们丑话说在前面,您要是跟不上我,那咱们就转回来,我晚上一个人去……"

"好,就这么办!"

庄睿点头答应了下来,然后快步赶到张国军等人的后面。

这时六人已经进了林子,茂密的热带丛林阔叶树木,把天上的光线遮挡住了一大半,只有稀落的阳光透过树枝,星星点点地照射在地上。

地面铺了一层厚厚的落叶和腐朽的树枝，踩在上面软绵绵的不太受力，传出一阵"沙沙"的声音。

森林里面很寂静，除了几人的脚步声和谈话声，再没有别的声音了，张国军对这里很熟悉，现在带庄睿等人走的地方，居然是一条小路，其实也算不上路，只是这段时间他们经常走而已。

在高树林立的森林里穿行了半个多小时之后，张国军停住了脚步，说道："咱们往西北方向走，前面有个山坳，估计会有些动物，昨天那只野猪，就是在那里打到的……"

"张大哥，张哥，你们先过去吧，我实在撑不住了，要坐下休息会儿……"

庄睿和彭飞做出一副气喘吁吁的模样来，那架势眼看一口气喘不上来了，张国军回头看了一眼，不禁皱起了眉头，这才走多点儿路啊，就变成这样子了。

不过张国军也知道自己此行就是陪庄睿来玩的，当下说道："要不咱们都休息会儿吧，等一会儿再过去好了，可惜了，早上这会儿，动物的反应比较迟钝，去晚了恐怕都跑了……"

"张……张大哥，我……我们没事，就……就是有点累了，坐在这儿休息一下就行，你别管我们，先去守住山口啊，回头动物都跑了怎么办啊……"

庄睿用手扶着一棵大树，上气不接下气地说道，一边还不耐烦地摆着手，示意张国军先赶过去，做出一副生怕打不到猎物的模样来。

"这……这不好吧，万一要是有点啥事，那胡哥可饶不了我……"

张国军是个性格爽朗的汉子，他哪儿能猜到庄睿的心思，虽然心里已经被庄睿说动了，但是还没忘此行的任务，想了一下还是决定等庄睿一起前往。

"张大哥，我们两个拿着枪的大男人，在这里怕什么，再说这距离外面又不远，也没什么动物出没，你们快点去，万一动物跑光了，咱们今儿那就白来了……"

庄睿见张国军不肯走，心里真着急了，这都已经八点了，再不把他们调走，恐怕今儿的寻宝之旅真会泡汤。

"那……那好吧，从这里往西北不到二里路，就能看到那山坳了……"

张国军也想堵到几个大家伙，晚上给兄弟们改善下伙食，这野人山深处他们不敢进，平时都是到那山坳去堵猎物，那里有处水源，平时就是动物聚集的地方。

看到庄睿挥动着手里的枪，张国军想应该不会出什么事，老虎、黑熊之类的猛兽，在森林边缘根本见不到，当下对着身后一个人喊道："马六，你留下，那地方你也知道，等会儿带着庄兄弟他们赶过来……"

"军哥，又不是很远，一个时辰都不到的路，不用留人了吧？"

马六听到张国军的话后，有些不情愿地说道，男人嘛，对打猎总有着异乎寻常的兴趣，马六自然也不例外。

张国军瞪了马六一眼，没好气地说道："不听使唤是吧？我的话也不听了？"

"没……没，哪能呢，军哥你们先去吧……"

张国军这话一说，马六连忙摆手，只是脸上还有些不情愿的样子。

"庄老弟，休息好了就赶过来啊……"

张国军冲庄睿和彭飞打了个招呼，就兴冲冲地带着其他三个人向打猎的山坳赶去，在他看来，手上有枪，在这丛林里几乎不会有什么危险。

"马六兄弟，那山坳都有些什么动物啊？"

庄睿这会儿喘得没那么厉害了，掏出一包烟来，递给马六一根。

"那可说不准，上次碰见了两只野猪，跑掉了一只，另外像黑熊有时候也会跑到那边喝水，对了，有一次还见到老虎了，只是我们赶到地方，那老虎已经跑没影了，真是可惜……"

马六他们在这驻扎了快半年了，经常在野人山边缘打猎，那山坳也去过许多次，现在说起来如数家珍。

马六说起那老虎的时候，脸上还带着懊悔的神情，要知道，一张虎皮拿到中缅边境去卖，那可值好几万人民币呢，当然，这只是中国商人开给他们的价格。

"唉，都怪我们两个身体不行，跑这一段就喘不过气来了，这样吧，马六兄弟，你也跟过去吧，我们再休息一会儿就过去……"庄睿现在急着要把这人支开。

"那可不行，你们要是走丢了，军哥会扒了我的皮的……"

马六连连摇头，张国军在这一帮子华人护矿队里的威信，还是相当高的。

"马六兄弟，看不起我们两个是不？手上都有枪，还能走丢了不成，这样吧，你每隔四五棵树，就在树上用军刺做个记号，这样我们不就知道啦……"

庄睿快速开动脑筋，帮马六找借口，至于军哥会不会扒掉他的皮，现在顾不上那么多了，不过等自己两人跑了之后，马六这一顿训斥是免不掉的。

"这倒也是啊……"

马六听得眼睛一亮，拿起军刺对着一棵树砍了一下，看到那树干上露出了一道印子和白色的汁液，转头对庄睿说道："庄先生，等会儿你们就按照这记号找过来吧，其实不做记号都没事的，就在西北方向……"

马六这人有点粗脑筋，进入这到处都是参天大树的森林里，不是识途老马或者受过专门训练的人，鬼知道西北是哪个方向，就是想找太阳辨认方向，那也要找处树木稀少的山坡才行。

"庄先生，你们快点啊……"马六一边向张国军等人追去，一边回头对庄睿喊道，手上也没闲着，用军刺劈手在沿途的树上砍了一刀。

"知道了，你放心吧，有事我会开枪的……"

195

庄睿大声地回了一句,身体已经站了起来,而身旁的彭飞早已拿出他那把小刀,用刀柄上的指南针辨认方向了。

"庄哥,咱们的方向是正北,往这里走……"

彭飞认清楚方向之后,身体率先冲了出去,犹如一只灵活的猿猴一般,瞬间跑出十几米。

"哎,你倒是慢点啊……"

庄睿不知道彭飞就是想让他跟不上知难而退,连忙跟在后面追了上去。

"马六,你怎么来了? 庄老弟他们俩呢?"

马六紧追慢追地跑了将近二十分钟,才追上张国军等人。

"军……军哥,他们俩还在后面,没事,我沿路都做了记号的……"

马六喘了一口大气,拿起军刺在树上划了一下,眼睛却不敢正视张国军。

"你个兔崽子,我说的话你不听啊?!"

张国军眼睛一瞪,一个大耳巴子就扇在了马六头上,马六都没敢躲,低着头没敢说话。

"不行,万一出点啥事,咱们哥几个可担待不起,走,回头……"

张国军明白庄睿在胡荣心里的分量,万一出了点啥事,他一家老小都没脸在华人城里住下去了。

站在张国军身边的一个人,迟疑着说道:"军哥,咱们在这里也待了快半年了,这边缘地带连个兔子都见不着,不会出什么事情的,等一会儿他们或许就跟上来了……"

他们这些护矿队的人,虽然就住在森林边缘,但也不是每天都有时间出来打猎的,并且那些子弹可是有数的,难得胡老板开恩,让他们出来玩,这些人都不想耽搁时间。

"老二,你也是这意思?"

张国军听到那人的话后,明显犹豫起来,他心里也认为这点路不会出什么事情,要不然他也不会只留下一个人,带着这几人率先赶往山坳处了。

"大哥,咱们把山口堵住,留点东西给他们打,要不然去晚了什么都没有,那不是扫了客人的兴致吗?"

老二的脑子比较好使,想出个让张国军没法拒绝的理由来,胡荣让他们陪着庄睿等人,就是要玩好,这转悠一圈光是爬山了,如果啥都没打到的话,那有屁的意思啊。

"那……行吧,咱们先去山口,你们几个,多在树上做点记号……"

张国军想了一下,感觉在这边缘出不了什么问题,当下决定还是去山坳处等待庄睿二人。

"大哥,那我……"马六低眉顺眼地看着张国军。

"妈的,你走前面,小兔崽子,下次再不听话,让你上山挖坑去……"

张国军没好气地踹了马六一脚,顺手取下冲锋枪上的军刺,在自己等人刚停留的地方做了个记号。

"庄哥,咱们先前可是说好了,跟不上今儿就不去了,回头找他们打猎去吧……"

已经跑出二十多米的彭飞听到庄睿的话后,停下了脚步,看着身后跟上来的庄睿说道。

"嗨,你还真以为我跑不过你呀? 太小看你庄哥了,走着……"

庄睿紧了紧背在肩膀上的枪,摆手示意彭飞走在前面。

"好吧,要是撑不住,你就说一声,咱们还能回头……"

彭飞见庄睿坚持,无奈转身向正北方钻去,他的身形很快,在这到处都是参天大树的密林里,居然也能跑起来,要不然彭飞也不敢夸口四五个小时就能来回四十公里山路。

庄睿不甘示弱地跟了上去,他跑动的幅度很大,比彭飞消耗体力,只是庄睿不怕这个,在腿脚感到酸软的时候,低下头往里面注入一丝灵气,马上就能恢复过来。

不过有时候收不住脚,经常会撞到前方的树上,没过多大会儿,庄睿那迷彩服就被撕破了几个口子,脸上也被树枝划了几道血痕。

彭飞跑动的同时,手中的军刺不时地在来路的树上做着记号,只是他所做的记号极不明显,这是他们特种部队用于联系的记号,一般人就是发现了,也会认为是树皮自然脱落了。

连续疾奔了四十多分钟之后,森林里的树木愈发密集起来,并且原本平坦的地面,也有了坡度,不过丝毫不影响彭飞的速度,除了呼吸声变得略微大了一点,彭飞就像是个不知疲倦的机器一般,两腿不停地摆动着,犹如猿猴一般穿行在密林里。

庄睿连续撞了几回树之后,也学精明了,在跑动的时候,知道留有余力,虽然速度没有彭飞那么快,但是也能跟得上,两人之间始终相隔十多米的距离,一直都没被彭飞甩开。

"停……"

跑过一段下坡路之后,彭飞突然停了下来,庄睿一时没收住脚,往前多跑了几步。

庄睿以为彭飞撑不住想休息了,喘着粗气得意洋洋地说道:"怎……怎么了? 跑……跑不过我了吧?"

虽然身体不会感觉疲劳,不过庄睿的心脏可禁受不住这种高强度急行军了,所以在站住脚之后,连连大口喘气,身上的迷彩服,已经全被汗水浸湿了。

彭飞的模样也不比庄睿好多少,头发已经湿的一缕缕地搭在额头上,停下脚步之后,彭飞拿出他那把小刀,将快要遮住眼睛的头发给剃了去,那样子让庄睿颇为好笑。

不过彭飞的呼吸就没有庄睿那么急促,脸色似乎也没太大的变化,在整理完头发之后,他的眼神一直紧盯着前面的几棵树木。

"怎么不走了？"

庄睿掏出水壶喝了几口水，狐疑地看向彭飞，他也看出来了，彭飞现在的状态，比自己要强多了，要知道，彭飞可没有灵气梳理身体的。

"你看这几棵树，似乎有点不对……"

彭飞用眼神示意庄睿看前方。

"没什么不对啊，就是长歪了一点而已……"

庄睿看了半天，发现那几棵树都不怎么高，并且长的有些倾斜，不过这在森林里很正常啊。

"不是，那是曾经发生爆炸留下的痕迹……"

彭飞的眼神变得锐利起来，虽然这爆炸或许过了半个多世纪，但是他依然能从那些树上看出点蛛丝马迹，之所以停下脚步，彭飞是怕前面埋有地雷，万一不小心趟上去，那多少条命也不够送的。

虽然这种可能性并不高，因为在这半个多世纪里，肯定有无数动物经过这里，即使有地雷，也可能早就被引爆了，只是这关系到身家性命，彭飞不得不慎重对待。

野人山在早先的时候，是属于中国云南的，不过后来英国人横插一脚，划归给了缅甸，而野人山的名字，是由于这里山大林密，瘴疬横行，据说原来曾有野人出没，所以这片方圆数百里的无人区，才被称为"野人山"。

而缅甸语中，野人山意为"魔鬼居住的地方"。

在野人山深处，山峦重叠、林莽如海、树林里沼泽绵延不断、河谷林密、豺狼猛兽横行、瘴疬疟疾蔓延，无论是缅甸还者中国，都将这里视为十分危险的地方。

"没事，走吧，庄哥，看不出来啊，您还真是个长跑健将呢……"

彭飞在附近检查了一圈之后，脸色放松了下来，半真半假地和庄睿开起玩笑来，他心里还真有点佩服庄睿。

要知道，刚才那一通急行军，彭飞几乎使出了全力，这四十多分钟跑出了六七公里远，虽然只是在野人山边缘，地势并不很难走，但是庄睿能一步不差地跟上，还是让彭飞另眼相看了。

在知道庄睿的耐力不差于自己之后，彭飞前行的速度，明显放缓下来，因为到了这里，已经算是真正进入野人山了，这些地方或许半个世纪都没人进入，参天的大树使得密林里的光线极为阴暗。

在两人继续前行的时候，彭飞手里多了根长树枝，不时在前面探路，他这是怕有陈年积累下来的枯枝形成沼泽深坑，并且也有打草惊蛇的功效。

庄睿就看到好几次在彭飞树枝的拨弄下，几条长满了花纹的蛇，钻入到密林深处。

第二十八章 丛林寻宝

由于树木的遮挡，密林中的空气质量也变得很差。又走出两三公里之后，彭飞从迷彩服口袋里掏出一个瓶子来，倒出两粒药片，自己先吞服了一粒，递给了庄睿一粒。

"这是什么药？"

庄睿把这粒淡黄色的药片丢入嘴里之后，才问彭飞，药片入嘴，有股苦涩的味道，庄睿连忙拿起水壶喝了口水。

"奎宁片……"

彭飞随口答道，见到庄睿一脸不解的样子，又说道："也叫金鸡纳霜，是防治恶性疟的，对于这些瘴气，也有点作用……"

庄睿和彭飞前面的丛林里，弥漫着淡淡的氤氲的雾霭，由于被林间茂密的树木所掩盖，这些瘴气经年不散。

不过现在还算是好的，如果是在雨季，大雨将那些腐物冲刷出来，那雨林里根本就没法停留。

"咱们走了多远了？"

庄睿向四周看了一下，这丛林除了树木又密集了一些之外，和初入森林时似乎没什么两样，更不用谈分辨东南西北了。

"应该还有十二三公里的距离，不过这后面肯定难走，庄哥，您确定还要前行？"

彭飞拿出一张帕敢地图看了一会儿，脸色很凝重，因为他发现指南针居然在这里失效了，再往前行就要依靠头顶上被树木遮住的太阳来分辨方向了。

"去，干吗不去啊，都到这里了……"

庄睿在这丛林里穿行了两个多小时了，除了见到几条蛇之外，所谓的豺狼虎豹，连个影子都没见到，似乎并没那么危险，这让庄睿信心大增，并且看这一路行来的样子，这里肯定是人迹罕至，说不定那批黄金真的还留在原地呢。

199

庄睿身体里的冒险因子此时也被激发了起来,儿时可是看鲁滨逊历险记长大的,现在能这么好的机会进行一次丛林探险,庄睿怎么可能放弃呢!危险?似乎到现在还没出现。

"好吧,庄哥,后面的路要小心了……"

彭飞见庄睿执意前行,没再说什么,而是从背包里取出两个简易的防毒面罩,递给庄睿一个,教他戴在脸上。

这片瘴气区不知道有多大面积,仅靠那奎宁丸是肯定不行的,还好彭飞早有准备,这种可以供氧半个小时的防毒面罩,他一共带了四个。

"咔嚓……"

庄睿刚迈出脚步,突然踩到一个东西,脚下一滑差点摔倒在地。

"什么玩意?"

庄睿用树枝拨弄了一下,待看清楚那物体之后,吓得连连退后几步。

赫然是一个死人头骨,下巴处的骨骼已经不见了,只剩下天灵盖和两个黑洞洞的眼眶,在这阴暗的环境里,显得异常诡异。

一条长着三角头,身上分布着红黑黄白四种颜色,大约拇指粗细的蛇,从那眼眶里钻出来,似乎不满庄睿打扰了它的居所,昂起头来,对着庄睿"嘶嘶"地吐了下舌头,才重新钻入厚厚的枯叶中,消失不见了。

"操,不咬人吓唬人啊……"

庄睿心脏"咚咚"直跳,幸亏自己退得快,否则真被咬上一口,说不准就会丢了小命,谁知道灵气对毒素有没有治疗作用。

不过之前大话说得太满了,庄睿还是小心地跟在彭飞后面,向野人山深处走去。

越往前走,两人前行的速度越慢,因为山势逐渐陡峭起来,并且蛇虫也突然增多了,时不时在一些低矮的树梢上,就能看到一条五彩斑斓的毒蛇,有好几次要不是彭飞手疾眼快,恐怕在前面探路的他就被咬到了。

至于死人的骨头,庄睿更是见到了不少,草丛里不时看见倒毙的尸骨,至于衣服什么的早就腐朽了,也没办法辨认他们的身份,不知道是当年的远征军将士,还是失踪在野人山的日本鬼子。

一路走来,庄睿终于相信了这野人山埋骨十万的说法,有几处充满了瘴气的地方,如果没有防毒面罩,恐怕真的很难通过。

"庄哥,休息一下吧……"

彭飞看了下手表,已经下午一点钟了,他们整整走了四个多小时,距离藏宝地点,应该不远了,还有两三公里的路程,不过这两三公里,看样子还要走上一个多小时。

此次野人山之行，远没有想象中的顺当，搞不好恐怕要在山里过夜了。

不过彭飞真是没想到，庄睿的身体素质居然如此之好，看他现在的样子，比自己还要轻松，并且在探路的时候，那个七八斤重的干粮口袋，也背到了庄睿肩膀上，算上冲锋枪和子弹夹，庄睿的负重已经超过二十斤了。

"好，吃点东西吧……"

庄睿左右看了一下，这里是个山坳，大约有两三百平方米大小，中间有个四五十平方的积水潭，两边都是陡峭的岩壁，前方只有一条狭窄的小道通往未知的前方。

"嗒……嗒嗒……"

彭飞突然举起手中的枪，对四五十米外的一棵大树扫射了过去，把刚准备坐下的庄睿惊得跳了起来。

"怎么了？"

"没事，是只山猫子……"

彭飞跑到那棵大树下面，伸手从地上拎起一只死了的大猫，走回来后直接扔到池塘边，说道："这东西攻击性很强，一般的豹子都斗不过它，要是不打死或者惊走它，等会儿咱们路过那里，肯定会被它袭击的……"

庄睿看这只山猫大约有三四十斤重，个头和电视里见过的豹子差不多大小，只是浑身布满了灰色的条纹和绒毛，并没有豹子那种金黄色的皮毛，倒是与那些树木的颜色有几分相像。

在这山猫的身上，有三处弹孔，其中一处射在头上，将其头盖骨掀开了一半，看得庄睿一阵恶心，连忙退了回去。

"庄哥，先吃点东西吧，今天没时间了，否则您别看这猫肉酸，抓条蛇配在一起煮，那味道可是不错的，龙虎斗那道菜，用的主料可没这山猫好……"

彭飞找了一处靠近岩壁的地方，将四周的杂草清理了一下，然后招呼庄睿坐下来，为了赶时间，他们从早上到现在，什么东西都没吃呢，现在体力消耗太大，必须补充一下。

吃的东西很简单，就是用糯米蒸出来的团饭，菜就是萝卜干，两人都是饿得慌了，每人连吃了三四个糯米团，喝了几口水之后，精神慢慢才恢复过来。

庄睿身体虽然不怎么疲惫，但是这脑子一直都是紧绷着的，这一趟他也算是大开眼界了，就是毒蛇都见了十几种，另外还见到过一群浑身黑毛又不像是猩猩的猴子。

庄睿不知道，这是缅甸独有的黑丝猴，其珍稀程度，不亚于中国的金丝猴，在缅甸有许多人冒险进入野人山，就是为了抓捕这种猴子，然后高价卖到中国去。

当然，所谓的高价，只是缅甸人的理解而已，对于这些每月平均工资相当于三百元人民币的缅甸人而言，有个一万两万人民币，那就是很多钱了。

"嘿嘿,这些东西都被咱们带来了,恐怕张大哥他们现在连吃的都没有了吧……"

庄睿吃饱之后站起身来,舒服地拍了拍肚子,得意地对彭飞说道,不过他也能猜到,此时张国军等人肯定是没吃饭的心思,而是在满世界地寻找他们两个。

虽然心有愧疚,不过庄睿也没办法,总不能满世界的去宣扬这份藏宝图吧,最多等自己回去了,在胡荣面前多说几句他们的好话。

"庄哥,嘘……"

原本坐在地上喝水的彭飞,突然浑身紧绷了起来,一手抄起身边的冲锋枪,窜到庄睿前面。

"胡大哥,事情就是这样的,是我不对,让庄兄弟和彭兄弟走丢了,我这就回去找……"

身高近一百九十公分的张国军,此刻低着头站在身材瘦小的胡荣面前,一脸羞愧,而他身后站的那一排人,脸上的表情都不怎么自然。

见胡荣看向自己,马六将手里那几只羽毛斑斓的死鸟,拿到了身后,躲避着胡荣的视线。

要说今天张国军等人的收获,还真挺丰富的,不但打到七八只鸟,还打到一只四十多斤重的小野猪,这是早上被他们堵在有水源的那个山坳里的,可惜的是,那只成年野猪跑掉了。

不过这些战利品并没给张国军等人带来欣喜,因为他们在山坳处等了将近两个小时,都没见到庄睿二人的身影。

从庄睿等人休息的地方,到他们打猎的山坳,最多一个小时的路程,但是张国军等人等了将近两个多小时,都没有见到庄睿二人的人影,不由着急起来。

本来那只小野猪是堵在山坳里,留给庄睿来再打的,不过张国军也顾不上给庄睿留猎物了,一枪放倒之后,背上它就沿着原路返回寻找庄睿。

到了早上休息的地方,哪里还有庄睿两人的人影啊,张国军向四周找了一阵之后,也没见到二人的影踪,这山里到处都是枯叶,脚踩上去根本就留不下什么痕迹。

最后还是马六说回营地看看,指不定两个人找不到路,就先回去了呢。

张国军这才带着几人返回了矿场,问了巡逻在矿场周围的护矿队员,没有一人见到庄睿等人,这让张国军吓得不轻,连忙通知了正在山上寻找矿脉的胡荣。

从野人山边缘赶回矿场,本来就需要一个多小时时间,再加上他们在森林里耽搁的时间,这会儿也已经是下午了,也就是说,庄睿和彭飞失踪,已经超过了四个小时。

"集中所有人,进野人山!"

胡荣阴着脸思考了半刻之后，下达了命令，他心里明白，如果庄睿真在自己的地盘上出个三长两短，那不但要被秦浩然斥责，恐怕还要承受中国境内的某些压力。

胡荣现在是后悔莫及啊，早知道自己陪着庄睿前去打猎了，那样怎么都不会让他们走失掉。

从小就在帕敢地区长大，没有人比胡荣更加了解野人山，那里就连最有经验的老猎人都不敢深入，庄睿万一跑错了方向，进入到野人山内部的话，后果胡荣简直不敢想象。

只是现在也不是责备张国军等人的时候，在集合了四五十人之后，胡荣只留下三个人看守矿场，其余的人都被他带往野人山，去寻找庄、彭二人去了。

"彭飞，怎么了，那么紧张，什……"

刚才吃饭有点急，而且这糯米饭很黏，堵在肠胃里，庄睿正准备活动一下，突然被彭飞的举动给吓了一跳。

"嘘……"

彭飞侧过头，让出了半边身子，示意庄睿往前看。

"妈呦……"

庄睿顺着彭飞的视线看去，顿时浑身发寒，脊背都感觉到凉飕飕的。

在他们的正前方是个四五十米大小的水塘，此时从水塘里钻出来一条长七八米，碗口粗细的巨蟒来，正游着向庄睿和彭飞的方向爬来。

"庄哥，退后一点……"

彭飞的枪口已经对准了这条巨蟒，不过他此刻的手心里全都是汗，因为彭飞知道，这种巨蟒的生命力极强，如果被它缠上的话，就算自己打爆了它的头，都有可能被它那巨大的缠绕力将骨骼挤压断。

此时彭飞并不敢动手，他在等待这条巨蟒主动攻击。

在和彭飞对峙了一分多钟之后，这条丛林巨无霸似乎感觉到对方不怎么好惹，视线终于从彭飞身上移开，爬到那只已经死去的山猫旁边，用身体将山猫卷住之后，将之拖到池塘里面。

这水塘看样子不浅，那条巨蟒滑到里面之后，翻了个浪花就不见了影踪，想必是在水里吞噬本属于彭飞的猎物了。

"这玩意个头真大啊，有点像电影狂蟒之灾里的那条蟒蛇……"

庄睿不知道这种巨蟒的可怕，刚才在彭飞身后，居然还抓拍了一张照片，这会儿正在数码相机上看着，他想等自己回到国内，要是把这东西发到网上去，肯定能羡慕死那些经常在网上厮混，并且喜欢外出旅游探险的驴友。

"对了,彭飞,刚才为什么不开枪啊?"

庄睿有些遗憾,即使自己这次进野人山找不到那批黄金,要是把这蟒皮给剥下来,那也是件不错的战利品啊。

"庄哥,它不来招惹咱们,就谢天谢地了,要是休息好了的话,咱们继续赶路吧,太阳落山之前要是回不去就麻烦了……"

彭飞翻了个白眼,脑子坏了才去主动攻击这种巨蟒呢,别说被它缠上,就是被那尾巴抽上一记,都是个筋骨折断的下场。

这会儿彭飞真有点着急了,他们现在已经深入野人山里了,如果天黑之前不能回去的话,在丛林里过夜可不是好主意,要知道,一般的大型猛兽,都是在夜间出没的。

缅甸的四季之分虽然没有那么明显,但是这个季节森林里的动物的确少了许多,在后面的路程,倒是没再遇到什么危险,下午两点多钟,两人来到一处林木稀少的半山腰上。

彭飞对着庄睿数码相机上的地图,仔细看了好几分钟之后,抬起头肯定地说道:"庄哥,就是这里了……"

"找找看……"

来到这里的路上,庄睿在灌木丛里又见到不少死人尸骨,想必都是被日本人杀害的搬运黄金的缅甸人,彭飞既然说地图没错,那这里应该就是藏宝的地点了。

两人在周围仔细一搜查,宝藏没发现,尸骨和腐烂的衣物倒是找出来不少,居然还有几把三八大盖,只是那木头把柄早就腐朽了,枪身上也是锈迹斑斑,不仔细看还以为是个烧火棍呢。

"庄哥,没有……"

半个小时之后,两人碰了个头,都没什么发现,不过彭飞可以确定,这里在他们之前,没有人来过。

"往上面走点,再找找……"

庄睿心里有些不解,按理说这日本鬼子已经穷途末路了,应该不会有多少工夫深埋宝藏的,只是庄睿拿着彭飞带来的工兵锹,连掘了几处地方,发现都是生土,说明以前那些地方并没被挖开过。

这盗墓的手段也不是全然无用,最少知道怎样分辨生土熟土,让庄睿不至于四处挖坑了。

"庄哥,您来这里看一下……"

走在前面的彭飞突然喊了起来,跟在后面不时挖两铲子的庄睿,连忙跑了过去。

"庄哥,您看,这里的山体有些不对,有爆炸过的痕迹,而这些土,应该是后来填上去的……"

彭飞面对的是一处山岩，一般的山岩都是山石裸露在外面的，但是这处山岩上却全都是土壤，上面长满了杂草。

　　庄睿不知道彭飞所说的爆炸痕迹是什么样子的，但是听他说可疑，就上前走了一步，双手贴在山岩上做观察状，眼睛释放出灵气，往山岩内部看去。

　　"靠，终于找到了！"

　　就在庄睿眼中的灵气穿过这些土壤之后，看到的是一片被碎石遮挡住的洞口，在那些碎石后面，是一个只有十二三米长，两米高的小山洞，虽然里面没有任何光线，庄睿依然看到了十几个铁皮箱子。

　　"金子，真的全是金子……"

　　庄睿心中激动起来，当灵气穿过那薄薄的铁皮箱子之后，一片耀眼的金黄色顿时映入眼里。

　　这些金子应该都回过炉，因为出现在庄睿眼中的金砖，每一块都像以前那种肥皂大小，整整齐齐地摆在一起。

　　"什……什么东西啊？妈的，怎么这里也有蟒蛇啊……"

　　庄睿正要细看一下有没有那张纸上所说的翡翠时，突然感觉脚下一沉，似乎有什么东西在拉拽自己的裤子一般。

　　低头往下看，庄睿顿时吓得一佛出世二佛升天，原来是一条巨蟒正顺着自己的裤脚往上爬呢。

　　庄睿连忙往后退了几步，不料脚下被石头一绊，一屁股坐在了地上，而那条碗口粗细的巨蟒，沿着自己的右腿，往自己身上盘来。

　　手里的枪虽然举了起来，不过庄睿不敢开枪啊，这蟒蛇就盘在自己腿上，一枪下去，说不定蛇没打死，腿倒是断了。

第二十九章 遇袭金钱豹

庄睿那已经被汗水打透了的裤腿,此时变得凉飕飕的,而那扁平黝黑的蛇头,还往自己身上爬着,似乎把庄睿当成什么枯枝断树了。

"彭……彭飞,你小子笑什么啊,快点帮忙呀……"

庄睿突然想起身边还有个人,他此时一动都不敢动,因为那蛇头已经来到小弟弟的部位,万一蛇性大发咬上那么一口,庄睿这辈子的性福生活就算完了啊。

彭飞此时的表现让庄睿有些不解,哥们都这样了,他还能笑出来,难不成想独吞这宝藏不成?

"庄哥,这种巨蟒没攻击性的,看您吓得那样……"

彭飞见庄睿实在撑不住劲了,也就没再逗他了,弯腰抓住了那条蟒蛇的蛇头,用两手拎了起来,然后把这条四米多长、碗口粗细的蟒蛇挂在了身上。

"不咬人?"

庄睿见彭飞的举动,不由愣住了,敢情这蛇也有吃素的啊?

"嗯,这是缅甸蟒,不咬人的……"

彭飞把蟒蛇的头抓在手里,然后将它缠绕在胳膊上,这条浑身黝黑的巨蟒,的确很温顺,一点要攻击彭飞的意思都没有。

听完彭飞的解释,庄睿才明白,缅甸蟒性情很温和,很适合作为宠物饲养,甚至新手饲养都可以,如果刘川在这里的话,一定也能分辨出来。

这条蟒蛇终究是野生的,没有经过驯养,在彭飞身上缠绕了一会儿之后,就滑落到地上,钻入那岩壁之中,瞬间就不见了踪迹。

"这有个洞……"

庄睿正发愁如何解释宝藏在里面的事呢,低头看那蟒蛇消失的地方,有一处直径在二三十公分大小的洞口,再动用灵气向碎石后面的山洞看去,那条蟒蛇果然爬行在山洞的地上。

"嗯,庄哥,如果不出意外,那批被日本人抢掠的黄金,应该就在这里面,这种蟒蛇一般喜欢在树洞或者是山洞这些阴凉的地方生活,也就是说,这岩壁里面,肯定是有个山洞……"

从周围散落的日本三八大盖和那些尸骨来看,这里应该就是埋藏黄金的地方了,而且这岩壁也有爆破的痕迹,虽然天长地久,还是瞒不过彭飞这个专家的眼睛。

彭飞把庄睿想说的话,都说了出来,倒省了庄睿的功夫,只是要不要把这山洞给炸开查看一下那批黄金,庄睿现在却是没想好。

对庄睿而言,炸不炸开这山洞,都无所谓,因为他已经看到了里面的黄金,就算是炸开的话,他和彭飞也搬不走,摸得着但是得不到的感觉,可不怎么好受。

别说是十吨黄金,就是一百公斤,他们两个都带不走,更何况还有近30箱子翡翠珠宝,不过那装珠宝的物件称箱子不合适,只能称之为盒子,30盒只摆满了两个大铁皮箱子。

"彭飞,黄金应该就在这山洞里,咱们要不要把它炸开?"

庄睿征询了一下彭飞的意见,不管怎么说,两人都是一起来的,没有彭飞带路,他根本就到不了这地方。

"我听您的,庄哥您说怎么办,就怎么办……"

彭飞倒是省心,把这事又推给了庄睿。

庄睿翻了个白眼,没好气地说道:"我说你小子就不好奇啊,这里面可是十吨黄金啊,价值在十亿人民币以上,够你花几辈子的了……"

"呵呵,庄哥,别说十吨黄金了,我只知道咱们两人带个十公斤都够戗……"

彭飞倒是看得透彻,他们身上的枪支弹药和别的东西都在二十斤以上了,根本就不能再多带东西了。

"十公斤?我还真不稀罕……"

十公斤黄金不过一百多万人民币,庄睿有这工夫还不如去帕敢翡翠市场里面,淘弄几块好原石呢。

"嗯,庄哥,我是这样想的,如果黄金藏在这里面,别人没有藏宝图的话,肯定是发现不了的,咱们现在取不走,要是把山洞炸开,说不定就被别人发现了,我看还是保持原样吧……"

彭飞看了看天色,说出了自己的意见,他是想尽快往回返,否则天黑之后看不到自己做的那些记号,说不定真要迷失在这野人山里了。

庄睿在岩壁前来回转起了圈子,这批黄金的数目实在太大了,别说他们只有两个人,就是二十个人在这里，没有现代化的设备，也没法将之运走。

"和胡荣摊牌，把这地方告诉他？"

庄睿脑中出现了这个主意，不过随之就被他否定了。

倒不是说庄睿信不过胡荣，主要是庄睿信不过胡荣手下的那帮子人，都说钱帛动人心，那帮子汉子要是见到这批黄金，说不定连胡荣这个东家都不认了，要知道，十吨黄金，足够那四五十个人跑到国外逍遥一辈子了。

如果真发生了那样的事情，庄睿告诉胡荣，反倒是害了他。

"妈的，实在不行告诉磊哥，就是送给国家，也比扔在这野人山里强，而且国家总要给自己留几个吧？"以欧阳磊的能量，派遣一些人进来，取出这批黄金，倒不是很困难的。

庄睿这会儿脑子不停地胡思乱想，这笔黄金，的确让他动心了。

"庄哥，您要是能搞一辆直升机，我就有办法把这批黄金运出去……"

彭飞见庄睿皱着眉头的样子，知道他在想什么，这野人山的另外一头，就是中国境内，从那里乘直升机过来只需要一两个小时时间。

直升机彭飞就会开，到时候再叫上两三个有过命交情的战友，肯定能神不知鬼不觉地将这批黄金运到国内去。

直升机过不了中缅边境？开什么玩笑，中缅之间的边防根本就不严密，不说森林接壤的地带，就是两个村子之间，也不过相隔几十米，很多缅甸人早上从家里来中国打工，晚上再回去睡觉，那边境形同虚设。

"直升机？那肯定要惊动国内的军方了，算了，以后再说吧，咱们先回去……"

庄睿知道这里不宜久留，沉吟片刻之后，决定先回矿场，日后再慢慢想办法，这地方就是再过几十年，也不见得会有人来，庄睿不怕没时间搬走这批宝贝。

下了决心之后，二人就开始往回走了，不用再看太阳辨别方向，两人的速度比来时快了许多，庄睿的耐力让彭飞咋舌不已，中间休息的时候，庄睿还有余力放了几枪。

当手表上的时针指在下午五点半的时候，两人终于闯过了几个瘴气区，算是到了野人山的边缘，而此时天边的太阳，也快要从野人山脉沉落下去了。

此时森林里的光线变得愈发暗了，走在前面的彭飞打开一盏照明灯，辨认着他所留下的记号，这林海茫茫，稍微走偏差一点，说不定又回到野人山里去了，当年这样冤死的人，可不在少数。

"还有半个多小时就能出去了，庄哥，小心一点，傍晚出来觅食的动物比较多……"

走在前面的彭飞回头交代了庄睿一句，只是话音未落，突然从头顶传出"呜咽"声，紧接着一个黑影从树上扑了下来。

这黑影似乎有些惧怕彭飞手上的照明灯，它是冲着走在后面的庄睿来的，身体尚在半空之中,一只长着尖利长齿的爪子就对着庄睿的脑袋抓去。

"妈的,哎哟……"

庄睿根本没看清楚是什么东西扑向自己,只感觉到脑袋上传来一阵风声,左手臂下意识地抬了起来,耳中随即传来衣服被撕裂的声音,手臂一凉,一阵剧痛通过左手臂的神经传入脑海之中。

没等庄睿反应过来,胸前又传出一声爪子抓在铁皮上的声音,却是那黑影一击不中落到地上之后,紧接着另外一只爪子,抓在了庄睿胸口的子弹夹上。

"是豹子,庄睿,开枪啊……"

回过身的彭飞将照明灯对准了黑影,两人一瞬间都看清楚了,这是一只皮毛非常美丽的金钱豹,那身金黄色的皮毛,在灯光下熠熠生辉。

由于这豹子和庄睿纠缠在一起,彭飞根本没有办法开枪,而庄睿的枪背在右肩后面,现在也没有时间摆正,情急之下,右手拿着军刺,对着半立的豹子腹部捅了进去。

"嗷唔……"

被扎了个透心凉的豹子,口中发出一声低沉的呜咽声,它现在知道这两个人不是自己的菜了,转身就往树上蹿去。

"砰!"

彭飞手中的枪终于响了起来,随之一声重物落地的声音,也传到了庄睿的耳朵里,向着那灯光看去,原本已经爬到了树上的豹子,重重地摔了下来,在地上不住地抽搐着。

"庄哥,您没事吧?"

彭飞顾不上去看那豹子的死活,连忙把照明灯对准了庄睿的手臂。

"没事,哎哟,妈的,手抬不起来了……"

庄睿试着活动了一下左手臂,顿时感觉一阵剧痛传来,应该是伤到骨头了,而小手臂上,被整整撕下一块肉,鲜血不住向外渗着。

"庄哥,您坐下……"

"刺啦……"

彭飞把庄睿手臂上已经破烂不堪的迷彩服撕开了,然后低头在包里找了一下,拿出一瓶酒精和纱布来。

"哎,哎哟,别,直接包就行了……"

当那药用酒精泼洒在庄睿血肉模糊的手臂上,痛得庄睿大声喊叫起来,身体猛的就要站起来,这种剧痛简直就不是人受的啊,整个一往伤口里面撒盐的感觉。

彭飞一把按住庄睿,他可不管那么多,在口中噙着的照明灯的光线下,一点点把庄睿伤口处的动物毛发,仔细地清理掉。

"我说老弟,哥哥我可不是关云长,你别给我整个刮骨疗伤啊……"

刚才彭飞找纱布、酒精的时候,庄睿已经用灵气给自己治疗过了,不过他不敢加大灵气的用量,只是将流血止住了。

这会儿看彭飞把他那小刀也拿了出来,庄睿禁不住又挣扎了起来,早知道自己刚才动作快点,在彭飞看之前就把伤势治疗个七七八八就好了。

不过被豹爪撕裂的伤口很深,几乎已经抓到了庄睿的手臂骨骼上,就算是有灵气护身,恐怕也不能完全治愈,彭飞的动作虽然很轻柔,但是庄睿的嘴角,还是疼得直抽搐。

"庄哥,估计伤到骨头了,您别动……"

彭飞的脸色很凝重,那只豹子足有五六十斤重,这从树上扑下来的力量,足以将一头野猪的脊背给打断,还好庄睿刚才后撤了一步,否则这劈头盖脸的打下来,就不仅仅是手臂骨折的后果了。

"砰……砰……砰砰砰……"

"哒哒哒……哒哒哒……"

彭飞刚给庄睿的伤口包扎好,用纱布做了个简易的吊带,让他把左手挂在脖子下面的时候,森林里突然传出了几声枪响,开始是手枪的声音,紧接着就是冲锋枪连发的响声,在寂静的森林里,久久回荡着。

"应该是胡大哥他们找来了……"

庄睿从包里掏出手枪,刚想开枪,却被彭飞一把抢了过去。

彭飞把庄睿的手枪和自己的那把,还有那几块塑胶炸弹以及手雷,都放到一个塑料袋里,扔进了身后的一个小泥塘里,看着袋子沉下去之后,才拿起冲锋枪,对天打了一个点射。

庄睿看着没玩几天的手枪,就这么没了,心里不禁有点可惜,不过他也知道,现在要枪没什么用了,等回到国内,要是被查出来的话,那终归是件麻烦事。

虽然知道来的可能是胡荣等人,彭飞还是熄灭了照明灯,扶着庄睿来到一棵大树下面,将身形没入阴暗之中。

"哒哒……哒哒哒……"

远处又传来几声冲锋枪的点射声,距离庄睿和彭飞的藏身处越来越近了,彭飞打了几个单发,给找寻的人指点位置。

"庄睿,庄老弟,彭兄弟,是你们吗?"

过了大约二十分钟左右,几束强光手电的光亮照射进密林中,胡荣和张国军的声音交替响起,大声喊着庄睿和彭飞的名字。

"是胡大哥,没事了……"

彭飞一直没让庄睿说话,直到胡荣的身影显露在光线之下,彭飞才站起身来,同时把庄睿扶了起来。

"胡大哥,是我们……"

庄睿的声音引起了一片欢呼声,紧接着那几束强光,都照射到他和彭飞的身上。

"怎么?受伤了?"

胡荣一眼看到庄睿吊着的膀子,连忙快步走了过来。

"没事,被那豹子抓了一把,胡大哥,真是不好意思,把大家都惊动了……"

庄睿装作不在意的模样,摆动了一下左手,却痛得龇牙咧嘴,这次伤口太深,就连灵气都不怎么好使了。

"庄兄弟,都是我不对,不该把你留下的……"

一脸愧疚的张国军,从胡荣身后走了出来,在密林里已经寻找五六个小时了,他们都要绝望了,如果再找不到的话,胡荣准备明天就向军方求救,派直升机来搜寻了。

现在突然见到了庄睿和彭飞,张国军激动的眼泪都快下来了,两人的走失,可是因为他的失误而造成的啊。

"张大哥,不怪您,真的不怪您,我们两个是看到一只狼,然后就追了上去,莫名其妙就迷路了,这事不怪您……"

庄睿心里那是真内疚,因为不可道明的原因,让这耿直的大个子当了替罪羊,这会儿就忙着把他和彭飞商量好的借口说了出来。

"行了,别说那么多了,大军,赶紧的,担架呢,快点,先回矿场,连夜回帕敢找医生……"

胡荣摆了摆手,打断两人,他对庄睿的话倒是没有什么怀疑,因为在森林之中无法辨认方向,往往以为是出山的方向,其实正好相反,迷失在里面是很正常的,就是经验丰富的老猎人,都经常几天走不出来。

"我没事,哎……哎,别……别,我自己躺下还不行啊……"

庄睿刚想说自己没事,那边两个汉子就摊开了一张担架,一人扶肩膀一人抬腿,就把庄睿放到了担架上,这东西都是进山时胡荣准备好的,就怕二人出什么意外。

"我没事,我真的没事,您看,能跑能跳……"

彭飞见胡荣的目光又看向自己,吓得连忙跑前几步,他虽然有些累,但是却不习惯躺在担架上。

"胡大哥,把那豹子带走……"

庄睿还没忘记伤了自己的罪魁祸首,话说那豹子皮真的很漂亮,带回国内以后和刘川吹吹牛,羡慕死那小子,省得他在庄稼地里打俩野兔子,就整天的向自己显摆。

"哎,这枪法还真准啊,一枪打在眼睛上,运气真不错,皮子一点没伤到,不对,这底下还有个伤口,是军刺捅出来的吧?"

张国军听到庄睿的话后,拿着手电照着那只豹子,检查了一番之后,嘴里啧啧称奇,虽然彭飞那一枪是在豹子上树后回头观察情况时打出的,不过看在张国军眼里,自然认为这是瞎猫抓住死耗子——碰巧了。

张国军拎着豹子后腿,往身后一甩,居然就这样背在了身上,跟着队伍往山外走去。

胡荣把进山搜索的队伍分成了四队,每队十多人,在森林的路上,有人不时放枪,慢慢的另外几只队伍听到枪声,都靠拢过来,到走出野人山外围森林时,刚好一个不多一个没少。

"怎么样,昨天睡得还好吗?"

还是在山脚下的木屋里,胡荣一大早就来到庄睿的房间。

昨天回到营地之后,庄睿和彭飞实在是乏得厉害,就没连夜回帕敢,营地本来就有位从帕敢请来的医生,当下又给庄睿重新包扎了下伤口,吃了点消炎药就睡下了。

"还成,胡大哥,昨天真是不好意思,给您添麻烦了……"

庄睿坐起身子,不过左臂活动起来还是很痛,伤到了骨头,即使用灵气治疗过,效果也不是很好。

胡荣上前扶住了庄睿的半边身体,说道:"别说那些了,我看你这样子,也经不起折腾了,不如在缅甸过完年再回国吧……"

"哎,那可不成,我大后天就要考试了,今儿就要回去……"

庄睿算算时间,不禁有些着急,还有三天,研究生的初考就要开始了,自己要是赶不上,别说对不起德叔,就是孟教授,自己日后都没脸见了。

这次伤的幸亏是左臂,不耽误笔试,要是右手的话,那还真麻烦了。

"你这样……行吗?"

胡荣问清楚事情之后,眉头皱了起来。

"没事,胡哥,就是点儿筋骨伤,走路什么都好好的……"

庄睿一骨碌从床上爬了下来,在屋里来回走动了两圈,示意自己根本就没有大碍。

"那好吧,等回到帕敢,我让直升机送你到中缅边境,然后从那里出境,到了瑞丽就可以从德宏芒市机场直接乘飞机回北京了,这条线比去曼德勒要近……"

见庄睿坚持,而且的确有事情,胡荣给他安排了一条最快返回北京的路线,他去中国经常走这条道路,既快捷又方便。

不过这快捷也是相对而言的,如果是坐汽车的话,从瑞丽到曼德勒,估计要走上十几天时间。

"谢谢胡大哥了,对了,昨天的勘探,两位教授对矿脉有什么意见?"听到今天就能回到北京,庄睿放松下来。

"唉,陈教授的意见是这山脉形成的时候,地壳压力不够均匀,所以导致只有部分地方产生了翡翠原石,不但量少,开采起来的难度也大,基本上算是个废矿了……"

胡荣笑得有些苦涩,消耗了他巨大财力物力的矿场,居然得出了这么一个结论,让他一时间很难接受。

第三十章 通关被抓

"胡大哥,我不这么看,这座矿山占地面积足有方圆几公里,就算是地壳形成时有一百米的地方压力均匀,那就是上百米的矿脉,只是咱们暂时没找对方位而已,我的意见是继续挖下去,并且多在几个位置开矿洞……"

庄睿怕胡荣因为陈教授的话而放弃这个矿场,连忙说出了自己的意见,就算是胡荣因此找到了矿脉,自己赚不到钱,也不能因为自己的私心,让胡荣白白让出这个矿场。

"你先好好养伤吧,这些事情等过完年再说,年后我是要去参加你的订婚仪式的。"

胡荣拍了拍庄睿没有受伤的右肩,缅甸的华人也是要过年的,这几天矿工就都要撤回去,估计再开工,要一个月之后了。

庄睿的订婚仪式本来是放在年前的,不过由于他要考研,加上过年事情太多,两家父母一商量,干脆放在年后了。

"我回去会尽快筹集资金,我还是很看好这矿场……"

庄睿和胡荣也没什么要客气的,一只手拿着牙刷走到木屋前刷牙洗脸去了。

"对了,胡大哥,昨天的事情只是意外,您千万别怪张大哥呀……"

洗漱好之后,庄睿回到房间里,很认真地对胡荣说道,这事都是因为他的私心引起的,要是连累到张国军,庄睿内心会过意不去。

"胡哥,您也在啊,庄兄弟,这是你昨天打的那只豹子,我把皮给剥了,你看看,还真漂亮……"

庄睿话声未落,张国军的大脑袋从门口探了进来,手里还拿着一张鲜血淋漓的豹皮。

"一大清早的搞什么啊,一屋子血腥味,赶紧拿出去……"

胡荣没好气地瞪了一眼张国军,吓得张国军扭头就走,嘴里还喊道:"庄兄弟,我给您放门口了啊……"

胡荣走到门口,见那张豹子皮果然被张国军摆在木头阶上,摇着头说道:"这臭小子,三十多岁了，做事还是那么不稳当，庄睿，这豹子皮要硝过风干才能用，放我这里吧，等过完年我给你一起带去……"

庄睿随口答应了一声，现在这豹子皮脏兮兮的是没法看。

几人吃过早饭之后，就一同坐车返回帕敢，冯、陈两位教授却留在了矿场，难得来一次缅甸，他们还要进行一些深入研究。

只是那位珠番珀，却和胡荣等人同车回了帕敢，胡荣的意思是让他送庄睿一程，理由是珠番珀对中缅边境很熟悉，庄睿为了能尽快回到国内，捏着鼻子答应了下来。

到城中城告别了胡家老太太之后，胡荣亲自送庄睿到城外的军营里，那里已经停着一架直升机了，能随时调动军方的直升机，可见胡荣在缅甸的关系和地位了。

"庄老弟，过段时间国内见！"

看着直升机缓缓升空，驶离视线外之后，胡荣才离开了军营。

由于野人山里面有莫名的强磁场，会导致直升机上的电子设备失效，所以这架直升机是围绕野人山边缘飞行的，整整折腾了四个多小时，才抵达中缅边境的一个小镇，这里同样是缅甸军人的一个驻扎地。

"庄老板，你没事吧？"

刚下飞机，身材瘦小的珠番珀就靠了过来，看他那架势，似乎想让庄睿把右手搭在他肩上，吓得庄睿连忙退后了几步，说道："没事，一点事都没有，这到哪了？咱们快点出境吧……"

在飞机上的几个小时，即使庄睿闭上眼睛装睡觉，也能感受到这"煮饭婆"炙热的眼神，心里那叫一个纠结啊。

"咱们先出去吧，到路口等一会儿，就会有中国旅游团的豪华大巴经过，你们跟他们出境就可以了……"

珠番珀对庄睿的不善解人意很是不满，不过胡老板交代的任务还是要完成，和直升机驾驶员用缅语交流一番之后，带着庄睿和彭飞走出了军营，来到一条柏油马路上，这里的路况要比缅甸内陆好多了。

"这就是豪华大巴？"

庄睿看着远远过来的那辆屁股后面直往上冒青烟的大巴车，一脸不善地看向珠番珀。

"这在我们泰国就是好车了……"

"煮饭婆"很娘气地嘟囔了一句，然后伸出那兰花指，走到路边拦起车来，看得庄睿和彭飞一阵恶寒。

大巴车停下之后，珠番珀和那司机用缅语交流了一阵，然后拿出四张数额为五百的缅甸纸币,交给了司机,回头对庄睿说道:"行了,他们可以带你们到边境,庄老板,我以后会想你的哦……"

"好,好,谢谢你呀,我也会想你的哦……"

庄睿一边上车,一边敷衍着,只是他说出来那话之后,身边的彭飞明显地打了个哆嗦,显然被庄睿雷到了。

坐到车上,彭飞一脸坏笑地问道:"庄哥,您真的会想他?"

"扑哧,对不起,真的对不起……"

庄睿被彭飞的话说得一口水喷到了座位前面一个小姑娘的头上,连忙站起身来给那女孩道歉。

"没事,没关系的,你们是中国人?"

那女孩拿出手帕在头发上擦了一下,回过头奇怪地看向庄睿,不仅是她,就是这一车人,都在打量庄睿和彭飞。

"是啊,当然是中国人,你难道不是吗?"这女孩长得很秀丽,笑起来嘴边有两个甜甜的酒窝,看起来很养眼。

"我不是,我是缅甸这边的导游,专门负责接待中国游客的,你们没有参加旅游团,是怎么来到缅甸的呀……"

女孩解释了一番之后,庄睿才知道,原来这辆大巴车是负责接送国内参加"缅甸一日游"的游客的,办理临时签证进入缅甸,必须要参加这个团,所以她对这两个半路上车的人很是好奇,以为他们是偷渡客呢。

庄睿左臂吊在肩膀上的模样,很容易被人误会。

"我是从曼德勒过来的,也不是来旅游的,更不是偷渡的,对了,你们这缅甸一日游好玩吗?"

庄睿解释了两句,并没有多说,把话题扯到旅游团上。

"什么缅甸一日游的,屁的意思都没有,上当了……"

"是啊,还说豪华大巴,这车都能当古董了……"

"回去找旅行社去,奶奶的,连自己人都宰……"

庄睿话声刚落,旁边的人就七嘴八舌地说了起来,看来被这豪华大巴车给折腾得不轻。

"哥们,你们俩跑缅甸干什么去的呀? 是不是搞粉的?"

前几排坐着的一胖子好奇心挺强,还捻了捻手指,做出一个搓白粉的样子,他的话吓得坐在庄睿前排导游旁边的壮汉,把头向下缩了一下。

"哎,哥们,可不能乱说啊,我们是去仰光赌石的,顺便去的曼德勒,我这里可是有缅甸政府颁发的证书的……"

庄睿看到一车人都用那种奇怪的眼光盯着自己和彭飞,不由苦笑起来,这事要是不说清楚,恐怕到了中缅边境,这车上的人绝对会跑去举报自己。

"嗯,这是我们政府颁发的贵宾证书,没错的……"

那个缅甸女导游看过庄睿拿出的证书之后,对车内的人解释了一下,才打消了众人的疑虑,要知道,电视里演的毒贩都是穷凶极恶的,如果这二人真是的话,说不定就把他们一车人绑架当人质了。

知道两人的身份之后,车里的人也放松了下来,纷纷向庄睿打听起缅甸赌石的事情,不过见到庄睿问十句答一句的样子,众人都感觉有点无味,话题又转向了那个漂亮的缅甸导游身上。

"导游妹妹,你们缅甸的公路那么差,政府收税都干什么了? 对了,你一个月能拿多少钱,能透露一下吗?"问话的还是前面那胖子。

"我们政府不收税的,我们也不要交税,一个月大概三百元人民币吧?"

女孩很老实,只是说出来的话,让除了庄睿和彭飞之外的人,都吃惊地张大了嘴巴。

"那你们吃什么? 种出来的庄稼,也不要上缴?"

"种出来的东西全归自己。"

女孩的话引起一片惊呼声,缅甸人民实在是太幸福了,虽然说月收入是有点儿低。

这些事庄睿还真不知道,坐在后面也有些好奇,出言问道:"那你们的学校和医院是谁办的? 老师的工资谁来掏啊?"

"我们这的教育是免费的,学生自己买书就行了,看病自己找私人医生,收费是五十缅币,吃药政府出钱,打针自己出钱,手术也是自费。

"至于学校,都是村寨自己出钱办的,村民自己集资给老师发工资,月薪大概三百元,现在特别欢迎中国教师来缅甸教书,很多村寨愿意出高价。"

女孩的话让众人齐齐翻了个白眼,三百块钱的工资? 即使再高出一倍,估计都没几个中国人愿意过去教书。

不过缅甸的福利待遇还真是不错,看病只需要花费五十缅币,相当于几毛钱人民币,等于不要钱啊,比国内看个感冒动辄几百块强太多了。

女孩的话让车上的男女们都好奇起来,纷纷问出了自己的问题。

缅甸人习惯用竹子搭建房子,每三年拆了重建一次,所以,从房子看不出谁家有钱。一般的缅甸人有钱就买黄金,放在家里不知道拿来干什么。

庄睿听到这里暗暗嘀咕了几句,怪不得日本鬼子在缅甸抢到那么多黄金,敢情这是有传统的呀。

当说到缅甸婚俗的时候，车上的男人们，呼吸声都变得沉重了。

因为他们听到，缅甸男人居然可以娶很多位老婆，即使身边坐着女伴的男人，此时也是悄悄地竖起了耳朵。

"导游小姐，问个冒昧点的问题，您父亲有几个老婆啊？"

坐在前面的那个中年胖子，转回头看向缅甸女导游，一脸暧昧。

"有3个……"

"那有几个小孩呢？"

"一共有9个，我是老三……"

"那你几个妈妈不会互相吃醋啊？"

"要是你结婚了，你老公娶了好几个老婆，你会吃醋吗？"

此时不但是胖子关心这问题了，别人也七嘴八舌地问了起来。

"缅甸女人是不会吃醋的，我也不会的，我们一定可以像好姐妹一样……"

虽然庄睿和彭飞之前就知道这些事，但是亲耳听到当事人说，那感觉又不一样，包括庄睿在内，车里除了开车的司机，无论男女都被这女孩的话给石化了。

"你们看，那几个应该就是一个老公的……"

游客见到几个女人手牵着手，正在马路边走着，连忙喊道，引得车内的人都伸出头往外面看去。

"对，应该是的，我们缅甸女人从来不会吃醋的……"

漂亮女导游的话，说得一车男人泪流满面，哥们带着老婆出门，眼睛不小心盯了下别的女人，回家都会被教训半天，这……这……没天理啊。

几个应该还没结婚的男人，这会儿跑到那女导游面前献起了殷勤，看得几位带着女伴来旅游的男人，那叫一眼热，不过车上的女人也达成了共识，回去以后，一定要告诉闺蜜们，缅甸这地方千万不能来。

从庄睿等人上车的地方，到中缅边境大楼，不过四十多分钟的车程，汽车停下来之后，好几个男人还在向女导游要联系方式，看得庄睿直摇头，说不定在缅甸过上一段时间，就多了几个中国奶爸。

庄睿和彭飞跟随在旅游团后面，轻松地过了缅甸关口，他们的检查人员形同虚设，把护照递进去之后，压根连头都不抬，用钢印在上面盖了一下就丢了出来。

不过看前方中国的边检，就要严格多了，很多人都被开包检查，通关的效率和缅甸这方根本就没法比。

"彭飞，咱们这东西能带出境吗？到了那边检查之后，会不会被查收？"

转过身来，庄睿看着彭飞肩膀上那个大背包，心里有点发虚，从胡家告辞的时，胡荣的父亲拿了许多虎骨和虎鞭,让庄睿带着,百般推辞不掉,庄睿只能都塞进包里去了。

"应该不会吧,又不是毒品,没听说这些补品也要被罚。庄哥,要不……我换个地方入境?"

彭飞也不太了解这个,他以前出入中缅泰边境的时候,向来都是不走寻常路,根本就没从关口走过,缅甸和中国接壤的地方有一百多公里,随便从哪里都能溜过去。

"哎,就是他们两个,他们不是我们旅游团的,警察同志,就是那两个……"

彭飞这会儿想走也走不了了,因为车上的那位胖子先生,正带着几位边防武警,来到了庄睿二人面前。

"你们看他那包,还有这人断了个手,肯定是没干好事,警察同志,我报警有没有奖励啊?怎么着也要发个好市民奖状给我吧?"

死胖子的话说得几个武警嘴角直抽搐,这哥们未免把贩毒人员的智商想得太低了,估计平时破案电视剧看多了,有这么大摇大摆背着包直闯边境的毒贩吗?

"两位先生,对不起,请把手放在前面,跟我们来趟办公室……"

一位肩上挂着中尉军衔的武警军官,向庄睿和彭飞敬了个礼之后,很有礼貌地做了个请的手势,不过站在他身后士兵的八一枪枪口,却对准了庄睿和彭飞。

"对不起,您不能跟去……"中尉把想跟着看热闹的中年胖子拦了下来。

"我可是报警的啊,我要当证人啊……"

胖子似乎认定了庄睿就是贩毒分子,不满地嚷嚷了起来。

"他们可能有枪的,说不定会伤到您……"

中尉也拿这活宝没办法,干脆出言吓唬了他一句,这一招果然好使,那胖子听到之后,马上偃旗息鼓不做声了。

庄睿无奈地跟在几个武警后面,不住地摇头,这胖子真他娘的闲得蛋疼,要是真遇到武装贩毒,保准先一枪干掉他,庄睿现在都有去暴揍他一顿的冲动了。

来到办公室之后,中尉对彭飞说道:"麻烦您把包放在地上,退后两步……"

看着庄睿二人的穿着打扮,尤其是庄睿淡定的态度,中尉也不敢过分,只是让彭飞把那大背包放下,要是换做真正的嫌疑人,早就先铐上再询问了。

小心翼翼地打开了彭飞的背包之后,中尉顿时惊呆了,那一背包里面,全都是散放着的动物骨骼,另外还有十条用布包裹好的虎鞭。

以中尉长期在检查站培养出来的眼力,一眼就看出这的确是大型猫科动物的脊梁骨,再看向庄睿和彭飞时,眼神变得锐利起来,不过他倒没有马上采取行动,因为这二人,一个长的白白净净的,另外一个虽然身材高大,但是断了只手,应该没多大威胁。

"二位,能交代一下你们走私虎骨虎鞭的事情吗?"

中尉站起身来,语气严肃地说道,而庄睿和彭飞身后的两个小武警,马上拉动枪栓,把枪口对准了两人。

　　"对不起,中尉,我想你是用词不当,国家禁止买卖的虎鞭虎骨,是指那些偷猎的,并且所谓的走私,是以盈利为目的非法带入免除关税的物品,咱们国家的法律里面,似乎没有不准携带虎鞭虎骨入境的条例吧?

　　"话再说回来了,即使这些东西是我们在缅甸偷猎的,也轮不到中国的法律来管束吧?"

　　彭飞眉毛一扬,似笑非笑地看着这个中尉军官,说出上面一番话来,他以前就是专门稽查走私贩毒的,对于这些条例再清楚不过了,怎么可能被个小军官吓唬住?

　　"你……你强词夺辩! 十根虎鞭,留作自用? 还有这些虎骨,够泡几十坛子的酒了吧? 也是留作自用的? 你态度放老实点!"

　　中尉猛地拍了一下桌子,他对彭飞的话嗤之以鼻,十条虎鞭那最少要猎杀十只公虎,即使有钱,也没必要买那么多吧? 一定是想走私到国内交易的。

第三十一章 笑面佛

庄睿在旁边有些不耐烦了,开口说道:"按规定报关交税吧,别说那么多废话了,晚上还要赶回北京呢……"

"你们两个,先把身份证和护照拿出来……"

等庄睿拿出身份证后,中尉示意一个武警收起了庄睿和彭飞的护照,然后说道:"现在才想起来报关?晚了,编瞎话也编得实在点,就你们俩这样,需要整天喝虎鞭酒?"

说话的时候,中尉脸上布满了讥讽的神色,在他看来,自己破获一起特大贵重药材走私案,已经是板上钉钉的事情了,或许没多久,自己肩膀上的这一毛二,就要变成一毛三了吧?

"我们还没有出关,就被你带来了吧?你怎么知道我们不会报关?"

庄睿有些恼了,虽然他心里真没打算报关税,不过被这中尉挤兑得脸上很过不去,屁大点事情,值得这么小题大做吗?话说这东西又不是自己买的,而是别人送的啊。

中尉摆了摆手,说道:"这些事情你们不必对我说,等我办完移交手续后,你们向公安局的同志交代就可以了,王亮,把他们带下去……"

"是!"

庄睿身后的一个士兵用枪管捅了捅庄睿的手臂,这当兵的还算厚道,没有碰庄睿受伤的左臂。

"中尉,你要对你的行为负责!"

庄睿掏出了电话,说老实话,他还真不愿意找人,不过要是在瑞丽被关上几天,那考研的事情就要泡汤了。

"谁允许你打电话了?"

中尉一拍桌子,上前就要抢庄睿的手机,站在旁边的彭飞左手闪电般地抓住了中尉伸出来的手腕,一个拉腕别肘,将中尉按倒在桌子上,右手顺势抽出了他腰间枪套里的手枪。

"咔嚓……"

右手轻轻往下一顺，手枪在彭飞大腿上蹭了一下，子弹已经滑入枪膛内，没等庄睿身后的那两个武警抬起枪来，黑洞洞的枪口，已经对准了他，吓得小战士再也不敢动了。

"庄哥，打电话吧，我这可算是袭警了呀……"

彭飞这一连串动作犹如行云流水一般，看得人赏心悦目，只是被按倒在桌子上的那个中尉，却是羞愧之中掺杂着后悔，刚才怎么没把这两人铐起来呀。

彭飞虽然嘴里喊着袭警，脸上可没当一回事，他们那部队出来的人，向来都是胆大包天之辈，违反纪律的事情多了去了，有时候因为任务需要，就是把自己人打昏掉的事儿，彭飞也干过好几次。

再说对于庄睿的背景，彭飞也知道不少，处理这么点事，应该没多大问题，即使庄睿处理不了，他也有别的办法。

庄睿刚才也看呆了，听到彭飞的话后，才想起要打电话，手指刚按到手机键上，办公室大门"呼啦"一声，被人从外面推开了。

"梁奕，你个瓜娃子，日你个仙人板板的，今天是不是你值班？又躲到办公室来了？"

一个骂声从门口传了过来，却带着股子笑意，随之一个身材高大的军人，在门口显露出了身形。

中尉在彭飞身下拼命地挣扎了起来，口中连连喊道："大队长，别进来，危险……"

门口出现的那人反应很快，在看到中尉被按在办公桌上，一个黑洞洞的枪口指向自己的时候，庞大的身躯瞬间向地上蹲了下去，这会儿也顾不得好看不好看了，像个皮球一般往后滚去。

退出办公室大门之后，那人的身形陡地从地上弹了起来，隐藏在大门的旁边，电光火石之间，别在腰间枪套里的手枪，已经持在手上。

刚才时间太短，他只看到办公室的两个士兵和梁奕，似乎都已经被控制了，而对方应该是两个人，其中一个有枪，另外一人却手缠绷带，似乎有伤在身。

"大队长，他们有两个人，只有一把枪，另外一个人身上有伤，你别管我，干掉他们……"

中尉同志很有骨气地在办公室里干号了起来，彭飞也懒得理他，似笑非笑地看向门口。

庄睿被刚才外面那人一吓，电话没拨打出去，正要再打时，彭飞向他摆了摆手，示意不用打了，庄睿虽然不明所以，还是放下了手机。

"里面的人听着,立刻放下手中的武器,缴械投降是你们唯一的出路……"

门口的那个军人,肩膀上挂的是两毛二,正儿八经的中校武警军官。

不过这人说话的口气虽然很严肃,但是脸上似乎还在笑,让人有些不明所以,仔细看去才发现,敢情这人长的就是一张笑脸,有点像弥勒佛一般,眉毛很稀少,耳垂很大,要是让他去扮演《西游记》里的弥勒佛,估计都不用化妆了。

这时从外面又走进来几个武警,看到中校的模样,都吓了一跳,中校对着几人打了个手势,示意办公室里面有危险,顿时,外面的武警分散开来,各自找了隐蔽点。

中校清了清嗓子,又喊道:"我再重复一遍,屋子里面的人听着,立刻……"

"得了,笑佛儿,你是不是打算让人先引开我的注意力,然后拿下或者击毙我身边的人? 强攻进来? 别整那些没用的了,赶紧进来……"

房间里突然响起一个声音,紧接着一阵"噼里哗啦"的声音响起,一只六四手枪被分解成数个零件,从屋里扔了出来。

这话一出,屋里屋外的人都愣住了,庄睿看向彭飞,而他身下的中尉也停止了挣扎,因为他知道,笑佛这外号,正是他们大队长独有的。

"教官?"

外面那个长得像弥勒佛一般的中校军官,在听到屋里的声音之后,也呆了一下,随即就反应了过来,毫不犹豫地把手中的枪插回腰间,挥手让埋伏在窗户下面以及房间对面的人撤去了。

"真的是你? 教官,您这玩的是哪一出啊?"

中校的身影出现在门口,先把地上的那些手枪零件都捡了起来,然后走进房间,而此时彭飞已经放开了中尉,笑着看向进来的军官。

"别笑,看到你那笑脸我就难受……"

彭飞很夸张地叫了一声,随即迎了过去,和那中校拥抱了一下,还相互拍了拍对方的肩膀,中尉此时已经看傻眼了,虽说大队长平时没啥架子,但是也没见他和人这么亲热过啊。

"教官,来,坐,坐,梁奕,你个龟儿子的,还不去倒水?"

中校松开彭飞之后,连忙把他让在沙发上,转头对着还在发呆的中尉吼了一声,吓得中尉打了个激灵,连忙翻出茶叶,给彭飞和庄睿每人倒上了一杯茶。

"行了,出去吧,刚才的事情不要乱说,这是纪律!"

中校摆了摆手,面色严肃地说道,只是这严肃只能从语气里分辨出来,因为他那张脸永远都是笑着的。

"是!"

中尉敬了个礼,满腹疑问地走了出去,不过也没敢多问,俗话说官大一级压死人,这中校和中尉之间,那可是差了好几级呢。

"教官,您喝水,一年多没和您联系了,怎么今儿有空来这里,是执行什么任务吗?"

笑脸儿中校把还冒着热气的水杯,往彭飞面前挪了挪,这举动哪里像个中校军官,整个一勤务员。

"执行任务?"

彭飞脸上的笑容有些苦涩,说道:"佛爷,实话对你说吧,我退伍已经一年多了,现在跟着庄哥呢……"

"什么?!"

中校被彭飞的话震住了,身形不由自主地站了起来,说道:"怎么会这样? 教官,发生了什么事情? 要不我打个报告,特招您再入伍? 我这大队长让给您都行……"

"大队长? 我就是不退伍,现在最多不过是个少校,你老实的干你的吧,我现在挺好的……"

彭飞摇了摇头,他父母都不在了,年幼的妹妹需要他照顾,再也不能像以前那般心无顾虑的在部队干下去了。

"教官,怎么会退伍? 您那时提升上尉的命令不是已经下来了吗?"中校很是不解地问道。

"在执行任务的时候枪杀了几个毒贩,这事不提了,佛爷,我给你介绍一下,这是我大哥,也是我老板,庄睿……"

彭飞显然不想再提起以前的事情,将话题岔开了,把庄睿给那中校军官介绍了一番,并且把二人的关系,也跟庄睿解说了一下。

原来这中校姓李,单名一个笑字,叫李笑,不过由于他那张笑脸,被人起了个外号,叫做笑面佛。

由于常年在边境检查走私缉毒任务,自己人都称呼李笑为笑佛或者佛爷,而那些对他恨之入骨的毒贩们,则叫他为笑面虎。

前年,李笑所在的部队,派出了二十多个战斗在缉毒第一线的武警军官,去彭飞所在的神秘部队进行特种作战培训,而彭飞就是当时的教官。

刚去集训那会儿,李笑等学员对彭飞这个小白脸,可是一点都不服气,军衔比自己低,个头比自己小,年龄更像个小屁孩,能有什么本事啊,有几个人当时就表现出了不满。

部队是个比较直接的地方,和地方搞政治的不同,这些学员都是从各个边防站精挑细选出来的骨干,实战经验很丰富,向来是自认老子天下第一的主。

这样的人,一般爱憎都很分明,大多是直筒子脾气,气不顺了就要表达出来,最好的方式,自然就是比试一下了。

而不服气的结果就是,无论是单挑、群殴还是比枪械,以及丛林、城市各种地形作战,一群学员都被彭飞教训得欲仙欲死,同时对于彭飞这个年轻的教官也是心服口服。

佛爷那时虽然已经是个少校了,不过对年龄比他小一轮,军衔比他低两级的彭飞,却是钦佩不已,在三个月的集训中,教官和学员处出了很深的感情。

其后彭飞更是带他们执行了一些不为人知的任务,可以说是在铁与血中缔结了深厚的战友情谊,而彭飞在任务中所显露出来的身手,更是让这些自认为老子天下第一的学员们,深刻认识到自己与那神秘部队之间的差距。

"开什么玩笑,打死几个毒贩是很正常的,你们那部队的纪律没有这么严吧?"

李笑狐疑地看向彭飞,虽然我军向来都有不杀俘虏的传统,但是在某些时候,这传统并不能很好地执行。

"行了,佛爷,这事不提了,总归我现在很好,你找人把这些东西报关吧,看看值多少钱,我们交关税……"

彭飞摆了摆手,他不想多说自己家里发生的事情,而且他心里埋藏着一个很深的秘密,即使是庄睿,他都没告诉过。

彭飞当年杀掉那些已经投降了的毒贩,其实是故意的,因为他知道,不如此做的话,培养了他那么多年的部队,是不会轻易放他走的,但是家里患了自闭症的妹妹又需要他的照顾。

所以那几个毒贩,就成了倒霉蛋了,彭飞杀他们,一点儿心理负担都没有。

即使是这样,当时彭飞那支部队的领导,也是帮他捂盖着的,把这事情说成是毒贩在反抗中被击毙,只是彭飞自己写了个报告,直接交给了上级部门。

像这样的事情,大家心里清楚,只要不说透,谁都不会提出来,但是一旦形成了书面文件,那盖子就捂不住了。

鉴于彭飞在执行任务时的不理智和所造成的恶劣后果,最后连转业都没混上,一个马上就将提为上尉的军官,落得和大头兵一样退伍的下场。

其实所谓的不理智,是有关领导恨铁不成钢,是在责怪彭飞那份报告,如果彭飞当时再争取一下,或者这处分就会改成记大过之类的了。

不过那时的彭飞只想回家照顾妹妹,这个结果也算是求仁得仁了。

"教官，您不会改行做药材生意了吧？还通什么关啊，您拿走得了，这点事我还担待得起……"

李笑用脚踢了踢地上的背包，一脸笑意地说道，其实他心里还真是有几分怀疑，走私这些贵重药材，并不算什么大罪，抓住了顶多罚点钱而已，和贩毒是不能比的，彭飞回家干点这些生意赚钱，也是无可厚非的。

不过李笑所说的话，却在试探彭飞，没有人比他更清楚，像彭飞这样的人，回到地方之后一旦走上歪路，那会给社会造成多么大的危害，如果今天彭飞顺着他的话拎走这些东西，李笑马上就会把这件事情汇报上去。

"佛爷，别搞那些虚头巴脑的，我要是想走私，能被你们抓着？再说了，我至于去搞这些玩意嘛，整几斤粉来钱不比这个快……"

彭飞似笑非笑地看着佛爷，说出来的话却让李笑脸上有点挂不住，只是他生就一张笑脸，也看不出他心里在想什么。

"嘿嘿，教官就是教官，连我这点小心思都被你看出来了，老实说，教官您的为人，我是绝对信得过的，不过现在地方上很复杂，您别被……"

李笑话说到这里，停住了嘴，眼睛却看向了庄睿，他想表达的意思是，社会和部队，完全是两个不同的环境，彭飞你别被一些别有用心的人给骗了，而那个别有用心的人，指的自然是庄睿了。

"算了吧，佛爷，我什么样的人没见过，这事不用你说……"

彭飞走到李笑面前，在他耳边低声说了几句话，李笑那张弥勒佛脸一脸惊愕，不过看上去还是在笑。

"不会吧，那老爷子有九十多了吧，要这玩意？估计用这个也不行了吧……"

"扑哧，哎，对不起，真不是故意的……"

庄睿刚喝进嘴里的一口茶，喷了出来，不偏不倚地喷到佛爷那张笑得像菊花一般的脸上。

"你这……就是活该……"

彭飞也指着佛爷笑骂了起来，他告诉李笑庄睿外公的名字，只是想说明庄睿不会贪图这几个小钱，谁知道李笑这家伙想像力如此丰富，看着这些虎鞭虎骨，居然想到了那事儿上面。

"好，我活该，我活该，嘿嘿，教官，今天到我的地盘了，您就别想走了，比军事我承认比不过您，不过这喝酒，佛爷我从来没输过，晚上咱们好好喝几杯……"

虽然被庄睿喷了一脸的茶水，不过李笑这心里舒畅啊，教官没走上歪路，那比什么都强,干他们这行的,最怕的就是以前的战友变成现在的敌人,那种痛心的感觉,是外人无法感受得到的。

"梁奕,龟儿子的,进来,我就知道你小子没跑远……"

李笑走到门口,拉开门之后,对守在门外的梁奕喊道:"去,把这包东西拿去报关,嗯,另外在老地方订桌酒菜……"

"大队长,他们不是走私……"

"是个屁,那是我教官,以前是这里出身的……"

李笑对中尉比划了个手势,笑骂道:"快点去吧,教官要是想出境,这一百多公里的边防线,哪里出不去?"

"哎,我这就去……"

中尉梁奕看到佛爷比划的手势之后,眼睛顿时亮了起来,他知道,刚才自己输得不冤了,输给那些只存在于传说中的牛人,一点都不丢人,兴冲冲地跑进屋里拎起彭飞的那个背包,办理报关手续去了。

"佛爷,我们还要赶回北京呢,这……喝酒就算了吧……"

彭飞看了庄睿一眼,他知道庄睿后天要考研,时间比较紧。

李笑的眼睛瞪了起来,说道:"扯淡,到了我的地盘,要是不招待教官您,被那帮子混蛋知道了,还不戳我脊梁骨啊,再说今天又没有飞北京的航班,明儿一早,我叫车送你们去芒市机场……"

"彭飞,今天走不了就住一夜吧……"从这位中校军官的话里,庄睿能感受到那种浓厚的战友情谊。

过了一会儿,梁奕拎着包又回来了,把一张单子交给庄睿,那是需要缴纳的税款,庄睿跟着中尉前往交税的地方,将钱支付清之后,一群人就浩浩荡荡地杀奔饭店。

除了军衔最低的梁奕之外,李笑又喊了两个少校军官作陪。

"来,教官,我李笑敬您一杯,不管您还在不在部队,永远都是我李笑的教官!"

部队里的人喝酒,没有劝酒的说法,酒倒好之后,李笑端杯就敬了彭飞一杯,也不管彭飞喝不喝,一扬脖子,就把自己杯中的酒喝干净了。

"好,喝!"

让庄睿吃惊的是,跟他在一起向来都是滴酒不沾的彭飞,今天居然杯到酒干,一句废话都没有。

而且彭飞的酒量颇为了得,喝到最后,这酒肉佛爷都给灌倒在桌上了,连那几位陪客,也是喝的七七八八、东倒西歪了。

彭飞虽然酒量不错,但是也架不住三四个人一起对付他,这会儿也喝高了,嘴里含糊不清地唱着部队里的军歌,不过庄睿发现,在彭飞的眼角,泪水泉涌而出,很显然,曾经的橄榄绿,并非是那么容易忘怀的。

　　第二天一早,醒了酒的佛爷,果然安排了一辆军车,把庄睿和彭飞送到了芒市机场,上午九点多钟,正好有一班飞往北京的航班。

　　到达北京,已经是下午一点多了,北京前几天刚刚下过一场大雪,从准备降落的飞机上可以看到,整个北京城是银装素裹。

　　庄睿没通知郝龙前来接机,取了行李之后,和彭飞打了个车,往自家四合院驶去。

　　这次缅甸之行将近一个月时间,听着出租车司机那一口北京话,庄睿心中有种很亲切的感觉。

第三十二章 重返家中

"哎呀,老板你们回来啦,怎么不打个电话给我,我去机场接你们啊……"

郝龙听到门铃声打开门,迎面看见庄睿和背着一个大包的彭飞站在门口,不由愣了一下,尤其看到庄睿吊着手,连忙问道:"老板,这是怎么回事?彭飞,不是跟你说了要照顾好庄老板的嘛……"

"郝哥,没事,一点小意外,不怪彭飞,哎……白狮,别闹……"

庄睿正说着话,冷不防从门里蹿出一道白影,把彭飞和郝龙都挤到一边,两只大爪子直接把庄睿按倒在地,伸出血红的舌头,亲昵地在庄睿脸上舔着,不过白狮似乎知道庄睿左手不适,倒是没碰到那边。

"白狮,想我了吧?"

庄睿能感受得到白狮对他那种深深的眷恋之情,躺在地上和白狮嬉闹了一会儿之后,抱着白狮站起身来。

白狮这家伙本来就是一身雪白的毛发,在雪地里没什么,庄睿倒是被搞了一身雪,连头上都白了,幸好天气寒冷,雪还没化,否则的话,恐怕这一会儿,他身上的衣服就要湿透了。

"呜呜……"

白狮嘴里发出低吼声,不满地把大头上的白雪都蹭到庄睿身上。

白狮睁开眼睛第一眼看到的生物,就是庄睿,在白狮的心里,早就把庄睿当作是自己的父母了,更何况久被庄睿灵气梳理身体的白狮,那种灵性不是一般动物可比的。

"以后再出去,只要不做飞机,都带着你……"

庄睿又何尝不是如此,把白狮从巴掌大养到现在,感情也是极深的。

"老板,白狮可是每天都趴在门楼这,就等着您回来呢……"

郝龙接过了彭飞的背包,把门全都打开,让庄睿和彭飞进宅子。

"妈,您没住玉泉山?"

庄睿抬起头来,就看到穿了一身红色绸缎棉袄的欧阳婉,此时站在门口,眼睛正瞧着自己吊着的手臂。

自从解开了和老父亲之间的疙瘩,在北京定居之后,欧阳婉的气色比以前不知道好了多少,乍然看去,五十多岁的人,就像四十岁一般。

"你这孩子,一点也不知道爱惜自己,出了事情怎么都不跟妈说一声呢……"

欧阳婉虽然从来不干涉庄睿的生活,但是并不代表她不关心庄睿,看到儿子手臂上缠着厚厚的绷带,欧阳婉的眼睛湿润了,泪珠已经在眼圈里打滚了。

"妈,对不起,是我不好,我也是怕您担心,下次一定不会了……"

庄睿放开白狮,走到母亲身前,用右手挽住母亲的肩膀,他和庄敏从小就最怕母亲掉眼泪,这会儿更慌了神了。

"唉,你也大了,要知道什么该做,什么事情不该做,别老是让妈担心就行了……"

欧阳婉无奈地看着人高马大的儿子,转身向院子里走去,说道:"回来也不提前说一声,萱冰和亲家母上街了,等一会儿就回来,你和小彭还没吃饭吧?我去给你做……"

转身的时候,欧阳婉悄悄地擦了下眼角的泪珠,见到儿子受伤,做母亲的能不担心嘛!

"哥哥,庄哥哥,舅舅,坏舅舅……"

刚走进前院,两个玉雕粉琢一般的女孩儿,齐齐向庄睿和彭飞扑过来,年龄大、个子高的是丫丫,小的是庄睿老姐的宝贝公主囡囡。

丫丫的脸色比以前健康多了,而且眼睛里也充满了神采,虽然哥哥离开了二十多天,她已经融入了庄家的生活,有囡囡这小家伙缠着,就是想不开心也没时间。

"哥哥,我上学了,老师同学对我可好了,对了,我还会背唐诗了呢,等会儿我背给你听……"

"舅舅,看囡囡和丫丫姐堆的雪人,还有,坏白狮不和我们一起玩……"

两个小丫头分别拉着庄睿和彭飞,显摆起来,囡囡还不忘告白狮一状,小丫头知道白狮除了庄睿,平时谁都不理。

跟在庄睿身后的白狮低吼了一声,像是在警告告黑状的小囡囡,只是那丫头却不理这一套,上去抱住白狮的脖子打起了秋千,闹成一团。

"行了,囡囡,舅舅身体不好,去和丫丫做作业去……"

欧阳婉把外孙女赶回房间之后,连忙钻进厨房,准备给儿子做点好吃的补补身体。

"张妈,李嫂,你们穿上这衣服,还真挺喜庆啊……"

听到院子里的声音,张妈和李嫂都从房间里走了出来,她们穿的衣服和欧阳婉一模一样,庄睿知道,老妈肯定一次买了好几件。

"老板,您胳膊怎么了? 不要紧吧?"

张妈和李嫂见到庄睿的样子,也是吃了一惊,害得庄睿又解释了一番。

虽然从进门到现在,嘴皮子都快磨破了,但是庄睿心里很舒服,这种被人关心的感觉,真的……挺好!

张妈和李嫂看欧阳婉去厨房了,连忙赶过去,帮庄母做饭去了,庄睿招呼了彭飞和郝龙一声,几人先到餐厅等着去了。

马上过年了,欧阳婉和张妈几人闲暇无事,也把这院子收拾了一下,每个房间门口,都挂了两个大红灯笼,贴上了"倒福"和"喜"字,后者却是为了庄睿订婚而准备的,当然,这些活都是郝龙经办的。

"郝哥,把包放下吧,你回头去市场,买个大点的罐子,再买几十瓶二锅头来,挑两块虎骨泡上,到时候搬到地下室去……"在餐厅坐下之后,庄睿吩咐了郝龙一声。

胡荣告诉过庄睿,这虎骨和杜仲、巴戟天、白芍、川芎、秦艽、寄生、独活一起泡酒,可以治疗风湿和强壮腰膝,五十岁以上的人每天喝点,对身体极有好处。

而虎鞭酒自然就不用多说了,男人都懂的,庄睿现在虽然用不上,但是宋军和马胖子等人可都是人到中年了,还有欧阳磊这几个表哥,到时候说不定都能用得到,俗话说礼多人不怪嘛,男人是不会拒绝这样的礼物的。

胡荣特别交代过庄睿,这药酒要用烈酒来泡,而且密封后最少要放置一年以上,才能将药效挥发出来,所以庄睿刚坐下,就交代郝龙去买酒了,话说对虎鞭酒,庄睿也有一丝好奇。

郝龙答应了一声,转身就出去买东西了,没多大会儿,庄母和张妈等人,端着饭菜进了餐厅,看着儿子狼吞虎咽的模样,庄母脸上露出了笑意。

"哎,萱冰,地上滑,你倒是慢点走呀……"

刚吃完饭,庄睿就听到院子里传来了丈母娘的声音,紧接着一个红色的身影出现在餐厅门口。

也不知道庄母那喜庆的大红棉袄买了几件,此时秦萱冰身上也穿了这么一件。

不过这棉袄并不能遮挡秦萱冰傲人的身材,那纤细的腰肢,挺拔的双峰,加上这件独具中国特色的服装,让其愈加妩媚动人。

看到庄睿受伤的手臂,秦萱冰直接流出了眼泪,让庄睿一阵好哄。

旁边的丈母娘更是好好训了庄睿一顿,君子不立于危墙之下嘛,都身家过亿的人了,还去干那些危险的事情,方怡昨天就从胡荣的电话里得知了这件事,怕亲家母担心没告诉欧阳婉。

"什么? 明天就回香港,为什么这么急啊?"

等吃完丈母娘的排头之后，庄睿和秦萱冰来到后院的房间，白狮尽责地守在后院门口，这里已经划归为庄睿和秦萱冰的私人场所了。

听秦萱冰说明天就要返回香港，庄睿有些着急，早知道这样，就不去寻找劳什子宝藏了，还不如和秦萱冰在一起多待几天呢。

"妈咪说以后很少有机会陪爷爷过年了，所以今年必须在家里过，庄睿，反正过完年我就回来了呀……"

秦萱冰也有些不舍，两人靠在沙发上，紧紧相拥，只是秦萱冰认定庄睿的左臂受了伤，说什么也不许他动手动脚。

庄睿进浴室洗澡的时候，秦萱冰怕他一只手不方便，还是跟了进去。

洗完澡之后，两人相拥着到床上，亲昵了起来。

今儿一早，秦萱冰和方怡就搭乘班机飞回了香港，但是昨天从下午一直持续到夜里的旖旎风光，却像放电影一般，不住地在庄睿面前闪现着。

庄睿坐在自己的大切诺基上，眼神有些飘忽，幸亏开车的人是彭飞，要是换作他的话，恐怕能开到人行道上去。

"彭飞，回头送我到了二中，你去找你那位吧，把事情说开了，没什么大不了的，现在找个好姑娘，可不容易……"

由于今天是考研的第一天，庄睿送完丈母娘和秦萱冰后，马上就要赶去考场，这会儿正在调理情绪。

"好嘞，庄哥，您一定要考上啊，我这辈子最遗憾的就是没上过大学……"彭飞一边开车，一边笑道，由于大雪还没融化，很多路面都结了冰，他车开得很是小心。

"回头自考一个呗，现在上大学很容易的……"

见到彭飞基本上已经融入社会，庄睿也很高兴，人和人之间就是讲个缘分，他就看彭飞顺眼，想提携一下他也是无可厚非。

两人说着话，车子已经开到了庄睿的考场门口，报考研究生的人着实不少，此时学校大门还没开，很多人穿着厚厚的棉衣，等在校门口，学生已经放寒假了，很明显，这些人都是考生。

"你把车开走吧，中午请别人吃顿饭，我给你的那张卡上有十万元，去哪吃都够了……"

车子停稳之后，庄睿推开了车门，迎面而来的冷风让他脑子清明了许多，那些旖旎的画面全都随着冷风而去了。

"嗯？怎么了，看什么呢？"

庄睿下车之后，没听到彭飞回话，转身一看，那小子的眼神，透过车窗正死死地盯着前面，顺着彭飞的眼神，庄睿看到了一个面貌清秀的女孩。

"哎，哎，醒醒，不带这样的啊，多学学哥哥我，可不能见一个爱一个……"

庄睿拍了一下愣神的彭飞，从座位上拿起自己的手包。

"庄哥，那……那个就是倩倩，就……就是我跟您说过的……"

彭飞笑得有些苦涩，因为他发现，在他看着张倩的这几分钟里，张倩一直和她身边的一个男人交谈着，而那个男人，彭飞并不认识。

"去找她啊，愣着干什么？"

庄睿也发现了那女孩旁边还有个男人，两人应该是熟识的，一直在交谈着什么。

"算了，以前是我不对……"

彭飞缓缓地摇了摇头，不过从他紧抿着嘴唇的样子，庄睿看得出来，自己这小兄弟的心里，放不下那个女孩。

"张倩！"

庄睿突然大声喊了起来，众多考生的视线瞬间集中到他身上，而张倩也在第一时间抬起头，只是看到庄睿的时候，眼中有些不解，她并不认识庄睿呀。

不过随后，张倩就看到了坐在车里的彭飞，当两人眼神相对的时候，庄睿感觉到：有戏，因为那女孩的身体，猛地抖动了一下，显然她看到彭飞之后，心里很震惊，并且已经移动脚步，向车子的方向走了过来。

"兄弟，下面就是你自己的事情啦，告诉你，拿出点勇气来，该道歉就道歉，别那么大男子主义……"

庄睿拍了拍彭飞的肩膀，拿着自己的手包钻入考生群里，他这番话说的真是肺腑之言啊，哥们昨儿晚上，那绝对做了一回小男人，全都是未来媳妇占主导地位啊。

不知道两人在车里谈了些什么，过了大概十分钟，学校大门打开时，女孩从车内走了出来。

"彭飞，你搞什么啊，怎么不找个浪漫点的地方，请别人吃顿饭啊……"

庄睿掏出手机就给彭飞打了过去，只是他也不想想，现在才几点，就是吃，那也是吃早点。

"庄哥，没事，她是这次监考的老师，刚才那人是他的同事，我们说好了中午一起吃饭。"

彭飞的声音之中，有压抑不住的兴奋，很显然刚才的一番谈话解开了他的心结。

"嗯，那就好，对了，你小子昨天干吗不来找她啊，哥哥我也能受点关照……"

这考研的初试，就像赶场一样，上下午所在的考场都不是一个地方，难得遇到个熟人，居然没提前打招呼，庄睿小小地郁闷了一下。

"庄老师？您也来考研啦？"

庄睿身边突然响起一个女声，庄睿扭头看去，不认识啊，这大冷的天，都包裹的像粽子似的，眼前说话的女人，他还真没看出来是谁。

"你是？"

"庄老师，我是刘佳啊，您可真是贵人多忘事……"

"啊，是刘佳啊，你也是来考研的？"

面前的女人将脸上的围巾解开，庄睿一看，还真认识，原来是电视台的那位花旦主持人。

"是啊，庄老师，前几天给您打电话，都没打通，我有个好消息要告诉您……"

刘佳见到庄睿之后，明显有些兴奋，把围巾全取下来了，也顾不得自己公众人物的身份了，说不准明儿哪个娱乐台，就会报道 XX 主持人参加研究生考试的新闻来。

"我前段时间没在国内，刘小姐，什么好消息？"

庄睿被刘佳的话说得莫名其妙，自己和电视台就那一锤子买卖关系，民间鉴宝节目结束之后，就再没有了交集，她能有什么好消息告诉自己？难不成对自己有意思？

庄睿猜得不错，刘佳对他还真有点想法，年少多金并且有才，长相也不错，这类人绝对是众多未婚女青年的第一择偶对象。

刘佳因为上次民间鉴宝节目被上级电视台看中了，把她给借调过去，准备过年档的鉴宝节目。

京城台虽然已经算得上是主流媒体了，但是和中央台一比，就相形见绌了，所以刘佳才会如此兴奋。

"恭喜刘小姐啊，这次一定能让全国观众认识你……"

庄睿说了句很没营养的话，您调进中央台，关我什么事情呀。

刘佳没有注意庄睿的神色，高兴地说道："庄老师，我对古董的见识很浅薄，所以特别向导演推荐了您和我一起主持……"

"什么？让我去做主持？"

庄睿被刘佳的话给说傻眼了，大声地喊了出来。

第三十三章 筹集资金

"刘大主持,别拿我这升斗小民开心了,主持那是你的专业,我可是一点儿都不沾边啊……"

庄睿见到刘佳点头肯定之后,立马把头摇得像拨浪鼓一般,他可没那爱好,庄睿只想守着自己这一亩三分地,过自己的小日子。

再说了,今年过年或许是庄睿最忙的一年,外公这边很多亲戚要去拜年,中间还要回彭城一趟,话说刘川的老爸老妈,也是自己的干爸干妈,那从小对自己可是不错,不能不去。

另外自己给胡荣的答复是半个月的期限,还要在这段时间搞定那两亿人民币的资金,庄睿哪儿有空去做什么主持啊。

"庄老师,您听我说完,再决定答应不答应好不好?"

刘佳做出一副楚楚可怜的模样来,一只手拉向庄睿的袖子,不知道是故意还是不小心,却拉到了庄睿的手上。

"你说,你说,不过快点啊,咱们马上就要考试了……"

虽然刘佳那一直插在兜里的小手很温暖,不过庄睿除了秦萱冰之外,对别的女人可没这经验,触电似的把手缩了回去。

为了掩饰自己的慌张,庄睿顺手从兜里掏出一包烟来,抽出一支点上了,不过在点烟之时,手心里那淡淡的女人香味,还是让庄睿有些失神。

刘佳长的虽然不如秦萱冰漂亮,甚至没有苗菲菲身上的那种清纯,但是她举止间却有股子媚态,很容易让男人生出某种遐思。

见到庄睿的样子后,刘佳抿嘴笑了一下,说道:"庄老师,这个节目一共要播出七天,不过都是提前录制的,从下个星期开始,不会耽误您过年的,如果您不想做主持的话,那做鉴定嘉宾也是可以的呀……"

刘佳也不知道自己为什么跟导演推荐了庄睿,从济南回来之后,两人就再没有来往,或许是想借这个机会,完成自己钓金龟婿的心思吧。

"年前……不行,我没时间,实在对不起,刘小姐,考试开始了,咱们入场吧……"

庄睿的答复让刘佳有些意外,她从做主持到现在,还是第一次邀约别人参加节目被拒绝,虽然有心多说几句,但是考试开始的铃声已经响了起来。

"本小姐还就缠上你了……"

看到庄睿匆匆离去的背影,刘佳微微顿了顿脚,也向考场走去。

参加考研的人着实不少,一共五个教室,仅这个学校就有两百多人。

进入教室之后,庄睿松了口气,刘佳和自己不在一个考场,说老实话,庄睿有些怕这女孩,因为他从对方眼里,看出一种野心和欲望。

发下试卷之后,庄睿强行把脑子里的杂念都驱逐出去,上午考的是英语,也是他的强项,很快庄睿就做完了卷子,由于不能提前退场,无聊地坐在座位上等待考试结束。

当铃声响起的时候,庄睿第一个交了卷子,飞也似的冲了出去,早知道就不把手上的吊带拿掉了,那样或许刘大主持就不会纠缠自己了,总不能让个断了手的专家去面对全国观众吧。

"开车……"

庄睿钻进学校外的车里之后,就对彭飞喊道,趁着刘佳还没出来,一定要溜之大吉,这女人虽然不可爱,但在某些方面,却很是吸引男人,庄睿自问自制力还不那么强。

"哎……"彭飞答应了一声就启动了车子。

"停,停下,我还是打车去吧,你回头还有约会……"

车刚开出去几米,庄睿忽然想起了这茬,连忙喝住了彭飞,推开车门笑着说道:"你小子要是搞不定的话,这工作也没了啊……"

"是要再买个车了……"

就一辆车的确有些不方便了,老妈还时常要去玉泉山,坐在出租车上,庄睿想着要买辆什么车,虽然外面还有两亿的资金没着落,但是买辆车的钱他还是有的,再不济从彭城先开来辆奥迪用着呗。

下午的考试让庄睿死了不少脑细胞,他就想不明白了,这考古和政治有屁的关系,怪不得很多高校的老教授招不到研究生呢,要不是庄睿这几个月都在死记硬背,估计也考不过去。

下午考完试,是彭飞来接的庄睿,同车的还有那个女孩,彭飞的女朋友,女孩原本就在等着彭飞,两人之间把话说开了,倒也和好了。

"彭飞,你比我也小不了几个月,什么时候把婚事办了吧……"两人送张倩回家之后,庄睿笑着对彭飞说道。

"庄哥,不急……"

彭飞不好意思地笑了笑,他主要是感觉自己现在什么都没有,就连住都是借宿在庄睿家里,把女孩娶过来,总不能还赖在庄睿那里住吧?

"真不急? 得了吧你,行了,要是把我当大哥的话,等天气暖和点,就把事办了,不用搬出去住了,丫丫可能会不习惯,我那宅子房间也多,中院你选一间就行了……"

庄睿的话让彭飞的嘴唇嚅动了几下,最终只说出来五个字:"谢谢您,庄哥!"

不过从这一刻起,彭飞是真的把庄睿当成大哥看了,而那套四合院,他也当成了自己的家,久违的亲情又回来了,这让彭飞的眼睛湿润起来。

人和人就讲究个缘分,庄睿也不知道自己为何对彭飞这么好,或许第一次去他租住的那件简陋的平房时,被丫丫那一声天真的"大哥哥"和兄妹之间的感情打动了吧。

接下来的几天,庄睿忙得连轴转,一连三天的紧张考试,让他精神绷得很紧,每天看书看到很晚,这让上门找庄睿好几次的欧阳军很不满意。

不过庄睿回来,让家里热闹了很多,这几天彭飞和郝龙,带着家里的两个孩子张贴对联喜字,还在中院的假山上,拉起了通电的彩灯,晚上通上电之后,很是漂亮。

"四哥,您不会就是来找我喝酒的吧?"

庄睿看着坐在自己房间的欧阳军,没好气地问道,今天是考完试的第一天,本来庄睿晚上想去拜访一下孟教授,没想到被欧阳军拉回后院,摆上了几个卤菜,硬是要自己陪着喝酒。

反正徐晴也来了,正在前院和庄母聊天,欧阳军笑着说道:"喝酒怎么了? 这不是天气冷嘛,嗯,晚上我就住你这了……"

"得,您爱住多久都行,我也正好有事找您呢……"

庄睿无奈地摇了摇头,他这宅子快成欧阳家的进京招待所了,不光是身在北京的欧阳磊和欧阳军没事就来住几天,连在外地工作的欧阳路兄弟俩,只要回北京,一准到这儿报道,说是姑母家的菜好吃。

不过这正合了庄睿的心意,宅子太大,人多了热闹。

"我找你也有事,算了,你先说吧……"欧阳军没想到庄睿也有事找自己。

"四哥,您手上现在有多少资金啊? 我是说马上就能调出来动用的……"

这几天忙着考试,庄睿没顾得上筹集资金的事情,现在遇到欧阳军,正好问一下,反正投资矿脉是稳赚不赔的买卖,或许这两亿等到下次缅甸公盘时,就能收回来了。

欧阳军听到庄睿的话后,眼睛突然瞪大了,看着庄睿说道:"哎,我说你小子,知道今儿四哥来借钱的不是?"

"您问我借钱?我现在可是穷得叮当响啊,还有两个亿的缺口呢,我还想着问您借几个呢……"

庄睿一听欧阳军的话,也有些傻眼,这哥哥居然是来借钱的,兄弟俩今儿打着一个心思。

"两个亿?庄睿,你小子上个月去的可是缅甸,又不是澳门,干吗整出两个亿的资金缺口?"

欧阳军被庄睿的话吓了一跳,酒杯端到唇边了愣是没往嘴里送,庄睿去缅甸的时候,那欧元可是找他帮忙兑换的,对庄睿的身家,欧阳军算是最了解的了。

庄睿被欧阳军说得哭笑不得,摆了摆手,说道:"四哥,不是你想的那样,没那事,我是想在缅甸投资个翡翠矿,你也知道,我这次带的资金全都买原石了,嗨,和你说这些你也不懂。

"对了,四哥,你要借多少钱?嫂子把你零花钱全没收了?百八十万的我还有,多了别找我啊……"

"百八十万?打发要饭的啊,那点钱我还看不上,我说老弟,你说的赌石我也知道点,那玩意不能吃不能喝的,你把钱全花那上面了?"

欧阳军翻了个白眼,他这次来找庄睿,是想拆借个一亿资金,去做房地产生意的。

这几年全国的房地产被炒得很热,虽然前几年欧阳军就有机会入市,不过那会儿老爷子看得紧,不允许他做,现在自个儿结婚了,老爹也不管那么多了,欧阳军才重新兴起了这个念头。

主要是这钱来得忒容易啊,别的不说,就是欧阳军新买的那四合院,现在只要一转手,三四千万人民币就稳赚了。

别看欧阳军平时谱摆得不小,真要论起身家来,他能掏出来的现金,不过五六千万人民币而已,和宋军等人比起来差远了。

欧阳振武虽然同意儿子搞房地产,但是说明了一点,倒卖地皮的事情不能干,这让欧阳军前期动用关系拿下的几块地皮都不敢往外卖,现在只能想办法自己开发了。

只是这行当虽然可以空手套白狼,但还是需要一点启动资金的,欧阳振武管束又严所以欧阳军想拿地皮与别的房地产公司合作的心思,也被否决掉了。

想做房地产,可以,欧阳部长发话了,你自个儿折腾,不许留人把柄。

所以这一个多月来,欧阳军都忙这些事情了,他买了个有施工资质的建筑公司,把自己手头上的钱花得七七八八了,虽说媳妇那有点私房钱,但是欧阳军抹不开那脸面呀,所以这才想到庄睿身上。

只是欧阳军万万没想到，庄睿找他兑换的近两千万欧元，居然全都花光了，而且还都花在了买石头上，这简直就是败家子啊。

"四哥，您那房地产虽然赚钱，可是太麻烦，还不如把那公司卖了，跟我投资翡翠矿呢。"

庄睿搞明白事情的来龙去脉之后，笑着说道，他虽然也很看好房地产的前景，不过相对而言，投资翡翠的利润，比投资房地产要高出好几倍。

"你说得容易，我这前前后后砸进去快一个亿了，卖掉我喝西北风去啊？得了，我再想别的办法吧……"

欧阳军心里明白，凭着他手上的那几块地皮，只要将其开发出来，怎么都会赚钱的，让他丢掉这看得见的肥肉，去趟庄睿的浑水，他才不干呢。

"行，以后您别后悔就成……"

庄睿看着这未来的京城房地产大亨，笑了起来，接着说道："四哥，那您帮我用这宅子，从银行贷两亿人民币，怎么样？"

庄睿原本打的就是这个主意，他以前就知道欧阳军手上没多少钱。

"贷款？"

欧阳军低头想了一下，说道："贷款不是不行，你这院子现在市值应该在两亿以上，我说老弟，你真铁了心要投资那什么翡翠矿？"

说老实话，庄睿在新疆的那个玉矿，倒是让欧阳军有些眼热，不过他对翡翠不怎么了解，再加上是投资到国外，没办法掌控自己资金的流向，所以欧阳军对庄睿的这个决定，并不怎么看好。

"四哥，您玩的是实业，我玩的是资源，咱们各干各的，您把这两亿帮我贷出来就行了……"看到这个目前最困扰自己的事情马上就能解决了，庄睿心情大好。

"那成，不过年底银行收缩银根，是不会放贷大额的资金了，你这事要年后办，估计三四月份的样子就能拿到钱了……"

见庄睿态度坚决，欧阳军点头答应了下来，只要手续正常，这不算什么大事，别人也抓不到什么把柄。

"三四月份？别啊，四哥，到那时候黄花菜都凉了，十天，十天之内您帮我贷两千万欧元，或者两亿人民币都行……"

庄睿一听欧阳军的话，急的差点跳起来，他现在是怕胡荣那边撑不住，如果钱不到位，他就可能放弃那座翡翠矿，所以现在一定要有钱安住胡荣的心，慢慢引导他把矿脉挖出来。

"你当我是央行的行长啊？别说十天，一个月这事我都办不了，除非走些别的渠道，要是被你小舅我老子知道,事情就大发了⋯⋯"

欧阳军也急眼了,差点没拍桌子,他要是能走非正常渠道从银行贷款,那自己的事情早就解决了,还用得着来求庄睿?

欧阳军虽然没从政,但是以他的身份,很多人还是紧盯着的,越是如此,有些事情做起来,越是要按照银行的程序来,否则以后万一出点什么纰漏,这些小事都会被无限放大。

贷款是小事,欧阳军也可以免去其中一些灰色的东西,不过必须要按照章程走,要不是这样,欧阳军混了这么多年,怎么可能才那么一点身家。

庄睿细想了一下,也明白其中的关节,摆了摆手,说道:"那算了,我再想办法吧,这钱用得急,过完年必须到位,等不了银行那边了⋯⋯"

哥俩又喝了会儿酒,徐晴过来找老公了,拉走了欧阳军之后,庄睿给新疆的田伯打了个电话。

从玉王爷那里得到的消息也不算好,由于十二月份刚出手一大批和田玉,现在市场价格稍有回落,不是卖原料的好时机,下一次分红的时间,只能等到开春以后再说了。

至于彭城的几个修理厂和京城秦瑞麟店,庄睿心里清楚,这两个地方最多只能抽调出一两千万资金,对于两亿来说,只是杯水车薪,没有什么作用。

马胖子和宋军手上可能有这笔钱,但也只是可能,因为这两人在缅甸公盘上,也砸进去好几亿,囤积了不少料子,自己要是开口,万一被拒绝了,那日后见面就尴尬了。

现在社会上不是流行那么一句话:如果你想失去一个朋友,就问他借钱。所以不到万不得已,庄睿不会开口向别人借钱,毕竟他和宋军与马胖子的关系,不像和刘川那么铁。

"彭飞,跟我出去一趟⋯⋯"

想了一会儿之后,庄睿穿好了衣服,到前院招呼了一声彭飞,找他大表哥欧阳磊去了。

第三十四章 | 未雨绸缪

"小睿,什么事情这么着急,到了门口才给我打电话呀?"

马上要过年了,欧阳磊的事情也特别多,本来晚上还有一个不太重要的会议要参加,接到庄睿的电话后,他还是赶回家,这可是小表弟第一次上门。

"谢谢嫂子,磊哥,很重要的事⋯⋯"

庄睿接过蒋颖倒的茶水,看向欧阳磊。

他已经作了决定,把这批黄金的事情说出来,反正以自己的能力,是没办法取出那些黄金的,与其留在缅甸,倒不如便宜国家了。

而且庄睿还抱着一点私心,国家拿大头,总归也要给自己一点汤水喝吧?

"那来书房谈吧⋯⋯"欧阳磊的书房,是他在家处理工作的地方,那里是儿子和老婆的禁地。

来到书房,庄睿把事情原原本本讲了一遍,但省略了如何发现藏宝图那一段,其他没有任何隐瞒,随着他的讲述,欧阳磊的脸色,也变得凝重了起来。

欧阳磊在房间里来回走了几圈,低头思考了一会儿,说道:"十吨黄金,还有大批的珠宝,小睿,这要是动用国家力量,你可能一点都得不到啊⋯⋯"

"磊哥,这批黄金可不在国内,也不是小日本从国内抢去的,我一点得不到,这不合适吧?"

庄睿狡黠地笑了笑,开始和欧阳磊讨价还价了,为了这批黄金,庄睿几乎搭上了小命,再说他现在正是需要钱的时候,怎么也要留一部分解燃眉之急吧。

"你这小子,别说那些没用的,我只是让你捐出来三吨黄金,又没说让你全都捐给慈善机构⋯⋯"

欧阳磊被庄睿的无赖样子给逗笑了,他之所以说出这话,其实就是考虑到庄睿的利益。

"磊哥,那您看这事怎么办?我现在急着用钱,就是想把黄金取回来投资一些项目……"庄睿也说了实话。

他这几天打听了下国际黄金的兑率,千足金一克一百二十五元人民币,比十年前翻了一倍左右,庄睿找欧阳磊的意思,还真是存了用这笔黄金投资缅甸翡翠矿的意思。

欧阳磊低头沉思了一下,这事交给国家的话,自己小表弟恐怕连张奖状都得不到,因为毕竟是去外国取黄金,肯定是不能张扬的。

想了半天之后,欧阳磊抬起头来,说道:"这样吧,小睿,我给你弄一架直升机,所有相关人员,你自己去找,黄金运回国内之后,你拿出三成匿名捐给慈善机构,你看怎么样?"

欧阳磊知道庄睿找了个特种部队的人,开直升机那是小菜一碟,不说那人,就是郝龙都能熟练操作直升机。

欧阳磊是想找私人关系帮庄睿借一架直升机。

"磊哥,您比外公还狠啊,他帮一次忙,才要了我几千万,您这一张嘴就是三个多亿呀……"

庄睿闻言夸张地喊了起来,其实心里却是千肯万肯,他之前也想过搞一架直升机偷渡到缅甸,起出那批黄金,但是普通的直升机根本就没办法搬运十吨黄金。

这种大型直升机还只有欧阳磊能借到,所以别说只捐三成,就是捐一半,庄睿都会同意的。

想着自己那地下室堆满了黄金的情形,庄睿的口水都要流下来了,翡翠和黄金摆在一起,那才叫金玉满堂呢。

"你小子,别得了便宜卖乖了,我这么做已经是破例了,只此一次,下不为例,你要是不同意,赶紧滚蛋……"

欧阳磊要的那三成黄金,是真的要捐给慈善机构,主要是他不想平白便宜了庄睿,他这次得了这么多黄金,总要回报一些给社会吧。

"同意,同意……"庄睿一看欧阳磊要翻脸,连忙摆出一副笑脸来,刚才那葛朗台的表情早已消失不见了。

"嗯,那就这样吧,这事等过完年再办,你胳膊受伤了,也别到处跑了……"

欧阳磊见事情谈完了,下了逐客令。

欧阳磊倒是感慨庄睿的好运气,出一次国,居然能把二战时期小日本在缅甸的战利品给找到。

"别介,磊哥,别等过完年啊,我现在就急用钱,不然我犯得着这么着急来找您吗……"

庄睿一听欧阳磊的话,着急了,这哥俩怎么一个德行啊,别姓欧阳了,姓"拖"算了,办事都这么拖拉。

"这么急?"

欧阳磊皱了下眉头,过了一会儿,说道:"这样,后天你安排人前往瑞丽西南六十公里处,我到时候给你个坐标,直升机会停在那里,二十四小时之内,必须归还,能办到吗?"

欧阳磊和庄睿说话的时候,不由自主地用上了部队的口吻。

"报告首长,没问题!"

庄睿很配合地敬了一个不伦不类的军礼,被欧阳磊笑着赶出了书房。

"怎么样,有问题吗?"

回到四合院之后,庄睿和彭飞来到后院,把事情原原本本地告诉了他。

"没问题,庄哥,除了潜水艇我不会开,其他的都可以……"

彭飞很自信地回答道,不过他随之皱起了眉头,说道:"庄哥,就我一个人,即使能把那批黄金搬到直升机上,回到国内往哪里放啊……"

"不是你一个人去,我也会去,另外我会打电话,让周瑞明天赶过来,除了交给国家的黄金之外,剩余的根本就不运到国内来,直接在缅甸处理掉……"

在欧阳磊答应借给他一架直升机之后,庄睿心里就盘算开了,按照中国的法律,携带非成品黄金超过五十克入境,那就是走私罪,就算去掉捐出去的三成黄金,那还有七吨呢,枪毙个几十次都够了。

好吧,即使这个因素不考虑,这剩下的七吨黄金,庄睿也没办法在国内兑换成现金,虽然说一些金店都回收黄金,但是国内有哪个金店能吃得下整整七吨黄金啊,估计拿出个百十公斤,马上有关部门就要找上门来了。

零散着卖?那要卖到猴年马月去?庄睿可是急着用钱的。

庄睿的想法是,直接在缅甸把黄金交给胡荣,要知道,缅甸人向来是不认缅甸币的,他们第一认的是黄金,然后是美金,其次是欧元。

在缅甸,很多翡翠公司之间的交易,甚至是用黄金来进行的,缅甸稍微有点身家的人,床底下可能都藏着几块黄金,所以价值十多亿人民币的黄金,在缅甸可以很轻易地消化掉。

自己入股矿场所用的黄金,有两吨就够了,庄睿打算让胡荣帮他在缅甸卖掉三吨,剩下的两吨黄金,他打算通过正常渠道运回国内,最多交点钱而已,话说庄睿从来都没放弃将地下室里铺满黄金的恶俗想法。

至于答应欧阳磊捐给慈善机构的三吨黄金,庄睿会直接将其留在直升机上,到时候欧阳磊会帮他捐出去,反正是匿名形式捐赠,他相信以欧阳磊的觉悟,肯定不会私扣一分钱。

"庄哥,您胳膊受伤了,就别去了,我和老班长两个人就行了……"

彭飞想起在缅甸丛林里发生的事情,心里还有点后怕,那豹子要是扑击在庄睿头上的话,恐怕就不是骨折了。

庄睿摇了摇头,说道:"不行,我一定要去,交易的事情你们不懂,行了,去陪你女朋友吧,这又要走上两天……"

张倩是老师,现在正在放寒假,和彭飞和好以后,几乎每天都会来这里找彭飞,庄睿在中院给他们安排了一个带中厅、洗手间、厨卫的三套间,算是过上了小日子。

彭飞走了之后,庄睿先给周瑞打了个电话,让他连夜进京,周瑞也没问什么事,答应了一声就挂断了电话。

"胡大哥,我是庄睿……"

随后庄睿又拨通了胡荣的电话,和胡荣沟通过后,才能决定他的设想能否实现。

"庄老弟,伤势不碍事了吧?过完年我就去中国,正好能参加你的订婚仪式……"胡荣的声音在电话一端响了起来,虽然他有心问庄睿筹款的事情,不过还是没在电话里说出来。

"胡大哥,不用等到年后了,我后天就去缅甸,对了,用黄金支付你矿场的股份,可不可以?"

"用黄金支付?当然可以了,不过老弟,你怎么把黄金运到缅甸来呢?"

胡荣被庄睿说得一愣,黄金在缅甸可是硬通货,比美金、欧元都好使。

"胡大哥,怎么把东西运过去,就是我的事情了,后天下午,您找些可靠的人,等在那个矿场就可以了,我会把黄金送过去的。

另外我还有一些在国内不好出手的黄金,也要麻烦胡大哥帮我在缅甸洗白……"

庄睿的话让胡荣心里掀起了惊涛骇浪,要知道,黄金可是每个国家极为重要的战略储备物资,别人往里收都来不及,庄睿却往国外送。

而且听庄睿这话的意思,他所拥有的黄金数量,应该远不止购买自己矿场股份的这些。

"莫非庄睿入股矿场,就是为了洗钱?"

胡荣心里冒出了这么一个念头,不怪他如此想,当今社会,国际上洗黑钱的手段五花八门,一些见不得光的巨额资金在国外转一圈后,虽然会大幅度缩水,但是再回到国内,那就是清清白白的资金了。

现代意义上的洗钱是指将毒品犯罪、黑社会性质的组织犯罪、恐怖活动犯罪、走私犯罪或者其他犯罪的违法所得及其产生的收益,通过金融机构以各种手段掩饰、隐瞒资金的来源和性质，使其在形式上合法化的行为。

另外，洗钱还有其他多种途径，如购买地产、珠宝、古玩等，过后再变换成现金或其他金融资产。

"庄老弟，想把这些黄金洗白，其实还有许多别的办法的……"

胡荣第一时间想到，这批黄金一定不是庄睿的，而是他背后的欧阳家族的资产，所以很委婉地提醒了一下庄睿，其实他不需要用投资矿场的方式来洗钱的，如果这真是个废矿，他们付出的代价太大。

胡荣现在虽然是缅甸籍，但是他也知道，自己招惹不起欧阳家族的，如果中国向缅甸施压的话，随便找点什么借口，都能让自己在缅甸待不住。

而且政治过于复杂，今儿欧阳家族当道，或许明儿就落魄了，帮他们洗钱也要承担风险的，所以胡荣并不想趟这个浑水。

胡荣哪里知道，这压根就是庄睿自己的事情，和欧阳家族一点关系都没有，并且投资他的翡翠矿，那更等于养了一窝会下金鸡蛋的老母鸡，稳赚不赔。

庄睿听出胡荣有些推托的意思，开口说道："胡大哥，要是现金或者银行存款，我还有办法，不过黄金从缅甸走一圈会比较好，您要是为难的话，那我再想别的法子吧……"

庄睿本来就是金融专业出身的，洗钱的各种手法他并不陌生，如果不是黄金的话，他有几十种办法将这笔钱合法化。

对庄睿而言，最简单的洗钱办法就是，随便找个拍卖行，拿出三五件古玩来，再找人做托，高价将其拍下来，那钱不就变成合法收入了，最多支付给拍卖行一些佣金罢了。

"不……不，庄老弟，不是那个意思，你们要是决定了，那就运过来吧，我明天就把矿工都撤回来过年，先提前安排一下……"

胡荣听到庄睿的话后，稍微犹豫了一下，就满口答应了下来，他也知道国内政坛发生了一些变化，欧阳家族强势崛起，并且后继有人，这个风险还是值得冒的。

"行，胡大哥，那多谢您了，咱们过两天见……"

庄睿听到胡荣的话，知道事情解决了，心情大好，他不知道的是，因为胡荣的误会，让他占了不小的便宜，在其后买卖黄金的交易中，胡荣连一分钱的佣金都没拿。

"刘川，你怎么来了？"

第二天一大早，天刚蒙蒙亮，庄睿还躺在床上，被窝就被人掀开了，一双冰凉的手伸了进去，冻得庄睿一哆嗦，睁开眼睛，发现刘川正一脸坏笑地看着自己。

"我来看干妈的，恩，敏姐和国栋哥都来了，你小子，过年要是不回彭城给我老爸拜年，小心吃排头。"

"嘿,我说你这宅子一装修,还真不错啊,回头我在彭城买块地,也建上这么一个……"

刘川在庄睿屋子里转悠了一圈,嘴里啧啧称赞,这院子荒废的时候他来过,这次来却是大变样了,刚才到门口的时候,看着那俩大石狮子,刘川差点没敢认门。

庄睿一边起床套衣服,一边对刘川说道:"我过完年就回彭城,你来了就在这住几天吧,我找周哥有点事,要出去两天……"

"别啊,有事我也去,雷蕾今年春节回香港过,我正闲得无聊呢……"

刘川一听庄睿说有事,眼睛马上就亮了起来,他可是听说了庄睿在香港赌船内豪赌,缅甸公盘解石的风光事迹,自己个儿一次没赶上,刘川在雷蕾面前抱怨了好几次。

"你也去?"

庄睿犹豫了一下,要说庄睿最信得过的人里面,刘川绝对排第一,两人终究是穿着开裆裤一起糊泥巴长大的,彼此之间太了解了。

不过刘川这小子嘴巴大,他怕刘川什么时候喝高了,到别人面前吹嘘。

"流氓,我跟你说正经事,这次出去办的事情很重要,并且一定要保密,你如果能答应,就一起去,不然就算了……"

庄睿摆正了脸色,很严肃地对刘川说道,其实他心里知道,想让刘川这大嘴巴保密,那还真不怎么靠谱。

"我媳妇都不能说?就跟我媳妇一个人说,成不?"刘川犹豫了一下,他也知道自己的毛病,心里不怎么存得住话。

"你……随你吧,反正你说的话别人也不怎么信……"

庄睿哭笑不得地瞪了刘川一眼,自己这兄弟平时就喜欢吹牛,他那圈子里也没几个人把他的话当真的,再说自己这次要干的事情,说出去估计都没人相信。

就算有人相信刘川的话,这事也没法考证,所以庄睿懒得再交代他,去就去吧,到时候还能多个人手搬运黄金。

简单洗漱了一下,庄睿就到前院去见周瑞了,周瑞这会儿正和彭飞聊着,他们来自一个部队,周瑞还是彭飞的老班长,他们之间的那种交情,可是要比瑞丽边防站的佛爷深厚得多。

"郝哥,你也一起去吧……"

在前院和周瑞见面之后,庄睿想了一下,还是决定带上郝龙,一来郝龙是欧阳磊介绍来的,忠诚方面应该没有问题,二来郝龙和彭飞一样,都是自己请来的安保人员。

如果这事瞒着郝龙,日后相互之间肯定会产生隔阂,倒不如都带上算了,事情完了以后,自己每人给他们一笔钱,去留让他们自己选择,不过庄睿相信,他们都会留下的。

两个小时之后，庄睿一行五人坐上了前往云南的航班，不过庄睿有点灰头土脸的，因为离家的时候，被庄母狠狠地教训了一顿。

欧阳婉虽然不怎么管儿子的事情，但今天是小年啊，就连庄敏和赵国栋都赶到了北京，本来一家人能团聚在一起吃个饭的，没想到儿子又要出去，这让欧阳婉很不高兴，虽然最后还是放行了，不过还是重温了一下当年做老师教训学生时的情景。

下了飞机之后，已经是下午了，庄睿等人并没有去瑞丽，而是在芒市找了个宾馆登记了几个房间，然后庄睿才把此行的目的告诉了刘川等人。

周瑞等人听到这件事情之后，就像是听天方夜谭一般，只是已经身处云南，庄睿应该不会骗他们。

不是从中国流失出去的东西，取了也没什么心理负担，所以在震惊之余，周瑞和郝龙很快都调整好了心态，出国执行任务对于他们而言，也不是头一次了。

至于刘川那厮，则是满脸兴奋，听庄睿说他打了个豹子之后，直嚷嚷要去缅甸打个老虎，对他的话，庄睿自然选择无视了。

"行了，现在咱们分一下工，去直升机的地方必须有辆车，这个交给彭飞去办。

"郝哥和周哥，咱们一起去商场，买四个背包，尽量大一点而又不显眼的，另外还要买一些可以折叠的箱子……"

把事情的来龙去脉讲给几人之后，庄睿就开始分配任务了。

因为山洞内的那些箱子上有日文，所以铁皮箱子里的黄金，必须取出来重新放到自己带去的箱子里，庄睿知道有一种可以折叠，并且有轱辘的帆布箱子，用来装黄金最合适不过了。

第三十五章 取出宝藏

至于买背包，庄睿是考虑到了那批珠宝。

庄睿那天没细看，不过所谓的三十箱珠宝，可能是彭飞翻译错误，称之为三十盒差不多，每个盒子都不大，和山西平遥日常人家用的漆器盒子差不多。

那些珠宝庄睿不想交给胡荣，因为有些东西都带有缅甸特色，以胡荣的眼光，肯定能认出来。

好在东西不是很多，又都是小件，所以庄睿准备了几个背包，每人背上一个完事。

来到芒市最大的商场，庄睿看中了一款箱子，折叠起来只有薄薄的一层，是绿色帆布做的，里面还有一层软皮，暂时用来盛放黄金，还是很适用的。

听营业员的介绍，很多来云南赌石的人，都是用这种箱子放原石，庄睿问了一下，他们库存还有五十个，都被庄睿订了下来。

这种箱子也够大，庄睿量了一下，一个箱子放上一两百块黄金问题不大，那些金砖块头不小，虽然没上手掂量，庄睿估计一块也有个二三斤重，应该是当初日本人为了搬运方便，重新融化后用模具制作出来的。

不过这些箱子即使折叠起来，所占的空间也不小，无奈之下，庄睿给彭飞打了个电话，让他找辆客货两用的车来。

到傍晚商场快关门时，彭飞开来一辆前面能坐四人，后面是个货柜的小货车，这才把几十个箱子都放了进去。

一夜无话，第二天早上四点多，几人就驱车赶往中缅边境，庄睿已经拿到了欧阳磊给他的坐标，彭飞对这里的地形了如指掌，看了坐标方位之后，连地图都省了，直接向目的地开去。

"老班长，你开还是我开？"

彭飞将车停在直升机旁边，扭头问周瑞，由于这车只能坐四个人，周瑞和郝龙还有彭飞是挤在后排的。

"你开吧，我都好几年没摸过这个了，手生……"

周瑞知道要是比军事素质和对这些装备的使用，自己不如彭飞，当年他转业的时候，彭飞就已经是公认的兵王了。

几人将那些箱子、背包都搬到这架庞大的直升机上之后，彭飞坐到驾驶位，将直升机发动了起来，缓缓地升空离去。

这架直升机的舱门是封闭式的，关上门之后，外面的风声和螺旋桨转动的声音，马上变小了，不像在缅甸坐的那破直升机，一张嘴就灌了满肚子的空气。

"爽，爽啊，我靠，木头，原来你小子的生活这么刺激啊，不行，我也要搬到北京住，就搬你四合院去，以后你走哪我跟哪……"

刘川第一次坐直升机，这会儿在机舱里手舞足蹈，他后悔没带照相机来，否则拍上一张照片，那多威风啊。

"爽个屁，我和媳妇睡觉你也跟着啊？"

庄睿没好气地瞪了刘川一眼，早知道搞一架破飞机，让刘川也尝尝那颠簸的滋味。

彭飞开着直升机沿着野人山脉边缘，飞进了缅甸境内，茂密的丛林又出现在庄睿眼前，看着下面熟悉的场景，庄睿不由摸了摸左肩，那里还隐隐作痛呢。

"老班长，你帮我目测一下降落地点……"

两个小时之后，直升机来到了黄金所在山洞的那个山坡处，幸好这里没有高大的树木，勉强能停下这架直升机。

螺旋桨带动的劲风，吹得地上枯黄的杂草紧紧地贴在地面上，稍小一点的山石都滚动起来，矫正了好几次之后，直升机缓缓地降落下来。

此时彭飞头上已布满了豆粒大小的汗珠，要知道，山地驾驶飞机，对驾驶员而言，绝对是一个巨大的考验。

庄睿看了下表，十点二十分，在这里他没办法和胡荣联系，只能搬完黄金之后，直接去矿场了，相信胡荣会安排人等在那里的。

几人下了直升机，拿着工兵锹按照庄睿指点的方位，把那个被炸塌的洞口旁边的杂草都清理掉，彭飞测了一下这山洞的高度，在四角设置了炸点。

"轰！！！"

一声巨大的爆破声响起，山洞口的碎石向外激射而出，打在直升机上发出"噼里啪啦"的声音，砸得直升机的外壳现出一个个白点。

等到漫天的灰尘散去之后，一个一米多高，黑黝黝的洞口，出现在众人眼前，刘川是个傻大胆，当下把铁锹一扔，就往洞口跑去，彭飞一把没拉住，当下在后面喊道："等会儿再进去，山洞封闭的时间太久了，让里面通下风……"

"妈呦,好大的蛇啊……"

彭飞话声未落,刘川就屁滚尿流地跑了回来,一手指着洞口,看那模样被吓得不轻。

庄睿上次见到的那条缅甸蟒,晃悠着身体从山洞里爬了出来,似乎刚才的爆炸炸得它脑子不大清醒,在洞口盘旋好一会儿,才慢悠悠地钻到草丛里去了。

这个山洞并不是很大,只有一二十米长,等了半个多小时,把那洞口的碎石清理掉之后,彭飞拿着照明灯,走在第一位,几人鱼贯而入,周瑞留在外面警戒。

"咳咳……这……这里面都是黄金?"

几人进入到山洞之后,又将山壁上的灰尘震动得抖落下来,刘川一张嘴,就被呛得咳嗽起来。

这山洞明显被日本兵改造过,虽然不长,但是很宽,三四个人并排都能站在里面,在山洞的尽头,十多个摞在一起的箱子,呈现在几人面前。

每个箱子的规格都一样,长约两米,高度和宽度都在一米左右,这些箱子不完全是铁皮做的,在连接处,可以看到一些木料,两个箱子摞在一起,高度就超过了两米。

每个箱子上面,都贴有封条,不过此时早就化作了尘埃,勉强能看到一些印迹。

正对着庄睿等人的箱子上,还挂有一把铁锁,上面也是锈迹斑斑。

"刘川,不要,小心!"

刘川这货拿着铁锹,对着那铁锁就是一铲子,这一下不要紧,摞在一起的两个箱子,突然之间解体了。

破碎的箱子和巴掌大的金砖,在灯光下闪烁着耀眼的金光,迎头向刘川砸了下来。

虽然说金玉满堂是每个人心中梦寐以求的愿望,但是被这婴儿巴掌大小,并且极薄极重的金砖砸到,却不是一件愉快的事情。

虽然在箱子破裂之前,彭飞出言提醒了刘川,并且往后拉了他一把,但是刘川依然没能完全躲过去,头上被一块从上面箱子里滑落的金砖轻轻地蹭了一下,鲜血顿时就涌了出来。

"我靠,这他娘的不是金子,是炸弹啊……"

额头处流出的鲜血滴到嘴里,刘川鬼叫了起来,用手擦了一把,就着灯光一看,满手的血。

"出去,先退出去,彭飞,给大川包扎下……"

庄睿看到山洞里乱哄哄的样子,不由后悔带刘川这货来了,正经事办不好,捣乱倒是有一套。

还好,刘川额头只是破开个口子,根本就不用包扎,彭飞从直升机上拿出一瓶矿泉水,给他洗干净后,用创伤贴贴上后,就没有什么大碍了。

在刘川治疗伤口的时候,庄睿打量起手里的金砖来,这是刚才从山洞里退出来时,他顺手拿的一块。

这块金砖只有四五厘米长，两厘米宽，厚度连一厘米都不到，说是金条也差不多，虽然很小，但是拿在手心里却沉甸甸的，在阳光下发出耀眼的金光。

庄睿估计了一下，就这么一丁点儿，应该就有一千克左右重了，也就是一公斤左右，虽然之前庄睿就知道黄金比重为 19.32，但是他没想到，就这么一点儿，居然就这么沉。

"似乎和自己那天看到的不一样啊？"

庄睿有些疑惑，自己那天看到的，都是一块块的大金砖，想到这里，庄睿扭过头去，直接用眼中灵气向山洞里看去。

"原来是这样……"

仔细观察之后，庄睿明白过来了，敢情那一块块大金砖，是这些小金砖排列在一起形成的，猛然看去，就像是一整块完整的大金砖。

而且这些箱子里放的也不完全都是金砖，半人高的一个箱子里，倒有一大半是木头架子，那些黄金，整齐地排列在上面。

"妈的，哎哟，怎么还有这么多木头啊？"

庄睿这边正看着黄金，山洞里又传来刘川的叫声，紧接着这货从里面跑了出来，手心扎了根木刺，对着阳光往外挑呢。

"你小子别进去了，那些木头是承重用的，黄金的比重比一般金属大，分开放才能搬得动，要是放到一个箱子里，那会儿可没什么起重机……"

庄睿也想明白了其中的关节，起身从直升机里拿出几个箱子来，和彭飞以及郝龙重新走了进去。

进到洞里之后，彭飞将两个强光照明灯卡在了石壁上，山洞里顿时变得明亮起来。

"不行，每个箱子最多能放 100 块，再重就撑不住了……"

庄睿在收拾金砖的时候，查了一下数量，放了 100 块的时候，他拉上箱子的拉链，试着拎了一下，单手根本就拎不动了。

一块金砖的重量差不多一公斤，100 块就是一百公斤，已经达到这种箱子承重的极限了，再放的话恐怕帆布都要被撕扯烂了。

"这他娘的金子有什么好啊……"

庄睿有些无奈地坐在箱子上，初见这些黄金他还有些兴奋，现在感觉到不方便了，这破东西不能吃不能喝的，携带又不方便，为啥那么值钱。

也忒难为古代人了，每天出去身上都要带上一袋子金属，哪有现在方便，开张支票就是千儿八百万了。

"别看着我了，搬吧……"

见到彭飞和周瑞都在等自己拿主意，庄睿站起身，拉出箱子的拉杆，往洞外拉去，还好这山洞的地面还算平整,要真抬出来,那能累死这几个人。

刘川接连吃了两次亏,不肯再进山洞了,他守在直升机旁边,和郝龙一起把庄睿等人装好黄金的箱子搬到直升机上,只是才搬了十几个帆布箱子,这货就累得抬不起手来了。

虽然只是从地面搬到直升机上,高度不过一米左右,但是这一个箱子就重达200斤,别说是刘川,就是郝龙都有些吃不消。

庄睿拉着一箱黄金走到直升机边上,对郝龙说道:"郝哥,你和大川去里面装箱,我和彭飞来搬……"

"老板,我没事,让大川进去吧,我还能撑一会儿……"

"嗯,庄哥,你左肩伤还没好,不能受力,你们都去装箱吧,我自己往上搬就行了……"彭飞也走了过来,这小子力气简直大得吓人,两百斤重的箱子,他一弯腰就抱了起来,直接放到了直升机上。

有了彭飞这个专业搬运工,刘川和郝龙都进了山洞,装箱的速度明显加快了,只是没多久,箱子不够了。

庄睿他们一共只买了五十多个箱子,到现在只搬了六吨左右黄金,山洞里还有六大箱黄金,不过其中两个箱子装的是一些珠宝翡翠。

最后实在没有办法,只把机舱里装好箱的黄金,倒在直升机放置货物的后舱里,这才把整个山洞里的黄金全部搬了出来。

"要死了,要死了,木头,这样的事情,下次别再喊我了啊……"

倒腾完黄金之后,刘川四仰八叉地躺倒在山坡上,这装箱的活儿也不轻松啊,几人之中刘川的体质最差,这会儿累的几乎虚脱了。

"你这叫活该!"

"滚一边去……"

刘川连斗嘴的力气都没有了,不过他有些奇怪,庄睿的身体什么时候变得那么好了。

庄睿笑着从他身边走了过去,山洞里还有两大箱珠宝没腾出来,他和彭飞等人又将那些珠宝全部倒在背包里,这才算大功告成。

只是在倒腾珠宝时,庄睿心里有些不解,这些珠宝首饰,看其雕琢工艺以及风格玉质,居然很少有翡翠,大多都是中国产的软玉,里面甚至还有鸡血石和玛瑙等物,年代也比较久远。

另外还有一些黄金和和田玉打制的酒杯,庄睿甚至看到一个有六种沁色的古玉,这样的玩意,即使在国内都难得一见。

虽然时间紧迫,没仔细查看,但是这些东西肯定不是缅甸产的,庄睿心中疑惑:"难不成是小日本从中国抢去带到缅甸?"

其实这是庄睿想岔了,要知道,一两百年前的缅甸,翡翠是极不受重视的东西,缅甸的那些土皇帝们,也从来没拿这些东西当回事,反而崇尚中国的玉石金银饰品。

缅甸历史上一度是中国的属国,每年都要给上国递交国书,上交贡品,中国作为宗主国,自然也讲究个气派,回礼给缅甸各个番邦属国的东西,往往比他们的贡品要多出许多倍。

到了明朝,很多草原部落,拜访天朝那叫一个勤快,目的就是从所谓的天朝上国这冤大头身上捞取好处。

缅甸的皇室自然也得到不少来自天朝的赏赐,只是后来仰光和曼德勒相继被日本鬼子攻占,这些东西才落到了这里。

庄睿也是后来拿了一个白玉做的杯子给别人看,才知道了这些东西的来历,不过这些都是后话了。

几人吃了点东西,补充了一下体力,已经快下午三点钟了,搬运这些黄金,整整用了五个多小时。

"彭飞,把洞口再堵上吧……"

庄睿仔细把山洞梳理了一遍,连一粒珍珠都没留下,然后交代彭飞再把洞口炸掉。

这次爆破用的炸药比较多,山洞入口处完全被炸塌了,虽然能看出爆破的痕迹,但是要想清理出来进入山洞,可是件不容易的事情。

又休息了半个小时之后,彭飞驾驶直升机,向胡荣矿场所在的方向飞去。

庄睿那天可是清清楚楚地记得,从森林边缘进入这里,花了他和彭飞四个多小时,而这次不过短短二十多分钟,就看到矿场了,这还是低空飞行放缓了速度的情况下。

"老弟,你……你还真是大手笔啊,啧啧,这种直升机都能开来……"

直升机在山脚下的营地停稳之后,胡荣马上迎了上来,围着那直升机转了一圈,脸上尽是羡慕的神色,他进出帕敢经常乘坐直升机,被缅甸那老破残旧的飞机可是折腾得不轻。

"胡哥,您带来的人可靠吗?"

庄睿从直升机上下来后,直接开口问道,他刚才在直升机上,就看到这山脚四周,尤其是营地周围,都有拿着冲锋枪的人把守着。

"放心吧,我这次一共带了八十个人来,都是我胡氏家族里的人,平时他们待在华人城,绝对可靠……"

胡荣听了庄睿的话后,脸上变得严肃起来,他这次带来的人,就算不是姓胡,那也是和胡家有千丝万缕的关系,用国内几十年前的话说,那是根正苗红。

"成,我还要赶回国内,胡哥您带磅了吗? 称一下这金砖的分量,然后就可以叫人往车上搬了……"庄睿从口袋里掏出一块金砖来,递给胡荣。

胡荣经常接触金子，拿到手里之后，对着阳光分辨了一下，然后放在嘴里咬了一下，脸上笑了起来，说道："不错，这金子成色很不错，能卖出好价钱……"

胡荣摆了摆手，叫人拿过一个电子磅来，在上面称了一下，这一块黄金的重量不多不少，刚好一千克，接连称了几块，每块的误差不超过两三克。

"老弟，你一共带来多少?"胡荣有些好奇地看向庄睿，他并没有怀疑这批黄金是出自缅甸。

庄睿笑了笑，把胡荣带到了直升机旁，拉开了舱门，指着那数十个帆布箱子，说道："这些箱子里全都是……"

"全都是和这成色一样的……黄金?"

胡荣艰难地咽了下口水，他虽然也是见过大场面的人，但是一次能见到数吨黄金的人，恐怕除了大银行的金库保管员之外，常人是没这个眼福的。

"对，一共七吨，每个箱子里一百公斤，胡哥，您把那车开过来，找几个信得过的人验下往车上搬吧……"

庄睿早先就看到营地里停了一辆押款车，想必是胡荣准备押运黄金用的。

"好，好!"

胡荣搓着手，喊了十几个人安排了一下，把押款车倒到直升机舱门的旁边，周瑞和彭飞等人在直升机上，和他们交接了起来。

第三十六章 极品虎皮

这些黄金都是重新融化后用模具定型的,重量体积几乎完全一样,每块一公斤,两边都有人计数,不多时已经搬了一吨多了。

胡荣把庄睿拉到营地的一间木屋里坐下,拿出两份协议,摆在了庄睿面前,说道:"老弟,缅甸黄金的价格稍微高一点,我给你算一百三十元人民币一克,我这矿场你拿出两吨黄金,我给你30%的股份……"

胡荣的话让庄睿愣了一下,他们先前说的是两千万欧元买胡荣20%的股份,而两吨黄金的价值约在两千六百万欧元左右,按照胡荣现在所说,那自己可是占了便宜了。

"老弟,哥哥我在别的行业还有投资,资金有些紧张,这股份上算占你的便宜了,不过你放心,另外三吨你要出售的黄金,还有要给你运回国内的两吨,我都给你办得稳稳当当,一点不用你操心,你看怎么样?"

胡荣见到庄睿不说话,还以为他不同意,连忙出言解释了一下,因为这座翡翠矿到目前为止,还没有出现任何富矿的迹象,也就是说,庄睿投资越大,以后赔的可能就越大。

"胡哥,成,就按您说的办……"

庄睿脸上现出一丝犹豫的神色,过了两三分钟之后,重重地点了点头,答应了下来,心里却已经笑翻了:"您就是把整个矿场的股份卖给我,我都敢接着!"

合同是胡荣拟定好的,改动了几个数字之后,庄睿签署上了自己的名字,一式两份,交易算是完成了。

这番交易,庄睿捡到了会下金蛋的翡翠矿,而胡荣则缓解了矿场不出翡翠的压力,有了庄睿投入的这批黄金,即使还找不到矿脉,再维系一两年,他也没有太大的资金压力了。

在胡荣看来,此举可谓双赢,当然,这是建立在帮助庄睿洗钱的基础上的。

除去购买股份的两吨黄金之外,胡荣又给庄睿打了个收条,说明另外接收了五吨黄金。

这不过是走个形式,如果胡荣想贪下这笔黄金,别说是收条了,就是二人签了正式文本的合同都没用,反之,打不打收条也无所谓。

　　"老弟,今儿是小年,要不然回华人城过了小年再走?"

　　事情办完之后,胡荣心里的一块大石也落了地,有了这批黄金,让那些看笑话的人,还有准备趁火打劫的人,把那心思都死了吧。

　　胡荣走到木屋门口,对着外面招了招手,一个年轻人拎着一个似乎用床单包起来的大包裹走进了木屋里。

　　"老弟,这两张虎皮,一张送给欧阳老爷子,另外这一张,就送给伯母吧,北京天气冷,冬天在被子上盖上这东西,比热炕还有用呢……"

　　打开包裹,赫然是两整张虎皮,胡荣在房间里摊开,居然占去房间一大半的空间,两张虎皮的长度都在两米以上,宽也有一米多,额头上有个大大的王字,很是冲击了一下庄睿的视觉感官。

　　两张虎皮硝制得很好,庄睿用手摸了一下,整张虎皮入手感觉很厚实,上面的毛发特别柔顺,那黑黄相间的皮毛异常鲜亮,如果把它放到椅子上,乍然看去就像一只作势待扑的真猛虎一般。

　　"胡大哥,这老虎您当初是怎么打死的啊?"

　　庄睿的双手在虎皮上摩挲着,他心中实在是好奇,因为看了半天,他都没发现这虎皮上有什么伤痕或者枪眼,难不成还真是武松打虎,活活用拳头打死的?

　　"呵呵,这是我爷爷年轻的时候打的,他可是位神枪手,是把子弹从眼睛打进脑袋里的,就这两张最完整的了……"

　　胡荣也曾经猎到过老虎,不过他的水平就要差一些了,由于是要送人,所以才挑拣出这两张品相最好的虎皮。

　　"胡哥,这……这也太贵重了点吧?"

　　庄睿可是知道虎皮的价格,在国内,一张完整的老虎皮,都被炒到上百万,像这两张身上连个枪眼都没有的虎皮,每张的价值最少在两百万以上,如果遇到马胖子那样的暴发户,宰他个三五百万都很正常。

　　"这算什么,给你就拿着,再说是送给老人的,别用钱来说事……"

　　胡荣摆了摆手,接着说道:"我知道国内严禁买卖虎皮,你先带回去一张给伯母用,另外一张我到时候通关带过去……"

　　胡荣想得很周到,如果是走私带入中国,恐怕欧阳老爷子为了避嫌,也不会接受这张虎皮,所以让先庄睿带回去一张,自己家里用不会那么显眼,而送给欧阳老爷子的,他按照正常手续带入中国,这样就不会留人口舌了。

"行,那我就代家母和外公谢谢胡大哥了……"

庄睿也不矫情,这么好品相的虎皮,在国内还真是难得一见。如果是在国内打到这些老虎,枪毙个十几次都不多。

将虎皮重新折叠起来之后,庄睿直接将其抱在了怀里,他准备等会儿腾出个背包来放置,另外一张虎皮被那年轻人收了起来。

"哥,都查点好了,一共七吨黄金,只多不少……"

这时一个三十多岁的中年人敲门走了进来,先向庄睿点了点头,他是胡荣的二弟,和庄睿也认识,刚才查点黄金就是由他负责的。

"胡哥,二哥,那我就先告辞了,咱们年后再见……"

庄睿看了下时间,已经是下午五点多了,赶回国内恐怕就要七八点钟了。

胡荣也没再留庄睿,说道:"行,路上小心点,那批要卖的黄金,时间估计要长一点,不过另外两吨,过完年我一起给你带到国内去,你不是有家珠宝店嘛,就用珠宝店的名义,从缅甸购买这些自用黄金……"

庄睿点了点头,心底对胡荣佩服不已,这在社会上厮混的时间长,见识就是不一样,随口一句话,就把自己这笔黄金洗得干干净净了。

"对了,胡大哥,我先前说的沿山多打几个探点的事情,您过完年就安排吧,这么大一座山,我不信没有矿脉……"

从木屋里走出来后,庄睿看着面前的山脉,停住了脚步,他现在算是这座翡翠矿的大股东之一了,提出点自己的建议,那是理所当然的。

"这半年多其实已经开了不少探点了,不过都没有矿脉出现,等过完年我再安排吧。"

胡荣心里也倾向于这座翡翠矿是座富矿的说法,不过之前他探勘了好多处地点,都没发现矿脉,所以就用了最笨的方法,从山顶往下挖,虽然费力费时,但是一旦出现矿脉,所有的投资都可以收回来。

"胡大哥,你可以试试在那轨车沿途打一些探点,俗话说灯下黑,你们每天都走动的地方,说不定就有矿脉呢……"

庄睿笑了笑,走到了直升机旁,而胡荣却愣在了当地,想着庄睿的话,"自己好像真的疏忽了轨车那段山体。"

直到直升机螺旋桨转动的声音响起,胡荣才醒过神来,对着已经升空的直升机连连摆手,心里却是下了决定。

趁着过年矿工们都休息,不用乘坐轨车上下矿场,胡荣决定这几天就安排人在轨车沿途开上几个探洞,看看是否有矿脉存在。

庄睿等人回到北京以后,还没到十二点,也就是说,小年还没过完,只是庄睿等人都已经累得像死狗似的,各自钻回到房间里睡觉去了。

"妈,这才几点啊,就把我喊醒了……"

庄睿看了下床头的闹钟,才早上九点多,他还以为母亲是来给自己上课的呢,脑袋连忙往被窝里面缩了缩,不是还有刘川那干儿子吗,干吗先找上自己啊?

"你这孩子,这么大了还赖床,外面有人找,快点起来……"

欧阳婉没好气地拍了拍庄睿的脑袋,接着说道:"小睿,你可是快订婚的人了,可不能在外面拈花惹草,妈可不答应……"

"妈,您说什么呢,我什么时候在外面拈花惹草啦?"

庄睿从暖烘烘的被窝里探出头,莫名其妙地问道,自己除了秦萱冰之外,再也没和别的女人有接触啊,当然,自己老妈和外甥女除外。

"没有就好,不然妈饶不了你,快点起来了,外面有人等你……"

欧阳婉揉了揉儿子的脑袋,站起身走出了房间,她相信儿子所说的话,不过这年头女追男已经不是什么稀罕事了。

刚才那个女孩虽然一口一个庄老师地喊着,但是欧阳婉能感觉到,那女孩似乎还有点别的心思。

除了这个女孩,上次来北京时,在机场见到的那个女孩,似乎对儿子也有些好感,欧阳婉自己曾经经历过被父亲干涉婚姻的事情,所以并不想管庄睿的婚姻大事,不过庄睿要是朝三暮四的,她就不能不理了。

"谁来败坏我名声来了?"

见母亲走出了房间,庄睿还是一头的雾水,"难道是苗菲菲?"

想到这彪悍女,庄睿头皮就有些发麻,虽然他自我感觉和苗菲菲只是哥们关系,但是在上海喝醉酒手脚不听招呼那次,小嘴也亲了,咪咪也摸了,的确占了那女孩大便宜了。

所以这几个月来,除了配合苗菲菲参加了一次黑市拍卖之外,庄睿都是能躲就躲,因为随着自己婚期的临近,他实在不知道该如何面对苗警官。

在床上磨蹭了半天之后,庄睿雄赳赳气昂昂地爬起身来,穿好衣服洗漱一番之后,来到了中院。

这宅子的前院是张妈、李嫂她们住的,本来庄睿想让彭飞在中院选个套间,不过那小子感觉不自在,最后还是住在了前院,不过前院也有一套带洗手间的套间,就让给彭飞了。

接待客人,一般都在中院的客厅里面,这是一个一进三间的屋子改建的,里面很是宽敞,屋里的家具都是仿古的。

庄睿从琉璃厂和潘家园购买了不少赝品陶瓷器以及名人书画、文房四宝,摆在厅里的古董架上,很是有书香宅门的氛围,糊弄下刘川和马胖子那样的外行,还是不成问题的。

"哎哟,稀客……稀客,金老师,您今儿怎么得空来我这儿呢?"

庄睿一脚踏进中院客厅的门槛,见到里面的两人之后,不由松了口气,原来是京城书画鉴赏名家金胖子和那位京城电视台的花旦主持人刘佳。

"庄老弟,早就说来你这看看,一直没抽出时间来,这马上过年了,也有空,不过今儿我可是被抓了壮丁,来当说客的呀……"

马胖子穿了一身很喜庆的明黄对开棉马褂,配上他那张胖乎乎的圆脸,倒是真给人一种快过年了的感觉。

"说客?"

庄睿眉头微微皱了一下,把目光放到刘大主持人身上。

今天刘佳的穿着和那天考试时的臃肿完全不同,在刘佳身边的沙发上,放了一件毛皮大衣,显然是进房间后脱下来的。

此时刘佳上身是一件紧身的V字低领黑色毛衣,下身也是一条黑色的紧身裤,将全身曼妙的身材完全凸显出来,那高耸的双峰,浑圆的臀,修长的大腿,显得是那样的勾人心魄。

刘佳显然是一个善于展现自身长处的女人,一身黑色的装扮,使其显得高雅、神秘之中,又带有一种野性,让男人不自觉地就会生出在这黑色之下耕耘一番的冲动。

庄睿看见刘佳的这身装扮之后,也微微愣了下神,别说是他了,就是金胖子这四十多岁的中年人,目光也有些游离地躲避着这位美女主持人,看来形容某些明星下至十五岁,上至八十岁通杀的话,放到刘佳身上也很适用。

刘佳看到庄睿的目光后,心里也有些得意,她出道以来邀请别人上节目,庄睿是第一个拒绝的人,这让刘佳心里很是不忿,所以找到了金胖子,软磨硬缠地让金胖子带她上门邀约庄睿。

来到庄睿这套四合院之后,刘佳的心思更加活络了,她知道,这样一套宅子,现在有钱都买不到了,这也更加坚定了她要把庄睿追上手的心思。

俗话说男追女隔座山,女追男隔层纱,刘佳还就不相信了,这世上有不近女色的男人。

"咳咳……"

金胖子咳嗽了两声,把庄睿的注意力吸引过去之后,说道:"庄老弟,我今儿就是来做说客的,刘小姐调入上级电视台,要搞一个春节鉴宝节目,怎么样,你就做嘉宾组成员吧,我可是组长啊……"

"金老师,这要是换个时间,我就答应了,不过春节我真的是没空啊,就这还是昨儿才从国……从外面回来,年初二还要离开北京一趟,真的是没工夫,可不是拒您面子啊。"

庄睿苦笑起来,金胖子为人挺四海的,并且在古玩圈里颇有几分影响力,正如庄睿所说,要是换个时间,这事他就应下了,不就是电视鉴宝嘛,又不是第一次参加了。

"老弟,这次电视台是把民间鉴宝节目,作为春节的主打节目来推的,对于让国人了解收藏,弘扬传统文化,那可是有很积极的作用的,你可不能掉链子啊……"

也不知道刘佳给金胖子许了什么好处,金胖子听到庄睿出言拒绝,马上给他带了一顶大帽子,看这模样,庄睿要是不答应的话,那就是不配合组织工作了。

"这两人不会有什么奸情吧?"听到金胖子的话后,庄睿的眼神不由在金胖子和刘佳身上转了几圈。

这两人之间,奸情倒是……真没有,这倒不是说刘佳有多清高,只是她还看不上金胖子而已。

不过刘佳为了请动金胖子,还真花了点心思,文化中人嘛,从古至今就好风月,千古佳话不知道流传下来多少。

金胖子是玩书画的,更是自命风流……当然,仅是风流而已,偶倪两字没他啥事。

前几年离了婚之后,金胖子更是自诩为京城古玩界的金牌王老五,这风流韵事可是传出来不少。

第三十七章 赶鸭子上架

刘佳把京城台一刚分配过去的女大学生介绍给了金某人,恰好那大学生是古汉语专业毕业的,和金胖子很有共同语言,一个事业有成小有资产,一个年轻貌美投其所好。

几次接触之后,金胖子和那位大学生就建立了纯洁的友谊关系,嗯,人前是很纯洁的,至于人后,那就只有当事人才知道了,总归金胖子的那辆奥迪车,已经归大学生上下班专用了。

俗话说拿别人的手软,吃别人的嘴软,金胖子和大学生早起晨运、做广播体操锻炼身体的时候,可是没少念着刘大主持人的好处。

所以当刘佳求到自个儿的时候,金胖子虽然知道庄睿背景很深,也硬着头皮前来做说客了。

"哎,老弟,哥哥我可都是好心啊,上了这节目,您这专家的头衔,那就是坐定了,日后出去淘宝捡漏也方便不是?"

刚才是晓之以理,现在却是诱之以利了,不过金胖子的话让庄睿听的哭笑不得,这专家捡漏还方便?恐怕本来出价五百的,看到您这专家想买,立马就能给您报个五千的价来。

并且庄睿现在对于捡漏也不是很热衷了,他之前又去潘家园转悠了几次,好东西一件没碰上,全是些赝品水货。

那里的"跟屁虫儿"坑蒙拐骗的本事,比以前在彭城唱双簧的大雄二人,手段更是高明百倍,就连庄睿有一次看上个唐伯虎的扇面,要不是在交易的时候瞅了一眼,就栽在那里了。

"金老师,我过年是真没时间,这次还是算了吧,四九城这么多专家,多我一个不多,少我一个不少,老哥这份情谊,我庄睿记下了还不成嘛……"

庄睿只是摇头,任你说的再好听,哥们真是没空啊。

一旁的刘佳见金胖子出马也搞不定庄睿了，遂出言说道："庄老师，这次的节目虽然是从大年初一到大年初八播出，但却是录播的，录制的时间从明天开始，到大年二十八结束，并且每天只录半天时间，完全不会影响您过年的安排……"

　　"对不起，刘小姐，这几天还有很多事情需要走动，真的没有时间……"

　　其实如果只拍摄三天，并且都是上午的话，庄睿还是有这点时间的，不过刘佳这个人让他感觉到很厌烦，当下一口就给回绝死了。

　　庄睿边说话边端起了面前的茶水，这是刚才李嫂给几人倒的，庄睿将那带着盖碗的茶端起来之后，打开了碗盖，但却没往嘴边送，眼睛看着刘佳和金胖子二人。

　　"庄老师……"

　　"庄老弟，就给老哥这个面子如何？"

　　刘佳还待再说话，被一旁的金胖子打断掉了。

　　中国古代的礼节十分多，也很烦琐，这喝茶就有个讲究，在主人家里，给客人上过茶水之后，主人即使再饥渴，也不能端起面前的茶喝，因为那代表着送客的意思，这就是所谓的端茶送客。

　　其实传统文化还是有很多值得提倡的，比如说这端茶送客，就比直接往外撵人要含蓄得多，也给对方留了脸面。

　　虽然到了现代，已经没人再沿用端茶送客这规矩了，即使是在文化人的圈子里，也不讲究这个了，但是刚才庄睿的举动做得十分明显。

　　刘佳虽然也算是胸大有脑的才女，但是对这礼仪却不怎么懂，不过金胖子却看出了庄睿的意思，所以刚才恳求庄睿的话，实在是拉下面子说出来的。

　　"金老师，不是我不给您……"

　　"庄哥，外面有位警官找您……"

　　庄睿话未说完，安装在客厅门口的对讲系统忽然响了起来，彭飞的声音从里面传了出来。

　　"警官？不会是哥们缅甸事发了吧？"

　　"庄哥，是……"

　　"庄睿，我是苗菲菲……"

　　得，不用问了，听到对讲机里传来的苗大小姐的声音，庄睿一张脸顿时苦了起来，今儿走了什么狗尿运，这眼前讨人烦的还没打发掉，外面居然又来了个惹不起的。

　　"呵呵，是苗警官啊，快请进，彭飞，把苗警官带客厅来吧……"

　　庄睿脸上挤出一丝笑来，不用照镜子，他也知道自己笑的有多假，只是苗菲菲都找上门来了，总不能躲着不见吧？这彪悍女要真是闹起来，自己可没好果子吃。

苗菲菲直爽的性格,其实还是很合庄睿脾性的,不过因为在上海发生了那件醉酒事件,让庄睿一直不好意思面对苗菲菲,他又不是傻子,自然能感觉到苗菲菲对自己有那么一丝情意。

　　"庄睿,你这段时间在忙什么啊,人影都见不到,还要劳烦本警官上门来找你……"

　　随着苗菲菲的声音,她的身影随之出现在客厅门口,一阵冷风随着掀开的门帘,吹到屋子里面。

　　"哎哟,坏事……"

　　庄睿突然想到,上次带苗菲菲去参加黑市拍卖的时候,金胖子也在场的,这两人一照面,上次的事情不就穿帮了?

　　"你是……上次那位苗小姐吧?"

　　庄睿这会儿来不及补救了,因为金胖子已经认出这位穿着警服的女警官,就是上次和庄睿在一起的女孩,眼神不禁变得有点怪异。

　　"嗯,金老师,我来介绍一下,这位是苗菲菲警官,她是做内勤的,不出案子,上次不过是跟我去看看热闹而已……"

　　庄睿起身招呼苗菲菲坐下后,回过头来给金胖子介绍了一下,要知道,古玩行的人沾上六扇门,这可是大忌,传出去的话,以后再想淘换点儿物件,恐怕会很难了。

　　"呵呵,老弟,真有你的……"

　　金胖子笑着给了坐在他身边的庄睿一拳,脸上尽是暧昧的神色。

　　因为苗菲菲的长相实在是过于小女人了点,虽然穿着身警服,显得很有英气,却丝毫掩饰不住那种女人的妩媚,并且还有一丝女孩般的清纯。

　　金胖子倒是没想到办案那茬,而是羡慕庄睿艳福不浅,这漂亮女警比刘佳可是更胜一筹。

　　"苗警官,金老师你认识的,这位是刘佳刘主持,你们认识一下……"

　　庄睿见苗菲菲进来后,就不住地打量着刘佳,加上金胖子那暧昧的神情,屋里显得有些尴尬,连忙出言给苗菲菲介绍了一下。

　　"嗯,我没什么事,今天休假来看看你,听说你快订婚了是吧? 你那位不是香港的秦小姐吗?"

　　苗菲菲向刘佳点了点头后,就把目光转向了庄睿,话语中那股子幽怨之气,就连金胖子都听出来了,并且矛头还隐隐指向了在座的刘佳。

　　庄睿在上海工作的时候,秦萱冰曾经和雷蕾去看过他,而且庄睿后来也对苗菲菲说起过,所以苗警官知道这档子事情。

　　"是,本来想通知你的,前段时间不是去缅甸了吗,才回来……"

"庄老师,您看这上节目的事情,我可是在导演面前打了包票的啊……"

庄睿话没说完,刘佳又摆出一副楚楚可怜的模样来,庄睿也看出来了,这女人做事有股子韧劲,是不达目的誓不罢休的主。

"行,我答应了,这事就这么定了,金老师,明儿咱们再联系吧?"

庄睿被这两个女人搞得头都大了,嘴上虽然答应了刘佳,但是眼睛却看向了金胖子,那意思很明显,老哥您带来的女人,还是快点儿带走吧。

"好,庄老弟,那我们就先告辞了,下次我老金再来拜访,你可要拿出点真物件给我开开眼啊……"

这次不仅是端茶,庄睿都出言送客了,金胖子虽然有心看两个女人的热闹,不过还是站起身告辞了,顺带拉了一把刘大主持人。

这会儿金胖子心里也有些腻烦,明摆着庄睿不吃您熟女那一套,就别留在这给人上眼药了呗。

按照金胖子的心思,胖哥我虽然年龄大点,但是会疼人啊,金胖子并不介意在自己家里那位同居女友之外,再多结识几位红颜知己。

"庄老师,那明天咱们摄制组见啊……"

刘佳临走那句甜得发腻的声音,让坐在客厅里的苗菲菲脸上很不好看。

"庄睿,你和那狐狸精眉来眼去的干吗啊? 不知道你自己快要订婚了吗?"

庄睿把金胖子和刘佳送出门后,刚一回到中院的客厅,就听到苗菲菲的质问声,那张精致的小脸,更是摆出了一副气鼓鼓的模样。

"狐狸精? 你说刘佳?"庄睿愣了一下,这比喻倒真的很贴切。

"还叫得那么亲热,你答应她什么了? 还要去摄制组? 不会是去拍那种小电影吧?"

苗大警官还真是强悍,什么都敢说,看来上大学的时候,这帮子女学生也没少躲在宿舍里面看日本动作片。

"扯什么呢,电视台春节搞的民间鉴宝活动,哎,我说苗警官,您今儿在哪受气了? 跑我这来泄火了?"

庄睿早上刚起来就被金胖子和刘佳轰炸了一番,那心里还真是有点火气。

"你……我听说你要订婚了,来问问是不是真的,你什么态度啊,我走了……"

苗菲菲一反常态没和庄睿争执,站起身就往门外走去,这倒让庄睿有些傻眼,这还是苗大小姐吗?

走到门口,苗菲菲回过头来,皱着鼻子"恶狠狠"地对庄睿说道:"这几天我休假,明天我要跟你一起去拍摄组看看,我还没见过拍电视的呢……"

"去……您想去中南海都成……"

见到这姑奶奶要走，庄睿心里轻松了下来，不过似乎……好像还有那么一丝不舍。

庄睿也说不出自己是个什么心情，总之见到苗菲菲并没有因为他要订婚，而刻意疏远自己，庄睿心里应该是高兴吧，他也不想失去苗菲菲这个性情爽直的朋友。

"周哥，你也起了啊，不急着回彭城，在北京玩儿天再回去吧，嗯，等会儿再说，你把大川他们都喊到门房去，回头咱们商量点事……"

送走苗菲菲后，庄睿看到周瑞从屋里出来，正在前院打一套军体拳，交代了周瑞几句之后，庄睿就一头钻回后院，把昨儿带回来的装着虎皮的背包找了出来。

除了这虎皮之外，庄睿又在那些珠宝里挑拣了一阵，这才走出房间。

"妈，我给您带回件礼物，您看看……"

庄睿拎着背包回到中院母亲的房间里，见欧阳婉正看着囡囡和丫丫做作业，连忙凑了上去，胡荣送的物件到这里就变成了庄睿的礼物了。

"舅舅，我要礼物，我要礼物……"

庄母尚未答话，小囡囡就丢下了手中的笔，向庄睿扑来，她哪儿是做作业啊，就拿着支笔在丫丫的作业本上乱画。

"好，好，都有……"

庄睿从兜里掏出两串链子来，分别给丫丫和囡囡戴在左手上，说道："没事不要拿下来，也别给别人看，知道吗？"

"知道了，是舅舅送的吗……"

"谢谢大哥哥，能不能给我哥哥看呀？"

丫丫带着那串珠链，歪着脑袋问了一句。

"当然可以，不过除了哥哥之外，别人就不要给看了……"

庄睿笑着揉了揉丫丫的脑袋，他给两个小丫头的珠链，上面都有六颗老天珠，其余的珠子也是用极品墨玉打磨出来的，虽然看上去黑黝黝的不起眼，却是价值连城的物件。

庄睿刻意交代了两个丫头，就是不想让她们出去显摆，虽然这东西看在外行人眼里和地摊上十块八块的玩意差不多，但要是被行家看到的话，说不定就会起坏心。

见到两个小丫头欢天喜地地跑出去找彭飞显摆，欧阳婉向庄睿问道："小睿，这东西值钱吗？别给小孩子招惹祸事……"

欧阳婉知道儿子现在身价不菲，而且又是倒腾古玩玉石的，拿出手的东西，想必不会太差，不过老天珠欧阳婉也没见过，她只是隐隐觉得那些墨玉打磨的珠子似乎挺值钱的。

庄睿随口答道："值个几十万吧，她们不说，别人是看不出来的，反正这些东西就是给人戴的，放家里也没用……"

"什么?"

欧阳婉被儿子的话吓了一跳,她本来以为值个几万块钱就不错了,没想到那么贵重,连忙站起身来,说道:"你这孩子,忒不懂事了,这么大的小人儿戴这些东西干吗,不行,不能让她们戴……"

"妈,没事,跟丫丫说上学的时候放在家里就行了,那天珠对身体有好处,平时就让她们带着……"庄睿拉住了母亲,然后把那背包打开。

即使折叠在一起,这虎皮还是鼓鼓囊囊地塞满了整个背包,当庄睿把虎皮从包里拿出来摊开来之后,欧阳婉已经震惊得说不出话来了。

欧阳婉从小生活在部队大院里,很多朋友可能觉得老一辈无产阶级革命家都很朴素,这是事实不假,但是他们同时可以接触到很多普通人接触不到的东西。

像上世纪五六十年代就用上了电话、电视机,包括"文革"初期一些国外的品牌,甚至是被誉为资本主义毒草的电影书籍之类的东西,这些都是那个时代的人,所无法想象的。

欧阳婉也是如此,少女时代跟着父亲还是见识过很多东西的,她从小甚至弹得一手好钢琴,这也培养了她那恬静的性格,那会儿家里也有许多国外友好人士赠送的礼品,不过庄睿拿出的这张老虎皮,却把她给吓住了。

因为欧阳罡早年腿上受过伤,冬天的时候不能受凉,所以欧阳婉的母亲想了很多办法,给欧阳罡找了一块虎皮褥子,在冬天给欧阳罡盖在伤腿上。

小时候欧阳婉每到冬天,就把小手伸到父亲腿上的虎皮褥子里取暖,她可是知道这东西的珍贵,父亲不过有一小块而已,没想到儿子居然拿出来一整张虎皮。

"妈,这张虎皮晚上您盖在被子上,要是不想盖的话,我找人给您做个虎皮大衣也行,北京天寒,您身子骨一直都不太好,别舍不得用……"

庄睿走到沙发旁边,把整张虎皮都铺在上面,看起来犹如一只真老虎一般。

如果欧阳婉想要虎皮大衣,庄睿还真准备拿去改,至于这张完整的虎皮被改成大衣是否可惜,庄睿压根都没考虑。

第三十八章 百万佣金

　　从来都是母亲照顾自己,庄睿想想心下也挺汗颜的,以前没钱就不说了,但是有钱之后,自己除了送给母亲几件饰品之外,对母亲的关心的确太少了,远不如姐姐对母亲照顾细致。

　　"小睿,你有这份心,妈……妈挺高兴的,其实只要你多陪陪妈,妈就知足了……"

　　欧阳婉看到儿子懂事,眼睛不禁有些湿润了,都说养儿方知父母恩,儿子真的长大了,知道关心自己了。

　　"妈,今年我哪都不去了,好好陪您过个年,到初二初三,咱们一起回彭城,给叔叔阿姨们去拜年……"

　　庄睿坐在沙发上,伸手搂住母亲的肩膀。

　　欧阳婉的思绪有些恍惚,曾几何时,儿子在累的时候,就是这样把头靠在自己肩膀上,一恍二十多年,自己已经鬓生华发,真的是老了啊。

　　"对了,小睿,这虎皮买卖可是犯法的呀,你不会干了什么犯法的事情吧?"

　　欧阳婉忽然想起这事,她可是老师,平时对社会动态关注很多的。

　　就在前不久,欧阳婉还在新闻上看到这么一件事,东北一农民急需用钱,把祖传的虎皮一万块钱卖掉了,买他虎皮的人,又转手把这虎皮卖给了另外一个人,卖了四万人民币。

　　最后购买这虎皮的人,是个走私贩子,买到虎皮之后,就联系了一个港商,谈好了一百五十万人民币的价格,在过海关的时候,虎皮被查了出来,包括那农民,三个人都被抓起来判刑了。

　　欧阳婉怕儿子依仗娘家的权势,去做一些违法的事情,所以才有这么一问。

　　"妈,您放心吧,您儿子的钱,每一分都是干干净净的,没有占国家一点儿便宜,这虎皮是萱冰缅甸的亲戚送的,等年后我订婚的时候他也会来,到时候会补办通关手续的……"

"那就好,不过小睿,妈的身体还成,不需要这东西,我看你还是把他送给外公吧,你外公老是念叨年轻的时候打过猛虎,却忘了把虎皮留下来……"

欧阳婉用手在虎皮上摩挲了一阵,还是决定把这东西送给老父亲,不过这是儿子的一番心意,总归要儿子同意才好。

庄睿笑了笑,说道:"妈,回头胡大哥来国内,还会带一张虎皮来,那张才是送给外公的,您就别操心了,晚上睡觉一定要盖上啊……"

这会儿庄睿也猜出胡荣的心思了,敢情他是想亲手把那张虎皮送给外公。

"木头,我说你有什么事啊? 哥哥我正睡得香呢,有事快说,我回头补个觉去,对了,中午让干妈搞只老母鸡炖汤,哥们我要补补……"

庄睿一脚刚踏进门房,就听到刘川的埋怨声,这哥们感觉自己昨儿英勇负伤了,所以提出了诸多不合理要求。

"行了吧,划破了屁大点口子,给你贴个创可贴都是浪费,要是困你接着睡去,我们在这分钱……"

庄睿往门外看了一眼,将房门紧紧关上,门房里就一张沙发,刘川这小子一人占了一半,庄睿把他往旁边推了推,这才坐了下来。

"分钱?"

刘川的眼睛亮了起来,不过想想昨儿黄金不是留在了缅甸,就是放在直升机上,哪还有得分啊,不由说道:"分什么钱? 那些黄金都被你小子送人了,亏得哥们还在兜里装了一块……"

刘川一边说话,一边洋洋得意地从口袋里掏出一块金砖来,顿时把旁边的庄睿看傻眼了,这哥们真行,早早就揣兜里一块了。

"得了,睡觉去吧你,这没你啥事了……"

庄睿鄙视了刘川一把,这哥们昨天净跟着帮倒忙了,居然还贪下块金子,就连庄睿都没想起这茬来,现在想想,先带回来几块玩玩倒也不错,这黄澄澄的金子,只要不让自己动手搬,看起来还是很养眼的。

"稀罕你那几个钱? 哥们马上就是藏獒大王了,周哥,咱们下午就回彭城吧……"

刘川撇了撇嘴,他还真牵挂着獒园,虽然西藏的仁青措姆这两个月一直守在那里,但是过年前后的这几天,正是母獒产子的时间,这些还未出生的小家伙,可是刘川的命根子,他这心里还真是不怎么放心。

庄睿没搭理刘川这活宝,看向周瑞和郝龙几人,说道:"周哥,郝哥,还有彭飞,这次去缅甸麻烦你们几个了,那笔黄金我另外有用途,这样,我每人给你们一百万人民币,当是这次雇佣你们的费用吧……"

庄睿心里明白，即使他不给几人钱，彭飞等人也是说不出什么的，毕竟自己给他们开工资，应该给自己干活，而且那张藏宝图也是自己所得，和他们关系不大。

但是如果一分不给的话，也难保郝龙等人心里不会产生疙瘩，毕竟那是一笔价值上十亿的黄金啊，所以他昨儿躺在床上想了一下，定下了一百万一个人的数目。

对普通人而言，一百万元人民币已经是一笔天文数字了，按照2005年的消费和人们的平均工资水平，一般人一个月不过一千五六百元工资，一百万要他们不吃不喝地干上个七八十年。

庄睿每人给他们一百万，就需要掏出去三百万人民币（其中不包括刘川的，那货纯粹就是死皮赖脸硬跟去的），这三百万就是请支雇佣军，也花费不了那么多，所以庄睿给出这个数字，已经非常厚道了。

庄睿手上还有一千六百多万人民币，缅甸翡翠矿的事情搞定之后，他没有大额资金的开支了，所以资金很是充裕，拿出几百万分给几人，完全没有问题。

庄睿此话一出，房间里顿时变得安静下来，刘川和周瑞的表情还算平静，彭飞与郝龙二人的呼吸声，突然变得沉重起来。

彭飞和郝龙不是没见过钱的人，当年在边境打击走私贩毒的时候，缴获的赃款往往达数百万元之巨，更不用提那些无法估价的毒品了，只是有一点要注意，那些钱不是他们的，他们也从来没想过通过违法的手段去得到那些钱。

但是庄睿所说的一百万，不是坑蒙拐骗偷抢来的，这些钱，他们可以拿得放心，用得安心。

这个世界上没有圣人，也没有谁不喜欢钱，彭飞和郝龙两人，从来没想过自己会拥有这么巨大一笔财富，一时间有点不知所措，房间里也变得安静下来。

"庄睿，这钱我就不要了，你给我的那些股份都不止这么多了，我现在生活得很好，不需要这笔钱……"

周瑞淡淡的声音打破了房中的沉寂，他出言拒绝了庄睿这笔佣金，于他而言，现在所拥有的一切，都是庄睿和刘川给予的，周瑞没理由再要这笔钱，那样做的话，他自己都会看轻自己。

"周哥，这……"

"不用说了，再说就是瞧不起你周哥了，就这么着吧，我和大川去收拾一下，下午还要赶火车回去呢……"

周瑞摆了摆手打断了庄睿的话，拉了一把刘川，两人离开了房间，他这是不想让彭飞和郝龙难堪，自己拒绝这笔钱，是因为自己现在不缺钱，但是那二位的情况不一样，虽然周瑞和彭飞关系极好，但也不想影响到他的决定。

而刘川和庄睿的交情,那根本就不能用钱来衡量,庄睿本来就没打算给他,这小子得了块金砖,已经笑得屁颠屁颠的了。

　　"老板,这钱……我不能要!"

　　郝龙在说这句话的时候,咽喉动了一下,像是很吃力地咽下了口水,不过话一旦说出了口,郝龙整个人都变得轻松起来。

　　没等庄睿开口,郝龙接着说道:"庄老板您支付我们的工资,就北京城的消费水平而言,已经不算少了,比一般的白领还要多,跟您出趟任务,这也是我工作范围内的事情,所以这笔钱我不能拿……"

　　郝龙也有自己的考虑,要了这一百万,可以说是发了笔横财,但是他不敢保证,自己还有这么良好的心态,在庄睿这里继续工作下去。

　　在外面的社会,郝龙不知道自己能干些什么,他心中有种感觉,拿了这一百万元,对自己而言,并非是好事。

　　庄睿点了点头,把脸转向了彭飞,说道:"彭飞,你是怎么打算的?"

　　彭飞听到庄睿的话后,耸了耸肩,道:"庄哥,我这人没什么大志向,唯一牵挂的就是小妹,她在这里生活得很好,我也没啥别的心思了,钱多了烧手,我还是不要了……"

　　彭飞的心思比郝龙要缜密许多,他知道只要跟着庄睿,钱不钱的实在不怎么重要,话说自己要用钱了,庄睿难道会坐视不管?想明白了这关节之后,彭飞对这一百万也就抱着无所谓的心态了。

　　"臭小子,结婚娶媳妇不是心思?郝哥,你年龄比我还大一点,也该成家了,没钱可是不行……"

　　"老板,我回家不知道干吗啊,我就想在您这儿干下去……"

　　听到庄睿的话,郝龙急了,他还以为庄睿不要他继续干了呢。

　　"郝哥,我没说让你走,不过你在我这干活,也不能一直打光棍呀?"

　　庄睿闻言笑了起来,他对郝龙和彭飞的反应很满意,要是换了自己当年兜里穷得只剩几个硬币的时候,他不敢保证自己能抵挡得住这种诱惑。

　　"这样吧,郝哥,马上过年了,你先拿二十万块钱回家过年,这钱就当是孝敬老人的,另外八十万我给你存起来,以后有用钱的地方,你说一声就成了……"

　　"老板,谢谢!"

　　郝龙重重地点了点头,应承下来,父母自然是要供养的,有了这二十万,老家农村的房子也可以翻修一下,并且父母也不用那么辛劳,郝龙实在没有理由拒绝庄睿的好意。

　　看郝龙同意了,庄睿又对彭飞说道:"你也是二十万,剩下的放我这,你和张倩商量一下,看什么时候把婚事给办了,那八十万我到时候交给张倩保管……"

解决了这件事，庄睿心头算是了了个心思，人和人之间的感情，虽然不是靠金钱来维系的，但是在别人困难的时候伸一把手，相信郝龙和彭飞日后，绝对会把这宅院当成自己家来守护的。

下午是彭飞去送的周瑞和刘川，庄睿打了个的士去拜访孟教授了，这研究生的初试虽然考完了，但是后面还要面试，多和导师打打交道，自然没坏处。

在聆听了孟教授的一番教导后，庄睿又拿出一串珠花贿赂了孟秋千那古灵精怪的丫头，庄睿离开了孟教授家，马不停蹄赶往古师伯住处。

正好古云也在父亲家，庄睿晚上留在那里吃了顿饭，带去的虎骨交给了古云，让他拿去泡酒，这东西泡的酒，老年人喝了对筋骨很有好处。

不过在古云听到庄睿手里还有虎鞭之后，立刻把庄睿拉到没人的地方，私下敲去了一支，要不是天色晚了，古云都想跟着庄睿回家去取了。

古云的举动，让庄睿提高了警惕，自己认识的中年男人可不少，别整到最后给瓜分光了，虎鞭这东西可是有钱没地买。

"喂，哪位啊？"

昨天被古云逮着灌多了几杯，庄睿这会儿还有点儿头晕，迷迷糊糊地听见床头的电话响了，也没看号码，直接就按下了接听键。

"哎，我说庄老弟，您昨儿可是答应我了，今天来参加录制的，怎么这会儿还没见你人影儿啊？"

电话中传来了金胖子的声音，颇有点气急败坏的腔调，让庄睿一下子惊醒了过来。

"哎哟，金老师，您看这事，昨儿多喝了两杯，我怎么就把这茬给忘了啊，对不住，实在是对不住您，您看要是有合适的人，先让别人顶上，成不？"

"这可不成，名单昨儿就报到节目组去了，再说这一时半会儿的你让我去哪里找人啊，得了，啥也别说了，庄老弟，你快点赶来吧，当是老哥我求你了……"

金胖子一听到庄睿说的话，心里那叫一郁闷啊，这全国从事演艺事业的人，少说也有百十万吧，都打破了头想往春节档期的节目里面挤，没想到这哥们根本就不当回事，这么重要的事情居然给忘了。

"那……好吧，我这就赶过去……"

庄睿电话里的声音还有点不情不愿的，挂断电话之后，金胖子往快冻僵了的手里哈了口气，在原地跺了跺脚，苦笑起来。

不是金胖子愿意在外面挨冻，而是他怕回头庄睿进不去再掉头跑掉，因为给庄睿办理的出入证还在他兜里揣着呢。

这边庄睿挂断电话之后，脑子里隐约想起来，好像昨天在古师伯家里喝酒的时候，似乎接到了金胖子的电话，告知自己七点钟赶到摄制组。

拉开窗帘庄睿才发现，外面的世界已经变得一片雪白，敢情下起了雪，俗话说瑞雪兆丰年，这雪要是能下到过年，那就更有气氛了。

看了下床头的闹钟，七点二十，庄睿拍了拍脑袋，赶紧起床洗漱，谁让自己昨儿为了打发他们离开，答应了这事呢。

"小睿，怎么起这么早？又要出去？"

庄睿正在洗手间刷牙，房门被庄母推开了。

庄睿噙着牙刷含糊不清地说道："妈，我这可是去干正经事啊，要上电视的，您过两天就能在电视上看见我了……"

"妈没问你这个，外面又有个姑娘来找你，我说你也该收收心了，这女孩我看着挺好的，你别乱招惹人家……"

"女孩？是苗警官吧？没那事，你放心吧，那是我哥们……"

庄睿拿毛巾胡乱擦了把脸，从洗手间走了出来，他刚才才想起来，自己还不知道电视台大门往哪儿开呢，苗菲菲来了省得让彭飞送了。

"这孩子，净乱说话……"

庄母无奈地看着儿子，俗话说儿大不由娘，再也不能像小时候那样拎着耳朵教训了。

"彭飞，你们两口子起得挺早啊……"

庄睿来到中院，见彭飞正铲地上的积雪，昨天下了一夜，都快到膝盖了，张倩带着丫丫和囡囡，跟在彭飞后面堆雪人。

"庄哥，您去哪？我送您吧……"

彭飞只穿了一件部队里发的绒衣，干得满头大汗，见庄睿打扮齐整出来，知道他是要出门，连忙把手中的铲子插在了路边的积雪里。

"不用，你忙乎吧，多穿点衣服，别感冒了，大过年的，回头你也去张倩家拜访一下。"

庄睿摆了摆手，张倩这女孩人挺不错的，话不多，但是人很勤快，没事的时候就偎依在彭飞身边，她和彭飞早就到了谈婚论嫁的地步，所以时常住在这边。

正说话间，苗警官已经从堂屋里出来了，今儿的苗菲菲没穿警服，而是穿了件红色的皮毛大衣，配上她那张冻的有些发白的小脸，愈加娇羞明艳了。

"苗警官，您开车了吗？我可不认识路啊……"

庄睿在心中叹了口气，这苗菲菲上门好几次了，虽然萱冰知道自己有这个朋友，但是保不齐会想到点别的，还真是让人头疼的一件事啊。

坐在苗菲菲那辆法拉利里，十多分钟之后，就到了地方，只是在进门的时候，被外面的武警拦住了。

"庄老弟，唉，你可来了，快，快点进场，还要换衣服呢……"

一直陪着武警在雪地里，站了快半个小时岗的金胖子，看见庄睿从车里出来后，就像杨白劳见到喜儿一般，两眼发光，把出入证往庄睿脖子上一套，一把拉住庄睿就往大楼里面走。

庄睿站在那里没动，说道："别介，金老师，我还有一朋友呢，她没事跟来玩玩的……"

"这……这我可没办法，这几天不光是录制咱们这节目，还有春晚的人都在这大楼里彩排，没有出入证，是都进不去的……"

金胖子听到庄睿的话后，脸上有些为难，他自个儿都是被邀请的嘉宾，还没那么大的脸面带人进去参观。

别说是金胖子了，就是再大的腕，来到春晚节目组，都要老老实实地听摆弄。

"庄睿，把这个给他……"

苗菲菲打开车窗，递出一个黑皮的证件，外皮上面是"人民警察证"五个字，打开以后，里面有个警徽和公安二字。

"哎，我说苗警官，您这升官升的也忒快了点吧？"

庄睿打开警官证看了一眼，见到职务那栏上，居然写着 XX 市 XX 分局副局长，而警衔是三级警督，这局长大人未免太年轻了点吧。

庄睿从小和刘川一起厮混，自然知道警衔的分级，三级警督已经是处局级的副职，或者是科局级别的正职了，刘川他老子混了一辈子，不过是个正科级的三级警督。

苗菲菲警官证上的辖区，正好是这一块，那个守门的武警拿着证件对着车里的苗菲菲看了一下之后，敬了个礼，就把她放了进去，倒是庄睿还要登记自己的身份证，折腾了一会儿才得以入内。

第三十九章 春晚大厅

走进大楼后，给庄睿就是冰火九重天的感觉，外面大雪纷飞，这里面却是热气腾腾，庄睿把身上的皮衣脱下来拿在手上，即使里面只穿了件毛衣，还是感觉到热。

"老弟，来……来，换个衣服，再化个妆，导演都等急了……"

大楼的大厅，被一个个布帘分隔成许多单间，金胖子一边讲电话，一边拉着庄睿来到一个七八平方的隔间，从一个箱子里拿出件衣服，让庄睿先换上。

"化妆就不用了吧？"

庄睿接过那斜开襟扣的长袍，穿在身上。

"老弟，连我都要重新补个妆，你也别埋怨了，来这就听指挥吧……"

金胖子坐到镜子前，后面一个长得分辨不出男女的化妆师，拿着个粉盒，在金胖子脸上折腾着，然后又用发胶给金胖子的头发梳理了下，这一拾掇，看起来还真年轻了好几岁。

"这……"

金胖子化完妆之后，那不男不女的化妆师又把庄睿按倒在椅子上，还好只是往脸上打了点粉底，看起来白净了一些，没有庄睿想的涂个胭脂抹个口红之类的。

看到一旁的苗菲菲笑话自己，庄睿做出一副恶狠狠的样子说道："笑，笑什么笑啊，信不信我让他给你化成个母夜叉？"

"哎哟，这位姐姐要是化个妆，那绝对漂亮得像仙女似的，要不，我来给你化一个？"

化妆师挺配合的，对着苗菲菲打量了一下，然后伸出个兰花指，就要拉苗菲菲坐下。

"你男的女的啊？"

苗菲菲比庄睿直接多了，张嘴就问了出来。

庄睿看了下那化妆师的胸牌还有那平坦的胸部，说道："张大志，应该是男的吧？"

"人家叫咪咪啦，姐姐叫我咪咪就好了……"

那化妆师白了庄睿一眼，伸手又要去拉苗菲菲，吓得这姑娘像兔子似的钻出了化妆间。

庄睿看得哈哈大笑了起来，敢情这咪咪和煮饭婆有一拼啊。

在大楼里，同时开了好几个节目录制组，最为忙碌的就算春晚的人了，一群群舞蹈演员在大厅里穿梭着，庄睿跟着金胖子一路走来，那眼睛都不够看了。

当然，庄睿不是在看那些光膀子露大腿的女人，而是看见了许多的影视明星，其中颇有几个庄睿很喜欢的实力派演员。

苗大警官这会儿也表现的像个追星族似的，一路上和好几个男演员合了影，拍了好几张照片。

整个大厅给庄睿的感觉，就是一个字：乱，到处都是乱糟糟的。

某些歌星旁若无人吊嗓子的声音，催促演员上场的声音，更有些导演模样的人在指手画脚地给演员们讲着戏，搞得到处都是闹哄哄的。

还有群孩子到处疯跑着，庄睿感觉要是把囡囡和丫丫带过来玩玩，倒是不错。

庄睿和金胖子几乎穿过了整个大厅，来到最里面的一个有三四十平的小厅门口。

这拍摄厅应该也是临时改造的，那所谓的大门，也是底下带着轱辘可以滚动的，在门口处挂了两个大红灯笼，还张贴着过年的喜字，一个穿着夹克衫，头戴瓜皮帽的中年人正站在门口满脸焦急地四处张望着。

"金老师，您要等的人就是他？"

见到金胖子走过来，那人连忙迎了上来，脸上的神色在焦急中还带有一丝恼怒。

"胡导演，这就是庄老师，这过年人都忙，庄老师也是抽空赶过来的……"

金胖子见胡导的面色有些不善，连忙打了个圆场，他自然不会说庄睿是在家里睡过头了。

"现在来有什么用啊，咱们拍摄的展厅被别人占用了，要等两个小时，唉，现在的年轻人，一点儿时间观念都没有……"

胡明是此次春节鉴宝栏目的总导演，他做了七八年的节目制片和副导演了，在电视台混了也有十来年了，这次算是多年的媳妇熬成婆，抢到了这个鉴宝的栏目，没想到第一天的拍摄就出了问题。

这让胡明有些郁闷，好容易跟台里领导争取来这个演播厅，就是因为庄睿的迟到，又给春晚栏目组让路了，说是借用两个小时，谁知道会用到什么时候啊。

所以胡导对庄睿这个罪魁祸首就不怎么看得上眼了，加上庄睿实在有些年轻，虽然穿着文化衫，那也没什么专家的范儿。

"胡导，实在是抱歉，来晚了点……"

庄睿也上前赔了个不是,毕竟是自己来晚了导致节目无法开拍,不怪别人着急。

"抱歉有什么用啊,在那边等着吧……"

说老实话,胡明挺看不上这些专家的,能上电视面对全国观众,那是天大的造化,就是日后收取鉴定费,都要比别的专家高出一个档次来,所以他对庄睿说话的时候,用的是一副不耐烦的口气。

"妈的,哥们还不愿意来呢……"

见这导演牛逼哄哄的样子,庄睿眉毛向上挑了一下,转过头对金胖子说道:"金老师,有事您打我电话,我去转悠转悠去,苗警官,走,看中哪位帅哥了,我给您照相去……"

庄睿最看不得这些自我感觉良好的人,打了个招呼就带着苗菲菲离开了,这里可是难得来一次,权当是参观了。

其实庄睿不知道,一个节目的导演,在剧组里等于是皇上一般的存在,出言是不容许别人提出不同意见的。

"这……这,金老师,这是什么人啊,一点……一点组织纪律性都没有,能不能换个人上?"

胡明见庄睿这态度,气得一把抓起头上的帽子,他在电视台混了十多年了,还没见过这么牛的人物,就是那些一线明星到了剧组,还不都是老老实实地听从导演拿捏。

"胡导,这年轻人不简单,在玉石行里面也算是极有名气的,年轻人嘛,心高气傲也是难免的,您别见怪,庄老师人还是不错的……"

金胖子打着哈哈和起了稀泥,他对庄睿的背景知道的也不是很清楚,但是能在城最中心的地带买上一套几千平方米四合院的人,那肯定不能用一般收藏家的眼光衡量其身份。

"哎,金老师,庄老师来了没有?"

刘佳从里面的彩排厅走了出来,包括另外一位男主持,还有其余几位专家,刚才都在里面一边休息一边看别人彩排节目,做了一回临时观众,庄睿根本就没进去,所以刘佳看到金胖子才有此一问。

"呃,咱们的节目还要等一会儿才开始,小庄去春晚节目组看热闹去了……"

"哦,金老师,庄老师回来您叫我一声啊……"

听到庄睿去看春晚彩排了,刘佳眼中露出一丝失望的神色。

一旁的胡明看得心中大奇,这位京城台的花旦也是位角,自己昨天晚上想约她吃饭,谈谈如何策划好这次节目,都被她拒绝了,没想到居然看上了那小子,还一口一个老师地叫着。

对于刘佳，胡明还是有点儿想法的，以前做副导演的时候，没入大美人的眼，现在地位提高了，眼界自然也高了，本想和刘佳谈完戏再探讨一下男女身体构造的，现在看来，问题出在姓庄的那小子身上了。

"哎，我说苗警官，您要签名也自己带个本子啊，拿我这个笔记本算怎么回事啊……"

庄睿跟在苗菲菲后面，心里那叫一个后悔啊，早知道苗警官偏爱丑男，自己还不如老实待在那边坐着休息呢，省得自己眼睛遭罪。

这姐们的审美观真的很有问题，女明星一个不找，专门找那些长得比较有特色的男明星签名合影。

这不，又找上了一位相声演员，不过对这位，庄睿还是很有好感的，抽空过去也合了个影，干脆和苗菲菲坐旁边看他们排起小品来。

"庄睿，你有点眼力见啊，去，给老师送个毛巾去啊，真是，傻乐呵什么呀……"

庄睿正被那相声演员逗得直乐的时候，冷不防被苗菲菲推了一把，递给他个毛巾，示意他给老师送过去。

"凭什么啊，哥们我也是来参加节目的，又不是跑堂的……"

庄睿嘴里嘟囔了一句，不过苗警官他可是招惹不起，乖乖地拿起拿了两条毛巾，递给刚刚结束了彩排的老师和另外一个女演员。

"谢谢……"

这位老师倒是很和善，他以为庄睿是大会的工作人员呢，倒是那女演员看到庄睿的装束，多瞧了庄睿几眼。

"让你给老师毛巾，你往人家女孩那边献什么殷勤啊……"

庄睿刚坐回去，就听到苗菲菲的念叨声，心里那叫一个憋屈啊，站起身来，说道："我去别地转转，您先在这看表演吧……"哥们惹不起我躲还不起嘛。

"你去哪，等等我，一会儿还要看你做专家呢……"

苗菲菲是赖上庄睿了，跟在他后面追去，那喊声引得四周众人纷纷向他们两人看去。

虽说今儿大厅里集聚了国内诸多明星，但是苗菲菲那张精致到吹弹可破的小脸蛋，比起那些明星来，竟犹有过之。

这让大厅里的诸多名导们，都暗暗打听起苗菲菲的来历来，自己那剧组，不正缺少位这样的人嘛。

"哎，那小子，还有那小丫头，过来，喊你呢……"

一个嚣张的声音突兀的在大厅里响了起来，庄睿听着有些耳熟，回过头去，整个大厅都是人,他也没看出来刚才是哪里传出来的喊话声。

"小子,就是叫你的,乱看什么啊……"

"你这人,不能好好说话嘛,小睿,来这边……"

这次庄睿算是看清楚了,敢情欧阳四少带着徐大明星,正优哉游哉地坐在大厅一角的沙发区里,徐晴正对庄睿招着手,见庄睿看过来,欧阳军还跟他挤了挤眼睛。

刚才那几位导演见到沙发区有人在喊庄睿,顿时都闭上了嘴巴,他们不认识欧阳军,但是认识徐晴啊,都知道徐晴嫁给了一个背景十分深厚的人,能和那样的人搭上关系的,是他们招惹不起的。

"四哥,你眼睛进沙子啦?乱挤什么呢?"

庄睿笑着走了过去,张嘴一句话气得欧阳军刚喝进嘴去的一口咖啡直接喷在面前的茶几上。

"臭小子,大过年的,说什么话呢,哥哥我这是在夸你呢……"

欧阳军见到后面的苗菲菲也跟过来了,当下闭嘴不谈了,这苗丫头的强悍他早就领教过的,那次在会所里,让他都差点下不了台。

欧阳军对自己这老弟还真是佩服,看起来蔫了吧唧的,但是这马上都要订婚了,居然还能让苗家的大小姐跟在屁股后面追。

"对了,四哥,嫂子,你们没事跑这来干吗,乱糟糟的,对嫂子身体也不好啊……"

徐晴怀孕已经很明显了,虽然穿的衣服很宽大,还是能看出来一些。

"嗨,你以为我想啊,要是留在家里,那更不得安宁呀……"

欧阳军郁闷地跟庄睿解释了一下,原来每到逢年过节,那些找不到门路去巴结老爷子的人,统统托关系找到了欧阳军的门上,即使这搬了新家也没安宁过。

大过年的别人上门拜年,也不好拿脸色给别人看,连带着徐晴都得不到休息,刚好欧阳军的娱乐公司有几位演员要上春晚,两口子一合计,干脆到这来看热闹了。

"你小子没事跑这来干吗?看美女啊?身边不就跟着一个吗?"

欧阳军见媳妇和苗菲菲聊得火热,悄悄捅了庄睿一下,说道:"回头哥哥带你去换衣间看去,啧啧,那美女叫一个多啊,换衣服都不带避人的……"

"你……你,什么人啊你……"

庄睿被欧阳军的话说的哭笑不得,这哥哥也是奔四的人了,玩心居然还那么大,或许是徐晴怀孕,把他给憋得不轻吧。

"小睿,别跟他胡混,一点好东西都教不到你……"徐晴倒是知道自家老公的秉性,一看他那坏笑,就知道欧阳军在打坏主意。

"对了,小睿,你和菲菲到这里来干吗啊?"

几人说笑了一阵之后,徐晴出言向二人问道,她知道庄睿和娱乐圈没什么关系,平时就是在欧阳军的会所里,也很少见到庄睿去玩。

"嗨,我是被人拉来做嘉宾的,就是上次去济南参加的那种现场鉴宝的活动……"

庄睿有些无奈地跟徐晴解释了一下,听的二人目瞪口呆,敢情这小表弟不简单啊,这电视台的节目一播出,专家的名头可是坐实了。

欧阳军笑着说道:"你小子挺能折腾的啊,我和你嫂子给你捧场去,在哪个演播厅,走,咱们先去看……"

还没等四个人走回去,就听见那边响起金胖子的声音。

"庄老弟,找你半天了,走吧,节目马上就开始录制了……"金胖子气喘吁吁地出现在庄睿面前。

再次回到刚刚被别人占用的场地,庄睿一见几位穿着和自己一样的专家组成员,不由乐了,敢情都是熟人啊,除了金胖子之外,钱总,孙老师,还有那位精通陶瓷器的田老师,再加上主持人刘佳,整个就是前往济南的原班人马。

这让庄睿很高兴,他现在虽然收藏了不少物件,但是过于忙碌,很少有时间和各个收藏类别的专家们研讨。

庄睿知道,自己虽然鉴别古玩的本事,要比几位专家更加精确,但是从经验上来说,还是远不如这些在古玩行打拼了几十年的老家伙们,而且从他们嘴里听到的一些关于古玩的段子,还是很吸引人的。

这些人除了金胖子社会交往多一点之外,其余都是些做学问的,几人聊的都是最近见没见过什么好玩意,谁谁在潘家园又捡了个什么宝贝,氛围很是不错。

"几位老师,打断一下,我先说一下节目的录制流程好吗?"

庄睿等人正聊得热火朝天的时候,李佳和刘佳两人一起,走进了庄睿他们所在的那个被分隔出来的大厅里,这个厅里只有一张长形方桌,方桌后面摆了五把椅子,就是五个专家的位置了。

"嗯,李佳你说……"几人停了下来,眼睛都看向了李佳。

"是这样的,这次拍摄分为两个部分,一部分是我和刘佳主持,另外一部分就是诸位专家的鉴宝实况。

由于时间比较紧张,咱们两组拍摄需要同时进行,所以我来征求一下几位老师的意见,另外还有几点需要注意的……"

听完李佳的话后，几人才明白过来，敢情这鉴宝节目，和他们上次参加的不大一样。

第一点不同是，有些持宝人本人并没来，而是把需要鉴别的物品，委托给节目组，这就需要节目组另找一些工作人员客串鉴宝人。

第二点和上次济南鉴宝不一样的是，由于送来参加鉴宝节目组的古玩太多，从时间上来讲，一个小时的节目播出时间，根本就没办法将其全部展现出来。

所以庄睿等人，必须在开始拍摄之前，先把这些物件甄选一遍，挑出一些有代表性的，放到节目里播出。

当然，这所谓的代表性，并非说东西必须是真的，就是赝品，如果做的有特色，可以给观众以古玩知识的普及，也是可以列到节目内的。

另外就是在拍摄的时候，两位主持人会先在外面拍摄他们和鉴宝人之间的互动，而庄睿等人，只需要对进门鉴宝的人所拿的物件，进行品评就可以了，其余的工作，都会在后期进行剪辑。

"成，那咱们先去看看有哪些玩意吧，东西挑出来了，节目才能进行啊……"金胖子征求了另外几个人的意见之后，点头答应了下来。

见金胖子同意了他们的方案，一旁的刘佳出言说道："好，那由我带几位老师先去看东西吧……"

让庄睿有些惊诧的是，此时的刘佳突然变得端庄大方起来，连正眼都没向自己瞧上一眼。

其实刘佳态度的转变，也是因为欧阳军的出现，她从同事嘴里打听到，庄睿的背景根本就是自己高攀不上的，这让刘佳生了退却之心。

刘佳是个聪明的女人，知道自己以前的事情经不起推敲，想进这样背景深厚的大宅门，基本上是不可能的事情，所以刘佳也失去了勾引庄睿的心思。

这会儿刘佳早已经换了目标，不能不说这女人极为敏感和现实。

"这……这也太多了点吧？"

来到一个临时仓库之后，几人顿时被眼前的景象吓了一跳，一张张桌子上摆满了形形色色的古董，有些体积比较大的，都放在地上了，一共大约有三百多件。

这鉴宝节目虽然要连续播出七天，不过也就是七个小时的时间，根本就不可能将这些物件全都录制到节目里去的。

"这里只是其中的一部分，另外还有三十多个持宝人在节目现场，那三十多个人带来的东西不管真假，都是要上节目的，几位老师从这里面挑出六十件物品就可以了……"

刘佳在旁边给几人解释了一下，放在这里的东西，都是鉴宝人摸不清真假，送来碰碰运气的，真正感觉到自己的东西值钱的人，都是亲自来的现场，他们也怕自己的东西被磕了碰了的。

"得，几位老师，各看各的一块，咱们忙乎起来吧，早点干完早点收工……"

金胖子拍了拍手，然后从那长袍里面衣服的口袋里掏出一副白手套，走到放置书画笔贴的地方察看了起来。

要说还是庄睿最轻松，这三百多个古玩当中，玉石居然只有不到二十块，都摆在一张桌子上。

"这都什么东西啊……"

庄睿看着桌子上的那些玉器，眉头不禁皱了起来，虽然这些物件看上去都有沁色，并且造型古朴，只是在庄睿灵气的探察下，竟然全都是现代的仿品，是玉不假，不过价值并不高。

第四十章 鉴宝节目

玉石的鉴赏,和古玩有很多不同,古董首先看的是年代,然后看制作工艺,比如瓷器,要看是否为那个朝代的官窑瓷器,是否能反映出当时的社会形态,再如字画类的古玩,要看是否出自名家之手,各有各的讲究。

而玉石鉴赏,要先看玉器的材质,如果玉料很差的话,即使年代再早,也没太大的价值,反之如果玉料为极品,就算是现代工艺雕琢出来的,那也价值不菲。

摆在庄睿面前的这二十多件玉器,材质差不说,基本上都是现代工艺雕琢出来的,拿到市场上,也就是地摊三五十块钱的东西,别说是古玩了,就是称为工艺品都有点不够格。

"庄老师,怎么? 这些玉器都是假的吗?"

见到庄睿摇着头离开了那桌子,刘佳奇怪地问道,在她看来,摆在桌子上的这些物件都像是真的。

庄睿点了点头,说道:"玉都是真的,不过没有古玉,都是现代工艺仿出来的,研究价值和市场价值都不高……"

"庄老师,就是现代工艺的玉,您也选出一块讲评一下吧,这也能让观众们学到一点鉴别玉器的知识……"论起古玩,玉石和普通人的生活最为接近了。

在中国,不管是年轻人还是老人,都有佩戴玉饰的习惯,所以几位专家里,是必须要有一个玉器鉴定师的,刘佳请庄睿倒也不是完全出自私心,毕竟庄睿有那个水平,而且也有电视鉴宝的经历,从各方面来说,都很适合这个节目。

"好吧,就用那套装在盒子里的玉器好了……"

庄睿指着桌子上的一个盒子说道,这木盒里装的是一套仿汉代祭祀用的祭天玉器,材质一般,是用青玉雕琢出来的,不过在人物造型上,有几点和汉代玉工不同的地方,倒是可以在现场解说一下。

"几位老师可能还要等一会儿才能挑好,我就先回那边等着吧……"

庄睿四处看了一下,金胖子等人还在专心致志地鉴定那些物件,这次节目可是要面对全国观众的,庄睿可不想再越俎代庖了,毕竟样样通给人的印象,就会是样样稀松,管好自己的一亩三分地就行了。

"庄睿,搞什么啊? 我这等着看节目呢,怎么老是不开始?"

欧阳军在拍摄厅等的不耐烦了,见到庄睿就嚷嚷起来。

庄睿瞅了欧阳军一眼,没好气地说道:"得了吧您,等着看我笑话还差不多,这些参加鉴宝的物件需要甄选,估计还要等一会儿……"

李佳本来正和苗菲菲、徐晴聊天,听到欧阳军的话后,连忙说道:"庄老师,实在是对不起,要不然这样吧,咱们先拍摄那些来现场的持宝人,至于另外的那些古董,放到明后天去拍,您看怎么样?"

这事其实是胡明没安排好,既然那些别人送来的古玩需要甄选,就应该提前进行的,可是胡明上午根本就没安排,这些专家们都在看春晚彩排,白瞎了一上午的时间,直到现在要录制节目了,才想起这茬来。

虽然电视台 2002 年就推出了鉴宝节目,不过此次作为新年大餐,连续七天和观众见面还是第一次,经验难免不足,显得有些混乱也是正常的。

庄睿对这个长着娃娃脸,见人三分笑的主持很有好感,当下笑着说道:"成,您看着安排就行了,我们都听您摆布……"

"庄老师,叫我李佳就行了,我这可是赶鸭子上架,当不得真的,您几位先聊着,我去喊那几个老师……"

李佳连连摆手,他可当不起庄睿这称号,不过转过头去,心里直纳闷,这庄老师脾气很好啊,怎么就跟胡导不对脾气呢。

所以这人啊,好坏皆在一念间,胡明要不是对刘佳有些想法,又看到刘佳对庄睿亲热,心中不忿,也不会和庄睿处不来,和尚曰:女人是老虎,这话一点都不假。

"怎么样,金老师,发现什么好物件没有?"

见到金胖子等人回来,庄睿迎了上去。

"哪有什么好东西,印刷品倒是有几幅,现在流落在民间的好玩意,实在是太少了,你那边估计也没遇到什么好玉吧?"

金胖子一边说话,一边和庄睿等人走到嘉宾位上坐下,另外几个专家也是连连摇头,脸上都有些失望,他们来参加这个节目,也是感觉面对全国观众,应该能见到点好玩意,没想到大多都是赝品。

专家们所坐的嘉宾席,面对着一个可以搬动的感应门,在大门上还贴着剪纸等中国传统手工艺品,还有一副对联:"春在谁家鉴宝凭慧眼,情陶此处藏珍具高怀。"

在大门前方的玻璃地面上,也有"鉴宝"两个大字。

李佳这会儿站在感应门旁边,对里面几人说道:"几位老师,要是准备好了的话,咱们就开拍啦……"

从摄像的角度看,这偌大的厅里,就庄睿他们六位专家,其实要是换个角度,就会发现这厅缺了一堵墙,欧阳军等人坐在那里能看到厅里的拍摄情形。

"可以了……"金胖子代表几人点了头。

"还要请几位先让让,我要从这厅里走出去,等那门关上以后,几位老师再就座……"

庄睿等人闻言都站了起来,走到摄像机拍摄不到的地方,然后穿着中国传统长袍的李佳和穿着一身大红旗袍的刘佳,满脸喜气的从厅里走向感应门。

"跟着李佳来鉴宝,七分故事三分宝,今天是大年初一,我和刘佳……"

"请允许我和李佳,首先代表电视台春节鉴宝栏目组的专家,还有栏目组的全体工作人员,给全国的藏友,全国的电视观众们,拜年啦……"

两位名嘴开始主持了,感应门关闭之后,马上有工作人员引领庄睿等人坐到专家席上。

"自咱们电视台推出鉴宝节目以来,受到了广大电视观众的热烈欢迎,节目组在去年的一年里,走遍了全国三十多个省市,今儿咱们在北京歇一歇……"

李佳话声未落,刘佳接着说道:"不过这过大年,咱们也要给全国的藏友们奉献一点节目啊,所以特别推出了这期春节鉴宝栏目,过去的半个多月,我们向全国广散英雄帖,最后我们收到了上万件宝贝……"

"没这么多吧?"

坐在专家席上的庄睿听得目瞪口呆,这也忒夸张了吧,一句话的工夫,就把仓库里的那些东西翻了几十倍。

"有些是照片,没有实物,我们在半个月前就开始甄选了……"坐在庄睿旁边的京都拍卖行老总钱钧,出言给庄睿解答了一下。

"几位老师,要介绍你们了,注意跟观众们挥手示意……"

庄睿等人正聊着,一个工作人员站在摄像机的死角处,跟几人打了个招呼。

"好了,我们首先来认识一下,在大年初一,我们请了哪六位专家……"

那个工作人员话声刚落,随着门外李佳的声音,现场响起一阵音乐,随之感应门很隆重地在两位主持人背后打开了,摄像机对准了坐在专家席位上的六个人。

"这小子……笑得也忒假了点吧?"

有了上一次济南电视鉴宝的经验,庄睿倒也不慌张,颇有台风地学着旁边几人,满脸笑容地对着摄像机摆起手来,看得在一边看热闹的欧阳军等人直发笑。

摄像机只对着庄睿等人拍了一下,镜头就关掉了,在导演位上,一段早已剪辑好的内容马上穿插了进去,这是六位专家的照片和简介。

"孙圣,杂件鉴定专家,首都博物馆研究员……"

"金希艺,书画鉴定专家,故宫博物院副研究员……"

"田凡,陶瓷鉴定专家,故宫博物院研究员……"

"钱钧,市场评估专家,北京京都国际拍卖公司总经理……"

"刘安安,青铜佛像类鉴定专家,国家艺术研究院研究员……"

还别说,这几位老师庄睿只知道他们姓什么,名字还是第一次听到,不过下面那屏幕剪辑出来的画面,就变成他自个了。

"庄睿,玉石类鉴定专家,国家玉石协会理事……"

"这是在哪拍的啊?"

庄睿的照片是他手拿玉佩的一个画面,上面的庄睿用放大镜正在观察着手中的物件,虽然面相年轻,不过倒是挺有专家范儿。

庄睿想了一会儿,才记起这应该是在济南时的一个画面,也不知道电视台从哪翻出来截成的照片。

"好了,介绍完几位专家,我们也迎来了今天的第一位持宝人,让我们来看看他带来了什么宝物?"

在屏幕上出现专家简介的同时,李佳和刘佳两位主持人也没闲着,鉴宝节目算是正式开始了。

"欢迎第一位藏友王蒙先生,王先生过年好……"

"过年好,主持人过年好……"

门外传来的对话,让庄睿听得有些别扭,这还差着好几天才过年呢,听外面那几人的话,给人一种大年初一了的感觉。

"王先生的宝贝可真是不同凡响……"

刘佳的声音让庄睿正喝着的茶,差点喷出来,这话听着更别扭了啊,好吧,庄睿承认自己不纯洁了,不过看旁边金胖子的脸色,也有些古怪,敢情这联想力丰富的,不止自己一人啊。

"这是一个金元宝,真的是很吉祥,大年初一就见到这样一件宝贝,这个是明朝嘉靖年间的啊……"

门外传来了李佳的声音,让里面几位专家知道要鉴定的是个什么物件。

两位主持人和持宝人又聊了几句之后,感应门打开了,一个看上去只有二十多岁的年轻人走了进来,一进门就先给专家席鞠了一躬,说道:"各位专家过年好……"

这都是提前交代好的台词,虽然节目是录播,不过播出的时间可是放在大年初一的,节目中一切的用词,都要当成大年初一那天来说。

"过年好,过年好……"

金胖子虽然不是鉴定这物件的专家,对这玩意倒是很懂行,接着说道:"大年初一送金元宝,那真是太吉利了,其实咱们过年吃饺子,实际上就是在吃元宝,恭喜发财啊……"

庄睿坐在一边,不由对金胖子很佩服,这典故张嘴就来,自己还真是差得远。

"小伙子,您这金元宝是个什么来历啊?"

巴掌大小的元宝在几人手里转了一圈之后,交到了孙老师手上,他是杂项专家,而这物件,就是属于杂项类的。

"这是我一个朋友从拍卖会上拍到的……"

"什么时候拍到的?当时花了多少钱呢?"

"前年拍的,那会儿是一百六十万人民币拍得的……"

庄睿听到孙老师和那持宝人的对话后,不由吃了一惊,这块元宝看上去最多不过两三公斤重,居然可以卖这么贵?

庄睿伸手把金锭拿在手里把玩了一下,发现这金锭的沿边上,都刻有花纹,十分精美,庄睿悄悄地用眼睛看了一下,在这块金锭的内部,充满了浓郁的紫金色灵气。

而在庄睿得自缅甸的那些金子里,虽然也有灵气,但是却稀薄的几乎分辨不出来,看来和别的古玩一样,这金子里的灵气,也是因年代的久远所形成的。

在庄睿递还了金锭之后,孙老师拿在手里分析了起来:"像金银这种贵重金属,在历朝历代都会重新融化烧铸,这块金锭能从明朝保留到现在,并且文字十分清晰,可以说是万中无一啊。

"这上面的刻字,肯定是当时内务府的高级匠人的工艺,刀法清晰,是明朝人的刻法,从这一点来说,是很罕见的。

"而且明代对金子的控制非常严格,这些金锭,都是要入库的,在民间是不会出现的。"

金胖子接口说道:"这东西应该是官家镇库所用,就是电视剧里讲的库金,咱们还是让钱总来评估一下吧……"

东西是真的,金胖子和孙老师给的评价都很高,不过最后的估价,还要钱钧来说,他是搞拍卖的,对这些物件的市场价值,自然是了如指掌。

"这个金锭,可以说是非常的珍贵,它的珍贵之处,不在于金子本身,这锭金子价值不过几十万而已,但是它的历史价值,要远远超过金锭本身的价值,如果真要给它一个定价的话……"

钱钧说到这里停了下来,不仅那位持宝人瞪大了眼睛,就是庄睿等几位专家,和站在远处的工作人员也竖起了耳朵,一百六十万拍来的东西,两年之后,不知道价格能涨到多少?

"三百六十万,拿到拍卖市场,这东西应该能拍到这个价格……"

在众人的期待中,钱总给出了他的报价,引得现场的工作人员,齐齐吸了口凉气,吃惊地望着这块金锭。

两年时间,这块金锭就增值了二百万,这比炒股做买卖要划算多了,而且还稳赚不赔,现场所感觉到的冲击力,可比坐在电视机前观看强多了,这让很多工作人员都遐想翩翩,说不得这几天要去潘家园转悠一圈了。

"谢谢,谢谢各位老师的鉴定……"持宝人听到这个价格后,非常高兴,站起身鞠了一躬就往外走。

"卡……"

旁边的一位副导演叫了停,然后拿着一个大红皮的证书,来到专家组的席位前,让孙老师写了鉴定词:明嘉靖三十年户部造足色金锭五十两,经过专家组鉴定,该金锭为目前仅见的一块流传在民间的明代金锭,在当时主要用于皇室和国家开支、赏赐和储藏,因此愈加珍贵。

在孙老师写完鉴定语之后,包括庄睿在内,几人都在上面签署了自己的名字。

"谢谢,谢谢几位老师……"

副导演拉着那位持宝人交代了几句,然后才让摄像机继续开动,持宝人出去之后,又和两位主持人互动了一会儿,第二个持宝人这才出场。

"这小伙子运气不错……"

"是啊,没想到第一个物件就是老东西,看来今天咱们都能开开眼……"

"下一个不知道是什么物件……"

第一件鉴定的东西,就是件罕见的珍品,这让几位专家都很高兴,反正那大门是关着的,现在还轮不到拍摄他们,几人纷纷聊了起来。

"孙老师,这金锭融化后烧铸比较简单,现代仿的多不多啊?"

庄睿想到自己快要到手的那两吨金子,心里不由有点痒痒,哥们也整几块出来,就是不拿出去卖,摆在地下室里也好看啊。

"呵呵,仿的也有,不过比较少,因为金属类的古玩,作假之后,都要进行氧化,使其具备古玩的一些特性,但是在氧化过程中会有损耗的。

金子本身就是贵重金属,刚才这一块不论其历史价值,本身的价值就是几十万,基本上没人会花那么大本钱去造假的……"

孙老师这么一解释,庄睿也明白了过来,也是啊,本身就值几十万的东西,再拿去作假,万一做个四不像,那不白白往里赔金子嘛。

"回头找人做个模具,等金子到了,烧融几块来玩玩……"

庄睿在心中暗自想到,他倒是不怕那些损耗,而且这金锭实在漂亮,比那些小金砖好看多了。

这时第二个人走进了大厅里,他手里拿的是件白釉无色凤鸣壶,这东西该田凡来鉴定,搭眼一看,田凡就笑了起来,说道:"您这物件是怎么来的?"

那个三十来岁的持宝人有点紧张,道:"是我亲戚的,他去故宫博物院看过,有一件带青花的瓷器,和这款式一样,应该是个老物件吧?"

田凡闻言笑了起来,追着问了一句:"这东西不是您的,是吧?"

得到那人的答复后,田凡接着说道:"咱们这次鉴宝栏目的主题叫做美梦成真,不过您亲戚这美梦暂时还做不成,因为这东西距离真,还有那么一段差距,大概差了个几百年吧……"

田凡的话让在场众人都笑了起来,那青年人听到这话,自然也知道这物件是假的了,拿着壶离开了大厅。

后面又有几位藏友拿着自己的东西前来鉴定,有窗花剪纸,有青铜器,还有一位居然拿着宋徽宗的亲笔书法前来鉴定,当然,亲笔这二字,是他自己认为的。

不过这些东西无一例外,都是赝品和后人仿制的,青铜器是件仿战国时期的洗手用具,但是绿绣什么的,都是人为的。

至于那件宋徽宗的亲笔书法,更是假的离谱,因为上面十几个不同年代的钤印,居然差不多都是一种颜色,这根本就是不可能的事情,那位持宝的老先生对专家的意见不是很满意,留下一句保留自己意见的话,转头离开了。

这种事情庄睿他们在济南的时候就遇到了很多,没人会认为自己的宝贝是假的,价值不大,短短的半个多小时,也看了有十来个物件了,只是都是另外几位专家在忙活,没庄睿什么事,因为这些东西里面,就没有一个玉器。

第四十一章 卖椟送珠

“庄老师，您的买卖来了……”

在看到一位藏友手中的东西之后，几位专家都笑了起来，这字画、青铜器、杂项都露头了，就只有庄睿的玉器类一个没见，现在这位藏友拿着的，就是一个玉器摆件。

这是个镶嵌在檀木底座上的白玉摆件，东西有拳头大小，雕的是两个狮子，一大一小，小狮子骑在大狮子背上，雕工很是不错。

庄睿从桌上拿起那个白玉摆件，在手里把玩了一下，心里不由有些哭笑不得，看向那个年轻的持宝人，问道：“这东西是你自己收藏的？”

“不是，是我父亲去年买的，我就是想看看值钱不？”

这个持宝人年龄不大，最多二十出头的样子。

“那你认为它能值多少钱？”庄睿问道。

“我父亲买的时候花了三万多，我觉得能值个十几万吧？有人说这是老玉……”

“呵呵，你这块玉，乍然看上去，颜色非常白，并且是一块整玉，个头也不小，用我们行里的话，这狮子叫做太狮少狮摆件，看上去很有气魄，可以摆在家里显眼的地方，你看这两个狮子中间的缝隙，在书房里，也能当作笔架，很不错的……”

庄睿的话说的那个年轻人满脸堆笑，不过其余的几位专家也在笑，他们在笑庄睿年纪轻轻的，居然如此油滑老练，下面的话，肯定要开始不中听了。

果然，庄睿夸了一番这摆件之后，接着说道：“但是仔细看这玉质，就能发现，这玉虽然是新疆的，但不是和田玉，达不到和田玉的品质。

“这雕工看上去不错，但也不是手工雕琢的，而是机器工，是当代快速切割机器雕琢出来的，这种机器以前可是没有的，所以说，这摆件是个新玩意儿……”

“不值钱？”年轻人脸上充满了失望的神色，他老子可把这东西送给他了。

“倒不是说不值钱，这玉雕算是个不错的工艺品，不过值不到三万块钱，但是你这玩意还另有乾坤,孙老师,您来看看……"

庄睿笑着把东西递给了玩杂项的孙圣,这举动不仅是让年轻人莫名其妙,就连孙圣也不知道庄睿是什么意思。

"咦?还真是,小伙子,你运气不错……"

孙圣拿着摆件把玩了一下,眼睛突然盯在了那底座上,说道:"玉质和雕工虽然一般,不过这配的底座倒是不错,老檀木的平底开瓣莲花座,小庄,你这眼光可真够毒的,就是玩杂项也不比我差啊……"

"以前淘弄过几件檀木的玩意,所以有点熟悉,比不得孙老师……"

庄睿闻言笑了起来,连连摆手,他刚接过这摆件就看出来了,这玉里面没有丝毫的灵气,但是那檀木底座,倒是个老物件,里面的白色灵气极为浓厚,应该是清朝的东西,能值个几万块钱。

"别人是买椟还珠,这可是卖椟送珠啊……"

金胖子的话说得几人都笑了起来,这还真是,估计就是那卖家都没想到,自己图现成找了个底座,居然会价值不菲。

"庄睿,可以啊,还真有点范儿……"

坐在旁边的欧阳军也不管现在正拍摄节目,大声喊了起来,这节目要重新剪辑后才会播出,所以没人去制止欧阳军。

刚才庄睿镇定自若地解说,还真是有点专家的派头,不单是欧阳军,就是原本因为庄睿年纪轻有些瞧不起他的工作人员,都在心里改变了看法。

在人们心里,专家教授都是在四五十岁的样子,不过庄睿此刻用他的表现,诠释了什么叫做年轻有为。

"怎么样,几位老师,咱们休息一下?"

年轻人出去之后,刘佳和李佳两个主持人走了进来,李佳因为是导演之一,跑到拍摄位去看刚才的录制画面去了。

"不用了,继续吧,早点录制完,我们几个也能回家过年啊……"

金胖子笑着摆了摆手,另外几人也是这意思,而庄睿更有种上当的感觉,这要在三天内录制完七天的节目,每天只录制半天肯定完不成。

"好,那咱们继续……"

李佳和刘佳两人喝了点水,让化妆师补了下妆,他们可比庄睿等人辛苦得多,专家们坐在专家席上喝着茶水聊着天,可比他们惬意。

"咦,庄老弟,这还是您的菜啊,这不上则已,一上就都是您的买卖啦……"

这次要鉴定的物件体积比较大,两个工作人员先抬到了专家席前面,让几人上前察看，两位主持人则在外面和持宝人聊了起来，也是给里面专家一个鉴定的时间。

"孙老师，这东西应该也可以归类到杂项里面吧？"

呈现在庄睿等人面前的，是一块鸡血石，体积比较大，配上底座的话，足有半人高，并且全是鸡血红，十分漂亮。

在鸡血石火红色的顶部，雕琢了五个面目凶猛，色彩斑斓的老虎，非常有气势。

底座的用料是一个品种不错的封门青，看上去细嫩水灵，并且有松树、山花和野草，更衬托出了那顶部五只老虎的王者风范。

"嗯，算是杂项，不过这体积真不小，小庄，还是你来点评吧……"

孙圣和上海的德叔渊源颇深，交情很好，他让庄睿点评的意思，也是有意提携庄睿一把，让他多露露脸。

"好，我先看看……"

这块鸡血石作品的雕工非常复杂，庄睿在上海的时候，由于距离浙江很近，跟着德叔也辨识过不少鸡血石作品。

庄睿到了北京之后，跟着古老爷子更学到了不少雕琢工艺的细分和鉴定，此时倒也不怯场。

围着这块作品看了四五分钟之后，庄睿发现了一件很有趣的事情，心里也有了底，坐回专家席上，外面那两位主持人，也把持宝人放了进来，是一位中年女士。

"您这石头是个什么来历啊？"这是鉴宝的开场语，庄睿第一句话问的就是这个。

"这是我家里祖传下来的，我是浙江青田人，本来这是块料子，因为我儿子去年满八岁，所以家里就请人把它给雕琢了出来，作为我儿子的生日礼物……"

那女士挺健谈，问一说三，听得庄睿等人都笑了起来，这位看来也是出自豪富之家，这生日礼物可是价值不菲啊。

而且庄睿看这女士脖子上所带的翡翠和手腕上的镯子，品质都很不错，尤其是那个翡翠佛像挂件，庄睿一眼就能看出，是冰种的高绿料子，价值最少在五十万以上。

"你这块是出自浙江昌化的鸡血石，首先可以肯定的是，它的材质，是非常稀有的，比您脖子上所带的翡翠，还要稀少……"

庄睿喝了口水，侃侃而谈，此时他找到了几分做专家的感觉，能把自己所懂的东西分享出去，心里很有一种满足感。

"因为乾隆皇帝把田黄石封为'印帝'，鸡血石就被称为'印后'了，这个颜色鲜红欲滴，犹如把刚宰杀的鸡血滴到了石头上一般。

"您这块石头第一个很显著的特征，就是这个血红鲜、活、厚、凝，单从鸡血石来说，可称得上是极品鸡血石。

"鸡血石的血好,还需要底子来陪衬,鸡血石血下面的底子,我们称之为牛角地,因为是制作印章的材料,所以是软底,容易雕刻。

"再一个就是,您的这块料子,是个老坑鸡血石,现在基本上已经看不到了,虽然雕工是新的,不过这造型的题材设计的非常好,山石、松树、野草和老虎动静之间,显示出了极高的艺术水准。

"这块料子的雕工我也认识,它是南派著名琢玉大师邬老的徒弟,罗江老师的手艺,明料配上名师,所以说,这块鸡血石,可以说是当代工艺美术中的杰出作品,恭喜您,这是一件非常珍贵的作品……"

罗江现在算是自己人了,庄睿并不介意给他打下广告,他初看这件作品,就发现上面有罗江的印记,所以开始的时候,有些小意外。

"金老师,您几位这样看着我干吗啊?"

在持宝人千恩万谢地离去之后,庄睿发现另外几位专家,都用奇怪的眼光看着自己。

"小庄,看来你比我更适合做这个杂项嘉宾啊……"

看摄像机没对着这边,孙圣对庄睿跷起了大拇指,他这不是恭维庄睿,而是发自内心地感到佩服。

原先孙圣让庄睿看这鸡血石,有着提携他的意思,本来想着庄睿要是有些问题介绍不到或者解答不出,自己再救下场。

可是几人都没想到,庄睿不但将其特征细处完全说了出来,就连雕工的来历都有了解,可以说,庄睿的表现,绝对称得上是一位文物鉴定大家的水平了,相信这期节目播出以后,庄睿在国内收藏界的名声,绝对不会弱于他们几人了。

"几位笑话我呢,可千万别夸我啊,这叫捧杀啊,我还年轻呢……"庄睿的话说得众人笑了起来,这种鉴宝节目中间都有空隙,几人聊得颇为开心。

此时庄睿感觉参加这个节目也挺不错的,这种纯学术的氛围他很喜欢,而且在这个过程中,也能学到很多东西。

刚才金胖子等人虽然鉴定出不少假物件来,但是从那些东西里所延伸出来的知识,让庄睿大开"耳"界,受益匪浅。

尤其是这鸡血石,让庄睿生出了去产地见识一番的念头来,鸡血石在民间,虽然没有玉石普及,但是在收藏圈子里,喜欢玩这东西的人,可是不老少,价格也在逐年上升。

庄睿以前和德叔去过浙江一次,不过没到昌化,他听德叔说过,这鸡血石的包皮,和翡翠差不多,都是无法看透内部的,也有赌石一说。

只是昌化那产鸡血石的地方,基本上全被开采尽了,流通在市场里的鸡血石极少,并且鸡血石和田黄石一样,多用于印章雕刻,摆件并不是很多,所以名声不如翡翠玉石响亮，但是其价值并不比翡翠差多少。

接下来鉴定的东西也是有真有假，还别说，散乱在民间的好玩意还真不少，有许多古时候官家所用的精品，就连一些大博物馆里都没收藏。

到了下午三点多，来现场鉴宝的物件，已经全部鉴定完了，庄睿等人的工作也算告一段落，这时间倒真不是很长，满打满算也就是进行了两个多小时而已。

这次带着宝贝来北京的人，一共有一百多人，也就是说，在明后天，每天都还会有几十个持宝人来到现场，而那些送来的古玩，就会往后推迟，如果来现场的物件够多，或许会将仓库里那些都取消掉。

台里安排了车送专家们回去，不过庄睿和苗菲菲一起来的，就不用搭乘他们的车了，和主持人以及几位专家告辞后，庄睿换回了衣服，和欧阳军几人走出了电视台大楼。

天上的雪不知道在什么时候停了，不过入眼处，还是一片雪白的世界，在电视台的大门口，挂了喜迎春节的字样，倒是很有几分过年的喜庆。

"还别说，你小子真有几分专家的范儿啊？对了，我那四合院拾掇好了，你得给我寻摸点好东西摆过去啊……"

庄睿正要钻进苗菲菲的车里，被欧阳军一把拉住了，今儿庄睿的表现让欧阳军感觉到，自己这小表弟真不是一般人。

"这事您找白哥去啊，他喝酒吃饭用的都是官窑瓷器，就是给您整出一套当年乾隆爷和妃子……呃，不，和皇后吃饭的家什，那也不难啊……"

庄睿笑着和欧阳军开玩笑，说到妃子的时候，被徐晴狠狠地瞪了一眼，吓得庄睿连忙改口，这要是放到古代，徐大明星可是正宫娘娘，妃子……那是二奶三房的职称。

"嘿，你当四哥我谁的东西都收啊？得了，你小子别和我贫，咱们现在就去潘家园转悠一圈去……"

欧阳军虽然和白枫是发小，但是和他之间的往来，还是要注意一些，别人有求于自己不假，吃相也不能太难看了，所以欧阳军除了收了白枫一套屏风之外，别的倒也没占他什么便宜。

"现在去潘家园？四哥，嫂子可是受不得挤啊……"

庄睿宁愿去琉璃厂，也不愿意去潘家园，因为琉璃厂的古玩店，像荣宝斋之类的，都是百年老店，虽然现在卖的以工艺品居多，但只要你花得起钱，还是有好东西的。

但是潘家园就不同了，那整个就是一赝品旧货市场，只有你想不到的假货，没有他们做出不来的物件，三教九流鱼龙混杂，挖坑下套的人，都快比想掏钱买物件的都多了。

真正的北京人，去潘家园就是去遛弯的，没谁会想在那里捡漏，而掏钱买东西的"大头"，基本上都是外地来北京旅游的游客，还有些就是杀羊了，俗称傻洋，就是那些会说几句中国话,也想着淘宝捡漏的老外们。

"让苗丫头带她去你家,咱们哥俩先去转,晚上回去打个边炉咱们吃火锅,整点小酒喝……"

敢情欧阳军早都计划好了,他不想回自己家,烦心的事太多,老爷子过年又忙得不可开交,三十晚上估计还要去走访慰问,欧阳军这年就想在庄睿那院子里过了。

"别拉我啊,去就去吧……"

庄睿无奈地摇了摇头,这哥哥平时在外人面前还算稳重,可是见到自己家人,那还不如外甥女囡囡懂事呢,庄睿见欧阳军和自己母亲说话的样子,简直就是一孩子在撒娇,一副无赖的样子。

其实这也是欧阳军幼年丧母导致的,从小没母爱,这见到姑妈了,直接就当娘了呗,不过欧阳军每次去庄睿的宅子,那也是大包小包的手里拎得满满的,很是孝顺。

徐晴自然是拿自己老公没办法的,只要他不去鬼混,徐晴也懒得搭理,当下四人分乘两辆车,离开了电视台。

大雪之后,居然出现了阳光,照在皑皑白雪上,反射出很明亮的光线,阴沉了好几天的天气,终于放晴了,看这样子,倒是不用怕四五点钟就黑天了。

两人驱车来到潘家园,发现这里正忙乎着搭台摆摊,那些路边摊这几天可是被憋坏了,本指望着过年赚俩黑心钱的,没想到老天不给脸,接连几天的大雪,耽误了不少生意。

这些摆地摊的人,在市场里混久了,和那些铺位摊子都很熟悉,平时自己的东西不用拉回家,直接丢在相熟的店里,反正没什么值钱的物件,他们也不怕。

这大雪一停,地摊主们不知道从哪里冒了出来,呼啦啦地摆起了摊子,原本有些冷清的市场,顿时变得喧闹起来。

除了这些摆摊的人之外,还有个施工队在潘家园的旁边冒着大雪忙活着,搭建了许多架子和台子,把原本的停车场也给占用了,害的欧阳军又将车倒出去,在外面找了个车位,这才和庄睿深一脚浅一脚地踩着积雪,走进了潘家园。

"四哥,这些人在干什么啊?大过年的搭这些东西干吗?"

庄睿有些奇怪地问向欧阳军,这干活的人可是不少,在潘家园的门口,搭了大大小小百十个架子,不过现在只是简单的焊接,看不出是干吗用的。

"不知道了吧,这是年初一到十五,专门用作办庙会的,到时候北京城里的那些百年老店,老手艺们,都会被请来,再现当年的老天桥风采……"

"是吗?那到时候我要转转……"

庄睿一听这个感兴趣了,他知道,北京天桥是国内外知名的地方,有着六百多年的悠久历史,在中国近代的民间艺术发展中,可是有着不可替代的作用。

天桥原来位于北京市区的南面，在前门和永定门之间，东面是天坛，西面是先农坛。

清朝灭亡以后，随着城市经济文化的发展和市民阶层的扩大，老天桥逐渐成为三教九流聚合之地，五行八作样样俱全。

在新中国成立前后的一段时间，天桥是许多民间艺术的发祥地，艺人在天桥卖艺，通常是露天设场，习称"撂地"。

相继在老天桥学艺、卖艺、传艺和生活的民间艺人，多达五六百人，分为杂耍艺人和说唱艺人两大类，杂耍包括杂技、武术等项目，说唱包括戏剧、曲艺等项目。

当时的京城天桥可是名闻遐迩，和北京的八大胡同齐名。

不知道啥叫八大胡同？呃……道理和现在那些挂羊头卖狗肉的桑拿差不多，俗称窑子，因清末的某位皇帝光临过而出名，也算是当时的名人效应吧。

庄睿曾经在上海见过德叔收藏的一套，反映上个世纪二三十年代北京天桥盛况的老照片，上面那表演皮影戏，木偶剧的，熙熙攘攘的人群，甚至还有当年满人跤手宝三和满宝珍摔跤的情形，弥足珍贵。

这会儿雪停了没多久，潘家园里的人还不是很多，多是些摆地摊的，穿着很有节日喜庆气氛的大红棉袄，正用手哈着热气，扎堆聊天呢，看到庄睿二人进来，轰地一下围了过去。

"哥们，想淘弄点什么？"

"两位大哥，来我这看看，名人字画，陶瓷古玩，应有尽有……"

"远点，离我远点啊，哥们脾气不好……"

庄睿也来过很多次了，知道这些人不能给脸，要是给了，那绝对是蹬鼻子上脸，虽然不会强买强卖，但肯定会让你烦不胜烦。

听到庄睿一口地道的北京话，这些摊爷顿时没了兴趣，窝回去继续聊天打屁了，他们的服务对象，一般都是外地游客和外国傻帽，想宰北京人，难度还是比较大的。

第四十二章 | 陶瓷餐具

"四哥,您究竟想买些什么啊?"

庄睿看欧阳军兴致勃勃地逛着,什么东西都要上手看一下。

玩这行,拿东西都是有讲究的,像紫砂壶,要连盖捂住,翻身看款,拿陶瓷器不管是大件小件,更要两手抓牢靠,那些摆摊的从手形上,就能看出是新手还是行里人。

欧阳军就是一彻底的小白,几乎是拿起个物件,庄睿就要被摊主烦上半天,为啥? 宰肥羊呗,欧阳四少还真是很少来这地方,见啥都像是真的,看在那些摊主眼里,欧阳军整个就是一"冒儿爷"。

虽说这大过年的,人们脸上都是喜气洋洋的,说起话来也客气,但是一讲价,让庄睿恨不得把手里的物件砸那些人头上去,整个就是狮子大开口。

欧阳军这会儿正停在一陶瓷摊子旁,听到庄睿的话后,说道:"我都想买啊,五儿,你说这碗,和老白家里的也没什么两样吧? 我看着比他家里用的还鲜亮呢……"

摆摊的这位,一听欧阳军的话,立马来了精神,说道:"嘿,这位爷,您可真是好眼光,就您拿的这碗,可是当年乾隆爷的儿子,嘉庆皇帝用过的,您看下后面的款式,绝对的官窑瓷器……"

这摊主还没傻到说这东西是乾隆爷用过的,那就忒假了点。

"这玩意多少钱啊?"欧阳军随口问道。

"四哥,走吧,这东西您想要,回头去超市我花一百块钱买它几十个,给您摔着听响玩,成不?"

庄睿刚在电视台看过不少好物件,现在对这里的东西,一点兴趣都没有,连灵气都懒得用。

这东西除了下面多了个款之外,和超市里卖的那些没什么区别,庄睿算是看出来了,欧阳军纯粹就是闲的蛋疼来逗闷儿的。

"哎,这位,话可不是这样说的,您知道啥叫古玩吗?别说是嘉庆爷用过的吃饭的碗,就是皇帝出恭的马桶,那也是价值连城,您怎么能拿超市的东西比呢……"

庄睿刚才的话说的有些伤人,这摊主不乐意了,看这两人一个年龄大点,但整个就是一外行,年轻的那个也不像行里人,摊主可着劲忽悠起来。

"嘉庆青花碗是吧?"

庄睿从欧阳军手里拿过那青花碗,翻过来看一眼,顿时连气都生不出来了,那款上明明写着明嘉靖年间制,这摊主未免太业余了点吧。

"诺,您的嘉庆青花碗,收好了您,这要是碎了,我们哥俩赔不起……"

庄睿将那青花碗递给了摊主,摊主接过来一看,知道自己闹了乌龙了,当下悻悻地不做声了。

"哥们,两块钱卖给我了,我碎着听响怎么样?哎,五儿,你拉我干吗?"

欧阳军蔫坏,还想刺激那位一下,被庄睿硬给拉走了。

"庄睿哥哥……"

刚离开那摊位,庄睿突然听到有人叫自己的名字,循声望去,在他右侧方一家店铺的门口,两个女孩站在一起,年龄稍大的正向自己摆手呢。

"秋千,你这丫头怎么一人跑这来了?"

庄睿愣了一下,连忙走了过去,这可是自己未来导师的宝贝孙女,不过她一向对这些不感兴趣,今天怎么跑来了,这潘家园可不是什么善地。

"嘻嘻,庄睿哥哥,我和爷爷来的,这是我堂妹,叫孟惜幽,你喊她幽幽就好了……"孟秋千的堂妹只有十一二岁的样子,两人长得有几分相似,反正看在庄睿眼里,漂亮是漂亮,不过都有点古灵精怪的。

顺着孟秋千的手指看去,庄睿看见孟教授正在店里,和一个人聊着什么,那人庄睿也有点面熟。

"哎,我说兄弟,你平时蔫儿吧唧的,认识的女人可不少,这俩小萝莉不错啊……"欧阳军上下打量着孟秋千和幽幽,脸色虽然丝毫不变,但是嘴里说出来的话,却是听得庄睿恨不得痛扁他一顿。

不过这俩女孩在这店门口一站,还真是招人眼,两个丫头长得本来就挺漂亮的,此时穿了件粉红色的羽绒服,就像两个瓷娃娃一般,好多人走过都要瞧上那么一眼。

尤其是孟秋千那丫头,眼睛本来就大,而且睫毛特别长,眨起眼睛来就和动画片里的女孩差不多,庄睿每次见她都挺纳闷的,这睫毛到底是真的还是假的啊?

"怎么不理我啊……"欧阳军见庄睿不说话,用胳膊碰了碰他。

"您一边玩儿去,这是我导师的孙女儿,那位估计还未成年,别乱说话……"

庄睿没好气地瞪了欧阳军一眼，招呼了两个丫头一声，走进店里。

走到这店门口，庄睿才想了起来，敢情这家店他来过，抬起头向上看去，那招牌正是瓷来坊三个字，上次庄睿捡漏买了那件龙山黑陶后，就是在这里将其还原出本来面貌的。

不过此时店门口挂了两个大大的红灯笼，店面两旁也张贴着对联，从里到外都透着过年的喜庆，让庄睿一下子没认出来。

"您……您是上次那位庄先生吧？"

庄睿刚走到孟教授身边，正和孟教授说话的那人，一眼就认出了庄睿。

"呵呵，那老板，新年发财啊，提前给您拜年了……"

庄睿笑着向他拱了拱手，然后又跟孟教授打了个招呼，他昨天才去过孟教授家，也没那么多客套。

"前段时间淘弄了个瓷器，本想找您给掌掌眼的，可是打不通您电话，今儿刚好，庄先生回头给看看……"

"我刚刚从缅甸回来，那老板淘弄到什么好玩意了？"庄睿笑着问道。

"庄睿哥哥，您送姐姐的珠花，好好看啊……"

那个叫幽幽的小丫头，突然插了句嘴，庄睿愣了一下，看向孟秋千的时候，那丫头的眼睛却是左顾右盼的，不敢和自己对视，想必是她让幽幽说的这话。

孟教授板着脸说道："幽幽，别胡闹……"

"不嘛，不嘛，姐姐有，我没有，我也要……"

小丫头一点不怕他爷爷，两手抓住孟教授的衣服来回摇晃着，搞得这位国内考古专业的泰斗，狼狈不堪。

"幽幽，回头拿给你，我这会儿可没带在身上啊……"庄睿有些郁闷，自己又不是西门庆，没事带俩女人首饰逛大街。

听到庄睿的话后，那丫头马上就不缠着孟教授了，嘻嘻哈哈地和孟秋千打闹起来，看得孟教授直摇头，一副家门不幸的表情。

"小庄，来，帮我瞧个物件，我还没看好收不收……"

孟教授的专业是考古，对于收藏也颇为喜好，否则也不可能和德叔结成好友了。

这会儿见到庄睿，孟教授倒是很高兴，他知道自己这徒弟跟着上海的德叔，学到不少古玩鉴赏的知识，自己虽然是从事考古的，但是眼力却不见得比庄睿高明，所以也没拿什么老师的架子，直接拉着庄睿和那老板一起，走进了瓷来坊的隔间。

"您几位先请坐，我把东西拿过来……"那老板喊了个伙计给几人上茶，自己走到后间去了。

"哎呦，您这东西可真应景啊，俗话说初一的饺子初二的面，初三的合子往家转，那老

298

板,这东西可是咱老百姓经常用到的啊……"

庄睿一眼看到,那老板手里拿着的是一套陶瓷餐具,不由笑了起来,这也是瓷器里的一个类别,不过相对于那些观赏价值大于实用价值的陶瓷官窑器皿而言,收藏这些玩意的人,并不是很多。

"庄老板好眼力……"

那老板把东西放到桌子上之后,冲着庄睿跷起了大拇指,就凭庄睿嘴里说出来的行话,一般人压根就没听过。

庄睿笑了笑,也没客气,站起身来,打量起桌上的这套物件来,这是一整套餐具,一共六件,吃饭的碗,夹菜的筷子,盛菜的盘子、汤碗,等等。

"庄先生,您怎么看这东西?"庄睿看了七八分钟后,那老板出言问道,话里不无考究庄睿的意思。

"呵呵,这些物件倒是老东西,不过年代嘛,只是晚清的,而且虽然都是粉彩的瓷器,但它们不是一整套,这就有点可惜了……"

庄睿刚才用灵气看过了,这套瓷器里面虽然蕴含灵气,但是并不浓厚,而且每个物件里面的灵气数量还不尽相同,这让他下了这个论断。

"不过这东西能保存一百多年,品相还算完整,也算不容易了,而且从风格上看,这个应该是当年徽商从景德镇专门定做烧制的吃饭家伙,那老板,我说的对不对啊?"

庄睿今儿鉴宝上瘾了,没留住嘴,干脆把这套餐具的来历都说了出来,听得旁边的那老板和孟教授目瞪口呆。

这会儿那老板心里,早就没了考究庄睿的心思了,他可是经过多方考证,并且找了不少行家看过,才知道这东西的传承来历,没想到庄睿看了一就丝毫不差地说了出来。

"老弟,这东西是安徽商人定做的? 我怎么没听说过?"

欧阳军在旁边听得有些不解,他只知道新中国成立之后,景德镇专门给那位老人家烧制了一套瓷器,不过后来就被那位老人家亲自制止了,他说自己又不是皇帝,不要搞这一套。

不过那套瓷器名气倒是蛮大的,像欧阳军这些人都有听闻,刚才听庄睿说安徽也有人从景德镇定制瓷器,他倒感觉有些新鲜,这安徽人的谱,摆得比老爷子还大啊。

"四哥,那是一百多年前的事,您听仔细没有啊?"

庄睿被欧阳军问得哭笑不得,这简直就是不学无术,在几位行家面前,庄睿都感到没面子。

不过对安徽商人,庄睿在上海时多有了解,那些人在晚清一两百年的经济体系中,可是一股不可忽视的庞大力量,堪比两淮的盐商,也流传出不少轶事来。

"徽菜是中国八大菜系之一的名菜,其最大的特点就是融徽州文化、当年的徽商文化与徽菜制作于一体。

　　"所以徽菜不但在色、香、味上有其独到之处,在餐具、饮器的配置上也是特别讲究的。

　　"咱们中国人讲,美食还要美器,吃什么东西,就要有什么样的器皿,上面施什么色的釉子,什么样的花纹,还有各种不同的风格,适应不同的菜品和人物身份。

　　"明清两朝以来,徽州的许多大户人家和官宦人家,装饭盛菜的器皿,都是在景德镇等名瓷产地定做的,而且就咱们眼前的这套餐具,上面带有浓重的古徽州风格。

　　"大家用这些带有徽州遗韵的餐具,品尝徽菜佳肴的时候,不但可以领略到徽州的自然风貌、土特产品以及风土人情,还能折射出某个时段辉煌灿烂的徽州文化……"

　　怕欧阳军再问些没边的问题,庄睿还给他解答了一下,只是庄睿话声刚落,房中就响起了一阵掌声,这是孟教授和那老板情不自禁地鼓起掌来。

　　至于欧阳军和孟秋千和幽幽那两个小丫头,只是纯粹当故事来听了,他们并不了解庄睿说的这一番话,足以作为徽州陶瓷器的教科书了。

　　"小庄啊,你学习考古,还真是选对了专业,我看等你复试完了之后,直接做我的助理讲师吧,我也能多抽出点时间研究一些课题了……"

　　孟教授此时看向庄睿的眼神里,满是欣赏,他没想到庄睿的文化功底这么深,并且博闻强识,从这套瓷器上,居然就能引出徽州文化中的精髓,孟教授感觉到,自己收了一个了不得的弟子,或许他以后的成就,还要在自己之上。

　　"孟老师,这可不行,我就是对关联到古玩的东西,了解的多一点,您让我上台讲课?那可真是不成,到时候丢了您的脸面……"

　　庄睿一听这话,连连摆手推辞,他学习考古知识,只想通过考古理论的学习,多了解一下中国历朝历代出土文物的背景和相关知识,这样更有利于他对古董的理解和判断。

　　至于当讲师讲课,还有挖坟掘墓这些事情,庄睿一点兴趣都没有,当讲师一个月才赚多少钱,上世纪九十年代不是流传过那么一句话嘛:做教授的不如卖茶叶蛋的。

　　而挖坟掘墓,虽然能见到许多真正第一手出土的古玩,但是那活经常会三五个月泡在荒郊野地里,并且古玩挖出来也不是自己的,看得见摸得着,就是带不回家,庄睿才不想找这郁闷呢。

　　孟教授摆了摆手,显然不想在这里谈这个话题,而是看向那老板,说道:"老那,咱们也是老朋友了,我从你这里淘弄了不少物件,可不全是真的啊……"

　　那老板闻言笑了起来,他是开门做生意的,不怕这点小尴尬,说道:"孟教授,您也是圈里人,这规矩也知道,其实有些玩意儿,我自己都不知道真假,不过开门做买卖,我肯定

300

是当成真的卖了……"

当着庄睿的面，那老板可不敢胡乱说话，孟教授只算是藏家，倒不怕什么，但是以庄睿刚才说出的那番话，绝对是行里人，他也怕坏了自己的名声，干脆实话实说了。

孟教授听到那老板的话后，也微微点了点头，那老板这话说得还算实在，现在开古玩店的，都是九分假一分真，而这一分真，也要考究买家的眼力。

有实力玩古董收藏的，基本上都是比较自信的人，他们也知道现在市场里的物件，十有八九都是假的，但是他们就愿意凭借自己的眼光判断，去寻那一分真，并且乐此不疲，孟教授就是这类人，国外子女给他寄的钱，没少花在这些假玩意上。

有些朋友可能会有疑问，孟教授这么一位考古界的泰山北斗式的人物，买古董怎么会分辨不出其真假呢，其实这是很正常的。

考古学家并不一定就是收藏家，他们有自己专门需要研究的课题，一个是通过古玩对当时社会形态的研究，一个是对古董本身形成原因结构和现在所具备的市场经济价值进行研究，这两者可以说是两个既有关系，但又完全不同的体系。

所以孟教授在古玩市场打眼交学费，也就不是什么稀罕的事情了，他可以拿着一件古玩说出他的历史背景，但是未必就知道，自己手里古玩的真假。

像那老板这样的人，最喜欢的还就是孟教授这一类客人，被他们看中的东西，掏起钱来那是毫不手软，因为他们本身就具备这个消费能力。

"老那，这套餐具，你说个价吧，马上过年了，下刀子不要太狠啊……"

孟教授的心态非常好，只要自己看中了，花多少钱都是乐意的，他不会像别人那样，买到假物件就哭天喊地的，在孟教授眼里，假的东西，也是有研究价值的。

"这个……价钱嘛，孟教授，您……看这个数怎么样？"

那老板听到孟教授的话后，眼睛不由自主地看向了庄睿，脸上显出一副很为难的神色，磕磕巴巴地理不顺话了，最后一咬牙，伸出了三个手指头。

"哦？三万？小庄，你看呢？"

孟教授不置可否地笑了笑，有这懂行的未来学生在场，就不需要自己这不太懂行的老师出马讲价了吧？

"那老板，这是我老师，我可不算坏规矩啊……"

庄睿看着那老板笑了起来，而那老板的一张脸，却变成了苦瓜脸，他懂庄睿的意思。

在古玩交易的时候，买卖双方讲价，第三方是不能贸然插言的，无论这古董是真是假，都是买卖双方的事，第三方一旦插入，那就是坏了行规。

不过眼前这情形不同，弟子为老师效劳，那老板一句话都说不出来。

"庄先生，您给个价吧，大过年的，让我老那有点辛苦费就成了……"

那老板苦笑了一下，话中点出了一层意思，那就是这套餐具，并非是他的，应该是在他这里寄卖的。

"好，那老板，这个价钱您看怎么样？"

庄睿伸出右手，握成拳头，然后把大拇指和小指翘起，反正摇晃了四下，然后笑着看向那老板。

"六千六百六十六？庄老板，您这价格是挺吉祥的，不过我要赔到姥姥家了啊，别人在我这寄卖的底价，都不止这个数的……"

那老板此时脸上的表情，绝对是悲愤欲绝，仿佛庄睿和他家闺女发生了什么不正当关系似的，连连摆手摇头，一副谈不下去的表情。

"呵呵，这套瓷器不是配套的，而且时间也不算长，又非官窑宫廷瓷器，这玩意也就我老师会买回去研究下它背后徽商以及徽菜的历史形态。

"您要是留在手里，我可以说，这六千六百六十六的价格，都不见得有人出……"

民间的瓷器，价格一向都不是很高，即使是康熙年间的民窑精品，其价格和同期的官窑比起来，那都是天差地远，相差了几百甚至上千倍，所以庄睿给出的这个价格，并非很离谱。

"庄老板，这价钱是真的不成，这样吧，这个数目，也吉祥着呢，您要是同意的话，咱们就成交……"

那老板听到庄睿的话后，出了个八字指，来回反正晃了几下，脸上一副决绝的表情，那意思就是说，您要是不同意，咱这生意就算吹了。

"孟老师……"

庄睿把脸转向孟教授，这价格也差不多，这套瓷器增值的空间不大，即使放几年，也不过万把块钱，那老板要的八千八百八十八，倒也不是不能接受。

"小庄，我听你的，你说行，咱们就买……"孟教授口头给庄睿签署了授权书。

"成，这价格还算实在，可以买……"庄睿点了下头，这笔生意算是成交了。

第四十三章 古玩店

　　像这样的民窑瓷器，虽然从烧制工艺和艺术价值上而言，都算是精品，但是它缺少了一份传承，所以在价格上，一直都是不温不火的。

　　八千多块钱买一套瓷器，价格还算合适，当然，这称不上捡漏，只能说孟教授淘弄到一套自己喜欢的物件吧。

　　"那老板，您还有什么好物件，拿出来给大家开开眼吧……"

　　帮老师拍下这套徽州陶瓷餐具之后，庄睿看向那老板说道，以这瓷来坊的门面，肯定藏有几个镇店之宝，庄睿还真想见识一下。

　　"嗨，庄老板，您要是早来一天还成，这马上过年了，值钱的东西都搬家里去了，这店里就剩些门面货了……"

　　那老板做出一副很不巧的神情，真假别人自然就不知道了。

　　他这话其实是半真半假，真正值钱的物件，一直都没在店里摆放，有几个真品陶瓷，现在还在后间保险柜里放着呢，不过那老板却不愿意拿出来。

　　按说藏友之间的交流，互相欣赏一下对方的藏品，是很正常的，但是那老板是开门做生意的，他可不希望自己的物件被庄睿指出真假优劣，在他嘴里，自己的玩意当然都是真的了。

　　"老那，这是我买瓷器的钱，你点点……"

　　庄睿说话的工夫，孟教授从自己手包里点出了一沓粉红色的老人头，放在了餐具旁边。

　　"好，好……"

　　那老板随手拿过一个自动验钞机，把那一沓钞票放到里面，"刷刷刷"地验了好几遍，满脸堆笑地将钱收了起来。

　　那老板今儿是不打算再给孟教授介绍物件了，有那么厉害的学生在旁边，自己想赚孟教授的钱,估计是不大容易的事。

"老那,你还有没有这种物件,最好是能反映地区文化的东西,不是官家的都可以……"

那老板不找孟教授,孟教授反而找上了他,孟教授搞收藏的初衷是为了研究,不管古董价值的高低,只要能反映出当时的社会形态,他都想将其收入囊中,回到家里慢慢品味。

"没了,孟教授,咱们是老朋友了,我和您说实话,这东西是我一朋友遇到难处了,放在我这里寄卖的……"

那老板的样子不像是说瞎话,孟教授脸上有些失望,追问了一句:"那你那朋友手里,还有类似的物件吗?"

这套徽州的民间瓷器,的确很有代表性,孟教授想多淘弄几件,闲暇了发掘一下其中所蕴含的中国地区文化,于他而言,这是一件很有意思的事情。

"哎,孟教授,我全跟您说了吧,诺,就是我对面现在关了门的那个店,我那朋友本来是卖文房四宝的,前段时间被人糊弄了,花了八百万买了一尊所谓清雍正时的鎏金佛像。

后来拿出去给人一看,嗨,整个就铜水镀的,里面连铜都不是,就是铁水灌在模子里做出来的,卖废铁都值不了二十块钱。

这不,八百万都是东凑西借的,现在可好,砸在手上了,我那朋友只能把自己收藏的一些东西拿出来卖了,而且就那店,现在都在往外盘……"

那老板说这事的时候,脸上露出一丝不忍之色,虽然他们做生意卖出去的物件,十件里面也有八九件是赝品假货,但是这事要是摊在他们的身上,也是无法接受的。

谁的钱都不是大风刮来的,他们这潘家园虽然人流量大,但是古玩这东西一向是三年不开张,开张吃三年。

那老板在这干了七八年了,也不过赚了三五百万的身家,并且这里混的不如他的人,多的是呢,八百万可是一笔不小的数目。

"那老板,您说的,是那位赵老板?"

庄睿依稀对书雅斋的老板,还有些印象,记得是个四十多岁的白净胖子,人很是风趣儒雅,庄睿购买送给古老爷子的那套文房四宝的时候,和他打过交道。

"对,就是他,老赵现在可惨啊,马上就要过年了,家也不敢回,四处躲账,唉,这人哪,真是很难说,一旦犯了贪念,就是万劫不复……"

那老板摇头唏嘘了一阵之后,说道:"您几位先坐,我打个电话去……"

"老弟,我看你整天也闲得慌,在这里盘个店玩玩也不错啊……"

在旁边闲得无聊,一直和两个丫头斗嘴的欧阳军,突然冒出这么一句话来。

"我?盘个古玩店?"

庄睿被欧阳军说得愣了一下，紧接着摇起头来，说道："四哥，别开我玩笑了，我这整天忙得脚不沾地的，哪有工夫管什么古玩店啊，我看你是闲得慌还差不多……"

庄睿想想这一年来的经历，自己还真是没闲过，眼睛发生异变整整一年多了，他的生活也发生了天翻地覆的变化。

虽然不差钱了，但是时间却好像越来越少，还没有享受过那种赚了钱跑到海边盖个别墅，身边陪个美女，遮个太阳伞钓鱼的悠闲生活。

正在把玩那套瓷器的孟教授，突然开口说道："小庄，你要是有这笔钱，倒真可以考虑一下这位先生的提议……"

"孟老师，可是我真的没时间啊，这下半年要读您的研究生，到时候哪有工夫去管理店面？"

庄睿没想到连孟教授也如此说，他实在想不出接手个门面有什么好处，难不成自己每天穿个长袍大褂，站在店门口"接客"？

"呵呵，德叔跟我说过你读研的目的，就是想丰富一下自己的理论知识，我那些课程，你可以选读，并且也不用去现场，时间还是很多的。

"在这潘家园开店，可不是一件简单的事情，要处理的关系有很多，对你其实也是一种磨炼，并且也很容易淘到好玩意的……"

"很容易淘到好玩意？"庄睿对这句话有点感兴趣，不过他不知道，为什么有家店，会容易淘到好东西，不一样要凭眼力去看嘛。

"孟教授说得对，有家店面的话，很多想出手古玩的人，会自己找上门，这样遇到好东西的机会会多些。

"不过，事情也是有两面性，现在有一群专业制假的人，也盯住了我们这些古玩店，下套子的事情数不胜数，一不留神就要吃大亏。

"不瞒几位说，老赵就是被人下了套，硬生生被骗走了八百万，唉，也怪我当时没拦住他……"

那老板打完电话，正好听到几人的对话，当下插了进来，一边说话一边摇头，看来他和老赵的关系真的不错，并没有作假的成分。

"赵老板那店，什么价格往外盘？是他自己买下来的门面吗？"

被这几人一说，庄睿还真有点动心了，自己今年肯定要结婚的，结婚后就住在北京了，总归要找点事情做啊。

京城秦瑞麟有职业经理人，彭城的生意有赵国栋和周瑞打理，自己似乎真的会很闲啊，总不能整天待在家里和老婆 OOXX 吧？

庄睿虽然感觉自己对那事不会厌烦，但那也要身子骨撑得住才行，话说虎鞭酒可是要明年才能泡出药效的。

庄睿之所以有盘下那店的心思，其实是想在里面倒腾一些玉器来卖，他不是要和自家的秦瑞麟抢生意，他是想搞些有收藏价值的玉器、田黄石和鸡血石这些杂项物件，今儿的鉴宝，让他对这些石头也产生了兴趣。

那老板听到庄睿的话后，摇了摇头说道："潘家园的门面全都是公家的，只对外租不会卖的，老赵那铺子是上下两层的，后面还有隔间，一共是120个平方，比我这贵了点，二十二万一年。

"当时老赵一次性租了十年，现在还剩下七年，他要是能把铺子盘出去，还了账手里倒是还能剩几个……"

庄睿想了一下，出言问道："那老板，我看这潘家园的生意似乎都不错，怎么会盘不出去呢？"

"不是盘不出去，说句不好听的话，现在潘家园就没一家闲出来的门面，老赵那铺子，就算是在原来的租金上加一倍，马上都会有人接手，不过老赵咬死了六十万一年不松口，所以这才没人愿意接……"

庄睿听到那老板的话后，在心里算了一下，这数目还真不小，一年六十万，七年的话就是四百二十万，这还不算日常的开支费用，一般人还真玩不起，因为古玩店一两年没有大笔的交易，都是很正常的。

"哎，老赵来了，您有什么不解的地方，直接问他吧……"

敢情那老板刚才出去打电话，就是让老赵过来拿那套瓷器餐具钱的，庄睿看着进来的人，差点没敢认。

上次见到老赵的时候，给庄睿的感觉就是个很儒雅的中年人，但是面前出现的这位，却是一副蓬头土脸、狼狈不堪的样子。

上次庄睿见赵老板的时候，记得他还是白白胖胖的，一张脸看起来很有福相，但是此刻再见到他，却整个变了个样子。

赵老板面色倒是挺白的，不过那是惨白，身体也消瘦了下去，眼窝深陷，头发长得有点像上世纪八十年代末的文艺小青年，也不知道几天没洗了，都快结成一个个小辫子了。

赵老板进屋之后，见内屋坐满了人，愣了，再一打量，这些人似乎都不认识，他现在也没心情和别人扯淡，直接看向那老板，说道："老那，这大过年的，真是麻烦您了……"

"没事，老赵，这是你那套餐具寄卖的钱，一共是八千八百八十八块，你点下吧……"

不知道是不是因为庄睿等人在场的缘故，那老板居然没有收寄卖费，而是把钱都给了老赵，让房中几人对那老板倒是多了一分敬意。

这人啊，锦上添花的多，雪中送炭的就少了，甚至还有些人，专门喜欢落井下石，那老板能做到这种程度,算是很厚道的一个人了。

"不用点了,老那,这些钱算是给孩子的压岁钱吧……"

这点钱对于赵老板来说,不过是杯水车薪,解决不了他的问题的,估计这位也是人倒架不倒的主,随手分出一小沓钱,递给了那老板。

"使不得,老那,咱们十多年交情了,来这开店也是我介绍你来的,这钱你留着自己用吧……"

那老板顿了一下,接着说道:"要我说,老弟,你还是把这店便宜点盘出去吧,去掉还账的钱,也能剩下几十万,还有东山再起的机会……"

这赵老板脑子挺活,这几年也积攒了四五百万的身家,不过就这一次看走眼,就赔了个底掉,外面还欠了两百多万,可见不光是赌石一刀天堂一刀地狱,玩古董,也犹如走在细钢丝上一般,一脚不慎,就是万丈悬崖尸骨无存。

"那老哥,不是我不想盘出去,只是店里的那些物件,也是值个百八十万的,我这店没了,那些东西让我怎么卖啊?不一起转出去的话,我留着那些玩意儿干什么啊……"

老赵听了那老板的话后,满脸无奈地摇着头,紧接着说道:"我这段时间晦气,不给老哥您添堵了,您几位忙着,我先告辞了……"

虽然这人落魄了,礼节还未失,老赵向四周一拱手,转身就要出门。

"哎,赵老板,请留步……"庄睿既然动了心思,就想问细一点,开口喊住了老赵。

"您是……"

赵老板回头一看,似乎有点儿面熟,不过他这段时间焦头烂额的,再加上每天在店里见的人那么多,还真记不得庄睿是谁了。

"呵呵,您贵人多忘事,我曾经在您店里买过一套文房用具的……"

"哦……哦,原来是您啊……"

老赵也记起这么一档子事来,却记不清庄睿的姓名了,接着说道:"老弟还有什么事情?要是还想买那些东西,我把店门打开,您随便挑……"

赵老板也不想关门,这开一天门就能赚一天钱,只是要债的太多,他要是敢开门,马上店门槛都能被人踩烂。

"赵老弟,坐下说,庄老板是有意思想接手你那店……"

那老板把老赵拉了回去,让到椅子上后,给他端了一杯茶。

"嗯?庄老板想盘我那店?"老赵疑惑地看向庄睿。

庄睿摆了摆手,说道:"有点这个想法,价钱咱们先不说,赵老板和那老板都是在潘家园的前辈,能否给我介绍下这潘家园里门面的生意怎么样?"

"那要看您经营什么物件了,像我以前卖的文房用具,还是比较受外国人喜欢的,一年在老外身上，也能赚个几十万……"

老赵说到这里顿了一下，看了眼那老板，那老板摆摆手，示意他继续说下去，这才接着说道："那老哥这店，做熟客比较多，也会有些老外来光顾，至于能赚多少，这就要问那老哥了……"

"呵呵，我这瓷来坊一般都是熟客，多亏孟教授这些客人来帮衬，占了我营业额的60%，至于剩下的40%，大多是些散客和老外了，不瞒几位，卖给他们的那些物件，实在是花不了几个本钱的……"

那老板的话，听得庄睿等人哈哈大笑了起来，这所谓的花不了几个钱，就是说卖的都是假玩意儿，由于潘家园的人流量实在太过庞大，那些散客能带来营业额14%的生意，也不算少了。

听到两人的话后，庄睿心里动了一下，把这书雅斋接手过来，倒是也没什么，文房四宝和瓷器不同，国外也有瓷器，但是文房用具，却是中国独有的文化，在这潘家园，倒也是吸引外国人的一个看点。

"赵老板，我能冒昧地问一下，您这档子事，到底是怎么出的啊？"

在众人笑过之后，庄睿突然开口问道。

老赵脸上露出一丝苦笑，想了想还是说道："唉，实话实说吧，这是别人下的一个套，而且为了这个套，那帮子人准备了两年之久，算我识人不准，栽在他们手上，我无话可说……"

原来这赵老板的朋友很多，经常一帮子人在一起喝茶聊天谈生意，两年前，他认识了一位朋友，复姓南宫，是玩青铜器佛像的，虽然和赵老板的生意不怎么相符，但大家都是藏友，一来二去的也就熟悉了。

后来南宫就经常来老赵店里聊天喝茶，很巧的是，有次南宫在老赵店里时，有人拿着一件战国的青铜烛台来老赵店里出售，价钱倒不是很贵，只卖一万二千元，不过老赵不精通这个，当时就不想收，和自己玩的不是一路货嘛。

只是当时那南宫在看过青铜器后，力主老赵掏钱买下来，说这是个漏，老赵当时和南宫也认识了一年多了，想想万儿八千的买下来也没什么，当时就掏钱将这烛台买了下来。

过了一两个月，老赵把这青铜器拿到一个拍卖行一鉴定，没想到，这东西还真不错，随后拍出了二十万的价格，这么一来，老赵自然是对南宫感激有加，两人的关系也愈发亲密起来。

这潘家园的古玩店，经常能碰到有人带着物件上门出售，赵老板也已习以为常了，不过以前他除了文房用具之外，别的东西是从来不收的。

但自从认识了南宫之后，再有人上门出售青铜器，他就会打电话让南宫来帮他掌眼，居然连连捡了几次漏,算下来竟赚了三十多万,而且南宫在青铜器上的造诣极深,没有一次打眼买到假货的。

两年交往下来,老赵已经是俨然把南宫当成知己了,并且对南宫在青铜器上的鉴赏水平,更是佩服不已。

就在上个月,又有人拿了个物件来到老赵的店里,这人老赵也认识,据说是有点什么门路,也卖过他两次东西,并且都是真的,让老赵小赚了一笔,不过这次卖的物件,却让老赵心里有些忐忑,因为这东西,实在太贵重了。

那人拿的是一件鎏金无量寿佛,品相十分好,头上戴着宝冠,镶嵌着各种贵重的宝石,形态是结跏趺坐,下面是一个莲花台座,整件物品十分精美。

东西是不错,不过那人的开价也不低,张嘴就是一千万,并且不打折扣。

老赵这两年跟南宫在一起,也学到点青铜器的知识,当时就怀疑这物件是出自皇宫里的,于是就打电话催南宫过来帮他掌眼。

南宫经过一番鉴别之后,确定这物件的确是雍正年间,宫廷造办处烧铸的官造佛像。

由于雍正皇帝曾经代父出家,是个虔诚的佛教徒,所以他烧铸的佛像,都是做工细致、不计工本的精品,流传后世的极少,可以说是无价之宝。

南宫看过之后,把老赵拉进后面房间里,说出了自己的估价,这东西要是上拍卖会的话,最少在一千二百万以上。

由于和南宫交往了两年多,而且南宫看青铜器从来没打过眼,老赵对他的话是深信不疑,并且这物件,他自己先前也觉得像是皇家物品,本身就有了先入为主的念头,再听到南宫的话,老赵就决定要将其买下来。

不过老赵对这佛像的价格还有些疑虑,于是又给一拍卖行的朋友打了个电话,询问了一些关于清雍正年间官造佛像的价值,这一问他算是完全放心了,其市场价格,比南宫说的还要高出那么一点。

东西是真的,后面就要谈价了,那卖家漫天要价,老赵也做了这么多年的生意,自然是就地还钱。

经过一番唇枪舌剑,老赵在"好友"南宫的帮助下,成功地把收购价格压低到了八百万。

第四十四章 两年下一套

虽然这鎏金佛像八百万的价格不低，但是高投入高风险才能有高回报。

八百万收到手上，经过拍卖行稍微一宣传，拍出去的价格最少在一千二百万以上，这一来一去，自己纯利就四百多万，几乎相当于老赵这么多年做生意的总身价了。

而且先前的几次青铜器捡漏，也让赵老板信心十足，作了决定之后，马上开始筹钱。

这会儿刚巧快过年了，大家手头都比较富裕，一年的钱差不多都开始回拢了，而老赵平时人缘挺不错，这借钱借得很顺利，每人借个一二十万，半天工夫，居然就将八百万凑够了。

私下里的古玩买卖，是没什么合同手续的，更不需要去公证，当然，税钱也是不用交的，在老赵带着那人去银行转过账后，这件雍正年间的官造鎏金佛像，就算归他了。

得到这尊鎏金佛像后，老赵在家关门偷着乐，当然，乐呵之前先请南宫大吃了一顿，并且许诺他，等这佛像拍出去之后，要给南宫二十万佣金。

南宫自然是没口子地道谢，不过吃完饭后，他跟老赵说，自己要回南方老家过年了，老赵当时也没多想，开车拉着南宫跑到商场，买了一大堆礼品，说是让他带回去孝敬老人。

等南宫走后，老赵就开始寻摸了，这东西留在手上，没啥用啊，再说自己还借了几百万的外债，还是抓紧卖掉算了。

有了出手的想法，老赵就带着这物件去了一家熟悉的拍卖行，按规定，东西是要拍卖师先鉴定一番的，当下一鉴定，问题出来了，这东西……它就是个赝品。

老赵当时就感觉有如五雷轰顶一般，根本就不敢相信，迷迷糊糊地从拍卖行出去之后，又辗转托人，找到了居住在北京的一位鉴定青铜器的大家，让其一鉴定，结论和拍卖行的一样，五个字：现代工艺品！

这位专家在青铜器鉴定上的造诣，那可是全国公认的，并且在帮其鉴定的时候，把作假的地方都说了出来，那鎏金其实就是铜水，造型和雍正朝的也多有不同，地道的现代仿品。

老赵此时算是死了心,不过他一时还没想到南宫身上,以为南宫也是看走了眼,但是连续拨打了几天南宫的电话,都是关机,再找警察局的朋友核对南宫留下的地址,压根就没那地方。

到了这时,老赵要还不知道是怎么回事,那不如一头撞死算了,想想两年前的初识,以及这两年的交往经历,他最后得出了一个结论,这整个就是一布置了两年之久的套!

从南宫和自己相识,到后来店里的数次捡漏,这应该都是一伙人策划好了的,老赵把前因后果仔仔细细地想了一遍之后,也不能不佩服,这事做得天衣无缝。

而且那伙下套的人,还真舍得投资,前后拿出的几件青铜器,价格已经在三十万以上了,这叫钓鱼先下窝子,再下饵,等你闻到窝子的香味过来吃下鱼饵之后,那基本上就骗你没商量了。

都说好事不出门,坏事传千里,老赵上当受骗的事情,很快就在京城古玩圈子里传了出去,马上就要过年了,谁的钱都不是大风刮来的,当初借钱给老赵的债主们,纷纷找上了门。

而老赵为了凑集这笔钱,把店里的流动资金甚至是准备进货的钱,还有家里的老本,全都拿了出来,现在不说身无分文,也相差不多了,倒是车子房子还值几个钱,但这些要是卖了,一家老小难不成去睡大街?

没奈何,这潘家园的铺子关掉不说,老赵带着一家老小也躲了出去,想着盘了铺子,再回来还钱,而且他以前收藏的一些古玩,也都交给那老板帮着卖了。

等老赵讲述完整件事之后,庄睿等人都听得有些傻眼,就是那老板,也是第一次知道得如此详细,脸上也满是惊愕的神情,现在的骗子,真是无所不用其极啊。

那老板连忙回想自己这两年交往的朋友,他怕自己别中了个老赵一样的圈套,这事还真是防不胜防,俗话说只有千日做贼的,却没有千日防贼的。

从两年前就开始下套,等于在这两年里,时时刻刻都有人算计着你,那真是想躲都躲不过去。

而且南宫把老赵的身家也摸了个底透,就连他能借到多少钱,都计算得清清楚楚,没听到最后那八百万的价格,也是南宫帮着讲下来的嘛。

能用两年时间布下套,就算是老赵没买下那青铜器,后手肯定还跟着其他招,老赵算是看出来了,自己即使这次不上当,下次也躲不过去。

"这……这还是真是不冤……"

那老板这种整天混在潘家园的主,都被这故事给震惊了,这帮骗子还真是有毅力啊,不过两年的时间狂卷八百万,倒也不吃亏。

并且这事还没办法找后账,更没法报警,合同证明人啥都没有,加上古玩行里的规矩摆在那里,别说八百万,您就是花了八千万,那也得打落牙齿和血吞。

"长见识,真是长见识了……"

欧阳军也入迷了,紧接着说道:"五儿,这店盘下了,没事哥哥来给你坐镇,看谁敢来骗我?"

"得了吧,四哥,不是我说您,就您这样的,撑不到三天,能把您裤衩都给骗走……"

庄睿对欧阳军的话嗤之以鼻,一点面子没给他留,说得众人都笑了起来,就是老赵,脸上也露出一丝笑意,内行都被糊弄成这样,要是外行,光是编故事,就能把他给忽悠晕了。

"不过赵老板,您这铺子转让的价格,的确是高了一点,要是合理一点的话,我想接下来……"

庄睿话头一转,看向老赵,他对老赵的经历表示同情不假,但他又不是做慈善的,自然想用最便宜的价格把这店给盘下来。

"庄老板,您也是行里人,这又当着那老哥,我也不能说瞎话不是?

"这潘家园铺子,现在是一家空闲的都没了,像我这好位置的更是想都别想,虽然按照常理说,应该是四十五万一年。

"不过我那铺子里的货,还值个一百来万,我开六十万一年,连铺子带货全部转让,这价实在是不算高的……"

听完老赵的话后,庄睿沉思了起来,六十万一年,还剩下七年的租期,就是四百二十万,这钱庄睿倒是并不怎么在乎,但是有一点,他没有合适的坐堂师傅啊,自个儿肯定不可能整天待在那里的。

"赵老板,不瞒您说,这铺子我不打算继续经营文房用具,我对那些不懂行,也没有合适的人手去打理……"

庄睿话一出口,老赵脸上露出了失望的神色,这话不是一个人对他说了,到现在也没一家谈成的。

"我连您那些货一起盘下来倒也不是不行,价格按您说的也可以,但是我有一个条件,赵老板您要是能答应,咱们这生意就成交!"

庄睿随后的话,却让老赵又惊又喜,他喜的是庄睿居然真的愿意接手,那自己的燃眉之急就算是解了,惊的是不知道庄睿会提出什么要求来,万一自己办不到,那这事又要黄了。

老赵深深地吸了口气,平复了下心情,说道:"庄老板,您说来听听……"

庄睿低头组织了下语言,过了一分多钟,抬起头来,说道:"这店我盘下来后,会改成两部分,一半经营文房四宝,另外一半经营古玉翡翠等物件,至于要求嘛,就是赵老板您……必须给我做满一年的坐堂师傅。

"我会安排两个人给您打下手,一年之后,这俩人要精通文房用具的进货渠道,以及简单的相关物品鉴定,也就是说,您要给我带出俩坐堂师傅来。

"当然,工资我会开的,一月三万元,虽然比您自己做生意差多了,但是在这潘家园的坐堂师傅里,也不算低了吧?"

庄睿提出这要求,也是没办法的事情,对于文房用具,他是一窍不通,如果不让老赵继续把持的话,他根本就摸不着头脑,何谈开门做生意啊?

至于翡翠玉石那块,庄睿是准备把从缅甸带回来的玉石,摆在店里消化掉,那里面可都是有年份的古玉,拿出几块来,就顶上那四百万的转让费了。

"这……庄老板,这事我要好好想想,现在给不了您答复,容我一天的时间行不行?"

老赵思考了一会儿,对庄睿说道,他原本盘出铺子是另有打算的,却没想到庄睿的要求,直接把他给拴住了。

"成,您慢慢考虑,我不急,到时候给我个电话就行了……"

庄睿对这事是不急,就算他付了钱盘下这铺子,也得先交给老赵打理,他这个月可没时间管这些事情。

"哎? 怎么回事?"

庄睿和欧阳军回到四合院后,发现开门的居然不是彭飞,而是一个陌生人,不由大声地叫了起来:"彭飞,彭飞……"

郝龙这个年是回家过的,宅子里就剩彭飞一个安保了,大过年的怎么能随便放陌生人进来啊,庄睿心里不由有点儿生气。

"行了,别叫了,看这样子,老爷子过来住啦……"

欧阳军拉了一把庄睿,他从小就和爷爷住在一起,对面前这个穿着黑色皮夹克的人并不陌生,虽然并不认识这人,但是从对方的气质表情上,欧阳军能看出来他是警卫局的人。

听欧阳军这么一说,庄睿想起来了,老妈前几天好像告诉过自己,外公外婆要来这边过年的,而且二舅和小舅也要来,至于大舅,那是没时间的,到了他那种地位,越是春节假日,越是忙碌。

今年赵国栋和庄敏,也都会到北京来过年,加上几个表哥表姐,庄睿这院子大的好处彻底体现了出来,十几个卧室一个都空不下来,这几天欧阳婉带着李嫂一直在整理房间。

听到外公外婆过来住了,庄睿也很高兴,他记忆中过年就是母亲和姐姐还有自己三个人,虽然也能穿新衣放鞭炮,但总是感觉有些冷清,很是羡慕别人家七八口子在一起。

"庄哥,我被他们放假了……"

住在前院的彭飞听到庄睿的喊声后,跑了过来,有些无奈地说道,后面还跟着个雪白色的身影,白狮听到庄睿的声音后跑了过来,旁边站着的那个警卫,对白狮的警惕性很高,生怕这藏獒暴起伤人。

"嘿,又和那几个小东西打雪仗啦?"

入冬以来,白狮比以前活跃多了,此时身上都是白雪,想必是那两个小丫头搞的。

白狮抖了抖身上的长毛,顿时把庄睿搞了一头一脸的雪,和白狮嬉闹了一会儿之后,庄睿见彭飞还站在那里,说道:"放假就放假,那你就安心过年吧,对了,去张倩家了没有?"

庄睿一边说话,一边领着白狮和欧阳军进了宅子,那些警卫局的人都知道这个家庭的人员构成,并没阻拦二人。

"去了,中午在那边吃的饭……"

彭飞不好意思地笑了笑,庄睿闻言撇了撇嘴,现在养姑娘真不值钱啊,都是先上车后补票,然后还要去丈母娘家混吃混喝,以后说啥都要生个儿子。

"五儿,你进去喊你嫂子出来,我们回家了……"

欧阳军见老爷子在这里,打心眼里不想进去,不是他不孝敬老爷子,而是从小就怕他,一站在老爷子的面前,浑身上下就像是有蚂蚁在爬一样,怎么都不得劲。

"四哥,外公这会儿早就吃过饭了,走吧,咱们去餐厅喝几杯,晚上回去让嫂子开车就行了……"

欧阳罡的作息时间很有规律,每天晚上六点吃饭,然后运动一会儿,七点准时看新闻联播,九点准时睡觉。

由于今天在潘家园待的时间有些长,回到家都快七点了,所以庄睿说老爷子肯定不在餐厅里了。

欧阳军想想也是,跟着庄睿往中院走去。刚跨进中院的垂花门,就看到姑妈搀扶着爷爷奶奶,正在院子里遛弯呢,欧阳军一张脸马上苦了下来。

"外公外婆,您二老腿脚那么好,完全能自己走,干吗老是让我妈扶着啊……"

庄睿却是不怕这老头,凑过去嬉皮笑脸地开玩笑,顺便拍了拍白狮的大头,让白狮自己去玩了,它和欧阳罡的磁场不大对,一见面就龇牙,那老头却喜欢逗白狮,要不是庄睿交代过,白狮可不知道啥叫外公。

"这孩子,怎么和外公外婆说话呢……"

欧阳婉抬起右手打了庄睿一下,脸上却满是笑意,都说老人在冬天难过,但是老父亲

314

的身体却越来越好，让他们几个做儿女的都很高兴。

"你这小鬼头，整天不沾家，过来，扶着我去亭子里走走……"

欧阳罡腰板挺得笔直，这几个月来，他也感觉自己精神很好，所以在户外的活动时间也长了。

"就是，成家就好了，别整天在外面疯……"老太太接口说道。

"你懂什么，好男儿志在四方，再说小子也不是出去瞎混的，他比那个混账东西有出息多了……"

老爷子自己骂外孙，却不让老伴说，而且捎带着把欧阳军给骂了进去。

可是这骂了孙子，老太太又不答应了，老两口顿时瞪起了眼睛，看得庄睿直偷笑，直到母亲对自己瞪起了眼睛，庄睿才扶着外公往池塘上的亭子里走去。

第二天庄睿把闹钟定到六点钟，早早爬起来自己开车去了电视台，既然答应了别人，就要把事情做好，这也是庄睿做人的准则，再说在那里和几位专家聊天侃地的，也是一件非常开心的事情。

鉴宝节目录制的很顺利，只用了两个多小时，就录完了现场持宝人所带来的物件，然后又有工作人员装扮成鉴宝人，拿了一些仓库里的东西前来鉴定，到了中午，七天的特别节目，已经录制了大半，只要明天再来半天，就可以全部完成了。

下午回到四合院之后，庄睿见赵国栋也到了北京，并且给他带来一辆奥迪，庄睿还是喜欢自己那辆大切诺基，就把奥迪车的钥匙扔给了彭飞。

庄睿这会儿想着还要再买辆车，萱冰来了之后，也是需要一辆车的，不过这事不急，等秦萱冰来了之后，看她自己喜欢什么车吧。

庄睿的四合院人多了，变得热闹起来，欧阳磊虽然忙，但是他媳妇带着儿子也住了进来，领着一帮小孩子在院子里嬉闹，在他们身后还跟着白狮。

这是庄睿特别交代的，只要囡囡那丫头一往池塘边跑，就会被白狮扯着衣服叼回来，那胖丫头被白狮叼在嘴里手舞足蹈的模样，时常引得院子里众人哄堂大笑。

庄睿等人对这四合院进行了大扫除，并且在所有的门上张贴对联和福字，对于一般家庭而言，这活很好干，但是庄睿这院子，光是房间就有二十多个，福字都买了两百多张，忙得是不亦乐乎。

第四十五章　欢欢喜喜过大年

大年三十上午,庄睿最后一次来到电视台,此时北京城愈加有过年的气氛了。

开车行驶在马路上,庄睿可以看到,很多人都穿着过年才穿的红色丝绸棉袄,虽然天气依然寒冷,但是入眼之处,人们脸上都洋溢着幸福的笑容。

"金老师,过年好,给您拜个早年……"

"孙老师,过年好……"

"小庄,过年好,过年好……"

进入大厅,充斥在耳边的话语,全都是拜年的声音。

虽说是明儿才大年初一,但是中国人有个习惯,年三十才是最重要的,看那些在外面忙碌了一年的人们,年前拼命往家里赶,就是为了三十在家里吃顿团圆饭。

"对了,刘老师,前段时间在潘家园,有个人买了尊假雍正年的官造佛像这事,您知道吗?"

趁着专家入席,主持人在外面白话的时间,庄睿向刘安安问道。

刘安安还没答话,金胖子在旁边插口道:"庄老师,您说的是不是卖文房的小赵,被人下套的事?"

看到庄睿点头,金胖子笑了起来,说道:"你还真是问对人了,那事刘老师最清楚,就是他经手鉴定的……"

金胖子也认识赵老板,还很熟悉,他本人师从那位姓爱新觉罗的国学大师,学习书法以及书画的鉴赏,就经常去"书雅斋"那里买笔墨纸砚,对这事也很清楚。

"嗯,这事差不多过去二十天了,那尊佛像烧铸的品相,还是不错的,一些新手很容易被糊弄住,现在造假下套,真是无所不用其极啊……"

刘安安说起这事,也有些感慨,不过庄睿却放下了心,因为他也怕这事是另一个套子,万一那老赵是因为别的事转让铺子,等自己接手后再引起别的麻烦怎么办?

上午的节目很快就拍摄完了，几位专家都领到一个礼品袋，除了上面的点心礼物之外，最下面还有一个大红包，想必是此次的酬劳了。

"恭喜发财，红包拿来！"

告辞了几位专家和主持人，庄睿刚坐到车子里，被他重新设置的手机铃声就响了起来。

"喂，庄老板吗？我是赵寒轩……"

"赵老板啊，呵呵，怎么样，考虑好了没？"

庄睿虽然对赵寒轩这名字很陌生，不过那声音却很熟悉，正是被人下套养了两年之后，当成肥羊宰了的赵老板。

"庄老板，喊我老赵吧，当不起您那个称呼……"

电话里传来赵寒轩的声音，顿了一下，接着说道："庄老板，这事我想好了，只要您同意接手书雅斋，我就给您做一年的坐堂师傅……"

电话一端的赵寒轩在说这话的时候，心中有些苦涩，他是老北京人，并且在文房收藏这一块，也是颇有名气，不料想人到中年一步踏错，不光是自家店没了，还要去给别人打工。

不过形势逼人，他也是没办法，考虑了两天之后，终于下了决心，在给庄睿打这个电话之前，他已经通知了所有的债主，在正月十五之前，一定归还所借的钱款，要不如此的话，赵寒轩今年这年，就没法过了。

"好，老赵，我就等你的电话呢……"

庄睿听赵寒轩答应下来，心里非常高兴，说老实话，庄睿对那些文房用具能赚多少钱，一点都不上心，他是想自己从缅甸得来的那批珠宝，终于有地方出手了。

趁这几天空暇，庄睿把得自缅甸的珠宝整理了一下，划分成几类，一类是软玉饰品，以小型摆件居多，玉料上乘，雕工细腻，并且年代都颇为久远，多为咸丰朝之前的物件，就是明朝的也有不少。

这些完全称得上古玩的古玉，可是不能按照寻常玉石的价格来卖的，这东西可是古董，庄睿粗略估算了一下，仅是这些摆件、挂件的玉饰，价值就在五千万以上，这还是庄睿没把那几件精品计算进去的情况下。

另外一些东西，都是宝石类的，有缅甸特产红宝石，还有绿松石，玛瑙如意等物件，也都能归到古玩里面。

再有就是珍珠了，里面有一串粒径在九毫米至十毫米之间的极品黑珍珠，堪称无价之宝，庄睿不知道产于波利尼西亚群岛的黑珍珠为何会在缅甸，但是这些黑珍珠绝对不是染色的,而是价格昂贵并且只会出现在拍卖会上的天然黑珍珠。

这东西庄睿自然是不会卖的,以秦萱冰白皙的皮肤,如果佩戴上这串珍珠项链的话,肯定会更加的美艳动人,庄睿已经决定在订婚的时候,作为礼物送给秦萱冰。

"喂,庄老板,您在听吗?"

庄睿想着心思,有些走神,电话里传出赵寒轩的声音。

"在,在的……"庄睿连忙答应了一声。

"庄老板,您的条件我能答应,不过希望您能在正月十五之前,办理好书雅斋的转让手续,您……您也知道,我等着这笔钱救命呢……"

赵寒轩现在也没什么心思了,就是想着先把账还掉,然后老老实实地给庄睿打一年工,别管怎么说,月薪三万也不算低了。一年之后,自己再想想办法,重新做点有关文房用具的生意。

"呵呵,赵老板,您先把那家店正常营业吧,我初三之前会过去的,到时候一些具体的事情,我还要征求下你的意见的……"

庄睿笑了,此时他心里有了别的计较,不过只是个模糊的念头,还要仔细想一下,等过年逛庙会的时候,再和赵寒轩谈吧。

回到四合院,家里已经是一幅"忙年"的情形了,欧阳军等人凑在一个房间里打牌,小娃子们则是在院子里玩闹,好在院子够大,足够他们折腾的。

欧阳婉和张妈、李嫂,还有庄睿的那几个表嫂,在厨房里忙活起来,蒸年糕,炸丸子,煎带鱼、土豆片,焦叶子等过年的食物,配给老爷子的厨师,被欧阳婉放假了,年夜饭还是自己亲手做吃得香。

几个小孩子时不时钻到厨房里,摸上几块好吃的就跑,身后传来几个女人的笑骂声,蒋颖等人也都是从物质贫乏的年代过来的,虽然这些年家里都是保姆在做,但是现在也干得津津有味。

随着夜幕的降临,外面逐渐响起了鞭炮声,庄睿把四合院里所有的灯都打开了,就连院子里的假山上,都有五彩的小灯在闪烁,整个宅子在夜幕中灯火通明。

"吃年夜饭喽……"

院子里的小娃子们齐声喊了起来,在欧阳婉的招呼下,一窝蜂地钻进了餐厅,叽叽喳喳的声音充斥在偌大的房间里。

今年的年夜饭,一共分成了五桌,老爷子的警卫人员和张妈等人,在前院开了两桌,在中院的餐厅里,开了三桌。

因为人实在太多了,光是女眷加上小孩子,就坐了一桌,庄睿和欧阳军几兄弟还有赵国栋等人一桌,欧阳罡和欧阳振武等人,单独坐一张桌子,庄睿那一辈的人,只有欧阳磊位列其中。

"庄睿,过来,坐到这边来……"

欧阳罡洪亮的声音响了起来,房中顿时寂静了下来,所有人的眼睛都看向了庄睿,欧阳路兄弟俩的眼里,满是羡慕的神色。

要知道,能坐到那桌上,等于是可以参与家族核心事物了,欧阳龙和欧阳路现在虽然已经做到厅级干部了,却还是没有上桌的资格。

"过来啊,小睿,老爷子这是要考考你,看你这收藏家,对年俗的东西懂多少?"

欧阳振武笑着对庄睿摆了摆手,也打消了那几兄弟的疑虑,不过庄睿备受老爷子宠溺,却是众人都看得到的。

"放炮,吃饭!"

老爷子大手一挥,欧阳磊的儿子拿着根香,点燃了挂在餐厅门口大树上的万响大地红,顿时,"噼里啪啦"的鞭炮声响了起来。

"过年喽,放炮咯……"

在震耳欲聋的鞭炮声中,在那耀眼的火花亮光里,每个人的脸上都是喜气洋洋的,小孩子们更是兴奋地叫了起来,害的谁家管谁家的孩子,费了好大劲才把这几个想继续放炮的小家伙带进了餐厅。

"爸,妈,祝您二老福如东海寿比南山……"

在老爷子摆手示意大家可以开始吃了之后,欧阳振武和欧阳婉几个子女,都站起身敬了老爷子和老太太一杯酒,在他们后面,则是欧阳磊等人。

最后就是那些小孩子们了,呼啦啦在地上趴了一大片,磕完头后,一窝蜂地爬起身来,叽叽喳喳地伸手问老爷子、老太太要起了压岁钱。

"好,都有,都有……"

老爷子和老太太笑得嘴都合不拢了,拿着女儿准备好的红包,一一发到小娃子们的手上。

"过大年了……"庄睿看着这一幕,心中有股暖意流过。

给老爷子、老太太磕完头后,一帮小家伙按照顺序从庄睿的二舅开始,一个个地拜了下来,磕完头站起身就伸手要红包,冬天衣服穿的多,那一个个的笨样子,看的大人们笑声一片。

"舅舅,给红包!"

这一屋子人里面,数庄睿年龄最小,所以排到最后才给他磕头,看着自己的外甥女伸出了小胖手,庄睿哭笑不得地拿出了准备好的红包,一一发了下去。

临了庄睿把囡囡抱在怀里,说道:"囡囡,把你的红包给舅舅保管,好不好啊?"

"才不呢,妈妈说这是囡囡的嫁妆……"

小丫头连连摇头,嘴里说出来的话,顿时引得房中人哄堂大笑,她可不知道什么叫嫁妆,只是把庄敏的话重复了一遍而已。

"好,以后你结婚,舅舅再给一个大大的红包……"

庄睿刮了一下小丫头的鼻子,放她离开了,小孩子扎堆吃饭香,在平时,都要拿个碗跟在后面追,才能让这些小祖宗们吃饭。

在欧阳罡动了筷子之后,这顿年夜饭算正式开始了,他们家没什么食不语的规矩,餐厅里始终洋溢着欢声笑语,此时,没有部长,没有省长也没有将军,有的只是浓浓的亲情。

老爷子和老太太吃得不多,半个多小时之后,在前院吃饭的保健医生就赶了过来,和欧阳婉一起,扶着两位老人到院子里散步去了。

小孩子们此刻也吃的差不多了,一群小家伙呼啦啦地拿着花炮去院子里放炮仗了,外面传来的"噼里啪啦"声,更平添了许多节日气氛。

"行了,你们几个也过来……"

老爷子走了之后,欧阳振武把自己儿子和欧阳路几兄弟,都叫到了主桌上,除了庄睿的大舅此刻还在外地之外,算是二三代人都到齐了。

听着外面的鞭炮声,庄睿端起酒杯敬了两位舅舅一杯。

欧阳军说道:"这不禁炮了,才算是有点年味儿了,早几年这过年的传统都快丢光了……"

"话虽然不错,不过这事有利也有弊,过年燃放鞭炮,城市失火率要比平时高出60%,不让放吧,又丢了传统……"

说话的是欧阳龙,他现在也是主政一方,对这些事情非常了解,每到过年,也是他们最忙碌的时候,欧阳龙今天吃完年夜饭,明天就要飞回去值班。

"过年不谈国事,小睿,你是搞收藏的,这个与咱们国家的传统文化沾边,你能说出这过年的讲究吗?"

欧阳振武时常听儿子夸奖庄睿在鉴定古玩方面,如何如何了得,这会儿是想考究一下庄睿,看他对中国的传统文化,有多少了解?

"小舅,您出题目吧,不过咱们要有点彩头才行……"

大过年的就图个高兴,庄睿见小舅有兴致,也开起玩笑来。

"你小子,要什么彩头,说吧,要钱我可是没有……"欧阳振武笑着说道。

"小舅,咱们这样,您出题目,我要是答上来了,您和二舅还有几位表哥,每人喝一杯酒,我要是答不上来,我一人喝六杯,怎么样?"

庄睿这番话让几人面面相觑,他们不知道庄睿哪里来的底气,居然敢说这样的大话,他们几个每人喝一杯没什么,庄睿要是输一次,可就要喝六杯啊,他们喝酒用的是七钱一盅的杯子,六杯就四两左右了。

欧阳军摆出一副你惨了的表情,幸灾乐祸地看着庄睿,说道:"五儿,想喝酒又没人拦着你,我老爸的题目出的可是很刁的呀……"

"愿赌服输,咱们谁输了,谁喝,二舅,小舅,怎么样,来不来?"

庄睿笑嘻嘻的模样,让几人有点拿不准,谁知道这小子肚子里存的什么货啊?不过欧阳振武还是有点不相信,以庄睿的年龄,会懂得这些年俗的事情。

"就按你说的办,谁输了谁喝酒,这样吧,第一个问题,你先说说那边桌子上,摆的这些瓜子花生等吃的东西,有没有什么讲究……"

欧阳振武笑着出了题目,刚才小孩子那一桌吃完饭后,就把剩菜都撤了下去,重新摆上了一些点心花生之类的东西。

"呵呵,小舅,这个可难不倒我,瓜子以前又叫穷嗑,是说老百姓没钱,吃不起贵的东西,瓜子它便宜啊,所以就是穷人没事嗑着玩的。

"但是现在过年,这瓜子就不叫穷嗑,叫嗑穷了,让咱们在这岁末,把穷气都嗑掉。小舅,我说的对不对?"

庄睿的话引得欧阳军几兄弟都竖起了耳朵,虽然年年过年,但是他们还真不知道,瓜子还有这讲究。

欧阳振武笑着点了点头,说道:"没错,你小子居然连这个也知道,那花生呢?"

"花生又叫长生果,在过年的时候吃,讲究个延年益寿,取个吉利的意思……"

庄睿一点都没打怵,张嘴就说了出来,他从上海毕业第一年刚进典当行工作的时候,那一年没回彭城过年,而是在德叔家过的年。

德叔是从旧社会过来的,本身就是个民俗专家,他一直很看好庄睿,想带这个徒弟,于是把肚子里的知识倒给庄睿不少,后来又教给庄睿不少杂项类的东西,都与民俗有关,欧阳振武问的这些,还真难不倒庄睿。

"说对了吧? 都喝酒吧……"

庄睿得意地笑了起来,年俗民俗里有许多东西,都能应用到杂项的鉴定里,在学习杂项类古玩鉴定的时候,他可是翻烂了一本中国民俗的书籍。

民俗,即民间风俗,指一个国家或民族中广大民众所创造、享用和传承的生活文化。中国的民俗,历史更是源远流长,包括吃元宵、吃饺子、吃粽子、赶庙会,等等,都包括在民俗的范畴内。

"好,说的没错,这杯酒我喝了……"

"我也喝了,这酒喝的值……"

"是啊,见天吃这些东西,还真不知道有这讲究……"

欧阳振武带头,几人纷纷把面前的酒喝了下去,庄睿笑嘻嘻地拿着酒瓶,给几人重新倒满了酒,看这架势,他还想多灌这俩娘舅几杯。

庄睿的二舅欧阳振山也来了兴致,指着面前桌子上的十二个盘子,对庄睿说道:"小睿,那咱们说这菜吧,为什么是十二道菜呢,里面有什么说法没?"

庄睿闻言笑了起来,说道:"行,咱们就说这菜,十二道菜,四凉八热,四是四平,八是八稳,合起来取四平八稳的意思,说的是咱们今年这最后一顿饭,要安安稳稳地度过,来迎接新年的到来……"

"得,二舅考不倒你,都陪着我喝一杯吧……"

欧阳振山听得连连点头,这次不用庄睿劝酒了,一桌人很自觉地把刚倒满的酒喝了下去。

"老五,那咱们说菜,这鸡鸭鱼肉都有什么讲究?"

欧阳军也凑了一句,不过随之被欧阳磊给打断了,道:"鸡就算了啊,这个是图个吉利,不能作数,小孩子都知道的……"

欧阳军对老大的话深以为然,紧接着补充了几句:"对,对,鸡不算,另外三个菜算三样,你小子要是说不出来,每样都要喝六杯,那就是十八杯酒……"

"笨小子,他要是说出来了,咱们不是也要喝三杯?"

欧阳振武对自己这儿子都无语了,这聪明劲怎么就用不到地方啊,光想着祸害庄睿了,就没想到这其中可是有来有往的呀。

"哈哈,二舅,小舅,你们去教训四哥算了,这酒,都让他喝吧……"

庄睿听到小舅的话后,不禁哈哈大笑了起来,接着说道:"咱们不算鸡,刚才磊哥说了,鸡是图吉利,这没错,我就不说了。

"先说鸭吧,春节之所以叫春节,就是春天快要到了,苏轼在《惠崇春江晚景》这首诗里有这么一句:竹外桃花三两枝,春江水暖鸭先知,春节吃鸭子,就是向往春天的到来……"

"得,说出来一个了,这杯我先喝了……"欧阳军很是自觉地把面前的酒喝掉了,大过年的图个高兴,欧阳振山等人也纷纷端起了酒杯。

"至于这鱼嘛……"

"慢着,小睿,这鱼大家也都知道,年年有余的意思吗,这个意思不用你说,你要说出来为什么桌上有两道鱼的菜?"

欧阳振武拦住了庄睿的话,好家伙,一帮人没难倒这小家伙,欧阳振武也感觉有些过不去了,这考题的难度要增加一点。

"行,年年有余也不说了,咱们说这第二条鱼,这条鱼不是在年三十吃的,而是要放到大年初一来吃,不仅要年年有余,还要连年有余,祝愿明年会更好!"

"得了,你们小哥几个,出的题都这么没水平,喝酒吧……"

鱼的讲究被庄睿说出来了,从欧阳振山开始,又每人一杯酒下肚,这已经是第三杯二两多酒了,酒席间的气氛也变得愈加热烈起来。

"这鸡鸭鱼肉中的肉,是红烧肉,代表着红红火火,让咱们红红火火过大年!"

庄睿的话说的几人不知道是摇头还是点头好,庄睿这话没说错,继续喝酒吧。

"行了,你们几个接着闹吧,我们去休息一下……"

欧阳振山哥俩都是年近六十的人了,连着几杯酒下肚,这会儿也泛酒劲了,当下也离开了餐厅,去正房说话去了。

"你个臭小子,刚才灌我们灌的爽啊,给我喝……"

长辈们都走了,欧阳军来了劲,拉着庄睿接连灌了几杯酒。

要说这酒还真是感情的催化剂,几杯酒下肚,欧阳龙两兄弟也放开了,表兄弟五人最后又喝了两瓶茅台,这才算结束了今天的年夜饭。

"舅舅,舅舅,给我放花炮……"

庄睿刚走出餐厅,就被小囡囡拉住了,她在这群孩子里年龄最小,虽然兜里装了不少炮仗,但是她不敢放啊,眼睁睁看着别人放,那叫一个着急,现在看见庄睿,连忙挂在了舅舅身上。

"好,带我们的宝贝公主放炮仗……"

看到院子里的热闹情形,庄睿也是童心大发,自己似乎有十多年没放过这些东西了,小时候过年揣着包鞭炮到处跑的记忆,出现在脑海中。

这一转眼就是二十多年,自己也快步入婚姻的殿堂了,庄睿心中颇多感慨,当下牵着囡囡的小手,带她在院子里玩了起来。

而庄睿手捏豆芽炮的举动,更是引来一帮小孩子的惊呼声,这让庄睿想起小时候为了显摆,手指被炸得像胡萝卜似的情形了。

第四十六章 潘家园开店

在院子里闹腾了一会儿后,庄睿到了前院,看了张妈和那些警卫们,除了吃饭的地点不同之外,今天所有的菜都是一样的,并且在前院和门房里,都有电视,这会儿春晚刚开始,张妈、李嫂和彭飞,都凑在一起看春晚。

回到中院正房,欧阳婉对庄睿招了招手,说道:"十二点之后就别放炮了,你外公睡觉浅,别再惊醒了……"

嘿,老爷子还不领情,眼睛一瞪,说道:"怕什么!想当年老子就是听着枪炮声睡觉的,还怕鞭炮?放,放得越响亮越好……"

"行,知道爸您不怕,可是妈怕啊……"

欧阳婉有些哭笑不得,这真是老小孩,别看曾经金戈铁马,这到老和普通的老人没什么区别。

"你妈才不怕呢,那会儿也是抬着担架战斗在第一线的,要不我们能认识吗?"

老爷子似乎感觉说漏了嘴,连忙闭上了嘴,欧阳军等人则在一旁偷笑,这爷爷的恋爱史,可是难得听到一回的。

到了九点多钟,老爷子精神就有点不济,回房睡觉了。

"四哥,得了吧您,坐一边帮我哄囡囡去,看您那饺子,叫包子得了……"

一家人一边看电视,一边包饺子,要说这欧阳家的几兄弟,论文、玩枪、遛鸟、作诗或许都行,但是这活他们还真干不来,一个个的饺子包得东倒西歪的,不用下到锅里,肉馅恐怕就会露出来。

就是那几兄弟的媳妇,动手能力也都不怎么样,倒是庄睿一家干起这活很麻利,赵国栋擀皮,庄睿和欧阳婉还有庄敏三个人包,动作很是娴熟,三人包出来的饺子大小个头,几乎都是一样的,不多时就排满了整个桌面。

庄睿还包了几块糖在饺子皮里面,这也是年俗里的一个风俗,大年初一谁要是能吃到特别馅的饺子,就代表着来年会有一年的好运气,本来是要放硬币的,不过小孩子太多,庄睿只能拿糖来代替了。

大年夜总是过得特别的快,在欢声笑语中,春晚马上就要结束了,一帮小孩子早就在外面挂好了鞭炮,准备用鞭炮声来迎接新年的到来。

这帮小家伙平时基本上都是被关在家里,今儿全都玩疯了,没一个愿意上床睡觉的,小囡囡的眼睛都已经快睁不开了,还像个跟屁虫似的跟在丫丫的后面。

"等下再放炮,我去看看外公……"

庄睿交代了欧阳磊的儿子一声,钻进了欧阳罡的房间里,老爷子这会儿已经睡熟了,庄睿连忙用灵气帮他梳理了一下身体,然后又到外婆房里如此这般来了一遍,这才退出了房间。

老年人最忌讳的,就是大悲大喜,虽然庄睿经常帮他们梳理身体,但是年龄到限了,或许一个惊喜或者悲伤,都会让他们离开人世,庄睿不能不小心一点。

当电视机里的钟声响起,那首由李谷一首唱,至今已经传唱了整整二十年的《难忘今宵》歌声响起的时候,外面震耳欲聋的鞭炮声也响了起来。

不单是庄睿的四合院里,这一瞬间,似乎整个天地之间,都充斥着鞭炮的声音,即使近在咫尺,相互间说话都很难听到声音,这向人们预示着,新年到了!

年龄稍大点的孩子,拿着花炮放了起来,那一朵朵花炮飞上高高的夜空,爆炸后,闪出五颜六色的光芒,将整个夜空照得明亮起来,北京,今夜是一个不夜城!

庄睿本来正打电话给未来丈母娘拜年呢,声音也突然中断了,他此时根本就听不清电话里传来的声音,趁着这会儿没自己什么事,庄睿连忙钻回自己的房间,和秦萱冰视频。

白狮也被这突如其来的鞭炮声吓了一跳,蹿到池塘的假山上,仰天低吼了起来,尽显獒王的风采,看的一帮小孩子拍手不止。

十一点多就等在了厨房里的欧阳婉和几个侄媳妇们,也把看电视时包好的水饺,下在了水已经沸腾的锅里面。

老爷子、老太太也被鞭炮声给吵醒了,起来吃了两个饺子才睡下,说来也巧,两位老人居然每人都吃到一颗带糖的饺子,这也预示着在来年,二老的身体会更加健康。

在儿孙们的一片祝福声中,老爷子像打了胜仗一般,又回房睡觉去了,只是把那两位保健医生给纠结得不轻,这环境实在太嘈杂了,要不是老爷子坚持,说什么都不会到这里来过年的。

年三十折腾得挺晚,初一的时候,大家都睡起了懒觉,还好亲戚们都住在一起,也不用出门拜年。

庄睿这宅子够大,起床之后,小孩子们玩起了游戏,而欧阳振武和欧阳振山则离开工作去了,欧阳龙更是一早就搭乘飞机离开了北京。

初一、初二庄睿都待在四合院里,他准备初五和姐夫回彭城,初十再回北京,准备自己订婚的事情。

这次回彭城,庄睿也是要把请帖送到一些长辈、邻居和来往比较多的同学的手里,俗话说远亲不如近邻,庄睿从小可没少在别人家淘气,那关系好的和亲人也没什么两样了。

大年初三一大早起来,正在家待的有些无聊的庄睿,接到了赵寒轩的电话,那位赵老兄心里实在没底,打个电话问问庄睿,什么时候去接手那店面,当然,那话里的意思,就是问庄睿什么时候给钱。

左右今天也没事,庄睿干脆喊了欧阳军、赵国栋,还有住在这里的欧阳磊的儿子欧阳亚等人,再抱上囡囡,去潘家园赶庙会去了。

大年初三的北京城,到处洋溢着节日的气氛,认识不认识的,见面都是一脸笑意,嘴里也就仨字:过年好!

潘家园庙会更是人山人海,要不是小囡囡坐在庄睿的肩膀上,恐怕早就被挤散了。

在各个摊位转悠了一会儿之后,小囡囡手里、嘴里、口袋里,已经装满了食物和玩具,小家伙手里拿着把关二爷的青龙偃月刀,嘴里还咿咿呀呀,真把庄睿当成是大马来骑了。

"庄老板,过年好,过年好……"

进入重新开张了的书雅斋后,穿了一身大红绸缎马褂的赵寒轩,上来就是一拱手,他脸色比前几天好多了,想必有了庄睿的承诺,心理压力减轻了许多。

"过年好!"

欧阳军也对着赵寒轩拱了拱手,却被庄睿在后面踢了一脚,这拱手也是有讲究的,要左手在上,右手在下抱成拳,这是"吉拜"、相反则为"凶拜",刚才欧阳军那拜法,要是遇到个讲究点的人,肯定当下就摆脸送客了。

不过赵寒轩也知道欧阳军不是圈里人,当下也没在意,招呼几人进里间坐了下来。

"老赵,我这段时间比较忙,咱们把转让合同签一下,这跑手续的事情,还要靠你忙活了……"

庄睿坐下后也没客气,直接从包里拿出两份他在家里打印好了的合同,摆在了赵寒轩面前。

"四百五十万人民币?庄老板,咱们不是说好的六十万一年,七年应该是四百二十万,这多出来的三十万块钱是……"

赵寒轩拿过桌子上的一份合同,先找到金额那里,一看之下,顿时愣住了,他不知道这份合同上的数字,为什么比谈好的多出了三十万块钱。

俗话说无功不受禄，天下没有白吃的午餐，赵寒轩前段时日，刚因为想占便宜而栽了一个大跟头，此时颇有点惊弓之鸟的感觉。

"老赵，你先把另外那份合同看一下，看完咱们再谈……"

庄睿笑着摆了摆手，见到外甥女正好奇地打量着这家店，于是弯腰把囡囡抱了起来，走到一张齐腰高的方桌面前。

卖文房用具的店铺，是一定要有书写台的，这也是一个展示中国独有的传统文化的地方，很多来中国旅游的老外，往往就是因为看了这神奇的毛笔字，而出钱购买宣纸、毛笔以及砚台的。

书雅斋也不例外，摆放在店铺中间的桌子，就是给客人试笔用的。

"囡囡，舅舅给你写幅毛笔字好不好？"

庄睿铺开一张三尺见方的宣纸，在笔架处挑了一支狼毫笔，拿在手里转动手腕比划了一下，感觉还不错。

庄睿在小学就学习过书法，当然，只是业余爱好，上不得台面，后来学习古玩鉴定之后，反而对书法的揣摩理解更深了一些，他自问虽然写的不是很好，但应该也不会走形，所以才敢在这众目睽睽之下献丑。

"舅舅，你要写什么？"小囡囡伸手去抓庄睿的毛笔，庄睿连忙把小丫头交给了姐夫，大过年的抹成大花脸可不好看。

有人要现场作书，原本店里的客人们，也都纷纷围了上来，这可是个观摩的好机会，只是他们哪里知道，庄睿这是随性而发，压根就不是书法界的人。

"好！"

"写得不错！"

思考了一会儿之后，庄睿挥毫写下了"新年纳余庆，佳节号长春"这几个字。

虽然字体的分布疏密和圆润连接上，稍有欠缺，但是五指齐力，笔力颇为雄厚，看在外行人眼里，倒是感觉还不错，现场传来一阵赞叹声。

"献丑，献丑……"

庄睿连连向四周拱手，他还是有自知之明的，这字要是放在行家眼里，那就和刚刚学会写钢笔字的小学生差不多，处处破绽，只是大过年的写来玩玩而已。

"庄老板这对联有寓意啊……"

庄睿从思考到写出来这些字，也有十几分钟的时间，赵寒轩已经看完了那份合同，此时走过来凑个景，不过他说的是对联好，却没说庄睿写得好，听懂这话的人，都纷纷善意地笑了起来。

庄睿写的"新年纳余庆，佳节号长春"这副对联，的确寓意很深。

据《宋史·蜀世家》上所记载,当时的后蜀主孟昶,曾令学士章逊在桃木所制的木板上写下这副对联,这也是中国的第一副春联,由于最初是写在桃木上的,所以直到宋代,春联仍称"桃符"。

能逛文房四宝店铺的国人,大多都是喜爱书法的文化人,有些知道这典故的人,就给旁人讲解了一下,别看只是一副简单的对联,能将其写出来,还是要有很深厚的国文功底的。

庄睿的这番抛砖引玉,倒是让一些自我感觉不错的人,也纷纷要求写上几个字,过年本来就图的个热闹,谁也不会在乎一点笔墨,赵寒轩找了个伙计,给众人安排了起来。

"庄老板,咱们借一步说话,可好?"

外面的店铺里有二三十个人,加上有人要现场作书,又拥进来一群围观的人,的确有些吵闹,不是谈话的地方。

"好……"庄睿点了点头,两人进到里面的隔间。

"老赵,这合同也看了,感觉怎么样,签不签?"

过了今天,庄睿就要忙起来了,也没空和老赵绕圈子,开门见山地问道。

"庄老板,这是我占了便宜啊,没说的,老赵我签了,而且这店交给我打理,您就放心吧,一准错不了……"

赵寒轩此时看着庄睿这个年轻人,心里不仅是佩服,更有种仰视的感觉,要是换了自己,虽不至于落井下石,但是绝对给不出这样一份合同。

庄睿的那份合同,多出来的三十万,里面已经注明了,是预先支付给老赵十个月的工资,对这个,赵寒轩倒是没有什么感激庄睿的想法,但是后面一条条款,的确让赵寒轩动心了,对庄睿的魄力也是钦佩不已。

庄睿拿给老赵的,是两份合同,一份是书雅斋的转让合同,这个合同很简单,就是一些转让条款,但是在另外一份聘用合同里,却有几个比较特殊的地方。

在这份合同中,有这样一条条款,就是当现在书雅斋内的货物,销售盘点清楚之后,新进的文房四宝的销售,赵寒轩占毛利润总额的20%,也就是说,庄睿送了文房用具两成以上的份子给赵寒轩,还不用他出一丁点儿本钱。

有些朋友可能感觉这20%不是很多,那就错了,上面所写的是毛利润,也就是销售总额减去主营成本后的利润,具体一点就是只减去了货物的进价成本。

这里面并不包括水电、房租、折旧损耗、员工工资等诸多开销,赵寒轩做了这么多年的生意,他心里明白,要是认真计算下来,庄睿最后在文房用具上所赚的钱,可能还不如自己多呢。

老赵对书雅斋的经营状况最清楚,那些存货,最多半年就能卖出去,这样的话,在半年之后，赵寒轩等于在经营自己的生意了，并且还不需要承担一点儿风险，如果做得好，或许不比以前赚的钱少。

赵寒轩也看出来了，庄睿准备经营的重点，是古玩珠宝类物件，不过他这店铺够大，分出那么一块来，并不影响文房用具的销售。

庄睿给出这条件，不怕赵寒轩不玩命干，这才是他最为佩服庄睿的地方，想要马儿跑，先给马儿草。

说老实话，之前赵寒轩心里还有些不满，自己卖店又不是卖身，庄睿把两件事情扯在了一起，利用自己急于用钱的窘境，把自个儿捆绑在这一年。

老赵给庄睿打电话的时候，虽然嘴上是答应了，心里却并不舒服，但是看到合同后，那点不满早就烟消云散了。

"老赵，你也不用谢我，我对文房类物件的经营，一点儿都不了解，日后即使你给我带出俩徒弟，恐怕在生意上还是会抓瞎，你干这一行这么多年了，交给你来经营，大家都有钱赚，何乐而不为呢……"

庄睿给出这份合同，也是思考了很长时间，才作出了这个决定，他脑子里虽然有两个人选来接老赵的班，不过细想一下，那俩货恐怕就是学个两年，也未必能出师，到时候在文房这一块，自己肯定做不下去。

而这家店铺的面积够大，庄睿经营古玩玉石，只需要一小块地方就可以了，所以他想把文房生意继续做下去，这就需要在一年之后，老赵继续在这里干。

庄睿知道，自己做过老板的人，很难再去给别人打工，因为很多人从心理上无法接受这种转变，他们宁愿再从小生意做起从头再来，也不愿意去听别人吆喝。

尤其像老赵这样的，本身就是文化圈里的人，比较清高，对面子看得也重，要是没有一个能让对方满意的合同，那老赵肯定会在一年约定到期之后，就离开这家店。

如果那样的话，一年后庄睿也无法继续经营文房类的生意了，所以给出老赵这个条件，庄睿看似挺吃亏，其实是占了便宜，毕竟他并不指望文房类生意赚大钱，能多一个利润增长点，也等于是白捡的了。

"老赵，我明儿就要离开北京，手续的事情，就麻烦你去办理下，另外找几个工人，把外面稍微改造一下，做一些玻璃展柜，要高档一些的，其他的事就等我回来再说吧……"

庄睿交代了老赵几句之后，忽然想起一件事来，连忙说道："对了，这店的名字要改一下，就改成睿萱斋吧……"庄睿拿出纸笔，把这名字写给赵寒轩。

虽然庄睿也想叫个荣宝斋啥的，但人家那是百年老店，商标注册过的，退而求其次，干脆在自己和秦萱冰的名字里的各选一个字，组合起来做店名。

"成，明天初四，差不多都该上班了，我明儿就去跑这些手续……"

赵寒轩点了点头,答应了下来,庄睿给他的条件已经非常丰厚了,重新换个店名,并不是什么不能接受的事情。

见到赵寒轩在两份合同上,分别签字和盖了指纹之后,庄睿开出一张四百五十万元的现金支票交给了他,从这一刻起,这家店铺就是庄睿的产业了。

赵寒轩把店里所有货物的清单也交给了庄睿,他整理得十分详细,清单上不仅有进货的价格,还有零售的价格,包括几块价值不菲的古砚台,均列得清清楚楚的,给人一目了然的感觉。

庄睿的老本行就是财务,看着这几张清单,对赵寒轩的办事能力和人品,也是比较满意,当初赵寒轩说他店里的货物价值一百万元左右,现在看清单上所列的,总价是一百一十八万元,比他说的还要稍高一些。

事情办完之后,庄睿收起了属于自己的两份合同,正要出去时却被赵寒轩给拉住了:"庄老板,您安排个财务过来吧……"

"财务? 我自己就是做财务工作的呀,这个就不用了吧?"

庄睿愣了一下,这屁大的一个小店,还需要请什么财务啊,自己一人玩似的就能把那点账给理顺了。

"庄老板,请个财务和出纳还是有必要的,像我以前很多事情都不规范,到时候别搞的账目不清,那样就不好了……"

以前是自己私人的店,钱款都由赵寒轩一手掌握,开支什么的比较混乱,有什么开销随手就拿店里的钱用了,赵寒轩这是怕自己花店里的钱习惯了,别不小心又把店里的钱当成是自个的了。

庄睿一听,也是这么个理,亲兄弟还明算账呢,自己虽然用人不疑,但是有些事情还是摆在明面上比较好,于是开口问道:"老赵,这潘家园的治安怎么样? 有没有小偷和抢劫的事情发生?"

老赵有些奇怪,这说着财务的事情,怎么扯到治安上去了,不过他还是回答道:"潘家园现在是北京宣扬中国文化的一个窗口,治安很好的,抢劫是绝对没有的事,不过小偷就难说了,有时候游客多了,也有丢钱包的……"

庄睿摆了摆手,道:"我说的是店铺里面,有没有被盗和遭遇抢劫的现象,或者在关门以后,被人撬门别锁的事情……"

"没有,潘家园是有保安和警察巡逻的,这样的事情还没听说过……"赵寒轩摇了摇头。

"那这样吧,回头买个好一点的保险箱,放在二楼,我安排个出纳每天来一次,把每天的营业额都放到保险箱里,如果需要支出,你打电话给财务,通知出纳来就可以了……"

庄睿不打算再去请财务人员了,他准备让秦瑞麟珠宝店里的财务和出纳,兼上这边的事情,反正两家店的活都不忙,让那出纳每天跑一趟就行了,如果有大额交易,再让出纳把钱存到银行里去。

当然,做两份工,那两人的工资待遇,也会适当的提高一些。

"成,这样最好,有时候一些小额的开支,就不用跑银行那么麻烦了……"

赵寒轩点头赞成庄睿的主意,他提出这个问题的时候,也有点担心不方便,但是店里有个保险箱的话,一些小金额的支出问题,就可以解决了。

原本店里是有一个保险柜的,里面放了几块古砚台,只是出事之后,赵寒轩把那保险箱拉回家了,他是怕被债主给抢走,那样连价都没法计算。

"四哥,回头您带我姐他们回家吧,我还有点事情要办……"

和赵寒轩走出隔间之后,庄睿拉住了欧阳军,刚刚跟赵寒轩说起店名的时候,庄睿突然想起一件事情,自己这门面,似乎应该找人写个牌匾才是啊。

第四十七章 登门求字

庄睿一人出了书雅斋之后,挤到了人群里,他记得来时的路上,庙会的店面里有家稻香村,今年的北京大年庙会,集中了所有百年老店的门面,为来自全世界的客人们展现中国的传统文化和小吃。

稻香村店自制各式南味糕点、肉食,既好看又好吃,不但花样翻新,而且重油重糖,存放数日不干,在气候干燥的北京很受欢迎。

当年稻香村生产的冬瓜饼、姑苏椒盐饼、猪油夹沙蒸蛋糕等在京师初次露面,让习惯吃北方"大饽饽"的京城人享受到了精致的正宗南方美食。

这家南味杂食店没多久就"火"了起来,大街小巷一传十、十传百,食客络绎不绝,上到名人百官,下到平头百姓。

如今的稻香村,已经发展成为年销售额达七亿元人民币的大企业了。庄睿挤到稻香村的门面前,杏仁酥、南瓜饼各买了四盒,拎在了手里,这东西出名了,还真是不便宜,八盒点心就花了好几百块钱。

庄睿拎着点心上了车,直奔金胖子家开去,不用打电话庄睿都知道,今儿金胖子肯定会窝在家里,因为今儿是大年初三。

按照中国人的传统,大年初三又被称为赤狗日,是一个不吉利的日子,赤狗是熛怒之神,遇之则有凶事,所以讲传统或者老一辈的北京人,这天绝对足不出户,窝在家中,以免遇上凶煞。

这日子本来也不是上门拜访的好时机,只是庄睿后天就要离开北京,当下也顾不得那么多了,将车驶进金胖子所住的小区后,才掏出电话拨打了过去。

别看金胖子玩的是传统文化,这住的地方,一点儿都不传统,是北京一家颇具档次的小区,并且位置也不错,即使在 2005 年,没个三五百万的也买不下来。

果不其然,金胖子还真待在家里,庄睿拎着点心就进了电梯。

"金老师,给您拜年了啊……"

庄睿一进屋,把点心放在门边上,就拱起了手。

金胖子满脸笑意地说道:"嗨,老弟,到家里了还那么客气干吗,叫金胖子也行,叫老哥也成,别什么老师不老师的……"

赤狗日的老传统要讲,但是这上门拜访却是不碍事的,金胖子也是活络人,再说他也知道不少庄睿的背景,能亲自上门给自己拜年,恐怕自己还没这面子,估计是有别的事情。

"燕子,来,把我的那套茶具端出来,有贵客来了……"随着金胖子的喊声,里屋的房门被打开了。

一个扎着马尾辫、穿着紧身毛衣的年轻女孩,从房间里走了出来,女孩长了一张娃娃脸,倒和金胖子那圆脸有几分像,看上去不过二十出头的样子,庄睿还以为是金胖子的女儿呢。

"还好,今儿出来带了个珍珠吊坠,不然自己和金胖子平辈论交,见了晚辈没礼物送,那可丢人了……"

庄睿今天出门时,想起那天孟丫头的事情,于是从地下室拿了个珍珠吊坠,放在口袋里。

这珍珠吊坠是用白银镶嵌起来的,粒大圆润,制作工艺十分精美,虽说没有黑珍珠值钱,但是年代颇久,算得上是个古玩,值个一两万块钱,当下就想掏出来送给这个叫燕子的女孩。

"燕子,来,我给你介绍下,这是庄睿,咱们各论各的,你喊声庄哥吧,老弟,这要是放在古时候,你可是要喊嫂子的……"

"庄哥,您好,欢迎来家里做客……"女孩很顺从地招呼了庄睿一句。

金胖子和燕子的话,让正往沙发上坐的庄睿,脚一软差点没摔个跟头,这……这……幸亏金胖子先把这话说出来了,否则等会儿自己送礼物,那乌龙可就要闹大了。

还别说,这女孩挺养眼的,身材好不说,脸蛋圆乎乎的也挺可爱,只是庄睿怎么看,怎么感觉这叫燕子的女孩,和金胖子像父女多过像情侣。

"呃,那啥,燕子,庄哥今儿来,也没带什么物件,这东西拿着戴吧……"庄睿从口袋里掏出来个物件,正是那个珍珠挂件。

"咦,老弟,你可真是大手笔啊,出手就是有年头的玩意儿啊,得,燕子,谢谢你庄哥,这礼物不轻……"

这挂件的链子是老银做的,颜色和现在的白银很容易区别开来,金胖子一眼就看了出来,拿在手里仔细看了一下,才把挂件交到了燕子的手里。

"谢谢庄哥……"

燕子虽然不知道这玩意值多少钱，但是金胖子的职业她是清楚的，当下甜甜地对庄睿笑了一下，看得庄睿心里很是吃味，这金胖子真他娘的是老牛啃嫩草啊。

"老弟，今儿上门，肯定有事吧？有话直接说，我能做到的，一准儿给你办好……"

和庄睿寒暄了几句之后，金胖子开门见山地问道，他知道自个儿还没这个面子，让庄睿上门拜年。

庄睿笑了笑，说道："金哥，这还真是有点儿事，前段时间咱们谈起的潘家园那铺子，我盘下来了，不过想换个名字……"

"呵呵，我知道了，老弟你是想求老师一幅字吧？"金胖子闻言笑了起来。

"嘿，金哥，让您说着了，我这次来，还真是想求大师写个牌匾名的……"

和金胖子这样眉眼通透的人说话，就是痛快，庄睿一句话没说完，金胖子已经知道他的来意了。

庄睿之所以求到金胖子的头上，是因为在当今现存于世的书画大师里，金胖子的老师，是能让庄睿仰慕的人之一。

那位老人的年龄比庄睿的外公还要大上几岁，出身高贵，但是一生历尽坎坷，套在他头上的光环有很多，像著名教育家、古典文献学家、书画家、文物鉴定家、红学家、诗人、国学大师等头衔，几乎是数不胜数。

老人幼年失怙，且家境中落，自北京汇文中学辍学后，发愤自学，并跟随多位名家学习书法丹青和古典文学，近代有名的画家齐白石，也曾经做过大师的老师。

大师的家世，十分显赫，但老人很少提及自己的家世，他从来不提也不喜欢别人说自己姓爱新觉罗，在他的身份证、户口本以及所有的正式文档里，从来没有爱新觉罗一说。

曾经有过一件很有趣的事情，有很多人给大师写信，信封上都会在名字前面加上爱新觉罗的姓，老人烦不胜烦，干脆亲手写上"查无此人，请退回"，不曾想这信被退回后，信封居然被很多人收藏了起来，也算是一段佳话了。

庄睿前不久看过大师的口述传记，在跟德叔学习书画鉴定的时候，也多次听德叔提及大师的人品学问，所以才想求得大师的一幅字，来装点自己的古玩店。

庄睿曾经在大师的自传里看到，老人成名之后，遂于慕名求字者，是不论尊卑，凡有所请，便欣然从命，不忍拂意。

在大师曾经工作过的地方，上至校长，下至一般工人，尤其是普通工人，几乎每人都有大师的书法作品，有时候大师甚至写好了专门给人送过去，老人曾经自嘲般地说："我就差厕所里没写过字了……"

虽然大师很少拒绝给人写字，但总不能自己找上门去吧，所以庄睿这才想到了金胖子，请他给引荐。

"老弟,不是我不给你这面子,这事……"

庄睿说出来意之后,金胖子脸上却露出为难的神色,让庄睿有些奇怪,说老实话,由于大师是有求必应,所以他的字在古玩书画市场上流传很多,价格并不是很高,普通人都能求到,难不成金胖子这关门弟子,还要不到老师一幅字?

"金哥,莫非是要润笔? 这个没有问题,需要多少您直接说……"

庄睿所说的润笔,就是指润笔费,替人写文章而收受人家的财物,自晋、宋以来就有关于这方面的记载,到了唐代就更普遍了。

不过,那时不叫"稿费",而称为"润笔费",当时写的多为墓志铭,或者题跋一类的东西,也就是庄睿所求的招牌。

但是在当今社会,有些地方官员,喜好书法,字写得不怎么样,却到处给人题词收取钱物,美名曰:润笔费,其实就是另一种受贿。

"别,别,你别害我,老师写字从来不收钱的,我不是那个意思……"

金胖子被庄睿的话吓了一跳,连连摆手,说道:"主要是老师现在年龄太大了,已经90多岁了,虽然精神还可以,但是已经不能行走了,而且眼睛也不是很好。

"求他写字的人太多,老师书债高筑,他那小本子上都欠了上百个人的字了,我们这些学生不想让他老人家太劳累,所以现在很少求他写东西,庄老弟,你能理解吗?"

见庄睿上门相求,又送了那么贵重的礼物,却被自己拒绝了,金胖子也有些不好意思,想了一下之后,接着说道:"要不然这样吧,明天我要去看老师,你也跟着一起来,看看老师的心情如何,说不定你不求他,他反而要写给你呢……"

"成,金哥,我也想去拜访一下老人家,要是能亲耳听到大师的教诲,那真是太好了,字不字的就不提了……"

庄睿听到金胖子的话后,大喜过望,要知道,像大师这样年岁的人,在世的时间都已经进入倒计时了,说不定哪天就撒手人寰了,能见大师一面,对庄睿而言,真是比求到一幅字还要高兴些。

和金胖子约好明早去拜访大师之后,庄睿就离开了金胖子家,回到四合院,发现外公外婆已经搬回玉泉山了,四合院的环境到底有些嘈杂,不利于老人休养。

"郝哥,新年好啊,家里还好吧?"

庄睿带着白狮在院子里遛了一圈后,走到前院,正好见到郝龙从房间里出来。

"老板,都好,都好,嘿嘿……"郝龙见到庄睿,连忙小跑过来,脸上满是喜气。

"怎么了,郝哥,这么高兴,家里给介绍对象了?"庄睿开玩笑地说道。

郝龙闻言居然扭捏了起来,期期艾艾了一会儿,道:"还不知道人家能看得上我不……"

原来郝龙这次回家,还真被安排相亲了,媒婆是郝龙家里的一个远方亲戚,听说郝龙有出息了,帮他介绍了一个对象,对方还是个北京的在读研究生,和郝龙年龄一般大。

现在的女人,学历越高出嫁越难,按照郝龙的话说,那女孩家也是农村的,人很文静,并没有嫌弃郝龙是个高中生,说两人可以先交往一下。

庄睿闻言哈哈大笑起来,调侃道:"郝哥,你厉害啊,不声不响的居然找了个研究生,这样吧,只要你能将那位公关下来,我也给你在前院准备一个新房,要是不喜欢住在这里,我在外面送你一套房子……"

"老板,八字还没一撇呢,那女孩是研究生,您也知道,我只是高中毕业,人又不会说话,要不您教教我,怎么和女孩子相处啊?"

听到庄睿的话后,郝龙有些发愁,很显然,对方的学历,让他有点自惭形秽,感觉俩人有点不般配。

"我怎么教你啊? 我又不是西门庆,专门研究这个的……"

庄睿翻了个白眼,哥们告别处男生涯也没多久,比你也强不了多少,不过庄睿想了一下之后,说道:"学历高这说明不了什么问题,你们两个都是出自农村,应该在生活习惯上差异不大,不过这兴趣爱好嘛,就有点麻烦了……"

"是啊,我和她在一起的时候,她说的一些事情,我都没听过,接不上话啊……"

郝龙也是一脸愁色,他本就是个农村娃,在部队里又待了那么多年,在那个蟑螂都是公的的地方,哪有机会去接触女孩子,就更不知道女孩有什么兴趣爱好了。

"这样吧,郝哥,现在的成人高考,高中生一样可以报考本科,你在这里反正也没什么事情,不如复习一下,等到今年五六月份,去参加下成人高考,如果能考上的话,至少你们在学历方面可以拉近一些,共同语言也会多一点,你看怎么样?"

庄睿知道郝龙在当兵之前,原本学习成绩不错,就因为家里穷上不起大学,才出去当兵的,现在好好复习一下,说不定就能考上呢。

"哎,我说郝哥,为了自己的幸福,努力一把怕什么,即使不成,你上个大学也不是坏事呀……"见郝龙皱在一起的眉头,庄睿又添了把火。

"行,老板,就按你说的办……"郝龙的眉头舒展开来,右手使劲地握成拳头,那劲头像是准备参加比武拿标兵一般。

庄睿笑着说道:"那好,等过几天我忙活完了,就给你找一套成人高考的复习资料……"

庄睿陪着白狮在院子里玩耍了一会儿,欧阳军等人也回来了,这大年还没过完,晚上自然是要接着喝,孩子们在院子里放炮仗,虽然欧阳罡已经搬回了玉泉山居住,不过这四合院里,还是一副喜庆的节日画面。

酒足饭饱送走了欧阳军之后，庄睿回到后院，从侧房进入地下室，他是想找个书画作品，明儿拿给老人家鉴赏一下。

庄睿本身就是搞收藏的，而且他也知道，大师从不标榜自己是书法家，还曾经说过，自己就是一教师，然后算是一个鉴定古玩的人，书画只是业余爱好。

喜爱收藏的人，能见到古人真迹是最高兴的一件事情，庄睿这也算是投其所好吧。

第二天一早，庄睿带着一幅郎世宁的《乾隆皇帝妃子游园图》，还有几样冬天很少见的时鲜水果，离开了四合院，这是别人送给外公的，庄睿这也是借花献佛。

和金胖子约的地方，是北师大那座有名的小红楼，大师从上个世纪就住在这里，一直到现在都没搬过，由于无法直接把车开到楼下，庄睿只能在北师大的后门等着金胖子。

"老弟，水果没事，可是这东西，老师是不会收的……"

金胖子把车窗摇开，见到庄睿手里的东西后，就皱起了眉头，他能看得出来，庄睿拿的是一幅画，老人虽然收礼物，但是大多收一些价格极便宜的东西，古玩向来是不收的。

庄睿笑了笑，说道："金哥，这是我在香港带回来的一幅画，和老人家的祖上很有关系，想给大师看看，是否为当时的画家所做？"

"别提什么老师家世，他不爱听那个，进去找机会，我让你把画拿出来就行了，不过老师的眼睛，唉，走吧……"

金胖子把车停好，居然从上面拿了一个毛茸茸的大熊猫玩具，看得庄睿目瞪口呆，不是说老人家没有儿女嘛，金胖子带着个玩具干什么？

"呵呵，老师年龄大了，但是人很幽默，也很有童心，我们这些学生就送些好玩的东西给他，这大熊猫就是说老师是国宝的意思，里面还有一段故事呢……"

听金胖子把这故事说完，庄睿也笑了起来，他以前倒是听人说过这个故事，不过在金胖子的嘴里，庄睿算是听到原版的了。

这是一则广为人知的笑话，说的是先生因为身体欠安，访客不断，不胜其烦，就以其一贯的幽默风格写了一张字条贴在门上："大熊猫病了，谢绝参观！"来客看了，会心一笑，转身就走，不再打扰他老人家。

这笑话传得久了，很多人都信以为真，连先生的一些学生都将它言之凿凿地写进文章中，后来先生出来说："这是误传，我还有自知之明，哪敢自称国宝呢？"

其实，是先生书债高筑，索字的人太多，在家中实在什么也做不了，先生只好躲进了京西宾馆，因为那里有武警站岗，一般人进不去。

但久躲也不是事，回到家后，先生便写了四句话："本人冬眠，谢绝参观，敲门推户，罚一元钱。"将字条贴在门上，但字条在门上只贴了一天，就被人揭走收藏了。

先生无奈,几日后又用圆珠笔了一张:"本人有病无力应酬,有事留言,君子自重。"并用糨糊牢牢粘在门上,但此后依然访客不断。

来到小红楼之后,金胖子和一个看上去大概六十多岁的老人,打了个招呼,问道:"给您拜年了,今儿来看老师的人多吗?"

"没,你们是第一拨,上去吧……"那老人善意地笑了笑,他是大师的内侄,人非常本分老实,伺候大师几十年了,和金胖子这些学生非常熟悉。

"还好,今儿来的人不多,不然老师又要耗费精神了……"

金胖子招呼了庄睿一声,两人走上小楼的二楼,这种小楼一共就上下两层,一层是大师的内侄住着,先生本人住在二楼,上面两间房的一间,是先生的工作室。

金胖子很用力地在门上敲了下,先生的耳朵已经不是很好了,不过很快门里传来了一阵"咳嗽"声,紧接着问道:"哪位?"

"老师,是我,来给您拜年啦,您能听出我声音吗?"

"你这个小孩儿,进来吧,把门关好……"屋里传来先生的笑声,虽然声音不大,但是非常清晰。

"老师,我给您磕头拜年啦……"

在古玩书画这一类传承时间比较长的行当里,基本上行里人所遵循的,还是古时候延续下来的规矩,这是传统,在老辈人的眼里,天地君亲师,给师傅磕头,天经地义!

金胖子一进房间,也不管地上脏不脏,老人能不能看得到,把手头的东西随手一放,双膝跪地就真的磕下头去,接连三个响头,庄睿听得清清楚楚。

"行啦,你这个小胖子,过来,让老师看看你带了什么礼物……"

庄睿被金胖子的举动吓了一跳,都没时间看大师,现在循声望去,发现大师坐在一个方桌前的轮椅上,手里拿着一个放大镜,似乎正在看书,被自己二人给打扰了。

大师的面貌很清秀,乍然看上去有若女子一般,但是脸上已经有了不少老人斑,头发非常的稀疏,但是梳理得很整齐,脸上此刻带着那种顽童一般的笑容,看起来就像一位慈祥的长辈。

金胖子也是四十多岁的年龄了,不过在先生眼里,还真是一个小胖子,如果先生有孩子的话,孙子估计都要比金胖子大了。

"老师,我给您带来了个大熊猫的玩具,毛茸茸的,您摸摸……"

金胖子把他那玩具拿了起来,放在先生的腿上,惹得先生一阵笑骂:"你这小胖子,那事我都说是假的了,怎么还送这个? 老师不是国宝,是一教书匠……"

老人的话,让站在旁边的庄睿肃然起敬,他看得出来,老人在说这番话的时候,没有一丝的做作，完全就是发自内心说出来的。

先生说话时那种谦卑与平和的神态，让庄睿因为过年的忙碌而变得有些浮躁的心情，在瞬间平静了下来，或许，这就是人格的魅力吧。

"还有客人吧？快请坐，坐下……"

老人的视力很差，不用放大镜，只能依稀看到有两个人影，坐在轮椅上不住地招手，让庄睿坐下。

"先生，我是搞收藏的，仰慕先生的学识人品，这次是特地来给您拜年的……"

庄睿先是站到老人面前，规规矩矩地给老人鞠了三个躬之后，这才坐到沙发上，不过一屁股坐下去，就感觉坐到了书堆里一般，因为在沙发上，摆满了各种书籍。

这会儿庄睿才有时间打量这个房间，敢情这不大的房间里，除了床、书架、书桌，和一张沙发茶几之外，其余的地方，到处都是书。

先生连连摆手，说道："不敢当，不敢当，我虚活几岁，不敢当您这么说话，我耳朵眼睛都不太好，小伙子您说话的声音大点儿……"

老人笑了笑，接着又说道："去年家里来了几个人，让我出任中国残疾人福利基金会名誉理事，我一听正好，我现在眼睛看不见，耳朵也听不清，整个就是一残疾人了，我说我坚决要加入残联……"

先生的话让庄睿和金胖子都笑了起来，他那豁达开朗幽默的性格，很能感染到身边的人。

"先生您的身体还很好呢，我说话您肯定能听见……"

庄睿说话的时候，悄无声息地释放出几丝灵气，渗入老人的耳朵和眼睛里。

第四十八章 泰斗题字

在北京这段时间,庄睿经过对外公和宋老爷子两人的实验,他发现,到了一定岁数的老人,或许是身体机能退化的厉害,对于灵气的反应很迟钝,即使没有睡觉,输入少量的灵气,也不会被他们发现。

"咦,还真能听见,这人逢喜事精神爽啊,小胖子,你看看门是不是没关好,我怎么感觉有些凉风啊?"

由于老人岁数实在是太大了,庄睿刚才灵气的用量也有些多,老人微微感觉到面部有些凉意,在这有暖气的房子里,感觉也格外清晰一些。

"老师,门窗都关得好好的……"

金胖子闻言紧张了起来,连忙查看了一番,这老人的冬天,是最难过的,一点小的伤风感冒,说不定都会引起极其严重的后果。

"嗯,眼睛有点酸,可能是刚才看书的时间有点长了,唉,其实我这半瞎的眼睛,也没看清几个大字……"

老人拿出手帕,擦了擦眼睛,对庄睿说道:"小伙子,你手上拿的是幅画吧? 是谁画的呀?"

庄睿恭恭敬敬地答道:"先生,是清朝乾隆皇帝的御用画师郎世宁的一幅《乾隆皇帝妃子游园图》,这次特别带来,给您老人家鉴赏……"

"郎世宁的? 他的画伪作不多,但是真画同样也不多,可惜,我这眼神看不清楚喽。"

老人微微摇了摇头,他为人就是如此,看不清楚或者看不明白的,不会胡乱说话,因为他身为国内书法界和收藏界的泰斗,不单是一字千金,更是一语千金。

"哎,不对啊,老师,您怎么知道小庄他带来的是幅画呀?"

金胖子在一旁突然提出了疑问,他知道老师的眼睛,最多能分辨出个人影,那他是怎么看到庄睿手里拿的东西呢?

"我是看到小家伙手里拿着一张画啊……"

老人也没多想,随口回答了学生的问题,只是在话说出口之后,自己也微微愣了一下,他已经有两年多的时间,无法很清晰地看到某些物体了。

"老师,您真的能看见?"

"看见了就是看见了,你这个小胖子,这有什么好奇怪的,当年我也是突然就看不清了,现在能看清楚,那是老天爷让我再多做点工作啊……"

老人,为人十分豁达,将近一个世纪的风风雨雨,还有他家庭那种特殊的变故,使其真的做到宠辱不惊了。

即使现在恢复了一些视力,也没引起老人很特别的反应,只是对自己又能工作了,表示出一种发自内心的高兴。

"老师,您和小庄先聊着,我去上个洗手间……"

金胖子可没老人那么想得开,当下打了个招呼后,就下到楼下,找老人的内侄商量,要让大师去医院做个检查,他是怕别是老师年龄到限后的回光返照。

大师对庄睿招了招手,随口说道:"来,小伙子,把你的画拿过来,你这画是从哪里收来的呀……"

老人生平除了教书育人之外,最大的爱好就是鉴赏古玩了,可惜由于眼疾,这几年很少帮人鉴定古玩了,至于写字倒不影响,因为对于老人而言,写字已经变为一种习惯,即使看不见,也能写出来。

今天老人眼睛看得特别清楚,加上有好几年没帮人鉴定过古玩了,也是有点见猎心喜,所以没等庄睿开口,他就张嘴问了起来。

不过老人问这话,却是出于礼貌,因为他对庄睿带来的这幅所谓是郎世宁所做的画卷,从心底来说,并不是很相信是郎世宁的真迹。

因为郎世宁虽然画过不少宫廷画,但是由于油画的用纸和普通宣纸不同,油画大多都是用的高丽纸,那种纸张是经过多层粘贴加厚的,老北京的时候,多用于糊窗户,质地比较粗糙,画在上面的油画,很不容易保存。

清宫油画的存世量,实在是太过于稀少了,能确定为郎世宁真迹的油画,现在不过十二三件,多收藏在北京以及法国的一些博物院和少数私人手里。

大师曾经在北京故宫里鉴定过一幅郎世宁署款的油画,不过现在已经不能完全打开了,一打开就要破碎开来,也没有很好的修补办法。

故宫保存的画卷尚且如此,流传到民间的更是很难保存,这也是老先生不相信庄睿这幅郎世宁画卷为真迹的原因之一,当然,以老人的修养,还是会看完物件再做评论的。

"先生,这画是我从香港一位外国人手里得来的,据说他的祖上是奥地利人,曾经在上个世纪的初期，来过中国……"

想想老人的出身，正儿八经的前清皇族，庄睿的话说的比较委婉一点，没好意思说那位船王的祖上，曾经是八国联军的一个军官。

"哦？那要仔细看看，郎世宁这人的画，当时流落到法国和奥地利的相对多一点，不仅是他的画，就是其余一些画师所做的帝王和妃子的肖像图，也多在这两个国家……"

古玩的鉴定，不但要根据其风格特征和艺术表现形式，也要根据其来历传承，以及各方面综合起来的因素，是一门很复杂的学科，所以老人听完庄睿讲的这幅画的来历之后，马上联想到当年从国内流失出去的宝贝。

"来，小伙子，你把画慢一点摊开，我要先看看……"

老人扶着轮椅把手想站起来，不过没成功，从庄睿进入这个房间，他还是第一次表现出了着急的神色，不过这也可以理解为老人对艺术的一种执著。

"先生，您别着急，这画留在您这里慢慢看都是可以……"

庄睿笑着把老人推到了茶几前面，把桌子上的放大镜拿给老人之后，这才打开那副《乾隆皇帝妃子游园图》，这幅画卷十分长，大概有三米左右，庄睿按照老人的话，只摊开了六七十公分。

老人没作声，拿着放大镜，几乎把坐着的身体全部躬了下来，仔细地查看这幅纸质已经微微有些开裂的画卷，过了良久，说道："把这些卷上，看看下面的……"

老人对这幅画很上心，连内侄和学生推门进入房间，都没有察觉，一直看了半个多小时，才长吁了一口气，说道："是郎世宁的真迹，虽然上面没有落款，但一定是的，从画的材质和绘画的风格，以及当时的社会形态来看，是真迹无疑……"

庄睿听到老人的话，没什么反应，因为他心里早就认定这幅画是郎世宁的真迹了，不过把一旁的金胖子给吓了一跳，他同样是书画类的鉴定专家，自然知道郎世宁画作的稀少，他也没想到庄睿真能淘到这么一件宝贝。

金胖子当下接过老师手里的放大镜，仔细地观察了起来，过了半晌之后，点头说道："老师看的不错，从这幅画的时间上来看，那会儿能画出这种水平和工艺的油画，并且有机会画皇帝妃子的人，非郎世宁莫属了……"

金胖子顿了一下，接着说道："不过郎世宁的存世作品，争议非常大，这画应该是从清宫直接流落出去的，没有名人收藏的印章落款和郎世宁本人的款，拿出去肯定还是会存在争议的……"

老人听到学生的话后，微微点了点头，看向庄睿问道："小伙子，你这画是准备卖？还是准备自己个儿收藏，或者是捐献给国家？"

庄睿没想到老人问出这么一个问题，很认真地想了一下，才回答道："卖是绝对不会卖的,现阶段是收藏,或者以后有条件了,开个博物馆也说不定……"

庄睿说的的确是心里话,他现阶段甚至在很长一段时间里,都不会缺钱,开博物院的心思,以前也曾想过,既然老人问了,就顺口说了出来。

老人闻言点了点头,说道:"你说的也有道理,能把这些祖宗留下来的物件,从国外取回来,就是有功于国家,捐不捐的倒不重要了,小胖子,把我的印章和毛笔拿过来。

"小伙子,我在这画上题几个字,盖个钤印,不知道可不可以?"

老人一生不知道劝过多少人,把自己收藏的国宝级文物捐献给国家,但是他也知道庄睿说的没错,当下并没有勉强。

"可以,当然可以了,先生能在上面题词,那是我的荣幸……"

庄睿闻言大喜,老人等于是在给他这幅郎世宁无款识的画作正名,有了老人的题字之后,即使是幅假画,那也变成真的了。

字画在古玩类别当中,有其非常特殊的一面,它和陶瓷、青铜或者其他古玩比起来,收藏保存上很困难不说,还有许多不一样的地方。

比如有些古玩,您添加上去或者删除掉些东西,会像画蛇添足一般,使其身价倍减,字画却不一样。

在现存的古玩字画之中,越是在上面添加题跋或者印章多的,其收藏价值也就越高,因为不单字画本身是古董,就是那些在上面题字的人,往往也是历史上举足轻重的人物,他们的手迹,本来就是弥足珍贵的,如此一来,就是锦上添花之举了。

甚至有一些名不见经传的小人物的作品,被后世一些名家收藏题字之后,反而名声大噪,其作品的价格直线上升。

因为那些在字画上做出了题跋的人,很多本身就是书画名家或者是历史名人,在有些字画中,历代收藏人的题跋价值,往往都要高出作品本身价值很多倍。

而大师要在这幅画上题名,那就不单单是锦上添花了,还有为其正名的意思在里面,以老人在中国收藏界的名望,只要他题上字,盖上钤印,这幅郎世宁的画作就是板上钉钉的真迹了,就国内而言,不会再有任何人对它的真伪提出任何的异议。

"老师,润好笔了……"

由于先生这段时间都没给人写字,他的毛笔必须要先润下笔,就是用清水将笔毫沾湿,之后将笔倒挂,直至笔锋恢复韧性为止,要是不经润笔即书,毫毛经顿挫重按,会变的脆而易断,弹性不佳。

这是支鼠须笔,专写小字,由家鼠鬃须制成,笔行纯净顺扰、尖锋,写出的字体以柔带刚,王羲之那篇著名的《兰亭集序》,就以此种笔写成。

先生让庄睿把画卷展开,提笔想了一下之后,随即沾了沾墨,提笔在画卷空白处写下了:乙酉年正月初五喜见郎世宁长幅画作,XX 留,这么一行字样,随之又问站在一旁的内侄,要过自己的印章,在题款处用力地按了下去。

虽然只有寥寥不多的一二十个字,但是可以看出,先生的字一如既往的渊雅而具古韵,饶有书卷气息,并且带有一股洒脱随意之感,和他的思想一样不受束缚,这也是先生独创的一门书法。

"谢谢,谢谢先生……"

庄睿没想到此次来还有这么一个意外的惊喜,当下没口子地向大师道谢起来。

"没事,以后多把咱们国家流失在国外的东西搞回来,那就行了……"

老人摆了摆手,脸上的笑容十分灿烂,是的,只能用灿烂来形容,因为那种近乎于儿童一般纯真的笑容,发自内心的话语,很容易驱散人们心中的阴霾,让人不自觉变得开朗起来。

"老师,您这眼睛和听力都变好了,我想咱们去医院检查一下吧?"

看到老人的目光,依然停留在那幅郎世宁的画卷上,金胖子小心翼翼地说道,大过年的没人愿意去医院,即使老师性格豁达,也保不齐就不愿意去。

老人笑着摆了摆手,说道:"你这个小胖子,老师身体好着呢,九十多岁的人了,多活一天都是赚的,去不去医院都没什么的……"

"还是去看看吧,小金刚才把车都停楼下了……"老人的内侄也在一边劝到。

"好吧,你们呀……说不定我从医院回来,又什么都看不到了呢……"

老人连连摇头,不过还是答应了下来,正当金胖子走到他身后,准备推轮椅的时候,老人突然说道:"等等,今天这个小朋友来,我要给他写幅字……"

大师从来没觉得自己的字能值多少钱,虽然前来拜访他的人,大多都是为了求字而来,但是那些不求字的,老人在力所能及的时候,也经常主动写给他们。

这也是老人为人十分善良的一面,市面上假冒先生的书法作品很多,一次先生和友人同逛书画店,友人指着其中正在出卖的一幅书法问:"这幅字是真的还是假的?"先生笑了笑说:"比我写得好。"

曾有许多人建议他追查假书画的来路,先生淡淡一笑说:"用我的字换回些柴米油盐也是好事,算是广结善缘了。"

金胖子知道庄睿今天来的目的,当下停住了手,说道:"老师,他还真想求您写幅字,他在潘家园盘了家店,想让您写个名字……"

"好,我坐着写不了太大的字,尽量写大一点,您拿去放大一下再铭刻招牌吧……"

老人想得很周全,让金胖子拿了一支写大字的笔来,润笔之后,看向庄睿问道:"小朋友,你打算给店起个什么名呢?"

庄睿连忙答道:"名字就叫做睿萱斋,我和女朋友马上要订婚了,就从我的名字和她的名字里面各取一个字,先生您看这样行吧?"

老人沉吟了一会儿,说道:"《孔子家语·三恕》说:聪明睿智,守之以愚,《诗经·卫风·伯兮》又有萱草忘忧的典故,古人又可称男女为阴阳,阴在前而阳在后,小伙子,我觉得你那店名,不如将萱取其音,叫做宣睿斋,你看可否?"

庄睿想了一下,顿时感觉妙不可言,文房四宝中的笔墨纸砚,纸大多指的是宣纸,而从古代流传下来的玉石珠宝,更是凝结了前人的智慧,宣睿斋这个名字,远比自己取的高明多了。

"谢谢先生赐名,就是宣睿斋了!"庄睿毫不犹豫地答应了下来。

老人在金胖子铺好宣纸后,提笔悬腕,在纸上写下了这三个字,字体虽然不是很大,但是隽永而洒脱,苍劲有力,庄睿正想叫好的时候,老人忽然摇了摇头,很不满意地说道:"不好,重新写一个……"

"金哥,别扔,我留着……"

庄睿看金胖子把那三个字拿到一边,连忙伸手抢了过来,这可是先生的墨宝,大师不满意,自己满意着呢。

"哈哈,你要那写废的,我也给你写上题跋……"

老人哈哈大笑了起来,示意庄睿把那幅字放在桌上,题上了自己的名字,然后又重新给庄睿写了起来。

老人做事十分认真,一直写到第五张纸的时候,才停下手来,这张他才算满意了,不过庄睿更满意,因为前面四张,老人也都题了自己的名字。

对于庄睿而言,已经不仅仅是一幅书法作品了,其中更代表了老人的一份认真与执著,这更值得庄睿去珍惜。

"等等,我再写幅别的……"

老人今天精神颇佳,或许是久未写字的原因,让金胖子重新铺了张宣纸,抬头问了庄睿和秦萱冰的名字之后,提笔在上面写了"琴瑟和谐,珠联璧合"八个大字。

落款为:祝小友庄睿、秦萱冰贤伉俪举案齐眉,永结同心,XX乙酉年正月初五。

"谢谢,谢谢先生……"

看着大师额头上满是汗水,手上沾满了墨汁的样子,庄睿的眼睛不禁有些湿润了。

自己只不过认识金胖子而已,和先生真的是八竿子打不到一起去,没想到大师在题完词之后,又写了这么一幅贺词给自己,庄睿真的被先生的举动感动了。

大师的这种不分阶层不分贵贱,对求字人一视同仁有求必应的举止,真的是庄睿来之前没有想到的,他深深地被老人这种人格魅力所折服。

"使不得,使不得,你是客人,他们两个就好了……"

给老人洗过手之后,和金胖子一左一右,架起了老人的轮椅,老人连连摆手,示意让他的内侄来抬。

"先生,这点事情没什么的,我抬的可不是一般人,您可是大熊猫啊……"

庄睿知道老人生性幽默豁达,于是开了一句玩笑。

"好,要真是大熊猫,那你们两个就抬不动喽……"

老人哈哈大笑了起来,没有再坚持,只是在打开房门的时候,被寒风吹在脸上,整个人打了一个哆嗦。

老人不知道的是,就在那一瞬间,庄睿眼中的灵气,从老人的身后侧向老人体内狂涌而入,一点都没有吝啬灵气的用量。

庄睿没有什么能帮助老人的,唯有用此办法,才能让自己心里舒服一点,这也是他第一次冒着被发现的危险,用灵气给别人调理身体。

"早就该出来走走啦,这凉风一吹,身上还蛮舒服的……"

庄睿那股灵气入体时是有种凉凉的感觉,但是随后就感觉到身体内有一种无法言喻的舒适感,在庄睿几乎将眼中灵气耗尽的情况下,即使老人身体机能退化得厉害,还是感觉到了。

把老人送上金胖子的车后,庄睿在老人内侄孩子的带领下,泪流满面地取回了老人写给自己的几幅字,没办法不流泪啊,他眼中的灵气,这次几乎消耗殆尽了。

第四十九章 | 獒王白狮

大年初六,立春。

进入冬天以来,北京的天气从来没像今天这么好,久未听到的鸽子在天空飞翔的哨音也响了起来,从头顶的天空飞过。

有几只飞累了的鸽子喉间发出"咕咕"声,停在庄睿房子的屋头。

庄睿昨天从大师那里离开之后,就到琉璃厂找了一家专门制作牌匾的老铺子,把先生所题的字交给他们做成店铺的牌匾。

至于先生题给自己结婚所用的那八字联,庄睿准备带回彭城去,看看那位隐居在彭城的方老爷子是否有时间,帮自己装裱一下,名师装裱,这也能体现出自己对大师作品的一种尊敬。

今儿庄睿一家都要返回彭城,只不过欧阳婉和庄敏带着小囡囡坐飞机回去,而庄睿和姐夫两人要开车返回。

虽然麻烦了许多,不过为了带上白狮,庄睿也只能如此了,以那大家伙的体型,别说是上飞机了,这段时间连四合院都没出过,虽然庄睿的四合院不算小,但是对于白狮而言,这领地实在是不大。

一早从北京出发,将近傍晚才来到彭城,庄睿是累得不轻,钻回别墅就睡了起来。

"喂,我说流氓,这大半夜的你搂着媳妇睡觉成不?骚扰我干吗啊?"

庄睿睡得正香,被手机的铃声给吵醒了,一看电话号码和时间,就憋了一肚子的火,这哥们都结婚了,还这么没谱,大冷的天,有半夜折腾人的吗?

"滚一边去,媳妇回香港过年了,你又不是不知道,我倒是想搂呢……"

"得,您随便找个女人去抱吧,你们家出门就有宾馆,三百包夜,你小子不是向往很久了吗?我要睡觉了,哥们开了一整天的车了……"

庄睿没好气地回了一通,就准备挂电话,媳妇没在折腾自己算什么事啊。

"操,哥们我快一星期没睡个囫囵觉了,你是不是觉得你现在不是獒园的大股东,就可以不管事啦?"电话里传来刘川气急败坏的声音。

"獒园怎么了?没我不也好好的吗?"

庄睿愣了一下,哥们睡觉关獒园什么事啊?话说这獒园从修建起来之后,自己去过的次数,用一只手都能数得过来,本来就没管过那里的事情。

"嘿,母獒产崽啦,哥哥我好心叫你小子来看,还不领情……"

刘川的话,让庄睿一下子清醒了过来,还别说,他对这个还真感兴趣,能见证生命的诞生,不管是哪一种生物,都是值得期待的。

"等着,我马上到……"

庄睿看了下手表,夜里一点半,当下也顾不得外面天寒地冻了,套上厚厚的外套,就冲出了房间,跑到车库倒出了车。

"白狮,上来……"

庄睿的举动惊动了白狮,在庄睿打开前车门后,白狮庞大的体型灵巧地坐到了副驾驶的位置上。

半个小时后,庄睿的车子驶到离獒园还有几百米的地方,就可以清晰地听到本来在夜间一直都很安静的獒园,此时到处都是藏獒低沉的嘶吼声,这种声音极具穿透力,即使在很远的地方,都能清楚地听到。

距离獒园不远的公安局警犬基地,却是鸦雀无声,十分安静,想必是被那些藏獒吓破了胆吧,之前警犬基地就有人找上獒园,说是藏獒的吼叫声,让警犬基地里合格的警犬,变得越来越少了。

庄睿把车开到獒园门口的时候,獒园内众獒变得愈加骚动起来,不知道多少只藏獒汇集在一起嘶吼,听在庄睿的耳朵里,很是恐怖,庄睿相信,就是一只真正的狮子,面对这么多只愤怒的藏獒,也只能落荒而逃。

"呜……呜呜……"

白狮的情绪也受到了外面藏獒的影响,变得有些急躁,用爪子不住拍打着身边的车窗,还好它没真正使力,否则,那车窗说不定真被它给拍碎掉了。

"好了,白狮,下车吧……"

庄睿在獒园门口就关上了汽车的发动机,他是怕汽车开进去的轰鸣声,刺激到獒园里面的藏獒。

只是没想到,白狮自己用爪子打开车门窜出去之后,站在距离汽车两三米远的地方,仰天长啸了起来,似乎在宣告自己王者的到来。

藏獒和普通的狗不同,它们的叫声不是吠,而是啸,准确点说是吼。

此时的白狮，样子非常奇怪，浑身毛发乍起，脸部的表情并不狂怒，嘴巴也没有大开大合，近听并不觉刺耳，但其声音的穿透力可远播数里之遥。

白狮的声音，就像一块毫无棱角的鹅卵石，以全部的重量撞击铜鼓，慢慢地增强，直至把铜反缓慢而坚韧地撕裂，撕成一堆垃圾。

当白狮的高音从低沉的声浪里异军突起，估计带给其余藏獒的，就是它们耳膜的巨大灾难，在白狮声音响起的时候，獒园突然变得寂静了起来，再无一丝声响，天地之间充斥着的，只有白狮的吼叫声。

就是站在白狮旁边的庄睿，此刻的内心，也被这声音给死死攫住，周围的环境寂静的有些发虚，庄睿感觉自己好像置身于荒漠或者是大草原一般，空空荡荡的。

这一刻，庄睿突然领悟到了，西藏诸多寺庙之所以用藏獒作为护寺神兽，或许就是因为在狮子无法现身的地域，藏獒以狮子吼的威仪，展示了佛法的尊严。

就在白狮释放出它王者尊严，肆无忌惮地发泄着自己体内原始野性的时候，獒园内又响起一声充满了威严的吼声，似乎在回应白狮的声音，庄睿听得出来，那是金毛獒王的叫声。

"庄……庄老板，您……您能不能把这藏獒拴上链子?"

足足过了两三分钟，白狮和獒园内的吼声都渐渐低沉下去之后，从獒园的大门口处，传来一个保安弱弱的声音，显然被刚才白狮的吼叫声吓到了。

"没事，白狮不需要拴链子的……"

庄睿认识那个保安，同时也拒绝了他的要求，从白狮出生到现在，庄睿一直拿它当做自己的朋友和亲人一般对待，从来没给白狮拴过狗链。

特别是被白狮舍身相救之后，庄睿更对白狮有一种无法割舍的感情，也下过决定，有可能的话，自己出去一定要带上白狮，要不然这次也不会放弃乘坐飞机，开十几个小时的车，也要把白狮带回彭城了。

白狮似乎听懂了那个保安的话，很不爽地甩了甩大脑袋，冲着门卫岗亭里低吼了一声，吓得那保安更不敢开门了。

"庄……庄老板，您还是给拴上吧，这段时间獒园的母獒产崽，公獒的情绪很不稳定，连着伤了两次人了，就连周哥都差点被咬了，我怕……"

那个保安即使知道庄睿是这獒园的老板，也没敢从岗亭里出来开门，老板最多只能把自己炒掉，可是这藏獒不一样，它可是能把自己给干掉的，孰轻孰重，心里当然分得很清楚。

"得，我在这抱住它，你开了门再进岗亭里去，这总行了吧?"

庄睿被保安的话说的哭笑不得，别说他从来不带狗链，即使带了，他也不会给白狮拴上的。

这岗亭是另外焊接了一些钢板加固过的,那保安见庄睿搂住了那只雪白藏獒的脖子,在心里衡量了一下之后,感觉这工作还是不能丢,这才小心翼翼地从岗顶里出来,拉开大门之后,"嗖"地一声又钻了回去,那动作之敏捷,看得庄睿都叹为观止。

白狮一进入獒园,就向着獒区奔跑而去,庄睿反身关好大门后追了过去,他是怕别被不认识白狮的人,拿麻醉枪打了白狮,为了安全着想,獒园可是在公安局备过案,一共配备有五把麻醉枪。

"木头,我刚才听到白狮叫,就知道是你们来了,这小家伙怎么也变得急躁起来了啊,公獒配种期最好到两岁之后,不然很伤身体的……"

刘川远远地从獒区迎了过来,不过避开了奔跑中的白狮,这几天獒园的公獒情绪很不稳定,他怕白狮也是如此。

庄睿一把拉住刘川往獒区走,嘴里说道:"生了没有?带我去看看……"

"不在那边,准备产崽的六只母獒,都另外准备了獒舍的……"

刘川挣脱了庄睿的手,接着说道:"不过除了仁青措姆大哥之外,那头狮子王谁都不让靠近,咱们一会儿去监控室里看,那些獒舍里我都装了摄像头的……"

"我靠,它们两个别掐起来,仁青措姆大哥……"

刘川一抬眼,见白狮已经跑到了金毛獒王的身旁,顿时着急起来,这几天金毛獒王除了仁青措姆之外六亲不认,连曾经赤手空拳制服过它的周瑞,都一点不给面子。

作为金毛獒王,在这个獒园里,它就是王者,所有的母獒,都是它的妃子,为了保证藏獒的血统,除了金毛獒王之外,仁青措姆还带来了一只公獒。

但是仁青措姆必须把那只公獒和几只母獒,安置在距离金毛獒王很远的地方,就是怕它们之间会起冲突。

现在白狮大咧咧地跑过来,不单是刘川、周瑞等人的心提了起来,就是深知藏獒习性的仁青措姆,也有点不知所措,他不知道从哪里忽然钻出一只威猛高大的雪獒来。

"白狮,回来!!!"

庄睿也有些着急,他知道,有些动物在配偶产崽的时候,是最富攻击性和没有理性的,虽然白狮是金毛獒王送给它的,但是庄睿一直对白狮和金毛獒王的关系,表示怀疑,这有点俩非洲黑人生出一白人的感觉。

"呜……呜呜……"

白狮摇晃着大脑袋,回头对庄睿低吼了一声,已经跑到了金毛獒王的身旁了。

让仁青措姆有些看不明白的是,自己的老伙计,居然没有任何过激反应,反而用大头在白狮脑袋上蹭了一下,熟悉藏獒习惯的仁青措姆知道,这是藏獒表示亲热的举动。

白狮这会儿像个好奇的孩子一般,分别跑到每个獒舍前面,嗅了嗅里面的味道,而待在獒舍里面的母獒,表现更是奇怪,一动都不动,要知道,此时的母獒,可是连金毛狮獒王凑近了,都会龇牙咧嘴的。

"庄兄弟,很高兴又见到你了,我的朋友……"

仁青措姆见到没有起冲突,一颗提着的心也放了下来,不过他紧接着又奇怪地问道:"庄兄弟,这只大雪山上下来的藏獒,我怎么没见过啊?"

藏獒的发育和生长,要比一般的狗晚一些,公獒要到二至三岁之后,体型才能完全长成。

所以仁青措姆虽然之前知道庄睿有只白色的小雪獒,但是他做梦也没想到,这只在体型上,已经和金毛獒王不相上下的雪獒,会是一年前刚出生时的那个小家伙。

"仁青措姆大哥,它就是去年咱们见面的时候,我带着的那只小雪獒啊……"

庄睿笑了起来,白狮近来的体型是越来越大了,现在已经重达 200 多斤,看上去真的像一头白色的狮子,行走之间高昂着头,犹如一位高傲的帝王一般威风凛凛。

宋军和刘川的那两头小獒,虽然长的也很快,不过和白狮站在一起的话,指定会被人认为是遭受了虐待、发育不良。

"真的是那只小獒?"

仁青措姆听到庄睿的话后,居然不顾地上的灰尘,对着白狮双手合十跪了下去,嘴里还念叨着什么话,最后把双手手心向上摊在地上,恭恭敬敬地对白狮磕了一个头。

"周哥,仁青措姆大哥这是怎么了?"

庄睿看的莫名其妙,用胳膊肘碰了碰站在旁边的周瑞。

"仁青措姆大哥是说,白狮是雪山女神的化身,是守护大雪山的神祇……"

周瑞的话让庄睿颇为无语,白狮明明是个公獒好不好啊?再怎么样也和女神扯不上关系,难不成雪山女神都和观世音菩萨一样,都是女貌男身不成?

"行了,这里有周哥守着就好了,我带你去看看已经生了的小藏獒,回头咱们在监控室里等着好了……"

刚立春,还是冷得很,虽然刘川身上裹着件军绿大衣,还是冻得直打哆嗦,拉着庄睿就要往回走。

"已经生幼崽了? 走,去看看……"

"明天看吧,现在幼獒睡觉了,而且母獒很护崽,半夜三更的不要惊到了……"

周瑞的专业知识显然要强于刘川,把这兴冲冲准备打扰幼獒睡眠的俩人给拦住了。

"不看就不看,咱们回监控室吧,木头,我告诉你,那小藏獒比白狮当时还小,很可爱的……"

庄睿被刘川的话说得哭笑不得，大半夜地把自己折腾来，还见不到小藏獒出生，难不成自己就是跑来看监控录像的啊。

庄睿见仁青措姆不时在獒舍旁边走动着，于是说道："仁青措姆大哥，大家都去休息吧，这母獒也不是一定晚上产崽的……"

"今天这两只母獒都非常安静，按照我的经验，应该会在二十四小时内产崽，我要等着。"

仁青措姆摇了摇头，摆手示意庄睿先离开，这藏獒体型太大，并且这些做母亲的家伙也不怎么合格，如果小獒出生的多的话，很容易会被它喂奶或者翻身时给挤压死的。

"那好吧……"

庄睿正要和刘川离开的时候，身后突然传出"呜咽"声，还没等他回头，白狮猛地窜了过来，庞大的躯体撞在了一个金黄色的庞然大物上。

"回来，多起！"

仁青措姆的声音也响了起来，他刚才看得清楚，就在庄睿要走的时候，自己的多起，也就是金毛獒王，突然跑到了庄睿的身后，张嘴似乎要咬庄睿，却被白狮给撞开了。

白狮可不管金毛獒王和自己有什么关系，它出生第一眼见到的人，就是庄睿，在它的心目中，庄睿就是它的父亲，它的主人，现在的白狮，浑身蓬松的毛发，根根竖起，嘴里发出低沉的吼声，死死地盯着金毛獒王。

"怎么回事？ 金毛不会攻击我吧？"

庄睿回过神来，见到两头对峙着的大家伙，连忙先安抚了一下白狮，让白狮安静下来，同时仁青措姆也在抚摸被激怒了的金毛獒王的脖子。

虽然金毛獒王对白狮的态度，一直像是对待小孩子一般，不和它计较，不过白狮刚才的举动，真的激怒它了。

"别过来，多起的情绪不稳定……"

仁青措姆见庄睿安抚完白狮之后，向自己走了过来，连忙对庄睿摆手，示意他不要走过来。

"没事，我认识金毛，刚才应该不是想咬我吧？"

庄睿走到金毛的身边，伸手摸向獒王，果然，金毛獒王顺从地低下了头，让庄睿的手放到了它的脑袋上，并没有要暴起伤人的迹象，让紧紧搂住獒王脖子的仁青措姆松了一口气。

不过金毛獒王在庄睿抚摸了它一下之后，马上抬起了头，张嘴咬住庄睿的羽绒服下摆，往獒舍拉去，走到一间獒舍门口的时候，嘴里不停地发出"呜咽"声。

"咦,仁青措姆大哥,这只藏獒是不是要生了呀?"

庄睿站在獒舍门口一看,发现安装了照明灯的獒舍里,那只母獒的身体下面,似乎多了几个小家伙,个头十分小,像大老鼠一般,浑身还湿漉漉的。

"还真是……"仁青措姆听到庄睿的话后,连忙凑了过来,周瑞和刘川想跟过来,却被金毛獒王给吼了回去。

獒舍内的母獒虽然有些虚弱,但是见到几个人影站在门口,挣扎着想要站起来,听到是仁青措姆的声音后,才又躺了回去。

"一只,两只,三只,四只,五只,仁青措姆大哥,一共生了五只小家伙……"

庄睿借着灯光数了一下,在母獒腹部,一共有五个湿漉漉的小家伙躺在那里,紧闭着双眼,正用力地吸着母亲的奶头。

"不对,卓玛的样子很痛苦,好像不舒服,肚子里应该还有小藏獒……"

仁青措姆和庄睿观察的角度不一样,他没去看一共下了几只崽,而是一直观察着母獒的情形。

听仁青措姆这么一说,庄睿也看到,这只叫做卓玛的母獒,的确是有点不对劲,从刚才重新躺倒之后,眼神有点涣散,身体也不时地抽搐。

"呜……呜呜……"

就在这时,金毛獒王轻轻地用大头蹭了一下庄睿,嘴里发出了一阵"呜咽"声,庄睿顿时明白了,敢情金毛是让自己出手救下那只母獒啊。

为了母獒产崽专门准备的獒舍并不是很大,庄睿悄无声息地将灵气注到了母獒体内。

似乎已经筋疲力尽了的卓玛,在灵气入体之后,眼睛慢慢地睁开了,抬头"感激"地看了庄睿一眼,而她的身下,一只纯黑色的小獒,又出生在这个世界上。

庄睿这也是第一次亲眼得见,一个小生命的诞生!

"还有一只,还有一只……"

这只小獒出来之后,紧跟着又有一只小藏獒从母獒腿间滑落了出来,不过这两个小家伙好像在母亲肚子里待的时间太长了,出来之后,蔫头巴脑的不是很活泼。

"这两只可能活不下去了,可惜了……"

庄睿身边的仁青措姆长叹了一声,在自然界中,只有最强壮的动物,才有生存下去的资格,这最后的两只显然有点先天不足,最初要是吃不到母乳的话,就是以后用最昂贵的奶粉来喂养,成活率都是很低的。

不过马上让仁青措姆目瞪口呆的事情发生了,因为那两只距离母獒腹部足足有半米远的小家伙,突然耸动着小鼻子,慢慢地爬到母獒的腹部。

两个小家伙很粗鲁地将它们的兄弟姐妹挤到了一边,享用起母亲的乳汁来。

第五十章 千万獒园

血统比较纯的藏獒和一些混血藏獒不同,一般产崽是 4 至 6 只,不管是动物还是人类,最先挤出母胎的,往往是最强壮的,它们可以在第一时间享受母乳的滋润。

不过今天发生的事情,显然颠覆了众人的认知,不但一窝产出 7 只小藏獒来,看现在个个生龙活虎的模样,成活率应该还挺高的。

那两个本来有点无精打采奄奄一息的小家伙,现在居然将前面的几个兄弟姐妹给挤开了,不但霸占了母亲的两个乳头,小脚也不是很老实,将下面并没有妨碍它们的哥哥姐姐们,也给踢到了一旁。

但它们的食量很有限,吃了一会儿母乳之后,两个霸道的小家伙就在母亲的怀抱里睡着了,那种小眼紧闭,慵懒的模样,实在非常招人喜爱。

仁青措姆从工作人员手上接过准备好的纸箱,打开了獒舍的铁门,他要把这几只吃过第一次母乳的小藏獒,放在纸箱里,以免被母獒翻身时压死,在草原上这样的事情时有发生。

幼獒出生后,第一次的母乳喂养很重要,但是接下来,就可以用加钙的狗奶粉人工喂养了。

"庄兄弟,您别跟进来,母獒很护崽的……"

仁青措姆见庄睿跟在他后面走进了獒舍,连忙停下了脚步,他之前知道自己的多起和庄睿关系不错,但是这些刚生完崽的母獒,警惕性很高,除了自己的主人和配偶,是不会让任何陌生人接近她的,并且有时候连崽它爸都不让靠近。

"呜……呜呜……"

就在仁青措姆话音刚落,那只精神比刚才好了很多的母獒,突然抬起头来,冲着庄睿从喉间发出一阵"呜咽"声,仁青措姆和藏獒生活了几十年,自然知道这是母獒示好的举动,不禁心中大奇。

"奇了怪了,庄兄弟,可能是因为你被大昭寺的活佛赐福过吧?"

以仁青措姆对藏獒习性的了解,是无法解释他所看到的情形的,干脆把功劳都推到了活佛身上。

"呵呵,可能是吧……"

庄睿笑了笑,在母獒身边蹲下了身体,又往母獒身上注入一丝灵气,等母獒舒服地闭上眼睛后,这才看向它腹部的几个小生命。

此时几只小藏獒都已经喝足了母獒的奶水,蜷缩着身体,挤在母亲的怀抱里,巴掌大的小东西,紧闭着眼睛的模样,十分的可爱。

生命的诞生,永远都是地球上最伟大的奇迹,看着这一窝小藏獒,庄睿心里居然有一种感悟,无论是何种物种,它们的出生,都是独一无二的,都是值得感动的。

庄睿把小指伸到一只小藏獒的嘴巴边,那个小家伙居然像小孩子一般,张开嘴吮吸了起来,搞得庄睿手指头痒痒的,这让他想起当初收养白狮时的情形,那时的白狮,应该也出生没多久。

母獒张开眼睛看了庄睿一眼,又放心地闭上了,倒是仁青措姆抱起两个小藏獒时,母獒从喉间发出了低吼声,显然不是很满意,它的声音把另外几个小家伙给惊醒了。

和人类的婴儿一样,醒来的小家伙们,第一时间把嘴巴凑到了母獒的乳头处,吧唧着小嘴,又开吃上了。

"庄兄弟,把那两只最强壮的小家伙放到盒子里……"

仁青措姆在刚才母獒警告他的时候,就停下了手,藏獒虽然忠诚,但有时候也是不可理喻的,他可不敢悖逆母獒的意愿,强行带走两只小家伙,当下这个任务只能让受到过活佛眷顾的庄睿去执行了。

果然,在庄睿抱起那两个小家伙的时候,母獒只是睁开眼睛哼哼了几声,却没有进一步的动作,但就是那两声哼哼,也吓得仁青措姆这草原汉子出了一身冷汗,退出獒舍之后,才松了一口气。

一直在獒舍外面徘徊的白狮见庄睿出来了,凑了过来,把鼻子伸到庄睿手上的纸箱边闻了闻,然后甩了甩身上的长毛,不感兴趣地走开了。

"仁青措姆大哥,我的白狮是不是也该找个母獒了?"

庄睿见白狮今天的举动很反常,不由向仁青措姆请教了一下。

"白狮才一岁多,最好等到两岁以后,那样对白狮有好处……"

庄睿点了点头,不过却在想什么时候得去给白狮找个配偶,自己没事就用灵气给白狮梳理身体,按说白狮的发育,应该比普通藏獒要早一些。

"木头,给我看看,这两个小东西很霸道啊,咱们自己留着吧……"

刘川这会儿也气喘吁吁地从监控室里跑了过来,劈手抢过庄睿手里的纸箱,看着里面两个蜷缩在一起沉睡着的小藏獒,一个劲儿地傻笑。

刘川是真的爱动物,要不然的话,他第一句话就会说这两只小藏獒能值多少钱了,不过这也是仁青措姆认可他和庄睿的原因,在草原上,牧民们可是把藏獒当成家人一般看待的。

两只小家伙身上的毛发,这会儿已经完全干了,可以清楚地辨别出,是两只铁包金藏獒,和它们的父亲一样,长大后也将会成为金毛獒王一般的存在。

仁青措姆仔细地观察了一下两只小藏獒后,点了点头,说道:"这两只的血统比较纯,可以留下来配种的……"

"好,不过到时候要和另外一只母獒生下来的区分开……"

"行了,回去再说吧,这外面冷,小东西不一定抗冻……"

庄睿见他们在这讨论起獒园的业务,连忙出言打断,这见识也长了,他可不想一直待在这儿,虽然说獒园的工作人员平时挺注重卫生的,不过獒舍这气味,可不是那么好闻。

"对对,走,回去……"

刘川对这两个小家伙宝贝的很,脱下大衣包裹着那个纸箱,向有暖气的房间跑去,这些小家伙的顺利出生,也代表着獒园未来的发展。

庄睿在离开之前,又围着另外两只待产的獒舍转了一圈,给那两只母獒也注入了一些灵气,相信即使自己不在,这两只母獒也能顺利产崽了。

从獒舍回到办公室的路上,刘川那张脸一直都是笑眯眯的,仿佛自己生了小孩一般,不过庄睿心里也挺高兴的,他能理解刘川此时的心情。

仅是现在这十多只幼獒,就足以收回獒园的前期投资了,要知道,这些可不是普通混血藏獒交配出来的,而是最为纯正的金毛獒王和草原母獒的后代,每只都要百万元人民币以上。

不过别看现在已经有十多只刚出生的幼獒了,还是远不能满足市场的需求,单是在欧阳军的会所,刘川就推销出去二十多只,这还要留下做种的藏獒,并且在和别的獒园交流的时候,说不定也会换一些小藏獒回来,充实獒园藏獒的血统。

在刘川带领金毛獒王参加山西的獒园大会之后,彭城獒园在国内也能占得一席之地了,这可不是虚名,是可以为獒园带来很多实惠的。

别的不说,在春节前光是想找金毛獒王配种的獒园,就有十多家,有的甚至开出了三十万一次的天价来,不过为了獒园的顺利运转,刘川都拒绝掉了,按照他们几个人对獒园的规划,配种业务要在两年后才开始进行。

回到监控室内,刘川先是小心翼翼地把装着两只小家伙的纸箱放好,然后看着庄睿说道："木头,我看把我的股份,再分20%给你吧……"

虽然和庄睿是光屁股长大的,不过刘川心里还真有点过意不去,葵园是庄睿一手策划出来的,并且在初期投入的资金也最多,现在有产出了,反而是庄睿的股份最少,这让刘川有点不好意思了。

"行了,别酸了,我手上那10%的股份都不想要……"

庄睿摆摆手打断了刘川的话,虽然葵园今年的利润有可能达到数千万之多,不过还真没看在庄睿眼里,新疆的玉矿暂且不谈,就是缅甸的那座翡翠矿,在矿脉被发现之后,绝对是一个聚宝盆,那利润恐怕要以亿来计算了。

"得,不要拉倒,哥们要睡了,你是回家去睡? 还是在我这沙发上凑合一夜?"

刘川也没娇情,他们俩的关系的确不大适合谈钱,别的不说,就是前段时间帮庄睿搬运黄金,刘川不也没提一个钱字嘛。

庄睿笑着说道："不走了,在这睡吧,明儿咱们一起去你家,我还得给干妈拜年呢,今年可是最后一次收红包了……"

"德行,你就缺那俩压岁钱?"刘川没好气地瞪了庄睿一眼。

庄睿拉住了正要往头上蒙被子的刘川,开口问道："先别睡,问你点事儿,大雄和猴子两个人,在花鸟市场干的怎么样?"

"你问那俩小子干吗? 前几天还跟着李兵上我家拜年来着……"

刘川还真不是很清楚大雄和猴子的近况,那宠物店他已经快半年没过问了。

原本说给周瑞的宠物店份子,也折合到葵园里来了,除了那店铺所用的房子还是刘川的之外,其余所有的业务都交给了李兵,就连营业执照都改了名字,盈亏也是李兵自负。

庄睿没回答刘川的话,而是继续追问道："大雄和猴子这俩人到底怎么样? 我问的是人品……"

"听小兵说,俩人脑子都挺活络的,以前是不肯正干,现在好像干得还不错,要不然我现在给小兵打个电话问问?"

刘川一边说话,一边拿出了电话,被庄睿劈手抢了过去,说道："有病不是? 你看看现在几点钟了,也就是我,换个人你半夜一点多折腾,非和你小子翻脸……"

刘川知道庄睿废话没自己多,问那两人,肯定是有他的用意,于是开口问道："哎,我说,你找他们两个干吗?"

"我在北京盘了家古玩店,想找俩人看店,这不是没信得过的嘛……"

庄睿实话实说道,他这心思从盘下书雅斋的时候就在盘算了,虽然现在手上不缺钱,但是缺人啊,而且这行当,即使有钱也不见得能找到合适的人选。

庄睿考虑了很久,彭飞和郝龙肯定不合适,那俩站门口的话,恐怕都没人敢进店,而且古玩店和别的生意不同,干这行的,必须要有相当的社会经验。

就像那个笑话说的,古玩店里的伙计,一定要有指鹿为马,指黑说白的本事,而且脸皮要厚,被人挤兑之后也要保持笑脸,就是俗话说的打了右脸给左脸的那种。

而且还要有翻脸不认人的本事,否则店里的物件被打碎了,找谁赔去啊?

要是随便从人才市场去招聘几个大学生,指不定没干上一星期,连内裤都被人骗走了,在北京古玩圈子里有个说法,想听故事相声,压根就不用往德云社跑,钻进潘家园,扎堆找个聊天的地,啥稀罕事都能听到。

想来想去,庄睿认识并且稍微了解一点的人,还就只有大雄和猴子俩人了。

经过上次大雄被警察抓走,猴子着急的样子,庄睿也能看出来,这哥俩是挺讲义气的人,品行应该不会太差。

俗话说仗义每多屠狗辈,负心从来读书人。屠狗辈一般重江湖义气,殉于情义者屡见不鲜。反倒是很多读书人,往往鄙视江湖道义,自视清高而又莫无欲求,自以为志存高远,却多是沽名钓誉,尽图私利,高尚者只是少数。

"那俩人能信得过?"刘川不屑地撇了撇嘴。

庄睿摇了摇头,说道:"至少那哥俩为人够义气,上次在派出所,猴子差点给我跪下了,就是怕大雄在里面挨打……"

"还别说,我以前虽然追着大雄打了几条街,不过那俩小子还算讲究,为人虽然青皮了点,但是做事不玩阴的,并且在市场混了那么多年,一般的猫腻都能看出来,给你看店倒也合适……"

刘川点了点头,对庄睿这话倒也同意,说道:"明儿我先给小兵打个电话,问问他再说吧……"

第二天庄睿起来之后,发现另外的两只母獒也产崽了,一只生了五只幼獒,另外一只生了八只,加上前面已经生产过的母獒,今年獒园总共产了三十二只幼獒,这些幼獒的血统绝对是极其罕见的。

周瑞和仁青措姆昨天忙乎了一夜,这会儿也是疲惫不堪了,刘川就没陪庄睿回家,不过他早上给李兵打了电话,大雄二人在宠物店干得不错,每月的工资也有三千左右,在彭城算是不错的了。

刘川没在电话里说什么事情,只说庄睿找他们有事,约好了下午在宋军的茶艺馆见面。

中午庄睿是在刘川家里吃的饭,母亲也在那里,庄睿把自己订婚的请帖交给二老之后,先赶到了彭城古玩市场。

距离和大雄等人约定的时间，还早了点，庄睿准备在古玩市场里转悠转悠，这是他淘弄到人生第一桶金的地方，自然是很有好感的了。

"你看那人，像不像这几天正放着的鉴宝节目里那个姓庄的玉器专家啊？"

"拉倒吧，每天都放着电视呢，他不在北京能跑彭城来？"

"嗯，那倒也是……"

"你们懂个屁，不知道这节目都是录播的呀？"

庄睿刚走进古玩市场，耳边就传来了议论声，别说那些摆摊的摊主了，就是来往淘宝的游客，也纷纷对庄睿指指点点的，要不是看到庄睿随身带着条体型硕大的藏獒，估计早就有人上来问了。

"哎，请问一下，您是那位春节鉴宝节目的庄老师吗？"

这就是上电视的后遗症了，本来在古玩市场里转悠的这些人，对于古玩类节目都很关注，而那些初入行的人，更是认为上了电视的就是专家，这会儿已经有人按捺不住，上前询问庄睿了。

庄睿闻言之后，那头立马摇得像是拨浪鼓一般，用一口彭城腔说道："哎哟，我也想是啊，不过电视台不请我呀……"

"我说吧，这就是咱们彭城人，没见电视上那专家一口的京腔嘛……"

"不对，我还是觉得像，哎哎，庄老师……"

庄睿听到众人的对话后，也打消了逛逛市场顺便给吕老爷子拜个年的心思，带着白狮出了市场，直奔宋军的茶艺馆而去。

不过带着白狮差点又招惹了麻烦，因为茶艺馆门口的那小姑娘，见到白狮的体型后，吓得当场尖叫了起来，害的后面赶来的那个经理，差点没打电话报警。

最后还是让身在北京的宋军，亲自打了个电话，这茶艺馆的经理才把庄睿放了进去，并且将宋军那间招待客人的包厢打开了。

庄睿坐在宋军的办公室里给自己倒茶的时候，包厢门被那经理给推开了，后面跟着一壮一瘦两人，正是大雄和猴子。

"庄先生，您的朋友到了，请问您要个茶艺师给您斟茶吗？"

庄睿是老板交代了要重点招呼的客人，经理也不敢怠慢。

庄睿笑了笑，摆手说道："不用了，谢谢您，我和这两个朋友聊聊天就好了……"

虽然庄睿的相貌和一年前没什么变化，不过现在的庄睿，在陌生人面前，举手投足之间，很自然地带有一种让人无法拒绝的气势，这是一种发自内心的自信。

那位经理虽然有心巴结老板的朋友，但还是遵从庄睿的话，走出了包厢。

"庄哥，给您拜年了，一直想给您打个电话的，可是我们俩都没您电话号码呀……"

猴子嘴甜，一进门就给庄睿作了个揖，这俩人看样子也是长了见识，进门后并没有东张西望，直接走到庄睿坐的沙发前面。

　　"嘿，猴子，这嘴又甜了啊，家里老人都好吧，代我问声好……"

　　庄睿一见猴子就乐了，这家伙真是穿上龙袍也不像皇帝，此刻上身穿着一件明黄色的绸缎对襟马褂，不过怎么看怎么像大内太监，那动作和自己一年前见他的时候，没什么两样。

　　"庄哥，上次的事还没来得及谢谢您呢……"

　　倒是大雄稳重了很多，走到桌前给庄睿斟了一杯茶，双手端起来敬给庄睿，虽然庄睿年龄比他小，不过大雄这声哥，叫的是心甘情愿。

　　庄睿连连摆手，接过了那杯茶，说道："我年龄还没你大呢，大雄，叫我名字就行，坐，都坐下……"

　　等两人都坐下之后，庄睿说道："大雄，当时在你那捡漏，得了个三河刘的蝈蝈葫芦，后来还害得你跑到天津打眼交了学费，这事其实还怪我呢……"

　　"庄哥，您千万别这么说，我那会儿还是贪心，要不然自己个在古玩市场混了几年了，也不至于被人讲个故事给骗了……"

　　大雄一听庄睿提起这事，一张脸涨得通红，连忙站起身来，说实话，这事他本来还有点芥蒂，不过现在每月两三千块钱拿着，早就把这点过节给忘了。

　　没人天生愿意做恶人，那会儿大雄和猴子在古玩市场坑蒙拐骗，虽然偶尔也能赚点小钱，但是总归心里不踏实，天生做了坏事还心安理得的人，毕竟是极少数的。

　　不过钱来的容易也花的顺手，这两人一直都没存什么钱，不过现在每月拿工资，知道钱来得不易了，日子反倒过的踏实了。

　　庄睿和二人寒喧了几句之后，干脆开门见山地说道："咱们也算是熟人了，我在北京有个生意，想请你们哥俩过去帮帮忙，不知道你们愿意不愿意？"

　　"帮忙？"

　　大雄和猴子闻言，顿时面面相觑，他们来之前，也猜想了庄睿找他们的原因，只是做梦也没想到，庄睿要请他们去北京。

第五十一章 古玩店伙计

"庄哥,不知道您在北京的生意,是做什么的?"

在和大雄对视了一眼之后,猴子小心翼翼地问道,其实他们对现在的生活状况很满意,这两人脑袋瓜够活络,平时给宠物店拉来不少的客户,小日子过得也算滋润。

大雄家里还给他介绍了个对象,已经交往了半年多,那女孩对大雄还算满意,准备过完年后,等天气暖和点结婚呢,大雄心里是不怎么愿意离开彭城的。

不过他们也都知道庄睿是个大老板,虽然不清楚庄睿具体是做什么生意的,但是亲眼得见周瑞一穷二白地来到彭城,跟着庄睿和刘川,这才一年的工夫,车子房子什么都有了,并且把家人都接了过来,让人看着,实在有点眼热。

"我在北京的潘家园盘下了个古玩店,想让你们俩跟着去学点儿东西,过个几年之后,那店就交给你们两个打理,你们俩商量下,看看愿意不?"

庄睿虽然给赵寒轩的待遇不错,但是保不齐赵寒轩干个几年,还会有另起炉灶的打算,庄睿也得给自己留个后手。

等大雄和猴子把那些业务整熟悉了,即使以后赵寒轩不在了,文房用具的生意也能做下去,至于珠宝古玩那些生意,就比较简单,自己定好价,让他们照卖就行了。

以大雄和猴子两人混社会的经验,一般的小问题应该都能应付,就算有人想给他们下套,这哥俩也没钱去买所谓的宝贝,所以庄睿并不担心他们俩被人蒙骗。

"庄哥,我们哥俩出去商量一下,等会儿就给您回话……"

大雄和猴子一听是这么回事,当下也有点儿举棋不定,他们两人一直生活在彭城,大雄最远才去过天津,庄睿猛地让哥俩换个生活环境,这脑子一时还真是有点转不过来弯。

"没事,明天给我答复也行……"

庄睿笑着说道,心里也有点无奈,自己手上实在没什么人可以用,他现在看到电视上演的那些什么大老板手下有多少多少人,全都是扯淡,这啥事不都要自己亲历亲为啊。

"不用,不用,庄哥,马上,马上就给您答复……"

猴子和大雄打开包厢门,走到了门口,大雄有些犹豫地说道:"猴子,我不想去,马上就要结婚了,跑到北京啥都没有,小静还愿意跟我吗?"

小静是大雄的女朋友,虽然说男人不坏女人不爱,这俩货从来没缺过女人,但是那些女人也不是什么正经货,而小静却是个本分的女孩,两人都有了结婚的打算。

"这样吧,雄哥,你回头把这事跟庄哥说一下,咱们看看庄哥能给个什么待遇,要是比这宠物店强,咱们就过去赚个两年钱,相信嫂子也能理解,要是和宠物店差不多的话,那就推了这差事,你看怎么样?"

大雄闻言点了点头,宠物店的工作虽然不错,工资也有两三千,但是人往高处走水往低处流,有更好的发展,谁不愿意去啊。

"庄哥,不瞒您说,我这过了年,四五月份的时候就准备结婚了,倒不是说不能去北京,只不过,只不过……"

大雄回到包厢后,有些不好意思询问庄睿自己和猴子的待遇问题,支支吾吾地说不出话来了。

"哈哈,大雄,我还真不知道这事,恭喜你啊,对了,你女朋友是做什么的?"

庄睿一听笑了起来,怪不得这次见大雄,感觉他稳重了许多,敢情家里有人管着了。

"我女朋友刚大学毕业没多久,前段时间在超市里面做,现在刚辞职,正准备过完年找工作的,改天我带给庄哥您看看?"

大雄虽然不知道庄睿问话的意思,还是老老实实地回答了,他和猴子都有种错觉,感觉自个儿好像已经成了庄睿的员工,在回答老板问题一般。

其实庄睿也不知道,随着见识的增加和财富的积累,自己身上已经有了一种成功人士的自信,虽然没有刻意地去表现,不过还是能影响到身边的人。

"嘿,大雄,没看出来,你小子初中没毕业,找了个大学生女朋友啊。

"这样吧,你女朋友要是愿意和你一起去北京发展的话,我给她安排个工作,在珠宝店做个营业员,另外我在北京给你们三个人租一套三居室,先暂时凑合着住一起。

"以后猴子要是找到女朋友了,那就另外再租一套房子,你们哥俩干个几年,说不定自己就能在北京买得起房子了,你看行不行?"

庄睿思考了一下,大雄的女朋友要是大学毕业,在秦瑞麟给她安排个店员的工作,应该没多大问题。

不要以为在秦瑞麟做个售货员会委屈大雄的女朋友,要知道,秦瑞麟所接触的客人,大多非富即贵,还有许多外国人,店里的营业员都是大专以上学历,那个叫李霞的主管,更是研究生毕业。

不过这事大雄并不知道,听庄睿说是做营业员,顿时有些迟疑,犹豫着说道:"庄哥,这事我要和小静商量一下,我和猴子做什么都无所谓,但是让她去做营业员,我怕她不乐意……"

庄睿闻言拍了拍自己的脑袋,说了半天,自己一丁点儿福利待遇都没说,自己够糊涂的,这哥俩在彭城现在也算稳定,刚才没直接出言拒绝自己,已经算是不错了。

"大雄,那珠宝店面对的客户比较高端,营业员大多都是本科学历,还要英语好,待遇是每月五千元工资,年底双薪。

店里给缴纳三金,并且根据个人表现,每半年增加一次工资,幅度大概是五百至一千五百元,你可以和女朋友商量一下,看看她的意思怎么样……"

"庄……庄哥,同意,同意,不用商量了,我做主了,小静肯定同意去……"

庄睿话没说完,就被大雄打断了,他没有发现,在他说话的时候,大雄和猴子的嘴巴,随着他说话,不由自主地在张大着,脸上满是惊愕。

也难怪这哥俩有这种表现,他们俩现在的工资,在彭城已经不低了,没有想到,北京的一个营业员,工资居然是自己的两倍,还像国营单位那样给缴纳三金。

按照庄睿所说的工资待遇,加上半年后的浮动工资和年底双薪,加起来差不多小七万块了,要是在彭城,够大雄和猴子干上两三年的。

"庄哥,这是什么珠宝店?待遇这么好?别人要是不要怎么办?"

猴子听的心里火热,恨不得到大马路上拉一女孩做自己的女朋友,也跟着去混个五千块钱的工资去,他们两人并不知道,珠宝店本来就是庄睿的,塞个员工压根不算个事。

庄睿闻言笑了起来,道:"我说了能进去,就不用担心了,说说你们两个的待遇吧,大雄稳重点,到时候我安排个人,你跟他学习下文房用具方面的知识,并且进货渠道等各方面都要掌握,说不定两三年后,就让你负责这一块……"

"庄哥,您喝水……"

见到庄睿停下话,猴子很有眼色地给庄睿斟了一杯茶。

"谢谢,猴子你到时候负责古玩这一块,开始由我来带你,我不在的时候,你就往那些地摊里钻,多看多学习,这些不用我教你,和咱们彭城的古玩市场差不多。

"至于待遇嘛,你们俩都一样,第一年每个月八千,第二年每月一万,住房问题我给你们解决,吃就要你们自己买或者自己做了。

"要是两三年后你们能各自负担起自己的一块业务,我保证年薪不在三十万以下,到时候就是想在北京定居,也不是不可能的……"

饶是大雄和猴子之前有一些心理准备,在听到庄睿的这番话后,还是激动得血脉贲张,两张脸涨得通红。

大雄和猴子此刻算是明白了,庄睿所谓的要他们帮忙,实际上就是在抬举他们,这是给他们一个很好的发展机遇。

哥俩此时脑子里全都是庄睿说的那些数字,月薪是一万还是八千,已经不重要了,总之他们两个做梦都没想过,自己俩街头小混混,居然能拿这么高的工资。

"庄哥,您看我们俩成吗?"

这哥俩还没被天上掉下来的馅饼砸昏掉,兴奋过后,大雄有些忐忑地向庄睿问道。

庄睿笑了笑,说道:"古玩买卖里面的那些门道,你们俩应该都懂,第一年你们的任务就是学习,不光是跟着店里的经理学,也要走出去跟那些摆地摊的人学。

"反正就是和人打交道,你们哥俩要是感觉自己行,那就准备准备,这两天就去北京,要是心里没底,现在说出来,我找其他人……"

"别,别啊,庄大哥,我们答应,我们答应……"

"是啊,这是庄哥您抬举我们哥俩,我们以后就跟着您了……"

听庄睿要另找他人,大雄和猴子顿时急了,猴子更是把那黄马褂棉袄扣子都解开了,拍着那排骨一般的胸口,说道:"庄哥,我们哥俩要是不好好干,您回头把我这脑袋拧下来当球踢……"

"呜……呜呜……"

趴在庄睿身边的白狮,被这俩人的举动给惊了,还以为俩人要对庄睿不利,庞大的身躯从地上站来了起来,喉间发出一阵低吼声,吓得那俩人连连后退。

"白狮,坐下……"

庄睿连忙安抚了下白狮,自己这小哥们昨天好像受了点刺激,看来要快点给它找个女朋友了,否则下次不能带它去獒园了,别人都一对对的,换成动物也受不了呀。

"成,那这事咱们就这么说了,你们两个去准备一下,和家里人把事情说清楚,再给李兵打个招呼,然后……"

庄睿掏出手机看了下日期,接着说道:"大后天吧,你们两个跟我的车回北京……"

"行,谢谢庄哥了,我们一准安排好……"

猴子和大雄千恩万谢地走出了茶馆,庄睿则给欧阳军拨了个电话。

"什么? 租套房子,还要离潘家园近点,我说五儿,你把我当成什么人了? 这屁大点事,还要我去办?"

欧阳军在电话里听到庄睿交代的事后,不由蹦了起来,开什么玩笑,欧阳四少到庄睿这,成跑堂的了?

"四哥,别人我也不认识啊,您再安排人去办好了,又没说让您亲自去租……"

庄睿和欧阳军说起话来,那是一点心理负担都没有,这表哥经常到自己那儿白吃白喝不说,上次硬是被他讹走两根虎鞭,话说以那两根玩意的价值,买套房子都够了。

欧阳军没好气地说道:"让人去租哥哥也没面子啊,得了,你现在反正不缺钱,买两套算了……"

"买房子?"

庄睿愣了一下,他对投资房产向来都是很乐意的,上海那套一百万出头买下来的房子,才过了大半年时间,已经翻了一倍还多了,这北京的房价,应该会更高一点吧?

"嗯,有人欠了我点钱,前段时间拿了几套房子顶账,地点和你说得差不多,大小有100多平方,两套我给你三百万,你要是想要的话,我叫人拾掇一下,随时都能住……"

听到欧阳军的话后,庄睿在心里算了一下,一套100多平方,只划到一万多一平方米,在潘家园那地段,还是很值的,当下点头说道:"行,四哥,您去办手续吧,我回北京把钱给您,不过我说,就三百万,您送我不得了?"

"滚一边去,老头子不让我从银行贷款,我那块地还不知道怎么开发呢,三百万都便宜你小子了……"

结婚之后,欧阳军就想把会所的生意结束掉,正儿八经地做点实业,只是这事远没有他想象的那么简单,单是收购一个有资质的建筑公司,就差点把他的腰包给掏空了。

欧阳军靠着关系拿下的那两块地,到现在还没动工,眼看着房地产越来越热,房价一天比一天高,可是他手头没钱,欧阳振武又管得紧,这几天就像热锅上的蚂蚁,到处乱窜呢。

不是他找不到渠道搞钱,只是以他这种身份,独立开发个房地产项目还要拆借资金,说出去有些跌份,欧阳四少要面子而已,否则的话,三五天内凑个几亿资金,于他而言还是很容易的。

庄睿自然不知道欧阳表哥纠结的事情,在电视上混了个面熟之后,古玩市场是没法去了,干脆给吕老爷子打了个电话,拜了个年,然后就驱车拜访他那些老同学去了。

后面的几天,庄睿都忙着和母亲去拜访那些从小看着他长大的叔伯们,他和母亲商量了一下,就不请彭城的朋友去北京了,那样太麻烦,到时候在北京订婚后,再回彭城请些关系近的朋友同学,再办上一桌就行了。

在彭城忙活了几天之后,欧阳婉带着外孙女飞回了北京,庄睿则打了电话给大雄和猴子,准备开车带他们进京,只是到了约好的地方一看,不禁傻眼了。

"我说,您二位这是要搬家啊?"

大雄和猴子脚底下大大小小摆了五六个皮箱,并且地上还用帆布袋子装着的被褥,更夸张的是,两只红色的水桶里面,还有锅碗瓢勺,就差带上煤气罐和煤气灶了,在这大街上就能开火做饭了。

庄睿以前怎么就没看出来,这哥俩还是会过日子的人呢?

大雄见庄睿脸色不大好看,连忙说道:"庄哥,这车能放下,咱们自个儿带了,省得再买了……"

"别,这车放不下,你们两个抓紧把东西送回家……"

庄睿哭笑不得地摆了摆手,勤俭节约他赞同,可是这车真的放不下这么多东西,再说了,欧阳军准备的那两套房子,本来就是样品房,里面什么都有,光着屁股进去住就行了。

"庄哥……这……"

"雄哥,走吧,听庄哥的……"

猴子见大雄还要说话,连忙拉了他一把,猴子想得很明白,庄睿既然说不带,那就不带好了,总归到了北京要给他们安排地方住,怕个逑呀。

等两人把东西送回去后,庄睿开车带着二人又接上大雄的女朋友,这女孩比庄睿还要小好几岁,看起来很文静,也不知道怎么被大雄给祸害上的,看来男人不坏女人不爱这句话,还是有一定道理的。

晚上七点多钟,庄睿才开车进了北京城,先带着大雄三个人找地方吃了顿饭,然后到超市,给他们买了几套床上用品,到了快九点的时候,这才打电话给欧阳军。

欧阳军已经安排好人给庄睿送房钥匙了,庄睿到地方一看,还真不错,是一个新开发的小区,小区周边商场超市都有,配套设施很齐全,并且绿化什么的都做得很精致,比自己在上海买的那套房子环境还要好。

"您是庄先生吧?"

庄睿刚把车停到小区门口,一个人就迎了过来。

"我是庄睿,您是?"

"我是这家物业公司的经理,这是欧阳先生给您的钥匙,房间号分别是802和602,要我带您上去吗?"

那人边说话边把两大串钥匙交给庄睿,虽然刚才被老总从家里叫出来就为了送两串钥匙,心里有点儿不爽,但是脸上一点不敢怠慢,单是这车副驾驶上坐着的那只藏獒,就不是一般人能养得起的。

"不用了,明天您交代一下,让人帮我办几张门卡就可以了……"

庄睿知道这种小区是要刷卡进入的,别搞得到时候大雄几个人出来进不去,那才闹笑话了。

"不用等到明天,我一会儿就安排人,给您把门卡送过去……"经理示意门口的保安打开大门,等庄睿的车进去后,连忙掏出电话,给老总汇报情况去了。

"你们是住六楼,还是住八楼?反正都有电梯,一样的……"

停好车后,庄睿看着大雄问道,虽然有两套房子,不过分开住忒浪费了点,庄睿只打算给他们一套。

这是一梯两户的房子,在北京城算是很不错的了,庄睿看得出来,要是去开发商那里买,一万多一平方的价格肯定拿不下来。

"住……住八楼……我的个乖乖,这地方是咱们能住的吗?"

大雄带着女朋友,这会儿表现得还算镇定,不过猴子已经震惊得快说不出话来了,虽然说彭城近年来也开发了几个不错的楼盘,但是一来猴子他们根本就没去过,二来从规划和绿化上来说,彭城的楼盘还是远不能与京城的相比。

"瞧你那没出息的样,哎,我说媳妇,你掐我一下,这是真的吗?"

大雄开玩笑的话听得几人都笑了起来,乘坐电梯来到八楼。

由于对方把样板房抵给了欧阳军,当时摆在里面做样子的家具、空调、电视机什么的,都留在了里面,换上刚买的床上用品,立马就能住人了。

庄睿在这房子里转了一圈,然后说道:"大雄,你们第一次来北京,先在北京玩几天,熟悉下周围的环境,然后把厨房要用的东西,去超市买回来,过几天我带你们去工作的地方……"

"庄哥,不用玩了,明天就能上班……"

大雄和猴子连忙表起决心来,开什么玩笑,住在这种地方,要不给庄睿玩命干活,那晚上睡得着觉吗?

一路上和庄睿也算熟悉了,大雄的女朋友小静也出言说道:"是啊,庄哥,过年都休息很久了,我明天就能上班……"

"别,你们先在北京玩几天,这里有一万块钱,当是这个月的生活费,上班的事情过几天再说……"

庄睿这几天还真没空,秦萱冰明天就要来北京了,自己这一亩三分地,也需要滋润一下了。

第五十二章 秦氏抵京

"秦叔叔,方阿姨好,秦爷爷,您也来啦？这是我母亲……"

早上十点多就等在首都机场的庄睿,一眼看见秦萱冰扶着位老人,从机场出口处走了出来,连忙迎了上去。

庄睿没想到秦老爷子也来了北京,幸好今儿母亲跟着一起来迎接亲家了,不然还真有点失礼。

秦老爷子虽然年近八旬,不过精神十分好,和欧阳婉客套了几句之后,转脸看向庄睿,笑着说道:"呵呵,冰儿是我最喜欢的孙女,她订婚,我这老头子自然要来的……"

老爷子说话的声音很是洪亮,引得机场大厅里来来往往的人,都向这边望过来。

庄睿这一行人,男人均是器宇不凡,女人也是高挑靓丽,让人忍不住多看上一眼,当然,注视在秦萱冰身上的目光,自然是最多的。

"秦爷爷,咱们先去酒店吧……"

庄睿走到秦老爷子的一侧,伸手扶住了他,和秦萱冰一起,一左一右地扶着老人走出了机场。

今年北京的天气不错,年前的一场大雪之后,从年三十到现在,一直都是好天气,气温也有所回升,不过秦老爷子走出机场后,还是打了个冷战,他久居香港,还真有点不适应北方的天气。

郝龙和彭飞各开着一辆车,已经等在了机场门口,待几人上车之后,就向庄睿订好的酒店驶去。

庄睿在离他的四合院不远的一家五星级酒店订了二十多个房间,因为此次订婚,会有不少外地的同学朋友过来。

像上海的伟哥,陕西的老三,还有远在广东的老四,北京的岳经兄就不用说了,几人都要来参加庄睿的订婚仪式,另外像德叔还有山西的马胖子等人,庄睿也在年前就发出了请帖,估计这一两天内,都会赶到北京。

香港那边郑氏珠宝的郑华,还有柏氏兄妹,也明确表示要来参加庄睿的订婚仪式,香港以前是英国的殖民地,在西方人的观念里,订婚的重要性,是不亚于结婚的。

"亲爱的,想我了没?"

中午陪着秦老爷子等人吃过饭后,庄睿来到了秦萱冰的房间,双手搂住了秦萱冰的纤腰,微微低下头,贪婪地嗅着秦萱冰秀发上的香味。

虽然今天秦萱冰穿了一件齐膝的大衣,不过庄睿的手却从大衣下摆伸了进去,首先接触到的,就是那弹性惊人的双臀,而秦萱冰纤细的腰肢,更是盈手可握,软若无骨。

闻着秦萱冰身上的体香,庄睿的双手顿时不老实起来,在那弹性惊人的臀部捏了一把之后,伸到了秦萱冰的衣内,往上游走了起来。

男女之间一旦捅破了那层窗户纸,再想表达情感,往往都是用人类最原始的交流方式,电影上所演的那些见面还花几个小时谈情说爱的段子,全是他娘的扯淡,至少现在庄睿最想做的,就是体液之间的交流。

"别,大白天的……"

秦萱冰被庄睿的举动羞红了脸,用手推了一把庄睿,不过随着庄睿的大手从腰间转移到了胸口处,秦萱冰的身体顿时瘫软了下来,呼吸也变得急促起来,双眼迷离,一张俏脸抬了起来,双唇迎了上去,一双小手更是搂住了庄睿的脖子。

房间里的温度似乎瞬间热了起来,庄睿的大嘴在秦萱冰的双唇上,足足吻了两三分钟才离开,一时间,房间里只有两个粗重的喘息声。

庄睿西裤中间也支起了个小帐篷,用力地在秦萱冰高高翘起的双臀上摩擦着,如此一来,两人更是情欲高涨,身上的衣服,已经变得有些多余了,两双手都在疯狂地撕扯着对方的衣服。

"奶奶的,冬天就是麻烦,干吗要穿那么多啊……"

秦萱冰那件大衣上的七八个扣子,让庄睿解了半天,要不是缝制的十分结实,恐怕早就被庄睿给扯开了,还是夏天方便,裙子一掀开就能那啥了……

"你呀,怎么那么猴急……"

看到庄睿急迫的样子,秦萱冰不由娇笑了起来,伸手推开了庄睿,自己把大衣解开脱了下来,露出里面贴身的灰色毛衣和黑色的紧身裤,曼妙的身材一显无疑。

"叮当……叮当……"

"谁啊?"

正当庄睿把秦萱冰拦腰抱起的时候,外面的门铃突然响了起来,气得庄睿没好气地大声问了一句。

"小睿,我是你秦叔叔,到我房间来,有些事谈……"

外面的回话让庄睿吐了吐舌头,浑身欲火顿时消了下去,怀中的秦萱冰更是羞得满脸通红,小拳头不住地在庄睿身上敲打着。

庄睿刚才那种不耐烦的语气,聋子都能听出是怎么回事,这大白天的,秦萱冰脸上的绯红色变得愈发浓重了。

庄睿放下了秦萱冰,温柔地把她有些紊乱的头发捋到耳后,然后出言问道:"萱冰,你一起去吗?"

"我怎么去呀,都怪你,坏死了……"

秦萱冰这满脸的情欲,是个人就能看出来,她哪好意思出门啊,只是一只小手在庄睿腰间不停地掐着泄愤,自己好好的一女孩,怎么一见到这冤家,就不知道如何是好了呢?

"呵呵,回头我任你处罚还不行吗?你先睡一会儿,我看看秦叔叔找我干什么……"

庄睿低头在秦萱冰脸上亲了一下,把她抱到了床上,然后整理了下自己的衣服,这才打开门走了出去,到了秦浩然的房间后,发现秦老爷子也坐在这个套间的客厅里,庄睿原本以为他去休息了呢。

"小睿,来,坐……"

秦浩然和老爷子都是过来人,用屁股都能猜到刚才那小两口在房间里做什么了,当下对这事绝口不提,招呼庄睿坐了下来。

"秦爷爷,秦叔叔,找我什么事?对了,方阿姨呢?"

庄睿先是拿过房间里的茶杯,冲洗干净之后,给秦老爷子和秦浩然各泡了一杯热茶,这才坐到老爷子对面的沙发上。

秦浩然闻言笑道:"你方阿姨和你妈妈逛街去了,找你也没什么事,就是和你说说从缅甸赌回来的那些料子……"

庄睿闻言表现出一脸惊愕的神色,张嘴问道:"那些料子怎么了?赌垮了吗?秦叔叔,我早就说了,我可不敢保证100%出翡翠的呀……"

庄睿此时脸上的表情,很是精彩,语气中更是露出一丝委屈的意思,看的秦老爷子和秦浩然哑然失笑,却把心中最后的一点儿怀疑,也冲得烟消云散了。

"呵呵,不是赌垮,而是赌涨了,大涨,咱们买的那些毛料,除了有三四块里面没有翡翠或者品质极差之外,你交代拍下来的那些,基本上都赌涨了,咱们秦瑞麟的翡翠原料,十年之内,再也不用担心了……"

秦浩然谈到那批原石,顿时眉飞色舞,颇有挥斥方遒指点江山的味道。

从缅甸离开之后,秦浩然马上组织起公司里的解石高手们,即使在过年的时候也没闲着,用了二十多天时间,把从缅甸拍到的翡翠原石,全都解开了,而结果,自然让他和老爷子乐得嘴都合不拢了。

不算在缅甸解开的那块红翡,近一亿欧元所拍得的料子,总计解出了含玻璃种、冰种、金丝芙蓉种的毛料近千公斤,虽然没有极品帝王绿之类的品种,但是用这些原料雕琢出来的翡翠饰品,都是市场上的高档产品。

按照相关人士的评估,这些翡翠原料的价值,差不多在三十亿以上,如果雕琢成玉饰的话,应该不会低于五十亿,也就是说,此次秦氏珠宝的缅甸之行,利润高达五倍。

要知道,这可是以亿为单位来计算的,单是这些赌来的翡翠的价值,居然已经比秦氏珠宝的总资产还要高了,如此一来,秦氏珠宝的崛起,已然是不可阻挡的了。

有了这些翡翠原料,即使秦氏珠宝的底蕴,还不及香港的郑氏珠宝,但是单从翡翠这一类产品而言,超越郑氏珠宝已经是指日可待的事情了。

秦浩然已经让秦氏珠宝的几家玉器工厂开始赶工,准备囤积一批高端翡翠饰品,等待合适的时机,就要在国内及香港各地,掀起一场翡翠珠宝销售大战。

庄睿挠了挠头,笑呵呵地说道:"秦叔叔,被您吓了一跳,涨了就好……"

"小睿啊,这次赌石全亏了你,要不然单靠浩然看中的那几块料子,秦氏就赔大了……"

秦老爷子的话,说得坐在一边的秦浩然有些脸红,不过这也是事实,没有庄睿给出的那些原石资料,自己此次的缅甸之行,恐怕又要铩羽而归了。

"秦爷爷,您千万别这么说,我就是运气好点,不是也有没解出翡翠的废料吗……"

听到秦老爷子的话后,庄睿连连摆手,反正学雷锋做好事不留名的次数多了,庄睿也不在乎了,主要……关键是这事它就没法说明白啊。

"小睿,这些事情我们心里有数,没有你帮着选毛料,不可能有这么多赌涨的原石,我们商量了一下,在北京的这家珠宝店,未来两年内所需的中高档翡翠饰品,全部由总店无偿提供,也算是我们的一点点心意吧……"

秦浩然的话让庄睿愣了一下,他们的这点心意,可是价值不菲呀。

现在京城秦瑞麟每个月的翡翠饰品销售额,大概在四百万人民币左右,逢年过节的时候还会高一些,要是京城店两年内的中高档翡翠饰品,全部由香港供货,那就是一亿多元的货物了。

这笔钱看似数目不少,但是比起秦氏珠宝此次在缅甸公盘上的收获,却又显得那么微不足道,仅为秦氏珠宝赌涨翡翠中的1/50而已。

本来按照秦老爷子的想法,是想给庄睿一些秦氏珠宝的股份的,后来怕几个儿子起争端,这才折中想了个办法,给京城秦瑞麟供货两年,也算是再扶持庄睿一把吧。

第五十二章　秦氏抵京

如此一来,庄睿这边赌到的原石,似乎就不用解开了,这倒是和庄睿想囤积翡翠原石的心思不谋而合。

缅甸赌到的原石,早就送到彭城别墅了,当时是赵国栋去接收的,庄睿前几天在彭城的时候,抽空解出了两块冰种的高档毛料。

从那两块原石里,一共掏出大约一百多斤玉肉,庄睿全部交给了赵国栋,应该够罗江和那几个徒弟雕琢年把时间了,也就是说,在未来的三五年内,庄睿不用再为翡翠饰品操心了。

至于那块黄翡,在庄睿还没回到北京之前,就已经送到了北京,现在正藏在庄睿四合院的地下室里,对于这块料子,庄睿还没想到如何处理。

解是肯定要解出来的,但是这块极品黄翡过于珍贵,以后要交给谁雕琢,庄睿还要探探古老爷子的口风,要是老爷子愿意重出江湖,庄睿立马就把那块料子给取出来。

以那块黄翡的珍稀程度,如果能雕琢出个物件,绝对可以作为京城秦瑞麟店的镇店之宝,庄睿敢打包票,在国内翡翠市场出现过的黄翡,其品质块头,绝无一块可以和自己的那个黄翡毛料相比。

"这……"

"行了,就按浩然说的办吧,说起来还是我们占了你的便宜……"

秦老爷子见庄睿还要开口推辞,摆了摆手将这件事情定了下来,庄睿这次能赌涨这么多原石,保不准下次还能,自己要是太过小气,日后也不好意思再请庄睿帮忙赌石了。

"那就谢谢秦爷爷了……"

庄睿见老爷子态度坚决,当下也不矫情了,自己让秦浩然拍下来的原石究竟能值多少钱,他自己心里有数。

"嗯,小庄,你看能不能找个时间,让我去拜访下欧阳老将军和欧阳振华先生呢?"

翡翠的事情谈完之后,秦老爷子向庄睿提出了个要求,1997年香港回归之后,身处香港的这些巨贾豪商们,与内地高层的交往愈发紧密,能与内地什么层次的人交往,俨然变成了身份地位的象征。

现在的欧阳家族,在内地政坛绝对是如日中天,老辈有虎老雄风在的欧阳罡,下面的欧阳振华更是进入了高层,要是能见上这两位一面,即使没有任何实质性的东西,也足以让许多人对秦氏珠宝刮目相待了。

庄睿闻言犹豫了一下,说道:"见我外公没问题,明天我就能安排,不过要见大舅……我要先问一下,现在都不知道他在不在京里的……"

"没事,那就先见见欧阳老将军吧,我对老将军可是倾慕已久,始终未能有缘得见。"

听到庄睿的话后,秦老爷子高兴地站起身,摆摆手说道:"行了,你去陪萱冰吧,我这老头子打扰你们小年轻亲热了，回头又要被萱冰埋怨了……"

老爷子的话，说的庄睿那张脸皮也难得地红了起来。

从秦浩然的房间出来之后，庄睿回到了秦萱冰的客房，却发现秦萱冰已经睡着了，熟睡的脸庞上，带着一丝甜蜜的笑容。

"来电话了，来电话了……"

当庄睿刚脱下外套，想钻进那香喷喷的被窝里时，手机忽然响了起来，把睡梦中的秦萱冰也给吵醒了。

"对不起，吵到你了……"

"没事，睿，坐我旁边接吧……"

庄睿拿起电话正要走出去接，被秦萱冰给拉住了，此刻的秦萱冰浑身上下透露出一股子慵懒的性感，看的庄睿几乎不想接电话了。

"别闹，快点接电话……"

秦萱冰给了庄睿一个卫生球，推开那只伸到自己胸前的大手，却把脑袋靠在了庄睿宽阔的胸膛上，细细嗅着庄睿身上的男人味道。

"喂，哪位？"

"庄老弟，我是胡荣，刚刚下飞机，现在在北京机场……"

电话里传来的声音，让庄睿停住了手，敢情胡荣也从缅甸赶过来了，这倒是正好，估计虎皮他也带来了，明儿和秦老爷子他们一块去见外公就行了。

接到胡荣的电话，庄睿才想起，好像上海的伟哥和德叔也是下午的飞机，这俩人是要自己亲自去接机的，看来想和秦萱冰温存一下的念头，只能等到晚上了。

"胡大哥，您在机场稍等一会儿，我半个小时左右就到……"

挂断电话，庄睿在秦萱冰白玉般的脸庞上亲了一下，说道："缅甸的胡大哥来了，我要去机场接人，宝贝，你再睡一会儿吧……"

"不要，我和你一起去……"

秦萱冰说话间掀起了被子，露出那双雪白修长的双腿，敢情刚才是在等着庄睿啊，那黑色蕾丝边的短裤，若隐若现的私处，让庄睿顿时血脉贲张，一把将其拉了回来，三下五除二地除去身上的衣服。

"那啥，胡大哥应该也不介意多等上一二十分钟吧？"

庄睿脑海中划过这个念头之后，就被秦萱冰那玉体横陈的媚态，完全冲昏了头脑，顿时，房间中响起呻吟声。

显然庄睿低估了自己的战斗力，足足过了半个多小时之后，才云雨初歇，而秦萱冰已经是瘫软的没有骨头一般，没奈何，庄睿只能穿上衣服，招呼了彭飞一声，各开了一辆车，赶往机场。

"胡大哥,真是不好意思,让您久等了……"

走进机场大厅,庄睿一眼看到了胡荣,在他的身边,还站着一个和庄睿差不多大的年轻人,庄睿知道那是胡荣的本家弟弟,上次在缅甸华人城见过一面。

"没事,庄老弟,我可是有个大喜讯要告诉你,哈哈,没给你打电话,就是想给你个惊喜……"

一向沉稳的胡荣见到庄睿之后,居然先来了个拥抱,力气之大,让庄睿原本做了运动有些酸痛的腰,顿时感觉有点吃不消。

和庄睿拥抱后,胡荣又跟彭飞打了个招呼,在缅甸相处几天,都已经很熟悉了。

"游客朋友们请注意,从上海飞往北京的 XXXX 次航班马上就要降落了……"

庄睿正想开口询问什么事的时候,忽然听到机场广播里的声音,连忙说道:"胡大哥,咱们坐下谈,我刚好还有个长辈和朋友坐这趟航班,等一下他们吧……"

庄睿带彭飞来,本身是想接到胡荣之后,让彭飞先把他送回酒店的,没想到德叔和伟哥做的航班也到了,干脆接了一起走。

"行,没问题……"

坐下之后,庄睿开口问道:"胡大哥,我那批黄金是不是也带来了?"

庄睿回到国内之后,就让现在负责秦瑞麟业务的吴经理,用秦瑞麟的名义,从缅甸胡荣的公司进口了两吨黄金,算下来现在通关的时间也是差不多了。

胡荣摆了摆手,一脸喜气地说道:"不是那事,黄金还要过上几天,老弟,我告诉你,咱们的翡翠矿,找到矿脉了!!!"

"哦? 胡大哥,怎么找到的?"

庄睿愣了一下,那座翡翠矿坑出矿脉早就在他意料之中,不过这才不到一个月的时间,居然就勘探出来了,倒是出乎庄睿的意料之外。

"老弟,这事还真是全亏了你,要不是你指出来在那条轨道车沿途打探洞,就是再过上半年,恐怕也找不出矿脉……"

胡荣现在对庄睿,那绝对是高山仰止、心服口服,他前前后后从国内、欧洲,请了十多位地质专家前去勘探,都没有找到矿脉,没想到庄睿随便一句话,就让他省却了无数精力财力。

而且胡氏在缅甸所遇到的窘境,随着矿脉的发现,也烟消云散了,缅甸的那些翡翠公司,现在都要把自己公司大门槛给踩烂了。

胡荣现的兴奋心情丝毫不亚于即将订婚的庄睿。听着胡荣带着喜悦的声音,庄睿的思绪又飘回秦萱冰那美丽的面庞上,飘向两人今后甜蜜的生活中……

全国古玩市场地址

北京古玩城：北京市朝阳区东三环南路 21 号

北京潘家园旧货市场：北京市朝阳区华威里 18 号

上海国际收藏品市场：上海市江西中路 457 号

天津古物市场：天津市南开区东马路水阁大街 30 号

天津古玩城：天津市南开区古文化街

重庆市综合类收藏品市场：重庆市渝中区较场口 82 号

重庆市民间收藏品市场：重庆市渝中区枇杷山正街 72 号

广东省深圳市古玩城：广东省深圳市乐园路 13 号

广东省深圳华之萃古玩世界：广东省深圳市红岭路荔景大厦

广东省珠海市收藏品市场：广东省珠海市迎宾南路

广东省广州带河路古玩市场：广东省广州市荔湾区带河路

江苏省南京夫子庙市场：江苏省南京市夫子庙东市

江苏省南京金陵收藏品市场：江苏省南京市清凉山公园

江苏省苏州市藏品交易市场：江苏省苏州市人民路市文化宫

江苏省常州市表场收藏品市场：江苏省常州市罗汉路

浙江省杭州市民间收藏品交易市场：浙江省杭州市湖墅南路

浙江省绍兴市古玩市场：浙江省绍兴市绍兴府河街 41 号

福建省白鹭洲古玩城：福建省厦门市湖滨中路

福建省泉州市涂门街古玩市场：福建省泉州市状元街、文化街及钟楼附近

河南省郑州市古玩城：河南省郑州市金海大道 49 号

河南省洛阳市西工古玩市场：河南省洛阳市洛阳中州路

河南省洛阳市潞泽文物古玩市场：河南省洛阳市九都东路 133 号

河南省洛阳市古玩城：河南省洛阳市民俗博物馆大门东

河南省平顶山市古玩市场：河南省平顶山市开源路

湖北省武昌市古玩城：湖北省武昌市东湖中南路

湖北武汉市收藏品市场：湖北省武汉市扬子街

四川省成都市文物古玩市场：四川省成都市青华路36号

辽宁省大连市古玩城：辽宁省大连市港湾街1号

辽宁省沈阳市古玩城：辽宁省沈阳市沈阳故宫附近

辽宁省锦州市古文物市场：辽宁省锦州市牡丹北街

黑龙江省哈尔滨市马家街古玩市场：黑龙江省哈尔滨市南岗区马家街西头

吉林省长春市吉发古玩城：吉林省长春市清明街74号

山东省青岛市古玩市场：山东省青岛市昌乐路

河北省石家庄市古玩城：河北省石家庄市西大街1号

河北省霸州市文物市场：河北省霸州市香港街

河北省保定市文物市场：河北省保定市 新北街207号

山西省平遥古物市场：山西省平遥县明清街

山西省太原南宫收藏品市场：山西省太原市迎泽路

陕西省西安市古玩城：陕西省西安市朱雀大街中段2号

安徽省合肥市城隍庙古玩城：安徽省合肥市城隍庙

安徽省蚌埠市古玩城：安徽省蚌埠市南山路

甘肃省兰州古玩城：甘肃省兰州市白塔山公园

云南省昆明市古玩城：云南省昆明市桃园街119号

江西省南昌市滕王阁古玩市场：江西省南昌市滕王阁

贵州省贵阳市花鸟古玩市场：贵州省贵阳市阳明路

湖南省长沙市博物馆古玩一条街：湖南省长沙市清水塘路

湖南省郴州市古玩一条街：湖南省郴州市兴隆步行街